셰익스피어
5대 희극

William Shakespeare

셰익스피어 5대 희극

초판 1쇄 발행 | 2006년 12월 20일
     32쇄 발행 | 2019년 2월 20일
2 판 1 쇄 발행 | 2019년 7월 25일
3 판 1 쇄 발행 | 2025년 6월 20일

지은이 | 윌리엄 셰익스피어
옮긴이 | 셰익스피어연구회
펴낸이 | 김형호
펴낸곳 | 아름다운날
편집 총괄 | 조종순
본문 디자인 | 디자인표현
표지 디자인 | 이즈디자인
출판 등록 | 1999년 11월 22일
주소 | (05220) 서울시 강동구 아리수로 72길 66-19
전화 | 02) 3142-8420
팩스 | 02) 3143-4154
E-메일 | arumbooks@gmail.com

ISBN | 979-11-6709-039-3 (03840)

※ 이 책을 무단 복사, 복제, 전제하는 것은 저작권법에 저촉됩니다.
  잘못된 책은 본사나 구입하신 서점에서 교환하여 드립니다.

셰익스피어 5대 희극

The Merchant of Venice
The Taming of the Shrew
A Midsummer Night's Dream
As You Like It
Twelfth Night

아름다운날

The Merchant of Venice

The Taming of the Shrew

A Midsummer Night's Dream

As You Like It

Twelfth Night

차례

들어가는 말	007
작가 소개	011
베니스의 상인	019
말괄량이 길들이기	133
한여름 밤의 꿈	235
뜻대로 하세요	335
십이야	447
셰익스피어 연보	557

Shakespeare

들어가는 말

청소년 시절 처음으로 고전 문학을 접하게 되었다고 해도, 윌리엄 셰익스피어란 이름을 낯설게 느끼는 이는 많지 않을 듯합니다. 비극적인 사랑의 대명사로 손꼽히며 아직도 수많은 영화와 드라마의 기본 틀이 되고 있는 「로미오와 줄리엣」이나, 빚 대신 살덩이를 잘라 갚으라 강요하던 못된 고리대금업자가 나오는 「베니스의 상인」 정도는 누구든 들어본 적이 있을 것입니다. 하다 못해 셰익스피어의 4대 비극엔 어떤 작품이 포함되는지 상식 문제를 풀 듯 손꼽아본 경험은 있지 않을까요?

　고전이란 당대를 대표하면서도 후세 사람들에게 모범이 될 만한 가치를 지니고 있는 문학 작품을 뜻합니다. 세대가 지나면 드높았던 인기도 덧없이 잊혀지고 마는 대중 문학과 달리, 고전 문학은 시공간을 초월하여 변함없이 많은 사람들에게 깊은 감동과 울림을 전합니다. 다양한 세계 고전 문학 가운데서도 셰익스피어의 작품은 나라와 언어와 인종을 불문하고 누구에게나 사랑받는 명작이며, 한 편 한 편 모든 작품마다 곱씹을수록 깊은 맛이 우러나오는 고유한 삶의 철학과 세계관을 담고 있습니다.

본래 연극 공연을 위해 쓰인 '대본'이기에, 희곡은 소설을 읽을 때보다 독자의 상상력이 독서의 재미를 더 크게 좌우합니다. 더욱이 심오한 인간 내면에 대한 성찰과 현란한 언어유희의 진수를 맛볼 수 있는 셰익스피어 비극 작품의 주인공이 되어 한 줄 한 줄 읽어 내려가다 보면 그들의 비극적인 운명이 겪어야 하는 절망과 아픔이 뼈저리게 느껴질 것입니다.

셰익스피어가 세상을 떠난 지 수백 년이 지난 지금, 그의 희곡들은 위대한 문학 작품을 뛰어넘어 하나의 문화로 자리잡았습니다. 실천에 앞서 심사숙고하여 우유부단해 보이기 십상인 인간형을 햄릿형 인간이라 일컬으며, "사느냐 죽느냐, 그것이 문제"라는 유명한 대사가 햄릿의 독백임을 알아차리는 것은 더 이상 대단한 지식이 아닙니다.

제국주의의 열기가 한창이던 19세기에 영국인들이 가장 소중히 여기던 식민지 인도와도 바꿀 수 없는 존재로 극찬했던 셰익스피어는 싫든 좋든 서양 문화와 함께 전 세계인의 삶에 깊은 반향을 미친 문화로 침투했습니다. 우리는 출처를 알지 못하면서도 셰익스피어의 주옥같은 대사들을 일상에서 읊조리게 된 것입니다. 물론 문화로 정착했으니 무작정 받아들여야 한다는 의미는 아닙니다. 비판을 하거나 배척을 하더라도 제대로 실체를 알아야 할 필요가 있으며, 그러기 위해 좀처럼 감탄을 금할 수 없는 문학 자체로서의 아름다움까지 감상하는 기회를 갖자는 것입니다.

37편에 달하는 셰익스피어의 희곡 가운데서도 4대 비극과 더불어 5대 희극은 문학적, 극적 완성도와 유쾌한 반전에서 정점에 오른 작품으로 손꼽힙니다. 천방지축에다 성격이 고약한 카타리나와 페트루치오의 결혼을 통해 개인이 사회 속에서 어떻게 변모하는가를 다룬 「말괄량이 길들이기」, 어려운 상황에서의 돈독한 우정과 사랑, 기지를 발휘해 위기를 모면하는 「베니스의 상인」, 가족으로부터 버림을 받은 두 남녀가 벌이는 유쾌한 사랑 이야기 「뜻대로 하세요」, 사랑의 변덕스러움과 진실한 사랑의 승리를 그린 「한여름 밤의 꿈」, 일란성 쌍둥이를 사이에 두고 벌어지는 위트와 해학의 집결판 「십이야」에 이르기까지 주인공들의 유쾌한 사랑과 우정에 관한 이야기는 시종일관 우리의 얼굴에 미소를 띠게 합니다.

셰익스피어가 왜 그토록 위대한 작가로 칭송되며, 무대에서나 문학 작품으로 현대인들에게도 사랑을 받는지는 읽어본 사람만이 알 수 있을 것입니다. 그동안 『셰익스피어 5대 희극』은 수많은 번역본이 출간되어 독자들의 아낌을 받았지만, 이번 완역본은 셰익스피어의 유쾌한 희극을 맨 처음 접하는 청소년이나 초보 독자라도 쉽게 몰입할 수 있도록 딱딱한 문어체를 가능한 입에 익은 말투로 둥글려 다듬어, 읽기 쉬울 뿐만 아니라 연극적인 느낌에도 손색이 없도록 기획하였습니다. 상상력을 최대한 동원하여 주인공들이 꼬이고 꼬인 문제를 어떻게 풀어가는지 지켜본다면 독자 여러분들도 이내 셰익스피어와 함께 이 작품 속으로 유쾌한 여행을 떠날 수 있게 되리라 믿습니다.

셰익스피어 연구회

작가 소개

　영국이 낳은 세계적인 대 문호, 셰익스피어! 인간의 오욕칠정을 주무르고 영혼을 뒤흔드는 깊고 넓은 시적인 울림을 주는 그의 글은 시대와 공간을 넘어 재해석되고 재음미되는 불멸의 울림을 낳았다. 셰익스피어와 그의 희곡은 영문학사를 뛰어넘어 세계 문학사의 한 정점으로서 세상을 오연(傲然)하게 굽어볼 뿐더러, 창조의 원천이자 영감의 바이블로서 지상의 무대를 굳건하게 떠받치고 있다.

생애

셰익스피어는 영국 르네상스가 만개하던 엘리자베스 1세 통치기인 1564년 4월 26일에 영국 중부에 자리한 스트랫퍼드어폰에이번에서 태어났다. 흥성한 상업도시이자 비옥한 농경지대였던 이곳에서 그는 세례를 받았고, 또한 영면(永眠)에 들었다.

　아버지 존 셰익스피어는 농산물과 모직물 중개업으로 성공해 신분상

승을 이룬 인물이었고, 어머니 메리 아든은 워릭서의 명문가에서 태어나 자란 귀족이었다. 결혼을 통해 자신의 사회적 지위를 더욱 굳건히 다진 존은 1568년 스트랫퍼드어폰에이번의 시장으로 선출되기에 이르렀다. 이런 유복한 환경에서 셰익스피어는 장남으로 태어났다. 위로 두 명의 누나가 있었으나 모두 어린 나이에 죽었고, 밑으로는 세 명의 남동생과 두 명의 여동생을 두었다.

셰익스피어는 네 살 때부터 아버지를 따라 연극 구경을 했으며, 마을의 문법학교에 들어가 수학했다. 그러나 이후 아버지의 계속되는 사업 실패로 가세가 기울면서 결국 대학에 진학하지 못한 것으로 보인다(그의 소년시절에 대한 기록은 많지 않으며, 연극과의 연관 관계도 불분명하다).

1582년 그의 나이 18세 때 셰익스피어는 유복한 농가의 딸로 여덟 살 연상인 앤 해서웨이와 결혼해 1남 2녀를 낳았다. 그런 그가 청운의 꿈을 품고 가족과 고향을 떠나 런던으로 옮겨간 정확한 연대나 이유는 분명치 않다. 다만 1580년대 말 무렵부터 배우로서 생활한 듯 보이며, 1592년 연극계의 신예로서 좋은 평을 얻었다는 기록이 전할 따름이다.

1596년 셰익스피어는 아들을 잃는 아픔을 겪었고, 이듬해 스트랫퍼드어폰에이번에 호화주택을 구해 그곳에서 아내와 딸들과 함께 만년을 보내다가 숨을 거두었다.

극작 활동

런던에서 체류하던 셰익스피어가 극작 활동을 시작한 것은 1590년 무렵으로 보인다. 처음에는 릴리·말로·필·그린 등과 같은 선배작가의 희곡을 부분적으로 수정하는 것에 만족해야 했던 그가 처녀작으로 내놓은 것이 3부작 역사극인 「헨리 6세」(1590~92)이다. 이때부터 1600년까지 셰익스피어는 자신의 필력(筆力)을 왕성하게 발현시킨다.

먼저 영국의 장미전쟁을 배경으로 한 역사극인 「리처드 3세」(1592)를 비롯해, 로마의 극작가 플라우투스의 작품을 번안한 「실수연발」(1592), 피를 피로 갚는 로마의 잔혹한 복수극 「타이터스 앤드로니커스」(1593), 그리고 드센 여인을 아내로 맞아 정숙하게 길들인다는 내용의 익살극 「말괄량이 길들이기」(1593) 등이 발표되었다.

1590년대 초반은 런던에 페스트가 창궐한 시기였다. 이로 인해 많은 극장들이 폐쇄되었는데, 이 무렵 셰익스피어는 두 편의 서사시 「비너스와 아도니스」(1593) 「루크리스의 겁탈」(1594)을 통해 자신의 든든한 후원자인 사우샘프턴 백작을 만나게 된다.

한편 극장 폐쇄의 여파로 대규모 재편성이 이루어진 런던의 연극계에 1594년 새로 두 개의 극단이 창설되면서 신진작가들에게 우호적인 환경이 조성되었다. 그중 하나인 로드체임벌린 극단에 소속된 셰익스피어는 배우이자 극작가로서 본격적인 활동을 시작한다.

그는 평생 이 극단을 위해서 희곡을 썼는데, 초기 작품들로는 원수 집안의 남자와 여자 사이의 열렬한 사랑과 비극적인 파국을 그린 「로미오와 줄리엣」(1594) 을 비롯해, 왕국의 통치자이면서도 강렬한 시적 감성과 나르시스트적인 품성으로 고난에 찬 역정을 살아가는 인물을 그린 역사극 「리처드 2세」(1595), 그리고 아테네 교외에 자리한 숲을 무대로 펼쳐지는 환상적인 밤의 세계를 그린 낭만적 희극 「한 여름밤의 꿈」(1595) 등이 있다.

인간에 대한 예리한 관찰력과 서정성이 돋보이는 이 작품들에 이어서, 1590년대 후반으로 오면서는 빼어난 통찰력을 발휘한 역사극과 희극들이 만들어진다. 그중 대표적인 작품으로는 사악한 유대인 악덕 고리대금업자 샤일록의 횡포와 더불어 연인들의 감미롭고 희생적인 사랑의 힘을 배합한 「베니스의 상인」(1596)과 리처드 2세에게서 권력을 찬탈한 헨리 4세 치하의 음모와 혼란에 찬 암흑기를 배경으로 한 「헨리 4세」(1597) 등을 들 수 있다.

1599년에 이르러 셰익스피어는 템스강 남쪽 연안에 〈글로브극장〉을 건설하고 자신이 속해 있던 극단의 상설극장으로 삼았다. 이 무렵 셰익스피어의 창작력도 최고조에 이르렀다. 이때 발표된 작품으로 궁정에서 추방된 공작과 가신(家臣)의 목가적인 생활을 배경으로 젊은 남녀의 연애를 낭만적으로 그린 「뜻대로 하세요」와 궁정에서 상연할 목적으로 쓴 「십이야(十二夜)」 등을 꼽을 수 있다.

특히 「십이야」의 경우는 셰익스피어 최고의 희극으로 명성이 자자한 작품이다. 낭만적인 사랑과 결혼을 소재로 한 서정적 분위기에다 익살과 재담 그리고 해학 등의 희극적인 요소들이 작품 전체에 잘 녹아 흐르고 있다.

비극시대의 개막

1599년 봄, 아일랜드에서 일어난 타이론의 반란을 진압하기 위해 출정하는 에식스 경의 원정군에는 셰익스피어의 절친한 후원자였던 사우샘프턴 백작도 끼어 있었다. 그러나 원정이 실패로 돌아가면서 영국 왕실의 분노를 사게 되자, 에식스와 사우샘프턴은 공격의 목표를 아일랜드의 반란군에서 런던의 왕실로 바꿔 회군하기 시작했다.

여론의 지지를 얻지 못한 반란은 곧 실패로 돌아갔으며, 지도부는 체포되어 재판에 회부되었다. 에식스는 반역죄로 몰려 런던탑에서 참수되었으며, 사우샘프턴은 종신형을 언도받고 런던탑에 갇히게 되었다.

이는 엘리자베스 여왕의 치세가 막을 내리고 있음을 보여주는 상징적인 사건이었는데, 실제로 사건 발발 2년 후인 1603년 3월에 여왕은 숨을 거두었다. 이런 일련의 불행한 사태는 셰익스피어에게도 커다란 충격을 안겨 주었다.

그 영향으로 1600년 이후 그의 작품 세계의 면모가 확연하게 달라지면서 이름하여 비극시대가 개막되었다.

셰익스피어의 4대 비극으로 널리 알려진 「햄릿」(1600), 「오셀로」(1604), 「리어왕」(1605), 「맥베스」(1606) 등은 바로 이 시기에 씌어진 작품들이다. 인간의 고뇌와 절망과 죽음 등 무거운 주제를 다룬 이 작품들 안에는 시대를 아파

하는 셰익스피어의 우울한 심정과 염세적이고 절망적인 세계관이 깊이 아로새겨져 있다.

「햄릿」은 사랑과 존경을 바치던 대상인 아버지를 잃은 왕자 햄릿이 아버지를 죽인 범인이 숙부라는 사실을 알게 된다. 햄릿은 그런 숙부와 결혼한 어머니의 도덕적 타락과 배신, 그리고 용서받을 수 없는 숙부의 죄악과 그에 대한 증오, 연인 오필리아의 죽음 등으로 인해 극심한 고통과 절망감에 시달리다가 마침내 비극적인 최후를 맞는 이야기다.

「오셀로」는 악인 이아고의 간계에 빠진 무어인 장군 오셀로가 정숙하고 착한 아내 데스데모나의 정절을 의심하고 질투하다가 급기야 아내를 죽이고 마는 이야기다.

「리어왕」은 탐욕스럽고 간교한 큰딸과 둘째딸에게 왕국을 넘긴 리어왕이 결국에는 딸들에게 버림을 받아 분노에 찬 광인이 되어 광야를 떠돌고, 자신을 진정으로 사랑했던 막내딸 코델리아도 결국에는 죽음을 당하는 이야기다.

「맥베스」는 사악한 마녀들의 꾐에 빠진 맥베스 장군이 권좌에 오르기 위해 아내와 함께 왕을 죽인 대가로 비참하고 가련한 최후를 맞는 이야기다.

이상과 같이 각기 다른 소재들을 가지고 다른 방식으로 전개되고 있는 4대 비극을 한데 묶어 정리하기는 쉽지 않지만, 인간의 삶에 편재하는 거대한 악에 의해 개인의 선량한 의지와 행위들이 속절없이 유린되고 파괴당하는 비극적 상황에 대한 작가의 침울하고 침통한 시선이 네 작품 모두에서 고스란히 관철되고 있음을 볼 수 있다.

진실을 얻기 위해 반드시 그에 갚음할 만한 커다란 대가를 치르는 인간 세상의 비극성을 제시하고, 죽음에 대한 감수성을 내내 견지하면서 인간적인 가치탐구의 긴장감을 놓지 않는 셰익스피어의 뛰어난 창작력이 세계 연극사상 최고의 비극을 만들어낸 것이다.

하지만 이 시기에 셰익스피어가 비극만을 창작한 것은 아니었다. 그는

「트로일러스와 크리시더」(1601)와 「끝이 좋으면 모두 좋다」(1602) 그리고 「자(尺)에는 자로」(1604) 등의 희극도 썼다.

그런데 이런 작품들에서조차 음산한 절망감이 배어 나오고 있는 것을 보면, 당시 셰익스피어의 영혼에 깃들인 어둡고 침울한 기운이 얼마나 강렬했는지를 짐작할 수 있다. 사실 이러한 침울함의 원인이 셰익스피어의 내면에서만 찾아지는 것은 아니다. 당대의 연극적 유행의 변화도 셰익스피어의 비극시대를 추동하고 끌어가는 동력으로 작용하고 있다.

당시 관객들은 기존의 낭만적이고 유쾌한 희극과 역사극 따위에 식상해하면서, 그것을 대신할 사실적이고 풍자적인 희극과 비극적인 인간 존재극에 열광했다. 이런 대중적 열망의 반영과 아울러 인간 세상의 본질을 꿰뚫어보는 셰익스피어 자신의 깊어진 성찰과 인식의 발현이 곧 인류 문학사에 축복과도 같은 비극들을 선사했다고 할 수 있다.

왕의 후원과 로맨스극의 발표

엘리자베스 1세의 뒤를 이어 왕위에 오른 제임스 1세는 스튜어트 가문의 군주답게 예술을 애호하는 사람이었다. 1603년 5월 제임스 1세는 런던에 도착하자마자 연극을 육성하는 일에 착수했다.

그는 궁내부 극단을 국왕극단으로 개편하고 스스로 극단의 후원자가 되었다. 극단 단원들에게 연봉이 지급되었고, 왕실 가문의 표지가 새겨진 보랏빛 의상과 모자를 착용토록 하는 조치가 취해졌다.

또한 그는 셰익스피어와 그 단원들에게는 '그룸즈 오브 더 체임버'(groom of the chambers)라는 명예로운 계급을 수여하는 한편, 셰익스피어의 후원자인 사우샘프턴 백작도 감옥에서 풀어주었다.

이런 연극 육성 조치와 맞물려 관객의 기호가 변화하면서 영국의 연극에도 변화의 바람이 불기 시작했다. 주인공을 중심으로 해서 격렬하게 감정들이 대치하며 긴장을 증폭해 나가던 대작극에서 가정비극과 풍자희극, 그리고 감상적인 희비극이나 퇴폐적인 비극으로 그 축이 바뀌었던 것이다.

셰익스피어도 이때부터 새로운 경향을 띤 작품들을 무대에 올려 발표하기 시작했다. 그것은 바로 로맨스극이라고 하는 희비극이었는데, 그 가운데 대표적인 작품으로는 「겨울 이야기」(1610)와 「템페스트」(1611) 등이 있다.

운문 문학의 최고 절정

셰익스피어는 살아 생전 자신의 희곡 37편 가운데 절반에 가까운 작품들이 출판되는 것을 지켜보았다. 또한 정확한 창작 시기는 불분명하지만 1609년에 「소네트집」도 발간되었는데, 이것은 영국 소네트의 정수라는 찬사를 얻었다.

셰익스피어는 1610년 「겨울 이야기」가 초연되던 해에 귀향한 것으로 짐작되는데, 그가 고향 스트랫퍼드어폰에이번의 트리니티 교회에 안장된 지 3년이 지난 1619년에 토머스 파비어가 그의 희곡 선집을 기획·발간했으나 완간을 보지는 못했다.

총 10권이 나온 파비어의 셰익스피어 선집은 「헨리 6세」(제2부), 「헨리 6세」(제3부), 「헨리 5세」, 「윈저공의 명랑한 아낙네들」, 「베니스의 상인」, 「페리클레스」, 「한여름 밤의 꿈」, 「요크셔의 비극」, 「서 존 올드캐슬」, 「리어왕」 등이었다.

그리고 1622년 「오셀로」가 출판되었으며, 1653년에는 이전에 셰익스피어의 동료 배우였던 존 헤밍과 핸리 콘델의 편집으로 최초의 셰익스피어 단권 전집이 출판되었다.

셰익스피어의 희곡은 연극이라는 매개체를 통해 인간 내면에 도사린 다양한 면모를 극적이면서도 시적으로 잘 드러내 보인 운문 문학의 절정이었다고 할 것이다.

베니스의 상인

등장인물

안토니오_ 베니스의 상인으로 친구 바사니오에게 여비를 마련해 주기 위해 샤일록에게 가슴살 1파운드를 걸고 돈을 빌렸다가 목숨을 잃게 되는 위기에 놓이지만 포셔의 기지로 이를 벗어난다.

바사니오_ 안토니오의 친구이자 포셔의 구혼자. 안토니오의 배를 담보로 여비를 마련해 구혼에 성공한다.

포셔_ 벨몬트의 부유한 유산 상속녀로 아버지의 유언에 따라 구혼자들을 시험한다. 재산뿐 아니라 미모와 지혜를 갖춰 안토니오를 위기에서 구해 준다.

샤일록_ 유대인 고리대금업자로 피도 눈물도 없는 악당으로 비쳐지지만, 재판에도 지고 기독교로 개종할 것을 명령받는 비극적 인물이다.

제시카_ 샤일록의 딸로, 아버지와는 대조적으로 상냥한 성품을 갖춘 처녀이다.

로렌조_ 제시카의 애인이자 안토니오의 친구

그레시아노/살레리오/솔라니오_ 안토니오의 친구들

네리사_ 포셔의 하녀로 변장을 하고 법정에서 포셔를 도와 안토니오의 목숨을 구해 준다.

튜벌_ 유대인, 샤일록의 친구

론슬롯_ 어릿광대. 샤일록의 하인이었다가 자발적으로 안토니오의 하인이 된다.

고보 노인_ 론슬롯의 아버지

베니스의 공작/모로코 왕/아라곤 왕_ 포셔의 구혼자들

레오나르도_ 바사니오의 하인

밸서저_ 하녀

베니스의 고관들, 법정의 관리들, 간수, 하인들, 시종들

줄거리

고리대금업자 샤일록과 거상인 안토니오와 맺은 이상한 계약서. 돈을 빌려주는 대신 만일 갚지 못하면 1파운드의 살 한 덩어리를 달라고 하는 계약에서 이야기는 시작된다.

베니스의 상인 안토니오는 어느 날 친한 친구 바사니오로부터 돈을 빌려 달라는 부탁을 받는다. 미모의 유산 상속녀인 포셔가 벨몬트에 살고 있기 때문이다. 아버지의 뜻을 좇아 구름처럼 몰려오는 구혼자들에게 금·은·납으로 된 상자들 중 하나에 자기 초상화를 넣어 놓고 그중 한 가지를 선택하게 함으로써 결혼 상대를 고르는 방법을 취한 것이다.

결국 안토니오는 바다에 떠 있는 배를 담보로 하여 유대인 고리대금업자인 샤일록으로부터 돈을 빌린다. 그리고 돈을 기한 내에 갚지 못할 경우엔 자기의 가슴살 1파운드를 베어 주겠다는 증서를 써준다.

그러나 안토니오는 자신이 소유한 배가 선적물을 싣고 항해하다가 난파됨으로써, 모든 재산을 잃은데다 빚을 못 갚아 살 1파운드를 떼어 줘야 하는 위기에 처한다. 이 소식을 들은 바사니오는 서둘러 달려오지만 달리 도울 길이 없다. 안토니오를 법정에 세운 샤일록은 살을 떼기 위해 칼을 간다.

이때 남자로 변장한 포셔가 베니스 법정의 재판관으로 출현해, 살은 주되 피를 흘려서는 안 된다고 선언함으로써 샤일록을 굴복시킨다. 샤일록은 재산을 몰수당하는 것과 동시에 기독교로 개종할 것을 명령받는다. 그때 안토니오는 샤일록에게 호의를 베풀어 제시카에게 유산상속을 하도록 한다.

이 작품에서 당시 런던 시민이 가지고 있던 증오심과 반유대 감정을 샤일록이란 인물을 통해 엿볼 수가 있다.

제1막

제1장

베니스의 부두

안토니오와 살레리오, 솔라니오 등장

안토니오 정말이지, 왜 이렇게 기분이 우울한지 모르겠네. 짜증이 나고 미칠 것만 같아. 자네들도 그 때문에 지쳤다고들 하지만 어쩌다 우울증에 걸렸는지, 우울증이 어떻게 생겨먹었는지, 내가 어떻게 우울증에 빠져들었는지, 우울증이 어디서 왔는지를 난 도무지 알 수가 없네. 어쨌든 사람을 멍청하게 만들어 놓는 우울증에 걸려 아무리 애를 써도 내가 왜 이러는지, 어쩌다가 이런 꼴이 됐는지 도무지 모르겠네.

살레리오 자네 마음이 바다 위에서 바람 따라 요동치는 파도 같아서 그렇겠지. 자네의 큰 배들은 바람을 잔뜩 받아 불룩해진 돛을 달고, 마치 바다의 귀족이나 부호 또는 수레처럼 날아가듯 바다 위를 질주하고 있을 거야. 그래서 연방 머리 숙여 굽실거리는 작은 배들을 내려다보면서 스쳐 지나가는 거겠지.

솔라니오 하긴 그럴 테지. 여보게, 나 역시 그 많은 재산을 위험한 바다에 투자했다면 마음이 온통 거기에 가 있을 거야. 그뿐인가. 바람의 방향을 알아본답시고 계속 들풀을 뽑아 공중에 날리기도 하고, 항구나 부두나 정박지를 물색한답시고 해도를 샅샅이 뒤지며 호들갑을 떨었을 테지. 또 폭풍이 분다거나 내 사업에 조금이라도 불리한 일을 만날 때마다 나도 틀림없이 자네처럼 우울증을 겪을 걸세.

살레리오 난 뜨거운 국물을 불어 식히느라 후 부는 내 입김에도 태풍을 떠올리고 오싹했을 거야. 태풍이 바다에서 일으킬 커다란 손해를 연상하고 말이야. 모래시계의 모래를 보면서 분명 모래톱이나 갯바닥을 떠올릴 테고, 화물을 잔뜩 실은 내 배가 모래바닥에 쓰러져 돛대 꼭대기를 낮게 기울어뜨리면서 제 무덤을 파는 광경을 연상할 거야. 예배당에서 웅장한 석조 건물을 보면서도 위험한 암초를 연상할 게 분명해. 그런 암초에 배 옆구리가 슬쩍 스치기만 해도 산산조각이 날 테고, 그러면 배에 실린 온갖 향료들은 바닷물 위에서 춤을 추고, 비단은 거친 바다를 충분히 뒤덮겠지. 요컨대 아무리 많은 재산이라도 한순간에 몽땅 사라져서 알거지가 될 수 있다는 말일세. 생각만 해도 우울한데, 이런 일이 실제로 일어날지도 모른다고 생각하면 어찌 우울증에 빠지지 않을 수 있겠나? 설명하지 않아도 알겠네, 안토니오. 자넨 지금 배에 실은 화물 때문에 우울증에 걸린 걸세.

안토니오 그런 건 아니네. 다행히 나는 내 물건 모두를 배 한 척에다 싣지도 않았고, 어느 한 곳과 거래하는 것도 아니네. 그리고 내 전 재산이 올 한 해의 운수에만 달려 있는 것도 아니니, 내가 화물 때문에 우울증에 빠진 것은 아니야.

솔라니오 그럼 대체 무슨 일인가? 연애라도 하고 있는 건가?

안토니오 천만에. 그런 소릴랑은 하지도 말게.

솔라니오 연애가 아니라고? 그렇다면 즐겁지 않으니 우울하다는 말이로군. 그리고 우울하지 않다면 당연히 즐겁게 웃을 테지. 두 얼굴을 가진 신 야누스를 두고 맹세하건대, 자연은 자고로 묘한 인간들을 만들어

왔지. 두 눈을 새초롬히 뜬 채 실실거리는 사람이 있는가 하면, 슬픈 피리 소리를 듣고도 웃어대는 사람들도 있지. 식초라도 마신 듯 찌푸리는 사람들이 있는가 하면, 우스운 농담을 듣고도 여간해선 이를 드러내며 웃으려 들지 않는 사람들도 있지.

바사니오와 로렌조, 그레시아노 등장

솔라니오 저기 자네의 가장 소중한 친구 바사니오가 오는군. 그레시아노와 로렌조도 함께. 그럼, 훌륭한 친구들이 왔으니 우린 이만 물러나겠네.

살레리오 자네 기분이 나아질 때까지 있으려 했지만, 우리보다 더 좋은 친구들이 왔으니 우린 그만 가 봐야겠네.

안토니오 자네들이야말로 나한텐 가장 소중한 친구들일세. 실은 일이 있어서 마침 잘됐다 싶어 자리를 뜨려는 속셈이 아닌가?

살레리오 여보게들, 모두들 안녕하신가?

바사니오 친구들, 잘 있었나? 우리 언제든 한번 신나게 놀아 보세나. 말해 보게, 언제가 좋겠나? 아니, 표정들이 왜 그런가? 지금 꼭 가야겠나?

살레리오 시간이 생기면 한번 놀아 보세. (살레리오와 솔라니오, 인사를 나누고 퇴장)

로렌조 바사니오 공, 안토니오 공을 만났으니 우린 여기서 물러나는 게 낫겠네. 하지만 식사 때 만나기로 한 장소를 잊지 말게.

바사니오 잊지 않겠네.

그레시아노 안토니오 공, 안색이 썩 좋지는 않구먼. 자네는 세상사를 너무 심각하게 받아들이는 경향이 있어. 세상사를 그렇게 고민한들 무슨 소용이 있겠나. 정말이지 얼굴이 몰라볼 만큼 변했네그려.

안토니오 그레시아노 공, 나는 세상사를 있는 그대로 받아들이고 있다네.

세상을 무대로 여긴다면 우리 모두는 각자의 역할을 맡아 연기를 하는 배우에 지나지 않지. 그런데 내가 맡은 역할이 하필 조금 슬픈 역이라네.

그레시아노 그렇다면 나는 어릿광대 역이나 맡아야겠군. 주름살이야 어차피 늙으면 생기는데, 웃으면서 살아야 되지 않겠나. 속을 태우는 한숨 소리로 심장의 피를 말리는 것보다는 즐거이 술잔을 기울이며 간장을 후끈 덥히는 게 낫겠지. 몸속에 뜨거운 피가 흐르는 사람이 왜 노인처럼 앉아 있어야 한단 말인가? 눈을 뜬 채 잠이라도 잘 텐가? 그렇게 까다롭게 굴다가 병이라도 걸리면 어떡하지? 내 한마디하자면 안토니오, 난 자네가 좋아. 그래서 하는 말이지만 세상에는 별의별 사람들이 있다네. 마치 썩은 물이 고인 웅덩이처럼 생기 없고 딱딱한 표정을 하고 있는 자들도 많지. 그런 자들은 일부러 할 말을 삼킨다네. 세상 사람들로부터 현명하고 진지하고 위엄이 있다는 평판을 듣고 싶어하기 때문이겠지. 대체로 이런 표정을 짓고 있는 자들이지. "나는 신탁을 받은 현인이다. 내가 입을 열면 개 한 마리도 짖지 못하게 하라." 여보게, 안토니오. 나는 이런 부류를 잘 알고 있어. 말이 없는 덕에 현명하다는 소리를 듣고 있는 자들이지. 하지만 막상 이런 자들이 입을 열면 사람들은 차마 듣지 못하고 귀를 틀어막아야 할 걸세. 내 장담하지. 저주받을 줄 알면서도 바보라고 부를 수밖에 없으니까. 이 문제에 대해서는 할 말이 많지만, 다음으로 기회를 미뤄야겠네. 하지만 이처럼 우울한 침묵을 미끼로 세간의 평판을 하찮은 송사리 낚듯 낚으려 하지는 말게. 자, 로렌조, 우린 이만 가세나. 이 문제는 이쯤 해두고 실례하겠네. 식사 후에 마무리를 하지.

로렌조 자, 그럼 일단 헤어졌다가 식사 때 다시 만나세. 나야말로 졸지에 꿀 먹은 벙어리 현인처럼 침묵을 지키고 있었네그려. 도무지 그레시아노가 말할 틈을 주지 않으니 말이야.

그레시아노 그래, 두 해만 나와 같이 다녀 보게. 자네는 자신의 목소리도 잊어버리게 될 걸세.

안토니오 잘 가게. 그럼 나도 이제부턴 말을 많이 해야겠네.

그레시아노 듣던 중 반가운 소리네. 입 다물고 있으면서 칭찬받는 것은 마른 황소 혓바닥이랑 팔릴 가능성이라곤 없는 노처녀뿐이니까! (그레시아노와 로렌조, 웃으며 퇴장)

안토니오 지금 한 말이 다 무슨 뜻인가?

바사니오 뜻이 있을 리가 있나. 저 친구 허튼소리하는 데야 베니스에서 첫손가락 꼽히는걸. 그중 이치에 닿는 말을 찾으려 들자면, 두 포대의 왕겨 속에 섞인 밀알 두 알 정도라고나 할까. 또 막상 찾아낸들 수고한 대가에 미칠 수가 있겠나.

안토니오 그건 그렇고, 이제 말해 보게, 어떤 여성인지. 자네가 남 몰래 사랑의 순례자가 되어 찾겠다던 그 여인이 대체 누군가? 오늘 나한테 말해 주겠다고 약속하지 않았던가?

바사니오 안토니오, 자네도 알고 있다시피 나는 가산을 탕진해 버렸네. 보잘것없는 내 재산으로는 감당할 수 없을 만큼 분수에 맞지 않는 사치스런 생활을 했기 때문이지. 내가 지금 그 사치스러운 생활 수준을 낮추는 걸 갖고 불평하거나 그러는 건 아닐세. 물론 이 생활에서 미련 없이 빠져나올 생각이라네. 지금 가장 큰 문제는 그 빚더미로부터 어떻게 헤어날 것인가 하는 것이네. 분수에 넘치는 생활 덕에 끌어안게 된 빚 말일세. 안토니오, 난 자네에게 물심 양면으로 빚을 지고 있어. 자네의 우정을 믿고 내 계획과 생각을 모두 털어놓을 생각이라네. 내 빚을 청산할 수 있는 계획을 털어놓아도 되겠나?

안토니오 여보게, 바사니오, 어서 그걸 털어놓게. 그리고 언제 어디서나 그래 왔듯이, 자네의 계획이 불명예스러운 것만 아니라면, 안심하게나. 내 육체든 지갑이든, 마지막 한 푼까지도 자네가 필요하다면 모두 아낌 없이 내주겠네.

바사니오 학창 시절에 나는 내가 쏜 화살 하나를 찾지 못하면, 그것과 똑같은 다른 화살을 같은 방향으로 힘을 실어 신중하게 쏘았네. 앞서 잃어버린 화살을 찾아내기 위해서지. 이렇게 두 개의 화살을 다 잃어버릴지도 모르는 모험을 통해 두 개를 모두 찾은 적도 더러 있었지. 지금 새삼 어린 시절의 얘기를 꺼내는 건 내 말이 그때 일처럼 조금 유치하기 때문이야. 여태껏 난 자네에게 큰 빚을 져 왔네. 분별없는 젊은이처럼 처신한 결과로 빚을 낸 돈도 다 잃고 말았지. 하지만 자네가 처음 쏜 것과 같은 방향으로 또 한 개의 화살을 쏘아 준다면, 난 신중하게 그 화살의 행방을 살피고 있다가 두 개의 화살을 모두 찾아오겠네. 혹 두 개를 못 찾는다면 나중에 모험 삼아 쏜 것만이라도 찾아오고, 첫 번째 것에 대해선 고마운 마음을 갖고 채무자로 남겠네.

안토니오 자네는 나를 누구보다 잘 알고 있어. 그러면서 이렇게 빙빙 돌려 나를 떠보려는 건 시간 낭비에 지나지 않아. 자네를 위해서라면 난 뭐든지 할 생각인데 날 의심하다니, 자네가 내 전 재산을 탕진하는 것보다 더한 모욕이라는 걸 명심하게. 자, 말해 보게나. 내가 해줄 수 있는 일이 뭔지 말해 주게나. 내가 해줄 수 있는 일이라고 생각하는 걸 말이야. 그럼 난 그 일을 기꺼이 하겠네. 자, 어서 말해 보게.

바사니오 실은 벨몬트에 많은 유산을 상속받은 처녀가 있는데, 외모도 대단히 아름다운 미인이지. 게다가 더 놀라운 것은, 외모 이상으로 마음씨도 고운 여성이라는 점일세. 언젠가는 그녀가 말로 하지는 않았지만 내게 은근한 눈빛을 보낸 적도 있었어. 그녀의 이름은 포셔. 케이토의 딸이자 브루터스의 아내인 포셔에 견주어도 조금도 손색이 없는 여인이지. 덕분에 그녀에 관한 소문이 세상 곳곳에 알려져 내로라 하는 구혼자들이 동서남북으로 바람을 타고 그녀 주위로 몰려드나 봐. 황금양털 같은 그녀의 머리카락은 관자놀이에서 빛나고, 그녀가 사는 벨몬트는 수많은 구혼자들로 덮여 있다네. 오, 안토니오! 나에게도 그들과 견줄 수 있는 재력이 있다면, 틀림없이 구혼에 성공해서 행운을 차지할 수 있다는 예감이 들어.

안토니오 자네도 잘 알고 있다시피 나의 전재산은 지금 바다 위에 떠 있네. 그래서 지금 내 수중에는 당장 쓸 수 있는 현금도 없고, 담보로 삼을 만한 물건도 없다네. 그러니 베니스에서 내 신용을 담보로 돈을 빌

중세에서의 고리대금업

「베니스의 상인」에는 샤일록이란 아주 지독한 고리대금업자가 나온다. 셰익스피어는 샤일록에 대한 묘사를 매우 신랄하게 하는데 당시 중세 그리스의 철학과 기독교가 모두 고리대금업을 비난한 것에 기인한 것으로 보인다. 1139년에 교황은 고리대금업을 법으로 금지했다. 그러나 상업이 발달하면서 고리대금업의 필요성은 점차 높아졌다. 이에 교회는 독특한 방식으로 해결했는데, 즉 유대인으로 하여금 악역을 맡게 한 것이다. 교황 니콜라스 5세는 예수를 팔아먹고 처형한, 영원히 저주받을 족속인 유대인들로 하여금 고리대금업을 하도록 허용했다. 다시 말해 고리대금업 같은 사악한 직업으로부터 기독교인을 지킨 것이다. 덕분에 유럽 사회의 영원한 아웃사이더였던 유대인들은 고리대금업에 종사할 수 있게 되었다. 이후로도 가톨릭 교회는 계속해서 고리대금업을 비난하고 몰아내야 한다고 역설했다. 돈은 돈을 낳지 못하므로 형제에게 이자를 받아서는 안 된다는 입장이었다.

그러나 종교혁명 후 등장한 신교도들은 고리대금업에 대해서 약간 관대한 입장을 폈다. 종교개혁가 장 칼뱅은 5퍼센트 이자율 한도 내에서는 빌려주어도 좋다고 했다. 네덜란드 신교도와 영국 청교도들도 상한선을 정해놓고 대부업을 허용했다. 그러나 고리대금업에 대한 대중의 오해와 증오는 문학작품 등을 통해서 오히려 확산되었다.

비정하고 악랄한 고리대금업자가 문학에 등장하여 대중들의 고리대금업자에 대한 혐오감을 증폭했다. 셰익스피어의 「베니스의 상인」의 유대인 고리대금업자 샤일록과 도스토예프스키의 「죄와 벌」의 고리대금업자 노파도 그 예이다.

릴 수 있다면 구해 보게. 벨몬트의 아름다운 포서를 찾아갈 비용을 마련하기 위해서라면 가능한 한 최선을 다해 보게. 지금 당장 가서 알아보게. 나도 알아볼 테니. 난 아무래도 좋아. 자네가 필요한 돈을 마련하기 위해 내 신용을 담보로 하건 나를 담보로 하건, 그건 전혀 개의치 않겠네. (두 사람 모두 퇴장)

제 2 장

벨몬트, 포셔 저택의 방

포셔와 하녀 네리사 등장

포셔 정말이지, 네리사. 내 이 작은 몸뚱이로 크고 넓은 세상을 감당하는 일에도 이젠 지쳤어.

네리사 그러실 겁니다, 아가씨. 만일 아가씨께서 누리시는 행복이 불행과 맞먹는다면 그렇겠죠. 그러나 제가 알기로는 사람은 먹을 게 없어 굶주려도 병이 나지만, 과식을 해도 병이 들지요. 그러니 알맞게 사는 게 가장 행복하게 사는 거죠. 무엇이든 과한 것보다는 분수를 지키는 게 중요하답니다.

포셔 훌륭한 격언이로구나. 네 입담도 좋고.

네리사 격언은 듣는 것보다는 따르는 것이 더 좋답니다.

포셔 좋은 일을 실천하는 게 무엇이 좋은 건지 아는 것만큼 쉬운 일이라면 작은 성당을 큰 성당으로, 가난뱅이의 오두막을 제왕의 궁전으로 바꿀 수도 있겠지. 자신의 설교를 실천으로 옮기는 성직자도 훌륭한 분이고. 스무 명에게 착한 일을 하라고 가르치는 건 쉽지만 자신의 말을 스스로 실행하기는 힘든 법이야. 이성은 열정을 제어할 방도를 찾아내겠지만 뜨거운 열정은 찬 계율을 뛰어넘는 법이니까. 청춘은 미친 토끼와 같아서 둔한 절름발이 지혜가 쳐놓은 그물을 뛰어넘는 법이거든.

하지만 내가 이론에 이렇게 강하다 해도 남편감을 고르는 일에는 전혀 도움이 되지 않아. 아, 선택이라는 낱말이여! 내가 원하는 사람을 선택할 수도, 싫은 사람을 거절할 수도 없다니. 그야말로 살아 있는 딸이 돌아가신 아버지의 유언장에 매여 있다면, 내 처지가 너무한 건 아니니? 누굴 택할 수도, 거절할 수도 없으니 말이야.

네리사 아가씨의 아버님께서는 참으로 훌륭한 어른이셨지요. 성인들은 임종의 순간에 영감이 떠오른다고 하잖아요. 아마 아버님께서도 뭔가 영감을 얻으셨기 때문에 금, 은, 납으로 세 개의 상자를 만들어 그들이 제비뽑기하도록 하신 거겠죠. 당신의 뜻을 헤아리는 사람만이 아가씨를 선택하실 수 있도록요. 아마 아가씨를 진정으로 사랑하는 사람만이 올바른 상자를 선택할 수 있겠죠. 그런데 지금까지 청혼해 오신 귀공자님들 가운데는 아가씨의 마음에 든 분이 없었나요?

포셔 그럼 그들의 이름을 하나씩 대 봐. 이름을 대면 한 사람씩 평을 해 볼게. 그리고 내 평을 듣고 내 마음을 맞혀 봐.

네리사 먼저 나폴리의 공작님요?

포셔 글쎄, 그분은 망아지 빼고 나면 말할 것도 없어. 입만 열면 말 얘기뿐이었지. 말에 손수 편자를 박을 수 있는 것이 무슨 대단한 재주라도 되는 양 뽐내는 꼴이라니. 그 사람 어머니가 대장장이와 무슨 불륜 관계라도 맺은 건 아닐까?

네리사 그럼 팰러타인 백작님은요?

포셔 아, 그 사람. 늘 우거지 상이었지. 마치 '내가 싫다면 어디 마음껏 골라 보시오'라고 말하는 것 같았어. 아무리 재미있는 얘기를 해도 웃지도 않고. 아마 나이가 더 들면 울상을 한 철학자가 되겠지. 젊을 적에도 그렇게 심하게 우울하니 말이다. 그들 중 누구와 결혼하느니 차라리 뼈를 물고 있는 해골과 결혼하는 편이 낫겠어.

네리사 그럼 아가씨. 프랑스의 귀족 르 봉 경은 어때요?

포셔 하느님께서 만들어 놓으셨으니 그 사람도 남자로 불러야겠지. 나도 사람을 조롱하는 게 죄라는 건 알고 있어. 하지만 그 사람만은 어쩔 수 없구나. 그래도 나폴리 공작보다는 더 좋은 말을 갖고 있는 듯싶더라. 우울한 표정은 팰러타인 백작보다 한술 더 뜨고. 게다가 주체성이라곤 없는지 이 사람 저 사람 흉내만 내더구나. 티티새가 울어도 춤을 추고 자기 그림자와도 칼싸움을 할 수 있는 그런 위인이지! 그런 사람과 결혼하려 들었다면 스무 번도 더 했겠다. 그 사람이 날 무시해도 난 얼마든지 넘어갈 수 있단다. 하지만 미친 듯이 사랑한다면 난 그 사람을 받아들일 수 없어.

네리사 그럼 영국의 젊은 남작 폴콘브리지는요?

포셔 아, 그 사람. 그 사람에게는 한마디도 하지 않았다는 걸 너도 알잖아. 그는 라틴어도, 프랑스어도, 이탈리아어도 모르고, 내가 영어를 모른다는 건 법정에서 증언해도 될 만큼 자명한 일이잖니? 겉모습은 그림처럼 멀쩡하더라만 벙어리와 평생 살 수는 없지. 게다가 옷차림이 정말 이상했어. 상의는 이태리에서, 꼭 끼는 하의는 프랑스에서, 모자는 독일에서 산 게 분명하고, 행동거지는 이 나라, 저 나라에서 주워 모은 것 같았어.

네리사 그럼 그분의 이웃나라 사람인 스코틀랜드 귀족은 어떻게 생각하시는데요?

포셔 예수님 형님이지. 이웃을 사랑하는 박애정신만큼은 대단했어. 그 영국인에게 따귀를 한 대 맞고는 때가 되면 또 한 대 맞기 위해 다른 쪽 귀를 내밀겠노라고 맹세했다더군. 그 프랑스 분이 보증인으로 나선 것 같던데.

네리사 그럼 색소니 공작의 조카 되시는 그 젊은 독일 청년은 어떻습니까?

포셔 멀쩡한 정신으로 있는 아침에도 싫지만, 술에 취해 있는 저녁에는 더 싫어지는 인간이야. 가장 좋을 때조차 인간 이하이니, 최악의 경우에는 짐승이나 다름없겠지. 최악의 상황이 올지라도 그런 사람의 신세만은 지게 되지 않기를 바랄 뿐이야.

네리사 그러나 만일 그분이 상자를 선택하러 와서 올바른 상자를 고른다면 어떡하죠? 그분을 거절하신다면 아가씨는 아버님의 유언을 거역하시는 셈이 되잖아요.

포셔 그러니까 그런 최악의 일이 일어나지 않도록, 상자 위에 라인산 백포도주가 가득 담긴 술잔을 놓아 둬. 비록 상자 안에 악마가 있더라도 술의 유혹을 못 이기고 그 상자를 선택할 테니까. 네리사, 무슨 일이 있더라도 해면처럼 술에 절은 주정뱅이와는 결혼하지 않겠어.

네리사 아가씨, 걱정하지 마세요. 지금 말씀하신 분들과는 결혼하지 않게 됐으니까요. 그분들이 결심한 걸 저에게 알려준 바에 의하면, 모두들 고국으로 돌아가면 두 번 다시 구혼 문제로 아가씨를 괴롭히지 않겠대요. 아버님 유언대로 상자를 선택하는 방법이 아니라 다른 방법으로 아가씨와 결혼할 수 있으면 또 모를까, 더 이상 치근대지는 않겠다고 제게 말했지요.

포셔 아무리 오래 살지라도 난 처녀 신 아르테미스(다이애나)처럼 순결을 지키다 죽을 거야. 아버님의 유언에 따라 남편감을 고르지 않는다면 말이다. 아무튼 고맙구나. 한 궤짝이나 되는 구혼자들이 현명한 판단을 해줘서. 그 가운데 없어서 서운한 인물은 없으니 말이다. 하느님께 그 사람들이 무사히 떠나도록 빌어야겠다.

네리사 그런데 아가씨, 혹시 기억나지는 않으세요? 아버님께서 살아 계실 때 몽페라르 후작 일행과 같이 이곳에 오셨던 분 말예요. 학자이면서 군인이셨던 그 베니스 분 말이죠.

포셔 오, 그래. 생각나고말고. 그분은 바사니오라는 이름이었지, 아마. 사람들이 그렇게 불렀던 것 같아.

네리사 바로 그분이 맞아요. 제 부족한 두 눈으로 보아도 아름다운 아가씨의 배필로는 그분이 최고였어요.

포셔 나도 기억나. 그분이라면 네가 칭찬할 만하지.

하인 등장

포셔 왜? 무슨 일이라도 있니?

하인 아가씨, 먼저 오신 네 분의 손님들께서 아가씨께 작별인사를 드리시겠답니다. 그리고 다섯 번째 손님이신 모로코의 영주께서는 사자를 한 사람 보내셨군요. 오늘 밤 이곳에 도착하시겠답니다.

포셔 다섯 번째 손님을 다른 네 분과 작별 인사하듯 가볍게 맞을 수만 있다면 그분이 오는 걸 환영할 텐데. 그분이 성자와 같은 성품에 악마와도 같이 검은 얼굴의 소유자라면, 내게 청혼하기보다는 나를 참회시키려고 들겠지. 자, 네리사, 먼저 들어가 보렴. 간신히 청혼자 한 사람을 보냈더니, 다른 청혼자가 또 문을 두드리는구나. (모두 퇴장)

제 3 장

샤일록의 집 앞에 있는 베니스 광장

바사니오와 샤일록 등장

샤일록 삼천 더컷이라 했겠다.

바사니오 그렇소. 석 달만 빌려주시오.

샤일록 으음, 석 달이라.

바사니오 아까도 말했듯이 보증은 안토니오가 설 것이오.

샤일록 으음, 보증은 안토니오 나리께서 서신다.

바사니오 날 좀 도와주겠소? 내 청을 들어주겠냐 말이오. 대답을 좀 해보시오.

샤일록 삼천 더컷을 석 달만이라, 그리고 보증은 안토니오 나리께서 서시고.

바사니오 어떻게 하시겠소?

샤일록 안토니오 나리야 좋은 분이시죠.

바사니오 안토니오 공에 대해 무슨 나쁜 평이라도 들은 적이 있소?

샤일록 아니, 그럴 리가 없지요. 내가 좋은 분이라고 말씀드린 것은, 보증인으로는 재력이 괜찮다는 말이지요. 하지만 그분의 재산이란 게 확실치는 않아요. 바다에 떠 있다는 말씀이죠. 그분의 상선 한 척은 트리폴리스로, 또 한 척은 서인도로, 그리고 또 한 척은 멕시코로, 또 다른 한 척은 영국으로 가고 있는 중이라고 들었소. 그러니까 그분의 재산이란 건 세계 각지에 흩어져 있는 셈이죠. 그런데 배란 것은 그저 나무 판대기에 불과하고, 선원들 역시 인간에 지나지 않죠. 게다가 물에는 물쥐와 도둑과 해적들이 득실거릴 뿐더러 파도와 태풍에다 곳곳에 암초의 위험이 도사리고 있다는 말씀입니다. 그건 그렇지만, 그분의 재력이야 충분하지요. 삼천 더컷이라, 그분의 보증을 받아들여도 괜찮을 것 같소.

바사니오 괜찮다면 우리 함께 식사라도 합시다.

샤일록 (방백) 그래, 돼지고기 냄새를 같이 맡으라고? 당신들의 예언자 나사렛 사람이 요술을 부려 악마를 그 몸속에 처넣어 사육했다는 그 돼지고기를 같이 먹으라고? 당신네들과 사고 팔고, 이야기도 하고 함께 걸으며 다른 일은 같이 하겠지만, 같이 먹고 마시고 기도하는 것만은 어림없는 일이지. 거래소에 무슨 소식이라도 있소? 지금 오시는 분이 누구시더라?

안토니오 등장

바사니오 안토니오 공이로군.

샤일록 (방백) 영락없이 아첨만 할 줄 아는 세리의 상판대기군! 내가 저 놈을 미워하는 건 예수쟁이기 때문이지. 게다가 겸손한 척 어수룩하게 행동하면서 이자를 받지 않고 돈을 빌려주는 통에 베니스의 고리대금 금리만 떨어졌으니 더욱 미울 수밖에. 어디 내 그물에 한번 걸리기만 해봐라, 내 해묵은 원한을 모조리 풀어 낼 테니까. 저 놈은 하느님의 백성인 우리 유대인을 증오할 뿐만 아니라 상인들이 모인 곳에서 나와 내 사업 그리고 내가 애써 벌인 정당한 돈벌이를 고리대금업이라고 비난

했던 놈이라고. 내가 저 놈을 용서한다는 건 내 종족에게 못할 일이지.

바사니오 이봐요, 샤일록. 듣고 있는 거요?

샤일록 지금 내 수중에 있는 돈을 계산해 보고 있는 거요. 한데 생각나는 대로 헤아려 봐도 삼천 더컷이라는 거금을 당장 조달하기는 어려울 것 같소이다. 하지만 염려하시지는 마소. 우리 유대인 동포 가운데 튜벌이라는 부자가 있는데, 그가 내게 융통해 줄 수 있을 테니. 그런데 잠깐, 기간이 몇 달이라고 하셨더라? (안토니오에게) 안녕하십니까, 나리! 방금 나리 얘기를 하고 있던 참이었습니다.

안토니오 샤일록, 나는 원칙적으로 이자를 받고 돈을 빌려주지도 않고, 이자를 주고 돈을 빌리지도 않는데, 이번만은 어쩔 수 없이 친구가 급전을 필요로 하는 바람에 관례를 깨는 거요. 친구가 얼마나 필요하다고 했소? (바사니오에게) 저 사람에게 말했는가, 자네가 필요한 금액이 얼마인지?

샤일록 그렇소. 삼천 더컷이라 하셨소.

안토니오 그리고 기간은 석 달이오.

샤일록 참, 깜빡했네. 석 달이라고 말씀하셨지. 자, 그럼 나리께서 보증을 서 주시지요. 그런데 듣자하니, 나리께서는 이자를 받고 돈 거래를 하지 않으신다고 말씀하신 것 같은데…….

안토니오 그렇소. 그게 내 식이오.

샤일록 야곱이 자기 삼촌인 라반의 양을 치던 시절에는 그랬소. 우리의 성스러운 선조 아브라함의 후손인 야곱은, 머리 좋은 모친이 형을 제쳐놓고 술책을 쓴 덕에 삼 대째의 상속자가 되신 분이었소.

안토니오 그 야곱이 어쨌단 말이오? 그가 이자 놀이라도 했단 말이오?

샤일록 천만에요. 나리께서 말씀하시는 이자를 받지 않았지요. 나리처럼 이자를 받지는 않았지만, 야곱이 한 일을 말씀드리죠. 그분은 삼촌 라반과 약속을 했답니다. 그 해에 태어나는 새끼 양 가운데서 줄무늬와 얼룩이는 모두 품삯으로 차지하겠다고요. 이윽고 가을이 되어 발정한 암컷이 수컷을 찾고, 털이 북실북실한 양들 사이에서는 짝짓기가 한창 이루어지던 때였죠. 그 영리한 야곱은 나뭇가지 몇 개의 껍질을 벗긴 다음, 발정해서 교미가 한창인 암컷 앞에다 박아 놓았답니다. 그랬더니 해산할 때가 되어 새끼 양들이 나왔는데, 얼룩이만 태어나 모두 야곱 의 차지가 되었지요. 이것이 야곱이 부자가 된 비결이죠. 하느님의 축 복을 받은 거겠죠. 도둑질만 아니라면 뭐든 해서 돈을 벌어야지요.

안토니오 야곱이 한 일은 일종의 투기였어. 그리고 인간의 힘으로 그렇게 된 것이 아니라 하느님의 손 덕분이었고. 그건 그렇고, 이자놀이를 정 당화하려고 그 얘기를 꺼낸 거요? 당신의 금화와 은화가 양의 암컷이 나 수컷과 같다는 말이오?

샤일록 그거야 모르는 일이죠. 돈도 빨리 새끼를 치니까요. 그런데 제 말 씀 좀 들어 보세요, 나리.

안토니오 잘 들었나, 바사니오? 제 이익을 위해서라면 악마조차 성경구절 을 인용하는 세상이라네. 하지만 사악한 인간이 성경구절을 인용해 봤 자 악당이 미소를 짓는 것과 뭐가 다르겠나. 겉은 온전하지만 속은 썩 은 사과 같다고나 할까. 아, 거짓도 외양만은 얼마나 멀쩡한가!

샤일록 삼천 더컷이라, 참으로 큰돈이지. 열두 달 중 석 달이라, 가만 연리 로 계산 좀 해봐야겠네…….

안토니오 그래, 샤일록. 신세 좀 질 수 있겠소?

샤일록 안토니오 나리, 거래소에서 돈놀이를 한답시고 저를 수없이 비난 하셨지요. 제가 빌려준 돈과 이자를 싸잡아 말입니다. 그래도 전 어깨 를 움츠리며 꾹 참아내곤 했지요. 인내는 우리 유대 민족의 미덕이니 까요. 당신은 나를 두고 이교도라느니, 사람 잡는 개라느니 하면서 우리 웃옷에다 서슴없이 침을 뱉었지요. 내 돈을 내 마음대로 이용하는 걸 두고 말이죠. 그런데 지금 나리께서는 이 개새끼의 돈이 필요하시다고요? 거 참, 나리께서 내게 오셔서 "샤일록, 돈 좀 빌릴 수 있을까?" 물어 보셨죠. 내 수염에 가래침을 뱉으며 문지방에서 낯선 들개를 걷어차듯 날 발길질하던 나리께서 이젠 돈을 꿔 달라고 하시니 내가 뭐라고 말씀드려야 할까요? 이렇게 말씀드리면 될까요? "개에게 무슨 돈이 있겠습니까? 그게 말이나 됩니까? 들개에게 삼천 더컷이란 거액을 빌려달라는 게?" 아니면 노예처럼 머리를 조아리고 숨을 죽여 가면서 들릴 듯 말 듯 기죽은 목소리로 이렇게 말씀드릴까요? "훌륭한 나리께서는 전에 내 얼굴에 침도 뱉고, 언젠가는 발길질도 하면서 개새끼라고 마구 욕을 하신 적이 있지요. 그 친절에 대한 보답으로 이렇게 많은 돈을 빌려 드리겠나이다"라고 할까요?

안토니오 앞으로도 나는 당신을 개새끼라고 부르고, 계속 침도 뱉을 거고, 발길질도 할 것이오. 그러니 친구에게 돈을 빌려준다는 식으로 생각하지는 마시오. 친구가 새끼도 치지 못하는 쇠붙이를 빌려주고 이자를 받아먹을 리가 있겠소? 차라리 원수에게 그 돈을 빌려주었다고 생각하시오. 그래야 계약을 어길 경우 좀더 당당하게 위약금을 받아낼 수도 있지 않겠소?

샤일록 아니, 이보십시오. 왜 화부터 내시고 그럽니까? 저는 나리와 친구가 되고 싶기도 하고, 우정도 나누고 싶어서 여태껏 받은 모욕도 잊고서 이자를 한푼도 받지 않고 필요한 돈을 융통해 드리려고 하는데, 제 말은 끝까지 들어 보시지도 않고 무시하는군요. 제 호의를 이런 식으로 무시하시다니…….

바사니오 그 참 호의라면 좋겠소만…….

샤일록 그럼 선심을 좀 쓰겠습니다. 자, 함께 공증인에게 가서 나리 한 분의 서명이라도 좋으니 차용증서에 도장을 찍어 주시지요. 그리고 농담 삼아 말씀드리는 건데, 만일 나리께서 차용증서에 명시된 대로 지정된 날짜와 지정된 장소에서, 지정된 액수의 돈을 갚지 못하실 경우, 위약금으로 나리의 몸 어디에서든 내가 원하는 곳을 살 1파운드만 주시는 게 어떻습니까?

안토니오 좋소. 그런 증서라면 서명하겠소. 그리고 사람들에게 유대인도 친절하더라고 널리 말해 주겠소.

바사니오 안 되네. 나 때문에 그런 차용증서에 도장을 찍을 수는 없네. 차라리 빈한하게 지내는 게 낫겠네.

안토니오 아니, 걱정 말게, 이 친구야. 내가 위약할 리가 있겠나. 두 달 안으로, 그러니까 이 차용증서에 기록된 만료일 한 달 전에, 증서에 명시된 금액의 세 배에 다시 세 곱을 한 큰돈이 들어온다네.

샤일록 오, 아버지 아브라함이시여! 기독교도들은 다 이런가요? 자기네들이 가혹한 짓을 일삼으니까, 다른 사람의 호의도 믿지 못하나 봅니다. 자, 한마디만 합시다. 만일 증서에 명시된 약속날짜를 어겼다 해서, 내가 그 위약의 대가를 받아낸들 무슨 이득이 있겠소? 사람 몸에서 베어 낸 1파운드의 인육이 무슨 쓸모가 있겠소? 양고기나 쇠고기나 염소 고기보다 가치도 없고 쓸모도 없지요. 난 그저 나리의 호의를 얻기 위해 우정을 베푸는 겁니다. 제발 내 호의를 오해 마십시오.

안토니오 좋소, 샤일록. 내 증서에 도장을 찍겠소.

샤일록 그럼 공증인 사무실에서 만납시다. 그에게로 가서 이 재미있는 차용증서를 작성해 달라고 지시하시지요. 난 돈을 마련해 갈 테니까. 돈을 마구 쓰는 칠푼이한테 집을 맡겨 놨더니 걱정이 돼서 집에 좀 들렀다가 곧장 나리께서 계시는 곳으로 가겠습니다.

안토니오 그렇게 하시오, 친절한 유대인 양반. (샤일록 퇴장) 저 유대인 놈이 기독교로 개종할 생각인가? 갑자기 친절해졌으니 말이야.

바사니오 난 마음에 안 들어. 말은 번지르르하지만 악당 심보를 가진 게 틀림없어.

안토니오 자, 가세. 이 일은 걱정할 게 없네. 내 배들이 약속 날짜보다 한 달이나 먼저 돌아올 텐데 뭘. (두 사람 퇴장)

제2막

제1장

벨몬트, 포셔 저택의 방

요란한 나팔 소리. 모로코 영주와 서너 명의 수행원, 포셔, 네리사 그리고 하인들 등장

모로코 영주 내 얼굴 색 때문에 나를 싫어하지는 마시오. 이 색깔은 작열하는 태양이 내게 입혀 준 검은 옷이니까. 난 바로 그 태양의 이웃으로 태양 가까이에서 태어났소. 태양신 아폴론의 뜨거운 불길로도 고드름을 녹이지 못한다는 북쪽의 흰 얼굴을 가진 미남을 데려와 나와 비교해도 좋소. 당신의 사랑을 받기 위해서라면 그의 피와 내 피 중에서 누구 피가 더 붉고 뜨거운지 시험해 봐도 좋소. 아가씨, 내 신께 맹세하지만, 내 얼굴을 보고 용감한 자들도 공포에 떨었답니다. 사랑을 걸고 맹세할 수 있소. 우리나라 최고의 아름다운 미인들도 내 얼굴에 반했다오. 당신의 마음을 훔칠 수 있다면 모를까, 내 얼굴 색을 바꿀 생각은 추호도 없소. 나의 여왕이시여.

포셔 저는 배필을 선택할 때 보통 처녀들처럼 자신의 안목을 따를 수가 없답니다. 더구나 제 운명은 제비뽑기에 달려 있으니, 제 마음대로 배필을 선택할 권리가 없는 셈이지요. 아버지께서 그런 유언을 남기시지 않고 제 뜻을 좇도록 하셨다면, 고매하신 영주님이야말로 지금껏 제 사랑을 얻기 위해 여기까지 온 구혼자들 중에 제일 훌륭하신 분이라 생각합니다.

모로코 영주 말씀만이라도 고맙소. 그럼 제발 상자가 있는 곳으로 날 안내해 주시오. 내 운명을 시험해 보리다. 터키의 황제 솔리먼을 세 번이나 물리쳤고, 페르시아의 사파이 왕도 베어 버린 이 명검을 두고 맹세할 수 있소. 그 어떤 매서운 눈빛이라도 마주 보아 이길 것이고, 제아무리 담이 큰 놈이라도 기를 꺾어 놓겠다는걸. 곰의 품 속에서 젖을 빨아먹고 있는 곰새끼라도 어미 품에서 떼어 놓을 수 있소. 으르렁거리며 표효하고 있는 사자조차 싸워 이길 것이오. 당신을 내 아내로 맞이할 수만 있다면 말이오. 헤라클레스와 그의 하인 라이커스가 만일 주사위를 던져 어느 쪽이 더 센지를 가르려고 한다면 운수에 맡길 수밖에 없는 일. 아무리 헤라클레스 같은 천하장사라도 삼척동자에게 질 수도 있지요. 나 역시 그렇게 될 수도 있고요. 눈이 먼 운명의 신을 좇다가 하찮은 인간이 손쉽게 얻을 수 있는 것도 놓쳐 버리고 슬픔 속에서 눈을 감을지도 모르는 일이오.

포셔 모든 걸 운명에 맡길 수밖에 없지요. 아예 상자 고르는 일을 단념하시든가, 아니면 상자를 고르시기 전에 맹세해야 합니다. 상자를 잘못 고르실 경우 앞으로 어떤 여성에게도 청혼을 하지 않겠다고 말입니다. 그러니 잘 생각해 보시기 바랍니다.

모로코 영주 이제 와서 그만둘 수는 없소. 자, 그러면 운명의 시험대로 나를 안내해 주시오.

포셔 먼저 교회부터 가셔야 합니다. 그곳에서 식사를 마친 후 운명의 선택을 하시면 되고요.

모로코 영주 그때 행운이 깃들기를! 구혼자들 중 가장 행복한 사람이 될지, 가장 불행한 사람이 될지 이제 곧 결정이 나겠구나. (나팔 소리, 모두 퇴장)

제 2 장

베니스의 거리

어릿광대 론슬롯과 고보 등장

론슬롯 정말이지, 내가 이 유대인 주인 놈으로부터 도망치더라도 양심에 거리낄 건 전혀 없다고. 게다가 악마란 놈이 허구한 날 내 팔꿈치를 툭툭 치면서 줄행랑을 치라고 날 유혹하고 있거든. "론슬롯, 론슬롯, 착한 론슬롯" 하거나, "착한 론슬롯, 대체 다리는 뒀다 어디에 쓸 거야? 어서 뛰쳐나와 도망쳐" 하는 거야. 하지만 내 양심이란 녀석은 또 이렇게 말하지. "아니야, 잘 생각해 봐, 착한 론슬롯" 하거나 "정직한 론슬롯, 도망치지 마, 그런 생각일랑 걷어차 버려"라고 말하거든. 그럼 나는 악마와 내 심장에 매달린 양심에게 번갈아 이렇게 말하지. "네 충고가 옳아" 하고 말이야. "론슬롯, 꼼짝 말라니까" 하는 양심의 말을 따르자면 유대인 놈 집에 눌러 있어야 하는데, 사실 이 주인 놈이야말로 악마의 화신이나 다름없거든. 그래서 난 이 유대 놈 집에서 뛰쳐나오고 싶은데, 양심은 계속 "꼼짝 마"라고 한다니까. 이 악마 같은 유대 놈 집에 그냥 눌러 있으라고 말야. 하느님 맙소사. 그런데 그 악마 같은 놈보다는 악마가 더 마음에 들거든. 악마가 내게 더 친절한 충고를 하니까. 악마야, 난 도망칠 거다. 내 발꿈치는 네 명령을 따를 거야. 난 도망칠 거야.

론슬롯의 부친 고보 영감, 광주리를 들고 등장

고보 이보시오, 젊은이. 좀 가르쳐주시오. 유대인 나리 댁으로 가려면 어느 쪽으로 가야죠?

론슬롯 (방백) 맙소사! 우리 아버지가 아닌가. 이거 원 반소경 정도가 아니라 완전히 눈이 멀어서 나를 알아보지도 못하시네. 그래, 어디 한번 저 양반을 시험해 봐야겠군.

고보 젊은이, 부탁이오. 유대인 나리 댁으로 가려면 어느 쪽으로 가야 하는지?

론슬롯 (고보의 귀에 대고 큰소리로) 다음 길모퉁이에서 오른쪽으로 도세요. 그러나 거기에서는 완전히 왼쪽으로 도시고요. 그리고 또 다음 길모퉁이에서는 어느 쪽으로도 돌지 말고 죽 가시다가 한 바퀴 돌면 바로 그 유대인 나리 댁이 나오죠.

고보 거 참, 참으로 찾기 어려운 길 같구먼. 한마디만 더 묻자면, 혹시 그 댁에 론슬롯이라는 사람이 지금도 살고 있는지 아닌지 알고 계시우?

론슬롯 젊은 론슬롯 도련님 말씀인가요? (방백) 어디 두고 보자. 눈물바다를 한번 만들어 볼 테니까. (고보에게) 그 젊은 도련님 론슬롯 말씀입니까?

고보 도련님이라뇨? 그저 보잘것없는 제 자식 놈인걸요. 제 입으로 말하기는 좀 그렇지만, 그놈 애비는 정직하지만 가난하기 짝이 없는 사람이죠. 하지만 하느님 덕에 잘살고 있는 사람이라오.

론슬롯 글쎄, 아버지는 어찌 됐든 간에 젊은 도련님 얘기나 하자고요.

고보 나리의 친구 되시는 그 론슬롯 말입니다, 나리.

론슬롯 그런데 영감님. 그래서 말씀인데요, 그 젊은 론슬롯 도련님 맞지요?

고보 죄송합니다만 론슬롯이란 놈 말씀입니다.

론슬롯 어쨌든 론슬롯 도련님에 관한 얘기가 아니오? 영감님, 론슬롯 도련님 얘기는 하지도 맙시다. 그 젊은 도련님은 운명인지, 숙명인지, 아니면 운명의 세 자매 탓인지, 아무튼 론슬롯 도련님은 얼마 전에 운명하셨답니다. 우리끼리 통하는 쉬운 말로 하자면, 천당에 가셨다는 말씀이지요.

고보 뭐라고요? 아이고, 하느님 맙소사! 그 애는 바로 이 늙은이의 지팡이요, 기둥이었는데.

론슬롯 (방백) 내가 지팡이나 기둥 뿌리로 보인단 말이냐? (큰소리로) 저를 못 알아보시겠어요, 아버지?

고보 아이고, 나는 모르겠소, 젊은 양반. 말씀 좀 해주시오. 내 아들놈이 살아 있는지, 아니면 죽었는지.

론슬롯 아니, 사실 두 눈이 멀쩡해도 저를 알아보지 못했을 겁니다. 현명한 아버지라야 제 아들을 알아보는 법이니까요. (무릎을 꿇는다) 좋습니다, 영감님. 아드님 소식을 전해 드리죠. 진실은 반드시 드러나는 법, 살인을 영원히 숨겨 둘 순 없는 법이죠. 불륜의 자식을 숨겨 둘 수는 있어도 결국에는 들통나는 법이니까요.

고보 아이고, 제발 일어나십시오. 당신은 분명 제 아들 론슬롯이 아닙니다.

론슬롯 부탁이니 이젠 농담은 그만하시고 아들인 저를 축복해 주세요. 저는 론슬롯입니다. 과거에도 그랬고, 현재도 아버지의 아들이며, 앞으로도 영원히 아버지의 아들 노릇을 할 론슬롯입니다.

고보 당신이 내 아들이라니, 아무리 생각해도 믿어지지 않소.

론슬롯 아버지가 어떻게 생각하시든 저는 유대인의 하인 론슬롯입니다. 그리고 제 친어머니는 마제리고요.

고보 어머니가 마제리라면, 우리 론슬롯이 틀림없는데. 그렇다면 내 핏줄, 내 자식이 틀림없구나. 고마우신 하느님! (론슬롯의 얼굴을 만진다. 론슬롯은 절을 하며 얼굴을 내민다) 그런데 무슨 수염이 이리 텁수룩하냐? 내 마차를 끄는 말의 꼬리에 난 털보다 네 턱수염이 더 텁수룩하구나.

론슬롯 그 말꼬리는 아마 거꾸로 자라는 모양이죠. 지난번에 봤을 때는 분명 내 얼굴에 난 것보다는 털이 더 많았는데.

고보 어쨌든 넌 참 많이도 변했구나! 그래, 주인 양반과는 잘 지내냐? 그분께 드릴 선물을 하나 갖고 왔다. 주인 양반과는 잘 지내겠지?

론슬롯 잘 지내냐고요? 예, 좋습니다. 제 결심을 말씀드리죠. 저는 지금 막 도망치려는 참인데, 일단 도망쳐 보지 않고서는 마음이 편치 않을 것 같아요. 주인 놈은 한마디로 철저한 유대 놈이거든요. 그런 그에게 선물을 주신다고요? 차라리 목을 맬 밧줄이나 갖다 주시지요! 그 사람을 섬기다 배곯아 죽을 판이니까요. 갈빗대란 갈빗대가 다 드러난 걸요. 어쨌든 아버지, 반가워요. 그 선물은 바사니오 나리께 드리세요. 그분은 하인에게도 근사한 새 제복을 마련해 주시니까요. 그런 분을 섬기지 못할 바에야 이 세상 끝까지라도 도망치겠습니다. 아, 마침 잘됐네! 바로 저기 그분이 오시는군요. 그분에게 가 봅시다, 아버지. 더 이상 유대 놈을 섬기면 내가 유대 놈이지. 자, 어서!

바사니오와 레오나르도, 일행과 함께 등장

바사니오 (한 하인에게) 그렇게 해도 좋아. 하지만 서두르게나. 늦어도 다섯 시까진 저녁식사 준비가 돼야 하니까. 이 편지는 꼭 전달하고, 새 옷도 맞춰 입도록. 그리고 그레시아노 나리께는 내가 속히 우리 집으로 오시길 바란다고 전하거라. (하인 퇴장)

론슬롯 (고보 등을 떠밀면서) 저 분께 인사드리세요, 아버지.

고보 안녕하십니까, 나리. 나리께 하느님의 축복이 있기를 빕니다.

바사니오 고맙소, 나에게 무슨 용무라도 있소?

고보 여기 제 자식놈이 있기는 있사온데, 워낙 변변치 못한 놈이라서······.

론슬롯 (앞으로 나선다) 변변치 못한 놈이라뇨, 아버지. 저는 부유한 유대인 댁 하인이옵니다. 자세한 건 제 아버지가 말씀드릴 겁니다만.

고보 자식놈이 큰 포부를 갖고 있답니다. 말하자면, 나리 밑에서 나리를 위해 일하겠다는 거죠.

론슬롯 정말 요점만 말씀드리자면 전 유대인을 섬기고 있지만, 저의 바람이란 …… 아버지께서 설명하시겠지만……

고보 나리께 말씀드리긴 뭣합니다만, 지금 이 애와 그 댁 주인은 거의 한 솥밥을 먹을 수 있는 상황이 안 돼놔서요.

론슬롯 정말 간단하게 말씀드리자면 사실 그 유대인 놈이 절 학대했고, 그래서 전 어쩔 수 없이…… 나이 많은 노인이기는 하지만 제 아버지가 자세히 말씀드리자면……

고보 저, 여기 나리께 드리려고 비둘기 요리 한 접시를 갖고 왔습니다. 제 청을 말씀드리자면…….

론슬롯 간단히 말씀드리자면, 저에 관한 청입니다. 나리께서도 이 정직한 노인에 관해 들어 보신 적이 있으실 겁니다. 제 입으로 말씀드리긴 뭣하지만, 연세가 많고 가난하시긴 하지만…….

바사니오 한 사람씩 말하는 게 낫겠네. 뭘 원하는지?

론슬롯 나리를 모시고 싶습니다, 나리.

고보 그것이 바로 요점입니다, 나리.

바사니오 청을 들어주마. 널 잘 알고 있거든. 네 주인 샤일록과 오늘 얘길 했는데 널 추천하더군. 글쎄, 돈 많은 유대인 집을 나와서 나 같은 가난뱅이의 하인이 되는 게 뭐 그리 좋은 일이라고. 하지만 네가 좋다면 그렇게 해라.

론슬롯 샤일록과 나리께서는 '신의 은총은 보석'이란 옛 속담을 공평하게 나눠 갖고 계신 것 같습니다요. 나리께선 '신의 은총을', 샤일록은 '보석'

을 듬뿍 갖고 있으니 말입니다.

바사니오 말재간이 보통이 아니구나. (고보에게) 자, 노인도 아들과 함께 가시죠. (론슬롯에게) 자, 옛주인한테 가서 작별 인사를 한 다음 우리 집으로 오너라. (하인들에게) 이 자에게 다른 하인들보다 더 많은 장식이 달린 옷을 입히게. 명심하게나! (바사니오, 레오나르도를 한쪽으로 데리고 가서 이야기한다)

론슬롯 아버지, 들어가세요. 이래서야 어디 일자리를 제대로 구할 수 있겠나! 혓바닥이 영 말을 듣지 않으니…… 그래도 좋아어. (손바닥을 내려다보면서) 이태리에서 아마 나보다 손금이 좋은 사람도 없을 걸. 난 운이 따를 거야. 여기 이 생명선도 과히 나쁘지 않으니. 여자 운은 그저 그렇지만…… 열다섯 명뿐이니, 과부 열하나에 처녀가 아홉인가? 사내 한 사람 몫으로는 아쉽지만 할 수 없지. 물에 빠져 죽을 뻔한 적도 세 번씩이나 있고, 털이불 때문에 죽을 고비도 넘겼으니 모두 다 액땜한 셈 쳐야겠지. 어쨌든 아버지, 가십시다. 눈 깜짝할 사이에 유대인 주인과 작별 인사나 하고 다시 올게요. (론슬롯과 고보 노인 퇴장)

바사니오 레오나르도, 명심해서 일을 잘 처리하도록 하게. 지금 말한 이 물건들을 구입해서 순서대로 잘 분류하여 선적한 다음 서둘러 집으로 돌아오게. 오늘 밤 나는 귀한 손님들을 초대해서 연회를 베풀려고 하니, 어서 가 보게.

레오나르도 예, 분부대로 최선을 다하겠습니다.

그레시아노 등장

그레시아노 자네 주인은 어디 계신가?
레오나르도 저기 계십니다, 나리. (퇴장)
그레시아노 이봐, 바사니오 공! 내 자네에게 부탁이 있네.

바사니오 내 어찌 자네 청을 거절할 수 있겠나?

그레시아노 거절하지 말게. 나도 자네를 따라 벨몬트로 가야겠네.

바사니오 그럼, 그렇게 하게. 하지만 내 말 좀 들어 보게나, 그레시아노. 자넨 너무 거친데다, 무례하고, 말도 함부로 하는 편이지. 그것이 자네의 개성이고, 우리 친구들에게는 큰 결점이 되는 것도 아니지만, 글쎄 자네를 잘 모르는 사람들은 자네의 행동이 지나치게 자유분방하다고 여길지도 모르겠네. 그러니 제발 부탁이니 좀 절제해 주게. 천방지축 끓는 물처럼 급한 자네 성미에 절제란 차디찬 냉수를 몇 방울 떨어뜨려 좀 식히도록 노력해 주게. 자네의 거친 행동 덕에 나까지 오해를 받고, 나아가 일을 망치게 될지도 모르니 말일세.

그레시아노 알겠네, 바사니오. 내 그렇게 하도록 하지. 행동은 점잖게, 말은 공손하게 하고, 욕설은 꼭 필요할 때만 하겠네. 그리고 호주머니 속에는 항상 성경을 넣고 다니고, 근엄한 표정을 짓고 다니겠네. 아니, 그뿐 아니라 기도를 드릴 때는 이렇게 내 눈을 가리고 한숨까지 내쉬면서 경건하게 '아멘!'이라고 말하겠네. 노인의 비위를 맞추기 위해서라면 애써 점잔빼는 사람처럼 몸가짐을 단정히 하고 온갖 예의범절이란 범절은 전부 다 지키겠네. 지금 말한 것들을 지키지 못할 경우, 날 더 이상 믿지도 말게.

바사니오 그래, 어디 한번 자네 행실을 지켜보세.

그레시아노 하지만 오늘 밤만은 예외일세. 오늘 밤의 내 행동으로 날 판단해선 안 되네.

바사니오 물론 아니지. 오히려 자네 맘대로 즐겁게 놀아 주길 바라네. 다들 즐겁게 놀아 보자고 친구들을 불렀으니까. 자, 난 다른 일이 좀 있어서 이만 작별 인사를 하겠네.

그레시아노 나도 로렌조와 다른 친구들을 만날 일이 있네. 저녁식사 땐 모두 함께 자네 집에 가겠네. (두 사람 퇴장)

제 3 장

베니스, 샤일록 집의 방

제시카와 론슬롯 등장

제시카 막상 네가 우리 아버지 곁을 떠난다니 섭섭하구나. 우리 집이야 지옥이지만, 그래도 너같이 유쾌한 도깨비 같은 친구가 있어서 덜 따분했는데. 하지만 잘 가거라. (그에게 돈을 건네준다) 자, 일 더컷이니 받아두게. 그리고 론슬롯, 오늘 저녁식사 때 네 새 주인이 로렌조님을 초대하셨으니 그분에게 이 편지를 전해줘라. 아무도 몰래 전해 드리란 말이다. 그럼 잘 가라. 내가 너와 이야기를 나누는 모습을 아버지가 안 보셨으면 해서.

론슬롯 그럼 안녕히 계십시오! 저도 눈물 때문에 말문이 막히는군요. 이교도지만 너무나 어여쁘고 착하고 친절한 아가씨! 만일 어떤 기독교도가 술책을 써서 당신을 유혹해서 아내로 맞이한다 해도 당연한 일이지요. 좌우지간 안녕히 계세요. 하찮은 눈물 때문에 사나이의 용기가 사라져 버려서는 안 되겠지요. (퇴장)

제시카 잘 가거라, 착한 론슬롯. 아, 이 얼마나 끔찍한 일인가. 내가 아버지의 자식임을 부끄러워하다니! 내 비록 핏줄은 아버지의 것을 이어받았을지 모르지만 그분의 성품까지 닮은 건 아니랍니다. 오, 로렌조님, 약속을 지켜 주신다면 난 이 번민에서 벗어나 기독교인으로 개종하여 당신의 사랑스런 아내가 되겠습니다. (퇴장)

제 4 장

베니스, 다른 거리

그레시아노, 로렌조, 살레리오, 솔라니오 등장

로렌조 그러니까, 저녁식사 도중에 슬그머니 빠져나와 우리 집에 가서 가장을 한 뒤 모두 다시 오기로 하자. 넉넉잡고 한 시간이면 돼.

그레시아노 난 아직 준비가 좀 덜 됐는데.

살레리오 누굴 횃불잡이로 할지 정하지도 않았잖아.

솔라니오 제대로 하지 못할 바에는 꼴만 우습게 될 테니, 차라리 집어치우는 게 나을지도 몰라.

로렌조 아직 시간이 네 시밖에 안 됐잖아. 준비할 시간이 두 시간이나 남았는걸.

편지를 든 론슬롯 등장

로렌조 론슬롯, 무슨 일인가?

론슬롯 (편지를 꺼내 로렌조에게 주며) 어서 편지를 뜯어 보시지요. 자세한 내용이 적혀 있을 겁니다.

로렌조 눈에 익은 필체로군. 정말 아름다워. 글을 쓴 사람의 손이 이 편지지보다 더 희고 아름답지만.

그레시아노 연애편지로군. 틀림없어.

론슬롯 그럼 소인은 이만 물러가겠습니다, 나리.

로렌조 어딜 가려는가?

론슬롯 예, 나리. 옛 주인인 유대인 댁에 가야 합니다. 새 주인이신 기독교 신자 댁에서 베푸시는 오늘 밤 만찬에 저녁 드시러 오시라는 말씀을 전하러 갑니다.

로렌조 잠깐, 거기 서라. 이걸 받게. (론슬롯에게 돈을 건네준다) 제시카 아가씨에게 내가 절대 실망시키지는 않을 것이라고 말씀드리게. 은밀히 전해야만 하네. (론슬롯 퇴장) 자, 이제 오늘 밤에 있을 가장무도회 준비를 시작하는 게 어떤가? 횃불잡이는 내가 구해 보겠네.

살레리오 좋아, 당장 시작하세.

로렌조 그럼 한 시간쯤 후에 그레시아노 집에서 만나도록 하세.

솔라니오 좋아, 그렇게 하세. (살레리오와 솔라니오 퇴장)

그레시아노 그 편지는 아름답고 상냥한 제시카 아가씨에게서 온 것이 아닌가?

로렌조 그렇다네. 자네에게 모든 것을 털어놓겠네. 그녀가 적어 보낸 것이네. 어떻게 하면 아버지 집에서 자기를 빼낼 수 있는지, 얼마만큼의 금은보석을 가지고 나올 수 있는지, 그리고 가장무도회 복장으로는 어떤 시동의 옷을 마련해 놨는지 말일세. 그래서 하는 말인데, 만일 그녀의 아버지인 유대 놈이 천당엘 가게 된다면, 그건 순전히 상냥한 딸 덕분이지. 그녀가 신앙이 없는 유대 놈의 자식이라는 이유 때문이라면 모를까, 어떤 불운도 감히 그녀의 앞길을 가로막지는 못할 거야. 자, 함께 가세. 가면서 이 편지를 읽어 보게. 그리고 난 아름다운 제시카를 횃불잡이로 삼을까 하네. (두 사람 퇴장)

제5장

베니스, 샤일록의 집 앞

샤일록과 론슬롯 등장

샤일록 그래, 이젠 네 놈도 눈이 있으면 알게 되겠지. 이 샤일록 나리와 바사니오의 차이가 뭔가를. 얘, 제시카야! 이젠 우리 집에 있을 때처럼 배터지게 실컷 먹지도 못하고 코를 골고 잠을 잘 수도 없을 거다. 얘, 제시카야! 이젠 옷도 함부로 째거나 찢어먹을 수도 없을 걸. 얘, 제시카야! 내가 부르지 않느냐!

제시카 등장

제시카 부르셨어요? 무슨 일이세요?
샤일록 난 오늘 저녁식사에 초대를 받고 나간다. 그리고 이건 열쇠 꾸러미니까 잘 간직하거라. 그런데 무엇 때문에 내가 가야 하지? 내가 좋아서 오라는 것도 아니고 단지 비위를 맞추려는 건데. 하지만 미워서라도 거기 가서 돈을 물 쓰듯 흥청망청 쓰는 예수쟁이들이 준비한 음식이나 실컷 먹어치워야겠다. 내 딸 제시카야, 집 잘 봐라. 난 정말 가고 싶지는 않구나. 어쩐지 편치 않을 것 같은 불길한 예감이 들거든. 그리고 어젯밤 꿈속에 돈주머니가 보이다니 이상하지 뭐냐.

론슬롯 어쨌든 가시지요, 나리. 제 젊은 주인께서도 나리께서 오시는 걸 불쾌하게 생각하시니까요.

샤일록 나 역시 유쾌하지는 않다.

론슬롯 그분들은 모든 계획을 함께 짜셨답니다. 나리께서 가면무도회를 꼭 보시라는 말씀은 아닙니다. 하지만 만일 보신다면, 지난 부활절 다음 월요일 아침 여섯 시에 제가 코피를 흘리며 법석을 떨었던 게 다 이유가 있어서라는 걸 아시게 될 겁니다. 오늘 오후가 그 해 성회 수요일로부터 꼭 사 년째 되는 해이죠.

샤일록 뭐, 가면무도회가 있다고? 잘 들었느냐, 제시카. 문을 몽땅 잠그고 있거라. 북소리가 들리든 몹쓸 피리 소리가 들리든 아무리 밖에서 난리를 치더라도 구경을 한답시고 창문으로 얼굴을 내밀고 길거리를 내다보면 안 된다. 얼굴에 잔뜩 분을 처바른 광대 같은 예수쟁이 바보들의 상판대기를 구경하느라 한눈을 팔아선 안 된단 말이다. 우리 집의 귀란 귀는 다 틀어막아라. 이 창문 말이다. 그 천박한 바보들이 소란을 피우는 소리가 조용한 우리 집에 들어오지 못하도록 해야 한다. 우리 조상 야곱님의 지팡이를 걸고 맹세하지만, 난 오늘 밤 이 녀석들의 잔치에 가고 싶은 마음이 정말 없어. 하지만 가 봐야겠다. (론슬롯에게) 이 봐라, 네놈은 먼저 가서 내가 그리 가겠다고 전하거라.

론슬롯 그럼 저는 먼저 갑니다요, 나리. (나가면서 제시카에게 소곤거린다) 아가씨, 아버님이 뭐라 하시든 신경 쓰지 마시고 창 밖을 꼭 내다보세요. 아주 멋진 기독교인 청년이 한 사람 있는데, 유대인 아가씨 눈에 꼭 들 겁니다. (퇴장)

샤일록 저 바보 같은 놈, 저 바보가 지금 뭐라고 말했냐?

제시카 안녕히 계시라고 했을 뿐, 다른 소리는 없었어요.

샤일록 저 바보 같은 녀석, 성격은 좋은데 많이 처먹는 게 흠이지. 무슨 일을 시키든 달팽이같이 느려 터지고, 대낮에도 살쾡이처럼 잠만 자니, 꿀도 못 만드는 벌을 우리 집에다 놔둔 셈이지. 그래서 내보내는 거야. 저런 놈을 빚투성이에다 남의 호주머니에 든 돈도 물 쓰듯 하는 예수쟁이 놈에게 보내면 패가망신하는 데는 도움이 되겠지. 자, 제시카, 그만 들어가 봐라. 난 아마 금방 돌아올 거다. 그리고 내가 일러준 대로 문단속 잘해라. '단단히 매어 두면 모두가 마딘 법' 언제 어디서 들어도 좋은 속담이지. (퇴장)

제시카 아버지, 안녕히 다녀오세요. (혼잣말로) 누가 내 운명을 막지만 않는다면, 이것으로 우리 부녀는 이별이에요. 나는 아버지를, 아버지는 딸을 잃는 거죠. (퇴장)

제 6 장

베니스, 샤일록의 집 앞

그레시아노와 살레리오 가면을 쓰고 등장

그레시아노 이곳이 바로 로렌조가 우리더러 있으라던 그 처마 밑이야.
살레리오 한데 약속 시간이 지났네.
그레시아노 그 친구가 약속 시간을 안 지키다니, 정말 이상한 일이군. 사랑에 빠진 연인들이란 언제나 약속 시간보다 먼저 오는 법인데.
살레리오 비너스의 수레를 끄는 비둘기도 새로 맺은 사랑의 맹세를 지킬 때는 재빠르게 날지만, 이미 맺어진 사랑의 맹세를 지킬 때는 거북이걸음이라더군!
그레시아노 그야 만고의 진리지. 잔칫집에 왔다가 갈 때도 왕성한 식욕을 가진 채 식탁에서 일어나는 사람이 있던가? 말도 길을 처음 떠날 때는 지루함을 참고 엄청난 속도로 달리지만, 같은 길을 돌아올 때는 열심히 달리는 법이 없지 않은가? 세상사가 다 그런 게 아닌가. 쫓아다닐 때는 활기찬 법이지만, 막상 손에 넣으면 시들해지는 거지. 만국기를 나부끼며 항구를 떠나는 배를 보게. 마치 젊은 귀공자 같지 않은가? 창녀 같은 바람의 애무를 받으면서 말일세. 그런데 항구로 돌아오는 배의 모습은 마치 탕아처럼 보이는 법이지. 창녀 같은 바람에 시달려 찢기고 앙상한 뼈대만 남은 채로 말일세.

로렌조 황급히 등장

살레리오 마침 로렌조가 오는군. 이 얘기는 나중에 하세.

로렌조 친구들, 이렇게 오래 기다리게 해서 미안하네. 본의 아니게 자네들을 오래 기다리게 만들었지만, 나보다는 내 사랑을 탓하게. 자네들이 아내로 삼을 색시를 훔쳐 낼 때는 나도 자네들만큼 오래 기다려 줄 테니까. 자, 이리 오게. 내 장인인 유대인의 집일세. 여보시오! 안에 누구 있소?

제시카 누구세요? 목소리는 익숙하지만, 그래도 분명히 해야죠. 전 물론 당신의 목소리를 알고 있어요.

로렌조 나요, 그대의 연인 로렌조요

제시카 정말 로렌조님이시죠? 정말 내 사랑이시죠? 제가 당신 말고 누구를 이토록 사랑하겠어요? 제가 로렌조님의 것임을 당신 말고 그 누가 알겠어요?

로렌조 하늘과 당신의 마음이 그대가 나의 것임을 증명해 줄 거요.

제시카 자, 여기 이 상자를 받으세요. 수고할 가치는 있는 물건이에요. (상자를 던진다) 밤이라 다행이에요. 당신이 제 모습을 보시지 못할 테니. 이렇게 변장한 모습을 보여 드리고 싶지 않았어요. 하지만 사랑은 사람들을 장님으로 만든다는 말이 사실인가 봐요. 연인들은 자신들이 저지르는 어리석은 짓들을 볼 수 없으니까요. 만일 볼 수 있다면 큐피드조차 얼굴을 붉히겠죠. 이렇게 소년으로 변장한 제 모습을 보고……

로렌조 어서 내려오시오. 그대가 내 횃불잡이가 되어 주어야겠소.

제시카 뭐라고요? 이 부끄러운 제 모습이 잘 보이도록 횃불을 들라고요? 그러지 않아도 이런 차림이 우스운 판에 횃불까지 들고 남들에게 환히 보이도록 서 있으라고요? 내 사랑이여, 지금 전 제 모습을 숨겨야 할 처지랍니다.

로렌조 그래서 아름다운 소년 복장으로 변장을 하고 숨어 있었군. 자, 어쨌든 얼른 내려와요. 비밀을 감싸주는 밤이 지나가기 전에. 바사니오의 만찬이 우릴 기다리고 있소.

제시카 문단속을 단단히 하고, 돈을 좀더 많이 챙겨 가지고 갈 테니까 잠깐만 더 기다리세요. (창문을 닫는다)

그레시아노 저 상냥한 아가씨는 정말 유대인 같지 않아.

로렌조 내가 그녀를 진심으로 사랑하지 않는다면 지금 천벌을 받아도 좋아. 내 판단이 맞다면 그녀는 현명한데다가 내 눈이 삐지 않았다면 정말 아름답고, 진실하다는 건 이미 스스로 보여주었지. 그러니 현명하고, 아름답고, 진실한 저 아가씨를 변함없는 내 영혼 속에 깊이 간직하겠어. (제시카가 안에서 나온다) 아니, 벌써 왔소? 자, 친구들, 이제 갑시다. 지금쯤 가면을 뒤집어쓴 친구들이 목을 길게 빼고 우릴 기다리고 있을걸세. (로렌조, 제시카, 살레리오 퇴장)

안토니오가 등장

안토니오 거 누구시오?

그레시아노 안토니오 공 아닌가?

안토니오 여기서 뭘 하고 있는 건가, 그레시아노? 다들 어디 있는 건가? 시간이 벌써 아홉 시인데. 친구들이 모두 자네를 얼마나 기다렸는지 아나? 오늘 밤의 가장무도회가 취소됐거든. 마침 순풍이 불어 바사니오가 곧 배를 타게 됐어. 그래서 자네를 찾으려고 사방으로 사람들을 스무 명이나 풀어놓았지.

그레시아노 그거 참 잘됐군. 오늘 밤에 떠난다니, 나로서는 더 이상 기쁜 일은 없네. 오늘 밤 배를 타고 떠난다니 말일세. (두 사람 퇴장)

제 7 장

벨몬트, 포셔 저택의 방

요란한 나팔 소리. 포셔, 모로코 영주 시종들 등장

포셔 자, 커튼을 젖히고 귀한 영주님께 세 개의 상자를 보여 드려라. (하인이 커튼을 젖히면 탁자 위에 놓인 상자를 보여준다) 자, 그럼 골라 보시지요.

모로코 영주 첫 번째 상자는 금 상자로군. 가만, 상자 위에 이런 글귀가 적혀 있군. '나를 선택하는 자는 만인이 원하는 것을 얻으리라.' 두 번째는 은 상자고, 여기에는 이런 글귀가 적혀 있군. '나를 선택하는 자는 그 신분에 합당한 것을 얻으리라.' 세 번째 상자는 형편없는 납 상자로군. 이런, 글귀조차 퉁명스럽기 짝이 없군. '나를 선택하는 자는 전 재산을 걸고 모험을 해야 한다.' 한데, 내가 상자를 제대로 선택했는지 어떻게 알 수 있단 말이오?

포셔 영주님, 한 상자에만 저의 초상화가 들어 있습니다. 물론 그걸 고르시면 전 영주님 것이 되지요.

모로코 영주 신이시여, 저의 판단력을 바르게 인도하소서! 어디 글귀를 다시 한 번 읽어 보자. 납으로 된 상자에는 뭐라고 적혀 있었지? '나를 선택하는 자는 전 재산을 걸고 모험을 해야 한다.' 무엇을 위해서? 납을 위해서? 납을 위해 모험을 하란 말인가? 이건 나를 협박하는 게로군. 내 전 재산을 걸면 대체 내게 뭘 주겠다는 거지? 황금 같은 마음을 가진 내가 하찮은 외양에 허리를 굽힐 수는 없는 법. 난 납덩이리 때문에 동전 한 닢이라도 거는 모험 따위는 하지 않겠어. 그럼 처녀 같은 은 상자에는 뭐라고 씌어 있었지? '나를 선택하는 자는 그 신분에 합당한 것을 얻으리라.' 그 신분에 합당한 것이라고? 모로코 영주여, 잠시 멈추고 그대의 가치를 헤아려 보시오. 그대 자신의 평가에 의하면, 그대 가치는 차고도 넘치지. 그러나 아가씨를 얻을 수 있을 만한지는 알 수 없는 일. 하지만 내 가치를 의심하는 건 곧 내 자신을 과소평가하는 것이지. 내 신분에 합당한 만큼이라! 옳지, 바로 이 여자다! 똑똑한 모로코의 영주여, 더 이상 무엇을 망설이는가? 가문으로 보나 재산으로 보나 예의범절이나 교양으로 보나 내 신분에 합당한 여자가 바로 이 여자인 건 틀림없어. 하지만 무엇보다 사랑을 두고 볼 때 내가 가장 합당한 인물이지. 이제 그만 망설이고 이걸 선택해 볼까? 어디 한 번 보자. 금으로 된 상자엔 뭐라고 새겨져 있었지? '나를 선택하는 자는 만인이 원하는 것을 얻으리라' 옳지, 그것도 바로 이 여자다! 온 세상 사람들이 이 여자를 열망하고 있잖나. 세상 천지에서 지금 구혼자들이 구름처럼 몰려오고 있잖나. 이 성전, 이 살아 숨쉬고 있는 성처녀에게 입맞추기 위해. 이 여자야말로 만인이 원하는 것임에 틀림없어. 이 셋 중 하나에 천사 같은 아가씨의 초상화가 들어 있으렷다. 혹시 이 납 상자 속에 들어 있는 건 아닐까? 아냐, 그런 천한 생각을 하면 저주받을 거야. 납은 너무 초라하니까. 캄캄한 무덤 같은 상자 속에 그녀를 숨겨 둘 리가 없어. 그럼 은 상자에 들어 있을지도 모르잖아. 오, 아냐. 말도 안 돼. 저렇게 값진 보석이 금보다 값싼 것 속에 들어 있을 리가 없어. 에라, 모르겠다. 나에게 열쇠를 주시오. 이걸 고르겠소. 이젠 행운을 빌 수밖에!

포셔 자, 열쇠를 받으십시오. 제 초상화가 그 안에 들어 있으면 저는 당신 것이 되는 겁니다! (모로코 영주, 금 상자를 연다)

모로코 영주 오, 이런! 이게 대체 뭐냐? 더러운 해골바가지로구나. 텅 빈 눈구멍에 끼어 있는 두루마리를 보자꾸나. '반짝인다고 해서 모두 금은 아니다. 그대는 이렇게 말하는 것을 자주 들었을 터. 수많은 사람들이 내 모습에 홀려 생명을 팔았도다. 황금의 무덤 속엔 구더기가 우글대는 법. 그대가 용감한 만큼 현명했다면, 젊고 분별력이 있었더라면 두루마리에 쓰인 이런 답은 받지 않았을 것을. 잘 가시오. 당신의 청혼은 끝났소' 정말 차가운 소리군. 내 노력도 허사가 되었고. 그래, 잘 가라, 사랑의 열정이여. 이리 오너라, 싸늘한 현실이여. 포셔 아가씨, 이제 작별을 해야겠소. 가슴이 너무 아파 긴 인사는 피하겠소. 그럼 패자는 말없이 사라집니다. (그는 시종들과 퇴장. 요란한 나팔 소리)

포셔 점잖게 가버렸구나. 이제 커튼을 치자. 얼굴색이 검은 저런 남자들은 앞으로도 모두 저렇게 헛물만 켜고 돌아갔으면 좋으련만. (모두 퇴장)

제 8 장

베니스의 거리

살레리오와 솔라니오 등장

솔라니오 글쎄, 여보게. 바사니오가 배를 타고 가는 걸 보았는데, 그레시아노도 바사니오와 함께 있었지만, 로렌조는 분명 보이지 않았어.

살레리오 그 유대 놈이 고함을 쳐 공작님을 깨웠지. 공작님도 그놈과 함께 바사니오의 배를 찾으러 가셨어.

솔라니오 놈이 왔을 때는 이미 너무 늦었어. 배가 떠난 후니까. 공작님께서도 얘기를 듣고 진상을 아시게 됐지만. 로렌조와 그의 애인 제시카가 곤돌라를 함께 타고 있는 것을 보았다네. 게다가 안토니오도 공작님께 분명히 말씀드렸다네. 바사니오의 배를 같이 타고 가지는 않았다고.

살레리오 난 그 개 같은 유대 놈이 그렇게 화내는 건 난생 처음 봤네. 길거리에서 정신 없이, 그렇게 이상하게 소리를 지르며 성을 내는 꼴이란. 정말이지 그렇게 고함을 지르는 걸 본 적이 없네. "내 딸! 아, 내 돈! 오, 내 딸년이 예수쟁이와 도망을 치다니! 예수쟁이 놈이 내 돈을 챙기다니! 재판 감이다! 법이다! 내 금화 두 주머니를! 내 딸년이 훔쳐가다니! 꽁꽁 묶어 둔 그 돈자루를! 귀하고 값진 보석 두 개까지 훔쳐가다니! 재판이다! 내 딸년을 찾아주시오! 내 보석도 그년이 가지고 갔소! 내 돈!" 하고 소리를 질러댔지.

살레리오 글쎄, 베니스의 아이들이 모두 그놈 뒤를 따라다니면서 "내 딸년, 내 돈, 내 보석" 하고 소리를 질러댔지.

솔라니오 안토니오도 약속한 날짜에 돈을 갚아야 할 텐데. 안 그랬다간 무슨 봉변을 당할지도 모르는 판이야.

살레리오 그러고 보니 이제야 생각나는군. 어제 어떤 프랑스인을 만났는데, 그 사람 말이 프랑스와 영국 사이의 좁은 해협에서 짐을 잔뜩 실은 화물선이 한 척 난파당했다지 뭔가. 그 얘길 듣는 순간 안토니오가 떠오르더라고. 난 마음속으로 그의 배가 아니길 빌었네.

솔라니오 자네가 들은 그 얘길 안토니오에게 해주는 게 좋을 듯싶네. 그렇다고 불쑥 말해 충격을 주지는 말고.

살레리오 그렇게 마음 착한 친구는 아마 이 세상에 없을 거야. 난 바사니오와 안토니오가 작별하는 모습을 봤네. 바사니오가 될 수 있으면 빨리 돌아오겠다고 말하자 그는 이렇게 말했지. "그러지는 말게. 나 때문에 조급히 굴다가 일을 망치면 안 되니까. 때가 무르익을 때까지 기다리게. 유대인이 받아 간 차용증서는 신경 쓰지도 말게. 사랑으로 가득 찬 마음에 부담이 돼선 안 되네. 자네는 청혼하는 일에만 전력을 기울이게"라고 말하더군. 이렇게 말하면서도 눈에 눈물이 고이자 고개를 옆으로 돌린 채 우정이 넘치는 태도로 바사니오의 손을 꽉 잡더군.

솔라니오 아마 그 친구의 유일한 보람은 바사니오에게 우정을 베푸는 일일 거야. 자, 우리 함께 그를 찾아보세. 그리고 유쾌한 일을 찾아내서 마음을 차지하고 있는 우울증을 털어 버리도록 도와주세.

살레리오 그렇게 하세. (두 사람 모두 퇴장)

제 9 장

벨몬트, 포셔 저택의 방

네리사, 하인 한 사람과 함께 등장

네리사 자, 커튼을 빨리 걷어. 아라곤의 영주님께서 맹세를 마치셨으니 상자를 고르러 곧 이리 오실 거야.

요란한 나팔 소리. 아라곤 영주와 포셔 그리고 시종들 등장

포셔 보십시오, 영주님. 저기 상자가 있습니다. 제 초상화가 들어 있는 상자를 선택하시면, 우리의 결혼식이 즉시 거행될 겁니다. 하지만 잘못 선택하시는 경우엔, 영주님. 아무 말씀도 마시고 당장 이곳을 떠나셔야 합니다.

아라곤 영주 나는 조금 전 세 가지 조건을 지키겠노라고 맹세를 했소. 첫째는 내가 어떤 상자를 선택했는지 누구에게도 발설하지 않겠다는 것이고, 둘째는 내가 만일 상자 선택에 실패하면 두 번 다시 어떤 처녀에게도 청혼하지 않겠다는 것이오. 그리고 마지막으로는, 불행히도 잘못 선택할 경우, 당신에게 즉시 작별 인사를 하고 떠나야 한다는 겁니다.

포셔 보잘것없는 소녀를 위해 모험을 하는 구혼자들이라면 모두 다 하시는 맹세들이지요.

아라곤 영주 그런 각오는 충분히 되어 있소. 자, 행운의 여신이여, 내 소원을 이루어주소서! (달려가 상자들을 하나씩 살펴본다) 황금과 은, 그리고 보잘것없는 납 상자로군. '나를 선택하는 자는 전 재산을 걸고 모험을 해야 한다.' 모든 것을 걸고 모험을 하려면 모양새부터 그럴 듯해야 하는데, 넌 생김새부터 아름답지 못하구나. 그럼 금 상자에는 무엇이라고 씌어 있지? '나를 선택하는 자는 만인이 원하는 것을 얻으리라.' 만인이란 어리석은 대중들을 일컫는 말일 거야. 그들은 겉으로 드러난 모습만으로 사물을 판단할 뿐, 우둔한 두 눈으로는 속을 전혀 꿰뚫어볼 줄 모르지. 그래서 앞날을 미리 내다보지 못하고 제비처럼 언제나 비바람을 피할 수 없는 길목과 비바람 몰아치는 바깥벽에 집을 짓곤 하지. 따라서 난 우둔한 만인이 원하는 것을 택하진 않을 거야. 어중이떠중이처럼 함부로 날뛰고 싶지도 않고 얼빠진 대중과 같은 부류로 남고 싶지도 않기 때문이지. 그렇다면 이번에는 은 상자를 다시 볼까? 네 위에 씌어있는 글귀를 한 번 더 보자꾸나. '날 선택하는 자는 그 신분에 합당한 것을 얻으리라.' 바로 내가 듣고 싶은 말이지. 합당한 자격이 없는 어느 누가 요행으로 명예를 얻는다는 말이지? 어느 누구도 자신에게 과분한 명예나 지위를 탐내선 안 되지. 아! 부정한 수단을 통해서는 지위나 계급이나 관직을 얻을 수 없고, 합당한 자질을 가진 자만이 명예를 얻을 수 있다면 좋을 텐데. 그런 비천한 사람들 중 높은 지위에 오를 사람이 몇이나 될까? 지금 앉아서 명령을 내리는 사람들 중 앞으로 명령을 받는 자로 전락할 사람은 몇이나 될까? 얼마나 많은 명문대가의 후손들이 보잘것없는 농사꾼으로 변신할 것인가? 얼마나 많은 인물들이 속세의 검불과 쓰레기 더미로부터 건져져서 휘황한 빛을 발하게 될 것인가? 자, 그럼 드디어 내 신분에 합당한 상자를 고르기로 할까? 열쇠를 이리 주시오. 당장 상자를 열어 내 운명을 알아보겠소. (은 상자를 열

어 보더니 깜짝 놀라 한 걸음 뒤로 물러선다)

포셔 (방백) 그토록 뜸을 오래 들이시더니 고작 그걸 찾아내셨군요!

아라곤 영주 이게 뭐냐? 눈을 끔벅이는 멍청이 바보의 초상화가 두루마리를 내밀다니. 어쨌든 읽어는 보자. 비록 포셔 아가씨와 딴판이기는 하지만. 나의 희망과, 나의 신분에 합당한 것과는 너무나 거리가 멀구나. '날 선택하는 자는 그 신분에 합당한 것을 얻으리라'고? 그래, 내 신분에 합당한 것이 고작 이 바보의 머리통이란 말인가? 이게 내 분수에 합당한 것이라고? 내 가치에 합당한 것이 이것이라고?

포셔 죄 짓는 자와 그것을 평가하는 사람은 그 입장도 분명히 다르고 결과도 완전히 반대지요.

아라곤 영주 (두루마리 종이를 펴본다) 뭐라고 적혀 있지? '일곱 번 불에 달군 은 상자여. 판단 또한 일곱 번 달궈야 올바른 선택이 가능할 것을. 세상에는 그림자에 입을 맞추는 자가 있으니, 이를 축복하는 자 또한 그림자뿐이니라. 이 세상에는 은으로 본성을 감싼 바보들이 있나니, 바로 이 은 상자가 그러하다. 그대가 어떤 여자와 잠자리를 함께 하든 그대, 영원히 바보가 될 것이다. 그러니 당장 떠나시오, 당신 일은 끝났소.' 일이 이렇게 됐으니 이곳에서 더 이상 망설일 필요가 없지. 빨리 떠나야겠다. 여기서 꾸물대다가는 더 바보가 될 것 같구나. 청혼하러 올 때는 바보 머리 하나로 왔는데, 돌아갈 때는 이렇게 바보 머리 두 개가 되었구나. 아름다운 아가씨, 그럼 안녕히! 내 맹세는 지키겠소. 앞으로 슬픔과 괴로움을 꾹 참고 살아가겠소. (시종들과 함께 퇴장)

포셔 불나방이 불꽃 속으로 날아들어 몸만 태운 꼴이 되었구나. 이 똑똑한 체하는 바보들 같으니! 제 꾀에 제가 스스로 넘어가니 어리석은 지혜로구나.

네리사 교수대에 목을 매달거나 마누라에게 목을 매는 일은 운명이라더니, 옛말이 하나도 그른 게 없네요.

포셔 자, 커튼을 다시 치자, 네리사.

하인 등장

하인 아가씨, 어디 계십니까요?

포셔 나 여기 있다. 무슨 일이냐?

하인 방금 젊은 베니스인이 말에서 내렸는데, 곧 그의 주인이 오실 거라는 걸 미리 알려드리려고 온 겁니다. 주인의 정중한 인사말을 담은 서한과 값진 선물도 가지고 왔습니다. 전 지금까지 사랑의 전령으로서 그처럼 잘 어울리는 이는 보지 못했습니다. 찬란한 여름이 가까이 오고 있음을 예고하는 화창한 4월의 날씨가 아무리 상쾌하다 할지라도 주인보다 앞서 온 이 전령보다 더 상쾌하지는 못할 것입니다. 아주 키가 큰데다 미남이고 예의도 바르고······.

포셔 그쯤 해둬라. 그렇게 침이 마르도록 칭찬하는 걸 보니 조금 있다가는 그 사람이 네 친척 뻘이라는 말이 나오지나 않을까 걱정되는구나. 자, 네리사. 그렇게 빼어난 큐피드의 전령이 있다니, 나도 어서 만나 보고 싶구나.

네리사 그분이 당신의 뜻대로 바사니오님이라면 얼마나 좋을까요! (일동 퇴장)

제3막

제1장

베니스의 거리

솔라니오와 살레리오 등장

솔라니오 그래, 거래소에서 무슨 소식이라도 들었나?

살레리오 글쎄, 화물을 잔뜩 실은 안토니오의 배가 굿 윈즈 해협에서 난파됐다는군. 소문이 아직도 무성해. 매우 위험한 여울이라 난파선들의 잔해가 엄청나게 많이 묻혀 있다지 뭔가. 수다쟁이 여편네 말이 거짓이 아니라면 말일세.

솔라니오 이번만큼은 그 수다쟁이 여편네 말이 틀렸으면 좋겠네. 생강을 씹고서 세 번째 남편이 죽어서 우는 거라고 이웃들을 속여넘겼다던가. 그러나 이건 사실이 틀림없어. 돌려 말하지 않고 딱 잘라 말하겠네. 여보게, 그 선량한 안토니오가……. 아! 그의 이름에 더 잘 어울리는 호칭을 찾을 길이 없구나.

살레리오 자, 이제 결론을 말할 때가 됐네.

솔라니오 그야, 결론이야 그가 배 한 척을 잃어버린 거겠지.

살레리오 배 한 척 잃은 것으로 이번 일이 끝났으면 좋겠네.

솔라니오 악마가 내 기도를 방해하기 전에 서둘러서 '아멘'을 찾아야겠군.

베니스의 상인 69

벌써 유대인으로 둔갑한 악마가 오고 있잖나.

샤일록 등장

솔라니오 이봐요, 샤일록! 상인들 사이에 무슨 소식이라도 있소?
샤일록 당신들이 누구보다, 누구보다 잘 알고 있잖소. 내 딸년이 달아났다는 것을 말이오.
살레리오 물론 잘 알고 있소. 당신 딸이 잘 날아가도록 날개를 달아 준 재봉사를 잘 알고 있으니까.
솔라니오 샤일록, 당신도 그 새끼 새가 날개가 돋고, 날개 돋친 새끼 새란 언제든 어미 품을 떠나는 게 순리라는 걸 잘 알고 있었을 텐데.
샤일록 어쨌든 천벌을 받을 년이오.
살레리오 그렇게 될 수도 있겠죠. 악마가 재판관이 된다면.
샤일록 내 살과 피를 받은 피붙이가 날 배신하다니!
솔라니오 무슨 당치도 않은 말씀을! 늙어빠진 그 나이에 그런 게 배신이라는 거요?
샤일록 내 말은 내 딸년이, 그년이 내 살과 피란 말이오.
살레리오 영감의 살과 따님의 살은 검은 돌멩이와 흰 상아보다 더 큰 차이가 날 텐데. 피만 해도 영감 피와 따님의 피는 붉은 포도주와 백포도주보다 더 큰 차이가 날 텐데. 그런데 그건 그렇고, 영감. 안토니오가 바다에서 큰 손해를 입었다던가, 뭐 그런 소문은 못 들었소?
샤일록 아이고, 엎친 데 덮친다더니 또 밑지는 장사를 했군. 파산자, 방탕한 놈, 이젠 감히 거래소에 얼굴을 내밀지도 못하겠지. 거지 같은 놈. 언제나 거들먹거리면서 시장 바닥에 나타나곤 했지만, 그 차용증서나 잊지 말라지! 날더러 고리대금업자라고 손가락질했지만, 차용증서를 잘 들여다보라고! 그래, 예수쟁이의 호의랍시고 이자도 없이 돈을 빌려주곤 했지만, 이젠 차용증서를 들여다보라고 그래!

살레리오 안토니오가 위약을 한다고, 설마 그 친구의 살을 떼어 내겠다고 하지는 않겠지? 그 차용증서는 어떻게 할 거요?

샤일록 물고기를 낚는 미끼는 충분히 될 거요. 다른 데엔 아무 쓸모가 없더라도 내 복수심을 달래는 데는 도움이 되겠죠. 그자는 날 모욕했으니까. 내 사업을 방해해 내가 오십만 더컷이나 손해를 보게 했고, 내가 손해를 보면 늘 좋아라 웃어댔고, 내가 이익을 보면 날 경멸했소. 내 장사를 방해하고, 친구 사이를 이간질하고, 내 적들을 충동질했소. 그런데 그 이유가 뭔 줄 아시오? 단지 내가 유대인이기 때문이오. 하지만 유대인은 눈도 없는 줄 아시오? 손도, 오장육부도, 사지도, 감각도, 희로애락도 없는 줄 아시오? 우리도 당신네 예수쟁이들처럼 같은 음식을 먹고, 같은 칼로 베이면 피가 나고, 같은 병에 걸리면 같은 약을 먹어야 하고, 당신네들처럼 겨울에는 춥고, 여름에는 더운 것을 느끼죠. 우린 뭐 찌르면 피 한 방울도 안 나오는 그런 족속들인 줄 아시오? 당신들이 간지럼을 태워도 우리 유대인들은 웃지도 않고, 독약을 먹여도 죽지 않을 줄 아시오? 당신들이 우리들에게 어떤 부당한 짓을 해도 우리가 복수하지 않을 것으로 아시오? 다른 일에 있어서도 우리가 당신들과 같은데, 이 일이라고 다를 것 같소? 유대인이 당신들을 모욕하면 당신들은 어쩌겠소? 당연히 복수를 하겠죠. 바로 그거요. 우리도 당했으면 당신네 예수쟁이들이 하는 것처럼 복수를 해야 할 게 아니오. 난 당신들이 내게 가르쳐준 악행을 그대로 실행할 것이고, 어떤 일이 있어도 내가 배운 그 이상으로 잘해낼 생각이오.

안토니오의 하인 등장

하인 두 분께 말씀드립니다. 제 주인이신 안토니오 나리께서 지금 댁에 계신데, 두 분께 드릴 말씀이 있으시답니다.

살레리오 우리도 지금 사방으로 찾아다니던 중이라네.

튜벌 등장

솔라니오 유대인 족속이 또 하나 나타났군. 악마가 유대인 놈으로 둔갑해 맞서면 모를까, 저 두 놈을 당해낼 재간이 없어. (솔라니오와 살레리오, 하인과 함께 퇴장)

샤일록 오, 튜벌! 제노바에선 무슨 소식이라도 있는가? 그래, 내 딸년을 찾았나?

튜벌 자네 딸 소문이 있는 곳에는 다 가 봤지만 허탕이었네.

샤일록 아이고, 난 망했구나! 다이아몬드는 이제 날아갔구나. 프랑크푸르트에서 자그마치 이천 더컷이나 주고 산 건데! 우리 민족에게 이런 저주가 내린 적은 여태껏 없었는데. 나도 지금까지 당해 본 적도 없는 저주를 받다니. 이천 더컷짜리 보석에다 다른 보석들을 줄줄이 갖고 가다니, 딸년이 차라리 내 발치에서 뒈져 버리는 게 낫겠다! 그년이 지금 관속에 들어가도 좋겠어. 귀에 그 보석만 달고 있다면 말야. 오, 그년을 찾는답시고 내가 돈을 얼마나 썼는지 아나? 엎친 데 덮친 격이지! 그 도둑년이 큰돈을 가져갔는데도 모자라 그 도둑년을 잡느라고 또 큰돈을 써야 한다니. 그런데도 찾지도 못하고, 복수도 못하고, 세상의 불운이란 불운은 전부 내 어깨 위에 내려앉고, 세상의 한숨이란 한숨은 모두 내 입에서 나오고, 눈물이란 눈물도 모두 내 눈에서만 흐르는 꼴이 되다니……. (흐느낀다)

튜벌 아냐, 불운한 건 지금 자네뿐만이 아냐. 제노바에서 들은 이야긴데,

안토니오도······.

샤일록 뭐, 뭐라고? 불운하다고? 누가? 안토니오가?

튜벌 트리폴리스에서 돌아오고 있던 상선 한 척이 난파당했다고 하더군.

샤일록 하느님, 고맙습니다! 정말 고맙습니다! 그게 정말 사실인가?

튜벌 난파선에서 살아 돌아온 선원들 몇을 만나 들은 얘기야.

샤일록 정말 고맙네, 튜벌. 그거 듣던 중 반가운 소식이네. 하하!

튜벌 그리고 제노바에서 자네 딸이 하룻밤에 팔십 더컷을 썼다더군.

샤일록 자네, 내 가슴에 비수를 꽂고 있군. 이제 그 돈을 영영 찾긴 글렀군. 내 돈 팔십 더컷을 하룻밤에 쓰다니. 팔십 더컷을!

튜벌 베니스로 오는 길에 안토니오의 채권자들과 동행했는데, 모두들 이젠 그 사람이 파산할 수밖에 없다고들 하더군.

샤일록 그것 참 반가운 소식이 아닐 수 없군. 옳지, 이참에 그놈을 단단히 혼내 주고 욕을 보여줘야겠다. 아무튼 반가운 소식이야.

튜벌 그리고 동행한 사람이 내게 반지를 하나 보여주더군. 자네 딸에게 원숭이 한 마리를 건네주고 받은 거라나.

샤일록 천벌을 받을 년! 튜벌, 자네는 계속 날 고문하고 있네. 그건 바로 내 터키석 반지거든. 죽은 아내 레아한테서 받은 거지. 내가 총각 때 일인데, 원숭이 몇 만 마리를 준다 해도 바꿀 수 없는 거라고.

튜벌 하지만 안토니오가 파산한 건 확실해.

샤일록 그래, 그건 사실이니까. 튜벌, 비용을 내놓을 테니 지금 가서 관리한 사람을 매수해 놓게. 2주일 전에 예약하는 게 좋겠어. 어디 위약만 해봐라. 놈의 심장을 도려 낼 테니. 그자만 베니스에서 사라져 버리면 난 이 바닥에서 마음대로 장사할 수 있거든. 그럼 가 보게, 튜벌. 이따가 교회에서 만나세. (두 사람 퇴장)

제 2 장

벨몬트, 포셔 저택의 방

바사니오, 포셔, 그레시아노, 네리사 그리고 시종들 등장

포셔 서두르지 마시고 조금 기다려 주세요. 여기서 좀 쉬신 다음에 운명을 시험해도 늦지 않으니까요. 혹 잘못 선택하신다면 우린 이대로 헤어져야 할 터이니, 참고 기다려 주세요. 무언가, 말할 수는 없지만 제겐 어떤 느낌이 와요. 사랑한다고 말하기는 어렵더라도, 당신을 놓치기는 싫군요. 당신도 아시겠지만 싫은 사람에게 이런 감정이 생길 리가 없지요. 하지만 저를 오해하지는 마세요. 처녀란 자신의 감정을 함부로 표현할 수 없는 존재니까요. 저를 두고 모험하시기 전에 부디 이곳에 한두 달 머무셨으면 합니다. 저로서는 지금 상자에 관한 한 어떤 귀띔도 할 수는 없답니다. 그러면 맹세를 깨뜨리는 것이 되니까요. 그렇다고 그냥 내버려두어 잘못 선택하시게 된다면, 차라리 맹세를 깨뜨리는 죄를 짓는 게 나을지도 모르겠네요. 아, 당신 눈빛이 원망스럽군요. 저를 홀리는 그 눈빛에 제 마음은 그만 두 조각이 나고 말았으니까요. 반 조각은 물론 당신 것이지만, 나머지 반 조각도 제 것은 아니죠. 제 것이라고 말하고 싶지만, 제 것은 또한 당신의 것이니까요. 아, 야속한 세상이여, 자기 것을 자기 것이라고 말도 못하다니! 그러나 당신 것은 당신 것이 아닐 수도 있죠. 그렇다면 그것은 약속을 깨뜨린 제 탓이 아니라 아마 그렇게 만든 운명 탓일 겁니다. 자, 제 이야기가 그만 너무 길어졌군요. 시간에 무거운 추를 달아 걸음을 느리게 해놓고 잠시라도 운명의 순간을 지연시킬 수 있으면 좋을 텐데.

바사니오 어서 선택하게 해주시오. 이대로 있으니 마치 고문대 위에 올라 있는 것 같은 심정이라오.

포셔 고문대라뇨? 바사니오님, 어서 고백해 보세요. 당신의 사랑 속에 어떤 배신이 숨어 있는지.

바사니오 그런 건 없소. 그대의 사랑을 얻지 못하면 어쩌나, 하는 두렵고 불안한 의구심 외에는 없소. 마치 차가운 흰 눈과 뜨거운 불이 함께 공존하기 어렵듯이 나의 사랑에도 거짓된 마음이 더불어 존재하기 어렵다오.

포셔 그러나 고문대 위라서 하시는 말씀이 아닌가요? 고문대 위에선 마음에도 없는 말을 종종 하게 되니까요.

바사니오 먼저 나를 살려주겠다는 약속을 하면 내 진심을 고백하겠소.

포셔 그럼 고백을 하시죠. 살려 드릴 테니까요.

바사니오 고백합니다, 당신을 사랑한다는 것을. 이것이 내가 할 수 있는 고백의 전부입니다. 오, 행복한 고문이 아닌가. 날 고문하는 사람이 내가 구원받을 수 있는 해답을 가르쳐주다니. 자, 그건 그렇고, 내 운명을 결정하게 될 상자 앞으로 나를 안내해 주시오.

포셔 그러시다면 저쪽으로 가시지요! 저기 저 상자들 중 하나에 제 초상화가 들어 있으니까요. 저를 진심으로 사랑하신다면 찾아내시겠죠. 네리사, 그리고 나머지 사람들도 물러서거라. 이 분이 상자를 선택하시는 동안 음악을 연주하도록 해라. 혹 실패하시더라도 백조가 최후를 맞이하듯 음악 속에서 사라지실 수 있도록. (모두 복도로 간다) 만일 실패하실 경우에는 내 눈물이 강을 이루어 그분에게 어울리는 눈물 젖은 죽음의 침상이 되겠지. 하지만 성공하신다면 음악은 어떤 역할을 하게 되는 거지? 그럼 그때는 새로 왕위에 오른 왕에게 충신들이 머리를 조아려 절할 때 울리는 우렁찬 나팔 소리와 같을 거야. 새벽녘에 꿈꾸고 있는 신랑의 귀에 들어가 그를 결혼식장으로 인도해 주는 달콤한 음악소리와 같을 거야. 이제 그분이 가시는구나. 트로이 왕이 울면서 바다의 괴물에게 제물로 바쳤던 처녀를 구하기 위해 나섰던 젊은 율리시즈 못지않게 늠름한 모습으로. 아니, 그보다 더 진한 사랑을 가슴에 품고 가시는구나. 난 바로 그 제물이나 다름없어. 저만치 떨어져 서 있는 저 여인들은 트로이의 여인들과 다름이 없지. 눈물로 얼룩진 얼굴로 그 용사가 벌인 모험의 결과를 보러 나온 트로이의 여인들 말이야. 가시지요, 헤라클레스님이시여. 그대가 살아남아야 저도 살아남을 수 있답니다. 싸우는 당신보다 그 모습을 지켜봐야 하는 제 마음이 한층 더 괴롭군요. (바사니오가 상자의 글귀를 읽으면서 생각에 잠긴 동안 음악이 흐른다)

바사니오 자고로 겉모습이 그럴 듯해도 속은 겉과 다를 수 있는 법, 그럼에도 세상 사람들은 늘 그럴 듯한 겉모습으로 모든 걸 판단하곤 하지. 아무리 썩어빠진 추한 소송사건도 그럴 듯한 변론으로 포장하면 사악한 표면은 가려져서 보이지도 않게 마련이지. 종교도 마찬가지야. 성직자가 근엄한 표정으로 축복해 주고 성경 말씀을 인용하여 정당화하면 아무리 저주받아 마땅한 죄라도 충분히 가려지지 않던가. 그 어떤 악덕도 그대로 드러나는 법이 없어. 늘 그럴 듯하게 포장해서 그 겉모습을 달리 보이게 하지 않던가? 이 세상엔 겁쟁이들이 좀 많은가. 그럼에도 모래로 쌓은 계단처럼 허술한 마음을 가진 자도, 하얀 간을 가진 겁쟁이들도 헤라클레스의 수염을 달고 허세를 부리지 않던가. 이런 자들은 단지 무섭게 보이려고 용감한 척 겉치레를 하는 법이지. 미인들은 또 어떤가. 그 아름다움도 실제로는 얼굴에 덕지덕지 처바른 화장품의 무게에 달려 있게 마련이지. 화장을 두텁게 하는 여성일수록 그 마음은 얄팍한 법이니, 이야말로 자연의 신비가 아닐 수 없지. 미인으로 통하는 여인의 머리에서 바람과 음탕하게 희롱하는 저 뱀 같은 황금빛 곱슬머리도 알고 보면 남에게서 빌려온 머리털이지. 그 머리털의 주인은 이미 무덤 속에서 해골이 되어 있겠지. 그러니 허식이란 바닷속으로 사람을 교활하게 유혹하는 음흉한 파도요, 인도 여인의 검은 얼굴을 감싼 아름다운 면사포에 불과해. 한마디로 그럴 듯한 겉모습이란 가장 현명한 사람마저 교활하게 함정에 몰아넣는 허울뿐인 진실인 게지. 그러니 마이더스 왕도 씹지 못하는 단단한 음식인 너 번쩍이는 황금이여, 나는 너를 원치 않는다. 또 창백한 낯짝을 하고 사람들 사이를 오가는 천한 은이여, 너 역시 나는 원치 않는다. 그러나 보잘것없는 납이여, 솔깃한 말로 뭔가를 말해 주기보다는 오히려 사람들에게 겁을 주는 듯한 모습, 이 가식 없는 네 모습이 그 어떤 웅변보다 나를 감동시키는구나. 그래, 난 너를 기꺼이 택하겠다. 제발 좋은 결과가 나오기를!

(하인이 열쇠를 내준다)

포셔   (방백) 어머나, 정말 다른 감정은 다 사라져 버렸네. 의심에 찬 생각도, 불안과 절망감과 공포와 질투심, 이 모든 감정들이 안개처럼 사라져 버렸어. 이제 내게 남겨진 것은 사랑뿐. 아, 사랑이여! 하지만 진정해야지. 이 설레는 황홀한 마음을 좀 달래 다오. 환희의 비를 조금만 뿌려 제발 도를 넘지 않도록 해다오. 기쁨이 지나치면 화를 불러들이는 법인데, 이 과분한 축복을 감당하기 어렵구나. 과하면 물리는 법이니, 제발 좀 덜어 다오.

바사니오   (상자를 연다) 무엇이 들어 있을까? 아름다운 포셔의 초상화로구나! 신의 솜씨를 가진 화가가 아니라면 어찌 이리 똑같을 수가 있나? 이 눈들이 지금 움직이고 있는 건가? 아니면 내 눈동자가 움직이는 건가? 벌어진 입술 사이로 새어 나오는 감미로운 입김은 또 어떤가. 이 머리카락은 마치 거미가 쳐 놓은 그물같이 섬세하군. 거미줄에 걸린 벌레들보다 더 단단하게 남자들 마음을 얽어매려고 황금 그물을 짜놓은 것 같군. 게다가 아름다운 두 눈은 또 어떤가. 그런데 화가가 어떻게 이걸 완성할 수 있었을까? 눈 하나를 그리고 나서 황홀함에 빠져 나머지는 못 그렸을 듯싶은데. 그러나 어떠한 초상화도 실물의 아름다움에는 미치지 못할 거야. 이 안에 두루마리 족자가 들어 있군. 아마 내 운명의 요약이겠지. '겉모습만으로 선택하지 않은 그대여, 행운이 따라 올바른 선택을 했도다. 그대에게 행운이 있으라. 그대는 이 같은 행운을 차지했으니, 만족하고 더 이상 새것을 찾으려 하지 말라. 이걸 진정 지상의 행복이요, 하늘의 축복이라 여긴다면, 그대의 연인에게로 발걸음을 돌려서 사랑의 키스로 청혼을 하라.' 친절한 글이로구나. (포셔에게 다가간다) 아름다운 아가씨, 허락만 해주신다면, 이 글귀대로 사랑을 주고받으러 왔습니다. 그런데 제 처지가 상을 두고 경쟁한 사람과 같군요. 마치 경주에서 이긴 자가 박수갈채와 우레와 같은 고함소리에 넋을 잃고 정신이 혼미해져 칭찬하는 소리가 자신을 위한 것인지 아닌지 정신을 못 차리는 것과 같은 처지입니다. 당신이 확인과 서명을 해주고 인증할 때까지는 내가 본 것이 사실인지, 아닌지 믿을 수가 없습니다.

포셔 바사니오님, 저는 당신께서 보고 계신 그대로 그저 한 여자에 지나지 않습니다. 타고난 본모습이죠. 저 자신만을 위해서라면 지금의 이 모습보다 더 잘 보이고 싶은 욕심 같은 건 가지지 않았을 겁니다. 그러나 당신을 위해서라면 지금보다 백 배나 더 훌륭한 여인이 되고 싶고, 천 배나 더 아름다운 여인이 되고 싶고, 만 배나 더 부유한 여인이 되고 싶습니다. 덕성으로나, 미모로나, 재산으로나, 친구로서나 당신에게 높이 평가받기 위해 예전보다 훨씬 나은 여자가 되고 싶습니다. 그러나 지금의 저는 저에게 있는 모든 것을 합쳐 봤자 내놓을 만한 것이 별로 없는 존재랍니다. 간단히 말씀드리자면 저는 교양도 없고, 교육도 받지 못했고, 세상물정도 모르는 여자랍니다. 그러나 다행스러운 건, 아직 나이가 젊으니 무엇이든 배울 수 있다는 겁니다. 더욱더 다행스러운 점은 무엇이든 배울 수 없을 정도로 아둔한 여자가 아니라는 겁니다. 특히 가장 다행스러운 점은 제 성품이 온순하여 저의 주인이시고, 지배자이시며, 왕이신 당신의 가르침에 순종할 수 있다는 것입니다. 저 자신뿐 아니라 제가 소유한 것 모두가 이제는 당신 것입니다. 지금까지 저는 이 집의 주인이며, 하인들의 주인이자 저 자신의 여왕이었습니다. 그러나 지금부터는 집과 하인들 그리고 이 몸까지도 저의 주인이신 당신의 것입니다. 이 모든 것을 반지와 함께 당신에게 드리겠습니다. 만일 이걸 버리시거나, 잃어버리시거나, 남에게 주신다면 그건 바로 당신의 사랑이 식어 버린 증거로 생각하고 절대로 용서하지 않을 생각입니다.

바사니오 아가씨, 당신이 내가 할 말을 다 하시니 난 입이 있어도 할 말이 없소. 내 심장 속에 흐르는 피만이 내 마음을 전하고 있을 뿐이지요. 나의 이성은 마치 축제에 참석한 무리처럼 기뻐 날뛰고 있소. 마치 백성들의 신뢰를 받는 왕이 훌륭한 연설을 끝냈을 때 기뻐하는 군중들 사이에서 볼 수 있는 그런 혼란을 겪고 있는 거지요. 그런 혼란 속에서는 각자의 말들이 뒤섞여 버려서 그 누구도 알아들을 수 없는 소음이 되어 버리지요. 그러나 한 가지 분명한 것은, 이 반지가 내 손가락에서 떠나는 날에는 내 생명도 다하는 날이라는 겁니다. 아! 그땐 이 바사니오가 죽었다고 단언해도 좋습니다.

네리사와 그레시아노 등장

네리사 나리, 그리고 아가씨. 지금까지는 강 건너 불 구경하듯 보고만 있었지만, 마침내 두 분의 소원이 이루어졌으니 진심으로 축하드립니다.

그레시아노 바사니오 공, 그리고 상냥한 아가씨, 정말 축하드립니다. 마음껏 이 기쁨을 누리십시오. 그리고 제 몫의 기쁨 또한 못지않다는 것을 알아주십시오. 왜냐하면, 아가씨께서 저 친구와 백년해로의 가약을 맺으실 땐, 저 역시 동시에 결혼식을 올렸으면 하거든요.

바사니오 진심으로 그렇게 되기를 바라네. 자네에게 신붓감만 있다면 말이지.

그레시아노 고맙네, 바사니오. 바로 자네가 신붓감을 구해 준 셈이네. (네리사의 손을 잡고) 내 눈도 자네 눈 못지않게 민첩하고 매섭지. 자네가 저 아가씨에게 정신이 팔려 있는 동안 난 이 아가씨에게 눈독을 들였거든. 자네가 사랑을 맹세할 때 나도 막간을 이용해 사랑을 맹세했다네. 나도 자네 못지않게 민첩한 사람이니까. 자네의 운명이 저기 저 상자에 걸려 있었듯이 내 운명도 묘하게 저 상자에 걸려 있었다네. 나도 여기서 나름대로 입천장이 마르도록 진땀을 뺐고, 사랑의 맹세를 거듭했으니까. 약속이 오래갈 수 있을지 미지수지만, 난 여기 이 미인으로부터 결국 내 사랑을 받아들이겠다는 약속을 받아냈다네. 자네가 포셔 아가씨를 차지한다는 조건으로 말일세.

포셔 네리사, 그게 사실이냐?

네리사 네, 아가씨. 아가씨께서 허락만 하신다면.

바사니오 그레시아노, 자네 진심으로 하는 말이겠지?

그레시아노 그렇고말고, 바사니오!

바사니오 우리 두 사람의 잔치가 자네들의 결혼 덕분에 더욱 빛나게 되겠군.

그레시아노 네리사, 우리 누가 먼저 아들을 낳나, 천 더컷을 걸고 내기를 할까?

네리사 어머, 그렇게 큰돈을 걸어요?

그레시아노 아냐, 그만둡시다. 이 내기에선 내가 질 것 같군. 내 것도 내 마음대로 걸지 못할 처지가 되었으니. 그런데 저기 오는 게 누구지? 로렌조와 그의 이교도 애인 아냐? 아니, 베니스에 살고 있는 내 옛친구 살레리오도?

로렌조와 제시카 그리고 살레리오 등장

바사니오 로렌조, 그리고 살레리오, 여기 온 걸 환영하네. 내가 이 집 주인이 된 지 얼마 되지 않아 자네들을 환영할 자격이 있는진 모르겠지만 어쨌든 어서 오게. (포셔에게) 부탁하오, 상냥한 포셔! 미안하지만 이 사람들을 환영해 주시오. 내 절친한 고향 친구들이오.

포셔 환영하고말고요, 서방님. 여러분, 진심으로 환영합니다.

로렌조 반겨 주셔서 감사합니다. 나는 말이야, 여기서 자넬 만날 줄은 꿈에도 생각 못했네. 살레리오를 길에서 만났더니, 하도 같이 오자고 성화를 부려서 여기까지 오게 됐네.

살레리오 바사니오, 사실이야. 하지만 그럴 이유가 있었네. 안토니오 공이 자네에게 안부를 전하더군. (바사니오에게 편지를 한 통 준다)

바사니오 편지를 뜯어 보기 전에 부탁하네. 그래, 그 친구는 요즘 어떻게 지내나?

살레리오 마음이 편치 않아 그렇지, 잘 있다고 할 수도 있겠지. 마음이 편치 않으면 몸도 편치 않으니 문제지만, 뭐 편지에 자세한 소식이 적혀 있겠지. (바사니오의 편지를 뜯는다)

그레시아노 네리사, 저 낯선 손님을 접대 좀 해주세요. (네리사가 제시카에게 인사를 한다) 자, 살레리오. 우선 악수나 하세. 베니스에서 좋은 소식은 없었나? 우리 친구 안토니오 공은 어떻게 지내고 있는가? (방백) 우리들이 성공했다는 소식을 들으면 그 친구도 틀림없이 기뻐할 텐데. 우리 모두 황금 양털을 얻었으니 말야.

살레리오 안토니오가 잃은 황금 양털을 자네들이라도 얻었다면 얼마나 좋겠나. (그레시아노를 한쪽으로 데려가서 이야기한다)

포셔 아마 불길한 사연이 쓰여 있나 봐. 바사니오님의 얼굴이 저렇게 창백하게 변한 걸 보면. 친한 친구분이 돌아가시기라도 한 걸까? 그렇지 않고서야 남자 마음이 저렇게 흔들릴 리가 없지. 아니, 안색이 점점 더 나빠지시네. 미안하지만, 바사니오님. 전 당신의 반쪽이니, 그 편지 내용의 절반 정도는 저도 알아야겠어요.

바사니오 오, 친절한 포셔. 이 편지지 위에 쓰인 글보다 더 침통한 사연이 어디 있겠소. 친절한 아가씨, 내가 처음 당신에게 사랑을 고백했을 때, 난 솔직하려고 애썼소. 내가 가진 재산이라곤 혈관 속을 흐르는 피 외엔 아무것도 없는 허울 좋은 신사라고. 난 진실을 말했던 거요. 하지만 사랑하는 아가씨, 내가 한푼도 없는 빈털터리라고 고백한 그 말조차도 사실은 허풍이었소. 재산이 아무것도 없는 처지보다 훨씬 더 비참한 상태라고 말했어야 했던 거요. 사실 나는 친구한테 빚을 졌고, 그 돈으로 여기 왔소. 그 친구는 내가 필요한 비용을 조달하기 위해 그의 원수에게 저당을 잡히고 돈을 빌렸지. 이게 바로 그 친구의 편지요, 아가씨. 이 편지는 친구의 육신처럼, 여기 쓰인 글자 한 자 한 자가 상처 구멍이 되어 생명의 피를 토해 내고 있소. 그런데 이게 사실인가, 살레리오? 안토니오의 배가 모두 난파되었단 말이지? 트리폴리스 것도, 멕시코 것도, 잉글랜드와 리스본, 바바리와 인도에서도 실패했다는 말이지? 단 한 척도 그 무서운 암초를 피하지 못했단 말이지?

살레리오 그래, 한 척도 없다네, 바사니오. 어디 그뿐인가. 안토니오의 수

중에 유대인의 빚을 갚을 만한 현금이 있더라도 그놈이 약속날짜가 조금 지난 걸 핑계로 받지 않으려 들 걸세. 사람의 탈을 쓰고 그토록 잔인하고도 악착같이 구는 놈은 처음 보았네. 나는 다른 인간을 파멸시키기 위해 그렇게 탐욕스레 날뛰는 인간을 본 적이 없네. 놈은 밤낮을 가리지 않고 공정한 재판을 열어 달라고 공작 각하를 졸라 대고 있어. 만일 요청을 거부한다면 베니스 시민의 상업적 자유의 보호 여부에 대한 의문을 제기할 거라고 떠들어댄다는 거야. 공작 각하는 물론, 여러 권위 있는 고관들과 스무 명의 상인들까지도 나서서 놈을 설득하려고 애썼지만 그 누구도 위약의 대가니, 공정한 재판이니, 차용증서가 어떠니 하면서 떠들어대는 놈을 말릴 재간이 없었다네.

제시카 아버지와 함께 있을 때 저는 그분의 동포인 튜벌과 추스 씨에게 아버지가 맹세하시는 걸 들은 적이 있어요. 아마 안토니오님이 빌린 돈의 스무 배를 갚는다 해도 아버지는 거절할 거예요. 아버지가 필요로 하는 건 오직 안토니오님의 피와 살덩이일 테니까요. 전 알고 있어요. 만일 법률이나 권력의 힘으로 제 아버지를 막지 못한다면, 안토니오님은 곤경에 처하게 되겠죠.

포셔 곤경에 처한 분이 그럼 당신의 친구란 말씀인가요?

바사니오 그렇소. 나의 가장 절친한 친구라오. 고결한 천성에, 남을 돕는 일이라면 두 팔을 걷어붙이는 그런 사람이지. 그리고 이태리에 살고 있는 그 누구보다 옛 로마인의 명예로운 정신을 간직하고 있는 사람이오.

포셔 그분이 유대인에게 진 빚이 얼마인데요?

바사니오 나 때문에 삼천 더컷을 빌렸소.

포셔 어머나, 겨우 그 정도인가요? 그럼 육천 더컷을 주고 그 차용증서를 말소시키세요. 육천 더컷의 두 배, 아니 그 세 배를 지불하셔도 좋아요! 바사니오님의 말씀대로 그렇게 훌륭한 친구분이라면 머리카락 한 올이라도 다쳐서는 안 되겠죠. 우선 같이 교회로 같이 가서 결혼식부터 올려요. 그리고 그 친구분을 찾아가세요. 불안한 마음으로 이 포서 곁에 계시는 건 바라지 않으니까요. 그 정도의 하잘 것 없는 빚이라면 스무 배라도 갚아 드릴 테니, 빚을 청산하고 그 진실한 친구분과 함께 이리로 오세요. 그 동안 저는 네리사와 함께 처녀들처럼, 아니 과부들처럼 당신을 기다리고 있을게요. 어서 가 보세요. 결혼식 날 바로 여길 떠나셔야 하니 친구분들을 잘 대접하시고 유쾌한 표정을 지으시고요. 어렵게 얻은 당신이니 당신을 열심히 사랑할 겁니다. 그건 그렇고, 친구분의 편지 내용을 저에게도 들려주세요.

바사니오 (읽는다) "바사니오, 내 배들은 모두 난파됐네. 채권자들은 갈수록 더 가혹해지고 내 형편은 말이 아닐세. 유대인에게 준 차용증서는 기한이 지나 내 목숨을 내놓지 않고는 도저히 갚을 길이 없을 것 같네. 그러면 부채는 다 청산이 되겠지. 죽기 전에 단 한번이라도 자넬 볼 수만 있다면 자네와 나 사이의 부채는 청산되는 셈이네. 하지만 무리는 하지 말고 자네 의지를 따르게. 우정에 끌려온다면 고맙지만, 그렇지 않다면 이 편지는 잊어버리게."

포셔 아! 사랑하는 님이시여, 만사를 제쳐놓고 어서 친구 곁으로 가보세요!

바사니오 착한 그대가 떠나도 좋다고 허락을 해주었으니 서둘러 떠나도록 하겠소. 그리고 속히 돌아오겠소. 다시 돌아올 때까지 하룻밤이라도 헛되이 머물러 죄를 짓거나, 쉬느라고 시간을 질질 끌어 우리의 재회를 지연시키는 일이 없도록 하겠소. (모두 퇴장)

제 3 장

베니스의 거리

샤일록, 솔라니오, 안토니오, 그리고 간수 등장

샤일록 간수 양반, 이 자를 잘 감시하게. 내게 자비니 뭐니 하는 그따위 말은 입에 담지도 말고. 이 사람은 이자도 받지 않고 돈을 거저 빌려주는 바보니까. 간수 양반, 잘 지키라고.

안토니오 샤일록, 내 말 좀 들어 보시오.

샤일록 난 증서에 씌어 있는 대로 따를 거요. 그러니 허튼소릴랑은 하지도 마시오. 무슨 일이 있어도 증서대로 할 거라고 맹세한 몸이니까. 당신은 나보고 이유도 없이 개새끼라고 불렀지. 그래, 난 개새끼니까 내 이빨을 조심하라고. 공작님께서도 법대로 처리하실 거야. 멍청한 간수 같으니라고! 자넨 왜 그리 멍청한가? 부탁한다고 이 자의 외출을 허락하다니!

안토니오 제발 내 말 좀 들어 보시오.

샤일록 당신 말을 들어야 할 까닭이 없어. 차용증서에 적힌 대로 할 테니까, 집어쳐. 내가 예수쟁이들의 중재에 넘어가서 고개를 끄덕이고 귀를 기울이며 대충 넘어가는 바보인 줄 아시오? 날 따라오지도 마시오. 더 말하기도 싫소. 그냥 차용증서에 쓴 대로 하자니까. (문을 닫아 버린다)

솔라니오 세상에! 지금까지 인간과 함께 살아온 개 가운데 저렇게 몰인정하고 지독한 개는 처음 보는군.

안토니오 내버려두게. 놈을 쫓아다니면서 애원 따위는 하지도 않겠네. 저 놈이 노리는 건 내 목숨이니까. 난 그 이유를 잘 알고 있고. 내가 놈의 빚 독촉에 시달려온 사람들을 도와준 적이 가끔 있었거든. 그런 이유로 저 놈이 날 철천지원수처럼 미워하는 거야

솔라니오 어쨌든 난 확신하고 있네. 설마 공작님께서 이 따위 터무니없는 차용증서를 인정하실 리가 있겠나?

안토니오 공작님이라 해서 법을 무시할 수는 없겠지. 이 베니스에선 외국인도 우리처럼 자유롭게 상업을 할 수 있는 권리가 있으니까. 만일 그런 걸 무시하면 이 나라엔 정의가 없다는 비난을 받게 되겠지. 이 나라의 무역과 경제적 번영이 다른 나라와 관련되어 있기 때문이지. 어쨌든 가세나. 고민하고 슬퍼한 덕에 살이 쏙 빠져 내일 그 잔인한 빚쟁이에게 떼어줄 살이 1파운드 정도라도 남아 있을 것 같지 않군. 자, 간수 양반, 이젠 갑시다. 바사니오가 돌아와 내가 빚 갚는 모습을 지켜봐 준다면 난 더 이상 바랄 게 없겠네. (일동 퇴장)

제 4 장

벨몬트, 포셔 저택의 방

포셔, 네리사, 로렌조, 제시카, 그리고 밸서저 등장

로렌조 부인, 면전에서 이런 말씀을 드리자니 쑥스럽긴 합니다만, 부인께선 진실한 우정에 대해 고귀하신 생각을 갖고 계십니다. 부군께서 여기를 떠나신 후 보여주신 태도를 보면 알 수 있는 일이죠. 하지만 부인께서 친절을 베푸시는 상대가 과연 어떤 인물인지, 부인께서 구해 주시려는 분이 얼마나 성실한 신사 분이며, 부인의 부군에게 얼마나 소중한 친구인가를 아시게 된다면, 아마 평소의 선행과는 달리 이 일에서 더 큰 보람을 느끼시게 될 겁니다.

포셔 전 친절을 베풀고 후회한 적은 없답니다. 이번에도 마찬가지죠. 친구들이란 대화하면서 많은 시간을 보내고, 그 영혼이 우정의 굴레로 맺어진 존재들이죠. 그래서 그 외양이나 태도, 기질이 서로 비슷해지죠. 아마 제 남편의 소중한 친구인 안토니오라는 분도 제 남편과 분명 닮은 점이 있을 거예요. 그렇다면, 제가 들이는 비용이 아무리 크다 한들 무슨 문제가 되겠어요? 제 영혼과 마찬가지인 남편과 닮은 분을 지옥같이 끔찍한 곳에서 구해 내기 위해 쓰는데 이까짓 돈이야 아무것도 아니겠죠. 말해 놓고 나니 너무 제 자랑만 한 것 같네요. 더 이상 말하지 않겠으니, 딴얘기를 할게요. 로렌조 씨, 부탁이 있는데 들어주시겠어요? 남편이 돌아오실 때까지 이 집의 관리를 맡아 주셨으면 해요. 제 이야기를 하자면, 전 아무도 모르게 하늘에 맹세했거든요. 네리사의 남편과 제 남편이 돌아오실 때까지 네리사만 데리고 가서 수도원에 머물며 기도도 드리고 묵상도 하면서 살기로 작정했답니다. 여기서 2마일 정도 떨어진 곳인데, 당분간 가 있을까 합니다. 부탁이니 제 청을 거절하지는 말아 주세요. 당신의 우정을 믿고 부득이 부탁드리는 겁니다.

로렌조 물론이죠. 기쁜 마음으로 부인의 뜻에 따르겠습니다.

포셔 고마워요. 저희 집안 사람들에게는 이미 제 뜻을 알렸으니 바사니오님과 저 대신 당신과 제시카를 주인처럼 섬길 거예요. 그럼 다시 뵐 때까지 안녕히 계세요.

로렌조 부디 행복한 시간을 보내시길!

제시카 평온한 시간을 보내시도록 기도드릴게요.

포셔 감사합니다. 두 사람에게도 행운이 함께 하길 빌게요. (제시카와 로렌조 퇴장) 자, 밸서저. 너는 지금까지 충직하게 일해 왔으니 앞으로도 변함없이 그래 줬으면 좋겠어. 이 편지를 받아라. 그리고 패듀어까지 전속력으로 달려가서 내 사촌 오라버니인 벨라리오 박사에게 이 편지를 전하렴. 그리고 박사님이 주시는 서류와 의상을 빠짐 없이 챙기도록. 가능한 한 빨리 가지고 선착장으로 와 줘. 베니스로 승객을 실어 나르는 그 선착장 말이다. 인사는 나중에 하고 빨리 가 봐. 난 너보다 먼저 거기로 가 있을 거야.

밸서저 마님, 바람처럼 후딱 다녀오겠습니다. (퇴장)

포셔 자, 네리사, 우린 남편들을 만나러 가자꾸나.

네리사 그분들이 단박에 우릴 알아볼 텐데요.

포셔 그러니까 네리사, 변장을 해야 한다. 우리가 남자 옷을 입으면 그분들은 틀림없이 우릴 남자로 알 거야. 내기를 해도 좋아. 우리 둘 다 청년 옷을 입으면 너보다는 내가 더 멋져 보일 테니까. 난 당당한 모습으로 칼도 차고, 말할 땐 소년과 어른 사이의 변성기에 있는 남자애처럼 피리 소리 같은 목소리를 낼 거야. 그리고 걸음걸이도 종종걸음 대신 대장부처럼 의젓하게 걸어야겠지. 그리고 청년처럼 허풍을 치면서 그럴 듯한 거짓말을 하는 거야. 지체 있는 숙녀들이 사랑을 고백했지만 거절했다는 둥, 그랬더니 그녀들이 상사병에 걸려 죽었다는 둥, 나 때문에 죽을 것까지는 없었다는 둥, 이런 거짓말을 스무 가지 정도 늘어놓으면 사람들은 내가 학교를 졸업한 지 1년은 넘었을 거라고 믿을 거야. 허풍쟁이들이 하는 거짓말쯤은 나도 천 가지 정도는 알고 있어. 그걸 한번 해보고 싶단다.

네리사 그럼 우리가 정말 남자가 되는 건가요?

포셔 이런, 그따위 질문이 어디 있니? 누가 들으면 오해하기 좋겠다. 아무튼 떠나자. 자세한 얘기는 마차에 탄 뒤 해주마. 마차가 정문에서 우리를 기다리고 있단다. 서둘러야겠다. 오늘 안으로 20마일을 달려야 하니까. (급히 퇴장)

제 5 장

벨몬트, 포셔의 저택 정원

론슬롯과 제시카 등장

론슬롯 정말 그렇습니다. 명심하세요. 아버지의 죄는 자식들이 물려받는 법이라니까요. 그래서 드리는 말씀이지만, 전 아가씨가 늘 걱정된다고요. 아가씨에게만은 모든 걸 솔직하게 털어놨으니까 이런 말씀을 드리는 거예요. 그러니까, 제발 기운을 내세요. 아가씬 틀림없이 지옥에 떨어질 거라고요. 하지만 도움이 될 만한 희망이 딱 한 가지 있긴 한데, 그것도 별로 신통한 방법은 못 되지만······.

제시카 그 희망이란 게 뭔지 한번 말해 봐라.

론슬롯 말하자면 아가씨의 아버지가 아가씨를 낳지 않았다면, 아가씨는 유대인의 딸이 아닐지도 모른다는 희망이지요.

제시카 정말 엉뚱한 희망이로구나! 그럼 이번에는 우리 어머니의 죄를 내가 물려받을 차례네?

론슬롯 아닌 게 아니라, 전 아가씨가 아버지나 어머니가 지으신 죄 때문에 지옥에 떨어지지나 않을까 늘 걱정입니다. 암초를 가까스로 피해 놓으니 태풍을 만나는 격이라고나 할까요? 어느 길을 가든 지옥으로 가게 돼 있는 거지요.

제시카 서방님이 날 구해 주시겠지. 그이가 나를 기독교도로 만들어 주셨으니.

론슬롯 그런 이유로 주인님은 비난을 받으셔도 싸요. 그러시지 않아도 예수쟁이들이 거리에 넘쳐나는 판인데. 사이좋게 의지하며 서로 돕고 살아가기도 힘들 만큼 많잖아요. 이런 식으로 예수쟁이들을 많이 만들어 내면 돼지고기 값만 오르는 거죠, 뭐. 너도나도 돼지고기를 먹게 되는 날엔 아무리 돈을 내더라도 돼지고기 한 조각 먹지 못하게 되는 때가 올지도 모르잖아요.

로렌조 등장

제시카 지금 네가 한 말을 서방님에게 전해야겠다, 론슬롯. 마침 여기 오시네!

로렌조 론슬롯 이 놈, 내가 질투라도 하면 어쩌려고 남의 아내를 이렇게 으슥한 곳으로 끌고 다니냐?

제시카 그런 걱정은 하시지도 마세요, 로렌조님. 론슬롯과 전 말다툼을 하고 있었으니까요. 노골적으로 이런 말을 하더라고요. 내가 유대인의 딸이라 천국에 갈 가능성이 전혀 없다고요. 당신도 마찬가지로 이 나라의 훌륭한 시민이 아니래요. 유대인을 기독교도로 개종시켜서 돼지고기 값만 잔뜩 올려놓았다나요.

로렌조 그런 일이라면 내가 더 잘 설명할 수 있지. 무어인 계집의 배를 불룩하게 만든 자네보다는 내가 더 훌륭한 시민일 테니까. 그 무어인 계집이 네 아이를 가진 게지, 론슬롯?

론슬롯 그 무어인 계집애 배가 보통 이상으로 나왔다면 큰일인데요. 여자란 정숙해야 하는 법인데. 그런데 그 계집이 예사롭지 않은 일을 저질렀다면 정말 보기보다는 앙큼한 계집인가 봅니다.

로렌조 어릿광대들은 다 저렇게 말재주가 좋다니까! 그러나 정말 지혜로운 사람들은 오히려 침묵을 지키는 법이지. 말 잘한다고 칭찬받는 건 아마 앵무새밖엔 없을걸. 이봐, 론슬롯, 안으로 들어가서 하인들에게 식사 준비를 하라고 이르게나!

론슬롯 식사 준비는 다 되어 있습니다, 나리. 모두들 왕성한 식욕을 갖고 있으니까요!

로렌조 거 참, 주둥이하고는! 그럼 식탁을 준비하라고 일러라.

론슬롯 그것도 다 준비되어 있습니다. 식탁보를 덮으라는 지시만 내리시면 됩니다.

로렌조 그럼 자네가 덮으려고?

론슬롯 저더러 덮으라고요? 제 분수를 아는데 그럴 수는 없죠.

로렌조 기회만 생기면 걸고 넘어지는군. 설마 재담 보따리를 한번에 풀어헤칠 생각은 아니겠지? 제발 부탁인데, 난 보기보다 단순한 사람이라는 걸 잊지 말아 주게. 자네 동료들에게 가서 식탁에 보를 덮고 음식을 준비하라고 이르게. 그러면 우리가 식사하러 갈 테니까.

론슬롯 식탁으로 말하자면, 나리, 이미 준비가 다 되어 있습니다. 음식은 말할 것도 없고요. 기분과 마음이 내키는 대로 들어오셔서 식사하시면 됩니다.

로렌조 거 참, 말재간 하나는 타고난 놈이군. (론슬롯 퇴장) 하는 말마다 저렇게 딱딱 맞아떨어지니. 아마 어릿광대들의 머릿속엔 이상한 말만 가득 들어 있는 모양이야. 난 저 놈보다 신분이 높은 광대도 몇 알고 있는데, 모두 저 녀석처럼 의미는 생각지도 않고 나오는 대로 마구 지껄여댄단 말야. 기분이 어떻소, 제시카? 그런데 사랑하는 제시카, 당신 생각을 좀 들려주시오. 바사니오의 부인을 어떻게 생각하고 있는지를.

제시카 한마디로 완벽하신 분이죠. 바사니오님께선 정말 행실을 단정히 하셔야겠어요. 축복으로 천사 같은 부인을 얻으셨으니까요. 여기 이 지상에서 천상의 기쁨을 찾아내신 거잖아요. 이승에서 품행을 단정히 하시지 않으면 천국의 문턱도 못 넘으실 거예요. 만일 천상에서 두 신이 지상의 두 여자를 걸고 내기를 한다고 생각해 볼까요? 그중 한 분이 포셔라면, 다른 쪽 여자에겐 덤으로 커다란 경품을 잔뜩 보태야만 간신히 비교가 될 거예요. 변변찮은 이 세상에서 포셔 아가씨와 견줄 만한 분은 아마 없을 테니까요!

로렌조 아내로서 포셔 아가씨가 더없이 탁월하듯, 당신에게는 내가 그런 훌륭한 남편이 되어 주겠소.

제시카 아, 그 문제에 관해서라면 저도 할 말이 있어요.

로렌조 나중에 듣기로 합시다. 우선 식사부터 합시다.

제시카 아니, 생각났을 때 당신 칭찬을 하고 싶어요.

로렌조 아니, 그건 식탁에서 하도록 합시다. 거기선 무슨 얘기를 해도 다른 음식과 같이 삼켜서 소화시킬 수 있을 테니까 말이오.

제시카 좋아요. 그럼 나중에 말하기로 하죠. (두 사람 퇴장)

제4막

제1장

베니스의 법정

공작과 고관들, 안토니오, 바사니오, 그레시아노, 솔라니오와 살레리오, 그 밖의 사람들 등장

공작 안토니오는 여기 출두했는가?

안토니오 예, 여기 있습니다, 각하.

공작 유감스럽게 됐소. 상대방은 목석같이 완강하고 비정한 인간이오. 동정심도 없고 비인간적인데다 자비심이라고는 털끝만큼도 찾아볼 수 없는 짐승 같은 인간이지.

안토니오 공작 각하께서 그자의 가혹한 주장을 철회시키시려고 무척이나 애써 주셨다는 얘기를 들었습니다. 하지만 그자의 태도가 워낙 완강해서 어떤 합법적인 수단으로도 그자의 손아귀에서 벗어날 길이 없게 됐습니다. 그자의 분노에는 인내로 맞설 수밖에 없겠지요. 모든 걸 단념하고 조용한 마음으로 그자의 잔인하고 거친 복수를 견디어 낼 각오가 되어 있습니다.

공작 그 유대인을 법정으로 불러 오도록 하라.

솔라니오 이미 법정 밖에서 대령하고 있습니다. 아니, 벌써 들어오고 있습니다, 각하.

샤일록 등장

공작 길을 만들어 줘라, 저 자를 내 앞에 세워라. (군중들이 길을 비켜준다. 샤일록, 공작 앞으로 나와서 고개를 숙인다) 샤일록, 나는 지금 이렇게 생각하고 있소. 그대가 지금은 일부러 악의에 찬 주장을 굽히지 않고 있지만 재판이 막바지에 이르면 이상하리만큼 잔인한 탈을 벗고 뜻밖의 자비와 동정을 베풀 것이라는 걸 믿고 싶소. 지금 그대는 위약금조로 이 불쌍한 상인의 살덩이 1파운드를 꼭 받아내겠노라고 고집을 피우고 있지만 결국에 가서는 위약금뿐만 아니라 인간적인 정과 사랑으로 원금의 일부까지도 감해 줄 것이라고 믿고 있단 말이오. 최근에 그가 입은 손실은 연민의 눈으로 볼 수밖에 없을 거요. 아무리 안토니오 같은 거상이라도 쓰러질 수밖에 없는 큰 손실을 입었으니, 그 딱한 처지를 불쌍하게 여기게 될 게 아니오? 그래서 아무리 청동 같은 가슴과 목석 같은 심장을 지닌 사람도, 아니 무자비한 터키인이나 타타르인이라 해도 저 상인에게 동정심을 느끼지 않을 사람이 없을 거요. 우리 모두는 그대의 자비로운 답변을 기대하고 있겠소.

샤일록 소인의 생각은 이미 각하께 모두 말씀드렸습니다. 그리고 제 종족의 신성한 안식일을 걸고 맹세도 했습니다. 차용증서에 명시된 대로 원금과 위약금을 받겠다고요. 만일 공작님께서 이것을 거절하시면 각하가 다스리시는 이 나라의 법과 자유는 상처를 입을 것입니다. 각하께서는 저에게 물으실지도 모르겠습니다. 왜 삼천 더컷을 마다하고 한사코 썩은 살 한 덩어리를 달라고 고집하느냐고요. 그래도 전 대답하지 않겠습니다! 저의 타고난 기질 때문이라고 하면 답이 되겠습니까? 우리 집에 쥐새끼 한 마리가 나타나 말썽을 부리면 저는 기꺼이 1만 더컷을 내놓으며 그 쥐를 없애 달라고 할 겁니다. 이만하면 답이 되는지 모르겠군요. 여전히 납득이 안 되십니까? 세상엔 입을 떡 벌린 통돼지구이가 싫다는 사람도 있고, 고양이만 보면 미쳐 버리는 사람도 있는 법입니다. 가죽피리 소리만 들으면 소변이 마려워 참기 힘들다는 사람도 있죠. 감정의 주인인 기질이 사람을 좌지우지하기 때문입니다. 이제 답을 들려 드릴까요? 이유를 말씀드리기는 어렵습니다만, 왜 어떤 사람들은 입을 벌린 통돼지구이를 싫어하고, 왜 어떤 이는 아무런 해가 되지 않는 고양이를 못 봐주고, 어떤 이는 가죽피리 소리를 건디지 못할까요? 마찬가지로 저도 이유를 말씀드릴 수도 없고, 그럴 생각도 없습니다. 안토니오에게 쌓이고 쌓인 증오와 혐오감 때문에 손해 보는 소송을 제기하게 됐다고 말씀드릴 수밖에 없군요. 이것이 저의 답변입니다.

바사니오 그게 무슨 답변이냐? 이 인정머리 없는 놈아! 그것으로 네 잔인한 행동이 용납될 줄 알았더냐!

샤일록 당신 마음에 드는 답변을 해야 할 의무가 내게 있었던가?

바사니오 미운 것은 모조리 죽여야 직성이 풀린단 말이오?

샤일록 미우면 죽이고 싶은 것이 인지상정 아니오?

바사니오 마음에 안 든다는 이유로 처음부터 미워하지는 않았을 텐데.

샤일록 왜 자꾸 이러실까? 당신이라면 같은 독사한테 두 번씩이나 물리고 싶소?

안토니오 바사니오, 상대는 유대인이라는 것을 잊지 말게. 차라리 바닷가에 서서 만조에 밀려오는 밀물더러 물러가라고 외치는 편이 나을 거야. 늑대더러 왜 새끼 양을 잡아먹어 어미 양을 울렸느냐고 따지는 게 차라리 낫다는 말이네. 산꼭대기에서 돌풍에 흔들리는 소나무에게 가지를 흔들지 말고 소리도 내지 말라고 호통치는 것과 같다는 말이네. 저 유대인의 얼어붙은 마음을 녹일 수 있다면 이 세상에서 안 될 일이 하나도 없을 걸세. 놈의 마음보다 더 단단한 게 어디 있나? 그러니 제발 부탁이네. 더 이상 아무 말도 말고, 아무 일도 벌이지 말게. 될 수 있는 대로 간단하고 신속히 결말이 나도록 도와주게. 나에겐 판결이, 저 유대인에겐 뜻이 이루어지도록 내버려두게.

바사니오 자, 삼천 더컷 대신 여기 육천 더컷을 내지.

샤일록 그 육천 더컷이 여섯 개로 나뉘어지고, 나뉘어진 하나하나가 다시 일 더컷이 된다고 해도 나는 받아들일 생각이 없소. 나는 이 차용증서대로 받겠소.

공작 같은 인간에게 자비를 베풀지 않으면서 어찌 신의 자비를 바라는가?

샤일록 죄 지은 것도 없는데 판결을 두려워할 필요가 있겠습니까? 여러분들은 많은 노예들을 돈으로 사서 당나귀나 개나 노새처럼 취급하면서 천하고 고된 일에 마구 부려먹고 있지 않습니까? 왜요? 돈을 주고 노예들을 샀기 때문이죠. 어디 한번 말씀드려 볼까요? 노예들을 해방시켜 여러분들의 상속녀인 아드님이나 따님과 결혼시키는 건 또 어떻습니까? 왜 노예들에게 무거운 짐을 지우고 땀을 흘리도록 내버려두시죠? 잠자리도 여러분들의 잠자리처럼 부드러운 것으로 해주시고, 여러분들처럼 기름진 음식을 똑같이 대접해 주면 어떨까요? 아마 여러분들은 펄펄 뛰면서 노예는 소유물이라는 것을 주장하시겠죠. 저 역시 마찬가집니다. 제가 요구하는 살덩이 1파운드는 제가 비싼 대금을 치르고 산 것입니다. 그건 제 소유물이니 어떻게 해서든 받아내고야 말겠습니다. 공작님께서 제 요구를 거절하신다면 법이 무슨 소용입니까? 베니스의 법은 아무런 구속력도 없는 것이 되고 말 겁니다. 자, 이젠 판결을 내려 주십시오. 답을 달라고요. 저 사람의 살 1파운드는 제 것입니다.

그러니까 제가 떼어 가도 되겠지요?

공작 내 직권으로 이 법정을 폐정시킬 수도 있다. 그러나 이 사건을 판결하기 위해 모셔 온 석학 벨라리오 박사께서 오늘 여기에 오시기로 되어 있으니 그러지는 않겠다.

살레리오 각하, 문 밖에 사자 한 사람이 와 있습니다. 박사께서 보내신 편지를 갖고 패듀어에서 지금 막 도착했습니다.

공작 그 편지를 이리 가져 오너라. 그리고 편지를 가져 온 사자도 함께 불러 들여라.

바사니오 기운을 내게, 안토니오! 이 사람아, 용기를 잃지 말라고. 저 유대놈에게 내 살과 내 피, 그리고 내 뼈를 다 준다 해도 자네한테서는 피 한 방울 흘리게 할 수는 없어. (샤일록, 칼을 꺼내더니 갈기 시작한다)

안토니오 나는 양떼 가운데 병들고 거세된 숫양이나 다름없어. 죽어 마땅하네. 과일 중에서도 가장 약하고 설익은 것이 가장 먼저 땅에 떨어지는 법이 아닌가? 그러니 날 그냥 이대로 내버려두게. 하지만 자네에겐 남겨진 일이 하나 있네. 바사니오, 자네는 오래도록 살아 남아서 내 묘비명이나 써 주게.

네리사, 법관 서기 복장을 하고 법정에 등장

공작 그대는 패듀어의 벨라리오 박사가 보내서 왔는가?

네리사 (절을 하며) 그렇습니다, 각하. 벨라리오 박사께서 안부를 전해달라고 하셨습니다. (편지 한 통을 꺼내 전한다)

바사니오 칼은 왜 그렇게 열심히 갈고 있는가?

샤일록 저 파산자로부터 위약금조로 살점을 베어 내기 위해서지.

그레시아노 이 무자비한 유대인 놈아, 구두창에다 그렇게 칼을 갈지 말고 차라리 네 영혼 밑바닥에 대고 날카롭게 갈아라. 하지만 그 어떤 비수도, 아니 어떤 망나니의 도끼도 네 놈의 그 날카로운 집념에 비하면 오히려 무디다고 해야겠다. 네 놈 가슴엔 이런 애원도 아무런 소용이 없는가 보군?

샤일록 소용없고말고. 너희 예수쟁이들이 제아무리 재주를 쥐어짜서 애원해 봤자 어림없지.

그레시아노 지옥에나 떨어져라. 아니, 지옥도 아까운 개 같은 놈! 너 같은 놈을 살려 두다니, 법이 무슨 소용이야! 너를 보니까 내 신앙심마저 다 흔들리는구나. 짐승의 영혼이 인간의 몸뚱어리에 깃든다는 피타고라스의 주장이 옳기는 옳구나. 네 놈의 잔인성과 탐욕은 피에 굶주린 늑대를 똑 닮았어! 그런데 사람을 물어 죽인 죄로 교수형에 처해진 순간 몸뚱이에서 빠져나온 잔인한 혼이 더러운 어미 뱃속으로 갔다가 네 놈에게 흘러들어간 것이 분명해. 피에 굶주린 늑대처럼 잔인하고 무도한 네 놈의 복수심이 그 증거지.

샤일록 그렇게 발광을 하고 법석을 떨어 봤자 무슨 소용이 있을까. 이 차용증서의 날인 서명이 지워지는 것도 아니고. 쓸데없이 소리를 꽥꽥 질러대면 오히려 네 허파만 아플 거야. 젊은이, 그러니 생각을 아예 바꾸시지. 그러지 않더라도 가망이 전혀 없으니까. 어쨌든 이 상황에서 내가 믿는 것은 법뿐이오.

공작 벨라리오 박사가 보내신 이 편지에는 젊고 박식한 박사 한 분을 법정에 추천한다고 했는데, 그분이 어디 계신가?

네리사 네, 공작 각하께서 입장을 허락하실지 아닐지 몰라서 문 밖에서 대령하고 있습니다.

공작 진심으로 환영하는 바이다. 자, 누가 가서 저 분을 이곳으로 정중히 모셔 오도록 하라. (시종 몇 사람이 공작에게 절을 한 다음 나간다) 그 동안 벨라리오 박사의 편지를 이 법정에서 낭독하도록 하라.
서기 (편지를 읽는다) 공작 각하, 부디 헤아려 주십시오. 각하의 친서를 받았을 때 공교롭게도 소인은 와병 중에 있었습니다. 그러나 각하의 사자가 소인을 방문했을 때 마침 로마로부터 젊은 박사 한 분이 문병차 와 있었습니다. 그의 이름은 벨서저입니다. 소인은 박사에게 유대인과 상인 안토니오 간에 진행중인 소송 사건의 배경을 잘 설명해 주었습니다. 우리는 함께 많은 문헌을 조사했고, 소인의 의견도 얘기해 주었습니다. 다행히 미비한 점은 그가 보충해 주었는데, 그의 해박한 지식은 소인이 아무리 조리 있게 말씀드려도 부족합니다. 다행히 그가 소인의 간청을 받아들여 대신 그곳으로 가서 각하의 요청에 응하게 되었습니다. 모쪼록 잘 부탁 드립니다. 그가 젊다는 이유로 훌륭한 평가를 받는 데 지장이 없도록 충분히 배려해 주셨으면 합니다. 아직 젊은데도 불구하고 그토록 노련한 판단력을 지니고 있는 사람을 소인은 여태껏 본 적이 없습니다. 각하께서 그를 환대해 주시길 바라마지 않으며, 그 어떤 말로도 그의 뛰어난 실력을 제대로 칭찬할 수는 없으리라는 것을 소인은 확신합니다.

포셔, 법학 박사 복장 차림으로 책을 들고 등장

공작 석학 벨라리오 박사가 보내 주신 편지의 내용은 방금 들으신 바와 같소. 아, 저기 그 젊은 박사가 오는군. 자, 먼저 악수나 합시다. 벨라리오 박사가 보내신 분이오?
포셔 그렇습니다, 각하.
공작 잘 오셨소. 자리에 앉아 주시오. (시종이 포셔를 공작 옆으로 안내한다) 박사께서는 지금 이 법정에서 심의중인 소송 사건의 내용에 대해서는 들으셨겠죠?

포셔 네, 상세하게 들었습니다. 어느 쪽이 상인이고, 어느 쪽이 유대인입니까?

공작 안토니오와 샤일록, 두 사람 모두 앞으로 나오라. (두 사람 앞으로 나와서 공작에게 인사를 한다)

포셔 그대가 샤일록인가?

샤일록 네, 맞습니다.

포셔 제기한 소송이 이상하기는 하지만, 소송절차에는 아무런 하자가 없으니 베니스의 법으로서는 당신을 비난할 수가 없소. (안토니오에게) 당신의 목숨이 원고의 손아귀에 들어 있다는 걸 알고 있소?

안토니오 네, 저 사람도 그렇게 말하고 있으니까요.

포셔 이 증서를 인정하시오?

안토니오 인정합니다.

포셔 그렇다면 유대인이 자비를 베푸는 것도 좋은데.

샤일록 제가 왜 자비를 베풀어야 합니까? 말씀해 보세요.

포셔 자비란 그 성격상 강요되는 것이 아니오. 하늘에서 땅으로 내리는 단비와 같은 것으로 일종의 축복이죠. 나아가 자비는 이중의 축복에 해당되니, 주는 자와 받는 자를 함께 축복하는 것이기 때문이오. 자비는 모든 미덕 중에서도 최고의 미덕이며, 왕관보다 더 왕을 왕답게 해주는 덕성이기도 하오. 왕의 왕홀은 현세의 권력을 상징하는 것으로 두려움과 공포를 상징하지만, 자비는 왕의 가슴속에 있는 신이 베푸는 최상의 미덕이오. 따라서 이 왕홀의 위력을 능가하게 마련이지. 엄격한 정의 또한 자비심으로 부드럽게 만들면 지상의 권력은 신의 권위에 가깝게 접근하게 되는 것이오. 그러니 유대인이여, 그대가 요구하는 바는 정의이지만 정의만 내세우면 그 어느 누구도 구원받을 수 없다는 것을 명심하시오. 우리는 자비를 베풀어 달라고 늘 기도를 드리며, 하느님은 우리 모두에게 서로 자비를 베풀 것을 가르쳐주시고 있소. 내가 이처럼 장황하게 말하는 것은 오직 정의만을 요구하는 그대의 경직된 마음을 부드럽게 만드는 데 조금이나마 도움이 될까 해서인데, 만일 그대가 자비 없는 정의만을 계속 고집한다면 이 엄정한 베니스의 법정은 부득이 저 상인에게 불리한 선고를 내리지 않을 수 없소.

샤일록 자신이 한 일은 자신이 책임져야겠죠! 저는 지금 법에 호소하고 있는 겁니다. 이 증서에 명시된 담보만을 요구하는 거라고요.

포셔 이 사람은 그 차용금을 갚을 능력이 없는가?

바사니오 아닙니다. 저 사람 대신 제가 이 법정에서 돈을 갚겠습니다. 원금의 곱절을 갚겠습니다. 아니, 원금의 곱절이 부족하다면 열 배라도 내라면 내겠습니다. 제 손과 제 머리 그리고 제 심장을 담보로 하는 한이 있어도요. 그래도 부족하다면, 악의가 정의를 짓밟는 형국이 아닙니까? (무릎을 꿇고 양손을 펴든다) 이렇게 부탁드립니다. 박사님의 권한으로 이번 한번만 법을 굽히시어, 이 잔혹한 악마의 의도를 꺾어 주십시오. 그것은 큰 정의를 실현하기 위한 작은 잘못에 다름 아닙니다. 이 잔인한 악마의 뜻을 굽혀 주십시오.

포셔 그럴 수는 없소. 베니스의 어떤 권력도 이미 정해진 법을 바꿀 순 없소. 그러면 그게 하나의 선례로 기록되고, 비슷한 종류의 위법 행위가 수없이 반복되어 그 결과 국가의 기강이 문란하게 될 것이오. 그럴 수는 없소.

샤일록 명판사 다니엘의 재현일세. 정말 다니엘 같으신 판사님이서! 오, 젊고 현명하신 판사님, 진심으로 존경하옵니다! (포셔의 법복에 입을 맞춘다)

포셔 그 차용증서를 좀 봅시다.

샤일록 여기 있습니다. 존경하는 판사님, 여기, 여기 있습니다

포셔 샤일록, 원금의 세 배를 주겠다는데, 어떤가?

샤일록 그럼 하늘을 두고 한 맹세는 어떻게 되는 겁니까? 제 영혼을 두고 한 맹세는요? 맹세하고 또 맹세했는데도요? 천만에요. 안 됩니다. 베니스를 다 주신다 해도 안 됩니다.

포셔 (증서를 읽으며) 약속날짜를 넘겼으니 할 수 없군. 법적으로는 이 상인의 심장 가장 가까운 곳에서 살 1파운드를 잘라 내겠다는 이 유대인의 주장이 잘못된 게 없어. (샤일록에게) 하지만 자비를 베푸시는 게 어떻소? 원금의 세 배를 받고 이 증서를 찢어 버리는 게 어떻겠소?

샤일록 증서의 내용대로 빚이 청산되고 나면 그렇게 하지요. 제가 보기에 박사님께선 참으로 훌륭한 재판관이십니다. 법규에도 해박하시지만, 법 해석도 지극히 공정하십니다. 전 바로 그런 법을 기대하는 겁니다. 박사님은 법을 수호하시는 훌륭한 대들보시니 제발 판결을 내려 주십시오. 저의 영혼을 두고 맹세하지만, 그 어떤 사람의 화술로도 제 결심을 바꿀 순 없습니다. 이 증서대로 판결을 내려 주십시오.

안토니오 저도 이 법정에 간절히 바랄 뿐입니다. 이젠 판결을 내려 주십시오.

포셔 그렇다면 할 수 없군. 피고는 가슴을 열고 저 사람의 칼을 받을 준비를 하시오.

샤일록 오, 젊은 양반이 어쩌면 저렇게 명철하실까!

포셔 법의 취지와 목적으로 보아 위약할 경우, 이 증서에 기록된 대로 집행되어야 마땅하오.

샤일록 과연 그렇습니다. 오, 지혜롭고 공정하신 판사님! 보기보다 훨씬 더 노련하신 분이야!

포셔 (안토니오에게) 이제 피고는 가슴을 내놓으시오.

샤일록 그렇습니다. 바로 저 가슴팍이에요. 증서에도 그렇게 씌어 있지요. 안 그렇습니까, 판사님? 심장에서 가장 가까운 곳, 바로 그렇게 명시돼 있습니다.

포셔 좋소. 무게를 달 저울은 준비가 되어 있소? 살덩이를 달 저울 말이오.

샤일록 예, 여기 준비해 왔습니다. (외투 밑에서 저울을 꺼낸다)

포셔 샤일록, 당신 부담으로 의사를 불러 오시오. 피고의 상처를 치료 못하면 출혈로 인해 생명이 위험할 테니.

샤일록 증서에 그렇게 씌어 있습니까? (증서를 달라고 하더니 자세히 살펴본다)

포셔 그런 말은 증서에 없지만 그게 어쨌다는 거요? 그 정도의 자비는 베푸는 것도 좋을 텐데.

샤일록 그런 글귀는 없습니다. 증서에 없네요.

포셔 안토니오, 무슨 할 말은 없는가?

안토니오 별로 없습니다. 각오는 돼 있으니까요. 악수나 하게, 바사니오. 잘 있게, 친구여. 자네 때문에 내가 이런 처지가 됐다고 슬퍼하지는 말게. 운명의 여신이 그 어느 때보다 친절을 베풀고 있으니. 흔히 파산한 가엾은 사람을 마음대로 죽지도 못하게 하고, 눈은 움푹 꺼지고 이마엔 굵은 주름살이 잡히고, 궁핍으로 찌든 노년을 겪게 만드는데 나로 하여금 비참한 고통을 질질 끄는 걸 면하게 해주었으니 말일세. (두 사람 포옹한다) 자네의 훌륭한 부인께 안부나 전해 주게. 내가 최후를 맞이한 태도도 전해 주고, 자넬 얼마나 좋아했는지도 말해 주게. 또 바사니오가 얼마나 진정한 친구를 가졌던가도 말해 주게. 안토니오가 당당하게 최후를 맞이했다는 말을 잊지 말게. 자네가 친구를 잃는 걸 슬퍼만 해준다면 난 자네의 빚을 갚아 준 걸 결코 후회하지 않겠네. 저 유대인이 심장에 칼을 깊숙이 찔러만 준다면 내 심장을 다 바쳐 빚을 갚게 될 테니 말일세.

바사니오 오, 안토니오, 결혼한 내 아내는 나에겐 생명처럼 소중하네. 하지만 내 생명도, 내 아내도, 전 세계도 나에게는 자네 생명보다 더 소중할 순 없어. 여기에 있는 이 사악한 악마로부터 자네만 구할 수 있다면 난 모든 걸 잃고 희생해도 좋아.

포셔 만일 당신 부인이 옆에 있어서 이 얘기를 들었다면 아마 달갑지는 않았을 거요.

그레시아노 저도 아내가 있습니다. 물론 끔찍이 사랑한다고 할 수 있지요. 그러나 저 들개 같은 유대 놈의 심보만 바꿀 수만 있다면 제 아내를 천국이라도 보내고 싶은 마음입니다.

네리사 그런 말은 아내가 듣지 못하는 자리에서나 해야겠지요. 그렇지 않으면 가정불화감이네요.

샤일록 (방백) 예수쟁이 남편이란 다 별수 없어! 내 딸년을 예수쟁이에게 주느니 차라리 천하의 날도둑 바라바에게 주는 편이 더 나았을 걸. (큰 소리로) 시간 낭비입니다. 빨리 판결을 내려 주십시오.

포셔 저 상인의 살 1파운드는 원고의 것이오. 본 법정이 그걸 인정하고, 법이 보장한다.

샤일록 과연 공정한 판사님이시다! 판결이 났다. 자, 각오하라. (칼을 빼 들고 앞으로 나간다)

포셔 잠깐, 기다리시오. 아직 할 말이 남았으니. 이 증서에는 단 한 방울의 피도 원고에게 준다는 글이 없다. 여기에는 '살 1파운드'라고만 적혀 있다. 이 증서대로 살을 1파운드만 잘라 가라. 단, 살을 잘라 가면서 이 기독교의 피를 단 한 방울이라도 흘린다면 그대의 토지를 비롯한 재산은 모두 베니스 법률에 따라 국고로 귀속될 것이니 명심하라.

그레시아노 오, 얼마나 공정하신 판사님이신가! 들었지, 이 유대인 놈아? 오, 박식하신 판사님!

샤일록 이게 법이라고?

포셔 법조문을 직접 읽어 보시오. 원고는 정의를 요구했으니, 원고가 바라던 이상으로 엄정한 판결을 받게 될 것이오.

그레시아노 아, 박식하신 판사님! 잘 봐라, 이 유대인 놈아, 박식하신 판사님을.

샤일록 그러시다면 아까 그 제안을 받아들이겠습니다. 증서에 명시된 원금의 세 배를 받게 해주시고 저 기독교도는 석방시키십시오.

바사니오 여기, 돈 있다.

포셔 잠깐! 유대인은 정의로운 재판을 요구했다. 증서에 적힌 것 이외에는 아무것도 받을 수가 없다.

그레시아노 어떠냐, 유대 놈아! 공명정대하신 판사님이시다!

포셔 자, 어서 살을 잘라 낼 준비를 하시오. 단 한 방울의 피도 흘려선 안 되며, 살을 잘라 내되 더도 덜도 말고 정확히 1파운드만 잘라 내시오. 만일 그 이상 또는 그 이하의 살을 도려 낸 결과, 그 무게가 1파운드에서 조금이라도 무겁거나 가벼워 저울이 머리카락 한 올만큼이라도 한쪽으로 기울 경우 그대는 사형에 처해질 것이고, 그대의 전 재산은 몰수당할 것이다.

그레시아노 다니엘 명판사가 재림하셨군. 유대 놈아, 이 놈, 이단자 놈아! 네 놈은 이제 꼼짝달싹 못하게 되었구나.

포셔 유대인은 무엇을 주저하는가? (샤일록에게) 어서 위약의 대가를 받으시오.

샤일록 원금만 받으면 곧 물러가겠습니다.

바사니오 여기 준비돼 있으니, 자, 갖고 가게.

포셔 저 사람은 이 공개 법정에서 이미 그것을 거절했소. 그러니까 판결에 따라 증서에 기록된 것 외에는 아무것도 받아가선 안 되오.

그레시아노 오, 정말 다니엘 같은 판사님이시네. 그 명판관이 다시 오셨어!

그런 말을 가르쳐줘서 고맙구나, 유대인 놈아.

샤일록 원금만이라도 받을 수 없는 겁니까?

포셔 그대가 받을 수 있는 것은 오직 위약의 대가인 살 1파운드뿐이오. 유대인이여, 그것도 생명의 위험을 무릅쓰고서 받아내야 할 거요.

샤일록 그럼 마음대로 하시오. 나는 더 이상 이런 소송을 진행하고 싶은 마음이 없으니까.

포셔 잠깐만 기다리시오, 유대인! 그대에게 적용해야 할 법 조항이 하나 더 있으니까. 베니스의 법률이 정한 바는 아래와 같소. (법조문을 읽는다) 만일 외국인이 직접 또는 간접으로 베니스 시민의 생명을 노렸다는 사실이 판명될 경우 가해자의 재산의 절반은 생명을 빼앗길 뻔한 피해자에게 돌아가도록 되어 있고, 나머지 절반은 국고에 귀속되도록 돼 있소. 또한 가해자의 생명은 오로지 공작님의 재량에 달려 있고, 어느 누구도 이의를 제기할 수 없소. 말하자면, 지금 그대의 입장은 이 조문에 해당되오. 그대가 직접 또는 간접적으로 이 피고의 생명을 노렸다는 것이 명명백백 드러났기 때문이오. 그러니 그대는 본관이 읽은 법조문대로 처벌을 받아야 할 위험에 처했소. 어서 무릎을 꿇고 엎드려 공작 각하의 자비를 구하시오.

그레시아노 나 같으면 스스로 목매달아 죽게 해달라고 빌겠다. 한데 재산이 모조리 국고에 몰수당했으니, 밧줄 살 돈도 없겠네? 아니면 국비로 교수형이라도 받는 게 나을까?

공작 우리 기독교인들의 정신이 너의 정신과 얼마나 다른가를 보여주겠다. 그대가 간청하기 전에 목숨만은 살려주겠다. 네 재산의 절반은 안토니오에게, 나머지 절반은 국가에 귀속될 것이다. 그러나 개선의 여지가 보인다면 벌금형 정도로 감할 수도 있다.

포셔 그래도 국고에 귀속될 재산은 가능하지만, 안토니오의 몫은 다릅니다.

샤일록 아니오. 목숨이든 뭐든 다 가져가시오. 용서도 바라지 않소. 집을 받쳐 주는 기둥을 빼 간다면 집을 통째로 빼앗는 것과 뭐가 다르겠소? 내가 살아갈 재산을 빼앗아가면 그게 바로 내 목숨을 빼앗는 거지, 다를 게 뭐 있소?

포셔 안토니오, 그대는 이 사람에게 자비를 베풀 생각인가?

그레시아노 목 달아맬 밧줄이나 하나 주게. 그 외엔 어림도 없어.

안토니오 존경하는 공작 각하, 그리고 이 법정에 계신 여러분, 감히 한 말씀 드리겠습니다. 국고에 귀속될 저 사람의 재산 절반을 돌려주시고 벌금도 면해 주셨으면 합니다. 그리고 재산의 나머지 절반은 제게 맡겨 주셨으면 합니다. 저 사람이 사망하면 최근 그의 딸을 훔쳐 결혼한 젊은 신사에게 양도해 주고 싶기 때문입니다. 물론 전제조건이 두 가지 있습니다. 하나는 이 같은 은혜를 입었으니 유대인은 그 보답으로 당장에 기독교로 개종했으면 하는 것입니다. 둘째로는, 여기 이 법정에서 재산 양도증서를 작성하는 일입니다. 즉, 임종시 유산 전부를 사위 로렌조와 딸 제시카에게 물려준다는 양도증서를 지금 이 법정에서 쓰는 일입니다.

공작 좋아, 그렇게 하도록 합시다. 만일 거절하면 유대인한테 지금 방금 선언한 사면을 취소하겠소.

포셔 그대는 어떤가, 유대인? 더 할 말이 있는가?

샤일록 없습니다.

포셔 (네리사에게) 서기, 양도증서를 작성하도록 하라.

샤일록 부탁이 있습니다. 여길 떠날 수 있도록 허락하여 주십시오. 몸이 좀 불편해서요. 양도증서는 집으로 보내 주시면 거기서 서명하겠습니다.

공작 그렇게 하시오. 하지만 서명은 꼭 해야 하오.

그레시아노 세례를 받으려면 대부 두 명이 필요할 텐데. 하지만 내가 판사라면 배심원 열에다 둘을 더 늘여서 세례는 고사하고 널 교수대로 보내 버리겠다. (샤일록, 비틀거리며 퇴장)

공작 박사님, 우리 집으로 가서 식사라도 함께 하시지요.

포셔 호의는 감사합니다만, 용서를 바랍니다. 오늘 밤에 패듀어로 가야 해서요. 당장 이곳을 떠나야만 합니다.

공작 그것 참 유감입니다. (단상에서 내려서며) 안토니오는 이 분에게 감사드리시오. 이 분이 아니었더라면 어쩔 뻔했소? (공작 및 고관들, 그리고 수행원들과 군중들 퇴장)

바사니오 훌륭하신 박사님, 저와 이 친구는 박사님의 지혜로운 판결 덕에 처참한 죽음을 면하게 되었습니다. 유대인에게 갚으려던 삼천 더컷을 드리고자 하오니 받아 주셨으면 합니다. 박사님의 수고에 대한 조그만 성의 표시입니다.

안토니오 이 큰 은혜를 어떻게 다 갚아야 할지 모르겠습니다. 평생 잊지 않겠습니다.

포셔 마음이 흡족하시다면 그것으로 이미 보수를 충분히 받은 거나 다름없습니다. 당신들을 구한 것으로 만족하니까요. 그러니까 충분히 보수를 받은 셈이죠. 지금까지 전 그 이상의 보상을 바란 적도 없습니다. 바라건대, 다음 기회에 만나게 되거든 저를 모른 체하지나 말아 주세요. 자, 안녕히 계십시오. 이만 실례하겠습니다.

바사니오 박사님, 이러시지 말고 제발 제 호의를 받아 주십시오. 사례라고 생각지 마시고 성의 표시라고 생각하시고 제 작은 뜻을 받아 주십시오. 두 가지만 간청드리겠습니다. 제 성의를 거절하지 마시고, 결례 또한 용서해 주시기를 바랍니다. 이대로 떠나시면 너무 섭섭합니다.

포셔 그렇게까지 말씀하시니 받아들이겠습니다. (안토니오에게) 그 장갑을 벗어 주시면 당신을 만난 기념으로 간직하겠습니다. (바사니오에게) 우정의 표시로 그 반지를 빼 주실 수 있죠? 손은 왜 뒤로 숨기십니까? 그 이상은 바라지도 않습니다. 설마 싫다고는 안 하시겠지요?

바사니오 이 반지 말씀입니까? 이건 싸구려 반지인데요! 이런 싸구려 반지를 부끄러워서 어떻게 드리지요?

포셔 제가 받고 싶은 것은 그 반지뿐입니다. 그러고 보니 왠지 그 반지가 마음에 끌리네요.

바사니오 실은 값이 문제가 아니라, 이 반지에는 사연이 좀 있어서 그렇습니다. 대신 베니스에서 제일 비싼 반지를 사 드리겠습니다. 곧 광고를 내어 구해 볼 테니, 이 반지만은, 부탁입니다. 정말 용서해 주십시오!

포셔 알겠습니다. 당신은 말로만 선심을 쓰시는 분이군요. 처음에는 무엇이든 요구하라고 하셔서 청했더니, 이제 와선 사람을 구걸하는 거지꼴로 만들어 버리는군요.

바사니오 박사님, 이 반지는 사실 제 집사람의 정표입니다. 아내는 이걸 제게 끼워 주면서 맹세까지 시켰습니다. 이것을 절대로 팔거나 남에게 주어서도, 잃어버리지도 않겠다는 맹세지요.

포셔 그건 물건을 남에게 주기 싫을 때 흔히들 사람들이 구실 삼아 하는 말이죠. 당신의 부인이 양식 있는 여자라면, 그리고 제가 그 반지를 받을 자격이 있다고 생각하신다면, 저에게 그걸 주었더라도 언제까지나 당신을 원망하진 않을 겁니다. 자, 그러면 안녕히 계십시오! (네리사를 데리고 퇴장)

안토니오 여보게 바사니오, 그 반지를 박사님께 드리게. 자네 부인의 뜻을 무시하자는 건 아니지만, 저 분의 수고와 내 우정을 고려하여 다시 생각해 주면 고맙겠네.

바사니오 그레시아노, 빨리 뒤쫓아가서 이 반지를 박사님께 전해 드리게.

그리고 가능하면 그분을 안토니오 집으로 모시고 오게. 어서! (그레시아노, 급히 퇴장) 가세, 우리는 자네 집으로 가세. 모두 내일 아침 일찍 벨몬트로 달려가세. 자, 안토니오, 가세. (모두 퇴장)

제 2 장
베니스의 거리

포셔와 네리사 등장

포셔 샤일록의 집을 찾아야 한다. 이 양도증서에 서명을 받아야 하거든. 그리고 오늘 밤에 출발해서 남편이 도착하기 하루 전에 귀가해야 해. 이 양도증서를 보면 로렌조가 얼마나 좋아할까.

그레시아노 등장

그레시아노 아, 박사님을 간신히 따라잡았군요. 실은, 바사니오 공이 고민 끝에 이 반지를 박사님께 전해 드리라고 내줬습니다. 그리고 저녁식사나 함께 하셨으면, 하고 기다리고 있습니다.

포셔 그럴 수가 없소. 하지만 반지는 고맙게 받겠습니다. 부탁이니, 제 뜻을 잘 전해 주십시오. 그리고 부탁할 게 한 가지 더 있는데, 이 젊은이에게 샤일록의 집을 가르쳐주셨으면 합니다.

그레시아노 그렇게 하지요.

네리사 박사님, 잠깐만. (포셔에게 방백) 저도 제 남편을 한번 시험해 봐야겠어요. 영원히 빼지 않겠다고 맹세한 반지지만.

포셔 (네리사에게 방백) 좋아. 틀림없이 뺏을 수 있을 거야. 아마 그분들은 반지를 건네준 상대가 남자라고 말하면서 거듭 맹세하겠지만, 그들을 무안하게 만들고 실컷 맹세하게 만들어 놓자. 어쨌든 서둘러야겠다! 우리가 어디서 만날지 알고 있겠지?

네리사 (그레시아노에게) 그럼 가실까요? 샤일록의 집으로 저를 안내해 주실 거죠? (모두 퇴장)

제5막

제1장

벨몬트, 포셔 저택 앞의 가로수 길

로렌조와 제시카 등장

로렌조 달빛이 휘영청 밝기도 하구나. 바로 이런 밤이었을 거야. 산들바람이 나뭇가지에 살며시 키스하고는 소리 없이 스쳐가는 밤. 아마 이런 밤이었을 거야, 트로일러스 왕자가 성벽 위에 올라가 연인 크레시다가 잠들어 있는 그리스 군 진영을 향해 넋을 잃고 땅이 꺼져라 탄식했던 밤도 이랬을 거야.

제시카 바로 이런 밤이었겠죠. 티스베가 살금살금 이슬을 밟으며 님을 만나러 갔다가, 그를 만나기도 전에 사자 그림자를 보고 겁에 질려 정신없이 달아나던 밤이.

로렌조 아마 이런 밤이었을 거요. 다이도가 거친 파도가 밀려오는 바닷가에 서서 버드나무 가지를 흔들며 연인 이니어스를 향해 카르타고로 다시 돌아오라고 외쳤던 밤이.

제시카 바로 이런 밤이었을 거예요. 미디어가 늙은 시아버지 이슨을 회춘시키려고 마법의 불로초를 캐던 밤도.

로렌조 정말이지 바로 이런 밤이었을 거요. 제시카라는 처녀가 부유한 유대인 아버지 몰래 집을 빠져나와 방탕한 연인과 둘이서 베니스를 탈출하여 벨몬트까지 온 밤이.

제시카　바로 이런 밤이었겠죠. 로렌조라는 청년이 사랑하느니 어쩌구하면서, 처녀의 마음을 훔치기 위해 마음에도 없는 진실한 사랑을 연거푸 맹세하던 밤이.

로렌조　정말이지 이런 밤이었을 거요. 아름다운 제시카가 귀여운 말괄량이처럼 연인의 험담을 아무리 많이 늘어놓아도 그 연인은 그녀를 용서했던 밤이.

제시카　이런 식으로 밤을 들먹이는 말장난에는 이길 자신이 있지만, 누가 이쪽으로 다가오고 있는 것 같아요. 사람 발자국 소리가 들리는 걸 보면. 누굴까요?

하인 스테파노 등장

로렌조　거 누구요, 이 고요한 밤에 그리 급히 달려오는 사람이?
스테파노　수상한 사람이 아니라 아는 사람입니다.
로렌조　수상한 사람이 아니라 아는 사람이라니? 그럼 누구요?
스테파노　포셔 아가씨를 모시고 있는 스테파노입니다. 전갈을 가지고 왔지요. 주인 아가씨께서 먼동이 트기 전에 이곳 벨몬트로 돌아오신답니다. 아가씨께서는 성 십자가 앞을 지나실 때마다 무릎을 꿇고 행복한 결혼생활을 위해 기도드린답니다.
로렌조　누가 함께 오시나?
스테파노　수녀 한 분과 시녀입니다. 그런데 주인 나리께서는 아직 귀가하지 않으셨습니까?
로렌조　그래, 아직 소식이 없으시구나. 그건 그렇고, 우리는 집안으로 들어가 봅시다. 제시카, 이 댁 마님이 돌아오신다니 집안도 정돈을 하고 성대하게 맞아들일 준비를 합시다.

론슬롯 등장

론슬롯 여보게, 거기 누구 없소? 여보게, 여보게!
로렌조 거기 누구시오? 지금 소리 치는 분이?
론슬롯 보시게, 로렌조 나리를 못 보셨나요? 로렌조 나리요! 여보시오! 여보시오!
로렌조 여기 있네. 그러니 소리 좀 작작 질러.
론슬롯 여보시오! 지금 어디에, 어디에 계십니까?
로렌조 여기 있다니까.
론슬롯 로렌조 나리께 전할 말씀이 있습니다. 주인 나리한테서 심부름꾼이 왔는데요, 뿔 나팔에 희소식을 잔뜩 갖고 왔습니다. 주인 나리께서는 아침이 되기 전 이곳에 도착하시겠다고요. (퇴장)
로렌조 제시카, 우리는 집안으로 들어가서 사람들을 기다립시다. 아니, 들어갈 필요가 없겠어. 집안에 들어가 봤자 뭘 하겠소? 여보게, 스테파노. 수고스럽지만 안에 들어가 주인 아가씨가 곧 돌아오실 거라고 전해 주고, 악사들도 좀 불러 주게. (스테파노, 안으로 들어간다) 이 둑 위에서 잠들어 있는 달빛이 참으로 아름답지 않소! (앉는다) 제시카, 앉아요. 우리 앉아서 음악소리나 들읍시다. 이렇게 부드럽고 조용한 밤에는 감미로운 음악소리가 귓속으로 더 잘 파고들어오는 법이지. 앉아 보시오, 제시카. 저 찬란한 밤하늘을 좀 쳐다봐요. 반짝이는 작은 황금 접시가 하늘을 온통 수놓아 가며 천사처럼 노래 부르고 있소. 아기 천사들의 연주에 맞추어서 말이오. 썩어 사라질 진흙 같은 인간의 영혼 속에도 저런 불멸의 화음이 있는 법이오! 그러나 우린 천체의 그 조화로운 소릴 들을 수 없다오. 자, 이리 가까이 다가오시오. 우리 성스러운 음악으로 달의 여신인 아르테미스를 깨웁시다! 아가씨의 귀에도 감미로운 노랫소리를 들려줘 음악의 힘으로 아가씨를 집으로 모셔 옵시다.

악사들 등장, 음악이 시작된다.

제시카 저는 달콤한 음악소리를 들으면 유쾌하기보다는 왠지 눈물이 나와요.

로렌조 당신이 거기에 온 정신을 팔기 때문이지. 거칠게 뛰어노니는 소떼를 눈여겨 본 다음, 어려서 아직 길들여지지 않은 망아지들을 한번 보시오. 젊은 피가 끓어오르는 탓에 미친 듯 히잉거리며 뛰어 돌아다니고 큰소리로 울어대며 야단법석들이질 않소. 하지만 이 망아지들이 어쩌다 나팔 소리를 듣거나, 음악소리가 귓전을 스치기만 해도 모두 약속이나 한 것처럼 멈춰 서고, 사나운 눈초리는 온순한 눈빛으로 바뀌거든. 그게 바로 감미로운 음악의 힘이라오. 그러니까 어떤 시인이 오르페우스의 음악이 나무와 돌과 시냇물까지도 감동시켰다고 노래했던 거요. 이 세상엔 아무리 목석같이 완고하고 차가운 사람일지라도 음악소리에 잠깐 동안이나마 감동한 적이 없는 사람은 없을 거요. 마음속에 음악적 소양이 없는 사람과 아름다운 음악의 조화에 아무런 감동도 느끼지 못하는 사람은 배신이나 음모, 강도질밖에 못하는 인간 이하의 존재겠지. 그런 인간의 정신작용은 밤처럼 우둔하고, 그런 인간의 감정은 지옥 에레보스처럼 깜깜할 거야. 한마디로 믿을 수가 없는 인간들이지. 자, 저 감미로운 선율에 귀를 기울여 봐요.

포셔와 네리사 등장

포셔 저기를 좀 봐. 저 빛이 우리 집 거실에서 흘러나오는 불빛이지? 어쩌면 저 조그만 촛불이 이렇게 멀리까지 비춰 줄까! 사람의 선행도 아마 칠흑같이 깜깜한 세상에서 저처럼 밝은 빛을 내는 존재가 되겠지.

네리사 하지만 달이 밝으면 촛불은 보이지도 않지요.

포셔 그래. 큰 영광이 있으면 작은 영광은 그 앞에서 희미해지게 마련이지. 왕이 없을 때는 대리 통치인도 왕처럼 빛나지만 왕이 돌아오면 그의 위세가 흔적도 없이 사라지는 것처럼. 마치 시냇물이 바다에 빨려드는 것과 같다고나 할까. 들어 봐! 음악소리야!

네리사 아씨, 저건 아씨 댁의 악사들이 내는 연주 소리예요.

포셔 역시 분위기가 중요하구나. 음악조차 낮에 듣는 것보다 밤에 훨씬 더 아름답게 들리는 것을 보면.

네리사 밤이라 주위가 더 조용하니까요.

포셔 주위에 아무도 없을 때는 까마귀 울음 소리도 종달새 울음 소리처럼 아름답게 들리는 법이지. 하지만 대낮에 거위 떼가 꽥꽥거리는 가운데 울어대는 소쩍새의 아름다운 목소리는 굴뚝새의 울음 소리만 못한 소음처럼 들리는 법이거든. 세상 만사, 다 제때를 만나 적당한 양념이 더해져야 진가도 발휘되고 정당한 칭찬도 받을 수 있는 법이지. 쉬, 조용히! 달님이 그의 연인 엔디미온과 함께 곤히 잠들어 있어. 깨우지 않는 것이 좋겠다. (음악소리 멎는다)

로렌조 저 목소리, 저건 분명히 포셔 아가씨의 목소리야.

포셔 내 목소리가 흉한가 봐. 소경이 흉한 소리를 듣고 뻐꾸기를 알아내듯 금방 알아차리네.

로렌조 돌아오신 걸 환영합니다, 부인.

포셔 우리 두 사람은 남편들 일이 잘되기를 빌러 기도원에 갔었어요. 기도의 효험이 빨리 나타났으면 좋겠는데. 그런데 두 분께서 돌아들 오셨어요?

로렌조 아직 도착은 안 했습니다. 그러나 심부름꾼 한 사람이 먼저 와서 곧 돌아오실 거라고 전했습니다.

포셔 네리사, 집안으로 들어가서 하인들에게 우리가 집을 비웠다는 사실을 발설하지 않도록 입단속을 시켜라. 로렌조, 그리고 당신 제시카도 내색하지 말아요.

나팔 소리와 사람들 목소리가 들린다.

로렌조 지금 돌아오셨나 봅니다. 나팔 소리를 들으셨죠? 그리고 저희는 입이 가벼운 사람들이 아니니, 걱정 마세요.

포셔 오늘 밤은 마치 낮이 병이 든 것 같구나. 좀 창백해 보이는 게. 태양이 숨어 버린 대낮 같구나.

바사니오, 안토니오, 그레시아노, 그리고 수행원들 등장

바사니오 태양이 없다 해도 당신만 내 곁에 있어 주면 나에겐 이곳이 지구의 저편처럼 밝은 대낮으로 보이는구려.

포셔 밝은 건 좋지만, 경박하다는 소리는 듣고 싶지 않네요. 경박한 아내는 남편을 우울하게 만드는 경향이 있지요. 저 때문에 당신이 우울해지지 않도록 하느님께 기도하는 중이죠. 아무튼 무사히 돌아오셨으니 기뻐요.

그레시아노와 네리사, 따로 떨어져 얘기를 나눈다.

바사니오 고맙소, 부인. 이젠 친구들을 환영해 주시오. 이 사람이 바로 그분이오. 내가 정말 많은 신세를 지고 있는 안토니오 공이오.

포셔 여러 면으로 신세를 지셨다는 말을 들었어요. 저의 남편 때문에 큰 변을 당할 뻔하셨다지요?

안토니오 그리 큰 변은 아닙니다. 이렇게 풀려 나왔으니까요.

포셔 저희 집에 잘 오셨습니다. 빈말이 아닌 다른 방법으로 환영을 해야 할 테니 말로 하는 인사는 이만 간단히 해두겠습니다.

그레시아노 (네리사에게) 저 달에 맹세하지만 당신은 내게 너무 심했소. 나는 사실 그 반지를 판사님의 서기에게 주었다오. 제기랄, 반지를 받은 그 녀석이 고자라면 좋겠군. 여보, 사랑하는 당신이 그렇게까지 언짢아 할 걸 미리 알았더라면······.

포셔 아니, 벌써 부부 싸움을 시작하셨나요? 무슨 일로 그러시죠?

그레시아노 금반지 하나 때문입니다. 저 사람이 내게 주었던 그 보잘것없는 반지 말씀입니다. 세상에······ 그런데 반지에 새겨 있는 글귀가 뭔 줄 아십니까? '날 사랑하고, 버리지는 마세요'라고요. 칼장사가 식칼에 새긴 글귀랑 뭐가 다르죠?

네리사 글귀는 왜 들먹이시죠? 보잘 것 없다는 말씀은 또 뭐고요? 제가 그 반지를 드렸을 때 당신은 맹세하셨잖아요. 죽을 때까지 그걸 꼭 끼고 있을 거라고, 그리고 무덤 속에도 같이 묻어 달라고요. 나야 아무래도 좋지만, 당신의 열렬한 맹세를 위해서라면 그걸 서기 놈에게 줘 버릴 게 아니라 소중히 간직했어야 했어요. 그걸 판사 서기 놈에게 주다니! 아마 하느님은 아시겠죠. 그걸 받은 서기는 얼굴에 수염이라곤 절대 나지 않을 거예요.

그레시아노 수염이야 어른이 되면 나겠지, 뭘.

네리사 그럴 테죠. 여인이 자라서 남자가 된다면 말이죠.

그레시아노 그래, 내 이 손에 걸고 맹세를 하지. 젊은 청년에게 줬다니까. 아니, 청년이라기보다는 애송이 꼬마였어. 다 자라지도 않은 조그만 꼬마였다고. 글쎄, 박사님 서기 키는 당신보다 작더라니까. 그런 녀석이 계집애처럼 재잘거리면서 판정에서의 자기 노력에 대한 사례로 그 반지를 달라고 조르는데, 그걸 거절할 수가 없었소.

포셔 비난을 받으실 만하군요. 솔직히 말해서 부인한테서 받으신 첫 선물을 그렇게 남에게 가볍게 줘 버리시다니. 맹세를 거듭하며 손가락에 끼신 거잖아요. 진실한 사랑의 정표로 손가락에 끼신 것이 아니던가요? 저도 사실 남편에게 반지를 드릴 때 결코 빼지 않겠다는 맹세를 받았어요. 지금 옆에 계시지만, 맹세도 할 수 있어요. 아마 온 세상의 보배를 다 준다 해도 남편은 그걸 남에게 줘 버리지는 않았을 거라는걸요. 정말이에요. 그레시아노 씨, 네리사가 섭섭해하는 것도 당연한 일이에요. 만일 제가 그런 일을 겪었다면 전 머리가 돌아버렸을 거예요.

바사니오 (방백) 아이고, 차라리 이 왼손을 잘라 버렸으면 좋겠네. 그러면 반지를 잃어버렸다고 둘러댈 수도 있을 텐데.

그레시아노 바사오니도 반지를 판사님께 드린걸요. 그분이 굳이 그걸 달라고 조르시는 통에 도무지 거절할 수가 없었지요. 그럴 수밖에 없었죠. 그리고 재판 과정을 기록하느라고 애썼던 그 꼬마도, 그 서기도 내 걸 달라고 졸라대지 않겠어요. 말하자면 그 서기도, 그 판사도 반지 외엔 아무것도 받지 않겠다고 고집을 피웠지요.

포셔 어떤 반지를 주신 거죠? 설마 제가 드린 그 반지를 드린 건 아니겠죠?

바사니오 잘못한 데다 거짓말까지 할 수 있다면 아니라고 잡아떼고 싶지만, 이 손가락을 좀 보시오. 손가락에 반지가 없잖소. 그 반지는 사라져

버렸소.

포셔 당신의 마음에는 진실이라곤 없는 것 같군요. 하늘을 걸고 맹세하지만, 나는 앞으로 당신과 잠자리를 함께 하지 않겠어요. 그 반지를 다시 볼 때까지는 말이죠.

네리사 저도요. 그 반지를 보기 전에는 함께 할 수 없어요.

바사니오 부인, 내가 그 반지를 누구에게 주었는지 당신이 알게 된다면, 내가 누구를 위해 그 반지를 주었는지 알게 된다면, 내가 왜 그 반지를 주게 됐는지 알게 된다면, 그리고 그 반지 외에는 아무것도 받지 않으려 해서 내가 얼마나 망설이며 그걸 줬는지 당신이 알게 된다면 당신의 노여움도 풀어질 거요.

포셔 마찬가지랍니다. 그 반지가 어떤 가치가 있는지, 그 반지를 드린 여자가 어떤 가치가 있는지 아셨더라면, 또 그걸 간직하는 게 당신 명예를 지키는 일이라는 걸 아셨더라면 감히 그걸 그렇게 순순히 내주지는 않았을 거예요. 있는 힘을 다해 그 반지를 지키려 하셨더라면, 당신이 꼭 간직해야 하는 거라고 지키려 드셨더라면 굳이 억지를 쓸 몰상식한 사람이 어디 있겠어요. 네리사가 진작에 뭘 믿어야 할지 가르쳐줬어요. 여자한테 준 게 틀림없어요.

바사니오 절대로 그렇지 않소, 부인. 내 명예, 아니, 내 영혼을 걸고 맹세하겠소. 그 반지를 가져간 사람은 여자가 아니라 법학박사요. 내가 주겠다는 삼천 더컷을 굳이 사양하고 그 반지만을 달라고 졸랐던 법학박사였소. 물론 그의 청을 거절했더니, 그는 불쾌함을 감추지 못하고 가버렸소. 세상에 둘도 없는 내 귀한 친구의 목숨을 구해 준 분이었지만 말이오. 대체 어떻게 해야 내 말을 믿어 주겠소? 상냥한 부인, 결국 난 그에게 사람을 보내 그 반지를 전해주지 않을 수 없었소. 수치심을 느낀 데다, 예의를 지켜야 한다고 생각했기 때문이오. 그리고 무엇보다 배은

망덕하다는 오명은 뒤집어쓰고 싶지 않았기 때문이오. 나를 용서하시오, 부인. 저 성스럽게 빛나는 밤하늘의 축복인 별을 걸고 맹세해도 좋소. 만약에 당신이 그곳에 있었다면, 내게 먼저 반지를 달라고 간청해서 그 훌륭한 박사님께 갖다 드렸을 거요.

포셔 그 박사라는 분을 절대로 우리 집 가까이 오시지 못하도록 하세요. 저를 위해 반드시 간직하겠다고 약속했고, 저도 소중히 여겼던 그 보석을 그분이 갖고 있는 이상, 저도 당신처럼 인심 좋게 무엇이든 드릴지도 모르니까요. 내 몸, 아니 남편의 침대라도 드리면 어떡하죠? 그분하곤 어쩐지 마음이 통할 것 같네요. 아니, 분명 그렇게 될 거예요. 그러니 단 하룻밤이라도 집을 비워선 안 되겠죠. 눈이 백 개 달린 아르고스처럼 절 감시하셔야 될 테니까요. 만일 저를 혼자 내버려두시면, 아직도 순결한 제 정조를 두고 드리는 말씀이지만, 그 박사님과 한 침대 속에서 잘지도 모르겠네요.

네리사 저도 그 서기와 충분히 그렇게 될 수 있어요. 그러니 앞으로 조심하셔야 할걸요. 절 감시하지 않고 혼자 내버려두시면 어떻게 될지도 모르니까요.

그레시아노 그래, 마음 내키는 대로 하시오. 그러나 들키는 날에는 그 서기 놈 연장이 부러질 수도 있어.

안토니오 유감스럽게도 제가 싸움의 원인이 된 것 같군요.

포셔 그건 아니에요. 당신을 환영하니까요.

바사니오 포셔, 어쩔 수 없어서 그랬으니, 내 잘못을 용서해 주시오. 이 많은 친구들이 듣는 앞에서 당신에게 맹세하겠소. 아니, 지금 내 모습이 비치는 당신의 아름다운 두 눈에 걸고 맹세하겠소.

포셔 무슨 그런 말씀을! 내 눈동자가 둘이니 아마 당신 모습이 두 군데 비치겠지요. 한쪽 눈에 하나씩. 차라리 위선적인 당신을 걸고 맹세하시죠. 그럼 아주 믿음직한 맹세가 되겠군요.

바사니오 정말이지 내 말 좀 들어 보시오. 이번 일만은 용서해 주시오. 내 영혼을 걸고 맹세하지만 앞으로는 두 번 다시 당신과의 약속을 깨뜨리지 않겠소.

안토니오 저는 한때 바사니오의 행복을 빌며 이 몸을 저당잡혔지요. 하지만 부인 남편의 반지를 가져가신 그분이 아니었더라면 전 벌써 죽었을 겁니다. 이번엔 다시 제 영혼을 담보로 맹세합니다. 남편께서 앞으로 다시는 맹세를 깨뜨리는 일이 없을 겁니다.

포셔 그럼 당신께서 다시 보증인이 돼 주세요. (손가락에서 반지를 뺀다) 이걸 저 분에게 주시고, 저번 것보다 소중히 더 잘 간직하라고 말씀해 주세요. (안토니오에게 반지를 건넨다)

안토니오 이 반지를 받게나, 바사니오. 그리고 이 반지를 잘 간직하겠다고 맹세하게.

바사니오 아니, 이건 내가 박사님께 드렸던 그 반지가 아닌가!

포셔 용서해 줘요, 바사니오님. 이 반지는 그에게 받은 거예요. 이걸 받은 답례로 저는 박사와 동침했고요.

네리사 저도 용서해 주세요, 그레시아노님. 저도 어젯밤 이 반지의 대가로, 아직 다 자라지도 않은 그 소년과, 바로 그 박사님의 서기와 동침했어요.

그레시아노 이게 무슨 영문이람! 한여름에 신작로 고친 격이 됐으니. 고칠 필요도 없는 길을 말이야. 우리가 남편 구실을 하기도 전에 아내들이 먼저 바람난 셈이네.

포셔 그렇게 고상하지 않은 말씀은 하지도 마세요. 모두들 놀라셨겠지만. 자, 여기 편지가 있으니 언제든지 틈이 나면 읽어 보세요. 패듀어의 벨라리오 박사님으로부터 온 편지랍니다. 이걸 읽으시면 아시게 되겠지만 그 박사는 포셔였고, 서기는 네리사였습니다. 여기 로렌조님이 증인이 되어 주실 거예요. 저는 당신이 출발하신 직후에 출발해서 지금 막 돌아왔거든요. 안토니오님, 정말 잘 오셨습니다. 생각지도 못한 희소식이 있어요. 이 편지를 빨리 뜯어 보세요. 그걸 읽으시면 당신의 배 세척이 뜻밖에도 짐을 잔뜩 싣고 입항했다는 걸 아시게 될 거예요. 이 편지를 제가 어떻게 손에 넣게 됐는지는 묻지 마시고요.

안토니오 그저 말문이 막힐 뿐이군!

바사니오 당신이 그 박사였단 말이지? 그런데도 내가 당신을 몰라봤단 말이오?

그레시아노 당신이 나를 병신으로 만들었던 그 서기였다고?

네리사 그래요. 하지만 걱정하지 마세요. 어른이 되어야 남자 구실을 할 테니까.

바사니오 아름다운 박사님, 이젠 내 동침자가 되어도 좋소. 내가 집을 비울 땐 내 아내와 침대를 같이 쓰셔도 좋소.

안토니오 아름다운 부인이시여, 당신 덕에 나는 목숨과 재산을 건졌습니다. 이 편지를 보니 분명 내 상선이 무사히 항구에 닿았군요.

포셔 그리고 로렌조님, 내 서기가 당신에게도 좋은 소식을 가지고 왔답니다.

네리사 그렇습니다. 사례금도 받지 않고 거저 드리죠. 자, 유대인 샤일록이 당신과 제시카에게 유산 전부를 양도한다는 특별양도증서예요. 그 부유한 유대인이 사망을 하면, 유산을 전부 당신들에게 물려주겠다는 특별양도증서죠.

로렌조 아리따운 두 분의 부인, 이건 굶주린 사람에게 하늘이 만남을 내려 주시는 격이군요.

포셔 벌써 동이 틀 때가 됐네요. 모두들 이번 일에 대해 궁금하신 게 아직도 많으실 거예요. 자, 일단 안으로 들어가시죠. 그리고 마음껏 저희 두 사람을 심문하세요. 거리낌 없이 시원하게 대답해 드리죠.

그레시아노 그럽시다. 그럼 제가 먼저 질문을 드릴까요? 우선 네리사한테 물어봐야겠군요. 내일 밤까지 기다렸다가 잠자리에 들겠는지, 아니면 아직 두 시간 남짓 남았으니 지금 당장 잠자리에 들겠는지 하는 것을요. 어쨌든 내일은 해가 좀 늦게 떴으면 좋겠군요. 제가 박사님의 서기를 끌어안고 있는 동안은 어두운 게 낫지 않겠어요? 그건 그렇고, 앞으로 평생 살아가는 동안 제가 네리사의 반지를 잘 간직할 수나 있을지, 정말 걱정스럽군요. (모두 퇴장)

작품해설

베니스의 상인
The Merchant of Venice

🌿 자연은 자고로 이상한 인간들을 만들어 왔지.
Nature hath framed strange fellows in her time.

🌿 몸속에 뜨거운 피가 흐르는 사람이 왜 노인처럼 앉아 있어야 한단 말인가?
Why should a man, whose blood is warm within, Sit like his grandsire cut in alabaster?

🌿 아무튼 고맙구나. 한 궤짝이나 되는 구혼자들이 현명한 판단을 해줘서. 그 가운데 없어서 서운한 인물은 없으니 말이다.
I am glad this parcel of wooers are so reasonable, for there is not one among them but I dote on his very absence.

🌿 내 얼굴색 때문에 나를 싫어하지는 마시오. 이 색깔은 작열하는 태양이 내게 입혀 준 검은 옷이니까.
Mislike me not for my complexion, The shadow'd livery of the burnish'd sun.

🌿 무슨 일을 시키든 달팽이같이 느려 터지고, 대낮에도 살쾡이처럼 잠만 자니, 꿀도 못 만드는 벌을 우리 집에다 놔둔 셈이지.
Snail-slow in profit, and he sleeps by day more than the wild-cat, drones hive not with me.

🐾 비너스의 수레를 끄는 비둘기도 새로 맺은 사랑의 맹세를 지킬 때는 재빠르게 날지만, 이미 맺어진 사랑의 맹세를 지킬 때는 거북이걸음이라더군!
Venus' pigeons fly to seal love's bonds new-made, than they are wont to keep obliged faith unforfeited!

🐾 반짝인다고 해서 모두 금은 아니다.
All that glisters is not gold.

🐾 황금 무덤 속엔 구더기가 우글대는 법.
Gilded tombs do worms infold.

🐾 일곱 번 불에 달군 은 상자여, 판단 또한 일곱 번 달궈야 올바른 선택이 가능할 것을. 세상에는 그림자에 입을 맞추는 자가 있으니, 이를 축복하는 자 또한 그림자뿐이니라.
The fire seven times tried this, Seven times tried that judgment is, That did never choose amiss. Some there be that shadows kiss, Such have but a shadow's bliss.

🐾 아, 당신 눈빛이 원망스럽군요. 저를 홀리는 그 눈빛에 제 마음은 그만 두 조각이 나고 말았으니까요. 반 조각은 물론 당신 것이지만, 나머지 반 조각도 제 것은 아니죠. 제 것이라고 말하고 싶지만, 제 것은 또한 당신의 것이니까요. 아, 야속한 세상이여, 자기 것을 자기 것이라고 말도 못하다니! 그러나 당신 것은 당신 것이 아닐 수도 있죠. 그렇다면 그것은 약속을 깨뜨린 제 탓이 아니라 아마 그렇게 만든 운명 탓일 겁니다.
Beshrew your eyes, They have o'erlook'd me and divided me. One half of me is yours, the other half yours, Mine own. I would say but if mine, then yours, And so all yours. O, these naughty times Put bars between the owners and their rights! And so, though yours, not yours. Prove it so, Let fortune go to hell for it, not I.

🌸 허식이란 바닷속으로 사람을 교활하게 유혹하는 음흉한 파도요, 인도 여인의 검은 얼굴을 감싼 아름다운 면사포에 불과해. 한마디로 그럴 듯한 겉모습이란 가장 현명한 사람마저 교활하게 함정에 몰아넣는 허울뿐인 진실인 게지.
Thus ornament is but the guiled shore to a most dangerous sea, the beauteous scarf Veiling an Indian beauty, in a word, The seeming truth which cunning times put on To entrap the wisest.

🌸 친구들이란 대화하면서 많은 시간을 보내고, 그 영혼이 우정의 굴레로 맺어 있는 존재들이죠. 그래서 그 외양이나 태도, 기질이 서로 비슷해지죠.
For in companions that do converse and waste the time together, Whose souls do bear an equal yoke of love. There must be needs a like proportion of lineaments, of manners and of spirit.

🌸 그는 음악 속에 사라지는 백조처럼 인생에 종말을 고했다.
He makes s swanlike end fading music.

🌸 악마는 그의 목적을 위해서는 성서를 인용한다.
The devil can cite Scripture for his purpose.

🌸 신성한 것을 증거로 들고 나오는 사악한 인간은 마치 미소 띤 얼굴을 한 악당과 같다. 겉은 멀쩡하지만 속은 썩어버린 사과 같은 것, 오! 거짓은 화려한 모습을 하고 있구나!
An evil soul producing holy witness is like a villain with a smiling cheek, a goodly apple rotten at the heart. O, what a goodly outside falsehood hath!

🌸 사랑에 빠지면 눈이 멀기에, 연인들은 스스로 저지르는 어리석은 일들을 볼 수가 없는 게지요.
Love is blind, and lovers cannot see the pretty follies that themselves commit.

🌹 저는요 제가 가르친 좋은 일을 따르는 스무 사람 중의 한 사람이 되기보다는 그 스무 사람을 가르치는 게 훨씬 더 쉬워요.
I can easier teach twenty what were good to be done, than to be one of the twenty to follow mine own teaching.

🌹 사람은 너무 행복에 겨우면 가진 거라곤 없이 가난에 쪼들릴 때와 마찬가지로 괴로운 것이지요.
They are as sick that surfeit with too much as they that starve with nothing.

🌹 연인들은 언제나 약속시간보다 일찍 달려온다.
Lovers ever run before the clock.

🌹 그 아이는 늙은 이 몸의 지팡이요, 기둥이었다오.
The boy was the very staff of my age, my very prop.

🌹 나의 살, 나의 핏줄이 배신을 하다니!
My own flesh and blood to rebel!

🌹 경박한 아내는 남편을 침울하게 만든다.
A light wife doth make a heavy husband.

🌹 교수형과 결혼은 운명 소관이다.
Hanging and wiving goes by destiny.

🌹 그 작은 촛불이 어디까지 빛을 뿌리는가! 이 추악한 세상에서 선행이여, 빛을 발산하라.
How far that little candle throws his beams! So shines a good deed in a naughty world.

🌺 세상엔 입을 떡 벌린 통돼지구이가 싫다는 사람도 있고, 고양이만 보면 미쳐 버리는 사람도 있는 법입니다. 가죽피리 소리만 들으면 소변이 마려워 참기 힘들다는 사람도 있죠. 감정의 주인인 기질이 사람을 좌지우지하기 때문입니다.
Some men there are love not a gaping pig, Some that are mad if they behold a cat, And others when the bagpipe sings i' the nose, Cannot contain their urine, for affection, Mistress of passion, sways it to the mood of what it likes or loathes.

🌺 구두창에다 그렇게 칼을 갈지 말고 차라리 네 영혼 밑바닥에 대고 날카롭게 갈아라.
Not on thy sole, but on thy soul, Thou makest thy knife keen.

🌺 자비란 그 성격상 강요되는 것이 아니오. 하늘에서 땅으로 내리는 단비와 같은 것으로 일종의 축복이죠.
The quality of mercy is not strain'd. It droppeth as the gentle rain from heaven upon the place beneath.

🌺 큰 영광이 있으면 작은 영광은 그 앞에서 희미해지게 마련이지. 왕이 없을 때는 대리 통치인도 왕처럼 빛나지만 왕이 돌아오면 그의 위세가 흔적도 없이 사라지는 것처럼. 마치 시냇물이 바다에 빨려드는 것과 같다고나 할까.
So doth the greater glory dim the less. A substitute shines brightly as a king unto the king be by, and then his state empties itself, as doth an inland brook into the main of waters.

🌺 한여름에 신작로 고친 격이 됐으니. 고칠 필요도 없는 길을 말이야. 우리가 남편 구실을 하기도 전에 아내들이 먼저 바람난 셈이네.
this is like the mending of highways in summer, where the ways are fair enough. What are we cuckolds ere we have deserved it?

말괄량이 길들이기

The Taming of the Shrew

등장인물

서극
영주(領主)_ 무료한 일상에서 탈출하기 위해 곤드레만드레 취한 슬라이를 보고 가짜 영주 노릇을 시킨다.
크리스토퍼 슬라이_ 술에 취한 상태로 길거리에 잠을 자다가 사냥을 하고 돌아가던 영주의 눈에 띄어 가짜 영주가 된다.
주막 여주인, 시동, 사냥꾼, 하인, 배우 등

본극
페트루치오_ 베로나의 신사로 호텐쇼의 친구이자 카타리나와 결혼해 카타리나의 나쁜 성격을 고쳐놓는다.
카타리나_ 밥티스타의 큰딸로 천방지축에다 안하무인이다. 그러나 자기보다 혹독한 남편을 만나 결국 나쁜 성격을 고친다.
비앙카_ 밥티스타의 작은딸로 예쁜 데다 성격도 좋다. 언니한테 갖은 구박을 받으면서도 많은 사람들의 사랑을 받고 있어서 구김살이 없다.
루센쇼_ 빈센쇼의 아들로 이탈리아 패듀어로 유학을 왔다가 첫눈에 비앙카를 보고 사랑하게 된다.
밥티스타_ 패듀어의 갑부, 빈센쇼&피사의 거상.
그레미오_ 패듀어의 유지로 비앙카에게 청혼을 하지만 루센쇼에 밀려 물러선다.
호텐쇼_ 비앙카를 사랑하지만 비앙카가 루센쇼와 키스하는 장면을 보고 충격을 받아 자신을 좋아하는 미망인에게 돌아가 결혼을 한다.
트래니오_ 루센쇼의 충복으로 루센쇼가 변장을 하고 비앙카의 가정교사가 되어 있는 동안 루센쇼로 살아간다.
비온델로_ 루센쇼의 하인
커티스_ 페트루치오의 별장 관리인
그루미오/나다니엘/필립/니콜라스/피터/조셉_ 페트루치오의 하인
교사, 재단사, 잡화상, 그밖의 하인들

줄거리

아직도 무대에서 관객들로부터 대단한 인기를 누리고 있는 「말괄량이 길들이기」는 셰익스피어의 초기 작품으로, 이후에 쓰여진 다른 희극 작품들보다 예술성이 떨어진다는 평가를 받고 있다. 그런데도 왜 그토록 오랜 인기를 유지하고 있는 걸까? 한 개인이 겪어야 하는 사회적 갈등 및 타인과의 갈등을 오히려 과장되고 우스꽝스럽게 조명함으로써 각 인물이 결국 어떻게 자신의 진정한 내면을 찾아가는가를 역설적으로 보여주기 때문이 아닌가 싶다.

패듀어의 부호인 밥티스타의 큰딸 카타리나는 천방지축인 데다 성격이 매우 까다롭다. 반면에 동생인 비앙카는 성품이 온순하여 아버지의 사랑뿐만 아니라 뭇남성들의 시선을 한 몸에 받는다. 언니 카타리나는 이 때문에 성격이 더욱 더 거칠어지고 난폭해진다.

문제는 아버지 밥티스타가 큰딸을 시집 보내야 작은딸을 시집 보낼 수 있다고 선언하면서 생겨난다. 비앙카를 좋아하던 호텐쇼와 그레미오는 서로 카타리나의 남편감 찾기에 바쁘다. 그러던 중에 호텐쇼의 친구인 페트루치오가 카타리나와 관련된 말을 듣고 적극적으로 청혼을 한다. 그런 다음 카타리나와 결혼식을 치른 뒤 그녀보다 더 난폭한 언동으로 그녀를 길들인다. 한편, 비앙카를 사랑하는 피사의 거상 아들인 루센쇼는 가정교사로 변장하여 그 집으로 들어간다. 우여곡절 끝에 비앙카의 사랑을 얻어 결혼을 하게 되고 호텐쇼 역시 자신을 좋아하는 어느 미망인과 결혼을 한다.

그런데 결혼을 하고 보니 남편에게 가장 순종을 하는 여자는 다름 아닌 카타리나가 아닌가. 페트루치오의 호된 아내 길들이기는 어떤 것이 선하고 어떤 것이 악한지 상황에 따라 인간이 어떻게 변모하는지 현대를 살아가는 우리들에게 역설적으로 보여주고 있다.

서극

제1장

벌판의 어떤 술집 앞

문이 열리며 주막 여주인에게 내쫓긴 슬라이가 걸어나온다.

슬라이 이놈의 여편네, 두들겨 패야겠군.

여주인 형틀에 매달아도 시원치 않을 불한당 같으니라고!

슬라이 뭐가 어쩌고 어째? 슬라이 집안엔 불한당이란 없다. 족보를 뒤져 봐! 리처드 왕과 함께 건너온 명문가란 말이다! 될 대로 되라지 뭐.

여주인 깨뜨린 술잔 보상해!

슬라이 천만에, 한푼도 못 줘. 이럴 땐 삼십육계 줄행랑이 최고지. 차디찬 잠자리를 따뜻하게 녹여야지. (비틀비틀 걸어가다가 덤불 옆에 폭 고꾸라진다)

여주인 흥, 어림없는 짓이야. 가서 파출소장을 불러와야겠다. (퇴장)

슬라이 파출소장이든 경찰서장이든 겁날 것 같은가. 법으로 할 테면 하라고. 이 여편네야, 누가 눈 하나 깜짝할 줄 알아. 누구든 오라고! 내가 상대해 줄 테니까. (잠이 들어 코를 골기 시작한다)

뿔피리 소리. 영주와 그의 부하 등장

영주 여봐라, 사냥개를 잘 돌보거라. 입에 거품 문 메리먼은 피 좀 뽑아주고. 클라우더란 놈은 목청 좋은 암놈하고 같이 놔두거라. 실버란 놈, 아까 울타리 모퉁이에서 금세 먹이의 냄새를 맡는 걸 보면, 20파운드를 준다 해도 바꿀 수 없겠구나.

사냥꾼 1 그렇긴 해도 밸먼도 그에 못지 않습죠. 오늘도 거의 다 놓칠 뻔한 사냥감을 두 마리나 찾아냈습니다. 저는 그놈이 가장 우수하다고 생각합니다.

영주 바보 같은 소리 마라. 에코란 놈이 잘만 뛴다면, 밸먼의 열 배쯤 가치가 있어. 아무튼 잘 먹이고, 보살피거라. 내일 또 사냥을 나갈 계획이니까. 알겠나?

사냥꾼 1 예, 분부대로 하겠습니다. (이때 슬라이를 발견한다)

영주 이건 뭐냐? 죽은 거냐, 술에 취한 거냐? 숨은 쉬고 있나?

사냥꾼 2 아직 숨이 끊어진 건 아닙니다, 영주님. 그저 술에 곯아떨어진 것 같습니다.

영주 허허, 자는 꼴을 보니 흉측한 괴물 같구나. 쿨쿨 자는 모습이 꼭 돼지처럼 보이는구나. 여보게, 자네들 생각은 어떤가? 얼굴을 보아하니 징그러워 보이는데, 이 주정뱅이에게 장난 좀 치는 것이 어떤가? 녀석을 침실로 옮긴 뒤, 좋은 옷을 입히고, 반지도 끼워 주고, 머리맡엔 성찬을 마련하고, 늠름한 시종들도 대기시켜 놓는다면, 아마 이놈은 자신을 영주로 착각하게 될 거야.

사냥꾼 1 아마 그럴 것입니다.

사냥꾼 2 잠을 깨면 자신이 딴 세상에 온 줄 알 것입니다.

영주 그렇겠지. 마치 달콤한 꿈이나 허황된 공상 속에 잠겨 있는 것 같을 테지. 그럼 이놈을 데려가 가장 화려한 방으로 옮긴 뒤 사방에 온통 음탕한 그림들을 걸어 놓아라. 이 자의 더러운 머리에는 향수를 뿌리고,

향목을 피워서 방안을 향기롭게 하거라. 이 자가 깨어나면 음악을 은은하게 틀어놓고, 무슨 말이라도 할라치면 공손하고도 나직한 목소리로 응대하란 말이다. "말씀만 하소서." 이렇게 말이다. 또한 다른 사람은 꽃잎이 뜬 장미수가 가득 담긴 은쟁반을, 또 한 사람은 물병을, 그리고 한 사람은 물수건을 들고 시중을 들어라. "영주님, 손을 축이시옵소서." 이렇게 말한 뒤 누군가는 호사스런 옷을 준비하고 있다가 어떤 옷을 입으시겠는가 물어보고, 또 다른 사람은 사냥개와 말 이야기를 해주며 마님께서 영주님의 병환이 깊어 슬퍼하고 계신다고 말하거라. 이렇게 해서 그자를 실성한 사람으로 믿게 만드는 거다. 그런 다음에 그자가 "내 머리가 돈 것 같다"고 말하거든 "아니옵니다, 영주님은 분명히 영주님이시옵니다. 꿈을 꾸시고 계신 것입니다"라고 대답하라. 다들 알아들었지? 조심해서 잘하도록. 잘만 한다면 틀림없이 볼 만한 오락거리가 될 것이야.

사냥꾼 1 예, 저희에게 이 자를 맡겨만 주십시오. 최선을 다해 이 자가 자기가 영주인 것처럼 착각하도록 만들겠습니다.

영주 그럼 잠이 깨지 않도록 이 자를 침대에 눕혀라. 잠에서 깨어나거든 내가 시킨 대로 하라. (슬라이를 운반해 간다. 트럼펫 소리) 여봐라, 저 트럼펫 소리는 뭐냐? (하인이 달려 나갔다가 돌아온다)

하인 배우들입니다. 황공하옵게도 영주님 앞에서 연극을 공연해 보이겠답니다.

영주 이곳으로 들라 하라. (배우들 등장) 오, 어서들 오게나.

배우들 황공하옵니다.

영주 오늘 밤은 내 집에서 숙박을 하겠나?

배우 1 그야 여부가 있겠습니까.

영주 그렇게들 하게. 언젠가 농부의 맏아들 역할을 하는 걸 본 적이 있지. 자네가 귀부인에게 사랑을 호소하는 역이었어. 이름은 잊었지만 연기가 꽤 자연스러웠어.

배우 2 소토 역이라 생각되옵니다.

영주 그래, 연기가 아주 멋졌지. 실은 내가 무슨 계획 하나를 갖고 있는데, 자네들의 도움을 받았으면 하는데. 오늘 밤 자네들의 연극을 어떤 영주님께 보여드릴 생각이거든. 그런데 염려스러운 건 그분이 생전 처음 연극을 보는 거라서 아마 기묘한 행동을 할지도 몰라. 그때 자네들이 폭소를 터뜨린다면 그분은 기분이 상하게 되겠지. 그 점이 걱정이란 말이야.

배우 2 걱정하지 마십시오. 저희들이 웃음을 억제하고 조심하겠습니다. 그분이 천하에 둘도 없는 어릿광대라도 말입니다.

영주 여봐라, 이들을 식당으로 안내해 한 사람 한 사람 극진히 대접하라. (하인이 배우들을 안내해 들어간다) 여봐라, 너는 시동 바돌뮤한테 가서 귀부인 차림을 시킨 뒤, 그 주정뱅이가 자고 있는 방으로 데리고 가거라. 그리고 그 아이한테 '마님, 마님' 하며 굽실대거라. 그 아이한테는 내 말대로 하면 후히 보답할 것이라고 이르고. 또한 귀부인이 남편에게 하는 것처럼 주정뱅이한테 고분고분하라고 일러라. "영주님께서 무엇이든 명령하소서. 소첩은 비록 미물이지만 당신의 아내로서 사랑의 증거를 보여 드리고 싶습니다." 이런 말을 하면서 애정 어린 키스를 한다든지, 가슴에 얼굴을 파묻고 눈물을 철철 흘리는 거야. 그건 환희의 눈물이라고 해야겠지. 15년 동안이나 의식이 없던 남편이 회복되어 정말 기쁘다고 하면서 말이야. 소낙비 오듯 눈물을 쏟는 건 여자의 재주가 아니더냐. 시동쯤 되면 그야 식은 죽 먹기가 되겠지. 만일 눈물이 나오지 않으면 양파를 손수건에 싸서 문지르라고 하거라. 그럼 되도록 신속하게 움직여라. 다음 일은 다시 지시를 내릴 테니……. (하인 퇴장) 시동이 잘해

낼 거다. 행동이나 목소리 등 귀부인 흉내를 잘 해낼 거야. 그 주정뱅이한테 영주님이라고 부르는 것을 보고 싶구나. 게다가 내 부하들이 웃음을 참아가며 그 바보 같은 촌놈에게 굽실거리는 꼴은 정말 가관일 거야. 자, 모두에게 실수가 없도록 일러야겠다. 내가 그곳에 있다 해도 일을 그르치지는 않겠지. (모두 퇴장)

제 2 장

영주의 저택, 호화스런 침실

갑옷을 입은 슬라이, 자는 가운데 주위에 시종들이 의복, 세숫대야, 물병 등을 들고 서 있다. 영주 등장

슬라이 (잠이 덜 깬 얼굴로) 제발 맥주나 한 잔 주시오.
하인 1 영주님, 백포도주를 드릴까요?
하인 2 나리, 설탕 조림 과일은 어떻습니까?
하인 3 영주님, 오늘은 어떤 옷을 입으시겠습니까?
슬라이 난 크리스토퍼 슬라이란 사람이오. 그러니 내 앞에서 영주님이니 나리니 그런 말은 하지 마시오! 내 생전 백포도주 따윈 마신 적도 없소. 설탕 조림 과일을 주려거든 차라리 쇠고기 조림을 주시오. 어떤 옷을 입겠느냐고? 내 등이 웃옷이요, 내 다리가 양말이고, 내 발이 구두요. 보시오, 이렇게 발가락이 구두 밖으로 비죽 나온 걸.
영주 오, 하느님! 우리 나리의 허황된 망상의 병을 속히 고쳐 주소서! 그렇게도 훌륭한 혈통과 그렇게도 많은 영토를 지닌 고귀하신 분께 이렇게 흉악한 악령이 씌워지다니!
슬라이 아니, 지금 생사람을 잡을 작정이오? 난 버튼 히드에 사는 슬라이 영감의 자식 크리스토퍼 슬라이란 말이오. 원래는 행상이었는데 솔 공장에 취직했고, 그것도 지금은 집어치우고 땜장이 노릇을 하고 있소.

윙커트 주막에 가서 뚱뚱한 여주인 매리언 해커트한테 날 아느냐고 물어보쇼. 만일 14펜스의 외상 술값이 없다고 잡아뗀다면, 나야말로 천하에 으뜸 가는 거짓말쟁이지. (하인이 맥주를 가지고 등장) 나 원 참, 내가 미쳤다고? 천만의 말씀. 그러면 그 증거로……. (맥주를 마신다)

하인 3 오, 이러시니 마님께서도 슬퍼하고 계십니다.

하인 2 오, 이러시니 하인들도 몸둘 바를 모르고 있사옵니다.

영주 오, 이러시니 일가 친척들도 겁을 먹고 발을 끊은 것입니다. 영주님, 가문을 생각하시고 어서 예전으로 돌아와 이 비참한 악몽에서 깨어나십시오. 보소서, 이렇게 하인들도 영주님의 분부를 기다리며 대령하여서 있지 않습니까! 음악을 들으시겠습니까? 아폴론 신의 음악을 들으시지요. (음악이 연주된다) 그리고 수십 마리의 나이팅게일이 노래하는 소리는 어떠세요? 이것도 싫으면 자리를 깔아 드릴까요? 저 앗시리아의 시미러미스 여왕을 위해 마련했다는 침상보다도 더 푹신하고 기분 좋은 침상입니다. 산책하시겠다면 가시는 걸음마다 꽃을 뿌려 놓겠습니다. 아니, 말을 타시겠다면 황금과 진주로 꾸민 마구를 갖추어 말들을 준비해 놓도록 하지요. 매 사냥을 원하십니까? 아침의 종달새보다 더 높이 올라가는 매들이 준비되어 있습니다. 사냥은 어떠하시옵니까? 사냥개들이 짖어대는 그 소리는 하늘 높이 올리고 광활한 대지에 날카롭게 메아리칠 것입니다.

하인 1 사냥개들은 숨도 쉬지 않고 수사슴처럼 쏜살같이 달려나갈 것입니다. 얼마나 날쌘지 암사슴과는 비교도 되지 않지요.

하인 2 나리, 그림 감상을 하시면 어떻겠습니까? 미소년 아도니스의 모습을 아름다운 여신 아프로디테가 사초 그늘에서 숨어서 훔쳐보고 있는 그림 말입니다. 그 여신의 뜨거운 입김에 사초잎은 마치 바람에 나부끼듯 흔들리고 있지요.

영주 아니, 이나처스의 딸 숫처녀 아이오가 제우스에게 속아 겁탈당하는 그림은 어떻습니까? 그 그림은 그 광경이 눈앞에서 펼쳐지는 듯 생생하옵니다.

하인 3 다프네가 아폴론에게 쫓기어 가시덤불 숲으로 도망치다가 다리에 피가 철철 흐르는 광경을 보고 아폴론이 슬퍼하는 그림은 어떻습니까? 그런데 그 피도 진짜인 것처럼 솜씨가 기막힙니다.

영주 영주님은 저희들의 영주님이 틀림없사옵니다. 그리고 이 말세에서 천하일색인 아름다운 부인이 계시옵니다.

하인 1 영주님 때문에 흘리신 눈물이 꽃 같은 마님 얼굴에 폭포수가 되어 흘렀지만 그 전에는 동서고금을 두고 유례없는 미인이셨지요. 아니, 지금도 어느 부인 못지 않게 아름다우시지만요.

슬라이 내가 정말 영주란 말인가? 정말 부인도 있고? 내가 꿈을 꾸는 게 아닐까? 그렇다면 여태까지가 꿈이었단 말인가. 분명 잠을 자고 있는 건 아닌데. 난 보고 듣고 말하고 있지 않나? 이 향긋한 냄새와 부드러운 침상……. 정말 내가 땜장이 크리스토퍼가 아니라 영주란 말이지! 그래, 마님을 모셔 오너라. 그리고 맥주도 더 가져오고.

하인 2 (대야를 내밀며) 영주님, 손을 씻으십시오. (슬라이가 손을 씻는다) 영주님께서 정신이 드셨다니 얼마나 기쁜지 모르겠습니다. 지난 열다섯 해 동안 꿈속에 계시다가 이제야 눈을 뜨셨습니다.

슬라이 열다섯 해라고? 참으로 길게도 잤구나. 그동안 한마디도 하지 않았고?

하인 1 아니옵니다. 계속 종잡을 수 없는 소리를 하셨지요. 이렇게 훌륭한 방에 누워 계시면서도 밖으로 쫓겨났다고 하시면서 술집 아낙을 야단치듯 소리치셨습니다. 그리고 술잔을 속인다고 반드시 고소하시겠다고 하는 등 가끔 시실리의 해커트란 이름도 입에 담으셨습니다.

슬라이 음, 그건 주막집 여편네야.

하인 3 영주님께서 그런 주막집이나 여편네를 아실 리가 없습니다. 그리고 스티븐 슬라이니 존 내프스 영감이니, 많은 사람들의 이름을 입에 올리셨지만, 그런 사람들은 이 고장에 살지도 않거니와 만난 적도 없는 사람들입니다.

슬라이 그래 병이 완쾌되었다니, 오 하느님, 감사합니다!

일동 아멘!

슬라이 다들 고맙소. 여러분의 기원이 헛되지 않게 하겠소. (부인으로 변장한 시동이 시종을 거느리고 등장)

시동 나리, 기분이 어떠세요?

슬라이 좋소, 아주 좋아! 기운이 안 날 리가 있나? 그런데 내 부인은? (맥주를 마신다)

시동 여기 대령했습니다, 나리. 무슨 분부라도 하시겠습니까?

슬라이 당신이 내 부인이라고? 그럼 왜 나한테 서방님이라고 하지 않고 나리라고 하지? 시종들이 나리, 나리 하는 건 이해되지만, 난 당신의 남편이잖소?

시동 나리는 저의 남편이며 주인이지요. 소첩은 나리께 순종해야 하는 부인이고요.

슬라이 그건 알지. 그럼 나는 당신을 뭐라고 불렀나?

영주 부인이라고 했지요.

슬라이 앨리스 부인? 존 부인? 이렇게?

영주 그냥 부인이라고 하세요. 영주들은 자기 부인을 그렇게 부르니까요.

슬라이 부인, 듣자 하니 내가 열다섯 해나 꿈을 꾸고 있었다는데, 그게 정말이오?

시동 그렇사옵니다. 저에게는 그 세월이 30년처럼 길게 느껴졌지요. 그동안 저는 쭉 독수공방을 했답니다.

슬라이 그거 참 안됐구먼. 여봐라, 다들 물러가 우리 두 사람만 있게 하라. (하인들 퇴장) 부인, 자, 옷을 벗고 잠자리에 듭시다.

시동 참으로 귀하신 영주님, 소첩 청이 있사옵니다. 부탁하건대, 제발 하룻밤이나 이틀밤만 참으시지요. 그것조차 안 되시겠다면 해가 질 때까지만이라도 참으소서. 의원께서 나리의 병환이 다시 도질 수도 있으니까 동침은 삼가라고 단단히 당부하셨습니다. 제가 왜 이러는지 이해가 되시지요?

슬라이 음, 그렇다면 할 수 없지. 또다시 그런 악몽 속에 떨어지면 큰일이니, 피가 끓고 살이 달아오르지만 참을 수밖에 없구나.

　하인 1 등장

하인 1 영주님의 전속 배우들이 영주님께서 쾌유하셨다는 소식을 듣고서 유쾌한 희극을 보여 드리려고 문안차 와 있습니다. 의원들도 찬성하셨습니다. 오랜 세월 동안 우울증에 시달리셨으니, 연극을 보시면서 흥겨워하신다면 온갖 해악은 물러가고 수명도 길어진다고 하시면서요.

슬라이 음, 그럼 희극을 시작하라. 그런데 그 희극인가 뭔가는 크리스마스 춤인가, 아니면 곡예사의 묘기인가?

시동 아닙니다, 나리. 그건 훨씬 더 재미있는 것입니다.

슬라이 그럼 집에서 슬금슬금 하는 것인가?

시동 그런 것이 아니라 옛날 이야기 같은 것입니다.

슬라이 그런가, 아무튼 시작해 보거라. 자, 부인. 내 옆에 와서 시간이나 죽여 봅시다. 우리가 더 이상 어떻게 젊어지겠소. (시동 슬라이 곁에 앉는다)

　나팔 소리, 「말괄량이 길들이기」가 시작된다.

제1막

제1장

패듀어의 광장

루센쇼와 그의 하인 트래니오 등장

루센쇼 트래니오, 문화의 본고장인 이 패듀어를 꼭 한번 보고 싶었는데 내 드디어 이태리의 낙원, 이 기름진 롬바르디아에 왔구나. 이건 다 아버지의 애정이 있었기 때문이지. 게다가 너처럼 믿음직한 시종을 딸려 보내 주셨으니 이것이야말로 금상첨화가 아니고 무엇이겠느냐. 자, 여기서 좀 머물면서 천천히 학문과 교양을 쌓을 길을 찾아보자. 난 교양 있는 시민들로 이름이 나 있는 피사에서 태어났고, 내 아버지는 세계를 주름잡는 거상인 벤티볼리오 가문의 빈센쇼가 아니더냐. 그 아들인 나도 사람들의 기대를 저버리지 않고 덕행을 쌓아 이 행운을 헛되게 하지 말아야지. 그러니 트래니오, 나는 덕으로 행복에 이르는 철학을 공부할 작정이다. 네 생각은 어떠냐? 내가 이곳에 온 것도 우물 안 개구리 같은 삶에서 벗어나 깊은 물에서 마음껏 공부를 하기 위해서니라.

트래니오 도련님, 제 생각도 마찬가지입니다. 알찬 학문의 길로 들어서시겠다니, 저야 대 환영이지요. 다만 도련님, 덕이나 수양을 쌓는 것도 좋지만 제발 저 금욕주의자나 돌부처 같은 사람은 되지 마십시오. 엄격한 아리스토텔레스의 딱딱한 가르침에만 열중하시다가 오비드의 부드러운 시를 멀리하진 마십시오. 친구와 말할 때에도 논리학 공부를 할 수 있고, 일상 대화로도 수사학 연습을 할 수 있습니다. 그리고 기분을 전환하기 위해선 음악이나 시가 좋고, 수사학이나 형이상학 같은 것도 때때로 해보셔도 좋겠죠. 하기 싫은 걸 하다 보면 소득도 없지요. 한마디로 말해 도련님이 하고 싶은 공부를 하십시오.

루센쇼 고맙다, 트래니오. 네 말이 옳고말고. 그런데 비온델로가 도착해 있다면, 우린 당장 숙소를 정하고 이곳 패듀어에서 사귈 수 있는 친구들을 모두 초청할 수 있었을 텐데. 가만 있자, 저 사람들은 누구지?

트래니오 도련님을 환영하는 행렬인가 봅니다.

밥티스타가 카타리나와 비앙카와 함께 등장. 그레미오와 호텐쇼가 그 뒤를 따른다. 루센쇼와 트래니오는 나무 그늘에 숨는다.

밥티스타 이제 그만 조르시오. 두 분께선 이미 내 결심을 알고 있잖소. 글쎄, 큰딸을 시집 보내기 전에는 작은딸을 절대로 줄 수가 없소. 만일 두 분 중에 카타리나를 좋아하는 분이 있다면, 직접 그 애와 담판을 지으시구려.

그레미오 담판이 아니라 재판을 해야겠지요. 호텐쇼 씨, 당신은 어느 쪽을 택하겠소?

카타리나 아버지, 제발 그만두세요. 더 이상 이런 작자들 앞에서 저를 웃음거리로 만들지 마세요.

호텐쇼 작자들이라뇨, 아가씨? 무슨 말버릇이 그렇소? 좀 더 상냥하게 굴지 않으면 당신은 평생 시집을 가지 못할 거요.

카타리나 누가 댁더러 그런 걱정해 달래요? 난 결혼할 생각은 털끝만큼도 없어요. 만일 결혼을 한다면 당신을 확실히 손을 봐 드리겠지만요. 세 발 달린 의자로 당신의 머리털을 빗겨 주고, 당신의 그 얼굴은 생채기를 낸 피로 화장시켜 드리고요.

호텐쇼 어이구, 하느님! 저를 이 마녀로부터 구해 주소서!

그레미오 하느님, 저도요.

트래니오 쉬, 도련님! 이거, 볼 만한 구경거립니다요. 저 여잔 살짝 돌았거나, 아니면 굉장한 말괄량이인가 봅니다.

루센쇼 하지만 말없는 아가씨는 상냥하고 귀여운 규수로구나.

트래니오 예, 그런 것 같습니다. 음, 조용히 지켜보시지요.

밥티스타 그럼 두 분께 제 뜻이 분명하다는 걸 보여 드리겠습니다. 얘, 비앙카, 너는 안으로 들어가 있거라. 섭섭하게 생각하지 말아라. 내가 널 사랑하는 마음에는 변함이 없으니까. (비앙카의 머리를 쓰다듬는다)

카타리나 귀염둥이 아가씨! 그 이유를 알면 금방 눈물을 쏟을걸.

비앙카 언니, 내가 불행해지더라도 언니만 행복하면 돼. 아버님, 아버님 분부대로 따를게요. 난 홀로 책과 악기를 벗삼아 지내겠어요.

루센쇼 들었지, 트래니오. 미네르바 여신이 말문을 여셨다.

호텐쇼 밥티스타 씨, 너무하십니다. 저희들의 호의 때문에 비앙카 아가씨가 눈물을 흘리다니!

그레미오 밥티스타 씨, 이런 마녀 때문에 동생을 가두어놓는 건 무슨 경우입니까? 게다가 언니가 한 독설에 대한 벌을 동생이 받게 하다뇨?

밥티스타 아무튼 두 분 양반, 저는 이미 결심했소. 비앙카, 안으로 들어가거라. (비앙카 들어간다) 저 애는 무엇보다 음악과 악기와 시를 좋아하지요. 그래서 미흡한 저 애를 가르쳐 줄 가정교사를 구할 생각입니다. 혹시 두 분께서 아시는 분이 있으면 소개해 주셨으면 합니다. 능력 있는 분이라면 후하게 대접하지요. 딸애들 교육을 위해서라면 아끼지 않을

생각입니다. 그럼 다음에 봅시다. 카타리나, 넌 여기 좀 있거라. 비앙카 한테 할 얘기가 있으니. (퇴장)

카타리나 왜요, 내가 들으면 안 되나요? 내가 왜 일일이 각본대로 움직여야 하나요? 앞뒤 분간 못하는 어린애도 아닌데. (획 돌아선다)

그레미오 악마에게나 가버려. 저렇게 괴팍한 성품이니 누가 좋다고 붙잡겠어. (카타리나 안으로 들어가 문을 꽝 닫는다) 보아 하니 이 집안도 화목하긴 글렀군. 호텐쇼, 이제 우리는 손가락이나 빨면서 기다릴 수밖에 없는 것 같구려. 우리 케이크는 설었으니 어쩔 수 없잖소. 그럼 안녕히 가시오. 이제 할 수 있는 일이라곤 사랑스러운 비앙카가 좋아하는 것을 가르쳐줄 수 있는 가정교사를 찾아내는 것밖에 없겠소.

호텐쇼 나도 찾아보지요, 그레미오 씨. 여태껏 경쟁자여서 아무 말도 하지 않았지만, 이렇게 된 이상 생각을 좀 달리해야겠습니다. 우리가 다시 비앙카 아가씨의 사랑을 차지하기 위한 행복한 경쟁자가 되려면 딱 한 가지 방법이 있소.

그레미오 그게 무엇이오?

호텐쇼 비앙카의 언니에게 신랑감을 구해 주면 되오.

그레미오 신랑감을? 에이, 악마겠지.

호텐쇼 아니, 신랑이오.

그레미오 아니오, 악마요. 호텐쇼 씨, 생각 좀 해봐요. 장인이 아무리 부자라 해도 지옥으로 장가들려는 멍청한 녀석이 어디 있겠소?

호텐쇼 참, 그레미오 씨도! 당신이나 나는 그 말괄량이 성깔을 감당할 수 없어서 그렇지, 세상에는 그걸 능가하는 건달들도 있다오. 아무리 결점이 많아도 지참금만 많으면 장가들려는 남자가 있을 거요.

그레미오 글쎄요, 나 같으면 지참금 때문에 장가드느니 차라리 매일 아침 광장에서 매를 맞는 걸 택하겠소.

호텐쇼 하긴 썩은 사과를 골라 먹으려는 사람은 없을 거요. 하지만 혹시 모르니, 이제부턴 서로 같은 입장이 된 처지니 밥티스타 씨의 큰딸에게 신랑을 구해 줍시다. 그럼 작은딸도 자유롭게 결혼할 수 있을 테니, 그때 경쟁을 해도 늦지 않을 거요. 아름다운 비앙카! 그대를 얻는 남자는 행복할지어다! 먼저 달리는 자가 반지를 차지하겠지. 자, 어떻습니까, 그레미오 씨?

그레미오 찬성이오. 누구든지 그 말괄량이한테 구애를 해 침실로 데리고 가기만 한다면, 난 그에게 패듀어에서 가장 좋은 준마 한 필을 선물할 거요. 자, 갑시다. (두 사람 퇴장)

트래니오 도련님, 정말이세요? 사랑에 빠지시다니요?

루센쇼 오, 트래니오. 나도 설마 내게 이런 일이 일어나리라곤 생각지도 못했다. 멍하게 있는데 그만 사랑의 마력에 빠지고 말았구나. 카르타고의 여왕 다이도가 동생과 모든 비밀을 공유했듯이 너와 난 그런 사이다. 트래니오, 내가 그 얌전한 동생을 얻지 못하는 날엔 사랑으로 애태워 내 가슴은 까맣게 타버리고 말 거야. 트래니오, 제발 날 좀 도와다오. 도와줄 거지?

트래니오 이젠 도련님을 책망할 단계를 넘었군요. 이왕 사랑의 포로가 되셨으니 별수 없죠. 라틴어에도 이런 말이 있잖습니까? '몸값은 되도록 싸게 치르는 게 최고'라고요.

루센쇼 오, 고맙구나. 자, 이제 본론을 말해 다오. 분명 날 위로해 주는 말이겠지?

트래니오 도련님께서 그 아가씨에게 넋이 흠뻑 빠졌으니, 중요한 걸 분명히 간과했을 거예요.

루센쇼 오, 아냐. 아름다운 얼굴은 아게노르의 딸 에우로페에 버금갔어. 제우스 신이 크레타 섬에서 그녀의 아름다움에 매혹되어 소로 둔갑한 뒤 공손히 무릎을 꿇고 손을 잡았다는 그 에우로페 말이다.

트래니오 어디 그것뿐인가요? 그 아가씨의 언니가 고래고래 소리를 질러 차마 사람의 귀로는 도저히 들을 수 없는 소동을 일으킨 건요?

루센쇼 그런데도 그녀의 산호 같은 입술이 움직이더니 주위에 향기를 뿌리는 걸 보았지. 그녀에게 속한 것은 모두 신비로웠어.

트래니오 이거, 큰일이군요. 도련님, 정신 차리세요. 정말 그 아가씨를 사랑하시면 손에 넣을 궁리부터 하셔야죠. 사태는 이렇습니다. 그 아가씨의 언니는 오만방자한 말괄량이여서 아버지는 언니 쪽을 시집보낸 뒤 그 아가씨를 시집보낸다고 합니다. 그러기 전까진 그 아가씨는 꼭 갇혀 살 수밖에 없지요. 청혼자들한테 시달림을 받지 않기 위해서지요.

루센쇼 트래니오, 참 지독한 아버지도 다 있구나! 맞아, 딸들을 교육하기 위해서 좋은 가정교사를 물색중이라고 했지?

트래니오 저도 들었지요. 그래서 말인데 좋은 생각이 떠올랐습니다.

루센쇼 나도 그래.

트래니오 그렇다면 우리 두 사람의 계획은 똑같겠군요.

루센쇼 그럼, 네 계획부터 말해 봐.

트래니오 도련님이 가정교사가 되는 겁니다. 도련님 계획은요?

루센쇼 나도 그거야. 하지만 잘될까?

트래니오 좀 곤란할 것 같은데요. 도련님 역할은 누가 하지요? 빈센쇼 씨 아들로서, 집을 얻고 책을 읽으며 친구들을 대접하는 등등 이런 역할은 누가 하지요?

루센쇼 걱정하지 마라. 내게 좋은 생각이 있으니. 우리는 아직 어디에도 얼굴을 내민 적이 없으니, 누가 하인이고 누가 주인인지 사람들은 분간할 수 없을 거다. 그러니까 트래니오, 네가 내 주인이 되어 집도 얻고, 주인 행세를 하고, 하인도 거느리거라. 난 딴 사람이 되는 거야. 피렌체 사람이나 나폴리 사람이나 혹은 미천한 피사 사람이 되는 것도 괜찮겠지. 자, 트래니오, 얼른 외투를 바꿔 입자꾸나. 비온델로가 도착하면, 네 하인 역을 하도록 시키겠다. 그러나 그 전에 먼저 그 녀석의 입을 봉해 놓아야겠지.

트래니오 할 수 없군요. (두 사람이 옷을 바꾸어 입는다) 아무튼 도련님 생각이 정 그러시다면, 저는 따를 수밖에요. 고향을 떠나올 때 아버님께서도 도련님께 잘하라고 신신당부하셨으니까요. 물론 이런 의도에서는 아니셨겠지만. 아무튼 소중한 도련님을 위해서라면 제가 기꺼이 루센쇼가 되어 드리죠.

루센쇼 트래니오, 고맙다. 이제 이 루센쇼도 사랑에 눈을 떴으니, 그녀를 얻기 위해서라면 난 노예가 되어도 좋다. 첫눈에 눈이 멀어 사랑의 포로가 되다니. (비온델로 등장) 이제야 나타나는군. 이봐, 어딜 그렇게 싸돌아다니냐?

비온델로 싸돌아다니다뇨? 그럼 도련님은 어디 계셨어요? 아니, 이게 어찌 된 일입니까? 저 녀석이 도련님 옷을 훔쳐 입었나요? 아니면 도련님이 저 녀석의 옷을? 도대체 이게 무슨 일입니까?

루센쇼 이 녀석아, 지금 농담하고 있을 때가 아냐. 그러니 너도 처신을 잘해야 돼. 네 형님뻘 되는 트래니오는 지금 내 목숨을 구하기 위해 내 행세를 하는 거다. 글쎄, 난 이곳에 도착한 뒤 싸움에 말려들어 사람을 죽였는데, 아마 조만간 발각될 거야. 그러니까 말인데, 네가 트래니오의 하인이 되어 가지고 내가 안전하게 도피할 수 있게 하란 말야. 내 말 알겠니?

비온델로 아뇨. 도무지 뭐가 뭔지 모르겠는데요.

루센쇼 트래니오란 이름을 절대로 입 밖에 내선 안 돼. 트래니오가 루센쇼가 되었으니까.

비온델로 부럽군요. 나도 그렇게 되어 봤으면!

트래니오 실은 나도 잘해내고 싶어. 그래야 도련님께서 밥티스타 씨의 작은딸을 거머쥐게 될 게 아냐. 내가 이러는 건 날 위해서가 아니라 도련님을 위해서야. 그러니 사람들 앞에서 탄로나지 않도록 조심해. 단둘이 있을 때는 트래니오지만 그 밖의 경우엔 난 네 주인 루센쇼라는 걸 명심하라고.

루센쇼 트래니오, 한 가지 네가 더 해줄 게 있다. 네가 구혼자가 되는 거야. 이유는 묻지 말고. 하지만 나쁜 일은 아니니까 안심해. 내게 생각이 있어서 그러는 거니까. (모두 퇴장)

배우들 이야기를 한다.

하인 1 영주님, 조시는 것 보니 연극이 마음에 들지 않나 보군요.

슬라이 (잠을 깨며) 천만에! 훌륭한걸. 아직도 뭐가 남았나?

시동 나리, 이제 겨우 시작인걸요.

슬라이 부인, 참으로 걸작이구려. 하지만 빨리 끝났으면 좋겠구먼. (모두 자리에 앉아 연극을 관람한다)

제 2 장

패듀어의 광장

페트루치오와 하인 그루미오 등장

페트루치오 패듀어의 친구를 만나야겠다. 가장 친한 친구 호텐쇼를 만나야겠군. 이 집인가 보다. 그루미오, 두드려 봐라.

그루미오 두드리다뇨? 누가 주인님께 무례한 짓이라도 저질렀나요?

페트루치오 이 촌놈아, 여길 쾅쾅 두드리란 말야.

그루미오 주인님을요? 제가 어떻게 주인님을 두드려요?

페트루치오 이 멍청아, 머뭇거리지 말고 이 문을 두드리란 말이야. 더 이상 딴청 피우면 네 골통을 부숴 버릴 테다.

그루미오 원, 장난도 심하십니다. 제가 먼저 주인님을 두드린다면, 무슨 봉변을 당하게요?

페트루치오 이놈이! 못하겠다면, 좋다. (그루미오의 귀를 비튼다)

그루미오 아이고, 사람 살려! 우리 주인님이 완전히 미쳤어요.

페트루치오 이제 내 명령대로 하겠지. 요, 고얀 놈 같으니라고!

호텐쇼 등장

호텐쇼 무슨 일이지? 아니, 그루미오가 아닌가? 어이구, 오랜만이군. 베로

나에서 잘 있었나?

페트루치오 호텐쇼, 자넨 싸움을 말리러 나왔나? 잘 만났다고 인사부터 해야 하지 않나?

호텐쇼 소생 집에 왕림하신 걸 진심으로 환영합니다, 페트루치오 나리. 그루미오, 일어나. 이 싸움은 내가 해결해 주지.

그루미오 호텐쇼 나리, 주인님께서는 저보고 다짜고짜 두드리라시는데, 어찌 하인이 주인님을 두드릴 수가 있겠습니까? 하지만 제가 차라리 실컷 두드렸다면, 이런 꼴은 당하지 않았을 텐데 말이죠.

페트루치오 이 돌대가리 같으니! 여보게, 호텐쇼. 내가 이 녀석보고 자네 집 문을 두드리라고 한 걸 이 녀석이 도통 알아들어야지.

그루미오 문을 두드리라고 하셨다고요? 아이고, 이렇게 말씀하셨잖아요. "이 촌놈아, 여길 쾅쾅 두드리란 말야"라고. 그러고선 문을 두드리라고 했다니? 그건 지금 하신 말이고요.

페트루치오 멍청아, 꺼져 버려. 아니면 입 닥치고 있든지!

호텐쇼 페트루치오, 참게나. 이거 주인과 종 사이에 흔히 있는 오해로 봐 줄 만하지 않은가. 그루미오는 오래 부린 믿음직하고 명랑한 하인이 아닌가. 어쨌든 여보게, 무슨 바람이 불어서 베로나를 떠나 이곳 패듀어에 왔는가?

페트루치오 그야 젊은이들을 세계로 흩어지게 하는 바람을 타고 왔지. 좁은 고향보다 넓은 세상에서 행운을 잡고 싶어 왔네. 실은 아버지 안토니오께서 돌아가셨거든. 그래서 정처없는 여행길에 뛰어들었는데 아내를 얻고 돈도 번다면 더 좋을 게 없겠지. 지갑에는 돈이, 고향에는 유산이. 그래서 세상 구경을 하러 나온 거지.

호텐쇼 그렇다면 내 말 좀 들어보게. 심술 사나운 말괄량이가 있는데, 그녀를 아내로 삼으면 어떻겠나? 자넨 내 말이 달갑지 않을 테지만 그녀가 부자인 것만은 분명하네. 아주 큰 부자야. 물론 소중한 친구인 자네에게 그런 여자를 권하고 싶지는 않지만.

페트루치오 호텐쇼, 우리 사이에 빈말은 그만두세. 산더미 같은 재산이 있다면 됐네. 난 돈이면 되거든. 그녀가 저 폴로렌티어스의 애인처럼 박색이건, 마녀 시빌 같은 할망구건, 아니 소크라테스의 악처 크산티페를 뺨칠 정도로 고약한 여자라 해도 난 상관없네. 찬밥 더운밥 가리지 않네. 적어도 내 애정은 사그라지지 않을 거야. 저 아드리아해의 성난 파도처럼 성격이 사나워도 말일세. 내가 이곳 패듀어에 온 건 부자 마누라를 얻으려고 온 게 아닌가. 돈만 생긴다면 누구든 환영한다네.

그루미오 호텐쇼 나리, 지금 주인님이 하신 말씀은 모두 진심이랍니다. 돈만 생긴다면, 상대가 꼭두각시든 난쟁이든 이빨이 몽땅 빠진 할망구든 우리 주인님은 마누라로 삼을 겁니다. 돈만 있으면 뭐든 가리지 않을 겁니다.

호텐쇼 페트루치오, 이야기가 이쯤 되니 다시 말해야겠네. 처음엔 농담으로 시작했는데 말야. 사실대로 말하겠네. 그녀는 젊고, 미인이야. 물론 돈도 많고. 그리고 어디다 내놔도 부끄럽지 않은 교육도 받았지. 그러나 한 가지 결점은, 그게 치명적이네. 아무도 감당하지 못할 정도로 말괄량이고, 심술궂은데다 사악해. 나 같으면 황금 노다지를 준다 해도, 그런 여자와 결혼하지는 않을 걸세.

페트루치오 호텐쇼, 그만하게. 자넨 황금의 위력을 모르는구먼. 그녀의 아버지 이름은? 그것만 알면 돼. 당장에 찾아가 봐야겠네. 가령 그 여자가 가을철의 천둥 벼락처럼 고래고래 악을 쓴다 하더라도.

호텐쇼 부친 이름은 밥티스타 미놀라야. 아주 호인이고 점잖은 신사지. 그녀 이름은 카타리나 미놀라이고, 그 지독한 독설은 패듀어에서도 유명하지.

페트루치오 딸은 모르지만, 아버지하고는 안면이 있네. 돌아가신 어르신하고 잘 아는 사이였지. 여보게 호텐쇼, 난 그녀를 만나보기 전에는 잠을 잘 수 없을 것 같네. 이쯤 되면 몰상식한 짓이긴 하지만, 날 좀 그곳으로 안내해 주게. 싫다면 자네와 여기서 작별할 수밖에 없겠네.

그루미오 나리, 우리 주인님이 변심하기 전에 얼른 안내 좀 해주시지요. 정말이지 그 색시가 저만큼 주인님을 안다면, 아무리 악담을 한다고 해도 소용없다는 걸 깨닫게 되겠죠. 악당이니 뭐니 욕설을 퍼부어댄다 해도, 주인님 고함 소리 한번이면 쏙 들어갈 겁니다. 말대꾸가 다 뭡니까? 온갖 잡소리 상소리를 퍼부어대면 그 아가씨는 아마 놀라서 고양이 눈처럼 눈이 튀어나오겠죠. 주인님 성품을 모르시나 보죠.

호텐쇼 좋아, 내가 같이 가겠네. 밥티스타 씨 집에는 내 보물이 있거든. 정말 내 목숨보다 소중한 보물, 그의 막내딸, 아름다운 비앙카가 내 보물이지. 그런데 그녀의 아버지는 날 얼씬도 못하게 해. 나뿐만 아니라 모든 청혼자들을 물리쳤다네. 나의 경쟁자가 모두 쫓겨난 셈이지. 글쎄, 방금 말한 큰딸 카타리나를 아내로 데려갈 사람이 없을 거라고 생각한 모양이야. 그래서 말괄량이 큰딸을 치우기 전에는 아무도 비앙카에게 접근할 수 없도록 한 거야.

그루미오 말괄량이 카타리나! 처녀의 별명치고는 고약하군요!

호텐쇼 페트루치오, 날 좀 도와주게나. 내가 수수한 옷으로 갈아입고 변장할 테니 나를 음악에 능숙한 가정교사로 추천해 주게. 비앙카를 가르칠 음악교사를 찾고 있거든. 만일 그렇게만 해준다면, 난 마음놓고 비앙카를 만날 수 있을 뿐만 아니라 마주 앉아 사랑을 고백할 수 있을 게 아닌가.

그루미오 이건 음모라고 할 수는 없겠군. 그저 늙은이를 속이려고 젊은이들이 지혜를 짜낸 것뿐이니까! (그레미오와 가정교사 캠비오로 변장한 루센쇼 등장) 주인님, 저길 보십시오. 누가 옵니다.

호텐쇼 쉿! 저건 내 연적이야. 페트루치오, 잠시 비켜 서 주게.

그루미오 잘생긴 젊은이구먼. 게다가 멋쟁이고. (세 사람 물러선다)

그레미오 아주 좋소. 목록은 훑어봤으니 예쁘게 포장해 주시오. 그 연애 책 말이오. 그리고 그녀에게 다른 강의는 일체 하지 마시오. 아시겠소? 밥티스타 씨가 주는 사례보다도 훨씬 많은 사례를 해드리리다. 그리고 책에는 향수를 잔뜩 뿌려 놓으시오. 그 책을 받을 여자는 향수보다 더 향기로운 분이시오. 그래 무엇을 읽어주기로 했소?

루센쇼 내가 그녀에게 무엇을 읽어주든지 저는 어르신네 이야기를 잘할 것입니다. 저의 후원자이신 어르신네는 부디 안심하시지요. 당신이 그 자리에 계신 것처럼, 아니 그 이상 멋진 말로 전하리다. 댁이 학자라면 이야기가 달라지겠지만요.

그레미오 오, 학문이라는 것은 정말 대단하지.

그루미오 저런, 등신 같으니!

페트루치오 쉿, 입 다물어!

호텐쇼 그루미오, 조용히 해! 안녕하십니까, 그레미오 씨!

그레미오 아, 잘 만났소, 호텐쇼 씨! 지금 난 밥티스타 미놀라 씨 댁에 가는 중이라오. 마침 아름다운 비앙카의 가정교사로 이 청년이 딱 알맞을 것 같아서요. 학식이나 품행뿐만 아니라 시와 그 밖의 좋은 책들을 많이 읽으신 분입니다.

호텐쇼 잘되었군요. 나도 어떤 신사를 만났는데, 우리의 연인을 가르칠 음악교사를 추천하겠다더군요. 그러니까 나도 저 사랑하는 비앙카를 위해서라면 조금도 뒤지고 싶은 마음이 없다 이겁니다.

그레미오 사랑하는 비앙카란 말은 행동으로 증명합시다.

그루미오 (방백) 돈지갑이 증명하겠지.

호텐쇼 그레미오 씨, 지금 우리가 사랑싸움을 할 때는 아닌 것 같소. 당신이 솔직히 말씀해 주신다면, 나도 좋은 소식을 말하리다. 여기 이분을 우연히 만났는데, 우리가 이분 요구에만 응해 준다면, 그 말괄량이한테 청혼하시겠답니다. 그리고 지참금에 따라 지금 결혼할 수도 있다고 합니다.

그레미오 정말입니까? 그렇게만 해주신다면 얼마나 좋겠소. 하지만 호텐쇼 씨, 그 여자의 결점을 다 말씀드렸습니까?

페트루치오 물론입니다. 아주 진절머리나는 말괄량이라는 걸 들었습니다. 그까짓 것이라면 난 조금도 상관없습니다.

그레미오 정말입니까? 도대체 고향은 어디십니까?

페트루치오 베로나입니다. 아버진 안토니오이며, 돌아가셨습니다. 유산은 있으니까, 평생 즐겁게 오래오래 살고 싶습니다.

그레미오 그런데도 그런 여자를 아내로 맞이하겠다니 이상하군요. 제 눈에 안경이라지만, 정말 그 살쾡이한테 청혼을 하시겠습니까?

페트루치오 물론이지요.

그루미오 만일 안 하신다면 제가 그 살쾡이 목을 졸라버리면 되죠.

페트루치오 그 정도가 겁난다면 어떻게 여기까지 왔겠소? 아무리 큰 소리 친다 해도 나한테는 소귀에 경 읽기가 될 거요. 난 왕년에 사자의 포효 소리뿐만 아니라, 광풍에 성난 파도가 멧돼지처럼 울부짖는 소리와 대지를 뒤흔드는 천둥소리를 들은 사람이오. 난장판에선 요란한 북소리, 전쟁터에선 병사들의 아우성이며 군마의 울부짖는 소리, 우렁찬 나팔 소리도 들었소. 그러니 여편네의 혓바닥쯤은 화로에서 군밤 껍질 터지는 소리 정도라고 할 수 있지. 쯧쯧, 아이들이나 도깨비를 무서워하지요.

그루미오 우리 주인님은 원래 무서운 것이 없으시답니다.

그레미오 호텐쇼 씨, 이분은 참 잘 오신 것 같습니다그려.

호텐쇼 그래서 말입니다만, 이 친구의 청혼 비용을 우리가 부담하는 건 어떻겠습니까?

그레미오 좋소, 그 여자를 데려가 준다면야!

루센쇼로 변장한 트래니오와 하인 비온델로 등장

트래니오 여러분, 안녕하십니까? 실례지만 밥티스타 미놀라님 댁에 가려면 어느 길로 가야 하는지요?

비온델로 그분은 예쁜 두 따님을 두셨다죠, 주인나리?

트래니오 그래. 그렇다.

그레미오 설마 댁도 그 따님을 만나러 온 건 아니겠죠?

트래니오 아버지와 딸, 다 만나야겠죠. 그런데 무슨 일이시죠?

페트루치오 제발 그 말괄량이 쪽은 아니기를.

트래니오 난 원래 말괄량이는 딱 질색이오. 비온델로, 가자.

루센쇼 (방백) 제법인데, 트래니오.

호텐쇼 잠깐만 기다리시오. 지금 말씀하신 처녀한테 청혼하실 생각입니까?

트래니오 그렇다면 안 될 일이라도 있소?

그레미오 천만에요. 아무 말씀 하지 말고 돌아서는 게 좋을 거요.

트래니오 아니, 여긴 아무나 다닐 수 있는 길거리가 아니오?

그레미오 아무튼 그 처녀에 관한 한은 안 되오.

트래니오 왜요? 그 이유 좀 들어봅시다.

그레미오 정 그러시다면 말씀해 드리죠. 그 여잔 이 그레미오가 점찍어 놨단 말이오.

호텐쇼 나 호텐쇼도 그 여자한테 침 발라놨소.

트래니오 자, 당신들이 신사라면 내 말 좀 들어보시오. 밥티스타 씨는 신사분이고 우리 부친과도 아는 사이요. 그런데 그분 따님이 그렇게 미인이라면, 청혼자는 얼마든지 나설 것이며 굳이 나 하나쯤 끼어든다 해도 상관없을 거요. 레다의 딸 헬레나에게는 천 명의 청혼자가 있었다는데, 아름다운 비앙카에게 한 명쯤 청혼자가 더 붙는 게 무슨 대수겠소. 이 사람이 루센쇼요. 파리스가 독점한다 해도 물러서지 않을 거요.

그레미오 참, 이분은 입심이 좋아 우리가 안 되겠는걸.

루센쇼 멋대로 떠벌리시오. 곧 지쳐서 꼬리를 내리겠죠.

페트루치오 호텐쇼, 시시한 수작들은 그만 하세.

호텐쇼 실례지만 밥티스타 씨 따님을 만나 보셨소?

트래니오 아직 보지는 않았지만, 듣자 하니 한쪽은 사납기로 유명하고, 또 한쪽은 아주 얌전하다던데요?

페트루치오 그렇소. 언니는 내 것이니까, 꿈도 꾸지 마시오.

그레미오 좋소, 그 대사업은 영웅 헤라클레스한테 맡겨두겠소.

페트루치오 하지만 당신이 원하는 그 작은딸 말인데, 아버지가 큰딸을 시집보낼 때까지는 청혼자들을 얼씬도 못하게 한다는 거요. 큰딸을 결혼시키고 난 뒤에나 가능하니, 지금으로서는 가망이 없소.

트래니오 그렇다면 당신은 우리에게, 아니 내게 은인이나 마찬가지군요. 우선 당신이 철의 장막을 부숴 언니 쪽을 입수한 다음, 동생 쪽을 자유로이 풀어놔 주신다면, 행운이 누구 손안에 떨어지든, 우리는 배은망덕할 사람들은 아니외다.

호텐쇼 그 말씀 잘하셨소. 당신도 청혼자로 나선 이상 당연히 그래야죠. 우리처럼 이분에게 은혜를 입을 테니까요.

트래니오 물론 은혜를 잊을 사람은 아닙니다. 그 증거로, 괜찮다면 오늘 오후에 애인의 건강을 축복하는 의미에서 주연을 열고 건배를 들 것을 제안합니다. 싸울 때는 당당하게 싸우되, 지금은 친구로서 먹고 마시기로 합시다.

그루미오·비온델로 이거 참 굉장한 제안이군.

호텐쇼 물론 참 좋은 제안이오, 그렇게 합시다. 여보게, 페트루치오, 자네 일은 모두 내게 맡겨두게. (모두 퇴장)

제2막

제1장

밥티스타의 집, 어느 방

회초리를 든 카타리나와 두 손을 묶인 비앙카 등장

비앙카 언니, 제발 날 이렇게 모욕하지 마. 이러면 언니 자신도 모욕하는 셈이야. 날 노예 취급하지 마. 정말 너무해. 이것만 풀어주면 언니 눈에 거슬리는 것들은 다 떼어버릴게. 아니, 언니가 벗으라고 하면 속치마까지도 벗을 수 있어. 언니가 하라는 대로 할게.

카타리나 좋아, 그럼 너에게 청혼한 사람 가운데 누굴 가장 좋아하는지 말해 봐! 솔직하게 말해.

비앙카 언니, 여태껏 내가 끌리는 남자는 한 명도 만나지 못했어.

카타리나 새침데기야, 거짓말 마. 호텐쇼지?

비앙카 언니가 그분을 마음에 두고 있다면, 내 맹세코 언닐 위해 그분께 부탁드릴 테니, 그분과 결혼해.

카타리나 그럼 부자가 마음에 드나 보구나. 그레미오에게 시집가서 호사를 누려볼 속셈이지?

비앙카 그래서 날 이렇게 못살게 구는 거야? 말도 안 돼! 농담하는 거지? 언닌 아까부터 쭉 날 놀리는 거야. 언니, 제발 내 손 좀 풀어줘.

카타리나 (비앙카를 때리며) 이것도 장난인 것 같니?

밥티스타 등장

밥티스타 다 큰 처녀가 이게 무슨 짓들이니? 별일 다 보겠구나. 비앙카, 울지 마라. (손을 풀어주면서) 들어가서 바느질이나 하렴. 언닌 상대하지 말고. 이 못된 것. 마귀할멈처럼 가만 있는 애를 왜 그렇게 못살게 구니? 그 애가 너한테 무슨 짓을 했다고 그러니?

카타리나 그러니까 더 분통이 터져요. 한번 더 혼나야 돼, 이것아. (비앙카에게 달려든다)

밥티스타 (카타리나를 붙들면서) 이런, 내 앞에서까지? 비앙카, 넌 안으로 들어가 있거라. (비앙카 퇴장)

카타리나 아버진 늘 저 애만 감싸고 도시죠. 좋아요, 저 앤 아버지의 보배니까 어서 좋은 신랑을 얻어주시죠. 저 애 결혼식 날엔 난 노처녀답게 맨발로 춤을 출 테니까요. 그리고 처녀귀신이 되어 지옥으로 가는 거죠. 그러니 저한테 어떤 말씀도 하지 마세요. 그저 혼자 앉아 외롭게 울 테니까요. 누군가에게 분풀이할 수 있을 때까지요. (방을 뛰쳐나간다)

밥티스타 이게 무슨 놈의 팔자냐? 아니, 누가 오나 보군?

그레미오, 교사로 변장한 루센쇼, 페트루치오, 음악교사 리치오로 변장한 호텐쇼, 루센쇼로 가장한 트래니오, 악기와 책을 든 비온델로 등장

그레미오 안녕하십니까, 밥티스타 씨!
밥티스타 안녕하십니까, 그레미오 씨! (인사를 한다) 여러분, 잘 오셨습니다.
페트루치오 처음 뵙겠습니다. 아름답고 현숙한 카타리나라는 따님이 있으시다죠?

밥티스타 예, 카타리나라는 딸이 있습니다만.

그레미오 좀 정중하게 말씀하시지요.

페트루치오 별 참견을 다하시는군요, 그레미오 씨. 저는 베로나에서 온 신사입니다. 소문에 미인에다 영특한 따님이 있으시다죠. (밥티스타가 당황한다) 게다가 상냥하고 행동거지가 조신한, 그런 소문을 들어온 터라 감히 실례를 무릅쓰고 이렇게 불청객으로 불쑥 찾아왔습니다. 그리고 이분을 소개하겠습니다. (호텐쇼를 소개한다) 음악과 수학에 출중한 분으로, 따님을 충분히 가르칠 수 있을 것으로 압니다. 부디 써주십시오. 이름은 리치오고 맨튜어 출신입니다.

밥티스타 잘 오셨소. 당신의 호의는 고맙긴 하지만 딸애 카타리나로 말하자면, 아무래도 당신이 당해내지 못하실 겁니다. 저도 한숨이 저절로 나옵니다.

페트루치오 그럼 따님을 결혼시키기 싫으시단 말씀입니까? 아니면 제가 마음에 안 드셔서 그러십니까?

밥티스타 오해하지 마시오. 다만 사실대로 말했을 뿐이오. 그런데 어디서 오셨소? 성함을 알고 싶습니다만.

페트루치오 제 이름은 페트루치오이며 부친은 안토니오입니다. 저의 아버지는 이탈리아에서 모르는 사람이 없는 줄로 압니다.

밥티스타 나도 그분을 잘 압니다. 오신 걸 환영합니다.

그레미오 말씀 중에 실례합니다만, 페트루치오, 이제 저희 가엾은 자들에게도 얘기할 기회를 주시지요. 정말 우물가 가서 숭늉 달라고 하실 분이군요.

페트루치오 오, 미안하오. 쇠뿔도 단김에 빼라는 말이 있어서!

그레미오 그야 그럴 테지요. 하지만 실망할 것입니다. 밥티스타 씨, 이 사람의 선물도 받아 주시지요. 평소에 누구 못지 않게 어른께 많은 신세를 지고 있으니 저도 성의를 표하겠습니다. (루센쇼를 내세우면서) 이 젊은 학자는 프랑스에서 오랫동안 공부하신 분으로, 음악과 수학에 능통하며, 그리스어와 라틴어, 그 밖의 여러 언어에도 정통하지요. 이름은 캠비오로 부디 채용해 주시지요.

밥티스타 뭐라 인사해야 좋을지 모르겠군요. 환영합니다, 캠비오 씨. (트래니오를 보고) 당신은 전혀 낯선 분인데, 실례지만 어떻게 오셨는지요?

트래니오 인사가 늦어서 미안합니다. 저는 이 도시에 처음입니다만, 댁의 따님 어여쁘고 정숙한 비앙카에게 청혼하러 온 사람입니다. 큰따님을 먼저 출가시키겠다는 댁의 굳은 결심을 모르는 바 아닙니다만, 제가 이렇게 온 것은 먼저 저의 가문을 말씀드리고 저도 여러 청혼자들처럼 따님과 교제할 수 있는 기회를 가져볼까 해서 왔습니다. 우선 따님의 교육을 위해 변변찮은 악기와 책을 가지고 왔으니 받아주십시오. (비온델로가 류트와 책을 내민다)

밥티스타 루센쇼 씨라 하셨죠? 고향은 어디시오?

트래니오 피사입니다. 빈센쇼의 아들입니다.

밥티스타 피사의 명문가이군요. 진정으로 환영합니다. (호텐쇼를 보고) 그럼 당신은 류트를 들고, (루센쇼를 보고) 당신은 책을 들고 딸들한테 가보시오. 안에 누구 없느냐! (하인 등장) 이 두 분을 아가씨들께 안내해 드려라. 가정교사들이니까, 실례를 저지르지 말라고 전하고. (호텐쇼. 루센쇼. 하인 퇴장) 우린 정원을 산책한 뒤 식사나 합시다. 내 집이나 다름없이 생각하고 편히 쉬십시오.

페트루치오 밥티스타 씨, 저는 워낙 바쁜 몸이라 날마다 청혼하러 올 수는 없습니다. 아버님을 잘 아신다니 저에 대해서도 짐작이 가실 것입니다. 상속받은 토지와 재산을 없앤 것이 아니라 오히려 더 늘렸습니다.

그리고 한 말씀 묻겠습니다만, 만일 내가 따님의 사랑을 얻게 된다면, 지참금을 얼마나 주시겠습니까?

밥티스타   내가 죽으면 절반의 땅과 2만 크라운을 주겠소.

페트루치오   그럼 저는 따님이 과부가 될 경우엔 토지며 임대권을 전부 다 따님에게 양도하겠습니다. 자, 그럼 세부 항목을 결정하여 계약서를 작성해 서로 교환하시지요.

밥티스타   좋소. 하지만 우선 내 딸의 사랑을 얻는 일이 우선이오.

페트루치오   그거야말로 찐 호박에 이빨 자국 내는 겁니다. 장인 어른, 따님이 아무리 고집이 세다 하더라도 날 당해낼 수는 없을 겁니다. 맞불 작전을 펴면 됩니다. 작은 불꽃은 미풍으로 잘 타오르지만 강풍에는 꺼지고 말지요. 제가 강풍이라는 말씀입니다. 따님은 저한테 무릎을 꿇을 것입니다.

밥티스타   부디 성공하길 빌겠소. 하지만 각오만은 단단히 해두시오. 혹시 욕을 볼지도 모르니까!

페트루치오   물론이죠. 각오는 되어 있습니다. 태산에 미풍이 부는 것과 다르지 않지요. 끄떡없습니다.

호텐쇼가 머리에 상처를 입고 등장

밥티스타   아니, 무슨 일이오? 창백한 얼굴을 하고?

호텐쇼   그렇게 보인다면 피를 쏟은 모양이지요.

밥티스타   그건 그렇고, 딸애가 음악에 소질이 있는 것 같습니까?

호텐쇼   차라리 군인이 되면 좋겠군요. 칼이라면 몰라도, 류트는 절대로 아닙니다.

밥티스타   그럼 그 애에게 류트를 가르칠 수 없단 말씀이오?

호텐쇼 없습니다. 따님은 다짜고짜 류트로 제 머리를 쳤습니다. 글쎄, 손가락을 잘못 짚기에 손을 잡고 가르쳐주려고 했을 뿐인데, 눈에 쌍심지를 켜고 "잘못 짚는다고? 내가 한수 가르쳐주지요" 하면서 악기로 내 머리를 내리치지 뭡니까! 저는 망연자실해 가만히 있었는데 악기가 부서져 내 목에 걸린 터라 꼭 형틀에 앉아 있는 형국이었지요. 그러자 따님은 그것도 모자란지 나더러 딴따라니 광대니 하면서 갖은 욕설을 미리 연구라도 해둔 것처럼 퍼부었답니다.

페트루치오 이거 대단한 아가씨로군. 들은 것보다 백 배 더 사랑스럽고, 어서 만났으면 좋겠구나.

밥티스타 (호텐쇼를 보고) 자, 나와 같이 들어갑시다. 그렇게 비관하지 말고 작은딸을 맡아 주시지요. 그 앤 공부를 좋아할 뿐 아니라, 인사성도 밝답니다. 페트루치오 씨, 당신도 같이 들어가시지요. 아니면 케이트(카타리나의 애칭)를 이곳으로 보낼까요?

페트루치오 여기서 기다릴 테니 보내 주시지요. (혼자 남고 모두 퇴장) 오기만 해봐라. 악담을 한다고? 그럼 나는 나이팅게일처럼 노래한다고 말해야지. 인상을 쓰면 이슬을 머금은 장미처럼 싱그럽다고 하고, 꿀 먹은 벙어리처럼 가만히 있으면 심금을 울리는 웅변이라고 하고, 냉큼 꺼지라고 하면 오히려 더 머물라고 한 것처럼 고맙다고 해야지. 청혼을 거절하면 언제 결혼식을 올릴 것인가 날짜를 물어보고. 마침내 오는구나. (카타리나 등장) 케이트 양, 이름을 그렇게 들은 것 같은데.

카타리나 듣긴 들은 것 같은데 잘못 들었군요. 사람들은 날 카타리나라고 부르죠.

페트루치오 그럴 리가요. 사람들은 모두 케이트라고 부르던데. 어떨 때는 여장부 케이트라고 부르고, 어떨 때는 말괄량이라고 부르더군. 그렇지만 이봐요, 케이트 양, 기독교 나라에선 가장 예쁜 케이트요, 여왕님이 납신 케이트 홀의 케이트이고, 과자같이 먹고 싶은 케이트 양, 내 말 좀 들어봐요. 당신은 상냥하고 예쁘고 얌전하다고 사람들이 자자하게 칭찬하더군요. 그러나 그 소문보다 실물이 더 낫다는 얘길 듣고, 당신을 아내로 맞으려고 이렇게 발걸음을 옮겼다오.

카타리나 옮겼다고요? 좋아요! 그럼 그렇게 옮겨온 그 발을 다시 옮기시죠. 단번에 난 당신이 옮기기 쉬운 가구 같은 사람이라는 걸 알았어요.

페트루치오 아니, 옮기기 쉬운 가구라고?

카타리나 접었다 폈다 할 수 있는 싸구려 의자 말예요.

페트루치오 그 말 참 잘했소. 그럼 이리 와서 걸터앉으시오.

카타리나 당나귀에나 걸터앉지. 당신이 바로 그 당나귀인가요?

페트루치오 착한 케이트 양! 당신은 가벼운 여자니까······.

카타리나 이래봬도 난 당신 같은 병신 당나귀는 아니에요.

페트루치오 케이트 양, 나도 당신을 걸터앉을 생각은 없다오. 어떻게 그리 가냘픈 허리에······.

카타리나 이건 가냘픈 게 아니라 당신 같은 촌닭한테 안 잡히려고 날씬하고 벌처럼 재빠른 거죠.

페트루치오 벌이라, 벌이면 윙윙거려야지.

카타리나 윙윙 돌아가는 머리치곤 꽤 재치가 있군요.

페트루치오 이쪽은 잘 돌아가고 있으니 얻어맞지 않게 조심해요.

카타리나 댁이나 당하지 않으려면 조심하시지요.

페트루치오 어이구, 말벌처럼 잘도 쏘아대는구먼.

카타리나 내가 말벌이라고요? 그럼 조심해요, 침이 있으니.

페트루치오 그 침을 뽑아 버리면 되지 뭐.

카타리나 그 침이 어디 있는 줄 알고.

페트루치오 말벌의 침은 꽁무니에 있지 않나.

카타리나 미인하지만 혀에 있는걸.

페트루치오 누구 혀?

카타리나 당신의 혀지 누구의 혀야. 아까부터 말꼬리를 물고늘어지는데, 썩 꺼져 버려요.

페트루치오 그래, 내 혀를 당신 꽁무니에다? 말도 안 돼. 이리 와요, 케이트. (그녀를 안으며) 케이트, 난 신사니까……

카타리나 이것 놔요. (페트루치오의 뺨을 친다)

페트루치오 한 대 더 쳐보시오, 다음엔 내 주먹이 나갈 차례니.

카타리나 여자를 치면 신사가 아니겠죠. 신사가 아니면 족보도 없는 법이고요.

페트루치오 족보? 좋아, 그럼 나를 당신 족보에 올려주시오.

카타리나 당신 족보는 뭐죠? 닭 벼슬처럼 생겼나요?

페트루치오 벼슬 없는 수탉이지. 당신은 곧 내 암탉이 될 거요.

카타리나 그럼 당신은 소리만 빽빽 지르는 겁쟁이 수탉이겠군요.

페트루치오 제발 케이트, 얼굴을 찡그리지 말아요.

카타리나 신 능금을 보면 그래요.

페트루치오 아니, 신 능금이 어디 있어?

카타리나 자기 얼굴은 볼 수가 없는 법이죠.

페트루치오 보여주오.

카타리나 거울만 있다면 보여주지.

페트루치오 그럼 내 얼굴이 그렇다는 거로군.

카타리나 제대로 맞추긴 하는군. (빠져나오려고 몸부림친다)

페트루치오 사실 내 힘은 당신에게 쓰기엔 너무 넘친다오.

카타리나 주름도 꽉 차 있는걸. (페트루치오의 이마를 밀며)

페트루치오 고생을 해서 그렇지. (손에 입을 맞춘다)

카타리나 아이고, 불쌍해라. (겨우 빠져나온다)

페트루치오 그렇게 도망가려고만 하지 말고 내 말 좀 들어봐요. (다시 붙든다)

카타리나 이거 놔요. 정말 화낼 거예요. (물어뜯고 할퀸다)

페트루치오 싫어. 당신은 참으로 상냥해. 거만하고 무뚝뚝하다는 소문은 새빨간 거짓말이었어. 알고 보니 당신은 싹싹하고 예절 바르고 말씨도 얌전하고. 얼굴도 봄에 피는 꽃처럼 예쁘고. 찡그릴 줄도 모르고, 앙칼진 계집애처럼 남을 멸시하거나 화낼 줄도 모르고. 오히려 청혼자들에게 상냥하고 부드럽게 대한단 말이야. (그녀를 놓으면서) 그런데 사람들은 왜 당신을 절름발이라고 하지? 왜 남의 험담을 마구 하는 걸까? 케이트는 피부도 개암나무 열매처럼 싱싱하고 맛은 알맹이보다 더 달콤하잖아! 자, 뒤뚱거리지 말고 걸어봐요.

카타리나 에잇, 누구에게 명령을 하는 거야?

페트루치오 그대 걸어가는 뒷모습은 달의 여신보다 더 아름답지. 오, 그대는 아르테미스, 아르테미스는 케이트여라. 아르테미스가 요염함을 지녔다면 케이트는 정절을 지녔도다.

카타리나 어디서 이런 능청을 배웠어요?

페트루치오 타고난 것이지.

카타리나 대단한 어머니시네요. 바보 아들을 만들었으니.

페트루치오 카타리나, 허튼 소리는 이제 그만 집어치웁시다. 당신은 나의 아내가 될 거요. 당신 아버지한테 허락을 받았지. 난 당신이 싫건 좋건 당신과 결혼할 거요. 지참금도 합의를 봤소. 태양 아래에 드러난 당신의 미모로 인해 나는 눈이 멀 지경이오. 저 태양을 두고 맹세하건대, 당신은 당신의 아름다움에 사로잡힌 나 외에 다른 남자와 결혼할 수가 없소. 나는 당신을 길들이기 위해서 태어난 사람이오. 살쾡이 케이트를 고양이처럼 양순한 케이트로 길들이는 게 내 임무요. (밥티스타, 그레미오, 트래니오 등장.) 마침 아버지께서 오시는구려. 거절할 생각은 마시오. 난 당신을 내 아내로 꼭 맞이할 테니까.

밥티스타 아, 페트루치오 씨, 그래 딸애와는 이야기가 잘 되었소?

페트루치오 물론이지요. 소금이 상하는 걸 보았나요? 내 사전에 실패란 없습니다.

밥티스타 아니, 카타리나, 표정이 왜 그러느냐? 내 딸 카타리나의 표정이 왜 이렇게 뚱해 있지?

카타리나 제가 아버지 딸 맞나요? 참으로 딸에게 아버지 구실 한번 잘하셨군요. 이런 미치광이한테 시집보내려고 하시다니! 도깨비 같은 성격에다 입은 얼마나 험한지······.

페트루치오 장인 어른, 사실대로 말씀드리겠습니다. 많은 사람들이 케이트에 대해 전혀 잘못 알고 있어서요. 설사 따님이 고집쟁이라 하더라도 그건 겉과 속이 다른 하나의 정책일 뿐이지요. 따님은 성미가 못되지 않았습니다. 오히려 여름 새벽같이 상쾌하답니다. 게다가 참을성 많기로는 데카메론에 나오는 양처 그리셀다에 못지 않고, 정조 관념은 저 로마의 열녀 루크레치아에 버금가지요. 그래서 결국 저희 두 사람은 다음 일요일에 결혼식을 올리기로 합의를 봤습니다.

카타리나 그 일요일에 저는 당신이 교수형당하는 꼴을 보고 말겠어요.

그레미오 들었소, 페트루치오? 당신이 교수형당하는 꼴을 본다잖소.

트래니오 이게 당신의 성공이오? 이러면 할당금을 낼 수가 없지요.

페트루치오 여러분, 조용히 하시오. 난 이 여자를 택했소. 결혼은 당사자들이 하는 것 아니오. 우린 이런 약속도 했소. 남들 앞에서는 여전히 말괄량이인 체하기로요. 사실 케이트가 날 무척 사랑한다고 말하면 여러분이 믿겠소? 오, 상냥한 케이트! 내 사랑 케이트는 내 목을 안고 키스를 퍼부으며 맹세하고 어느 틈에 날 포로로 만들어 놓았소. 당신네처럼 풋내기가 뭘 알겠소. 아무리 병신 같은 사내도 집에서는 왕 노릇 하면서 산다는걸. (카타리나의 손목을 잡으며) 자, 케이트, 그럼 난 베니스로 돌아가서 결혼식 날 입을 옷을 마련하겠소. 장인 어른은 피로연 준비와 손님들을 초청해 주시지요. 다시 말하건대, 케이트는 멋진 신부가 될 거라 장담합니다.

밥티스타 글쎄, 나로선 뭐라고 말해야 할지 모르겠소만, 어쨌든 손을 주시오. 신의 축복을 빌어주리다. 약혼을 축하하오.

일동 저희도 신의 축복을 빕니다. 우리가 증인이 되겠습니다.

페트루치오 장인 어른, 내 사랑, 그리고 여러분들, 안녕히 계십시오. 베니스에 가서 반지니, 예복이니, 필요한 물건들을 마련해야겠습니다. 일요일이 바로 코앞이니까요. 케이트, 키스 안 해주겠어. 우린 일요일에 결혼하는 거요. (그가 키스하자 카타리나는 달아난다. 페트루치오도 퇴장)

그레미오 이렇게 갑작스런 약혼도 있을까요?

밥티스타 자, 나는 제대로 장사를 한 셈이오. 앞뒤 가리지 않고 뛰어들었으니 말이오.

트래니오 물건을 쌓아두었다가 썩히는 것보다야 팔아서 이득을 보는 게 낫지요.

밥티스타 솔직히 말해서, 난 그저 가만히 데려가주기만을 바란다오.

그레미오 그자가 꼼짝못하게 해놓은 건 분명해 보입니다. 밥티스타 씨, 작은따님 얘기입니다만, 이제 우리가 고대해 온 날이 온 셈입니다. 나로 말할 것 같으면 이웃인 데다가 첫 번째 청혼자이기도 하죠.

트래니오 나로 말하더라도 상상할 수 없을 정도로 비앙카를 사모합니다.

그레미오 당신 같은 젊은이의 사모는 내 발끝에도 닿지 않소.

트래니오 당신 같은 반백의 노인의 애정은 얼어붙게 만들죠.

그레미오 당신 같은 애송이가 여자를 먹여 살릴 수 있는가? 아가씨 부양은 늙은이가 하는 거라네.

트래니오 당신 같은 나이라면 아가씨들이 먹을 생각도 안 할걸요.

밥티스타 조용히들 하시오. 내가 알아서 하겠소. 승부는 계약서에 따라서 할 것입니다. 두 분 중에 내 딸에게 더 많은 유산을 남겨 주는 사람에게 비앙카를 드리겠소. 그레미오 씨, 당신은 내 딸에게 무엇을 줄 수 있습니까?

그레미오 댁도 알다시피, 시내에 있는 내 집에는 은접시며, 황금으로 만든 패물이며 대야며 물병 등이 가득 쌓여 있을 뿐만 아니라, 각종 비단과 금화가 가득 들어 있는 상아 궤짝이 있습니다. 그리고 옷장에는 화려한 무늬의 이불과 비싼 의복, 진주를 박은 터키 방석, 금실로 수놓은 비단이 가득하고, 양은그릇, 놋그릇 등 필요한 모든 가재도구들이 산더미처럼 쌓여 있지요. 또한 농장에는 젖소 100마리와 살찐 황소가 120마리가 서성거리고 있고요. 사실 난 늙었습니다. 그러니까 내일이라도 내가 죽으면 내 재산은 모두 따님 것이 되지요.

트래니오 그까짓 것으로 경쟁을 하려고 한다면 안 되죠. 나는 외아들이고 상속자입니다. 만일 따님을 저한테 주신다면, 저는 피사에서 가장 비싸다는 집 네댓 채를 따님에게 주겠습니다. 물론 그 집들은 패듀어의 그레미오 씨 댁보다 훌륭한 집들이지요. 게다가 기름진 농토에서는 매년 2천 크라운의 소작료를 받는데, 그것도 따님한테 주겠습니다.

그레미오 (방백) 소작료가 2천 크라운이라! 내 토지를 전부 합쳐도 그 금액엔 어림없겠군. (소리를 높이며) 아무튼 난 마르세유 항구에 정박해 있는 상선까지 주겠소. 어때, 트래니오, 이제 당신도 할 말이 없지?

트래니오 그레미오 씨, 세상이 모두 아는 일이지만 우리 아버지는 대상선을 세 척 이상 갖고 있소. 게다가 중상선이 두 척, 소상선이 열두 척이오. 이것들은 물론 그녀의 것이 되겠지요. 다음엔 무엇을 제공하겠소?

그레미오 이제 난 두손 두발 다 들었소. 그러나 허락하신다면, 내 재산과 더불어 이 몸까지 전부 따님에게 주겠습니다.

트래니오 그레미오 씨가 경쟁에 졌으니까 따님은 이제 제 것입니다.

밥티스타 솔직히 말해 당신의 제안이 훨씬 낫소이다. 그럼 당신 아버지의 승인을 받아 오시오. 우리 애를 며느리로 삼겠다는 승인 말이오. 미안한 말이지만, 만일 당신이 아버지보다 먼저 죽는 경우 우리 애는 공중에 뜨는 게 아니겠소.

트래니오 잘 모르시는 말씀입니다. 우리 아버지는 이미 늙고 나는 이렇게 젊지 않습니까?

그레미오 죽음이란 나이순으로 찾아오는 건 아니지요.

밥티스타 그럼 두 분 이렇게 합시다. 다음 일요일에는 큰딸 카타리나가 결혼을 하니, 그 다음 일요일에 비앙카를 당신에게 드리겠습니다. 그 사이에 당신 부친의 승낙을 얻고 싶소. 만일 그렇게 안 된다면, 그레미오 씨에게 드리겠습니다. 그럼 이만 실례하겠습니다. (절을 하고 퇴장)

그레미오 안녕히 가시오. 알고 보니 경우가 바른 사람이구먼. 이봐, 젊은이! 자네 부친이 바보같이 아들에게 전 재산을 물려주고 아들에게 빌어먹을 줄 아나? 체, 웃기지 말라고. 그래, 이태리의 늙은 여우가 자식한테 그렇게 만만할 줄 아나? (퇴장)

트래니오 흥, 교활한 늙은이 같으니라구. 내가 값을 올리자 약이 올랐겠지! 이것도 다 우리 도련님을 위해서야. 하지만 이젠 가짜 루센쇼가, 가짜 아버지를 만들어야 하니 기가 막히는구나. 아버지가 자식을 만드는 법인데, 이 혼담의 경우는 자식이 아버지를 만들다니. (퇴장)

제3막

제1장

밥티스타의 집, 비앙카의 방

호텐쇼와 비앙카, 루센쇼 등장

루센쇼 (안절부절못하면서) 여보게 악사, 좀 삼갈 수 없나. 벌써 잊었단 말이오? 언니 카타리나한테 그렇게 혼이 나고서도?

호텐쇼 하지만 선생 나리, 이분은 언니와 달리 품격 있는 음악 애호가요. 내게 우선권이 있으니, 한 시간 동안 내가 음악을 가르치고 나거든, 당신도 그 시간만큼 강의를 하시구려.

루센쇼 이런 위인이 다 있나. 무릇 음악이 어떻게 생겼는지 통 모르나 보군. 음악이란 공부나 노동을 한 뒤에 피로를 풀기 위해 듣는 것이오. 그러니 내가 철학 강의를 하고 난 다음, 쉬는 시간에 당신이 음악을 가르치면 되는 거요.

호텐쇼 (일어서면서) 여보시오, 당신이 이런 식으로 나온다면, 나도 가만히 있지는 않겠소.

비앙카 (두 사람 사이를 가로막고 서서) 아, 두 분 선생님, 제발 싸우지들 마세요. 제 공부는 제가 선택할 테니까요. 그걸 놓고 싸운다면 저를 모욕하는 거예요. 게다가 저는 시간표에 얽매이는 건 딱 질색이에요. 그러니

두 분 다 이리 앉으세요. 선생님은 악기 조율을 마저 하고 계세요. 조율이 끝날 때쯤엔 이 선생님의 강의도 끝날 테니까요.

호텐쇼 그럼 내가 조율이 다 되면 철학 강의를 그만두겠소?

루센쇼 조율이 그리 쉽나! 아무튼 조율이나 해놓으시오.

비앙카 지난번에 어디까지 했나요?

루센쇼 네, 여기까지 했습니다. "히크 이바트 시모이스, 히스 에스트 시게이아 텔루스, 히크 스테테라트 프리아미 레기아 켈사 세니스"(여기 시모이스 강이 흐르고 있다. 이곳은 시게이아의 땅. 프리엄의 높은 성은 여기 있었느니라–오비드의 라틴어 시)

비앙카 번역해 주세요.

루센쇼 '히크 이바트' 전에도 말한 것처럼, '시모이스' 내 이름은 루센쇼, '히스 에스트' 아버지는 피사의 빈센쇼, '시게이아 텔루스' 당신의 사랑을 얻기 위해 이렇게 변장했고, '히크 스테테라트' 나중에 정식으로 청혼하러 올 루센쇼는, '프리아미' 내 하인 트래니오로, '레기아' 나를 가장하고 있지만, '켈사 세니스' 실은 저 어릿광대의 눈을 속이기 위해서요.

호텐쇼 자, 이제 조율이 다 됐습니다.

비앙카 그럼 들려주세요. *(호텐쇼, 연주한다)* 어머나, 음이 너무 높아요!

루센쇼 다시 조율해 보시죠. *(호텐쇼가 물러선다)*

비앙카 이번엔 제가 번역해 볼게요. '히크 이바트 시모이스' 전 당신을 몰라요. '히스 에스트 시게이아 텔루스' 전 당신을 믿지 않아요. '히크 스테테라트 프리아미' 저분께 들리지 않도록 주의하세요. '레기아' 우쭐대면 안 돼요. '켈사 세니스' 그러나 체념하진 마세요.

호텐쇼 *(돌아보면서)* 아가씨, 조율이 다 됐습니다.

루센쇼 아직 저음이 맞지 않소.

호텐쇼 저음은 괜찮아. 이 저능아가 안 맞은 거지. *(혼잣말로)* 저 선생 녀석이 성깔이 못되고 뻔뻔스러워. 아무래도 내 연인한테 지금 뭔가 수작을 부리는 거야. 감시를 해야겠어. (두 사람 뒤로 살금살금 다가온다)

비앙카 나중엔 몰라도 지금은 믿을 수 없어요.

루센쇼 믿을 수 없다뇨? (호텐쇼를 의식해 큰 소리로) 이애시디즈는 조부의 이름을 따서 에이잭스로 불린 게 확실해요.

비앙카 (일어나면서) 선생님 말씀을 믿도록 하죠. 아니라면 언제까지나 의심만 하게 될 테니까요. 자, 그럼 이젠 리치오 선생님 차례군요. (호텐쇼를 한쪽으로 데리고 가서) 제가 두 분 선생님 모두를 유쾌하게 대한다고 해서 기분나빠하지 마세요.

호텐쇼 (뒤돌아보면서) 당신은 좀 나가 주었으면 좋겠소. 내 수업은 3중주로는 진행되지 않소이다.

루센쇼 까다로우시군. 좋소, 기다리겠소. (혼잣말로) 속아넘어가지 않도록 잘 감시해야겠다. 저 음악하는 녀석은 너무 호색한처럼 군단 말이야.

(약간 뒤로 물러선다)

호텐쇼 자, 그럼 악기를 만지기 전에 먼저 기초적인 것부터 시작해 볼까요. 음계에 관해 간단히 짚고 넘어가도록 하죠. 자, 여길 보세요.

비앙카 어머나, 음계는 벌써 다 배운걸요.

호텐쇼 하지만 내 음계는 좀 색다르니까 읽어보세요.

비앙카 '도' 도드라지는 사랑의 음률, '레' 레이스를 뛰듯 뛰는 호텐쇼의 가슴, '미' 미모의 비앙카여, '파' 파도처럼 열정적으로 다가오니, '솔·라' 음은 두 개라도 마음은 하나, '시' 시련이 닥쳐와 사랑이 이루어지지 않는다면 죽은 목숨이오. 이게 뭐야? 전혀 마음에 들지 않아요. 나는 구식이 좋아요. 유행 때문에 제 규칙을 바꾸고 싶진 않아요.

하인 등장

하인 아가씨, 아버님께서 오늘은 공부를 그만하시고, 큰아가씨 방을 꾸미는 걸 도와주시래요. 내일이 결혼식이니까요.

비앙카 그럼 두 분 선생님, 전 이만 실례하겠습니다. 가봐야겠네요. (비앙카와 하인 퇴장)

루센쇼 그럼 나도 이만 가봐야지. 더 있을 이유가 없잖아? (퇴장)

호텐쇼 저 선생 녀석의 동정을 살펴봐야겠는걸. 눈치를 봐선 비앙카에게 반한 모양인데. 비앙카여, 그대가 저 엉터리 사기꾼한테 넘어갈 만큼 지조가 없는 여자라면, 그땐 이 호텐쇼도 당신에게 미련을 버리고 다른 여자를 찾아보겠소이다. (퇴장)

제 2 장

광 장

밥티스타, 그루미오, 트래니오, 루센쇼, 카타리나, 비앙카, 하인들, 그밖에 군중들 등장

밥티스타 (트래니오에게) 루센쇼 씨, 오늘 카타리나의 결혼식인데 신랑인 페트루치오는 코빼기도 뵈지 않는구려. 곧 목사님이 오셔서 식을 올릴 시간인데, 이거 커다란 웃음거리가 되겠소이다. 루센쇼 씨, 이게 집안 망신이 아니고 뭐겠소?

카타리나 망신을 당하는 건 저라고요. 마음에도 없는데 결혼을 강요당했단 말이에요. 그런 반미치광이 녀석, 제멋대로 청혼해 놓고서는 결혼식을 올리는 날엔 그만 꽁무니 빼는 녀석. 그러기에 제가 말씀드렸잖아요. 배 문지르며 등치는 놈이라고요. 호탕하단 소리를 듣고 싶어 닥치는 대로 청혼해서 결혼 날짜를 받아놓고, 피로연을 연다 친구들을 부른다 호들갑을 떨었지만 정작 결혼할 생각은 눈곱만큼도 없는 녀석이었단 말이에요. 그럼 세상 사람들은 나를 향해 뭐라고 하겠어요. "미치광이 페트루치오의 여편네가 저기 있다" 할 거 아니에요!

트래니오 진정하세요. 페트루치오 씨는 틀림없이 나타날 겁니다. 제가 알기로 그분은 참 착실한 사람이거든요. 약속을 어긴 것은 사고가 나서일 거예요. 그는 저돌적이지만 현명하며 성실한 분이에요.

카타리나 아이고, 내 팔자야! 그 인간을 만나지 않았다면 좋았을걸. (울면서 들어가자 비앙카와 신부의 들러리들도 퇴장)

밥티스타 할 말이 없구나. 이런 모욕을 당하고서 그 어떤 성인인들 가만히 있겠느냐? 말괄량이로 자란 성미 급한 너라면 더욱 그렇겠지!

비온델로 등장

비온델로 주인어른, 소식이 있습니다. 굉장한 소식입니다!
밥티스타 소식이면 소식이지 굉장한 소식이라니?
비온델로 지금 페트루치오님이 오고 있습니다. 굉장한 소식 아닙니까?
밥티스타 그가 도착했단 말이냐?
비온델로 아니, 아직 멀었습니다.
밥티스타 그럼 언제 도착하지?
비온델로 그건 제가 이렇게 서서 나리를 보고 있는 이곳에 그분이 나타날 때가 되겠지요.
트래니오 그러면 네가 말한 굉장한 소식이란 무엇이냐?
비온델로 지금 오고 있는 페트루치오님의 차림새 말인데요, 새 모자에 헌 가죽조끼를 입고, 바지는 세 번이나 뒤집어 꿰맨 것이고, 촛대를 담았던 헌 장화의 한 짝은 죔쇠로 죄어 있고, 그것도 다른 짝은 끈으로 묶여 있습니다. 그리고 어디 무기창고에서 꺼내온 듯한 녹슨 헌 칼을 차고 있는데, 칼자루는 부러지고, 칼집 끝의 쇠 덮개는 날아갔으며, 칼끝은 두 쪽으로 갈라졌답니다. 말을 타긴 했는데 낡은 안장은 좀이 먹고, 등자는 천하에 걸작인데다, 말은 비저증에 걸려 콧물이 줄줄 흐르고 황달에 말굽엔 종기가 나고 등뼈는 곱고, 위턱은 헐고, 전신은 퉁퉁 붓고, 관절염에 절룩거리고, 기생충이 끓고, 어깻죽지는 금이 가고,

뒷다리는 안짱다리라서 딱 붙었습죠. 양가죽의 고삐는 어찌나 잡아당겼던지 몇 번이나 끊어진 걸 다시 이었고, 배 띠는 여섯 군데나 기운 것이고, 낡은 융단으로 만든 밀치끈도 밧줄로 몇 군데씩 이어 댄 것입니다.

밥티스타 누구와 같이 오던가?

비온델로 아, 예, 마부와 같이 오고 있습니다만, 그 마부란 자도 차림새가 가관입죠. 글쎄 한쪽 다리엔 면양말을 신고, 다른 쪽 다리엔 거친 모직 바지를 낀 데다 빨강과 파랑 대님을 매고 있습니다. 낡은 모자에는 깃털 대신에 마흔 가지나 되는 묘한 장식이 달려 있습니다. 괴물, 글쎄 의복 입은 괴물이라고 해야겠지요. 도저히 사람의 행색이 아닙니다.

트래니오 그런 옷차림은 뭔가 까닭이 있어서 한 것일 겁니다.

밥티스타 아무튼 와주니 고맙군, 차림새는 어떻든 간에.

비온델로 그렇지만 아직 오지 않았습니다.

밥티스타 오고 있다고 했잖아?

비온델로 누가요? 말이 제 주인을 업고 온다고요.

밥티스타 그게 그거지 뭐.

비온델로 (콧노래) 말과 사람은 아니지만 그렇다고 많은 것도 아니지요.

페트루치오와 그루미오가 몹시 괴상한 차림으로 등장

페트루치오 사람들이 뵈지 않는군. 거기 아무도 없느냐?

밥티스타 (쌀쌀맞게) 잘 왔네.

페트루치오 잘 오긴 온 건가요?

밥티스타 어쨌든 온 건 아닌가.

트래니오 좋은 복장으로 오시면 더 좋았을 듯싶습니다.

페트루치오 옷 잘 입는 게 뭐 별건가요? 그런데 케이트는? 내 신부는 어디 있습니까, 장인 어른? 모두들 왜 이렇게 눈살을 찌푸리고 보고들 계십니까? 흘금흘금 쳐다보시다니, 마치 굉장한 기념비적인 행사라도 눈앞에서 벌어진 표정들이시네.

밥티스타 아니 여보게, 오늘은 자네 결혼식 날이 아닌가. 조금 전까지만 해도, 우린 자네가 나타나지 않을까봐 노심초사했다네. 그런데 막상 그 꼬락서니를 보니 기가 막히는구먼. 여보게, 그 옷 얼른 벗어버리게. 신부에게 걸맞지 않고 오늘 행사에는 어울리지 않아.

트래니오 무슨 사연이 있었길래 우리를 이렇게 기다리게 했고, 이런 복장을 하고 있는지 말씀해 보시지요.

페트루치오 지루한 이야기는 그만두는 게 좋을 듯합니다. 약속대로 왔으니 된 거 아니오? 이렇게 된 이야기는 나중에 틈이 나면 모두 말씀드리지요. 케이트는 어디 있나요? 너무 늦지 않았습니까? 지금쯤은 교회에 가 있어야 할 시간인데요.

트래니오 아니, 그렇게 괴상망측한 차림새로 신부를 만나실 생각이오? 내 옷을 빌려드릴 테니 방으로 갑시다.

페트루치오 천만에요. 이대로 만나겠소.

밥티스타 설마 그런 모습으로 결혼식을 하려는 것은 아니겠지?

페트루치오 아뇨, 이대로 식을 올리겠습니다. 신부는 나하고 결혼하는 것이지, 내 의복하고 결혼하는 게 아니니까요. 지금은 쓸데없는 이야기로 시간을 끌 때가 아닌 듯합니다. 어서 신부한테 가서 사랑의 키스를 퍼부어 남편의 권리로 아내를 봉인해야겠습니다. (그루미오를 데리고 퇴장)

트래니오 저렇게 미치광이처럼 차려입은 이유가 분명히 있을 테지만, 아무튼 교회로 가기 전에 바꿔 입도록 설득해야겠습니다.

밥티스타 나도 같은 생각이오. 아무튼 뒤쫓아가 봅시다. (밥티스타, 그레미

오, 그밖에 모두 퇴장하고 트래니오와 루센쇼만 남는다)

트래니오 그런데 도련님, 우리에게 중요한 건 아가씨의 승낙 외에도 아버지 쪽의 승낙이 필요합니다. 그래서 말인데 사람을 하나 구해야겠습니다. 우리가 쓸 수 있는 사람이라면 누구라도 상관없고, 그리 어려운 일도 아니죠. 그 사람을 빈센쇼 나리로 꾸며 이곳으로 오게 한 뒤 내가 약속한 금액보다 더 많은 재산을 물려준다는 말만 하게 하면 됩니다. 그렇게만 하면, 도련님은 그토록 바라던 비앙카 아가씨와 결혼하실 수 있게 됩니다.

루센쇼 그런데 그 동료 가정교사가 비앙카의 일거수일투족을 감시하고 있어서 문제야. 그렇지만 않다면, 그녀와 둘이서 몰래 결혼식이라도 올려버리고 싶은데 말이야. 정작 결혼식을 올리고 나면 누가 뭐라고 하겠나.

트래니오 그 문제도 차차 연구해서 계획이 성공할 수 있도록 해보죠. 그러기 위해서는 우선 그레미오와 그녀의 아버지 밥티스타 씨, 그리고 음악선생인 리치오를 감쪽같이 속여야만 합니다. 모두 도련님을 위해서.

그레미오 다시 등장

트래니오 그레미오 씨, 교회에서 돌아오십니까?
그레미오 예, 하굣길의 아이들처럼 신이 나는군요.
트래니오 신랑 신부도 돌아옵니까?
그레미오 신랑이라고요? 말도 마시오. 하긴 신랑은 신랑이지만 대단해서 탈이죠. 그 아가씨가 오히려 한풀 꺾이게 되었어요.
트래니오 그럼 아가씨보다 더하단 말이에요?
그레미오 신랑이 아니라 그 녀석은 악마요, 악마!
트래니오 아니, 악마라면 신부 쪽이 아닌가요?

그레미오 쳇, 신랑 앞에서는 신부가 어린양입디다! 글쎄, 식장에서 목사님이 카타리나를 아내로 삼겠느냐고 묻자, 신랑 녀석이 어찌나 크게 "그야 물론이오" 하고 대답하는지, 목사님이 깜짝 놀라 성경을 떨어뜨렸다오. 그래서 목사님이 성경을 집으려고 허리를 굽히자, 그 미치광이 녀석이 느닷없이 목사님을 주먹질하지 않겠소. 목사님은 그만 뒤로 나가떨어졌지요. 그러자 녀석은 "어떤 놈이든 덤빌 테면 덤벼봐" 하고 소리를 지르더란 말이오.

트래니오 목사님이 일어섰을 때 그 말괄량이는 뭐라고 하던가요?

그레미오 무슨 말이 나오겠어요. 그저 벌벌 떨고만 있었지. 하도 신랑이 발을 구르고 욕설을 퍼붓는 바람에 목사가 그에게 큰 잘못이라도 한 것처럼 느껴졌다오. 그럭저럭 식이 끝나자 그 작자는 술을 내오라고 하더니 "건배!" 하고 또다시 소리를 지르더군요. 마치 태풍 속에서 살아남은 선원들과 축배라도 드는 것처럼요. 게다가 술을 마신 뒤에는 그 찌꺼기를 교회를 지키는 집사 얼굴에 뿌리더군요. 그 집사의 수염이 성글고 굶주린 것 같은 데다가 이쪽이 마시는 술 찌꺼기만이라도 먹고 싶어하는 눈치였기 때문에 그랬다는 거예요. 그런 다음에 놈은 신부의 목을 붙들고 어찌나 요란스럽게 키스를 했는지, 입술이 떨어지는 소리가 교회 안을 진동시킬 정도였다니까요. 정말 창피해서 그 자리에 있을 수가 없었습니다. 조금 있으면 일행들이 돌아올 거요. 내 그런 미치광이 같은 결혼식은 처음 보았소. 아, 악사들의 연주 소리가 들려오는구려.

악사들을 선두로 결혼식 행렬. 페트루치오와 카타리나, 비앙카, 밥티스타, 호텐쇼, 그루미오 등장

페트루치오 여러분, 수고하셨습니다. 아마 오늘 나와 만찬을 하실 생각일 것입니다. 그리고 결혼을 축하하기 위해 여러 가지 음식을 마련해 놓으신 모양입니다만, 나는 죄송하기 짝이 없지만 급한 볼일이 있어서 지금 곧 떠나야 합니다. 그럼 이만 작별의 인사를 드리겠습니다.

밥티스타 아니, 오늘 밤에 떠나겠다고?

페트루치오 해가 저물기 전에 떠나야 합니다. 이상하게 생각하진 마세요. 장인 어른도 제가 왜 그런지 아신다면, 어서 가보라고 권하실 겁니다. 친애하는 여러분, 정말 감사를 드립니다. 여러분 덕택에 이 세상에서 가장 참을성 많고 상냥하고 정숙한 여자를 아내로 맞게 되었으니까요. 그럼 장인 어른과 만찬을 함께 드시고, 떠나는 저의 앞날을 축복해 주십시오. 이제 그만 가보겠습니다. 그럼 다들 안녕히 계십시오.

트래니오 제발 잔치나 끝나거든 가시오.

페트루치오 그럴 수는 없습니다.

그레미오 제발 부탁이오.

페트루치오 안 됩니다.

카타리나 제발 부탁이니 머물러 주세요.

페트루치오 당신의 청은 고맙소만, 여기 더 머물러 있을 수는 없소. 당신이 아무리 간청을 한다 해도.

카타리나 저를 사랑하신다면 가지 마세요.

페트루치오 그루미오, 말을 준비해라.

카타리나 그럼 당신 맘대로 해요. 저는 오늘 같이 가지 않을 거예요. 아니, 내일도, 앞으로도 마찬가지고요. 문은 열려 있으니, 가보세요. 그 장화가 닳아빠질 때까지 실컷 돌아다녀 보시죠. 난 마음이 내킬 때까진 여길 떠나지 않을 작정이니까. 지금 하는 꼬락서니를 보니 안하무인일 게 안 봐도 뻔해요.

페트루치오 케이트, 진정하시오. 그렇게 화낼 일이 아니오.

카타리나 이래도 화를 내지 말라고요. 아버지는 상관 마세요. 홍, 누가 자기 마음대로 될 줄 알고.

그레미오 여러분, 어떻습니까? 시작할까요?

카타리나 여러분, 피로연 장소로 들어가세요. 이제 보니, 여자란 여간 강하지 않고선 바보 취급당하기 십상이네요.

페트루치오 케이트, 당신의 명령인데, 누가 피로연 장소로 안 들어가겠소. 여러분, 모두 피로연 장소로 들어가서 마음껏 즐기십시오. 즐거워서 미쳐 버리든 죽어 버리든 마음대로 즐기시지요. 그러나 내 귀여운 신부 케이트만은 내가 데리고 가야겠습니다. (카타리나를 보면서) 그렇게 두 발을 구르고 반항해도 소용없어. 아무리 발버둥쳐도, 이제 난 당신이 좋든 싫든 당신의 주인이라고. (일동을 향해) 이 여자는 내 소유물이요, 집이요, 가구요, 밭이요, 말이요, 소요, 당나귀요, 나의 전부이자 내 것이란 말이오. 그러니 누구든지 감히 이 여자한테 손을 대보시오. 내 가만두지 않을 테니. 그루미오, 칼을 빼라. 우린 도둑 떼에 둘러싸여 있다. 네가 사나이라면 나와 아씨를 호위하라. 케이트, 백만대군이 몰려온다 해도 당신을 지켜줄 것이오. (카타리나를 안고 그루미오와 함께 퇴장)

밥티스타 아, 여러분, 내버려둡시다! 부부 사이가 저리 좋지 않소.

그레미오 빨리 가주어서 다행입니다. 저는 우스워 죽을 뻔했소이다.

트래니오 나 원 참! 이런 미치광이 같은 결혼식은 생전 처음이오.

루센쇼 아가씨, 언니를 어떻게 생각하십니까?

비앙카 언니가 미치광이 같으니까, 저렇게 미치광이하고 결혼을 한 것이겠지요.

그레미오 둘 다 아주 잘 어울리는군.

밥티스타 자, 여러분! 신랑 신부는 지금 없지만 음식은 많이 남아 있습니다. 루센쇼, 당신은 신랑 좌석에 앉고 비앙카는 언니 좌석에 앉거라.
트래니오 비앙카에게 신부 연습을 시키는 건가요?
밥티스타 그렇소, 루센쇼. 그럼, 여러분 들어갑시다. (모두 퇴장)

페미니즘(feminism)

이 작품 「말괄량이 길들이기」에는 카타리나라는 성격이 아주 괴팍한 여주인공이 나온다. 그녀는 동생 비앙카와 달리 남자들로부터 호감을 얻지도 못할 뿐만 아니라 성격이 강해 사사건건 사람들과 부딪힌다. 그러나 그보다 더 지독한 남편을 만나 결국 남성들의 세계로 길들여진다. 어쩌면 오늘날에 태어났으면 매우 환영받았을 인물이지만, 당시로서는 매우 이상한 인물로 비춰진다. 이 작품을 읽을 때 당시 여성의 위상과 페미니즘이 활기를 띠는 현대 여성의 위상을 비교해 보는 것도 재미있는 일일 것이다.

페미니즘의 시초는 자유주의에 근원을 두고 있는데, 자유주의적 페미니즘에 따르면 여성의 사회 진출과 성공을 가로막는 관습적, 법적 제한이 여성의 남성에 대한 종속의 원인이다. 따라서 여성에게도 남성과 동등한 교육기회와 시민권이 주어진다면 여성의 종속은 사라진다고 한다.

여성운동이 사회운동으로서의 힘을 얻게 된 것은 1970년대 초라고 할 수 있지만, 1792년 영국의 여성운동가 M. 울스턴 크래프트는 여성의 존재가 보잘것없으며, 여성이 남성에게 노예적 복종을 하는 데 대해 항의했다. 이 항의는 남성에게 합리적인 친구관계를 제의했고, 여성에게도 법적 권리와 균등한 교육적 기회를 요구했다. 또한 미국에서는 19세기 말과 20세기 초에 S. 앤터니 등이 여성참정권을 위한 투쟁을 벌였고, 그 밖에도 노예폐지운동·노동운동·금주운동 등에도 앞장섰다.

제4막

제1장

페트루치오의 시골 별장

어깨에 눈이, 다리에 진흙이 묻은 그루미오 등장

그루미오 (벤치에 털썩 주저앉으면서) 휴, 이게 무슨 일이람. 말은 늙어빠진 데다, 주인 내외는 미쳐 날뛰고, 길은 진흙탕이니! 세상에 인간으로 태어나 이런 꼴을 당할 수도 있는 거야? 쳇, 무슨 팔자가 이렇단 말인가. 나보고는 먼저 가서 불을 피워 놓으라 하고, 그럼 저희들은 나중에 와서 몸을 녹이겠다 이거지. 내 몸이 술병처럼 쉽게 더워지니 망정이지 입술은 이빨에 혀는 입천장에 심장은 뱃가죽에 얼어붙을 뻔했네. 어쨌든 감기 들기 전에 이 몸이나 먼저 녹여야겠다. 여보게 커티스!

커티스 등장

커티스 누구요, 그렇게 싸늘한 목소리로 날 부르는 사람이?
그루미오 얼음 덩어리일세. 내 말을 믿지 못하겠거든 내 어깨를 좀 짚어보게. 그럼 어깨에서 발끝까지 미끄러질 테니. 머리에서 모가지까지 시간도 안 걸릴 거야. 여보게, 커티스, 불 좀 지펴 줘.

커티스 주인 내외분이 오시는가, 그루미오?

그루미오 그렇다네! 그러니까 어서 불을 피워, 불을!

커티스 그래, 아씨는 소문처럼 지독한 말괄량이든가?

그루미오 오늘 아침 서리가 내리기 전까지는 그랬네. 하지만 겨울이 오면, 남자고 여자고 짐승이고 모두 기가 죽지 않나. 글쎄, 우리 주인어른과 아씨뿐만 아니라 나도 기를 펼 수가 없네, 친구.

커티스 친구라니, 요 세 치밖에 안 되는 땅딸보 같으니! 내가 자네 같은 짐승인 줄 아나?

그루미오 아니, 내가 세 치밖에 안 된다고? 그럼 자네의 그 질투심 많은 뿔은 한 자는 되겠네. 그렇다면 내 뿔도 한 자는 될걸. 그건 그렇고, 불 좀 어서 피워. 이러고 있다가는 안주인 손이 나와 자네의 볼에서 불이 나도록 할 거야.

커티스 (난로에 불을 지피면서) 여보게, 그루미오, 세상 돌아가는 이야기나 좀 해주게.

그루미오 어딜 가나 차디찬 세상뿐이네. 자네야말로 상팔자지. 그러니까 어서 불이나 피우게. 나리와 아씬 지금 얼어죽게 됐다고.

커티스 (일어서면서) 자, 불을 피웠네. 그런데 여보게, 무슨 재미있는 소식은 없나?

그루미오 없긴 왜 없어. 싫증날 정도로 많지.

커티스 그러지 말고 제발 말해 봐.

그루미오 (손을 불에 쬔다) 그러니까 몸부터 좀 녹이고 나서 할게. 얼어죽을 지경이라고. 그런데 요리사는 어디 갔나? 저녁은 준비되었나? 집안은 치워놓았고? 거미줄도 털고 하인들도 모두 예복으로 갈아입었겠지? 가죽 씌운 잔은 안을, 금잔은 밖을 잘 닦아야 해. 만반의 준비가 끝났겠지?

커티스 그래. 그러니 제발 재미있는 소식이나 말해 봐!

그루미오 좋아, 주인어른과 아씨 내외가 낙마를 했다네.

커티스 왜?

그루미오 안장에서 진흙구덩이로 굴러떨어졌지.

커티스 그 이야기 좀 자세히 해봐.

그루미오 그럼 귀를 좀 이리…….

커티스 자. (자신의 귀를 가져다 댄다)

그루미오 바로 이거야. (커티스의 귀를 때린다)

커티스 아니, 얘긴 않고 왜 귀를 때리나?

그루미오 이렇게 귀를 때리면, 귀가 정신을 차릴 것 아닌가. 자, 그럼 이야기를 시작하겠네. 우리 일행은 진흙투성이 산길을 내려오고 있었지. 주인어른은 아씨 뒤에 걸터앉고서 말야.

커티스 내외분이 같은 말을 탔단 말인가?

그루미오 그게 어쨌단 말인가?

커티스 말이 가여워서…….

그루미오 그럼 자네가 이야기해 보게나. 자네가 내 말을 가로막지만 않았다면, 말이 어떻게 넘어졌는지, 아씨가 어떻게 말밑에 깔리게 되었는지, 그리고 그곳이 얼마나 지독한 진흙구덩이였는지 말해 주었을 텐데. 어쨌든 주인나리는 말에 깔린 아씨를 내버려둔 채 나에게 말을 넘어뜨리게 했다면서 나를 때리는 거야. 아씨는 나를 못 때리게 막으려고 진흙구덩이에서 가까스로 기어 나오고, 주인어른이 얼마나 욕을 해대는지 아씨는 난생 처음 빌면서 애원하더군. 나는 울부짖고, 말은 달아나고, 말고삐는 끊어지고……. 이밖에도 기억날 만한 여러 이야기들도 많지만 자네의 입방정 때문에 모두 망각 속에 파묻혀 버리고 말았군. 그래서 결국 자네는 아무것도 듣지 못한 채 무덤 속으로 들어가겠지.

커티스 자네 얘기론, 주인어른이 아씨보다 한술 더 뜨신다는 건데.

그루미오 그야 물론이지, 주인어른이 돌아오시면, 자네나 이곳 하인들 모두가 당장 알게 될 거네. 하지만 지금은 이렇게 지껄일 때가 아냐. 자, 모두 이리 불러들이게. 나다니엘, 필립, 조셉, 니콜라스, 월터 등 다 이리 와. 머리는 깨끗이 빗질하고, 파란 코트를 솔질해서 입고, 대님은 화려하지 않은 것으로 아주 잘 매야 하네. 인사할 때는 왼쪽다리를 앞으로 내서 하고, 손에 키스하기 전에는 주인어른이 탄 말의 말총에조차 손을 대서는 안 되네. 그럼 준비는 다 되었나?

커티스 다 되었다네.

그루미오 그럼 다 이리 불러오게.

커티스 (안을 향해) 여보게들, 어서 이리 와서 주인어른을 맞이하고, 새아씨의 얼굴을 세워 드리도록 하게나!

그루미오 뭐라고? 아씨 얼굴은 원래부터 똑바로 서 있어.

커티스 그걸 누가 모르나?

그루미오 하지만 자넨 지금 하인들 보고 아씨 얼굴을 세워 드리라고 하잖았나?

커티스 새아씨에 대한 하인들의 마음가짐을 말하는 걸세.

하인들 네댓 명 등장

나다니엘 잘 돌아왔네, 그루미오.

필립 그래 어떤가, 그루미오?

조셉 이봐, 그루미오!

니콜라스 오래간만일세, 그루미오.

그루미오 자네들도 잘 있었나? 오랜만이군. 자세한 얘긴 나중에 하기로 하고…… 그래, 준비는 다 되었나?

나다니엘 다 됐네. 나리는 언제 오시나?

그루미오 곧 오시네. 지금쯤 말에서 내리실 거야. 그러니 조심들 하고……. 마침 저기 들어오시는 소리가 들리네.

온통 진흙투성이인 페트루치오와 카타리나 등장

페트루치오 나다니엘, 그레고리, 필립, 모두 어디 있느냐?

하인들 (달려와서) 여기 있습니다, 주인님!

페트루치오 여기 있습니다, 주인님? 에잇, 이 멍텅구리 같은 자식들아! 문밖에서 말을 내리는데 도와줄 놈이 하나도 없단 말이냐? 이 돌대가리들아! 경의도 표하지 않고, 할 일도 안 하고, 내가 먼저 보낸 그 바보 녀석은 어디 있느냐?

그루미오 예, 바보 녀석 여기 있습니다.

페트루치오 이 촌뜨기, 이 굼벵이 녀석아! 이 놈들을 모두 데리고서 공원까지 마중을 나오라고 내가 이르지 않았느냐!

그루미오 글쎄, 주인님. 나다니엘의 코트는 미처 준비되지 않고, 가브리엘의 구두는 뒤축이 닳고, 피터의 모자는 윤을 미처 내지 못했고, 월터의 칼은 녹슬어 칼집에서 빠지지 않고, 게다가 애덤과 랄프와 그레고리 외에는 모두가 누더기에 거지꼴이라서요. 하지만 이렇게 다들 주인어른과 아씨를 맞으러 나오긴 했습니다.

페트루치오 듣기 싫다, 망할 녀석들아. 어서 가서 저녁식사를 가져와. (하인들 서둘러 퇴장. 페트루치오 흥얼거리며) "어제의 내 인생 어디로 갔나." (카타리나를 향해) 케이트, 이리 와서 앉아요. (난롯불 곁으로 케이트를 데리고 간다) 식사 가져와. 식사! (저녁식사 쟁반을 든 하인들 등장) 왜들 이렇게 꾸물

말괄량이 길들이기

거리는 거야? 자, 케이트, 마음을 즐겁게 가져요. (케이트 곁에 앉으면서) 이 녀석들아, 내 구두를 벗겨라! 뭘 꾸물거리고 있어? (하인이 무릎을 꿇고 구두를 벗긴다) "그 어떤 수도원의 신부가, 길을 걸어갈 때에……" 넌 내 발을 뽑아버릴 작정이냐? (하인의 머리를 때린다) 똑바로 잘 벗기란 말야. (하인 양쪽 구두를 다 벗긴다) 케이트, 기운을 내요. 누가 물 좀 가져오너라, 물을! (하인이 물을 가지고 들어오지만 못 본 체하며) 내 슬리퍼는 어디 있냐? 대관절 물은 언제 가져오는 거야? (하인이 대야를 내민다) 자, 케이트, 이리 와서 손을 씻어요. (하인을 슬쩍 밀쳐 물을 쏟게 하면서) 이 빌어먹을 놈 보게. 네놈이 물은 왜 엎질러? (하인을 때린다)

카타리나 제발 용서해 주세요. 모르고 그랬잖아요.

페트루치오 이 빌어먹을 얼간이 같으니라고. 정신을 어디 두고 사는 거야? 자, 케이트, 여기 앉아요. 몹시 배고플 텐데. (케이트가 테이블에 앉는다) 감사의 기도를 올려주겠소, 케이트? 아니, 내가 올리지. 그런데 뭐야, 이건? 양고기인가?

하인 1 예.

페트루치오 이거 누가 가져왔어?

피터 제가요.

페트루치오 잘 봐. 음식이 탔잖아! 이런 멍청한 녀석들. 요리사 녀석은 어디 있냐? 이렇게 탄 걸 나보고 먹으라고? 내가 싫어하는 것만 가져왔구나. 이 두더지 같은 놈들, 접시고 컵이고 뭐고 썩 가지고 나가, 모두! (하인들 머리에다 음식을 내던진다) 이 바보 같은 녀석들! 도대체 뭐가 불만이야? 그래, 내가 손 좀 봐주마. (하인들 쫓겨 나가고 커티스만 남는다)

카타리나 제발, 화 좀 내지 마세요. 당신만 괜찮다면 제가 볼 땐 고기는 멀쩡한데요.

페트루치오 아냐, 케이트. 그 고기는 바싹 타버렸어. 의사 말이 그런 건 절대로 먹지 말라고 했소. 그런 걸 먹으면 간에도 좋지 않고, 화를 잘 낸다나. 그러니까 오늘 저녁은 그냥 넘어야겠소. 안 그래도 우리는 화를 잘 내는 편이잖소. 그러니 저렇게 타버린 고기를 먹으니 굶는 게 낫지. 그건 독약이야! 어쨌든 오늘 밤은 둘이서 단식을 하고, 첫날 밤을 치를 침실로 갑시다. (두 사람 퇴장. 커티스 그 뒤를 따른다)

하인들 등장

나다니엘 전에도 이런 적이 있었나?

피터 독은 독으로 다스리는 것이겠지. (커티스 계단을 내려온다)

그루미오 주인어른은?

커티스 아씨 방에 계시네. 지금 정절에 관해 설교를 하시는 중인데, 어찌나 고함을 지르고 욕을 해대시는지, 아씨는 매에 쫓기는 꿩처럼 갈피를 못 잡고 그저 멍하니 앉아 계실 뿐이라네. 이런, 어서 달아나세. (페트루치오 등장) 주인님이 내려오시네. (모두 퇴장)

페트루치오 일단 남편으로서 기선을 제압했군. 이제 좀 좋아지겠지. 어쨌거나 아무것도 먹지 못해서 배가 고파 죽을 지경이겠지. 하지만 배가 부르면 길들일 수가 없어. 또 하나, 주인의 부름대로 야성의 매를 길들이려면 못 자게 하는 거야. 아무리 사나운 놈도 그렇게 하면, 사육사의 명령에 고분고분해진다지. 아내는 오늘 아무것도 못 먹었어. 앞으로도 못 먹게 해야겠지. 그리고 어젯밤엔 한잠도 자지 못했는데 오늘 밤도 못 자게 해야겠어. 아까 그 양고기처럼 잠자리를 가지고 괜히 생트집을 잡아 베개는 저리, 이불은 이리, 요는 저리, 손에 닿는 대로 내던져야지. 그런 일을 할 때 아내를 위해서 하는 것처럼 해야겠지. 어쨌든 조는 기색만 보이면, 마구 떠들고 악을 써서 한숨도 자지 못하게 하는 거야. 마치 친절을 가장함으로써 사람을 잡는다고 할까! 이렇게라도 해서 저 미치광이 같은 고집을 바로잡아 버리고 말겠어. 말괄량이를 길들이는 더 좋은 방법이 있으면 누가 나와서 가르쳐 주구려. 그 이상 고마운 일이 있을까. (침실로 퇴장)

제 2 장

패듀어의 광장

루센쇼와 비앙카 나무 아래서 책을 읽고, 트래니오와 호텐쇼는 집에서 나온다.

트래니오 리치오 씨, 그게 무슨 소리요? 비앙카 양이 루센쇼 외의 다른 남자를 사랑하다니? 겉으로만 내게 호의를 보인 척했다는 거요?

호텐쇼 내가 한 말을 믿지 못하시겠다면, 여기 숨어서 저쪽을 잘 좀 살펴보시오. (둘은 나무 뒤에 숨는다)

루센쇼 아가씨, 지금 읽은 것을 아시겠습니까?

비앙카 지금 뭘 읽어 주셨지요? 먼저 그것부터 대답해 주세요.

루센쇼 그건 내 전공인 사랑의 기술입니다.

비앙카 그럼 그걸 가르쳐 주세요!

루센쇼 좋아요. 진지하게 배우고자 하는 마음만 있으시다면 어렵지 않아요! 내 마음을 읽는 재주만 있다면 말이죠. (두 사람 키스한다)

호텐쇼 어떻소, 이래도 내 말을 믿지 않겠소? 실로 가관이오. 이래도 비앙카에게 당신 외에 다른 남자가 없다고 할 수 있겠소?

트래니오 오, 더럽소. 정녕 믿지 못할 게 여자로군요, 리치오 씨!

호텐쇼 솔직히 고백하리다. 난 리치오도 아니고 음악가도 아니오. 그건 가면이었소. 나 같은 신사를 버리고, 저런 천한 녀석에게 혹한 계집을 위해 더 이상 이런 가면을 쓰고 있을 수는 없소. 나는 실은 호텐쇼라는 사람이오.

트래니오 호텐쇼 씨, 당신이 비앙카를 무척 사모하고 계시다는 이야기는 전부터 듣고 있었소. 그리고 내 눈으로 저 여자의 경박함을 목격한 이상, 나도 당신처럼 저 여자를 영원히 포기하겠소!

호텐쇼 저런, 또 키스를 하는군. 루센쇼 씨, 우리 악수합시다. 난 굳게 맹세하겠소. 앞으로 저 여자에게는 절대로 청혼하지 않겠다고. 그럴 만한 가치도 없는 여자한테 지금까지 괜한 열정을 바쳤구려.

트래니오 그렇다면 나도 맹세를 하겠습니다. 저 여자와는 절대로 결혼하지 않겠습니다. 설령 저쪽에서 애원해 온다고 해도 말이죠. 에이, 경박한 년!

호텐쇼 온 세상 남자가 저 여자를 버렸으면 좋겠소. 나는 지금 한 맹세를 지키기 위해 사흘 안에 돈 많은 미망인과 결혼하겠소. 그 미망인은 나를 쭉 연모해 온 여자요. 내가 저 불쾌한 계집을 사랑해 왔듯이 말이오. 여자는 미모보다 마음씨가 중요하죠. 이제는 마음씨에 끌립니다. 그럼 이만 가보겠습니다. 내 맹세는 변함이 없습니다. (퇴장. 트래니오가 두 사람 곁으로 간다)

트래니오 비앙카 양, 축하합니다. 아가씨는 참으로 축복을 받으셨군요. 두 분의 정다운 모습을 보고, 나와 호텐쇼는 이제 당신에 대한 연정을 접기로 했습니다.

비앙카 어머, 농담은 그만둬요. 하지만 정말로 두 분 다 저를 단념하셨나요?

루센쇼 드디어 리치오를 해치운 셈이구먼.

트래니오 예, 그는 정력이 왕성한 미망인에게로 영영 날아갔습니다. 청혼한 뒤 바로 결혼을 하겠답니다.

비앙카 제발 잘되기만 빌어요.

트래니오 그분은 여자를 잘 길들일 것입니다.

비앙카 말괄량이 길들이는 사람들! 그런 사람들도 있나요?

트래니오 물론이죠. 그중 페트루치오가 우두머리고요.

비온델로 등장

비온델로 주인어른, 주인어른, 찾아냈습니다! 상인인지 교사인지 잘 모르겠습니다만, 어쨌든 옷차림도 단정하고, 걸음걸이며 인상이며 꼭 빈센쇼 어르신과 닮은 노인분을 찾아냈습니다.

루센쇼 자, 트래니오, 이젠 어쩔 셈인가?

트래니오 만일 그 노인 분이 쉽사리 제 청을 들어준다면, 빈센쇼 나리로 꾸며 부친 역할을 하도록 하겠습니다. 뒷일은 제게 맡기시고 아가씨를 모시고 먼저 들어가십시오. (루센쇼와 비앙카, 밥티스타의 집으로 들어간다)

교사 등장

교사 안녕하시오?

트래니오 안녕하십니까? 잘 오셨습니다. 어디로 가시는 길이죠? 아니면 목적지가 이곳인가요?

교사 일단 여기 머물렀다가 한두 주일 후에는 다시 로마로 갈 생각이오. 죽지만 않는다면, 트리폴리까지도 가볼 생각이지요.

트래니오 고향이 어디신데요?

교사 맨튜어요.

트래니오 맨튜어에서 일부러 패듀어에? 목숨이 아깝지도 않습니까?

교사 목숨이요? 도대체 무슨 말인지?

트래니오 맨튜어 사람들이 패듀어로 오는 건 전쟁터에 뛰어드는 거나 마찬가집니다. 모르셨습니까? 맨튜어의 선박들은 모두 베니스에 억류당해 있습니다. 당신 나라의 공작과 이곳 공작 사이에 무슨 시비가 붙어 포고가 내려진 모양인데. 그 포고를 전혀 듣지 못하셨다니, 참 이상한 일이군요. 하기야 지금 막 오셨으니까 무리는 아니지요.

교사 이거 정말 낭패로군. 난 피렌체에서 수표를 가지고 와서 이곳 사람에게 전해 줘야 하거든요.

트래니오 아, 그렇습니까? 그럼 이렇게 하면 어떻겠습니까? 하지만 먼저 물어볼 말이 있는데, 혹시 피사에 가보신 적이 있습니까?

교사 그럼요, 피사엔 가끔 가봤지요. 그곳 사람들은 모두 다 성실하다는 소문이 들리더군요.

트래니오 그중에 혹시 빈센쇼라는 분을 아십니까?

교사 잘은 모르지만 소문은 들었습니다. 굉장한 호상(豪商)이라고요.

트래니오 실은 그분이 저의 부친입니다. 솔직히 말해, 부친 얼굴과 댁의 얼굴이 비슷합니다.

비온델로 (방백) 차라리 사과하고 귤하고 닮았다고 하지.

트래니오 사실 선생을 위험에서 구하려는 것도 바로 이러한 이유이지요. 선생이 저의 부친과 닮은 건 참으로 다행한 일입니다. 우리 부친의 이름과 신용을 가장해 내 집에서 묵도록 하십시오. 이곳에서 일을 다 보실 때까지 머무르셔도 좋습니다. 제 호의를 무시하지 않는다면 부디 그렇게 해주시지요.

교사 감사합니다. 평생의 은인으로 이 은혜를 잊지 않겠소이다.

트래니오 그럼 같이 가시지요. 그리고 한 가지 미리 말씀드릴 게 있습니다. 다들 우리 부친이 오시길 기다리는 중이랍니다. 나는 밥티스타라는 분의 따님과 결혼할 예정인데, 그 결혼에 보증을 하러 오시기로 되어 있거든요. 자세한 사정은 차차 말씀드리겠습니다. 아무튼 같이 가셔서 저의 부친처럼 복장을 갈아입으시지요. (모두 퇴장)

제3장

페트루치오의 시골 별장

카타리나와 그루미오 등장

그루미오 안 됩니다, 마님. 그러다간 주인어른께 경을 칠 겁니다.

카타리나 그이의 심술이 더 기승을 부리니. 그인 날 굶겨 죽이려고 결혼했나봐. 우리 친정집 문간에 나타난 거지들도 애걸하면 동냥을 얻어가요. 친정집이 아니라 다른 곳에서도 마찬가지죠. 그런데 한 번도 애걸해 보지 않은, 아니 애걸할 필요조차 없었던 내가 배가 고파 죽을 지경이고, 게다가 잠도 자지 못해 머리는 빙빙 돌아요. 그런데 그인 줄곧 소리만 질러대고 있으니. 무엇보다 기가 막힌 건 그게 모두 애정 때문이라는 거예요. 글쎄, 내가 먹거나 자는 날엔 당장 죽을병에라도 걸릴 거라고 생각하는 것 같아요. 제발 먹을 것 좀 갖다 주세요. 뭐든 상관없으니까!

그루미오 그러시다면 소족발은 어떻겠습니까?

카타리나 좋아. 어서 가져와.

그루미오 그건 자극적일 것 같으니 소간 구운 건 어떨까요?

카타리나 좋다니까. 어서 좀 가져와.

그루미오 그것도 좀 자극적이 아닐까요? 불고기에 겨자를 바른 것은 어떻겠습니까?

카타리나 그건 내가 좋아하는 요리야.

그루미오 하지만 겨자가 좀 매울 텐데요.

카타리나 그럼 겨자는 빼고 불고기만 가져오면 되잖아.

그루미오 안 될 말씀입니다. 겨자를 뺄 순 없죠. 이 그루미오가 불고기만은 가져올 수 없습니다.

카타리나 그럼 가져올 수 있는 대로 가져와 봐.

그루미오 그럼 소고긴 빼고 겨자만 가져오겠습니다.

카타리나 이 거짓말쟁이 같으니. (그루미오를 때린다) 음식 이름이나 먹이려 들다니. 날 들볶는 데 재미를 붙인 이 놈들, 절대로 가만두지 않을 테다. 썩 꺼져 버려!

페트루치오와 호텐쇼가 고기 접시를 들고 등장

페트루치오 케이트, 아니 여보, 왜 그렇게 풀이 죽었소?

호텐쇼 부인, 안녕하십니까?

카타리나 지금 안녕한 걸로 보이나요?

페트루치오 케이트, 기운을 내보시오. 밝은 표정을 지어요. 이렇게 내가 손수 요리를 만들어 가지고 왔잖소. (요리를 내려놓자 카타리나가 얼른 집는다) 이만하면 먼저 감사하다는 말 한마디쯤 해야 되는 것 아니오? (카타리나가 먹는다) 이런, 한마디도 하지 않는군. 결국 헛수고만 한 셈이군. (요리 접시를 뺏으며) 여봐라, 이 접시를 가져가라.

카타리나 제발 거기 놓아두세요.

페트루치오 아무리 맛없는 요리라도 먹기 전에 고맙다는 인사쯤은 하는 법이오. 안 그렇소?

카타리나 고마워요. (페트루치오, 접시를 내려놓는다)

호텐쇼 여보게, 페트루치오! 자네, 너무한 것 아닌가? 부인, 제가 도와드리지요.

페트루치오 (호텐쇼에게 방백) 여보게, 날 생각한다면, 자넨 좀 가만 있어 주게. 그녀가 착해지면 얼마나 좋겠나. (큰소리로) 케이트, 어서 먹어요. 그리고 나서 당신 친정에 가서 장인어른을 뵙시다. 가장 좋은 옷으로 근사하게 차려입고 가서 큰 잔치를 벌입시다. 비단 옷과 모자, 금가락지, 주름치마와 스카프, 부채, 호박팔찌, 화려하고 아름다운 옷 두 벌, 예쁜 옥구슬 등 장식품을 갖추고 말이오. (카타리나가 잠깐 얼굴을 든 사이에 페트루치오가 눈짓을 하자, 그루미오가 얼른 요리 접시를 치운다) 저런, 벌써 다 먹었구려. 자, 재단사가 기다리고 있소. 당신 몸매를 아주 멋있게 꾸미려고 말이오. (이때 재단사 등장) 어디 좀 보자. 그 옷 좀 펴보게.

재단사가 테이블 위에 옷을 펴 보이자 장신구 가게 주인 등장

장신구 주인 (상자를 열며) 나리께서 주문하신 모자입니다.

페트루치오 (모자를 집어 올리며) 아니, 이건 나무그릇을 틀 삼아 만든 것 아닌가. 쯧쯧, 싸구려군. 이건 조개껍데기야, 호두껍데기야? 노리개도 아니고 장난감이군. (그것들을 구석으로 내던진다) 이런 건 집어치우고 좀 더 큰 걸로 가지고 와!

카타리나 그게 지금 유행하는 거예요. 얌전한 부인들은 다 그런 모자를 써요.

페트루치오 당신도 얌전해지면 씌워 주리다. 그때까진 안 되오!

호텐쇼 (방백) 서두른다고 될 일인가?

카타리나 뭐라고요? 이제 저도 더 이상 참을 수가 없어요. 전 어린애가 아니라고요. 당신보다 윗사람에게도 할 말은 하고 살았어요. 듣기 싫으면 귀를 막아요. 하지만 가슴이 터져 죽기 전에 말을 해야겠어요. 가슴이 터지느니 차라리 속시원히 말하는 게 낫지요.

페트루치오 그렇소. 당신 말대로 이건 천해. 장난감 같기도 하고, 비단 파이 같기도 해. 당신이 이걸 싫어한다니까, 더욱 사랑스러워 뵈는구려.

카타리나 사랑스럽게 보이든 말든 저는 이 모자가 좋아요. 그러니 이 모자로 하겠어요. 다른 건 싫어요.

페트루치오 그럼 의복은? 재단사, 구경 좀 하겠네. (테이블 쪽으로 간다. 그루미오가 장신구 주인을 돌려보낸다) 아니, 이게 뭐야? 이걸 입고 가장무도회에 가란 말야? 이건 또 뭐야? 소매가 꼭 대포 구멍 같잖아. 여기도 싹둑, 저기도 싹둑, 여기저기를 온통 잘라냈으니 주전자 같잖아. 이 얼치기 재단사야, 이게 뭔가!

호텐쇼 (방백) 이래 가지곤 모자도 가운도 입을 수 없겠군.

재단사 주문하실 때에 유행에 맞게 만들라고 말씀하셔서요.

페트루치오 그야 그랬지. 하지만 누가 유행에 맞게 물건을 망가뜨리라고 그랬나. 어서 집으로 돌아가. 이 따위 물건은 필요 없으니까 썩 가져가게!

카타리나 이렇게 멋진 옷은 처음이에요. 난 이 옷이 마음에 들어요. 당신, 혹시 날 꼭두각시처럼 만들려는 건 아니죠?

페트루치오 그래, 저 자가 당신을 꼭두각시 취급을 하는군.

재단사 나리께서 부인을 꼭두각시 취급하시는군요.

페트루치오 이런 시건방진 놈이 있나! 헛소리 작작해라. 실밥에 골무 같은 놈아, 여기가 어디라고 그렇게 신나게 실타래를 흔들어대느냐, 이 헝겊 조각 같은 놈아! 당장 내 눈앞에서 없어지지 않으면 입에 재갈을 물릴 테다. 분명히 말하지만 넌 아씨의 가운을 망쳤어.

재단사 잘못 아신 거예요. 이 옷은 나리께서 주문하신 대로 만들었습니다. 그루미오가 그렇게 만들라고 주문한 것이죠.

그루미오 난 주문한 적이 없소, 옷감만 가져다주었을 뿐이지.

재단사 어떻게 지었으면 하고 물었잖아요.

그루미오 실과 바늘을 사용해서 지었겠지.

재단사 재단을 하라고 하셨잖아요.

그루미오 이것저것 맞춘 거잖아.

재단사 그건 그래요.

그루미오 제발 날 갖다 맞추지 마. 자넨 많은 사람들을 치장해 주었겠지만 나까지 매끄럽게 넘기려고 하지 마. 난 나를 적당히 취급하며 무시하는 걸 싫어해. 네 주인에게 가운을 재단하라고 했지, 이렇게 조각내라고 한 건 아니야. 그러니까 허튼 소리 하지 마.

재단사 여기 증거가 있습니다. 주문 쪽지 말입니다.

페트루치오 어디 읽어봐.

그루미오 그 쪽지에 내 말이 적혀 있다면 그건 가짜야.

재단사 (읽는다) 첫째, 품이 넉넉한 부인복을 만들 것.

그루미오 주인님, 제가 품이 넉넉한 부인복을 주문했다면, 절 그 스커트 속에 넣고 꿰매도 좋습니다. 전 그냥 부인복이라고만 했습니다.

페트루치오 다음을 읽어봐.

재단사 반원형의 작은 케이프를 달 것.

그루미오 케이프라고는 확실히 말했습니다.

재단사 소매는 멋지게 재단할 것.

그루미오 두 개 붙이라고 했잖아.

재단사 재단은 정성을 들일 것.

페트루치오 그게 잘못 되었단 말이네.

그루미오 주인님, 이 쪽지는 순전히 엉터립니다. 전 소매는 재단해 가지고 다시 꿰매라고 했을 뿐입니다. 그래, 따져 보자. 네가 손가락에 골무를 끼고 무장했다고 내가 겁날 줄 아나?

재단사 제 말은 진짭니다. 이 잣대의 치수만큼 거짓 없는 사실입니다.

그루미오 그래, 내가 상대해 주마. 넌 이 쪽지를 들고 나는 네 잣대를 들겠다. 덤벼라.

호텐쇼 그렇게 하면 재단사가 불리하지.

페트루치오 어쨌든 그 옷은 내 마음에 안 들어.

그루미오 그야 그러실 테죠. 그 옷은 아씨 것이니까요!

페트루치오 가지고 가서 자네 주인 맘대로 처분하라고 하게.

그루미오 그건 절대로 안 됩니다. 아씨 옷을 저 작자 주인이 함부로 써서야 되겠습니까? 가당치도 않은 일이지요.

페트루치오 그건 또 무슨 말이냐. 무슨 심보냐고!

그루미오 오, 제 깊은 뜻을 알아주십시오. 아씨 가운을 이놈 주인이 쓰는 건 안 될 말입니다요.

페트루치오 (방백) 호텐쇼, 재단사하고 대금 이야기를 좀 해주게. (큰소리로) 가지고 가라, 어서. 아무 말도 하기 싫다!

호텐쇼 (방백) 재단사, 대금은 내일 치러 주겠소이다. 그러니 너무 고깝게 생각지 말고, 주인께 잘 말씀드리게. (재단사 퇴장)

페트루치오 자, 케이트. 그럼 친정 아버님께 가봅시다. 옷은 하는 수 없구려. 그냥 입은 대로 갑시다. 우리 마음이 부자인데 옷차림이야 어떻든 무슨 상관이오. 육체를 풍요롭게 하는 것은 뭐니뭐니해도 정신이 아니겠소. 아무리 천한 옷차림이라 해도 미덕은 나타나는 법이오. 빛깔이 곱다고 독사를 장어보다 좋다고 할 사람은 없소. 케이트, 장식품이 허름해도 당신의 가치는 절대로 떨어지지 않소. 설령 그것이 부끄러우면 모두 내 핑계를 대시오. 그러니 기운을 내고, 당장 아버님 댁으로 가서 큰 잔치를 엽시다. 자, 하인들을 불러오너라. 당장 떠나야겠다. 말은 롱

레인 길모퉁이에다 끌어다 놓거라. 거기까지 걸어가서 그곳에서 타고 가겠다. 자, 케이트, 지금 한 7시쯤 되었나 본데, 점심식사 때까진 도착할 거요.

카타리나 아니에요, 지금 2시예요. 지금부터 가도 저녁식사 전까지 도착하지 못할 거예요.

페트루치오 말이 매어 있는 곳까지 가면 7시가 될 거요. 당신은 내 말에 일일이 트집을 잡는구려. 여봐라, 취소다. 오늘은 가지 않겠다. 시계가 몇 시를 가리키든 내가 말한 대로 아씨가 시간을 말해야 떠날 것이다.

호텐쇼 대단한 호걸이야. 태양에게까지 호령을 하는군. (모두 퇴장)

제 4 장

패듀어의 광장

트래니오, 빈센쇼로 가장한 교사 등장

트래니오 이 집이 그분 댁입니다. 좀 들렀다 가도 괜찮겠습니까?
교사 그러려고 여기 온 게 아니냐! 밥티스타 씨가 박정한 위인이 아니라면, 날 기억하고 있을 거야. 내 기억이 틀림없다면 한 20년 전 제노바에서 페가수스라는 여관에 같이 투숙했던 일이 있었지.
트래니오 됐습니다. 계속해서 그런 식으로 위엄 있게 하시면 됩니다.
교사 염려 말게.

비온델로 등장

교사 당신 하인이 오는데 잘 일러두는 게 좋겠군.
트래니오 그 점은 염려 마세요. 비온델로, 이분을 진짜 빈센쇼 나리처럼 대해야 해.
비온델로 네, 알았습니다.
트래니오 밥티스타 씨 댁에 전하라고 한 말은 잘 전했나?
비온델로 시키는 대로 아버님께서 오늘 패듀어에 오신다고 전했습니다.
트래니오 잘했다. 자, 이것으로 술이나 마셔. (밥티스타와 루센쇼 등장) 아, 밥티스타 씨가 오는군요. 침착하게 하셔야 해요. 밥티스타 씨, 마침 잘 만났습니다. (교사에게) 아버지, 이분이 제가 말씀드린 분입니다. 좀 도와주세요. 재산 관계도 말씀해 주시고 비앙카와 짝이 될 수 있도록 말씀해 주세요.

교사 초면에 실례하겠습니다. 이번에 빚을 좀 받을 게 있어 패듀어까지 오게 됐는데, 자식 놈의 말을 듣자 하니, 댁의 따님과 사랑에 빠졌다는군요. 댁의 존함은 나도 익히 들었던 터라 자식 놈이 따님을 사랑한다 하니 내버려둘 수가 없어서 결혼을 승낙했습니다. 그러니 만일 댁도 이의가 없으시다면, 곧 약정을 맺어 따님에게 줄 유산 건에 기꺼이 동의할 생각입니다. 명성이 자자하신 밥티스타 선생이니 굳이 더 알아볼 것도 없고 까다로운 조건을 내세울 필요도 없을 것 같습니다.

밥티스타 저도 한 말씀 드릴까 합니다. 솔직한 말씀을 들으니 참 고맙습니다. 사실 댁의 자제 분인 로센쇼 군과 제 딸은 진실로 깊이 사랑하고 있는 것 같습니다. 둘이 애정을 꾸민 건 아닐 것입니다. 그러니까 아버지로서 우리 딸에게 충분한 유산을 주시겠다는 약속만 하신다면, 이 결혼은 성사된 거나 마찬가지입니다. 우리 애를 아드님에게 기꺼이 드리지요.

트래니오 감사합니다. 그럼 약혼식은 어디서 하는 것이 좋겠습니까? 피차간에 계약서도 교환해야 하는데, 어디가 좋겠습니까?

밥티스타 우리 집은 좀 곤란합니다. 하인들이 많고, 게다가 그레미오 영감쟁이가 항상 엿듣고 있어서 언제라도 방해할 것입니다.

트래니오 그러시다면 저의 숙소가 어떻겠습니까? 마침 아버지도 같이 묵고 계시니까요. 그럼 오늘 밤 그곳에서 몰래 일을 치르기로 하지요. 사람을 보내 따님을 오라고 하십시오. (루센쇼에게 눈짓을 한다) 내 하인을 보내 대서인도 곧 불러오겠습니다. 그런데 죄송스러운 건 어른께 변변하게 대접을 할 수가 없다는 점입니다.

밥티스타 그건 염려하지 마시오. (루센쇼에게) 이봐요, 캠비오 선생. 어서 집에 가서 비앙카한테 곧 나올 채비를 하라고 좀 전해 주시오. 그리고 그간의 사정도 좀 말해 주고. (루센쇼 퇴장. 그러나 트래니오의 눈짓으로 나무 뒤에 숨는다)

비온델로 (방백) 오, 하느님, 제발 일이 제대로 풀리게 해주십시오!

트래니오 하느님과 빈둥거리지만 말고, 어서 좀 갔다와. (비온델로에게 루센쇼가 있는 곳으로 가라고 눈짓을 한다) 밥티스타 씨, 이리 들어오시죠! 지금은 대접이 부실하겠지만, 나중에 피사에 오시면 후히 대접을 하겠습니다.

밥티스타 그럼 들어가 볼까요? (트래니오, 밥티스타, 교사 퇴장. 루센쇼와 비온델로 등장)

비온델로 캠비오 선생, 우리 주인이 나리에게 눈짓을 하며 웃는 것 보셨죠?

루센쇼 그래, 그게 어쨌단 말이냐?

비온델로 우리 주인이 눈짓을 한 이유는 여기 있다가 나리께 설명해 드리라고 한 거예요.

루센쇼 그럼 설명해 보게.

비온델로 밥티스타는 이제 문제없습니다. 가짜 아들, 가짜 아버지와 이야기를 하고 있으니까요.

루센쇼 그게 뭐가 어때서?

비온델로 그분의 따님을 식사에 데리고 오시라는데요.

루센쇼 그래서?

비온델로 성 누가 교회의 목사님이 기다리고 있는 중입니다. 일을 봐드리기 위해서요.

루센쇼 대관절 그게 어떻다고 그러는 건가?

비온델로 제가 알고 있는 건 지금 다들 모여서 가짜 계약서 작성에 바쁘다는 거예요. 나리도 아가씨와 어서 계약을 하세요. '판권 독점'을 해버리시라는 말씀입니다. 목사와 서기, 몇몇 입회인을 데리고 교회로 가십시오. 이것이 싫으시다면 비앙카 아가씨와 영영 작별입니다. (나가려고 한다)

루센쇼 이봐, 비온델로?

비온델로 저는 우물거릴 시간이 없습니다. 나리도 어서 서두르세요. 주인님의 명령으로 성 누가 교회로 가봐야 하니까요. 가서 목사님한테 나리가 사람들을 끌고 오시기 전에, 미리 준비를 해놓으라고 전해야 합니다.

루센쇼 나도 그녀만 동의해 준다면 그러길 바란다네. 일이 어떻게 되든 간에 그녀에게 가서 솔직히 말해야겠어. 이제 그녀 없이는 도저히 살 수 없으니까! (퇴장)

제 5 장

패듀어로 이어진 큰길의 산길

페트루치오, 카타리나, 호텐쇼, 하인들 길가에서 쉬고 있다.

페트루치오 (일어서며) 자, 갑시다. 이제 당신 친정도 그리 멀지 않았소이다. 거참, 달빛이 곱고 밝구면!

카타리나 달이라고요? 해예요. 지금 이 시각에 달이라뇨?

페트루치오 아니오, 저건 달이오.

카타리나 아니에요, 저건 해예요.

페트루치오 내 이름을 걸고 단언하건대 저건 달이오. 적어도 당신 친정에 도착할 때까지는. 내가 그렇게 말하면 그런 거요. 아니라면 당신 친정에 가는 건 취소요. (하인에게) 여봐라, 그만 돌아가자. 아씨가 내 말에 일일이 발을 거는구나.

호텐쇼 (작은 목소리로 카타리나에게) 저 사람 말대로 달이라고 하세요. 안 그러면 오늘 친정에 못 가요.

카타리나 제발 그냥 가지요. 저게 달이든 태양이든 상관없으니까요. 촛불이라고 해도 그렇게 부를게요.

페트루치오 글쎄, 달이라니까!

카타리나 맞아요, 달이에요.

페트루치오 아니야, 당신은 거짓말쟁이야. 저건 고마운 해야.

카타리나 그렇다면 저건 해예요. 모든 건 당신 뜻대로 되는 거예요. 달은 당신 마음처럼 늘 변하지요. 저는 당신 뜻에 따를 생각이에요.

호텐쇼 (낮은 음성으로) 페트루치오, 이제 가세, 자네가 이겼네.

페트루치오 그럼, 계속 가보자꾸나. 잠깐, 누가 오는구나.

빈센쇼가 여행자 복장을 하고 등장

페트루치오 가만 있자, 이게 누군가? 안녕하세요, 아가씨! 어딜 가시죠? 케이트, 이 아가씨 좀 봐요. 얼마나 천사처럼 아름답게 생겼습니까! 불그스레한 두 볼, 영롱한 눈동자, 예쁘고 멋진 아가씨, 다시 한 번 인사드립니다. 여보, 이 분을 좀 끌어안아 드리구려.

호텐쇼 (방백) 미치겠군. 노인을 아가씨 취급하다니!

카타리나 꽃망울처럼 젊고 어여쁜 아가씨, 어딜 가세요? 집은 어디세요? 저렇게 예쁜 따님을 가진 부모는 얼마나 좋을까. 그리고 아가씨를 아내로 삼는 남자는 얼마나 행복할까.

페트루치오 아니 케이트, 당신 미쳤소? 이분은 남자요, 노인이란 말이오. 늙어서 쭈글쭈글하고, 생기라곤 전혀 없는 노인에게 아가씨라니? 당치 않은 소리요.

카타리나 할아버지, 용서해 주세요. 제가 잘못 봤어요. 어찌나 햇빛이 눈부신지 모든 게 초록빛으로 보여서요. 이제 자세히 보니 할아버지시군요. 용서해 주세요. 제가 그만 큰 실수를 했습니다.

페트루치오 영감님, 용서해 주십시오. 제 아내가 착각을 했군요. 어디까지 가십니까? 같은 방향이라면 기꺼이 동행해 모시겠습니다.

빈센쇼 두 분 모두 재미있는 분이구려. 인사가 망측해서 잠깐 놀랐소이다. (머리를 숙인다) 난 빈센쇼라는 사람인데, 피사에 살고 있습니다. 아들을 보기 위해 지금 패듀어로 가고 있지요.

페트루치오 아드님 이름은?

빈센쇼 루센쇼라고 합니다.

페트루치오 정말 잘 만났습니다. 아드님은 정말 기뻐할 것입니다. 차차 아시게 될 테지만, 여기 내 아내의 여동생과 영감님의 아드님이 지금쯤은 결혼식을 끝냈을 겁니다. 놀라지도 마시고, 슬퍼하지도 마십시오. 아드님의 상대는 훌륭한 여성이랍니다. 지참금도 많고, 집안도 좋고 평판도 훌륭합니다. 신사의 배필로서 훌륭한 품성을 가지고 있으니까요. 자, 어서 아드님을 만나러 가시죠. 아드님이 영감님을 보면 무척 기뻐할 것입니다.

빈센쇼 그게 정말이오? 또 농담을 하시는 건 아니겠죠?

호텐쇼 그건 제가 보증하겠습니다. 장난이 아니라 사실입니다.

페트루치오 아무튼 가보시죠. 가보시면 다 아실 테니까요. 처음부터 장난을 해서 믿기 어려우시겠지만요. (호텐쇼만 남고 다 퇴장)

호텐쇼 페트루치오, 이제 나도 용기를 얻었네. 그 미망인한테 가서 한번 수완을 발휘해 봐야겠어. 자네한테 배운 대로 고집으로 밀고 나가는 거야. (사람들을 뒤쫓아간다)

제1장

패듀어의 광장

그레미오가 졸고 있다. 밥티스타의 집 문이 열리며 비온델로 등장. 뒤따라 루센쇼와 비앙카 등장

비온델로 어서 오세요. 빨리요. 지금 목사님께서 기다리고 계세요.
루센쇼 내 발은 허공을 날고 있다고! 비온델로, 넌 누가 찾을지도 모르니까 집으로 얼른 돌아가. (비앙카와 함께 황급히 광장을 지나가며 퇴장)
비온델로 교회로 안전하게 들어가시는 것을 이 두 눈으로 보고 돌아가야지.
그레미오 (일어서면서) 웬일일까? 캠비오가 왜 돌아오지 않지?

이때 페트루치오, 카타리나, 빈센쇼, 그루미오, 하인들 등장

페트루치오 어르신네, 바로 여깁니다. 우리 처가는 시장 쪽으로 좀 더 가야 합니다. 난 그만 실례하겠습니다.
빈센쇼 가시기 전에 들어가서 한잔 하시지요. 여기서라면 대접할 수가 있을 겁니다. 아마 그만한 음식은 있겠지요. (노크를 한다)
그레미오 (다가와서) 한참 바쁠 텐데 좀 더 세게 노크하시지요.

교사 (창으로 얼굴을 내밀고) 누구요, 노크하는 분이? 문을 부술 작정이오?

빈센쇼 거기 루센쇼, 안에 있소?

교사 있긴 있지만, 아무도 만나지 못합니다.

빈센쇼 내가 용돈 100파운드, 아니 200파운드를 가지고 왔어도 말인가요?

교사 그런 돈들은 당신이나 쓰시지. 내가 살아 있는 동안, 그 애는 그런 돈이 필요 없으니까!

페트루치오 자, 보세요. 아드님은 패듀어에서 대단한 사랑을 받고 있습니다. (교사를 보고) 여보시오, 루센쇼에게 좀 전해 주시오. 피사에서 아버지가 오셔서 지금 문 앞에서 기다리고 계신다고 말이오.

교사 재밌군. 거짓말 마시오. 그 애 아버지는 지금 창 밖을 내다보고 있잖소.

빈센쇼 그럼 당신이 그 애 부친이란 말이오?

교사 그렇소. 그 애 어미가 그렇다 하니, 그럴 수밖에!

페트루치오 (빈센쇼에게) 어찌된 영문이오? 이보쇼, 당신 너무 뻔뻔하잖소. 남의 이름을 사칭하다니.

교사 그자를 좀 잡아주시오. 그자가 아마 내 이름을 사칭해 가지고 이 도시에서 사기라도 치고 있는 게 분명하오.

비온델로 등장

비온델로 (혼잣말로) 두 분이 무사히 교회로 들어가셨으니, 제발 하느님의 복을 받으십시오. 아니 저분이 누구야? 주인어른 빈센쇼 나리가 아니신가! 이젠 다 틀렸군, 틀렸어.

빈센쇼 (비온델로를 보고) 이놈, 이리 와! 이 죽일 놈 같으니!

비온델로 (그 옆을 지나가면서) 글쎄올시다, 실례하겠습니다.

빈센쇼 이 악당 같으니! 그래, 네가 날 잊었단 말이냐?

비온델로   잊었느냐고요? 천만에요. 잊을 리가 있겠습니까, 생전 본 일도 없는 사람을.

빈센쇼   이 고얀 놈 좀 보게. 네 주인의 아버지인 나를 생전 보지 못한 분이라고?

비온델로   제 주인의 아버님 말씀입니까? 예, 그야 잘 알고 있습니다. 저기 문으로 내다보고 계시는 바로 저분입죠.

빈센쇼   너 정말 맞을래? (비온델로를 때린다)

비온델로   사람 살려! 별 미친 사람이 사람을 죽이려고 하네.

교사   얘야, 좀 도와줘라. (창문을 닫는다)

페트루치오   케이트, 우린 어떻게 되어 가는지 여기서 지켜봅시다.

교사와 하인 등장. 밥티스타와 트래니오도 몽둥이를 들고 따른다.

트래니오   대관절 어떤 놈이 내 하인을 때리는 거야?

루센쇼   어떤 놈이냐고! 하, 이 망할 녀석 좀 보게. 비단 저고리에 벨벳 바지, 새빨간 외투에 모자라. 아이고, 내 신세야! 아들 녀석 유학 보내느라고 등이 휘었건만, 아들 녀석과 하인놈은 돈을 탕진하고 있으니.

트래니오   도대체 이 사람은 누구야?

밥티스타   어찌된 거냐? 미친 사람 아니냐?

트래니오   여보시오, 옷차림으로 봐서 점잖은 신사분 같은데, 하시는 말씀은 꼭 미친 사람 같구려. 이봐요, 영감. 내가 진주와 금으로 도배를 하건 말건 당신이 무슨 상관이오? 난 아버지 덕택으로 이렇게 지내고 있는데 말이오.

빈센쇼   뭐, 내가 미친 사람 같다고! 이놈아, 네 아비는 베르가모에서 돛을 꿰매는 품팔이를 하고 있다. 그런 놈이 진주는 뭐고, 금은 또 뭐란 말이냐?

밥티스타 잘못 보신 거예요. 이 사람 이름을 아시나요?

빈센쇼 저 녀석 이름을 내가 왜 몰라! 세 살 때부터 길러온 놈인걸. 저 녀석 이름은 트래니오요.

교사 어서 썩 물러가시오. 미친 노인 같으니라고! 이 사람은 내 외아들 루센쇼야. 이 빈센쇼의 상속자라고.

빈센쇼 네가 루센쇼라고? 그럼 네 놈이 주인을 죽였구나! 자, 공작님의 이름으로 널 체포하겠다. 아, 내 아들, 내 아들 루센쇼는 어디 있느냐?

트래니오 누가 경관 좀 불러와요. (하인 하나가 경관을 데리고 등장) 이 미친 사람을 감옥에 좀 넣어 주시오. 장인 어른, 저 자를 재판받게 해주세요.

빈센쇼 날 감옥으로 보낸다고?

그레미오 경관, 잠깐만. 그렇게까지 할 필요는 없을 것 같소.

밥티스타 아, 당신은 참견한 일이 아닌 듯하오. 이 사람을 얼른 감옥으로 보내시오.

그레미오 조심하시오, 밥티스타 씨. 내가 보기엔 이분이 진짜 빈센쇼 씨 같으니까 괜히 속지 마시오.

교사 당신, 그 사실에 대해 맹세할 수 있겠소?

그레미오 그건 아닙니다만······.

트래니오 정말 내가 루센쇼가 아니라고 의심하는 거요?

그레미오 아니오, 당신은 틀림없는 루센쇼요.

밥티스타 이 주책없는 늙은이도 저자와 함께 감옥행이다.

빈센쇼 낯선 고장에 가면 흔히 이렇게 봉변을 당하지. 에이 지독한 녀석 같으니!

비온델로가 루센쇼와 비앙카를 데리고 등장

비온델로 이제 다 틀렸어요. 저기 보세요, 아버님이……. 할 수 없죠. 그냥 모르는 체하시고, 남이라 잡아떼세요. 안 그러시면 모든 것이 끝장이에요.

루센쇼 (무릎을 꿇고) 용서해 주십시오, 아버지.

빈센쇼 내 아들아, 살아 있구나.

비앙카 (무릎을 꿇고) 용서해 주세요, 아버님. (비온델로, 트래니오, 교사가 허겁지겁 도망친다)

밥티스타 도대체 이게 어찌된 일이야? 루센쇼는 어디 있고?

루센쇼 예, 여기 있습니다. 지금 따님과 결혼식을 마치고 온 제가 진짜 루센쇼입니다. 가짜들이 어르신의 눈을 속이고 있는 틈에요.

그레미오 오, 이럴 수가! 우리가 감쪽같이 속았다!

빈센쇼 어디 갔어, 고얀 놈, 트래니오?

밥티스타 도대체 어찌된 영문인가? 이 사람은 캠비오 선생이 아닌가?

비앙카 루센쇼가 캠비오로 변신한 거예요.

루센쇼 사랑 때문이지요. 비앙카의 사랑을 얻기 위해 트래니오가 제 행세를 하고 다닌 겁니다. 그가 이 도시에서 그 역할을 한 덕분에 난 행복의 항구에 도착했고요. 모두 제가 시켜 저지른 짓이니, 아버님, 절 용서해 주십시오.

빈센쇼 그놈의 목을 비틀어야 해. 뭐, 날 감옥에 집어넣겠다고?

밥티스타 가만 있자, 그럼 자네는 내 승낙도 없이 내 딸과 결혼을 했단 말인가?

빈센쇼 염려 마십시오, 밥티스타 씨! 소원대로 될 것입니다. 우선 안에 들어가서 그 악당 녀석부터 혼을 내주고요. (안으로 들어간다)

밥티스타 나도 그냥 있을 순 없지. 이 음모의 원인을 조사해 봐야지.

루센쇼 비앙카, 걱정하지 말아요. 모든 게 잘될 거야. (두 사람 퇴장)

그레미오 다 된 밥에 코를 빠트리다니. 뭐니뭐니해도 먹는 게 남는 거지.

(뒤따라 퇴장)

카타리나 여보, 우리도 들어가서 이 소동을 구경해요.

페트루치오 그러기 전에 우선 키스부터 해줘요.

카타리나 아니, 이렇게 한길 한복판에서요?

페트루치오 왜, 나와 키스하는 게 창피하다는 거요?

카타리나 아뇨, 그게 아니라 키스하기가 부끄러워서요.

페트루치오 좋소. 그럼 그냥 갑시다. (하인에게) 얘들아, 돌아가자.

카타리나 아니, 가만히 계세요. 키스해 드릴 테니. (키스한다) 이젠 가지 말아요.

페트루치오 그래, 기분이 좋군. 케이트, 무엇이든 부딪히고 보는 거야. 안 하는 것보다 하는 게 낫지. 망설이면 되는 게 없거든. (일동 퇴장)

제 2 장

루센쇼의 집

밥티스타, 빈센쇼, 그레미오, 교사, 비앙카, 페트루치오, 카타리나, 호텐쇼, 미망인, 차례로 등장. 트래니오와 하인들이 음식을 들고 등장

루센쇼 마침내 우리는 많은 우여곡절 끝에 이곳까지 오게 되었습니다. 불꽃 튀는 싸움도 끝났으니 지난날들을 말하며 웃읍시다. 사랑스런 비앙카, 나의 아버지에게 잘하시오. 나도 당신 아버지한테 잘할 테니. 그리고 여기 오신 페트루치오 형님, 카타리나 처형, 호텐쇼와 아름다운 미망인, 그 외 여러분, 오늘은 마음껏 드시고 즐기십시오. 여러분 모두 앉아서 드십시오. 앞서 벌인 큰 잔치에서 못 나누었던 이야기를 실컷 해봅시다. (술과 과일, 음식이 나온다)

페트루치오 그래, 앉아서 먹고 먹고서 앉고 하는 것뿐이지.

밥티스타 여보게, 페트루치오, 이 호의는 패듀어가 베푸는 것일세.

페트루치오 압니다요, 패듀어에는 호의가 넘치지요.

호텐쇼 저희 내외를 위해서도, 그 말씀이 진실이기를 바랍니다.

페트루치오 호텐쇼, 자넨 미망인이 겁나나 보지?

미망인 천만에요, 제가 왜 겁을 먹어요?

페트루치오 생각이 깊으신 분께서 제 말뜻을 오해하셨군요. 난 호텐쇼가 댁을 무서워한다고 말했습니다.

미망인 현기증이 나는 사람은 바깥 세상이 돈다고 생각하죠.

페트루치오 빙빙 돌려서 말씀하시는 데 일가견이 있군요.

카타리나 잠깐만, 부인, 지금 그 말씀은 무슨 뜻이에요?

미망인 댁의 남편은 당신한테 애를 먹고 계시잖아요. 그래서 내 남편의 사정도 그러려니 생각한다는 뜻입니다. 이제 아시겠어요?

카타리나 시시껄렁한 얘기군요.

미망인 그야 당신이 그렇죠.

카타리나 물론 그렇죠. 당신에 비하면, 명함도 못 내밀죠.

페트루치오 케이트, 힘내라! 난 100마르크 걸겠어. 미망인은 케이트의 상대가 되지 못하지.

호텐쇼 미망인 이겨라! 길고 짧은 건 대봐야지.

페트루치오 맞아! 건투를 빌며, 건배!

밥티스타 그레미오 씨, 저 사람들 재치를 어떻게 생각하오?

그레미오 정말, 멋진 박치기 같군요.

비앙카 박치기라고요? 재치 있는 사람들이라면 박치기가 아니라 뿔로 들이받는다고 할 거예요.

빈센쇼 우리 며느리도 재치 문답에 눈을 뜬 건가?

비앙카 아뇨, 별로 재미가 없어서 눈을 감아야 할 것 같아요.

페트루치오 오, 그렇게는 곤란하지. 처제의 말에 내가 쏴줘야지.

비앙카 그럼 저는 형부가 맞힐 새가 되어야 하나요? 활시위나 제대로 당기세요. 여러분, 모두 잘 오셨어요. 저는 그만 실례하겠습니다. (인사하고 나가자, 카타리나와 미망인이 그 뒤를 따라 퇴장)

페트루치오 트래니오, 저건 자네가 노린 사냥감 아니었나? 하기야 맞히진 못했지만. 자, 우리 맞힌 사람과 못 맞힌 사람 모두를 위해 건배.

트래니오 그거야 루센쇼 서방님이 절 사냥개같이 풀어놓았기 때문에 뛰어가서 주인을 위해 사냥을 해왔을 뿐이지요.

페트루치오 비유가 멋지긴 한데 좀 유치하군.

트래니오 하긴 페트루치오 서방님은 손수 사냥을 하셨지만, 사냥해 오신 그 사슴한테 물린 것처럼 보이던걸요.

밥티스타 페트루치오, 자네가 트래니오한테 역습을 당했군.

루센쇼 고맙다, 트래니오. 날 위해 멋지게 복수해 줘서.

호텐쇼 이제 그만 손들게. 손들라고!

페트루치오 그래, 좀 아프군. 그러나 화살은 자네 두 사람을 정통으로 맞혔다는 걸 잊지 말게.

밥티스타 이봐, 농담이 아니라 자네는 세상에 둘도 없이 지독한 말괄량이를 아내로 얻은 걸 인정하게나.

페트루치오 장인 어른이 모르시는 소립니다. 우리 그럼 각자 자기 아내를 불러볼까요? 누가 가장 빨리 오는지. 가장 빨리 오는 아내가 순종적인 아내일 거예요. 돈을 걸어서 빨리 오는 쪽이 갖기로 하면 어떨까요?

호텐쇼 좋아. 얼마씩 걸까?

루센쇼 20크라운씩 하면 어떨까요?

페트루치오 20크라운! 매나 사냥개한테도 그 정도 돈은 거네. 아내라면 그것의 20배는 걸어야지.

루센쇼 그럼 100크라운으로 합시다.

호텐쇼 좋소!

페트루치오 나도 찬성이오.

호텐쇼 누가 먼저 하겠나?

루센쇼 내가 먼저 하겠소. 이봐 비온델로, 가서 아씨보고 내가 좀 나오시란다고 전해 주게.

비온델로 예. (퇴장)

밥티스타 여보게 사위, 내가 반은 책임져 주지. 비앙카는 곧 오고말고.

루센쇼 싫습니다, 제가 전부 책임지겠습니다. (비온델로가 돌아온다) 아씨가 뭐라고 하시던?

비온델로 아씨께선 지금 바빠서 오실 수 없답니다.

페트루치오 오, 바쁘다고? 그래서 올 수 없다고?

그레미오 무척 친절한 대답이군. 제발 당신 부인한테서는 그보다 더 나쁜 대답을 듣지 않도록 하느님께 기도나 드리구려.

페트루치오 내 차례가 기다려지는데요.

호텐쇼 비온델로, 가서 내 아내보고 곧 와 달란다고 청해 다오. (비온델로 퇴장)

페트루치오 오, 청을 해보라고! 그래야 나올까?

호텐쇼 자네 아내는 청을 해도 나오지 않겠지. (비온델로가 돌아온다) 이봐, 내 아내는?

비온델로 무슨 장난을 하시는지 안 오시겠답니다. 도리어 나리께서 들어 오시랍니다.

페트루치오 갈수록 태산이군. 이거 불쾌해서 참을 수 있나! 그루미오, 너 아씨께 가서 내 명령이니 좀 나오라고 그래라. (그루미오 퇴장)

호텐쇼 대답은 보나마나 뻔하지.

페트루치오 뭐?

호텐쇼 절대로 나오지 않을 거네.

페트루치오 그렇게 되는 날엔 내 신세 족치고 모든 게 끝장이지.

카타리나 등장

밥티스타 아니, 이게 어찌된 일이야? 카타리나잖아?

카타리나 무슨 일이에요? 무슨 일로 부르셨어요?

페트루치오 비앙카와 호텐쇼의 부인은 지금 어디 있소?

카타리나 난로 곁에서 이야기를 나누는 중이에요.

페트루치오 가서 좀 데리고 오시오. 만일 오지 않겠다고 하면, 때려서라도 끌고 와요. 자, 얼른 가서 끌고 와요. (카타리나 퇴장)

루센쇼 이게 기적이 아니고 뭐겠는가!

호텐쇼 정말 그렇군. 이게 무슨 귀신의 조화지?

페트루치오 그야 평화와 사랑의 조화가 아니고 뭐겠는가. 사랑과 행복을 알리는 징조이기도 하고.

밥티스타 여보게, 페트루치오. 행복을 고이 간직하게나! 바로 자네가 이겼구먼. 모두 건 돈에다 내가 2만 크라운을 더 보태 주겠네. 새 지참금일세. 글쎄 저 애가 완전히 새로운 사람으로 변했으니 말일세.

페트루치오 아니, 이 정도 가지고 뭘 그렇습니까? 난 내 아내의 순종과 새로 지니게 된 정숙함을 보여 드리겠습니다. 저길 보시지요. 고집쟁이 아내들을 설득시켜서 데리고 오는 모습을요. (카타리나가 비앙카와 미망인을 데리고 등장) 카타리나, 당신 모자는 장난감처럼 어울리지 않는구려. 그걸 벗어 발로 짓밟아버려요. (카타리나가 그대로 따른다)

미망인 어머나, 설마 이런 엉터리 수작을 보여주려고 불러낸 건 아니죠? 이런 바보짓은 처음 봐요.

비앙카 흥, 도대체 우릴 불러내서 뭘 하겠다는 거예요?

루센쇼 당신이 좀 더 미련하면 좋았을 것을. 당신이 너무 똑똑한 덕분에 난 100크라운이나 손해를 봤다오.

비앙카 미련한 건 당신이군요. 저를 미끼로 돈을 거시다니!

페트루치오 카타리나, 이 완고한 부인들을 교육 좀 시키시오. 아내 된 자는 남편에게 어떻게 해야 하는지.

미망인 절 어떻게 보고 그런 말 하세요? 설교 따윈 필요 없어요.

페트루치오 자, 어서 시작하라니까. 저 부인부터.

미망인 누가 그런 말을 듣는대요?

카타리나 그럼 시작할게요. 우선 얼굴부터 환하게 펴세요. 깔보는 듯한 눈은 거두시고요. 그건 자기의 주인이며 지배자이며 군주인 남편한테 상처가 되는 짓이니까요. 결국 서리를 맞아 떨어지는 감꼭지처럼 자기 자신을 그렇게 만드는 거예요. 어느 모로 보나 화가 난 여자는 맑은 물에 돌을 던져 흙탕물이 된 것처럼 흉하고 불결해 보이지요. 남편이 아무리 목이 마르다 해도 입을 대고 싶은 마음이 들까요? 남편은 우리의 생명이자 보호자이며 군주이세요. 남편은 오로지 아내를 위해 자나깨나 뼈 빠지게 일을 하니까 우리가 집에서 안심하고 지낼 수 있는 거예요. 그런데도 남편은 아내의 사랑과 고운 얼굴과 순종밖에 바라는 게 없죠. 그렇게 보면 아내가 할 일은 참으로 하찮은 거죠. 하물며 아내가 고집을 부리고, 짜증을 내고, 남편의 의사를 거역한다면, 그게 배은망덕이 아니고 뭐겠어요? 그야말로 평화를 위해 무릎을 꿇어야 할 때 선전포고하는 격이죠. 저는 여자의 좁은 소견머리가 부끄럽기 그지없답니다. 여자의 살결이 왜 부드럽고 약한 줄 아세요? 그건 마음과 기분이 부드러워서 그런 걸 거예요. 당신들은 콧대만 높지 별것도 아닌 존재들이에요. 나도 한때는 여러분처럼 교만하고, 고집이 세서 누구한테 지는 걸 못 참았죠. 하지만 깨닫고 보니 그건 지푸라기처럼 하찮은 것이더라고요. 마치 계란으로 바위를 치는 격이었죠. 아무리 강한 것처럼 보여도 그래요. 그러니 아무 짝에도 못 쓰는 오만함을 버리세요. 어서 모자를 벗고 쓸데없는 자존심은 버려요. 난 남편이 원한다면 순종의 증거로 남편 앞에 엎드릴 수도 있어요.

페트루치오 암, 그래야 여자지! 자, 키스해 주오, 케이트.

루센쇼 나날이 행복을 빕니다, 형님. 승리는 바로 형님의 것이니까요.

빈센쇼 자라나는 아이들한테 들려주고 싶을 만큼 좋은 이야기구나.

페트루치오 케이트, 우린 자러 갑시다. 세 사람이 결혼했지만, 자네 두 사람은 낙제네. 내가 우승자야. 자, 그럼 이긴 자는 그만 물러갑니다. 여러분, 좋은 꿈을 꾸십시오. (페트루치오와 카타리나 퇴장)

호텐쇼 행복한 꿈 꾸게. 지독한 말괄량이를 길들인 양반.

루센쇼 기적이야. 말괄량이를 저렇게 순한 여자로 길들이다니. (모두 퇴장)

작품해설

말괄량이 길들이기
The Taming of the Shrew

🌿 덕이나 수양을 하시는 것도 좋지만 제발 저 금욕주의자나 돌부처 같은 사람은 되지 마십시오. 엄격한 아리스토텔레스의 딱딱한 가르침에만 열중하시느라 오비드의 부드러운 시를 멀리하진 마십시오.
while we do admire this virtue and this moral discipline, Let's be no stoics nor no stocks. I pray or so devote to Aristotle's cheques as Ovid be an outcast quite abjured.

🌿 하기 싫은 걸 하다 보면 소득도 없지요.
No profit grows where is no pleasure ta'en.

🌿 만일 결혼을 한다면 당신을 확실히 손을 봐 드리겠지만요. 세 발 달린 의자로 당신의 머리털을 빗겨 주고, 당신의 그 얼굴은 생채기를 낸 피로 화장시켜 드리고요.
If it were, doubt not her care should be to comb your noddle with a three-legg'd stool and paint your face and use you like a fool.

🌿 그대를 얻는 남자는 행복할지어다! 먼저 달리는 자가 반지를 차지하겠지.
Happy man be his dole! He that runs fastest gets the ring.

🌸 정처없는 여행길에 뛰어들었는데 아내를 얻고 돈도 번다면 더 좋을 게 없겠지. 지갑에는 돈이, 고향에는 유산이. 그래서 세상 구경을 하러 나온 거지.
I have thrust myself into this maze, haply to wive and thrive as best I may. Crowns in my purse I have and goods at home, and so am come abroad to see the world.

🌸 책에는 향수를 잔뜩 뿌려 놓으시오. 그 책을 받을 여자는 향수보다 다 향기로운 분이시오.
Let me have them very well perfumed. For she is sweeter than perfume itself to whom they go to.

🌸 난 왕년에 사자의 포효 소리뿐만 아니라, 광풍에 성난 파도가 멧돼지처럼 울부짖는 소리와 대지를 뒤흔드는 천둥소리를 들은 사람이오. 난장판에선 요란한 북소리, 전쟁터에선 병사들의 아우성이며 군마의 울부짖는 소리, 우렁찬 나팔 소리도 들었소. 그러니 여편네의 혓바닥쯤은 화로에서 군밤 껍질 터지는 소리도 되지 못하오.
Have I not heard the sea puff'd up with winds rage like an angry boar chafed with sweat? Have I not heard great ordnance in the field, and heaven's artillery thunder in the skies? Have I not in a pitched battle heard loud 'larums, neighing steeds, and trumpets' clang? And do you tell me of a woman's tongue, that gives not half so great a blow to hear as will a chestnut in a farmer's fire?

🌸 저 애 결혼식 날엔 난 노처녀답게 맨발로 춤을 출 테니까요. 그리고 처녀귀신이 되어 지옥으로 가는 거죠. 그러니 저한테 어떤 말씀도 하지 마세요. 그저 혼자 앉아 외롭게 울 테니까요. 누군가 분풀이할 수 있을 때까지요.
I must dance bare-foot on her wedding day and for your love to her lead apes in hell. Talk not to me. I will go sit and weep till I can find occasion of revenge.

🌟 작은 불꽃은 미풍에는 잘 타오르지만 강풍에는 꺼지고 말지요.
Though little fire grows great with little wind, yet extreme gusts will blow out fire and all.

🌟 태산에 미풍이 부는 것과 다르지 않지요. 끄떡없습니다.
As mountains are for winds, that shake not, though they blow perpetually.

🌟 악담을 한다고? 그럼 나는 나이팅게일처럼 노래한다고 말해야지. 인상을 쓰면 이슬을 머금은 장미처럼 싱그럽다고 하고, 꿀 먹은 벙어리처럼 가만히 있으면 심금을 울리는 웅변이라고 하고, 냉큼 꺼지라고 하면 오히려 더 머물라고 한 것처럼 고맙다고 해야지. 청혼을 거절하면 언제 결혼식을 올릴 것인가 날짜를 물어보고.
Say that she rail, why then I'll tell her plain she sings as sweetly as a nightingale. Say that she frown, I'll say she looks as clear as morning roses newly wash'd with dew. Say she be mute and will not speak a word, then I'll commend her volubility, and say she uttereth piercing eloquence. If she do bid me pack, I'll give her thanks, as though she bid me stay by her a week. If she deny to wed, I'll crave the day when I shall ask the banns and when be married.

🌟 가냘픈 게 아니라 당신 같은 촌닭한테 안 잡히려고 날씬하고 벌처럼 재빠른 거죠.
Too light for such a swain as you to catch, and yet as heavy as my weight should be.

🌟 벼슬 없는 수탉이지. 당신은 곧 내 암탉이 될 거요.
A combless cock, so Kate will be my hen.

🌼 그대 걸어가는 뒷모습은 달의 여신보다 더 아름답지. 오, 그대는 아르테미스, 아르테미스는 케이트여라. 아르테미스가 요염함을 지녔다면 케이트는 정절을 지녔도다.
Did ever Dian so become a grove as Kate this chamber with her princely gait? O, be thou Dian, and let her be Kate, and then let Kate be chaste and Dian sportful!

🌼 태양 아래에 드러난 당신의 미모로 인해 나는 눈이 멀 지경이오. 저 태양을 두고 맹세하건대, 당신은 당신의 아름다움에 사로잡힌 나 외에 다른 남자와 결혼할 수가 없소. 나는 당신을 길들이기 위해서 태어난 사람이오. 살쾡이 케이트를 고양이처럼 양순한 케이트로 길들이는 게 내 임무요.
For, by this light, whereby I see thy beauty, thy beauty, that doth make me like thee well, thou must be married to no man but me, for I am he am born to tame you Kate, and bring you from a wild Kate to a Kate conformable as other household Kates.

🌼 내 사전에 실패란 없습니다.
It were impossible I should speed amiss.

🌼 아무리 병신 같은 사내도 집에서는 왕 노릇하면서 산다.
A meacock wretch can make the curstest shrew.

🌼 물건을 쌓아두었다가 썩히는 것보다야 팔아서 이득을 보는 게 낫지요.
'Twas a commodity lay fretting by you. 'Twill bring you gain, or perish on the seas.

🌼 죽음이란 나이순으로 찾아오는 건 아니지요.
May not young men die, as well as old?

🍂 아버지가 자식을 만드는 법인데, 이 혼담의 경우는 자식이 아버지를 만드는 구나.
fathers commonly do get their children, but in this case of wooing, a child shall get a sire, if I fail not of my cunning.

🍂 이제 보니, 여자란 여간 강하지 않고선 바보 취급당하기 십상이네요.
I see a woman may be made a fool, If she had not a spirit to resist.

🍂 배가 부르면 길들일 수가 없어. 또 하나, 주인의 부름대로 야성의 매를 길들이려면 못 자게 하는 거야. 아무리 사나운 놈도 그렇게 하면 사육사의 명령에 고분고분해진다지.
Till she stoop she must not be full-gorged, for then she never looks upon her lure. Another way I have to man my haggard, to make her come and know her keeper's call, that is, to watch her, as we watch these kites that bate and beat and will not be obedient.

🍂 우리 마음이 부자인데 옷차림이야 어떻든 무슨 상관이오. 육체를 풍요롭게 하는 것은 뭐니뭐니해도 정신이 아니겠소. 아무리 천한 옷차림이라 해도 미덕은 나타나는 법이오. 빛깔이 곱다고 독사를 장어보다 좋다고 할 사람은 없소.
Our purses shall be proud, our garments poor, for 'tis the mind that makes the body rich, and as the sun breaks through the darkest clouds, so honour peereth in the meanest habit. What is the jay more precious than the lark, because his fathers are more beautiful? Or is the adder better than the eel, because his painted skin contents the eye?

🌸 현기증이 나는 사람은 바깥 세상이 돈다고 생각하죠.
He that is giddy thinks the world turns round.

🌸 신하가 군주에게 지고 있는 의무를 아내는 남편에게 지고 있다.
Such duty as the subject owes the prince, even such a woman oweth to her husband.

🌸 그야 젊은이들을 세계로 흩어지게 하는 바람을 타고 왔지. 좁은 고향보다 넓은 세상에서 행운을 잡고 싶어 왔네.
Such wind as scatters young men through the world, to seek their fortunes farther than at home where small experience grows.

한여름 밤의 꿈

등장인물

시시어스_ 아테네의 공작으로 히폴리타와의 결혼을 앞두고 있다.
히폴리타_ 아마존의 여왕, 시시어스의 약혼녀
이지어스_ 허미아의 아버지로 딸이 디미트리어스와 결혼하길 원하고 있다.
라이샌더_ 허미아를 사랑하는 총각으로 꽃즙 덕에 뜻을 이룬다.
디미트리어스_ 허미아의 약혼자. 라이샌더에게 그녀를 뺏기지만 결국 꽃즙의 조화로 헬레나와 결혼하게 된다.
허미아_ 이지어스의 딸. 부친의 뜻을 따라 디미트리어스와 정혼했음에도 라이샌더를 사랑하여 도망을 친다.
헬레나_ 디미트리어스를 짝사랑하는 처녀. 역시 꽃즙의 조화로 디미트리어스와 결혼에 성공한다.
필러스트레이트_ 시시어스의 축제준비위원장
오베론_ 숲을 지배하는 요정의 왕
타이테니아_ 요정의 여왕으로 오베론과 인간처럼 때때로 부부싸움을 벌인다.
요정_ 타이테니아의 시녀
콩꽃/거미줄/겨자씨_ 요정들
퍽_ 로빈 굿펠로라고도 불리는 작은 요정으로 몹시 짓궂은 장난을 즐긴다.
퀸스_ 목수로 보톰 등과 어울려 공작의 결혼식을 축하하는 연극을 준비한다.
보톰_ 직조공 / **플루트_** 오르간 수리공
스너우트_ 땜장이 / **스너그_** 접합공 / **스타블링_** 재봉사
요정의 왕과 왕비의 시중을 드는 다른 요정들, 시시어스와 히폴리타의 시중을 드는 시종들

줄거리

이 작품은 사랑의 변덕스러움과 진실한 사랑의 승리를 그리고 있는 작품으로, 1600년에 간행되었다. 특히 멘델스존은 이 작품을 읽고 그 환상적이며 괴이한 시적 여운에 감흥을 느껴 극음악 「한여름 밤의 꿈」을 작곡했다. 덕분에 셰익스피어의 다른 어떤 작품들보다도 자주 공연되고 있다.

이 작품에는 요정과 귀족, 그리고 서민이 등장한다. 마을의 처녀 허미아는 아버지의 뜻에 따라 디미트리어스와 결혼을 해야 한다. 하지만 그녀가 사랑하는 사람은 디미트리어스가 아니라 라이샌더다. 결국 허미아는 라이샌더와 함께 아테네 근교의 숲으로 도망치고, 디미트리어스가 그녀의 뒤를 쫓아간다. 디미트리어스를 사랑하는 허미아의 친구 헬레나 역시 디미트리어스를 따른다.

네 사람이 모인 이 숲은 요정들이 출몰하는 곳이다. 요정 퍽의 손에는 사랑의 묘약인 꽃즙이 쥐어져 있었는데, 이것은 눈을 떴을 때 처음 눈에 띈 것을 사랑하게 만드는 힘을 갖고 있다.

요정 왕인 오베론은 퍽에게 인도 소년에게 빠져 있는 요정 여왕의 눈썹에 꽃즙을 바를 것을 명한다. 그런데 퍽이 실수로 그것을 라이샌더에게 바르고, 라이샌더는 잠을 깬 헬레나에게 반해 버린다. 한편 디미트리어스에게 오베론이 꽃즙을 바르자, 잠을 깬 그는 헬레나를 사랑하게 된다. 모든 관계가 완전히 반대로 된 것이다.

그러자 이 사실을 알아챈 오베론은 다른 꽃의 즙을 발라 먼저 약의 효과를 없애 원래 상태로 되돌려 놓는다.

제1막

제1장

아테네, 시시어스의 궁전

시시어스와 히폴리타가 등장하고, 필러스트레이트와 시종들이 그 뒤를 따라 등장

시시어스 아름다운 히폴리타여, 이제 우리가 결혼식을 올릴 시각이 걸음을 재촉하여 코앞으로 다가왔군요. 행복한 나흘 밤낮을 보내고 나면 새로운 초승달이 떠올라 날을 밝혀줄 것이오. 하지만 이지러지는 그믐달의 발걸음은 참으로 느리기만 하구려. 내 소망을 이토록 늦추고 있으니 말이오. 마치 유산상속자의 재산이나 축내는 계모나 유산상속권을 가진 과부처럼 말이오.

히폴리타 나흘 낮이라 해도 한순간에 밤의 어둠 속으로 녹아들 것이고, 나흘 밤이라 해도 꿈결처럼 빨리 흘러갈 것입니다. 그러면 밤하늘이 막 잡아당겨 팽팽해진 은빛 활 같은 초승달이 우리의 결혼식이 치러질 그 밤을 지켜볼 것입니다.

시시어스 자, 필러스트레이트. 가서 아테네의 젊은이들을 유쾌하게 만들어 주어라. 생기를 불어넣어 주어서 흥에 겨운 어깨춤이 절로 나오도록 하라. 울적한 기분일랑 장례식장으로 보내 버리도록 하고, 안색이 창백한 자는 우리 결혼식에 부르지도 말라. (필러스트레이트 퇴장) 히폴리타, 나는 이 검으로 그대와 겨룬 끝에 청혼을 하여 그대의 사랑을 얻었으니 그대에게 거친 면만을 보여주었던 것 같소. 하지만 결혼식만은 그와는 달리 성대하고 화려하면서 유쾌하게 치를 생각이오.

이지어스와 그의 딸 허미아가 등장하고 라이샌더와 디미트리어스가 그 뒤를 따라 등장

이지어스 시시어스님께 만복이 깃드시기를!
시시어스 고맙소, 이지어스 공. 무슨 일로 오셨소?
이지어스 제 딸년 허미아가 속을 썩여서 고민 끝에 하소연이라도 할까, 하고 이렇게 달려왔습니다. 디미트리어스, 앞으로 나오게. 공작님, 고귀하신 공작 전하, 이 사람은 제가 딸년을 주겠노라고 허락한 사람입니다. 라이샌더, 자네도 앞으로 나오게. 자비로우신 공작 전하, 이 자가 제 딸년을 유혹해서 그녀의 마음을 사로잡은 사람입니다. 라이샌더, 너는 내 딸년을 위해 사랑의 시를 써주었고, 그 애에게 사랑의 선물을 주었지. 밤마다 내 딸의 창문 밖에서 제딴에는 달콤한 목소리로 사랑의 연가를 부르면서 그 애의 마음속에 네 모습을 심어놓은 거야. 네 머리카락으로 만든 팔찌며 반지, 값싼 물건과 장식품, 꽃다발과 자질구레한 과자 등으로 순진한 내 딸년의 마음을 훔쳐갔지. 너는 교묘하게 내 딸년의 여린 마음을 훔쳐내서 고집불통의 사고뭉치로 만들어놓은 거야. 공작님, 만일 제 딸년이 공작 전하 앞에서 제가 허락한 디미트리어스와 결혼하는 데 동의하지 않는다면 이 사람에게 아테네에서 예로부터 전해 내려오는 아비의 특권을 허락해 주십시오. 딸년은 제 소유이오니 제가 제 마음대로 처리하도록 말입니다. 즉, 아테네의 법이 바로 이런 사건에 적용하도록 만들어놓은 법률에 따라 제 딸년이 이 젊은이와 결혼하든가, 아니면 죽음을 택하든가 양자택일하도록 해주십시오.

시시어스 허미아, 너는 어떻게 생각하느냐? 이 아름다운 아가씨야. 아버지는 너에게 하느님과 같은 존재 아니냐? 너에게 아름다움을 주신 분이기 때문에 그분과의 관계를 말할 것 같으면, 너는 그분이 빚어내신 밀랍 인형과 다를 바가 없단다. 그러니 이처럼 아름다운 모습을 그대로 두든, 부셔버리든 모두 그분의 뜻에 달려 있다. 게다가 디미트리어스는 훌륭한 신사가 아니냐?

허미아 라이샌더 도련님도 그러하옵니다.

시시어스 물론 그 사람도 그 사람 나름대로 괜찮겠지. 그러나 그는 네 부친의 승낙을 받지 못했으니 다른 쪽이 더 훌륭하다고 할 수밖에 없지 않느냐.

허미아 아버지께서도 제 눈으로 좀 보아 주셨으면, 하고 바랄 따름입니다.

시시어스 아니다. 너야말로 분별력을 갖춰야 할 것 같구나.

허미아 공작 전하께 용서를 바랄 뿐입니다. 어떤 힘이 저를 이렇게 대담하게 만들었는지는 모르지만, 전하 앞에서 감히 제 생각을 이렇게 말씀드리는 게 저의 정숙함에 도움이 되는 일은 아니라는 걸 알고는 있습니다. 하지만 감히 부탁컨대 공작님. 제가 만일 디미트리어스 도련님과의 결혼을 거절한다면, 저에게 내려질 최악의 형벌이 어떤 것인지요?

시시어스 교수형을 당하든가, 아니면 세상 사람들과 영원히 등진 채로 살아가든가 둘 중 하나다. 그러니 아름다운 허미아야, 네가 진실로 원하는 것이 무엇인지 잘 헤아려보고, 젊음에 사로잡힌 네 감정을 확인해 보고, 네 격정까지 잘 살펴보렴. 만일 네가 네 부친이 정한 남자를 마다한다면, 수녀복을 걸치고 평생을 어둠침침한 수녀원에 갇힌 채, 수태도 못하는 쓸쓸한 독신녀로 살아갈 게 뻔하지 않느냐? 물론 달의 여신을 찬양하는 무미건조한 찬송가를 부르면서 격정을 다스리며 일생을 살아가는 것도 하늘의 축복일 수도 있겠지. 그러나 장미처럼 가시로 보호받으며 향기를 뿌리다가 도도히 홀로 시드는 것보다 세속적인 관점에서 보면 더 큰 행복이 세속에 있느니라.

허미아 저도 순결한 처녀로서 저의 특권을 영혼이 원하지도 않는 그분의 속박에 내맡기기보다는 차라리 그렇게 자라서 그렇게 살다가 그렇게 죽겠습니다, 전하.

시시어스 다시 한 번 시간을 갖고 생각해 보아라. 그리고 이번 초승달이 뜨면 나는 내가 사랑하는 히폴리타와 영원히 변치 않는 인생의 동반자가 되겠노라고 언약하는 백년가약을 맺을 것이다. 바로 그 날 너도 네 아버지의 명을 따라 디미트리어스와 결혼하든가, 아니면 평생을 금욕하면서 처녀신 아르테미스의 제단에서 독신으로 살아가겠노라는 맹세를 하든가 양자택일을 해야 한다.

디미트리어스 사랑스런 허미아, 그만 고집을 버리고 내 뜻을 받아주시오. 그리고 라이샌더, 자네도 부당한 뜻을 거두고 정당한 내 권리를 인정해 주게.

라이샌더 디미트리어스, 자네는 이 아가씨 부친의 총애를 받고 있으니 그 분과 결혼하게나. 그리고 허미아의 총애는 내가 차지하는 게 어떻겠나?

이지어스 이 고약한 놈아, 너 말 한번 잘했다. 저 사람이 내 총애를 받고 있는 게 사실이니까. 총애하기 때문에 내 소유물을 저 사람에게 주려는 거다. 내 딸은 내 소유물이니까 나는 내 딸에 대한 모든 권리를 디미트리어스한테 양도할까 한다.

라이샌더 공작 전하, 저로 말씀드릴 것 같으면 가문으로 보나 재산으로 보나 이 자보다 뒤질 것이 전혀 없는 사람입니다. 게다가 제가 품고 있는 애정이 이 자의 것보다는 더 간절한 편인데다, 비록 장래성은 디미트리어스보다 다소 뒤질지 모르지만, 보다 중요한 아름다운 허미아의 사랑을 받고 있지 않습니까? 제가 권리를 주장해서 안 될 이유라도 있습니까? 당사자 앞에서 말씀드리기는 거북합니다만, 디미트리어스는 네다의 딸 헬레나에게 구애해 그 여자의 영혼을 사로잡은 바 있습니다. 가련하고 어여쁜 헬레나는 결점 투성이인 이 자에게 홀딱 반한 나머지 넋을 잃고 이 자를 신처럼 숭배하고 있지요.

시시어스 사실은 나도 소문을 들은 적이 있어서 디미트리어스와 그 문제로 얘기를 하려고 했는데, 내 사적인 일로 분주해 그것을 잊고 있던 터이다. 한데 디미트리어스, 이리 오시오. 이지어스 공, 이리 오시오. 은밀히 할 얘기가 있으니 함께 갑시다. 그리고 허미아, 너의 애정 문제는 잊고 아버지의 뜻에 따르거라. 그러지 않으면 아테네의 법률에 따라 교수형이든, 독신이든 하나를 택해야 한다. 나로서도 어쩔 수 없구나. 자, 히폴리타, 이리 오시오. 기분이 어떻소, 내 사랑이여? 안색이 조금 어둡구려. 디미트리어스와 이지어스 공, 갑시다. 우리 결혼식 준비를 위해서 그대들이 맡아서 해줘야 할 일도 있고, 그대들과 긴히 관련된 문제로 의논할 일도 있으니.

이지어스 네, 기꺼이 가겠습니다. (라이샌더와 허미아만 남겨두고 모두 퇴장)

라이샌더 어찌된 일이오, 내 사랑이여? 안색이 백짓장같이 창백하구려. 장밋빛이 이토록 빨리 바랠 수가 있소?

허미아 비가 내리지 않아서 그래요. 제 눈에서 몰아치는 폭풍이 억수 같은 비를 불러오면 좋을 텐데.

라이샌더 오오! 슬픈 일이오. 내 지금껏 책에서 읽은 바로나, 지금까지 이야기나 역사를 통해 들은 바로는 진실한 사랑이 순풍에 돛 단 듯 그렇게 순탄하게 진행된 경우를 본 적이 없소. 그 원인이 신분의 차이라든가, 뭐든.

허미아 아, 기구하여라. 신분이 높은 사람은 낮은 사람을 사랑할 수 없다니.

라이샌더 아니면 나이 차가 너무 심해서……

허미아 원통한 일이네요! 나이 차가 너무 심해 사랑이 이루어지지 못한다는 건.

라이샌더 아니면 친족들의 강요에 의해서든가.

허미아 아, 흉한 일이네요! 남의 눈을 빌려서 사랑할 대상을 선택한다니.

라이샌더 아니면, 비록 사랑하는 두 사람의 뜻이 잘 맞는다 하더라도 전쟁이나 질병, 죽음과 같은 것들이 두 사람의 사랑을 덮쳐서 소리처럼 순간적이고 그림자처럼 빠르고 꿈결처럼 짧고 석탄처럼 새까만 밤중에 번쩍하면서 세상을 비추고는 사람들이 '저것 봐!' 하고 말할 사이도 없이 어둠 속으로 묻혀버리는 번갯불처럼 덧없는 것으로 만들어 버리니, 이렇게 생동하는 빛을 발하는 아름다움이란 순식간에 덧없이 사라지게 마련이지.

허미아 진실한 사랑을 나누는 연인들이 언제나 그렇듯 쉽게 좌절해 왔다면, 아마 운명이 정해놓은 규칙이라고나 해야겠죠. 하지만 시련이 와도 인내하는 법을 배울 필요가 있습니다. 사랑에는 반드시 따라 다니는 비관적인 생각과 꿈과 한숨, 희망과 눈물 같은 사랑의 동반자들처럼, 그것은 언제나 만나게 되는 좌절이 아닐까요.

라이샌더 맞는 말이오. 허미아, 하지만 내 말을 좀 들어보시오. 내게는 날 끔찍이 여기는 숙모 한 분이 살아 계시다오. 돈 많은 미망인으로 자식들은 하나도 없소. 지금 아테네에서 10킬로미터쯤 떨어져 있는 시골에 살고 계시는데, 나를 당신의 외아들처럼 생각해주고 계신다오. 상냥한 허미아, 우리 그곳에 가서 결혼식을 올립시다. 아무리 가혹한 아테네의 법률일지라도 그곳까지는 따라오지 못할 거요. 당신이 날 진정으로 사랑한다면, 내일 밤 그대 아버지의 집을 몰래 빠져 나오시오. 그리고 마을에서 2킬로미터쯤 떨어진 그 숲 속에서 만납시다. 언젠가 내가 오월제 아침축제 때 헬레나와 함께 있던 그대를 만났던 그 숲 말이오. 거기서 내 그대를 기다리겠소.

허미아 오, 내 사랑, 라이샌더 도련님. 물론 가야지요. 가고말고요. 큐피드의 가장 강한 활과 황금화살 촉이 달린 멋진 화살에 걸고, 비너스의 수레를 끄는 비둘기들의 그 청순함에 걸고, 영혼과 영혼을 맺어주고 사랑을 무르익게 해주는 그 사랑의 여신을 걸고, 그리고 그 못 믿을 트로이의 이니어스가 돛을 올리고 떠나는 모습을 걸고, 저 카르타고의 여왕이 자신의 몸을 던져 불태웠던 그 불길을 걸고, 지금까지 남성들이 깨뜨렸던 그 모든 맹세들을 걸고, 물론 그 수에 있어서는 여성들의 것보다 훨씬 더 많겠지만, 어쨌든 이 모든 것을 걸고 도련님께 굳게 맹세합니다. 도련님께서 지금 말씀하신 바로 그 장소에서 내일 어김없이 도련님을 만나 뵐게요.

라이샌더 틀림없이 약속을 지켜주시오, 내 사랑. 아, 저기 헬레나가 오는구려.

헬레나 등장

허미아 어여쁜 헬레나, 잘 있었니?

헬레나 내가 예쁘다고 했니? 다시는 어여쁘다는 말은 하지도 마! 디미트리어스가 사랑하는 사람은 바로 너잖니. 아름다운 너야말로 그 얼마나 행복할까! 네 두 눈은 그분의 길잡이인 북극성이고, 그분 귀에 들리는 네 말소리는 보리가 푸르러지고 산사나무 싹이 움틀 때 목동의 귀에 들리는 종달새의 울음 소리보다도 더 듣기 좋은 감미로운 음악이겠지.

네 아름다움이 전염병처럼 나에게 옮겨지기만 한다면, 내가 이 자리를 뜨기 전에 네 목소리와 네 아름다운 눈이, 네 혀의 달콤한 선율이 나한테 옮겨지면 얼마나 좋겠니. 만일 내가 이 세상의 주인이라면, 디미트리어스를 제외한 나머지 모든 걸 너에게 넘겨줄 수도 있으련만. 오, 허미아, 나에게도 좀 가르쳐주렴. 어떤 시선으로 네가 디미트리어스를 바라보고, 어떤 기교로 그분을 사로잡았는지.

허미아 글쎄, 내가 그분에게 오만상을 찡그려 보여도 그는 날 좋아하더구나.

헬레나 아, 찡그리는 네 얼굴이 내 웃는 얼굴에 그런 기교를 가르쳐줬으면!

허미아 내가 그분에게 상스런 욕을 마구 퍼부어도 그는 싱글벙글 웃더구나.

헬레나 아, 내 기도가 네 악담처럼 그에게 그런 사랑을 불러일으키면 좋으련만!

허미아 내가 미워하면 미워할수록 그분은 그만큼 나를 더 끈질기게 쫓아다니더구나.

헬레나 그분은 내가 사랑하면 할수록 그만큼 나를 더욱 멀리하고 있어.

허미아 헬레나, 그분이 그렇게 어리석게 구는 건 내 책임이 아냐.

헬레나 바로 네 아름다움 때문이지. 너의 아름다움이 아니라 나의 아름다움 탓이라면 얼마나 좋겠니!

허미아 걱정하지 마. 그는 두 번 다시 나를 만날 수 없을 테니까. 난 라이샌더 도련님과 함께 이 아테네에서 벗어날 거야. 도련님을 만나기 전만 해도 이 아테네가 내겐 천국이었는데. 아, 사랑하는 내 님에게 그 어떤 마력이 있는지는 모르겠지만, 이 분을 만나고 나서는 이 천국이 지옥으로 변해 버렸어!

라이샌더 헬레나, 아가씨에게만 비밀을 털어놓는 거요. 내일 밤 달의 여신 피비가 거울 같은 물 위에 자신의 은빛 얼굴을 비쳐보고, 풀잎들이 진주알 같은 이슬로 몸을 장식할 무렵, 우리는 이 아테네의 성문을 빠져나갈 계획이오. 사랑의 도피를 하는 연인들의 발자취를 숨기기에는 더없이 좋은 시간이잖소.

허미아 기억하지? 너와 내가 연한 자주색 앵초꽃을 침상으로 삼고 누워서 서로의 마음속에 숨겨놓은 예쁜 비밀을 털어놓곤 했던 그 숲 속 말야. 그곳에서 라이샌더 도련님과 내가 만나기로 했단다. 그리고 그 길로 아테네를 떠나 새로운 친구와 이웃들을 만날 거야. 물론 아테네에는 두 번 다시 돌아오지 않겠어. 잘 있어, 헬레나. 우리 두 사람을 위해 기도해 줘. 너도 디미트리어스와 좋은 짝을 이루길 바랄게! 라이샌더 도련님, 약속 지키는 것 잊지 말아요. 내일 밤까지는 사랑하는 님이라는 음식을 굶을 수밖에 없군요. (허미아 퇴장)

라이샌더 물론이지, 허미아. 헬레나 아가씨, 그럼 잘 있어요. 아가씨가 디미트리어스를 사랑하듯 그도 아가씨를 사랑하도록 빌겠소. (라이샌더 퇴장)

헬레나 사람이란 사귀는 사람에 따라 더 행복해지기도 하는 법이거늘! 아테네 시내에서는 내 미모도 저 애 못지않게 아름답다는 말들을 하는데, 그게 다 무슨 소용이람! 디미트리어스가 그렇게 생각해주지 않고 있으니 말이야. 세상 사람들이 다 아는 사실을 왜 그만은 혼자서 모르고 있는 걸까? 그가 아무것도 모르면서 허미아의 두 눈에 넋을 빼앗겼듯 나 또한 그의 매력에만 끌려 이렇게 빠졌나봐. 아무리 천박하고 사악하고 무가치한 것이라 해도 사랑은 아름답고 훌륭한 가치가 있는 것으로 바꿔놓게 마련이니까. 사랑은 눈으로 보는 게 아니라 마음으로 보는 법이잖아. 그래서 날개 달린 큐피드도 장님으로 그려져 있겠지.

사랑하는 사람들의 마음에는 분별심이라곤 없으니 말야. 날개만 있고 눈이 없는 형상 또한 물불 안 가리고 덤비는 모습이잖아. 그래서 사랑의 신을 다들 어린아이로 생각하나봐. 선택을 했다 하면 번번이 속아 엉뚱한 결과를 가져오니까. 장난꾸러기 어린아이들이 놀이를 하면서 함부로 맹세를 하듯이 사랑의 신 큐피드도 늘상 도처에서 거짓 맹세를 하잖아. 디미트리어스도 허미아의 눈을 들여다보기 전까지만 해도 자신의 애인은 오직 나뿐이라는 사랑의 맹세를 내게 우박처럼 퍼부어댔지. 하지만 허미아로부터 발산되는 열을 받은 순간 그는 허물어졌고, 동시에 우박과도 같았던 사랑의 맹세도 하릴없이 녹아버렸던 거야. 바로 그거야. 그에게 달려가 허미아가 사랑의 도피를 할 거라고 귀띔해 주자. 그러면 그는 내일 밤 허미아를 쫓아가기 위해 그 숲 속으로 달려가겠지. 오, 안 돼. 이 일을 알려주면 그는 내게 감사할지 몰라도 나는 상처를 받게 될 게 틀림없어. 그러나 그렇게 함으로써 내 고통이 더욱 깊어진다 할지라도 그의 모습을 보는 것만으로도 충분히 보상이 되겠지.

제2장

아테네, 퀸스의 오두막

목수 퀸스, 소목장이 스너그, 직조공 보톰, 풀무 수선공 플루트, 땜장이 스너우트, 재단사 스타블링 등장

퀸스 어디…… 우리 단원들이 다 모인 건가?

보톰 자네가 갖고 있는 그 명단을 보고 한 사람 한 사람 이름을 불러보는 것이 좋겠네.

퀸스 그럼 그럴까? 공작님의 결혼식날 밤 공작님 내외분 앞에서 펼쳐보일 우리의 막간극에 어울릴 만한 사람들을 온 아테네를 뒤져 모조리 골라 이 두루마리에 적어 놨지.

보톰 피터 퀸스, 먼저 연극의 줄거리를 들려주게나. 그런 다음 배역을 결정하고, 또 그런 다음 의논을 하면 되겠네.

퀸스 좋아, 우리가 할 연극은 가장 슬픈 희극으로서 피라므스와 시스비의 처참하기 짝이 없는 죽음을 다룬 거라네.

보톰 아주 멋진 연극이 될 거야. 내 보장할 수 있지. 즐겁기도 하고 말이야. 자, 피터 퀸스, 어서 두루마리를 보고 배역을 발표하라고. 자, 장인 여러분은 널찍하게 자리를 잡으시지.

퀸스 그럼 먼저 호명부터 하겠네. 직조공 닉 보톰?

보톰 여기 있네. 먼저 내 역할부터 말해 주고, 계속 진행을 하는 게 나을 것 같네.

퀸스 니크 보텀은 피라므스 역을 맡도록 돼 있네.

보텀 피라므스라면 어떤 역할이지? 애인 역인가, 아니면 폭군 역인가?

퀸스 애인 역이네. 사랑 때문에 지극히 용감하게 죽음을 택하는 슬픈 역일세.

보텀 거, 내가 그 역만 제대로 해내면 울음바다가 되겠군. 관객들에게 눈을 조심해야 한다고 말해 두게. 먼저 눈물의 폭풍을 일으킨 다음, 눈물의 바다에 빠지게 해줄 테니. 그건 그렇고, 다음 순서로 넘어가게. 한데, 난 기질로 보면 폭군 역을 더 잘할 수 있는데. 천하장사 헤라클레스 역도 멋지게 할 수도 있고, 고양이를 갈기갈기 찢어 죽이는 난폭한 역도 기막히게 해낼 수 있거든.

> 광란하듯 뒹구는 암석들
> 진동하듯 천지를 부딪치며
> 감옥 문의 단단한 빗장들을
> 때려 부수리로다
> 태양신 피버스의 수레가
> 멀리 동쪽에서 빛을 내니
> 어리석은 운명의 여신들도
> 남김없이 쓰러지도다.

어떤가, 참 장엄하지? 이런 것이 헤라클레스식 말투이자, 폭군의 기질이라고. 물론 연인 역은 이보다는 구슬프게 해야겠지. 자, 이젠 다른 배역들 이름을 마저 부르게.

퀸스 풀무 수선공 프랜시스 플루트?

플루트 여기 있네, 피터 퀸스.

퀸스 플루트, 자네는 시스비 역을 맡아줘야겠네.

플루트 시스비가 누구지? 방랑하는 기사인가?

퀸스 아니, 피라므스가 사랑하는 여인일세.

플루트 안 돼, 여자 역은 사양하겠네. 나를 좀 보라고, 턱수염이 돋아나기 시작했잖아.

퀸스 전혀 상관없네. 가면을 쓰고 그 역을 할 거니까 될 수 있는 한 목소리만 가늘게 뽑으면 돼.

보톰 가면을 쓰고 하는 거라면 내가 시스비 역을 하겠네. 들어봐, 아주 가느다란 목소리를 낼 테니. "시스비! 시스비!" 하는 식으로 말이야. "아, 피라므스, 내 사랑하는 님이시여, 당신의 사랑스런 시스비, 당신의 연인이 여기 있습니다!"

퀸스 안 돼. 자넨 피라므스 역을 하고, 플루트는 시스비 역을 맡아야겠네.

보톰 좋아, 계속하게나.

퀸스 재단사 로빈 스타블링?

스타블링 여기 있네, 피터 퀸스.

퀸스 자네는 시스비의 어머니 역을 맡아줘야 하겠네. 그럼 다음은 톰 스너우트?

스너우트 여기 있네, 피터 퀸스.

퀸스 자넨 피라므스의 아버지 역일세. 나는 시스비의 아버지 역이고. 소목장이 스너그, 자네는 사자 역을 맡아주게. 이것으로 배역은 다 정해진 거지?

스너그 사자 역도 대사가 있겠지? 써놓았다면 미리 주게. 난 외우는 데는 워낙 느려서.

퀸스 그거야 즉석에서 하면 되지 않나? 그냥 으르렁대는 일밖에 더 있나?

보톰 내가 사자 역을 하면 좋겠는데. 듣는 사람들 가슴이 시원해지도록 으르렁거리게. 내가 으르렁거리면 아마 공작님께서도 이렇게 말씀하실 게 틀림없어. "한 번만 더 으르렁거리도록 하라, 한 번만 더!"

퀸스 맞아. 자네가 무섭게 으르렁거리면 공작님 부인이나 귀부인들이 기겁을 해서 비명을 지를 거야. 그렇게 되면 우리들은 교수형을 당하고도 남겠지.

일동 그렇고말고. 우리는 교수형을 당하겠지. 빠짐없이.

보톰 하긴 그렇지. 귀부인들이 기겁이라도 하는 날엔 우리들을 교수형시키겠다는 생각 외에는 다른 분별력이 남아 있을 수 없겠지. 그러면 내 목청을 좀 가다듬어서 귀여운 비둘기나 사랑스런 꾀꼬리처럼 부드럽게 큰소리로 으르렁거리면 어떨까? 마치 소쩍새처럼 으르렁거리겠다는 말일세.

퀸스 자네가 지금 할 수 있는 건 피라므스 역 말고는 없네. 피라므스는 얼굴부터 아주 잘생겼거든. 한창 때인 여름날에야 볼 수 있는 미남인데다 멋쟁이이며 신사 중의 신사지. 그러니 자네가 부득이 피라므스 역을 맡아 줘야겠네.

보톰 좋아, 그럼 내가 그 역을 맡기로 하지. 그런데 수염은 어떤 걸 달아야 하지?

퀸스 그건 자네 하고 싶은 대로 하게.

보톰 자네도 본 적이 있는 그 밀짚 색깔도 좋을 듯싶고, 황갈색도 괜찮을 듯싶네. 아니면 자주색이나 프랑스 금화빛은 어떨까? 그 샛노란 수염을 붙여도 괜찮을 듯싶은데.

퀸스 어떤 프랑스 사람은 매독 때문에 머리털이 하나도 없다고 들었네. 그러니 자네도 수염을 붙이지 않는 것도 괜찮을 듯싶네. 그건 그렇고, 장인 여러분. 자, 여기 여러분이 외워야 할 대사가 있소. 내가 제발 부탁하고, 간청하고, 소망하는 바는 여러분이 이걸 내일 밤까지 외워 오는 것이오. 그럼 내일 달밤에 마을에서 1.6킬로미터쯤 떨어진 궁전의 떡갈나무 숲에서 만나도록 합시다. 그곳에서 연습을 해봅시다. 마을 한복판에서 하면 사람들이 몰려들 테고, 그렇게 되면 모처럼 준비한 우리 계획이 탄로나기 쉬우니까. 나는 그동안 연극에 필요한 소도구 목록을 만들어 오겠소. 자, 부탁이니, 모두들 잊지 말고 꼭 오도록 하시오.

보톰 좋아. 그곳이라면 더없이 음탕한 대사라도 용감하게 연습을 할 수 있으니까. 자, 그럼 수고들 하게. 우리 모두 한마디도 틀리지 말아야겠군. 잘 가게!

퀸스 공작님네 떡갈나무 아래서 만나는 거다.

보톰 알았어. 약속 잊지 않겠네. 안 지키려면 아예 집어치우지, 뭐.

제 2 막

제 1 장

아테네 근교의 숲

요정 하나는 한쪽 문으로, 그리고 퍽은 다른 문을 통해 등장

퍽 무슨 일이니, 요정아! 어디 가는 길이니?

요정 산 넘고 물 건너, 덤불 헤치고 가시밭을 지나, 사냥터 지나고 울타리를 뛰어넘어, 뜰을 가로지르고 담을 넘어, 그리고 냇물을 건너고 불길을 뚫고 나는 어디든지 떠돌아다닌답니다. 달님보다 더 빨리 풀밭에 동그랗게 이슬을 뿌리며 요정의 여왕님 분부를 받들어 모셔야 하거든요. 키다리 앵초는 여왕님의 시녀들이라 황금 외투에 여왕님께서 하사하신 향기로운 루비 보석을 점점이 박아넣어 빛을 뿌리지만, 나는 이슬방울을 따다가 앵초꽃 이파리마다 진주 귀걸이처럼 그걸 달아주어야 한답니다. 그럼 잘 있어요, 이 장난꾸러기 요정들이여, 나는 가봐야 하니까요. 아마 여왕님과 다른 모든 요정들이 곧 이곳으로 올 거예요.

퍽 오베론 왕께서 오늘 밤 이곳에서 잔치를 열 거니까, 너희 여왕님은 그분 눈에 띄지 않는 게 좋을 거야. 왕께서는 요즘 심기가 불편하시거든. 여왕님이 인도 왕으로부터 훔쳐온 아름다운 소년 하나를 시동으로 차지했기 때문에 말할 수 없이 진노해 계시지. 하긴 너희 여왕은 그토록 아름다운 소년을 손에 넣어본 적이 없겠지. 그런데 시기심이 많은 오베론 왕은 숲 속으로 사냥을 다니실 때 그 소년을 수행 기사로 삼고 싶었다나봐. 하지만 그 소년을 정말 빼앗기고 싶지 않은 너희 여왕님은 그 애에게 화관을 씌워주는 등 그 아이를 보는 것으로 낙을 삼고 계시지. 그래서 두 분은 만나기만 하면 서로 으르렁거린대. 그곳이 숲 속이건 들판이건, 맑은 샘가이건 별이 찬란히 빛나는 밤이건 반드시 싸움을 하신다는 거야. 그래서 두 분의 요정들은 모두 겁에 질린 나머지 도토리 껍데기 속에 기어들어가 몸을 숨긴다나봐.

요정 내가 너의 모습과 행동거지를 잘못 보았을지 모르겠지만, 그렇지 않다면 너는 교활하고 못된 장난꾸러기 요정 로빈 굿펠로가 틀림없을 거야. 마을 처녀들을 놀라게 만들고, 아낙네들이 젓는 우유에서 크림을 걷어내고, 때로는 맷돌을 혼자 돌게 하는 그 요정 말야. 그래서 헐떡거려 가며 우유를 저어 버터를 만드는 아낙네들을 맥빠지게 만들고, 또한 맥주에서 거품을 일지 않게 하고, 밤에 길을 떠난 사람을 엉뚱한 길로 인도해서 골탕먹여 놓고 그들의 고통을 보고 좋아라 웃어대는 그런 요정이 바로 너지? 너를 보고 호고블린이니, 귀여운 퍽이니 하고 불러주는 사람에게는 일도 대신 해주고 행운도 몰아다주기도 한다는, 너는 그런 요정 아니니?

퍽 맞는 말이야. 네 말대로 내가 바로 밤의 유쾌한 방랑자란다. 오베론 왕에게 웃기는 재담을 들려주는 어릿광대지. 콩을 잔뜩 먹어 투실투실 살이 오른 정력적인 수말을 속여먹기도 하고, 암망아지로 둔갑하여 힝힝 울어대기도 하고, 때로는 구운 사과로 변신해 수다쟁이 할매의 술잔 속에 숨어 있다가 할매가 술을 마시면 그 할매의 입술을 쳐서 쭈글쭈글한 젖가슴에 술이 쏟아져 흘러내리게도 하지. 슬픈 이야기도 좀 해줄까? 의심 많은 아주머니가 날 의자로 잘못 알고 앉으려 할 때, 바로 그 순간 엉덩이에서 재빨리 빠져나오면 아주머니는 엉덩방아를 찧을 수밖에 없지. 아주머니는 바닥에 철퍼덕 주저앉으며, "염병할!" 하는 외마디 고함을 지르고는 쿨럭쿨럭 기침을 하게 마련이거든. 이 모습을 지켜본 사람들은 이렇게 재미있는 일은 처음이라고들 하며 흥에 겨워 재채기를 하며 배꼽을 잡고 웃어대지. 그건 그렇고, 어서 비켜라, 요정아! 여기 오베론 왕께서 납신다.

요정 우리 여왕님께서도 오시네. 왕께서는 그냥 지나치셨으면 좋으련만.

오베론이 한편에서 시종들을 거느리고 등장, 다른 편에서는 타이테니아가 시중드는 요정들과 등장

오베론 오만한 타이테니아, 달밤에 잘 만났소이다.
타이테니아 아니, 시기심 많은 오베론이 웬일이세요? 얘들아, 어서 가자. 저 양반과는 잠시라도 가까이 있고 싶지 않구나. 잠자리에 드는 일도 앞으로 없을 거야.
오베론 성질머리하고는. 기다리시오, 나는 그대의 주인이 아니오?
타이테니아 그렇다면, 나는 안주인이 맞겠죠. 하지만 나는 알고 있어요. 당신이 요정의 나라를 몰래 빠져나가서 목동 코린으로 변신을 해갖고서는 하루종일 보리피리도 불고 사랑의 노래도 부르면서 저 요염한 바람둥이인 필리다를 유혹했다는 사실을요. 그리고 여기에는 무슨 일로 오셨겠어요? 아득히 머나먼 인도의 끝에서 말이에요. 아마 사냥용 가죽장화를 신은 당신의 연인이자 활기에 넘치는 저 아마존의 여왕이 시시어스와 결혼하려는 마당에 당신이 신방에 기쁨과 번영을 선사하기 위해서 오신 게 아니던가요?
오베론 타이테니아, 창피하게 그러지 맙시다. 당신이 시시어스와 좋아하는 사이라는 것을 이미 알고 있는데, 어떻게 나와 히폴리타와의 관계를 넘겨짚어 모함할 수 있소? 별이 총총한 밤에 당신이 그를 꾀어내지만 않았어도 그는 유괴까지 해서 아내로 삼았던 페리게니아를 버리진 않았을 거요. 또한 그가 아름다운 이글즈와의 관계를 끊은 것도, 아리아드느나 안티오파와의 언약을 깨뜨린 것도 그럼 당신이 한 짓이 아니라는 거요?

타이테니아 별말씀을 다 하시는군요. 모두가 당신의 질투심이 꾸며낸 헛소리잖아요? 여름이 시작되자마자 당신은 우리 둘이 만나 산들바람에 맞춰 춤이라도 추려고 들면 어디든 쫓아와 훼방을 놓았죠. 산골짜기든, 숲 속이든, 초원이든, 언덕이든, 계곡 아래든, 골풀 우거진 냇가든, 바닷가든, 모래밭을 가리지 않고 어김없이 고래고래 고함을 질러 흥을 깨뜨려 버리곤 했어요. 그러나 우리를 위해 피리를 불어주었지만 결국 허사가 되어버리자, 그에 대한 앙갚음으로 독기 품은 안개를 잔뜩 빨아들인 바람을 육지에 쏟아 놓는 바람에 아주 작은 강물조차 범람하여 물바다로 변했죠. 그러니 소들이 멍에를 지고 밭일을 한 것도 헛일이 되어버리고, 농부들이 흘린 땀도 물거품이 되어버렸고, 파릇파릇한 보리나 밀 등 곡식들은 싹이 터서 수염 달린 이삭이 패기도 전에 썩어문드러지고, 양의 우리는 물에 잠겨 형체도 없어지고, 까마귀들만 가축 시체 위를 날며 배를 불리고, 아홉 사람이 하게 돼 있는 모리스 놀이터는 진흙으로 뒤덮이고, 무성한 풀밭에 선수들이 만들어놓은 교묘한 미로도 밟는 이들이 없어서 분간하기 힘들게 되었죠. 결국 사람들은 겨울의 멋과 맛을 잃어버렸고, 밤이 되어도 찬송가나 기쁨의 노래로 축복하는 일도 없게 되었죠. 그러니 썰물과 밀물을 관장하는 달의 여신도 노여움으로 파리해진 끝에 습기찬 바람으로 감기와 신경통 등을 불러왔지요. 이 같은 기후 이변을 통해 계절의 본성마저 뒤섞어놓아 백발 같은 서리가 싱싱한 선홍색 장미의 꽃잎에 내리는가 하면, 늙은 동장군 하이엄즈의 그 차가운 대머리에 초여름의 향기로운 꽃봉오리로 만든 화관을 비웃기라도 하듯 씌워 놓았지요. 봄, 여름, 결실의 가을, 차가운 겨울의 이같은 변화에 어리둥절해진 사람들은 그 산물만 갖고는 대체 어느 게 어느 계절의 것인지 구별을 할 수 없게 되었죠. 이러한 고약한 재앙이 일어난 것은 모두 우리가 싸웠기 때문이에요. 우리가 불화해서 발생된 것들이니, 우리가 원인 제공자들인 셈이죠.

오베론 그럼, 당신이 고치도록 하시오. 당신 손에 달려 있으니까. 무엇 때문에 남편의 뜻을 거슬리는 거요? 나는 단지 당신이 바꿔치기해서 훔쳐온 그 소년을 내 시동으로 삼겠다는 것뿐인데.

타이테니아 그건 안 돼요. 요정의 나라를 몽땅 준다 해도 나는 그 아이를 아무에게도 내주지 않을 거예요. 그 애의 어미는 내 가르침을 따르던 나의 헌신적인 신봉자여서 저 인도에서 향기로운 바람이 부는 날 밤이 되면 내 곁에 앉아 세상 이야기를 하곤 했죠. 때로는 바다의 신 포세이돈의 노란 모래밭에 앉아 조류를 따라 항해하는 상선을 보다가, 방종한 바람과 희롱하던 끝에 임신이라도 해서 부풀어오른 배처럼 불룩해진 돛을 보고 배꼽을 잡고 웃곤 했지요. 그녀는 춤이라도 추듯이 귀여운 걸음걸이로 범선을 흉내내면서, 나에게 자질구레한 온갖 물건들을 주워다 주려고 항해하듯 땅 위를 걸어다니다가 상선이 항해에서 돌아오듯 나에게 돌아오곤 했죠. 그랬는데, 인간인지라 그런 그녀가 그 아기를 낳다가 그만 죽어버린 거예요. 그녀를 봐서라도 나는 그 아이를 돌봐줘야 했고, 그녀를 봐서라도 그 아이와 헤어져 살 수 없다는 거예요.

오베론 이 숲에는 얼마 동안이나 있을 생각이오?

타이테니아 시시어스 공작의 결혼식이 끝날 때까지요. 당신이 이것저것 꾹 참고 우리들과 함께 춤을 추고 달빛 속에서의 향연을 즐길 의향이 있다면 오셔도 괜찮아요. 그러나 그럴 생각이 없다면 지금 가버리세요. 당신이 가는 곳에 난 갈 생각이 없으니.

오베론 그 소년을 내게 넘겨준다면 나도 동행하겠소.

타이테니아 요정나라를 다 준다 해도 그렇게 할 수 없다고 했잖아요. 요정들아, 가자! 더 이상 지체했다간 또 싸우게 되겠다. (타이테니아와 그 일행 퇴장)

오베론 그래, 갈 테면 가라지. 내 이 모욕의 앙갚음으로 이 숲에서 한 발짝도 못 벗어나게 만들어줄 것이니. 상냥한 나의 퍽아, 이리 오너라. 너도 기억하고 있겠지? 언젠가 내가 바닷가 바위에 앉아 있었는데, 돌고래 등을 타고 있던 인어 하나가 노래하는 것을 들었던 적이 있지? 그 노랫소리가 어찌나 달콤하고 아름답던지 거친 파도도 노래를 듣고 잠잠해지고, 별들도 어떤 것들은 매혹된 나머지 미친 듯이 제 궤도에서 뛰쳐나왔던 일을 말야.

퍽 기억하고말고요.

오베론 그 순간 너는 못 보았겠지만 나는 보았단다. 활로 완전무장을 한 큐피드가 싸늘한 달과 지구 사이에서 무엇을 나르고 있는지. 그 녀석은 서쪽 왕좌에 자리잡고 있는 아름다운 처녀왕을 향해 정확하게 겨냥을 했고, 그 사랑의 활은 힘차게 떠났지. 수천, 수만의 젊은이들의 가슴이라도 꿰뚫을 기세였지. 그러나 나는 똑똑히 지켜보았지. 젊은 큐피드의 불타는 화살도 물기 어린 달의 청순한 빛을 받고는 불기가 사그라져 버리는 모습을. 덕분에 순결을 맹세한 그 처녀왕은 여전히 사색에 잠긴 채 사랑의 굴레에 얽매이지 않을 수 있었지. 그때 나는 큐피드의 화살이 떨어진 장소를 눈여겨 봐두었지. 서쪽 나라에서 피는 한 송이 작은 꽃 위에 떨어졌는데, 우유처럼 하얀 그 꽃은 금세 사랑의 상처로 자주색으로 물들더구나. 처녀들은 그 꽃을 '사랑에 취한 야생 비올라'라고 부르지. 네가 그 꽃을 따와야겠다. 언젠가 내가 너한테 보여준 적이 있는 그 화초 말이다. 그 화초의 꽃즙을 잠자는 남자나 여자의 눈꺼풀에 떨어뜨리면, 잠을 깨는 순간 눈에 띄는 최초의 창조물을 미친 듯이 사랑하게 된단다. 그 화초를 따오되, 고래가 십리를 헤엄쳐 가기 전에 단숨에 달려갔다 돌아와야 한다.

퍽 불과 40분이면 지구를 한 바퀴 돌지요. 냉큼 다녀오겠습니다.

오베론 그 꽃즙을 손에 넣기만 해봐라. 가져오자마자, 타이테니아가 잠들기를 기다렸다가 그녀의 눈꺼풀에 한 방울 떨어뜨려야겠다. 그러면 그녀가 깨어나 최초로 보는 것을, 그것이 사자든 곰이든 늑대든, 황소든, 까불거리는 원숭이든 영혼의 밑바닥까지 홀딱 반해서 쫓아다니겠지. 그리고 이 마법을 그녀의 눈에서 풀어주기 전에 그 시동을 그 여자의 손에서 반드시 빼앗아 와야지. 그런데 누가 여기로 오고 있는 걸까? 나는 사람들 눈에는 보이지 않으니, 어디 저 사람들 이야기를 살짝 엿들어볼까.

디미트리어스가 등장하자 헬레나가 뒤따라 등장

디미트리어스 제발 날 따라다니지 마시오. 나는 이제 더 이상 당신을 사랑하지 않는다고 그러지 않았소? 그런데 라이샌더와 아름다운 허미아는 어디 있는 거요? 내 그놈을 죽일 생각이지만, 그 아가씨는 나를 말려 죽이고 있소. 두 사람이 몰래 이 숲 속으로 도망쳤다고 당신이 말해서 내 여기까지 달려왔건만, 사랑하는 허미아가 보이지 않으니 미칠 것만 같군. 어쨌든 당신은 가시오. 더 이상 나를 따라다니지 말고.

헬레나 당신이 나를 끌어당기고 있어요. 차가운 자석 같은 도련님께서 말이죠. 그러나 당신에게 끌리는 내 마음은 단순한 쇠붙이가 아니랍니다. 제 가슴속에는 강철같이 진실한 사랑을 품고 있답니다. 그 자력을 거둬

보셔요. 그러면 제가 도련님을 쫓아다닐 힘도 사라지고 말 거예요.

디미트리어스 내가 그대를 유혹하고 있다는 말이오? 내가 그대에게 친절한 말이라도 한마디 한 적이 있던가? 오히려 나는 분명히 말했소. 그대를 사랑하지도 않고, 사랑할 수도 없다고 말이오.

헬레나 바로 그런 이유 때문에 제가 도련님을 사랑하고 있는 거예요. 저는 도련님의 애완견 스파니엘과 다름없어서, 디미트리어스 도련님, 당신이 저를 때리면 때릴수록 더욱 도련님을 따를 거예요. 제발 저를 도련님의 스파니엘로 취급해 주세요. 발로 걷어차시고, 무시하시고, 아예 잊어버리셔도 좋습니다. 보잘것없는 계집애지만 다만 도련님 곁에 있도록 허락해 주세요. 도련님은 개 다루듯 대해 달라는 간청보다 더 간절한 청을 받아보신 적이 있나요?

디미트리어스 증오심을 지나치게 자극하는 소리는 그만하시오. 그대를 쳐다보기만 해도 이젠 구역질이 난단 말이오.

헬레나 나는 도련님을 뵙지 못하면 애간장이 녹는걸요.

디미트리어스 그대는 처녀로서 지켜야 할 정숙함마저 잃은 것 같구려. 자기를 사랑해 주지도 않는 사람의 손에 몸을 맡기려 하다니. 더구나 한밤중이라는 위험한 시각이 아니오? 장소 또한 으슥한 곳이라 누구라도 나쁜 마음을 품을 수가 있을 텐데. 지금 처녀성이라는 값진 보화를 갖고 있잖소?

헬레나 도련님의 덕망이 저를 지켜주시겠죠. 왜냐하면 제가 도련님의 얼굴을 볼 수 있는 동안은 캄캄한 밤이 아니거든요. 따라서 저는 지금 밤이라는 시각에 있는 것도 아니며, 또한 으슥한 곳에 있는 것도 아니죠. 당신은 저에게 이 세상 전부나 다름없으시고, 이 숲 속도 세상과 동떨어진 곳은 아니거든요. 온 세상이 이렇게 저를 지켜보고 있는데, 어떻게 혼자 있다고 말할 수 있겠어요?

디미트리어스 난 그대를 내버려두고 도망쳐서 덤불 속에라도 숨어버리고 싶소. 그대가 사나운 짐승들한테 잡혀 먹든말든.

헬레나 아무리 사나운 짐승도 도련님처럼 그렇게 냉정하지는 않을 거예요. 어디 도망치시려거든 도망쳐 보세요. 그럼 이야기가 달라지겠죠. 아폴론이 도망을 치고 다프네가 뒤를 쫓는 셈이 되겠군요. 비둘기가 괴조 그리핀을 추격하고, 순한 암사슴이 호랑이를 뒤쫓는 셈이고요. 용맹스러운 쪽이 줄행랑인데, 겁쟁이가 뒤를 쫓으니 달려봤자 허탕만 치겠죠.

디미트리어스 더 이상 그대와 입씨름할 틈이 없소. 자, 이젠 나를 보내주시오. 그리고 끝까지 따라다니려면 잊지 마시오. 숲 속에서 내가 그대에게 몹쓸 짓을 할지도 모르니.

헬레나 그래요. 신전에서도, 시내에서도, 그리고 들판에서도 저에게 몹쓸 짓을 하셨죠. 이젠 그만 하세요, 디미트리어스 도련님. 그 부당한 행동은 여자에게는 부끄러움을 안겨줄 뿐이죠. 여자들은 남자들과는 달리 사랑을 얻으려고 싸울 수가 없어요. 여자들은 구애를 받아야지, 구애하도록 되어 있지는 않거든요. (디미트리어스 퇴장) 그래도 저는 당신을 따라가겠어요. 그토록 사랑하는 이의 손에 죽을 수 있다면, 지옥의 고통도 천국의 기쁨이 되겠죠.

오베론 오. 잘 가거라, 요정이여. 내 그대의 소원을 들어주리라. 그대가 이 숲을 떠나기 전에 그대가 도망 다니고, 그가 그대 사랑을 얻느라 뒤쫓아 다니도록 해주겠노라.

퍽 다시 등장

오베론 마침 잘 왔구나. 이 방랑자야. 그래, 그 꽃은 구해 왔겠지?

퍽 예, 여기 가져왔습니다.

오베론 그것을 이리 다오. 내가 언덕 하나를 알고 있느니라. 야생 백리향이 만발하고, 앵초꽃과 하늘거리는 오랑캐꽃이 무성하게 자라 바람에 흩날리고, 향기로운 사향장미와 찔레꽃이 빼곡하게 자란 인동덩굴과 더불어 하늘을 덮으며 지붕이 되어 있는 그 언덕으로 가자. 타이테니아는 곧잘 그곳으로 가서 꽃 속에서 춤을 추며 놀다가 밤이면 꽃 이불을 덮고 몇 시간 잠을 자지. 그리고 그곳에서는 뱀이 에나멜 칠이라도 한 듯 윤기 흐르는 허물을 벗곤 하는데, 요정이 입고 다녀도 될 만한 큼지막한 옷이란다. 그러면 나는 이 꽃즙을 그녀의 눈꺼풀에 떨어뜨려야겠다. 아마 그 순간 그녀는 야릇한 환상에 사로잡힐 테지. 너도 이 꽃즙을 조금 가지고 가서 이 숲을 뒤져봐라. 아름다운 아테네 아가씨 한 사람이 자기를 싫어하는 젊은이에게 홀딱 반해 있을 테니, 그 남자의 눈꺼풀에 꽃즙을 몇 방울 떨어뜨려야 한다. 그러나 그가 눈을 뜨자마자 바로 그 아가씨를 보도록 주의하거라. 꼭 그렇게 해야 돼. 아마 남자는 금방 찾을 수 있을 거다. 아테네 옷을 입고 있으니 쉽게 알아볼 수 있겠지. 그녀가 남자를 사랑하는 것 이상으로 남자가 그녀를 사랑하게 되도록 일을 조심해서 잘 처리해야 해. 그리고 이 일이 끝나면 첫닭이 울기 전에 나에게 돌아오는 것을 잊어선 안 된다. (모두 퇴장)

퍽 예, 심려는 마옵소서. 대왕님의 충복, 분부를 거행하겠나이다.

제 2 장

숲의 다른 곳

타이테니아, 요정들과 등장

타이테니아 자, 우리 원형무를 추며 요정의 노래를 부르자꾸나. 그리고 아주 잠깐만 저쪽으로 가 있거라. 몇 명은 가서 사향장미꽃 봉오리 속의 벌레를 죽이고, 또 몇 명은 박쥐와 싸워 가죽 날개를 떼어 와서 나의 작은 요정들의 외투를 만들어 주거라. 그리고 몇 명은 밤마다 부엉부엉 울어 우리 예쁜 요정들의 잠을 깨우는 부엉이를 쫓아내라. 나는 쉬어야겠다. 우선 노래를 불러 나를 잠재워다오. 그리고 너희들은 각자 맡은 일을 해라, 나는 좀 쉴 테니. (요정들, 노래한다)

요정 1 혓바닥이 갈라진 얼룩뱀들아,
가시투성이 고슴도치들아, 얼씬도 마라.
도롱뇽과 무족도마뱀들아, 장난도 말고
우리 여왕님 가까이에 오지도 말아라.

합창단 소쩍새여, 그 부드러운 목소리로
우리에게 달콤한 자장가를 불러다오.
자장자장 잘 자라 자장자장 잘 자라.
재앙도 주문도 마법도

우리 아름다운 여왕님께 얼씬도 말아라.

그러니 안녕히 주무시고 좋은 꿈 꾸세요.

요정 1 거미줄로 집 짓는 거미야,

가까이에 오지도 마라.

저리 가거라, 다리 긴 장님거미들아,

까만 딱정벌레도 얼씬거리지 마라.

달팽이나 벌레들도 물러가거라.

합창단 소쩍새여, 그 부드러운 목소리로

달콤한 자장가를 불러 다오

자장자장 잘 자라 자장자장 잘 자라.

재앙도 주문도 마법도

우리 아름다운 여왕님께 얼씬도 말아라.

그러니 안녕히 주무시고 좋은 꿈 꾸세요.

(반복하면서 타이테니아, 잠이 든다)

요정 2 자, 저쪽으로 물러가자꾸나. 이제 잠이 드셨으니 한 사람은 보초를 서야 해.

요정들 퇴장하면 오베론이 꽃즙을 들고 등장

오베론 그대가 잠에서 깨어나 눈앞에 나타난 것은 무엇이 되든 (타이테니아의 눈꺼풀에 꽃즙을 떨어뜨린다) 그대의 진정한 애인으로 잘못 알고 그자에 대한 사랑으로 애태우게 될 것이로다. 그것이 시라소니든, 고양이든, 산돼지든, 곰이든, 표범이든, 털이 곤두선 멧돼지든 그대가 깨어났을 때 눈앞에 보이는 게 무엇이든 보는 순간 그대의 애인이 될 것이로다. 뭔가 흉측한 것이 나타났을 때 잠에서 깨어나라.

오베론 퇴장하고 라이샌더와 허미아 등장

라이샌더 어여쁜 내 사랑, 숲 속을 헤매느라 당신도 기진맥진했구려. 솔직히 말하자면, 나도 어디가 어디인지 모르겠소. 여기서 좀 쉬도록 합시다, 허미아. 그대만 괜찮다면 날이 밝을 때까지 우리 여기서 잠시 눈을 붙입시다.

허미아 좋아요, 라이샌더 도련님. 나는 이 언덕을 베개삼아 쉴 테니, 당신도 잠자리를 찾아 주무세요.

라이샌더 한 뼘의 잔디면 우리 두 사람의 베개로 충분할 거요. 몸은 둘이지만 마음도 잠자리도 하나지. 가슴은 둘이지만, 진실은 하나요.

허미아 안 돼요, 라이샌더 도련님. 저를 위해서, 아직은 떨어져 누우셔야 합니다. 그렇게 가까이 오지 마세요.

라이샌더 흑심 없는 내 말의 뜻을 부디 이해해 주시오. 연인 사이의 대화란 사랑으로 참뜻을 전달하는 법이라오. 내 마음과 당신의 마음이 이렇게 맺어져 있으니 마음이 하나라고 한 것뿐이오. 하나의 맹세를 주고받은 사이라 하나의 쇠사슬로 얽혀 있는 셈이니 가슴은 둘이되 마음은 하나라는 거요. 그러니 당신 곁에 내가 눕는 것을 두려워하지는 마시오. 절대로 허튼짓을 하거나 그러지는 않겠소.

허미아 아 참, 라이샌더 도련님. 역시 말씀을 잘하시는군요. 도련님께서 허튼짓을 하실지도 모른다고 이 허미아가 말했다면, 저야말로 오만하고 태도가 불손한 여자라는 비난을 받아도 마땅하겠죠. 하지만 점잖으신 분이여, 우리의 사랑과 예절을 위해, 인간의 도리인 품위를 위해, 조금만 더 거리를 두고 누워주세요. 윤리적으로 정숙한 처녀와 예의

바른 총각에게 알맞다고 할 수 있는 만큼의 거리 말입니다. 그래요. 그만큼의 거리를 두고 자기로 해요. 그리고 안녕히 주무세요, 내 사랑, 당신의 행복한 삶이 끝날 때까지 그 사랑이 영원히 변치 않기를.

라이샌더 아멘, 나 역시 당신처럼 아름다운 기도를 드리겠소. 진정한 내 사랑이 끝나는 그 날, 내 생명도 끝나게 해주소서! 그럼 나는 여기서 자겠소. 잠이여, 그대에게 모든 안식을 주기를!

허미아 그 소망의 절반은 소망하시는 분의 눈에 깃들어 편히 잠드시기를!

(두 사람은 잠든다)

퍽 등장

퍽 숲 속을 아무리 샅샅이 뒤져도 이 사랑의 꽃즙이 사랑하는 마음을 불러일으키는 마력을 갖고 있는지 아닌지 눈꺼풀에 발라 시험해볼 수 있는 아테네 옷을 입은 사람은 찾아볼 수가 없네. 밤의 침묵만이 숲 속을 감돌 뿐이로구나. 그런데 이게 누구일까? 오베론 왕께서 말씀하신 대로 아테네 사람의 옷을 입고 있잖아. 그럼 이 자가 바로 그 자렷다. 오베론 왕이 그 아테네 처녀를 능멸하고 있다고 말씀하신 그자 말이야. 그러고 보니 이 처녀는 눅눅하고 더러운 땅바닥에서 잠들어 있네. 딱한 것! 이 피도 눈물도 없는 녀석 곁에는 감히 눕지도 못했구나. (라이샌더의 눈꺼풀에 꽃즙을 바른다) 이 무지한 놈! 네 녀석의 눈꺼풀에 이 마술의 꽃즙을 발라주마. 이제 네 녀석이 잠에서 깨어나면 상사병에 걸린 나머지 잠도 못 자게 만들어줄 것이다. 내가 가면 그렇게 잠에서 깨어나거라. 나는 오베론 왕한테 가서 보고를 드리면 되겠구나. (퇴장)

디미트리어스와 헬레나, 뛰어서 등장

헬레나 절 죽이셔도 좋으니 잠깐만요, 디미트리어스 도련님! 제발 기다려 주세요.

디미트리어스 이렇게 귀찮게 따라다니지 말라고 했잖소. 저리 가시오.

헬레나 이 어둠 속에 저를 내버려두고 가실 거예요? 설마 그러시지는 않겠죠?

디미트리어스 목숨이 아깝다면, 따라오지 말고 거기 서시오. 나는 혼자 갈 테니. (퇴장)

헬레나 아아, 어리석게도 뒤를 쫓아 달리기만 했으니 숨이 차서 쓰러질 것만 같네. 간절히 기도하면 할수록 왜 내가 받는 은총은 적어지는 걸까? 허미아는 어디에 있든 행복할 텐데. 그렇게 매혹적인 눈을 타고 났으니 말이야. 그 애는 어쩌면 그렇게 눈빛이 영롱할까? 설마 짜디짠 눈물 덕은 아니겠지? 만일 그렇다면 눈물이야 내가 더 많이 흘렸을 텐데. 아니, 아니, 나는 곰처럼 흉하게 생긴 게 틀림없어. 나를 보면 짐승들도 도망가잖아. 그러니 이상할 것도 없지. 디미트리어스가 나를 보면 괴물이라도 만난 것처럼 도망치는 것도. 대체 내 거울은 얼마나 사악하고 위선적이기에 나의 눈과 허미아의 별빛과 같은 눈을 비교해 볼 수 있도록 해놓았담. 어, 이게 누구지? 라이샌더 도련님이잖아. 왜 땅 위에 누워 계신 거지? 죽었나, 아니면 자는 걸까? 피도 흘리지 않고 상처도 없긴 하지만 라이샌더 도련님, 살아 계시다면 제발 일어나 보세요!

라이샌더 (잠에서 깨어나 벌떡 일어나며) 내 그대를 위해서라면, 불 속이라도 뛰어들겠소! 수정처럼 투명하고 아름다운 헬레나 아가씨! 그대의 가슴을 뚫고 그 마음을 훤히 들여다볼 수 있다니, 이거야말로 대자연의 마법이 아니고 무엇일까. 그런데 디미트리어스는 어디 있지? 아, 얼마나 간악한 이름인가. 내 검에 죽기에는 더없이 좋은 이름이지.

헬레나 라이샌더 도련님, 제발 그런 말씀은 마세요. 그분이 도련님의 허미아를 사랑한다 해도 그게 도련님과 무슨 상관이죠? 무슨 상관이 있겠어요? 그래도 허미아는 도련님을 사랑하고 있으니까 그것으로 만족하세요.

라이샌더 허미아로 만족하라고? 천만에! 나는 지금 이렇게 후회하고 있는데. 그녀와 함께 보냈던 그 지루했던 순간들은 생각만 해도 후회스러우니까. 허미아가 아니라 당신이오, 내가 사랑하는 여인은. 검은 까마귀를 하얀 비둘기와 바꾸려는 것은 누구에게나 당연한 일이 아니오? 본디 남자의 욕망은 이성의 지배를 받는 법인데, 내 이성은 허미아보다는 아가씨가 훌륭한 처녀라고 속삭이고 있소. 자라나는 과정에 있는 것은 제 철을 만나야 무르익는 법. 나 역시 풋내기라 지금까지는 이성적 판단을 충분히 내릴 만큼 무르익지 않았던 거요. 그러나 이제 인간으로서 분별력을 제대로 갖게 되어 이성이 내 욕망의 안내자가 되어 아가씨의 눈을 들여다보니, 비로소 읽을 수 있게 된 거요. 사랑의 책 속에 쓰여 있는 사랑의 이야기들을.

헬레나 무엇 때문에 내가 이렇게 가혹한 수모를 당해야 하지? 대체 내가 무슨 짓을 했다고 이런 멸시를 받는 거지? 그래도 충분하지가 않다는 말씀이지요, 젊은 도련님. 그러지 마세요. 물론 충분하지는 않지요. 내가 지금까지 디미트리우스 도련님한테 따뜻한 눈길 한 번 받지 못한 것도 가슴 아픈데, 도련님마저 저를 멸시하시다니요. 정말이지, 도련님께서는 저를 모욕하고 계신 거예요. 그렇게 능멸하는 태도로 구애를 하시다니. 하지만 안녕히 계세요. 솔직히 말씀드리면, 저는 도련님을 정말로 진지한 신사로서의 자질을 갖춘 분이라고 생각했어요. 아, 슬픈 운명이로구나. 한 남자로부터는 버림받고, 그 때문에 또 다른 남자로부터 이렇게 조롱을 받게 됐으니. (퇴장)

라이샌더 저 아가씨가 허미아를 보지 못했으니 정말 다행이군. 허미아, 그대는 거기서 푹 잠들어 다시는 내 곁에 가까이 오지 말기를! 단것을 너무 먹어서 물리게 되면 위에서 받아들여지지 않고, 사람들이 등진 사교는 그 사교로 인해 증오를 받듯이 나의 포식이요, 나의 이단인 그대. 만인에게도 증오의 대상이지만, 무엇보다 내 큰 증오의 대상이 아닐 수 없다. 그리고 나의 모든 능력이여, 내 사랑과 힘을 모두 바쳐서 헬레나를 숭배하고 그녀의 기사가 되도록 하라! (퇴장)

허미아 (잠에서 깨어나면서) 살려줘요, 라이샌더 도련님. 사람 살려요! 제 가슴에서 기어다니는 이 독사를 좀 떼어줘요! 아, 이런! 무서운 꿈이었네! 라이샌더 도련님, 저를 좀 보세요. 공포로 온몸이 부들부들 떨리네요. 뱀이 내 심장을 파먹는 줄 알았어요. 그런데도 당신은 앉아서 그저 웃고만 있지 뭐예요. 라이샌더! 도련님! 아니, 어디로 가셨을까? 라이샌더! 제 말이 안 들려요? 아니, 제 말이 들리지도 않는 곳으로 가셨나요? 설마 소리도 없이 말도 없이 가버린 건 아닐까? 아, 제발 대답해 보세요. 겁이 나서 기절할 것만 같아요. 안 계시나요? 정말 아무런 대꾸가 없네. 가까이에는 안 계시는 게 분명하구나. 조만간 내가 죽든가, 아니면 도련님을 곧 찾아내든가 하겠지. (퇴장)

제3막

제1장

숲 속

타이테니아는 계속 자고 있다. 퀸스, 보톰, 스너그, 플루트, 스너우트, 그리고 스타블링, 따로 혹은 두 사람씩 등장

보톰 다들 모였는가?

퀸스 그래, 어김없이 시간을 맞췄네. 그러고 보니 여기는 우리 연습장으로는 그만일세. 자, 무대를 풀밭으로 하고 분장실을 산사나무 덤불로 하세. 그리고 공작님 앞에서 하듯 열심히 해보세.

보톰 피터 퀸스!

퀸스 왜 불렀지, 보톰?

보톰 이 피라므스와 시스비에 관한 희극에는 좀 문제가 있네. 첫 번째는 피라므스가 자살을 하려고 칼을 뽑아 드는 장면인데, 귀부인들이 이 장면을 본다면 그냥 넘어가지 않을 것 같네. 자네들은 그 문제를 어떻게 생각하는가?

스타블링 그건 그래, 아마 기절초풍할 거야.

스너우트 그러고 보니 그럴 것 같군. 자살하는 그 장면만 빼는 건 어떨까?

보톰 그럴 필요까지는 없네. 모든 걸 잘 해결할 수 있으니까. 거기다 해설을 붙이면 되잖아. 그리고 서사역에게 읽으라고 그러지, 뭐. 칼은 뽑지만 피는 보지 않고, 피라므스도 정말로 죽는 것은 아니라고. 이게 좀 미흡하면 더욱 안심시키기 위해 이런 말을 덧붙일까? 나 피라므스는 실은 피라므스가 아니라 직조공 보톰이라는 말을 하라고 하지. 그럼 그분들은 무서워하지 않을 거야.

퀸스 좋아, 그럼 그런 내용을 해설로 붙이고, 그걸 팔육음절로 써넣도록 하자.

보톰 아냐, 두 음절을 더 늘리기로 하지. 팔팔음절로 쓰는 게 어떨까?

스너우트 귀부인들께서 사자는 무서워하지 않을까?

스타블링 틀림없이 무서워할걸.

보톰 잠깐, 그럼 이 문제도 심사숙고해 봐야겠군. 귀부인들 앞에 사자를 등장시킨다는 건 매우 위험한 발상이니까. 하느님, 우리를 보호해 주소서! 이 세상에 살아 있는 사자만큼 사나운 맹금이 어디 있어. 우리는 이 문제를 한번 심각하게 생각해야 한다고.

스타블링 그럼 해설을 한 군데 더 붙여서 진짜 사자는 아니라는 말을 해 줘야겠군.

보톰 아니지, 그럴 게 아니라 이름을 말하는 게 어때? 사자의 목 밖으로 얼굴을 반쯤 내밀면서 이렇게 말하면 되잖아. "아름다운 숙녀 여러분, 바라옵건대……" 하거나, "여러분에게 요청 드리는 바는……" 하든지, "아름다운 귀부인들이시여, 부탁하건대 제발 무서워하지도 마시고 겁을 내시지도 마십시오. 여러분께 만복이 깃드시기를! 만일 여러분들이 이곳에 출현한 저를 사자로 알고 계신다면, 제 일생일대의 유감입니다. 저는 사자가 아니라 다른 사람과 같은 사람이랍니다." 이런 식으로 말하고 나서 말이야. 정말로 자기 이름을 대고, 소목장이 스너그라고 솔직하게 자신의 정체를 밝히는 거지.

퀸스 좋아, 그럼 그렇게 하자. 그래도 어려운 문제가 두 가지 남았는데, 첫 번째는 궁전의 홀에 어떻게 달빛을 끌어들이는가 하는 것이네. 잘 알고 있겠지만 피라므스와 시스비는 달밤에 만나잖아.

스너우트 우리가 연극을 하는 날 밤은 달이 뜨는 밤이 아닌가?

보톰 달력을 가져오게! 달력을 뒤지면 아마 달밤인지 아닌지 알 수 있을 거야.

퀸스가 그의 가방에서 달력을 꺼내 뒤적인다.

퀸스 그날 밤엔 달이 뜨는군.

보톰 그럼 연극할 때 그 넓은 홀의 창문을 활짝 열어두면 되겠군. 그러면 창문을 통해 달빛이 홀 안으로 흘러들어올 테니까.

퀸스 그래도 좋지만, 누군가 가시덤불 한 다발과 등불을 들고 들어와서 자신은 달빛을 가리거나, 그 역을 맡은 사람이라고 밝혀도 되겠지. 그 다음으로 어려운 문제는 홀 안에 벽이 하나 있어야 한다는 건데, 줄거리에 따르면 피라므스와 시스비는 벽 틈으로 얘기를 나누거든.

스너우트 그렇다고 벽을 쌓을 수는 없는 일이잖아? 자네는 어떻게 생각하나, 보톰?

보톰 누구든 어느 하나가 벽으로 분장해야지 뭐. 벽이라는 걸 나타내기 위해 온몸에 회반죽을 하거나 진흙이나 자갈회반죽을 바르고 나오면 되잖아. 그런 다음 손가락을 이렇게 하고 서 있으면 되겠지. 피라므스와 시스비는 그 틈으로 속삭이면 되잖아?

퀸스 아, 그렇게만 할 수 있다면 만사형통이네. 자, 자네들은 모두 다 자리에 앉아서 연습을 시작하게. 피라므스, 자네부터 해봐. 자네 대사를 마치고 나면 저 덤불 속으로 몸을 숨기게. 자, 다들 자기 역할을 잊지 말도록.

퍽이 뒤에서 등장

퍽 저 촌놈들이 대체 무슨 일로 이렇게 시끌벅적 소란을 피우는 걸까? 하필이면 요정의 여왕 침실 옆에서 말이야. 혹시 연극 연습이라도 하는 건 아닐까? 좀 들어보다가 배우인 척하고 끼어들어도 되겠는걸.

퀸스 자, 피라므스, 앞으로 나와서 대사를 외워봐. 시스비는 앞으로 나오고.

보톰 시스비, 악취가 그윽한 꽃이여……

퀸스 악취가 아니라 향취일세.

보톰 향취가 그윽한 꽃이여! 사랑하는 시스비, 그대의 입김은 더욱 달콤하군요. 잠깐, 어디서 사람 소리가 나는군! 잠시 여기서 기다리시오. 내 곧 그대 앞에 나타나겠소. (퇴장)

퍽 이렇게 괴상망측한 피라므스는 생전 처음 보네! (퇴장)

플루트 이제 내가 할 차롄가?

퀸스 그래, 자네 차례야. 자네가 읊어야지, 잊지 말게. 피라므스는 인기척을 듣고 누군지 확인하러 간 거니까. 그는 잠시 나갔다가 다시 돌아올 거야.

플루트 더없이 찬란한 피라므스여, 그대의 흰 살결은 백합과 같고 두 뺨은 무성한 장미 덤불 위에 핀 장미꽃보다 더 화사하구려. 젊음과 원기가 넘치는 그대여, 지극히 아름다운 대장부여, 지칠 줄 모르는 준마의 진실함을 간직한 피라므스여, 내 그대를 만나러 가리다, 니니의 무덤에서.

퀸스 이 사람아, 니니가 아니라 '나이나스'라니까. 그리고 그 대사는 피라므스의 대사에 대한 답이니까 아직 읊어서는 안 돼. 한꺼번에 대사를 다 읊으면 어떡하지? 시작도 없고, 끝도 없이. 피라므스가 등장하면 자네 대사는 거기서 일단 멈춰야 돼. 자, 다시 해보게. '지칠 줄 모르는' 그 대목부터 해봐.

플루트 그래. 지칠 줄 모르는 준마의 진실함을 간직한 피라므스여.

퍽과 당나귀 머리 탈을 쓴 보톰 등장

보톰 시스비, 내가 아름답다면 나의 아름다움은 당신의 것이라오.
퀸스 악! 괴물이다! 이봐, 괴물이야! 귀신에 홀렸나봐. 장인 여러분, 모두 도망치시오! 사람 살려! (퀸스, 스너그, 플루트, 스너우트, 그리고 스타블링 퇴장)
퍽 저 놈들을 따라가야겠다. 녀석들을 빙빙 뺑뺑이를 돌려볼까? 늪 속으로, 숲 속으로, 가시덤불 속으로. 나는 때론 말도 되고, 사냥개가 되기도 하고, 머리 없는 곰이나 돼지나 도깨비불이 되어 힝힝 울기도 하고, 컹컹 짖어대기도 하고, 곰처럼 으르렁거리기도 하고, 꿀꿀거리기도 하고, 불꽃처럼 활활 타오르기도 하는 거야. (퇴장)
보톰 다들 왜 도망가는 걸까? 이건 나를 놀라게 하려고 꾸민 자들의 술책임에 틀림없어.

스너우트 등장

스너우트 보톰. 이보게, 웬일이야? 자네 모습이 바뀌었잖아? 자네 꼴이 왜 그래?
보톰 꼴이 왜 그 모양이야? 자네 머리 꼴이 바보 당나귀 대가리가 아니라면 뭔가?

스너우트 퇴장하고 퀸스 등장

퀸스 저런 변이 어디 있나, 보톰! 자네는 모습이 바뀐 거야.
보톰 내 놈들의 술책을 알고 있지. 나를 얼간이 당나귀로 만들어 놀라게 할 생각이겠지. 어디 할 수 있으면 해보라지. 하지만 놈들이야 무슨 수를 쓸지라도 난 여기서 노래나 해야겠다. 내가 겁내지 않는다는 것을 보여줘야 하니까. (노래한다)

> 황갈색 부리와 새카만 깃털을 가진
> 검은 수지빠귀야,
> 노래 잘 부르는 개똥지빠귀야,
> 노랫소리 가느다란 굴뚝새야……

타이테니아 (노랫소리에 깨어난다) 어떤 천사가 꽃 침대에서 잠이 든 나를 깨우는 걸까?
보톰 (계속 노래한다)

> 방울새야, 참새야, 그리고 종달새야,
> 멋없이 노래하는 회색 뻐꾹새야,
> 오쟁이 진 사내라는 소리에도
> 찍 소리 못하는 남편을……

타이테니아 부탁이에요, 친절하신 분이시여. 다시 한 번 그 노래를 들려주세요. 내 귀는 그대의 노래에 홀딱 빠져버렸고, 제 눈은 그대의 멋진 모습을 본 순간 황홀해졌답니다. 당신의 아름다운 미덕의 힘이 제 뜻과는 상관 없이 저를 감동시키는 바람에 첫눈에 그대에게 사랑을 느꼈다는 고백을 하지 않을 수 없게 됐네요.

보툼 아가씨, 이성이 있으신 분이라면 절대 그런 말씀을 해선 안 되겠죠. 하긴 요즘 세상에 이성과 사랑은 그리 좋은 관계는 아닌 듯싶습니다만. 더욱 개탄스러운 것은, 이 둘을 화해시키려 드는 성실한 이웃도 없다는 점이죠. 참으로 딱한 노릇이 아닐 수 없습니다. 나도 때로는 핵심을 찌르는 말 한마디쯤은 할 줄 알거든요.

타이테니아 당신은 멋지기도 하지만 지혜롭기도 하네요.

보툼 무슨 말씀. 하지만 지금 이 숲을 벗어날 수 있는 지혜만 있다면 지혜롭다는 것을 인정할 듯싶습니다.

타이테니아 이 숲에서 빠져나가실 생각은 아예 하지도 마세요. 당신은 이곳에 오랫동안 머물러 계셔야 합니다. 원하시든, 원하시지 않든, 저로 말씀드릴 것 같으면, 평범한 지위의 요정은 아니랍니다. 여름이라는 계절이 늘 저를 따라다니며 복종을 하지요. 그러한 제가 당신을 사랑하오니, 저와 같이 있어주세요. 요정들에게 당신을 시중 들라고 일러둘 테니까요. 그들은 깊은 바다에서 보물을 가져다 드리고 당신이 꽃밭에 누워 주무시면 자장가를 불러드릴 것입니다. 그리고 유한한 인간인 당신의 육체도 정화해, 공기처럼 육신이 없는 요정처럼 가볍게 만들어 드릴게요. 콩꽃아, 거미줄아, 나방아, 겨자씨야!

콩꽃, 거미줄, 나방, 겨자씨 등 네 명의 요정 등장

콩꽃 네, 여기 대령했나이다.
거미줄 저도요.
나방 저도요.

겨자씨 저도요.

일동 (머리 숙여 절하면서) 어디로 모실까요?

타이테니아 이 신사분을 친절하고 정중히 모시거라. 이 분이 내디시는 걸음걸음 흥겹게 춤을 추고, 이 분이 눈길을 던지는 곳에서는 즐겁게 재주를 피워라. 살구, 검은나무딸기, 자주색 포도와 파란색 무화과, 그리고 뽕나무 열매를 따서 이 분에게 갖다 바쳐라. 호박벌의 벌집에서 꿀도 따다 드리고, 꿀벌의 넓적다리에 잔뜩 붙은 밀랍을 따서 밤을 훤히 밝힐 양초를 만들어 드려라. 불타는 반딧불이 눈에서 불을 당겨 이 분을 침실로 인도해 드리고, 자리에서 일어나실 때는 그것으로 불을 밝혀드려라. 그리고 오색 찬란한 나비에게서 날개를 떼어 와서 이 분이 주무시는 동안 그 눈에서 달빛을 몰아내 드려라. 요정들아, 이 분에게서 머리를 조아려 예를 표하거라.

콩꽃 인사 드리겠나이다, 인간 나으리.

거미줄 인사 드리겠나이다.

나방 인사 드리겠나이다.

겨자씨 인사 드리겠나이다.

보톰 진심으로 여러분에게 양해를 구할 뿐이오. 실례지만 이름이 어떻게 되나요?

거미줄 거미줄입니다.

보톰 앞으로 당신과 잘 지내야겠소. 거미줄 요정님, 잘 부탁드리오. 내가 손가락을 베게 되면, 실례를 무릅쓰고 당신 신세를 지겠소. 신사분의 이름은 어떻게 되시는지?

콩꽃 콩꽃입니다.

보톰 당신의 어머님 되시는 풋콩 꼬투리 여사와 아버님 되시는 익은 콩 꼬투리 선생에게도 안부를 전해 주시오. 콩꽃 요정님, 당신과도 잘 지내고 싶소. 실례지만, 당신 이름은?

겨자씨 전 겨자씨랍니다.

보톰 겨자씨 양반, 내 참을성의 화신 같은 당신에 대해서는 얘기를 많이 들었소. 바로 저 덩치가 거인 같은 황소가 당신 집안 식구들을 많이 잡아먹었죠. 지금이니까 말하지만, 당신 가문 때문에 나도 눈물깨나 흘렸답니다. 당신과도 잘 지내고 싶소, 겨자씨 양반.

타이테니아 자, 이 분을 잘 받들어 모셔야겠다. 나의 내실로 안내해 드려라. 보아하니 달님께서는 눈물이라도 흘리실 듯이 슬픈 표정이로구나. 그분이 우시면 꽃들도 모두 덩달아 울면서 강요된 정절을 한탄할 텐데. 자, 이 분을 조용히 모시고 가거라. (퇴장)

요정

이 작품 「한여름 밤의 꿈」에는 오베론과 퍽 등 아주 재미있는 요정이 많이 나온다. 요정은 일반적으로 거의 인간과 같은 모습이나 성질을 가지고 있으며, 양심이나 절조가 없고 장난기가 있어 인간에게서 친절한 대접을 받으면 거창하게 답례를 하고, 조금이라도 푸대접을 받으면 심한 보복을 하고 어른이나 어린이를 유괴하기도 하며, 춤을 좋아한다.

영어의 페어리(fairy), 프랑스어의 페(fee)는 다같이 라틴어의 파툼(fatum, 운명의 여신)에서 유래되었다. 그리스 신화에서는 바다·강·샘·언덕·숲 등에 사는 아름다운 여자 요정, 님프가 등장한다. 오디세우스를 유혹하는 반은 여자이고 반은 새의 모습을 한 세이렌도 요정이다. 요정의 종류는 다양하여 페르시아 신화에 나오는 아름다운 페리부터 슬라브의 흉악한 바바자가나 스칸디나비아의 추악한 트롤에 이르기까지 세계의 모든 민화 속에서 찾아볼 수 있다.

영국의 로빈 굿펠로, 스코틀랜드의 브라우니, 독일의 코볼트 등은 대개 집안이나 그 주변에서 살며 밤이 되면 남몰래 그 집안의 일을 하는 것으로 알려져 있다. 콘월에서 사는 픽시는 악의는 없으나 장난기가 있는 난쟁이로, 세례를 받기 전에 죽은 갓난아이의 혼이라고 알려져 있다. 뾰족한 빨간 모자에 푸른 옷을 입고 둥근 눈과 귀를 가진 모습을 하고 있다. 아일랜드의 레프러콘은 언제나 한쪽 구두만을 만들고 있는 구둣방의 요정이다. 또한 아일랜드에는 머리를 길게 기르고 푸른 옷에 회색 망토를 입은 밴시가 있어서 죽을 운명에 놓인 사람의 옷을 빨면서 강가에서 운다고 한다. 말의 모습을 한 켈피는 스코틀랜드에 살면서 여행하는 사람을 물속으로 끌어들이거나 밤에 수차(水車)를 돌리기도 한다.

제 2 장

숲 속의 다른 언덕

오베론 등장

오베론 타이테니아가 잠에서 깨어났는지 답답하구나. 깨어났다면 맨먼저 무엇을 보았을까? 무엇이든 간에 거기에 홀딱 반해 버렸을 텐데. 옳지, 내 심부름꾼이 이제야 돌아오는구나.

퍽 등장

오베론 이 미친 요정 녀석아, 어떻게 됐느냐? 요정들이 나다니는 이 숲 속에 무슨 변화라도 일어났느냐?
퍽 여왕님께서 어떤 괴물에게 홀딱 빠져 계시답니다. 여왕님이 잠에 취해 계시는 그 성스러운 침실 가까이에 아테네의 시장 바닥에서 날품팔이를 하며 호구지책을 하는 한 무리의 어중이떠중이들이 모여 떠들어대고 있었죠. 그 무식한 장인 녀석들은 시시어스 공작 나리의 결혼식 날 보여줄 연극을 연습하러 모인 거였죠. 그 무지막지하게 우둔하고 멍청한 녀석들 가운데서도 가장 우둔한 자가 마침 연극에서 피라므스 역을 맡았사온데, 그자가 무대에서 나오더니 나무 덤불 속으로 들어가는 것이었습니다. 저는 바로 그 순간을 이용해서 그 녀석 머리에 당나귀 머리통을 씌워 줬습니다. 이윽고 시스비 역을 맡은 자가 그자의 이름을 부르자 그는 대사를 마무리하기 위해 연습장에 나타났습니다. 제가 꾸며놓은 이 어릿광대를 본 순간 그의 동료들은 살금살금 기어오는 새사냥꾼의 기미를 알아챈 기러기 떼처럼, 또는 황갈색 머리를 한 갈가마귀 떼가 총소리에 놀라 이리저리 흩어지며 정신 없이 하늘을 뒤덮으며 날아가듯, 그렇게 혼비백산하여 사방팔방으로 흩어졌습니다. 저의 발소리에 어떤 놈은 곤두박질쳤고, 어떤 놈은 줄행랑을 쳤고, 어떤 놈은 "살인이다!" 하고 외치며 아테네 쪽을 향해 도움을 청하기도 했지요. 원래 멍청한데다가 겁에 질려 혼비백산하고 보니 산천초목조차 공포심에 창자가 쑥 빠진 이런 얼빠진 놈들을 업신여기는 판국이었죠. 찔레나무와 가시나무들이 못된 짓을 하고 싶었는지 어떤 놈에게는 옷을, 어떤 놈에게는 소매를, 어떤 놈에게는 모자를 빼앗아 찢고 낚아채는 통에 그 겁에 질린 녀석들은 온갖 것들을 다 뺏겼습니다. 저는 녀석들을 이렇게 혼비백산시켜 쫓아버리고 가련한 피라므스만 그곳에 남아 있게 했는데, 바로 그 순간, 타이테니아 여왕님께서 깨어나 당나귀를 보자마자 한눈에 그 당나귀에게 반해 버리셨다, 이 말씀입니다.

오베론 잘됐다. 이 일은 내가 처음에 생각했던 것보다 더 잘했어. 그건 그렇고, 그 아테네 사람 눈꺼풀에다가 발라 주었겠지? 내가 말한 사랑의 즙 말이다.

퍽 물론입죠. 그자가 잠들어 있는 틈을 이용해 눈꺼풀에 발라주었죠. 그 일 역시 분부대로 마쳤사옵니다. 그리고 마침 그의 곁에는 아테네 여인이 있었습니다. 아마 그자가 잠에서 깨어나면 그 여인을 안 볼 수 없었겠죠.

디미트리어스와 허미아 등장

오베론 몸을 숨겨야겠다. 저 자가 바로 그 아테네 사람이다.

퍽 여자는 틀림없는데, 남자는 바뀐 것 같네요. (그들은 서로 떨어져 서 있다)

디미트리어스 당신을 이처럼 사랑하는 사람을 왜 비난하는 거요? 그렇게 가혹한 비난은 원수 놈들에게나 하시오.

허미아 지금은 비난이나 하고 있지만, 앞으로는 좀더 심하게 당신을 대해야 할 것 같군요. 나에게 저주받을 만한 짓을 저질렀잖아요. 만일 잠자는 라이샌더 도련님을 죽였다면, 기왕에 피를 보셨으니, 아예 나까지 죽여보세요. 한낮을 따라다니는 태양도 나에 대한 그분의 사랑처럼 끔찍하지는 않았어요. 그런 사람이 나를 내버려두고 혼자 갈 리가 없죠. 잠들어 있는 이 허미아를 두고 가다니? 그 얘기를 믿을 바에는 차라리 달이 이 단단한 대지를 뚫고 이 지구의 반대편으로 빠져나가 그 달의 형님인 태양을 불쾌하게 만들어 주었다는 얘기를 믿는 게 낫겠지요. 당신이 그 사람을 죽이지 않았다면 누가 그를 죽였겠어요? 살인자의 모습은 유령처럼 음산하게 마련이죠.

디미트리어스 살인자의 모습이 유령 같다면, 나도 유령이나 다름없소. 당신의 그 잔인한 말이 내 가슴을 꿰뚫어 놓았으니 말이오. 그런데도 살인자인 당신 모습은 밝고 영롱하니 알 수 없구려. 마치 밤하늘에서 제 궤도를 지키며 찬란하게 빛나는 금성처럼 말이오.

허미아 아니, 그게 라이샌더 도련님과 무슨 상관이죠? 그분은 어디에 계신 거죠? 제발 부탁이에요. 착한 디미트리어스님, 그분을 저에게 데려다 주세요.

디미트리어스 그럴 바에야 차라리 그 녀석의 시체를 사냥개에게 던져주겠소.

허미아 저리 가라, 개 같은 놈아, 꺼져 버리라고! 이 똥개야! 네 놈이 나에게 처녀로서의 자제력을 잃게 만들었구나. 결국 네가 그분을 살해한 거지? 이제부터 네 놈은 사람들 틈에 끼일 자격도 없어. 아, 제발 한 번이라도 진실을 좀 말해다오, 진실을! 나를 위해서 말이다. 너는 깨어 있는 그를 마주 볼 용기도 없으니 아마 자고 있을 때 죽였을 거야. 정말 장한 짓을 했구나! 벌레나 독사라면 그럴 수도 있겠지만. 그래, 독사가 한 짓이야. 너는 독사야, 아마 갈라진 혓바닥으로 날름대는 살무사도 그처럼 악랄한 짓은 하지 않을 거야.

디미트리어스 아가씨는 지금 오해 때문에 공연히 격분한 거요. 난 라이샌더의 피를 흘리지도 않았고, 그자를 죽이지도 않았소. 내가 알고 있는 한 말이오.

허미아 그러면 말해 주세요. 그분이 무사하시다고.

디미트리어스 만일 그렇게 말해 준다면, 그 대가가 무엇일까?

허미아 다시는 나를 보지 못하게 되는 특권을 드리죠. 이제 저주스러운 도련님과는 이별이에요. 다시는 내 앞에 나타나지 마세요. 그분이 살았든 죽었든. (퇴장)

디미트리어스 저토록 화를 내고 있으니 쫓아가봤자 아무 소용도 없겠군. 그렇다면 여기서 잠깐 쉬어 가야겠구나. 슬픔의 무게가 점점 더 무겁게 여겨지는 건 아마 잠이 모자라는 탓일 거야. 파산한 잠이 슬픔에 진 부채 때문이겠지. 자, 여기 잠시 머물면서 잠에게 구원을 청하면, 잠이 조금이나마 그 부채를 덜어줄지도 몰라. (그는 누워서 잠을 청하고, 오베론과 퍽이 앞으로 나온다)

오베론 대체 무슨 짓을 했는지 알고 있느냐? 정말 어처구니없는 실수를 저질러서 진실한 연인의 눈에 사랑의 묘약을 발라주다니. 네 녀석의 실수로 인해 거짓된 연인의 마음이 참되게 바뀐 게 아니라, 참된 연인의 마음만 변했구나.

퍽 이젠 운명의 여신에게 맡길 수밖에요. 진실한 연인은 백만 명 중 한 명밖에 없으며, 맹세란 깨어지게 마련 아닙니까?

오베론 이 숲속을 바람보다 빨리 달려 다니며 아테네의 처녀 헬레나를 찾아내도록 하라. 그 처녀는 상사병에 걸린 나머지, 얼굴이 창백해져 있다. 싱싱해야 할 젊은이의 피가 사랑의 슬픔으로 말라버린 탓이니라. 환상을 일으켜서라도 그 처녀를 이곳에 데려오너라. 그 처녀가 올 때까지 난 이 청년의 눈에 마법을 걸어놓을 생각이다.

퍽 가겠습니다요. 보시옵소서, 제가 가는 모습이 활을 떠난 타타르 인의 화살보다 더 빠르지 않습니까? (퇴장)

오베론 (디미트리어스의 눈꺼풀에 꽃즙을 바르며) 큐피드의 화살을 맞고서 이렇게 자주색 물이 든 꽃즙아, 이 청년의 눈동자 속으로 깊숙이 들어가 스며라. 이 청년이 잠에서 깨어나 자기 애인을 본 순간, 그 여인이 찬란히 빛나 보이게 하라. 저 하늘에 떠서 빛나는 금성처럼 찬란히 빛나 보이게 하라. 그리고 잠에서 깨어날 때 그대 옆에 그 처녀가 있거든 그녀에게 상사병을 고쳐 달라고 애원하도록 하라.

퍽, 다시 등장

퍽 요정나라의 대왕님이시여, 아뢰옵기 황송하옵니다만 헬레나가 이곳 가까이에 와 있습니다요. 그리고 제가 착각한 그 젊은이도 따라왔습죠. 그는 애인으로서의 특권을 허락해 달라고 그녀에게 애원하고 있는 중이랍니다. 저들의 광대놀음을 잠깐 구경이나 하시겠습니까? 인간들이란 참으로 어리석은 존재가 아닌가 싶습니다.

오베론 저리 비켜라. 그렇게 떠들어대면 디미트리어스가 그 소리를 듣고 잠에서 깨어나겠다.

퍽 그렇게 되면 두 남자가 한 여자를 사랑하게 될 터이니, 그것만으로도 충분히 재미있는 구경거리가 되고도 남겠습니다. 저는 일의 앞뒤와 좌우가 마구 바뀌어 뒤죽박죽이 되는 모습을 구경하는 게 무엇보다 즐겁습니다.

그들은 옆으로 비켜서고 라이샌더와 헬레나 등장

라이샌더 내가 무엇 때문에 아가씨를 조롱하려고 구애를 하겠소? 조롱과 모욕은 결코 진실한 눈물을 동반하지 않는 법이오. 하지만 내가 눈물까지 흘리며 맹세하는 모습을 좀 보시오. 눈물을 흘리며 하는 맹세는 본질적으로 진실되게 마련이오. 이 모든 것들이 어떻게 아가씨 눈에게 조롱으로 비치는 거요? 진실임을 증명해 주는 이 신뢰의 징표들이 아가씨 눈에는 보이지도 않는 거요?

헬레나 도련님의 말솜씨는 갈수록 교묘해지고 있군요. 한 진실이 다른 진실을 죽여버리니, 정말 사악하고도 성스러운 싸움이 아닐 수 없네요. 그런 맹세는 허미아한테나 가서 하세요. 그리고 허미아는 버릴 생각인가요? 두 가지 맹세를 저울에 달아보면 어떨까요? 아마 그 무게는 제로가 될걸요. 허미아한테 한 맹세와 나한테 한 맹세를 저울 양쪽에 올려놓으면, 무게가 평형을 이루겠죠. 다 꾸며낸 이야기니까요.

라이샌더 그 여자한테 맹세했을 때는 나에게 분별력이라곤 없었소.

헬레나 그 애를 버리려고 하는 지금도 분별력이 없기는 마찬가지 같군요.

라이샌더 그녀 옆에는 디미트리어스가 있잖소. 그는 그 여자를 사랑하지, 당신을 사랑하는 게 아니오.

디미트리어스 (잠에서 깨어나며) 오, 헬레나! 나의 여신, 나의 요정이여! 완벽하고도 성스런 님이시여! 그대의 두 눈을 그 무엇에 비할 수 있으리오. 수정도 그대의 영롱한 눈동자에 비한다면 진흙더미에 불과하고, 아름답게 무르익은 그대의 앵두 같은 입술은 언제나 나를 유혹하는구려! 그대가 손을 들어 보이니, 동풍에 순백색으로 얼어붙은 저 토라스 산 꼭대기의 눈도 까마귀 빛깔처럼 검게 보이는구려. 오, 제발 그대의 손에 입맞추게 해주시오, 순백색의 공주여! 행복을 보증해 주는 나의 봉인이시여!

헬레나 아! 분하고 기가 막힐 뿐이로구나! 이젠 두 사람이 작정을 하고 손을 잡았군요. 나를 조롱하는 걸로 재미를 보려고요. 당신들이 신사라면 이렇게까지 나를 모욕하지는 않을 거예요. 나를 미워하는 줄은 알고 있지만, 이젠 미워하는 것으로도 모자라서 나를 조롱하는 사람들과 손을 잡았군요. 당신네들은 겉모습만 대장부예요. 그렇지 않으면 엄연한 처녀를 이렇게 함부로 대하지는 않겠죠. 겉으로는 사랑의 맹세를 속삭이고 서약도 하고 내게 온갖 찬사를 늘어놓으면서도 속으로는 나를 미워하고 있는 게 분명해. 당신들 두 사람은 허미아를 사랑하는 경쟁자인데, 이젠 이 헬레나를 놀리는 경쟁자가 됐군요. 참으로 훌륭하시네요. 과연 대장부다운 처사로군요. 조롱을 통해 이 가련한 처녀의 눈에서 눈물을 짜내다니! 점잖은 사람들이라면 처녀를 이렇게까지 모욕을 하고 인내심까지 쥐어짜면서 시험하지는 않을 거예요. 그것도 이렇게 즐겨가면서.

라이샌더 디미트리어스, 그러지 말게. 자넨 비정한 사람이야. 자네는 허미아를 사랑하고 있고, 내가 그 사실을 알고 있다는 걸 자네도 알고 있잖아. 그러니 이 자리에서, 내 진심을 다해서, 내 선의와 우정을 다 바쳐서, 허미아의 사랑 가운데 내 몫을 자네에게 양보하겠네. 그러니 자넨 헬레나의 사랑을 양보하게나. 나는 헬레나를 사랑하고 있고, 죽을 때까지 사랑할 거야.

헬레나 어떻게 이런 조롱의 말을 지껄일 수 있담!

디미트리어스 라이샌더, 자네가 허미아를 차지하게. 나는 포기하겠네. 내가 한때 그녀를 사랑한 건 사실이지만, 이제는 그 사랑이 다 식어버렸네. 허미아에 대한 내 사랑은 그저 스쳐지나가는 바람이었어. 이제는 영원히 살아갈 고향과도 같은 헬레나한테 돌아왔으니, 이곳에서 오랫동안 머물까 하네.

라이샌더 헬레나, 저 말은 진심이 아니라오.

디미트리어스 남의 진심을 그렇게 함부로 비방하지 말게. 잘 알지도 못하면서. 그러다가 큰코 다칠 수도 있네. 이보게, 저기 자네 애인이 오고 있잖나. 자네 애인이 저기 있네.

허미아 등장

허미아 캄캄한 밤이 눈의 기능을 빼앗아 가니 귀만 더욱 예민하게 밝아지는구나. 시각을 잃은 대신 청각이 두 배나 더 민감해졌으니 말이야.

라이샌더 도련님, 도련님을 찾아낸 건 제 두 눈이 아니랍니다. 다행히 저의 두 귀가 당신 목소리가 나는 곳으로 저를 이끌어 주었답니다. 그런데 무엇 때문에 저를 그렇게 무정하게 버려두고 가 버리셨나요?

라이샌더 사랑이 내 등을 떠미는데, 어떻게 가만 있을 수 있겠소?

허미아 어떤 사랑이 도련님을 제 곁에서 떠밀었죠?

라이샌더 바로 이 라이샌더의 사랑이오. 그 때문에 그가 더 이상 머물러 있을 수 없었소. 아름다운 헬레나, 그대는 저 밤하늘에서 반짝이는 별빛보다 더 휘황찬란하게 밤을 비추어주고 있소. 그런 그대가 무엇 때문에 나를 찾아다니는 것이오? 그렇게까지 말했건만, 아직도 모르시겠소? 그대가 싫어져서 내가 그렇게 버려두고 떠나왔다는걸?

허미아 마음에도 없는 말씀을 하고 계시네요. 그건 있을 수 없는 일이에요.

헬레나 아니, 어쩌면 이럴 수가 다 있을까. 저 애도 한통속이로구나! 이제야 알겠어. 세 사람이 짜고 이런 가증스러운 장난을 꾸민 게 틀림없어. 이 못된 계집애야! 허미아, 인정머리라곤 눈곱만큼도 없는 계집애! 네가 꾸몄구나. 네가 이 자들과 짜고 이런 고약스런 장난을 꾸며 나를 놀리다니. 우리 둘이 나누었던 그 모든 은밀한 얘기들, 자매처럼 살아가자던 그 굳은 맹세들, 너무 빨리 지나간다는 이유로 시간을 원망하며 보냈던 그 순간들을 너는 모두 잊었단 말이니? 학창시절의 우정, 어린시절의 그 천진난만했던 일들도 모조리 잊었단 말이니? 우리는 마치 조화를 부리는 창조의 여신들처럼 각기 두 개의 바늘로 한 송이 꽃을 수놓았지. 둘이서 하나의 자수 본에다가, 하나의 방석에 앉아 같은 노래를 같은 곡조로 흥얼거리면서, 마치 우리 두 사람의 손과 몸뚱이, 목소리와 마음이 하나가 된 듯했지. 우리는 죽 그렇게 함께 자랐잖니. 겉보기에는 따로 떨어져 있는 듯하지만 하나로 결합된 앵두처럼, 한 줄기에 달린 두 알의 딸기처럼 말이야. 겉보기에는 몸뚱이가 두 개지만 마음은 하나였지. 그런데 그런 네가 이 가련한 친구를 조롱하려고 오래전부터 쌓아 올린 우정을 무너뜨리고 저 자들과 함께 날 놀려대다니. 그런 건 친구로서의 도리도 아니지만, 처녀로서의 도리도 아니어서, 나는 물론 모든 여성들이 너를 비난할 거야. 물론 상처는 나만 받겠지만 말이야.

허미아 나야말로 몸 둘 바를 모르겠다. 네가 그렇게 화를 내는 이유도 모르겠고. 나는 너를 조롱하는 게 아냐. 오히려, 네가 나를 조롱하는 것 같구나.

헬레나 그럼 네가 시킨 일이 아니라는 거야? 라이샌더 도련님이 조롱 삼아서 내 뒤를 따라다니면서 눈이 빛나느니 얼굴이 예쁘니 하면서 찬사를 보낸 것 말이야. 게다가 너의 또 다른 애인인 디미트리어스 도련님까지 나를 보고 여신이니, 요정이니, 보배니, 천사니 하면서 생전 안 하던 소리를 늘어놓은 것도 다 네가 시킨 일이지? 조금 전만 해도 나를 헌신 짝 취급하던 사람이 어떻게 그럴 수가 있니? 나를 미워하는 사람의 입에서 어떻게 그런 말이 나올 수 있니? 라이샌더 도련님이 마음속으로는 너를 그렇게 깊이 사랑하면서도, 너에 대한 사랑을 부정하면서까지, 무엇 때문에 나를 사랑한다고 하겠니? 네가 부추기면서, 맞장구를 치지 않았다면 말이야. 비록 내가 너만큼 남자들의 사랑을 많이 받지도 못했고, 애인이 그렇게 매달린 적도 없고, 운이 좋은 편도 아니어서 가련하기 짝이 없는 짝사랑이나 하고 있긴 하지만, 그게 너랑 무슨 상관이니? 너까지 나서서 나를 동정은커녕 능멸해야 하겠니?

허미아 도무지 네 말을 이해할 수 없구나. 헬레나, 솔직히 나는 네가 무슨 말을 하는지, 그것조차 모르겠어.

헬레나 그야 그럴 테지. 그렇게 천진한 표정을 내 앞에서 지어 보이다가, 내가 돌아서면 혀를 쑥 내밀고 눈짓도 서로 주고받으면서 나를 조롱해 봐라. 이런 장난은 잘만 한다면 역사에 남겨질걸. 너에게 티끌만큼의 동정심이나 예절이나 인간적인 호의가 남아 있다면, 나를 이렇게까지 비참한 웃음거리로 만들지는 않았을 텐데. 어쨌든 잘 있어라. 나에게도 잘못이 없는 건 아니니까. 내가 죽든지 없어지면 일은 해결되겠지.

라이샌더 잠깐, 헬레나, 기다려요. 그리고 내 말을 좀 들어봐요. 내 사랑, 내 생명, 내 영혼, 아름다운 헬레나!

헬레나 기가 막히는군!

허미아 도련님, 제발 저 애를 놀리지 말아주세요.

디미트리우스 허미아의 부탁을 안 들어주면, 내가 강제로라도 그렇게 만들어주지.

라이샌더 어림없는 소리! 네가 아무리 협박해도 소용없는 일이야. 네 협박은 아가씨의 부드러운 부탁보다 힘이 없어. 헬레나, 그대를 사랑하오. 내 목숨을 걸고 당신을 사랑하오. 내가 아가씨를 사랑하지 않는다는 저 자의 말이 거짓임을 증명하기 위해, 아가씨를 위해서라면 버려도 좋을 이 목숨을 걸고 맹세하오.

디미트리어스 나는 저 녀석이 할 수 있는 것보다 더 사랑하오.

라이샌더 과연 그렇다면, 어디 저쪽으로 가서 증명해 봐라.

디미트리어스 좋다, 당장 가자!

허미아 라이샌더 도련님, 이게 대체 무슨 일이에요?

라이샌더 저리 비켜, 에티오피아 검둥이 같으니라고.

허미아 비키지 않을 거예요.

디미트리어스 이 놈은 일부러 그래 보는 거요. (라이샌더에게) 아무리 기를 써봤자 내 발꿈치도 못 따라올걸! 이 겁쟁이야, 꺼져버려!

라이샌더 이거 놔라, 이 고양이 같은 것아! 도깨비바늘 같은 것아! 이 더러운 것아, 놓으라니까! 놓지 않으면 뱀처럼 땅바닥에 패대기를 쳐버릴 거다.

허미아 내 사랑, 왜 이렇게 갑자기 난폭해졌어요? 왜 이러시는 거죠?

라이샌더 내 사랑이라고? 꺼져라, 이 검둥이 년아! 진저리가 다 나는구나. 이 가증스러운 독약 같은 년아!

허미아 설마, 무슨 농담을 그렇게 하시는 거예요?

헬레나 아무렴, 농담이지. 너도 농담이잖아.

라이샌더 디미트리어스, 너에게 한 약속은 꼭 지키겠어.

디미트리어스 내게 증거를 보여줘, 증거를. 네 약속은 믿을 수 없으니까. 아직도 가냘픈 여인이 네 소매에서 손을 놓지 못하고 있잖아.

라이샌더 그럼 이 여인을 때려죽이기라도 하란 말인가? 내 비록 이 여인을 미워해도 여인에게 상처를 입힐 수는 없지.

허미아 오, 미워하는 것보다 더 큰 상처가 있을까요? 왜 날 미워하죠? 무엇 때문에? 무슨 일인가요, 도련님, 난 당신의 허미아예요. 도련님은 라이샌더가 아니신가요? 나는 예전과 다름없이 여전히 아름다워요. 초저녁까지만 해도 나를 사랑해 주시더니, 밤이 새기도 전에 나를 버리시다니. 오, 맙소사. 진정으로 나를 내버리신 건가요?

라이샌더 물론이지! 내 목숨을 걸고 말해도 좋소. 당신 얼굴은 두 번 다시 보고 싶지도 않소. 그러니 희망도, 의문도, 의혹도 다 버리고 아무 말도 묻지 마시오. 이보다 더 확실한 일은 없으니까. 농담이 아니오. 난 당신을 미워하고, 헬레나를 사랑하고 있소.

허미아 오, 이제 난 어떡하지! (헬레나에게) 이 협잡꾼! 꽃뱀 같으니라고! 사랑을 훔치는 날도둑! 그래, 지난밤에 몰래 내 애인에게 접근해 마음을 훔쳐버린 거냐?

헬레나 잘 논다! 넌 예의도, 수치도 모르는구나. 처녀로서의 수줍음이나 부끄러움도 모른단 말이냐? 점잖은 내 입에서 기어이 거친 욕설이 터져 나오게 할 셈이냐? 그만둬라, 그만둬. 이 처녀의 탈을 쓴 사기꾼 같으니라고!

허미아 사기꾼이라고? 그래, 그럴 테지. 이제야 알겠구나. 이제 보니, 저 계집애는 키를 갖고 물고 늘어졌구나. 아마 자기가 크다는 것을 내세웠겠지. 자기의 몸매, 자기의 그 후리후리한 몸매, 자기의 그 큰 키를 내세운 거야. 분명해. 그걸 갖고 도련님의 마음을 사로잡은 거야. 내가 이렇게 땅딸막하다고 비웃으면서 너는 도련님에게 높은 평가를 받은 거니? 입이 있으면 말해 봐, 내 키가 작으면 얼마나 작은지? 이 오월제 기둥 같은 계집애야? 말해 봐라, 내가 얼마나 작은지? 내가 아무리 작아도 네 년 눈에 닿지 않을 만큼 그렇게 작지는 않으니까 조심해.

헬레나 두 분께 부탁드릴게요. 절 조롱하시는 것이야 어쩔 수 없지만, 저 애가 저를 해치지 못하도록 해주세요. 저는 천성이 모질지가 못해서 싸움 같은 것은 하지도 못해요. 전형적인 처녀라 겁이 많답니다. 저 애가 나를 따라다니지 못하게 도와주세요. 두 분은 저 애 키가 저보다 작으니 설마 무슨 일이 있으랴, 이렇게 생각하시겠지만 절대 그렇지가 않아요.

허미아 내 키가 작다는 거지? 또 그 소리!

헬레나 허미아, 그렇게 가혹하게 굴지 마. 나는 변함없이 너를 좋아하고 있으니까. 네 비밀은 언제나 지켜주었고, 한번도 너에게 해가 되는 일은 한 적도 없잖니. 하지만 단 하나, 디미트리어스 도련님을 사랑한 탓으로, 그분에게 네가 이 숲 속으로 도망칠 계획이라는 귀띔은 해줬어. 그분은 너를 쫓아왔고, 나는 사랑 때문에 저 사람의 뒤를 쫓았지. 하지만 저 사람은 나한테 돌아가라고 야단쳤어. 나를 때리고, 발로 걷어차겠다고, 아니, 죽이겠다는 협박도 했어. 그러니 제발 나를 조용히 돌아가게만 해주면, 이 어리석은 사랑을 가슴에 품고 아테네로 돌아가서 다시는 널 따라다니지 않을게. 나를 놓아줘. 너도 알다시피, 나는 아무도 해칠 줄 모르는 숙맥이잖니.

허미아 그래, 얼마든지 가보렴! 내가 붙들기라도 했니?

헬레나 내 어리석은 마음이 붙들었지. 그것을 여기 놔두고 갈게.

허미아 뭐라고! 라이샌더 도련님의 가슴속에?

헬레나 아니, 디미트리어스님에게 놓고 가는 거야.

라이샌더 걱정 마시오, 헬레나. 저 여자는 당신을 해치지 못할 테니까.

헬레나 그런 말씀 마세요. 저 애는 화가 나면 얼마나 거칠고 표독스러워진다고요. 학창시절에도 악바리로 통했죠. 몸집은 작지만 성깔은 보통이 아니에요.

허미아 또 그 소리! 그저 작다거나 낮다는 말밖에는 넌 할 줄 모르니? 저 애가 나를 이토록 능멸하는데 보고만 계실 건가요? 저 년을 좀 붙잡아 주세요.

라이샌더 비켜라, 이 난쟁이야. 키가 도토리만한 걸 보면 키가 안 크는 비법이라도 있나 보지? 이 콩알, 덩굴풀아.

디미트리어스 우습군! 헬레나를 위해주는 척하면서 대단한 허풍을 떨고 있지만, 그녀가 좋아할 것 같나? 저 아가씨는 내버려둬. 입도 벙긋하지 말라고. 애써 저 아가씨를 사랑하는 체하지 말라니까. 앞으로 헬레나에게 사랑이 어쩌고저쩌고, 그런 식으로 계속 떠들어대면 가만 있지 않겠다.

라이샌더 좋아, 이제야 솔직하게 나오시는군. 용기가 있으면 날 따라와. 너와 나 둘 중에서 누가 헬레나에 대해 더 많은 권리를 갖고 있는지 칼로 담판을 짓자.

디미트리어스 따라오라고? 따라오긴. 너와 함께 어깨를 나란히 하고 갈 테다. (라이샌더와 디미트리어스 퇴장)

허미아 어이가 없군. 이 모든 소동은 다 창부 같은 너 때문에 벌어졌으니 도망칠 생각은 하지도 마.

헬레나 나는 아직도 너를 믿지 못하겠어. 그리고 나는 너의 그 험한 욕설을 들으면서 여기 있지는 않겠어. 네 손이 싸울 때는 나보다 빠르지만, 달아나려고 들면 내 다리가 더 길다는 걸 알아?

허미아 기가 막혀서 말도 안 나오는군. (헬레나와 허미아 퇴장)

오베론과 퍽, 앞으로 나온다

오베론 모두 네 녀석이 실수한 탓에 이런 일들이 벌어졌구나. 네 녀석은 실수를 밥 먹듯 하든가, 그렇지 않으면 고의로 장난을 치든가 둘 중의 하나이니 말썽은 말썽이로구나.

퍽 오베론 왕이시여, 믿어주소서. 이번만은 정말 실수였습니다. 저에게 말씀하시지 않으셨던가요? 아테네 복장으로 사람을 알아봐야 한다고요. 때문에 제가 아테네인의 눈꺼풀에 꽃즙을 발라 주었다는 점에 대해서는, 저는 어디까지나 당당하오며, 이 문제에 관한 한 저는 무죄입니다. 하온데 이런 일이 벌어진 것도 저는 기쁘기만 한걸요. 아옹다옹하면서 법석을 피워대는 저 모습이 아주 재미있잖습니까?

오베론 저 철없는 것하고는. 너도 보다시피 지금 두 연인이 결투를 할 장소를 찾고 있지 않느냐. 그러니 퍽, 어서 가서 어두운 밤의 장막을 펼쳐라. 저 별이 반짝이는 하늘을 황천처럼 캄캄하고 낮게 드리워진 안개로 뒤덮이도록 하라. 그리하여 저 성난 연적들이 서로 만나지 못하도록 길을 잃고 헤매도록 하라. 때로는 라이샌더의 목소리를 흉내 내어 지독하게 모욕적인 말로 디미트리어스의 화를 돋우고, 때로는 디미트리어스를 흉내 내서 욕설을 마구 퍼부어라. 이런 식으로 두 사람을 떼어놓고 질질 끌고 다니면 결국 죽음 같은 깊은 잠이 두 사람의 다리를 납덩이같이 만들어 두 사람은 기어 다니게 될 것이 틀림없다. 바로 그때 이 꽃즙을 라이샌더의 눈꺼풀에 발라주어라. 그러면 꽃즙의 효과로 말미암아 빚어졌던 그 모든 착오가 그 눈에서 제거되고 그의 눈은 정상적인 시력을 찾게 될 것이다. 그런 다음 그들이 눈을 뜨게 되면, 이 모든 한바탕의 헛소동이 하나의 꿈이요, 아무 의미도 없는 환영임을 알게 될 것이다. 그러면 그 연인들은 아테네로 돌아갈 것이다. 죽는 날까지 결코 끝나지 않을 우정으로 나는 너에게 이 일을 맡겨놓고, 그 사이 나는 나의 여왕에게로 돌아가서 그 인도 소년을 내게 달라고 빌어야겠다. 그리고 나서 나는 마법에 걸린 그 여자의 눈을 괴물에게서 해방시켜줄까 한다. 그러면 모든 일이 제대로 수습이 되겠지.

퍽 왕이시여, 이번 일은 서둘러야 할 것 같습니다. 이미 밤의 여신을 태운 수레를 끄는 날렵한 용들이 전속력으로 구름을 헤치고 갔거든요. 저기 저 건너에 새벽의 여신 오로라가 보이잖습니까. 저것이 가까이 오면 여기저기서 배회하던 유령들이 무리를 지어 묘지의 거처로 돌아가거든요. 길거리나 바닷속에 묻힌 저주받은 망령들도 처참한 몰골을 보여주기 창피해 모조리 구더기가 들끓는 잠자리로 돌아갔고요. 그들은 자신들의 모습이 밝은 빛에 드러나지 않도록 얼굴이 시커먼 한밤중하고만 영원히 함께 지내야 하기 때문이죠.

오베론 하지만 우린 그따위 족속과는 종류가 다른 정령이 아니냐. 나는 아침의 여신 세파러스와 가끔 재미있게 노닥거려 왔고, 숲의 관리인으로 변신해 하늘의 동쪽 문까지 숲 속을 걸은 적도 있는데, 거기서 온몸이 불덩어리 같은 새빨간 태양이, 포세이돈이 다스리는 바다가 몸을 활짝 열면서 아름답고 황홀한 빛을 토해낼 때 소금기 머금은 바다의 푸른 물결을 황금빛으로 바꾸어놓는 광경을 바라보곤 했지. 그건 그렇고, 어쨌든 서둘러라. 꾸물거리지 말고, 날이 밝기 전에 이 일을 마무리 지어야 하느니라. (퇴장)

퍽 산 위로, 산골짜기로, 요리조리 그들을 끌고 다니리. 산 위로, 산골짜기로 그들을 끌고 다니리. 나는 시골에서도, 도시에서도 두려움의 대상인 꼬마 요정. 끌고 다녀라, 산 위로, 산골짜기로. 옳지, 벌써 저기 한 놈이 오고 있구나.

라이샌더 등장

라이샌더 건방진 디미트리어스, 어디 있느냐? 어디 대답해 봐라.
퍽 여기다, 악당아. 자, 칼을 뽑아 들고서 기다리고 있는 중이다. 대체 어디 있는 거냐?

라이샌더 그래, 내가 네 놈 있는 곳으로 가지.

퍽 어서, 그러면 따라오너라. (퍽의 소리를 듣고 라이샌더 퇴장한다. 다른 쪽에서 디미트리어스 등장) 좀 평평한 데로.

디미트리어스 라이샌더, 이 놈아! 이 도망이나 치는 놈! 이 비겁한 놈아, 그렇게 달아만 날 거냐? 말해라. 덤불 속이냐, 아니면 어디 다른 데 숨은 거냐?

퍽 비겁하다니, 너 말 한번 잘했다. 별을 향해 큰소리치고 덤불을 상대로 결투를 하자고 하면서, 이리 오지도 못하고. 이리 오라니까. 이 겁쟁이야. 네놈이야말로 몽둥이 찜질감이다. 네놈을 상대로 칼을 빼봤자 나만 수치스럽지.

디미트리어스 그래, 지금 거기 있는 거냐?

퍽 목소리만 믿고 날 따라오너라. 여기선 승부를 겨룰 수 없으니까. (디미트리어스, 퍽의 목소리를 듣고 퇴장)

라이샌더 등장

라이샌더 저 놈은 나보다 앞장서서 계속 도전해 오지만 부르는 곳으로 따라가 보면 어느새 자취를 감춰버린단 말이야. 요 악당 놈이 나보다 걸음이 훨씬 빠른가 보지? 아무리 빨리 따라가도 놈은 나보다 빨리 도망치니. 공연히 어둡고 울퉁불퉁한 길로 빠져들었네. 에라, 모르겠다. 여기서 잠시 쉬었다 가자. (눕는다) 그대, 찬란한 낮이여, 어서 오너라. 그대가 조금이라도 내 눈앞을 밝혀준다면, 내 반드시 디미트리어스를 찾아내서 복수를 하리라. (잠든다)

퍽과 디미트리어스 등장

퍽 하하하! 이 비겁한 놈아, 왜 따라오지 못하는 거냐? (그들은 서로 부딪치지 않으면서 무대 위에서 이리저리 돌아다닌다)

디미트리어스 나를 기다려라, 이 놈아. 싸울 용기가 있다면. 감히 나와 맞서 싸울 용기가 없으니, 요리조리 장소를 옮겨 가면서 피해 다니는 걸 내 벌써 간파했으니. 그래, 이 놈아. 어디 있는지 말해 봐라.

퍽 여기다, 나 여기 있다.

디미트리어스 이 놈이 이젠 나를 놀리기까지 하는구먼. 어디 해만 떠봐라. 네 놈 얼굴이 눈에 보이기만 하면 혼쭐을 내줄 테니. 도망칠 테면 도망쳐 보라지. 지금은 이렇게 피로가 갑자기 몰려오니 싸늘한 땅이지만 잠자리 삼아 눈을 좀 붙여야겠다. 날이 밝으면 손봐줄 테니, 단단히 각오하고 있거라. (잠든다)

헬레나 등장

헬레나 아, 길고도 지루한 밤이여, 너의 시간을 좀 단축해 다오! 동녘 햇살아, 나에게 위안의 빛을 던져 다오. 밝은 빛을 받으면서 내가 아테네로 돌아갈 수 있도록 도와다오. 불쌍한 나와 함께 있는 걸 꺼리는 이 사람들과 헤어질 수 있도록. 잠이여, 슬픔의 눈을 감겨주는 잠이여, 살며시 나를 찾아와 모든 것을 잊고 잠들게 해다오. (누워서 잠든다)

퍽 아직도 세 사람뿐인가? 한 사람 더 와야 하는데. 두 종류의 인간이 둘씩이면 모두 네 사람이 되는군. 오, 저기 오는구나. 분노와 슬픔에 젖어 있는 모습이 정말 안됐구나. 큐피드는 심술쟁이가 틀림없어. 이렇게 가련한 여인을 미치게 만들어 놓다니!

허미아 등장

허미아 이렇게 지친 적도 없지만, 이렇게 슬픈 적도 내 일찍이 없었어. 찔레 가시에 찔리고 이슬에 흠뻑 젖어 더 이상 기어갈 수도 없고, 걸어갈 수도 없네. 내 두 다리가 내 뜻을 따르지를 못하고 있구나. 아, 날이 밝을 때까지 여기서 누웠다 가야지. 하느님, 만일 결투가 벌어진다면, 라이샌더 도련님을 지켜주세요. (누워서 잔다)

퍽 가여운 연인이여, 땅 위에서 곤히 잠들라. 네 눈꺼풀에 사랑의 묘약을 발라주리니……. (라이샌더의 눈에 꽃즙을 떨어뜨린다) 그대가 잠에서 깨어나는 순간 그대는 맛볼 수 있으리니, 진정한 즐거움을 얻으려면 옛 연인과 눈을 맞추라. 그리하면 불행해질 사람이 하나도 없으리니, 성경에도 있듯이 가이사의 것은 가이사에게로, 그녀는 그에게로, 그래서 온 세상에 기쁨이 넘치기를……. 남자는 자기 암말을 되찾고, 모든 일이 원만히 해결되리라. (퇴장)

제4막

제1장

숲 속

라이샌더와 디미트리어스, 헬레나 그리고 허미아가 자고 있는 가운데 타이테니아와 보톰이 등장. 다른 요정들이 뒤를 따르고 오베론은 눈에 띄지 않도록 등장

타이테니아 이리 오셔서 여기 이 꽃침대 위에 앉으세요. 그러면 저는 당신의 귀여운 뺨을 쓰다듬어 드리고, 그대의 윤기 있고 부드러운 머리에 사향장미를 꽂아드리고, 멋지고 커다란 귀에 입맞춰 드리겠어요. 내 생의 기쁨이 되시는 분이시여!

보톰 콩꽃은 어디 있소?

콩꽃 여기 있습니다.

보톰 내 머리를 긁어주오, 콩꽃이여. 그리고 거미줄은 어디 있소?

거미줄 네, 여기 대령했습니다.

보톰 거미줄 씨, 훌륭한 친구여, 자네는 손에 무기를 들고 가서 엉겅퀴꽃 위에 앉아 있는 엉덩이가 붉은 호박벌을 죽인 다음 꿀통을 가지고 오게. 너무 서두르지는 마시오, 친구여. 꿀통을 깨뜨리지 않도록 조심하시오. 그대가 꿀통을 뒤집어쓰면 내 기분도 우울해질 테니까. 그리고 겨자씨는 어디 있소?

겨자씨 여기 있습니다.

보톰 먼저 악수나 합시다, 겨자씨 양반. 그대에게 부탁이 있소. 인사치레 같은 건 됐소.

겨자씨 무슨 분부신지요?

보톰 별일은 아니오, 훌륭한 친구여. 그냥 내 머리를 긁는 콩꽃을 도와달라는 것뿐이오. 나는 아무래도 이발소에 가봐야겠소, 얼굴이 온통 털북숭이가 된 느낌이라서. 나는 워낙 민감해서 이렇게 털을 자주 깎을 수밖에 없다오.

타이테니아 임이여, 음악이라도 좀 들어보시는 게 어떻겠습니까?

보톰 음악이라면 나도 제법 한 가락 할 줄 안다오. 우선 부젓가락과 뼈다귀로 장단이나 맞춰봅시다.

타이테니아 임이여, 뭔가를 드시는 건 어떠신지요?

보톰 여물 한 통 생각이 간절하군. 그 맛있는 말린 귀리를 우적우적 맘껏 씹어먹었으면 원이 없겠소. 거기다 건초 한 단 얹으면 참 좋을 텐데. 맛있는 건초 말이오. 맛있는 건초와 비교할 수 있는 음식이 세상에 어디 있소?

타이테니아 저에게는 용감한 요정이 있으니, 그 애를 다람쥐 창고를 뒤지라고 시켜서 햇호두를 가져오게 하면 어떨까요?

보톰 그보다는 차라리 마른 콩이 좋겠소. 하지만 먼저 부탁부터 합시다. 잠이 막 쏟아지는 판이니 아무도 나를 방해하지 않았으면 좋겠소.

타이테니아 그러세요. 제가 그대를 제 품에 포근하게 안아 드릴게요. 요정들아, 물러가거라, 사방으로 뿔뿔이 흩어져 버려라. (요정들 퇴장) 이렇게 담쟁이덩굴이 인동덩굴과 얽히듯이, 난 그대와 둘이서 이렇게 얽혀 살고 싶어요. 아, 정말 그대를 사랑해요! 그대에게 홀딱 반해 버렸다고요!

(두 사람, 잠든다)

퍽 등장

오베론 (앞으로 나오며) 이리 오너라, 퍽아. 너도 저 멋진 광경을 보았느냐? 이젠 이 여인의 어리석음이 참으로 측은하다는 생각이 드는구나. 조금 전 숲 뒤편에서 우리 둘은 싸움을 했단다. 그녀가 이 멍청이에게 바칠 꽃을 찾아다니기에 내가 좀 꾸짖었다고 토라지지 않겠니? 아예 넋이 나갔는지 이 녀석의 털북숭이 관자놀이에 향기로운 화관을 씌워 놓았더구나. 그때 난 진주처럼 찬란한 광채를 뿜던 이슬방울이 한때는 꽃봉우리 위에서 영글곤 하다가, 이젠 예쁘고 작은 꽃들의 눈 속에 맺혀 있는 걸 보았어. 마치 자신들의 처지를 한탄해서 눈물 흘리기라도 하듯……. 어쨌거나, 내가 이 여인을 마구 책망했더니, 그녀는 얌전한 어조로 내게 진정하라고 간청하더구나. 그래서 이 여인에게 훔쳐온 그 아이를 달라고 요구했더니, 그녀는 즉석에서 나에게 주겠노라고 하고는, 요정을 시켜서 요정나라에 있는 내 궁전으로 그 소년을 보내 주었단다. 이제 그 아이를 수중에 넣었으니, 그녀의 눈에 깃들어 꼴보기 싫은 주책을 부리게 하는 마법을 풀어 주어야겠다. 그러니 퍽아, 너도 저 촌뜨기의 목에서 모습을 바꿔놓은 이 당나귀 대가리를 벗겨주도록 해라. 그래서 저 놈이 잠에서 깨어나면, 이 모든 일이 꿈속에서 벌어진 어처구니없고 격렬한 한바탕 소동이라 여기고, 모두 함께 아테네로 돌아가도록 해주어라. 우선 내가 타이테니아부터 풀어줘야겠구나. (꽃의 즙을 짜서 타이테니아의 눈꺼풀에 떨어뜨린다) 그대, 옛날 모습으로 돌아가 옛날 모습으로 보이리니……. 큐피드의 화살보다 아르테미스의 꽃봉오리에 더욱 큰 효험과 축복이 있으리로다. 자, 내 사랑 타이테니아여! 이젠 잠에서 깨어나시오. 나의 아름다운 여왕이여.

타이테니아 (잠에서 깨어나며) 오베론! 정말로 희한한 꿈을 꾸었어요! 제가 당나귀에게 홀딱 빠져 있었던 것 같아요.

오베론 저기 당신의 연인이 누워 있잖소.

타이테니아 어떻게 이런 일이 일어날 수 있는 거죠? 오, 지금은 저 자의 얼굴을 보기도 싫은데.

오베론 잠깐 조용하시오. 퍽아, 그 머리탈을 벗겨주어라. 타이테니아, 악사들을 불러 음악을 연주하도록 하오. 이 다섯 사람의 감각을 마비시켜 죽은 듯이 자게 합시다.

타이테니아 자, 여봐라! 음악을 연주하라. 잠을 부르는 그런 음악을! (조용한 음악)

퍽 (보톰의 머리에서 당나귀 머리탈을 벗기면서) 이제 네 녀석이 깨어나면, 그 바보 같은 자기 눈으로 세상을 볼 것이다.

오베론 점점 크게 음악을 울려라! 이리 오시오, 나의 여왕이여, 우리 손에 손을 잡고 춤을 춥시다. 이들이 잠들어 있는 땅이 울리도록. (오베론과 타이테니아, 춤을 추기 시작한다) 우리 이제 화해를 했으니 새출발을 합시다. 내일 자정에는 시시어스 공작님의 결혼식에서 축하하는 의미로 즐겁게 춤을 추며 앞날의 번영을 빌어줍시다. 저기 저 두 쌍의 연인들도 시시어스 공작님과 함께 온통 즐거운 분위기에서 결혼식을 성대하게 치르도록 만들어 줍시다.

퍽 요정의 임금님, 가만히 들어보세요. 아침을 알려주는 종달새가 울고 있네요.

오베론 그러면 여왕이여, 우리는 침묵 속에서 쉬지 않고 춤을 추어 밤의 어둠을 몰아냅시다. 우리는 저 하늘에서 흐르고 있는 달보다 더 빠른 속도로 지구를 한 바퀴 빙 돌 수 있소.

타이테니아 그러기로 해요. 그리고 날기 전에 좀 들려주세요. 어떻게 여기서 잠들어 있는 저를 찾아내셨는지. 땅 위에 잠들어 있는 이 인간들은

또 왜 여기 누워서 꿈꾸고 있는지를. (세 사람 퇴장. 네 명의 연인들과 보톰은 여전히 누워서 자고 있다)

뿔피리 소리. 시시어스, 히폴리타, 이지어스와 시종들 등장

시시어스 누가 가서 숲 관리인을 좀 불러오너라. 이제 오월제의 의식을 다 마쳤으니까. 하지만 아직은 이른 새벽이니, 사랑하는 히폴리타에게 사냥개들의 음악을 좀 들려주고 싶구나. 서쪽 산골짜기에 줄을 풀어 사냥개들을 놓아주어라. 그리고 얼른 숲 관리인을 불러오너라. (시종 한 사람 퇴장) 아름다운 나의 여왕 히폴리타여, 우리는 저 산꼭대기에 올라가서, 사냥개들이 짖어대는 소리와 메아리 소리가 한데 어울려 만들어내는 소란스러운 음악이나 들어봅시다.

히폴리타 저도 예전에 헤라클레스와 캐드머스와 어울려 다닐 때, 함께 크레타 섬 숲 속에서 스파르타의 사냥개들을 데리고 곰 사냥을 한 적이 있어요. 하지만 이렇게 우렁찬 울음 소리는 일찍이 들어본 적이 없었죠. 마치 숲과 하늘과 샘물이 한꺼번에 입을 맞춰 소리를 지르는 것 같았어요. 이토록 시원스런 부조화 속의 조화, 달콤한 천둥소리는 난생 처음 들었지요.

시시어스 내 사냥개들의 혈통은 스파르타 순종이라오. 턱은 축 늘어져 있고, 털은 모래색이며, 머리에는 이슬이라도 털어낼 수 있는 커다란 귀가 달려 있고, 무릎은 굽고, 목살은 처진 것이 마치 테살리 황소 같다오. 그리고 달리는 속도는 느리지만, 짖는 소리는 다종다양하게 울리는 종들처럼 서로 장단이 척척 맞거든. 그 어떤 개들이 내는 소리도 이보다 더 멋질 수는 없을 거요. 사냥꾼이 부르는 소리에 그 개들이 답을 하거나, 뿔나팔 소리에 장단을 맞출 때 들어본 적이 있소? 그와 같은 사냥개들의 합창은 크레타에서도, 스파르타에서도, 테살리에서도 결코 들어본 적이 없을 거요. 얼마나 장엄한지……. 그런데 저들은 대체 무슨 요정들일까?

이지어스 공작님, 여기 잠들어 있는 것은 제 여식이옵니다. 그리고 이쪽은 라이샌더, 이쪽은 디미트리어스이고, 이쪽이 허미아랍니다. 늙은 네다의 딸 헬레나도 여기 있고요. 저는 이 아이들이 무슨 이유로 이곳에서 함께 잠들어 있는지 정말 모르겠습니다.

시시어스 아마 오월제에 참석하려고 이렇게 일찍 이 숲에 왔나 보구려. 그리고 우리 결혼식에 관한 소문을 어디서 듣고 축하해 주기 위해 왔을지도 모르지. 그건 그렇고, 이지어스. 오늘이 바로 그 날이 아닌가? 허미아가 신랑을 선택하여 결정하기로 한 날 말이오.

이지어스 그러하옵니다, 공작님.

시시어스 사냥꾼들에게 가서 뿔피리를 불어 저 네 사람을 깨우게 하라. (안에서 고함소리와 뿔피리 소리 들리고 네 연인들은 잠에서 깨어나 벌떡 일어난다) 여봐라, 잠은 잘 잤느냐? 발렌타인 데이는 벌써 지나갔는데, 이 숲 속의 새들은 이제야 연인을 찾았단 말이냐?

라이샌더 용서하십시오, 공작님. (연인들, 무릎을 꿇는다)

시시어스 모두에게 이르노니, 이제 일어나라. 내가 알기로는 너희 두 사람은 연적인데, 대체 언제 화해라도 했는가? 불신이나 증오심 따위는 애초에 갖고 있지도 않다는 듯, 이렇게 미워하던 사람 곁에 나란히 누워 잠을 자다니?

라이샌더 전하, 저도 비몽사몽을 헤매고 있는 상태라 지금 얼떨떨하지만, 대답을 드리겠습니다. 제가 어떻게 이곳까지 오게 됐는지, 맹세코, 저는 알 수 없습니다. 하지만 곰곰이 생각해 보니, 제 생각에 저는 허미아와 함께 이곳에 왔던 것 같습니다. 아테네에서 달아나기 위해서죠, 법률의 위협으로부터 벗어나 보려고…….

이지어스 그만하면 충분합니다, 공작님. 그만하면 충분한 증거가 되지 않겠습니까? 저는 이 사람에게 법의 심판을, 이 자의 머리에 법률의 심판을 내려주실 것을 이렇게 청원하는 바입니다. 두 사람이 몰래 달아나려고 했기 때문입니다. 저들은, 디미트리어스, 그런 식으로 나를 속여 빼돌리려고 한 거지? 자네로부터는 아내를, 나로부터는 아버지로서의 동의를 말이야. 딸을 자네에게 주겠다는 동의를……

디미트리어스 공작님, 실은 저 두 사람이 몰래 달아나기 위해 이 숲 속에서 서로 만날 계획을 세웠다는 걸 저는 아름다운 헬레나에게서 전해 들었습니다. 그래서 격분한 결과 여기까지 그들을 따라온 겁니다. 헬레나 아가씨는 저에 대한 사랑에 이끌려 저를 뒤따라온 것이고요. 하오나 공작 전하, 어떤 힘 때문인지는 저도 모르겠습니다만, 하여튼 어떤 힘이 허미아에 대한 저의 사랑을 눈처럼 녹여 버렸습니다. 마치 어린 시절 홀딱 빠져 있던 귀중한 장난감이, 지금은 보잘것없는 추억에 지나지 않는다는 걸 깨닫듯이 말입니다. 그제야 저는 저의 눈이 보고자 하고, 즐거움을 찾고자 하는 대상이 오직 헬레나뿐이라는 걸 깨달았습니다. 제 가슴속 깊숙이 숨어 있어 그동안 몰랐던 거지요. 헬레나 아가씨는 제가 허미아 아가씨를 만나기 전까지는 약혼한 사이였습니다. 마치 병에 걸렸을 때는 싫어하던 음식을 건강해져서 입맛을 되찾으면 다시 찾게 되듯이, 저는 그녀를 평생 사랑하고, 죽을 때까지 동경하면서, 언제까지나 성실히 남편으로서 그녀에게 충실할 작정입니다.

시시어스 아름다운 연인들이여, 너희들을 만난 게 참 잘됐구나. 그러나 이 이야기는 좀더 천천히, 상세히 들어보기로 합시다. 이지어스, 나는 그대의 간청을 묵살할 수밖에 없을 것 같소. 잠시 후 나는 이 두 쌍의 연인들을 신전으로 인도해서 우리와 함께 백년가약을 맺도록 해야겠소. 벌써 아침나절도 제법 지났으니 사냥은 미루기로 하고, 모두 함께 아테네로 돌아갑시다. 세 쌍의 연인들이 행복한 결혼식을 엄숙하게 올리고 잔치를 열어 서로 축하해 줍시다. 갑시다, 히폴리타. (시시어스, 히폴리타, 이지어스, 시종들 퇴장)

디미트리어스 주위에 있는 것들이 모두 희미해 보이는구나. 마치 멀리 떨어져 있는 저 산들이 구름 속으로 사라지듯이.

허미아 마치 주위에 있는 것들을 따로따로 본 것처럼, 모든 것이 이중으로 보이네요.

헬레나 나도 그래요. 보석처럼 디미트리어스 도련님을 찾아냈지만, 길에서 주운 보석처럼 느껴져. 내 것 같기도 하고, 내 것이 아닌 것 같기도 하고.

디미트리어스 분명 우리가 깨어 있는 것이지? 아직도 우리는 잠든 채 꿈을 꾸는 기분이야. 정말로 공작님은 여기 계셨던 거야? 그리고 우리더러 따라오라고 하신 거야?

허미아 그래요. 우리 아버지도 옆에 계셨어요.

헬레나 그리고 히폴리타님도 계셨고요.

라이샌더 그분은 우리한테 신전으로 따라오라고 하셨어.

디미트리어스 그렇다면 우리가 깨어 있는 거로구나. 일단 공작님 뒤를 따라갑시다. 가면서 우리 꿈 얘기를 마저 털어놓읍시다. (퇴장)

보톰 (깨어나면서) 내 대사를 읊을 때가 오면 나를 불러줘. 내 대답할 테니. 다음에 나올 내 대사는 "아름다운 나의 피라므스여!"일 거야. 이봐, 피터 퀸스? 풀무장이 플루트? 땜장이 스너우트? 스타블링? 하느님 맙소사! 다들 어디 간 거야? 나만 잠자게 내버려놓고 가버리다니! 참 희한한 꿈을 꾸었는데. 꿈이 맞긴 맞을 거야. 우리 인간으로선 감히 상상도 못할 꿈이지. 이런 꿈을 해몽하겠다고 덤비는 놈들이 있다면 어리석은 당나귀 같은 놈들일 거야. 내가 어떻게 생각하는지, 내가 생각하기로는, 하면서 어쩌고저쩌고 말하는 놈들은 얼룩 옷을 입은 어릿광대일 뿐이라고. 왜냐하면 나는 일찍이 인간의 귀로 듣지도 못했고, 인간의 눈으로 보지도 못했고, 인간의 혀로 맛보지도 못했을 꿈을 꾸었거든. 내 꿈이 어떤 꿈인지는 피터 퀸스에게 부탁해서 이 꿈에 관한 노래를 지으라고 해야겠구나. 제목은 '보톰의 꿈'이 좋겠군. 연극의 마무리 장면이 되면 이 노래를 공작님 앞에서 불러 드려야지. 그게 아니지. 더 재미있게 하려면, 시스비가 죽고 난 후에 불러야 할 것 같은데. (퇴장)

제 2 장

아테네, 퀸스의 오두막

퀸스, 플루트, 스너우트 그리고 스타블링 등장

퀸스 보톰에게 사람을 보냈는가? 아직도 집에 돌아오지 않은 걸까?

스타블링 소식이 있을 리가 있어? 귀신에 홀려 괴물로 변했는데.

플루트 그렇다면 연극은 공연할 수 없어. 진행시킬 도리가 없잖나?

퀸스 그건 그래. 아테네를 온통 뒤져봐도 피라므스 역을 맡을 사람은 그 녀석밖에 없지.

플루트 맞아. 그 친구는 아테네 장인들 가운데서 가장 뛰어난 재능을 갖고 있거든.

퀸스 그럼. 인물도 그렇지만, 목소리도 몹시 부드러운 게 그만큼 똑떨어지는 사람도 없잖아.

플루트 그런 건 그리 좋은 표현이 아냐. 똑떨어진다는 건 건전하지 못하다는 소리 아닌가?

스너그 등장

스너그 이보게들, 공작님께서 지금 신전에서 돌아오시는 중일세. 그리고 결혼식을 올릴 신사, 숙녀들이 몇 명 더 있네. 우리가 연극만 제대로 준비했더라면 모두 팔자가 달라지는 건데.

플루트 오, 이럴 때 보톰이 있었더라면 얼마나 좋을까! 그 친구는 평생 매일 6펜스씩 잃게 생겼지, 뭐. 하루에 6펜스는 따놓은 당상이었는데, 그걸 놓치다니. 만일 공작님이 피라므스를 보셨다면 하루 6펜스씩 수당을 주셨을 게 아닌가? 보톰 그 녀석은 충분히 그럴 만한 자격이 있는 건데. 피라므스 역의 대가로 적어도 하루 6펜스씩 말이야.

보톰 등장

보톰 이 친구들, 다들 어디 있나? 모두 어디 있느냐니까!
퀸스 보톰! 야, 정말 이게 누군가! 이렇게 반가울 수가 있나. 아, 참으로 기쁜 날이로구나.
보톰 여보게, 장인 여러분. 내가 희한한 얘기를 하나 알고 있지만, 어떤 얘기냐고 내게 꼬치꼬치 묻지는 말게. 그걸 내가 여기서 모조리 얘기한다면 나는 순종 아테네 사람이 아니니까. 그래도 언젠가는 이 일을 모조리 털어놓겠네.
퀸스 어디, 그럼 말해보게.
보톰 아니, 지금은 한마디도 안 돼. 내가 해줄 수 있는 말은 공작님께서 식사를 마치셨다는 것뿐이네. 이 친구들아, 무대 의상을 어서 입도록 하게. 수염은 단단한 실로 만들어 달고, 신발에는 새 리본을 달아야 하네. 그런 다음 모두 궁전에서 만나도록 하세. 각자 맡은 역할을 잊지 말고 잘 기억해 두도록 하게. 간단히 말하자면, 우리 연극을 공연할 수 있게 되었단 말일세. 물론 시스비는 깨끗한 리넨 옷을 입어야 하고, 사자 역을 맡은 친구는 손톱을 깎지 말게. 사자의 발에는 발톱이 튀어나와 있어야 보기 좋지 않겠나? 그리고 친애하는 배우 여러분, 오늘만은 양파나 마늘은 먹지 않도록. 우리는 향긋한 입김을 뱉어야 하니까 말일세. 그러면 분명히 우리 연극은 멋진 희극이라는 칭찬을 받게 되리라는 것을 믿어 의심치 않겠네. 자, 그럼 내 말은 여기서 이만 줄이겠네. 자, 가세나! (모두 퇴장)

제5막

제1장

아테네, 시시어스의 궁전

시시어스, 히폴리타, 귀족들과 시종들 등장. 그 가운데 필러스트레이트가 끼여 있다.

히폴리타 시시어스 공작님, 이 연인들의 이야기는 너무 신기해서 잘 믿어지지 않는군요.

시시어스 정말 사실이라고 믿기 어려울 만큼 신기하기 그지없구려. 옛날 동화 같은 이야기가 아니오? 그뿐 아니라, 이 요정 이야기도 그냥 받아들이기에는 너무 허황되잖소? 연인들과 광인들이란 머릿속이 뒤죽박죽, 마구 들끓고 있는데다 엉뚱한 환상으로 가득 차 있어서 냉철한 이성으로 이해하기에는 벅찬 무언가를 잔뜩 만들어내게 마련이니, 광인과 연인 그리고 시인은 상상력 덩어리라고 할 수밖에 없소. 광인은 광대한 지옥이 수용하기 어려울 정도로 큰 악마들을 보게 마련이고, 역시 못지않은 광기를 갖고 있는 연인은 거무튀튀한 이집트 여인의 얼굴에서 절세미녀 헬레나의 아름다움을 발견하기도 하고, 멋진 광기에 사로잡혀 있는 시인은 천상에서 지상을, 지상에서 천상까지 한눈에 바라보며 진기한 형상을 구상해 내고선 황홀함에 젖은 채 시상을 떠올리

곧 한다오. 강력한 상상력은 너무도 교묘한 마력을 지니고 있는 법이어서 시인이 어떤 즐거움을 맛보고 싶다고 생각하면 바로 그 즐거움을 가져다줄 어떤 형상을 생각해낸단 말이오. 아니면 캄캄한 한밤중에 어떤 두려움을 가져다주는 어떤 것을 상상해 보시오. 나무 덤불을 보고 곰을 상상해 낸다는 것도 그리 쉬운 일은 아니잖소!

히폴리타 하지만 어젯밤에 일어났던 이야기를 모두 들어보니, 그 연인들의 마음이 다 같이 비슷하게 움직였다니, 거기엔 허황된 환상 이상의 그 어떤 것이 있어 앞뒤가 꼭 들어맞게 작용했다고밖에 말할 수 없어요. 물론 그렇다고는 해도 참 신기하고 놀라운 얘기죠.

시시어스 음, 문제의 연인들이 오는구려. 모두 기쁨과 행복이 넘치는 모습이군! 젊은 친구들이여, 그대들에게 기쁨과 사랑의 신선한 나날이 계속되기를!

라이샌더, 디미트리어스, 허미아, 헬레나 등장

라이샌더 공작님의 발걸음과 식탁과 침실에 저희 것보다 더 풍성한 행운이 깃들기를 빌겠습니다.

시시어스 자, 이제 시작해 보게. 어떤 춤과 가면극이 준비돼 있는지. 저녁 식사가 끝나고 디저트를 먹는 이 시각으로부터 침실에 들기까지, 그 사이의 기나긴 시간을 메우기 위해 무슨 여흥을 마련했는가? 우리의 여흥을 담당한 관리는 지금 어디 있는가? 연극은 없는가? 고문과도 같이 지루하고 따분한 시간을 메워주는 것은 무엇인가? 필러스트레이트를 이리 불러와라.

필러스트레이트 (앞으로 나선다) 여기 대령했습니다, 공작 전하.

시시어스 어디 말해 봐라. 오늘 저녁 시간을 단축시켜 줄 여흥이 준비돼 있는지. 가면극이나 음악이나, 뭐 재미있는 오락거리라도 있느냐? 어떻게 이 지루한 시간을 메울 생각인가?

필러스트레이트 여기 오늘 프로그램 목록이 있습니다. 무엇을 먼저 구경하실지, 전하께서 명령만 내려 주십시오. (프로그램을 넘겨준다)

시시어스 (읽는다) '반인반마의 괴물 켄토로스와의 싸움, 하프 반주에 맞춘 아테네 환관의 노래'라, 이 노래는 듣고 싶지 않구나. 내 친척 헤라클레스의 무용담은 이미 히폴리타에게 들려주었으니까. '주신 바카스 숭배자들의 난동, 트라키아의 가수 오르페우스를 폭행한 이야기'라, 이건 너무 고리타분한 작품이잖아. 지난번 내가 테베를 정복하고 돌아왔을 때 이미 보았던 연극이지. '아홉 명의 여신인 뮤즈들이, 구걸하다가 눈 감은 어느 학자의 죽음을 애도하는 노래'라. 이건 너무 가혹하고 비판적인 풍자극이라 즐거워야 할 결혼 축하연에는 어울리지 않아. '젊은 피라므스와 그 연인 시스비의 지루하고도 간결한 비극적 희극'이라. 비극적인 희극이라고? 지루하고도 간결하다고? 그렇다면 어둠 속의 불꽃, 뜨거운 얼음, 뭐 이런 식의 말장난 아닌가! 이 같은 부조화를 어떻게 조화시키지?

필러스트레이트 이 연극으로 말씀드리자면 전하, 대사라곤 열 마디밖에 안 되는 작품이라, 제가 아는 한 가장 짧은 연극입니다. 그런데 대사가 열 마디밖에 안 되는 이 연극도 대사가 너무 늘어지는 바람에, 전하가 보시기에 아주 지루해하실 연극이 되어 버렸습니다. 왜냐하면, 이 연극 속에는 적절한 대사는 한마디도 없을 뿐더러 배역도 엉망이기 때문입니다. 그러니 비극적이라 할 수도 있겠죠. 게다가 끝에 가서는 피라므스가 자살을 한답니다. 저도 연습할 때 한 번 옆에서 구경을 했습니다만, 솔직히 말씀드리자면 눈물이 나올 정도더군요. 그러면서도 어찌나 우스운지 배꼽을 쥐고 웃었습니다.

시시어스 이 연극을 상연할 사람들은 어떤 패거리들이냐?

필러스트레이트 이곳 아테네 시장 바닥에서 날품팔이를 하는 직공들입니다. 손에 못이 박힌 건 물론, 지금까지 머리라곤 쓴 적이 거의 없다시피 한 자들이온데, 이제까지 써본 적도 없는 기억력을 총동원하여 대사를 암기했을 겁니다. 공작님의 결혼식에 대비해 이 연극을 준비한 거지요.

시시어스 좋아, 그럼 이 연극을 보도록 하자.

필러스트레이트 그건 아니 되옵니다. 공작님이 보실 만한 연극이 못 되옵니다. 저도 한 번 보았습니다만, 아무 의미 없는 형편없는 연극입니다. 그저 공작님을 즐겁게 해드리기 위해 최선을 다해 매우 어렵게 대사를 암기했으니, 그들의 장한 뜻을 가상히 여기시어 즐거이 봐주신다면 몰라도……

시시어스 네가 그러면 그럴수록 더욱 보고 싶어지는구나. 순박하고 충성스러운 마음으로 준비한 연극이 잘못될 수가 있겠느냐? 가서 그들을 불러들여라. 자, 부인들도 자리를 잡고 앉으시오. (필러스트레이트 퇴장)

히폴리타 전 어쩐지 보고 싶지 않네요. 안간힘을 써가며 무리를 해서 상연을 하려다가 실패하여 고통을 겪는 걸 어떻게 보겠습니까?

시시어스 그런 일은 없을 테니까 염려 마시오, 부인.

히폴리타 필러스트레이트의 말에 의하면 형편없다지 않습니까?

시시어스 아무리 형편없는 연극일지라도 고맙게 봐주면 그만큼 너그러운 일이 될 것이 아니오? 이들이 비록 실수를 한다 할지라도 즐겁게 봐주는 건 좋은 일이오. 비천한 이들이 충성심을 갖고 했지만 잘할 수 없는 것을 마음이 고귀한 사람이라면 그 노력을 높이 사주는 법이지. 내가 언젠가 대학자들의 초청으로 어느 곳에 간 적이 있는데, 한 위대한 학자가 준비해둔 환영사로서 나를 환영해 주려고 했었소. 그런데 그렇게 많이 준비했음에도 불구하고 몸이 떨리고 얼굴이 창백해지는 바람에 중간에 환영사를 그만두어야 했다오. 연습에 연습을 했는데도 겁에 질려 소리가 입 밖으로 나오지 않았지. 그러나 침묵 속에서도 나는 그의 환영사를 들을 수 있었소. 두려움과 조심스러운 가운데 주어진 의무를 다하려는 그 공손한 태도 속에서 나는 나불거리는 세 치 혀가 토해내는 대담하고 오만한 웅변보다 더 많은 것을 읽어낼 수 있었소. 나의 살아온 경륜으로 볼 때, 말이 적을수록 많은 뜻을 전하는 법이오.

필러스트레이트, 다시 등장

필러스트레이트 공작님, 환영해 주셨으면 합니다. 해설자가 등장하겠습니다.
시시어스 그럼 어서 시작하라.

요란한 나팔 소리. 퀸스가 해설자로 등장

해설 저희 연극이 혹 여러분의 비위를 상하게 한다면, 그거야말로 저희의 뜻, 즉 선의를 품고 있는 거라고 생각해 주십시오. 그것이 저희가 여러분에게 연극을 보여드리는 목적이기 때문입니다. 서투른 몸짓과 대사, 이것이 저희가 목적하는 바의 출발점이기도 합니다. 하오니 저희가 악의를 품고 왔다고 생각해 주십시오. 저희는 여러분을 기쁘게 해드리기 위해서 여기 온 것은 아니라는 것, 그것이 저희 뜻입니다. 여러분 모두의 즐거움을 위해 여기 온 것은 아니라는 겁니다. 여러분을 후회하게 해드리고 배우들이 여기 왔사오니, 연극이 끝나면 저희가 무슨 말을 하려고 했는지 다 아시게 되실 것입니다.
시시어스 이 녀석은 어법은 생각도 않고 지껄이는군.

라이샌더 마치 성난 망아지 몰 듯 입에서 나오는 대 뱉어버리는 통에 어디서 쉬어야 할지도 모르고 있네요. 그래도 이 자 덕분에 좋은 교훈을 배웠습니다. 문제는 정확하게 말하는 것이 아니라 참되게 말하는 거라는 걸 깨달았습니다.

히폴리타 저 사람은 어린이가 피리를 불 듯이 대사를 하니, 소리는 나긴 하는데 장단이 안 맞는 꼴이군요.

시시어스 대사라는 게 마치 엉킨 쇠사슬 같아서, 끊어지지 않으면서도 연결은 잘못된 것 같군. 이젠 누가 등장하지?

나팔수를 앞세우고, 피라므스와 시스비, 그리고 담벼락과 달, 사자 등장

해설 여러분, 이 무언극을 보시고 혹 의문이 생길지 모르겠습니다만, 진실이 밝혀질 때까지는 그 의문을 계속 가슴속에 품고 계십시오. 자, 이 사람은 피라므스이고 이 아름다운 아가씨는 시스비입니다. 자갈회반죽을 온몸에 처덕처덕 바르고 있는 이 사람은 담벼락인데, 사랑하는 연인들을 갈라놓았던 그 고약스런 담벼락입니다. 이 담벼락 틈으로 가련한 연인들, 그들은 사랑을 속삭일 수밖에 없었습니다. 이 점에 대해서는 의문을 가질 것도 없습니다. 또한 가시덤불을 둘러메고 등잔불과 개를 데리고 있는 이 사람은 달빛으로 분장한 것입니다. 왜냐하면, 솔직히 말씀드리자면, 두 연인은 부끄러운 줄도 모르고 달빛을 받으며 나이나스의 무덤에서 만나, 거기서 사랑을 고백하게 되어 있기 때문입니다. 보기만 해도 무시무시한 이 짐승은 사자이온데, 저 진실한 시스비가 밀회 장소에 다다르기 직전 밤의 어둠을 틈타 먼저 나타나 그녀를 위협해 혼비백산해 달아나도록 합니다. 달아나면서 그 아가씨는 망토를 떨어뜨렸는데, 이 고약한 사자가 피묻은 입으로 그걸 갖고 물고늘어진 겁니다. 이윽고 훤칠하게 잘생긴 미남청년 피라므스가 그곳에 나타나 피묻은 망토를 보고는 진실한 시스비는 죽었다고 생각하게 되는 거죠. 그래서 굶주린 원한의 칼을 뽑아 피가 끓고 있는 제 가슴을 힘껏 찔렀습니다. 그러자 뽕나무 그늘에서 기다리고 있던 시스비는 이 장면을 보고 달려와서 피라므스의 가슴에 박힌 칼을 뽑아 들고 스스로 목숨을 끊습니다. 나머지는 달빛과 사자와 담벼락과 연인들이 무대에 직접 등장해서 자세하게 말씀 올리겠습니다. (해설, 피라므스, 시스비, 사자, 달빛 퇴장)

시시어스 저 사자가 정말 말을 하는 거냐?

디미트리어스 세상엔 수많은 당나귀 바보들이 설치며 입을 놀리는데, 사자 한 마리쯤 말을 한다고 해서 이상할 건 없잖습니까?.

담벼락 이 연극에서는 스너우트라는 이름을 가진 제가 담벼락의 역할을 맡았습니다. 하오니 담벼락이라고 생각해 주십시오. 이 담벼락에는 갈라진 틈새, 혹은 구멍이 있어서 두 연인 피라므스와 시스비가 종종 이곳에 와서 그 틈새를 통해 불타는 사랑을 속삭이는 그런 담벼락입니다. 이 진흙과 회칠이 제가 틀림없는 담벼락이라는 걸 증명해 주고 있습니다. 사실이 그렇습니다만……. 이것이 바로 그 틈새인데, 오른쪽과 왼쪽이 다 구멍이 나 있어서, 이것을 통해 가슴 조이는 연인들이 사랑을 속삭이게 돼 있습니다.

시시어스 회칠한 담벼락이 저보다 더 말을 잘할 수 있을까?

디미트리어스 제가 알기로는 담벼락 중 가장 영리한 담벼락입니다.

피라므스 등장

시시어스 피라므스가 담벼락에 가까이 오고 있다, 조용해라!

피라무스 오, 무시무시한 밤이여! 이토록 새카만 색을 가진 밤이여! 해가 자리를 비키면 반드시 찾아오는 밤이여! 아, 밤이여! 슬프구나! 슬프구나! 슬프구나! 혹시 시스비가 약속을 잊었을까 심히 걱정스럽구나! 아, 그대, 이 담벼락! 정답고 사랑스런 담벼락이여! 그 아가씨 아버님의 땅과 우리 땅 사이를 가르는 담이여! 내 눈으로 볼 수 있도록 그대의 틈을 보여다오. (담벼락 역을 맡은 스너우트가 손가락을 벌린다) 고맙구나, 친절한 담벼락이여. 보답으로 제우스 신의 가호가 있기를! 그러나 보이는 것이 있던가? 시스비는 대체 어디 있느냐? 고약한 담벼락이로구나. 내 기쁨의 대상을 감춰 버리다니, 너의 돌 하나하나가 모두 저주받을지어다! 나를 속인 죄로!

시시어스 저 담벼락은 사람처럼 지각을 갖고 있으니, 틀림없이 저 저주를 되돌려줄 것 같은데.

피라무스 아닙니다. 사실은, 공작님. 이 자는 그러면 아니 되옵니다. '나를 속인 죄로'라고 했으니, 이제 곧 시스비가 등장할 것입니다. 그리고 제가 담벼락 틈새로 그녀를 들여다보는 겁니다. 두고 보십시오. 제가 말씀드린 대로 그렇게 될 것입니다. 자, 그 여자가 등장합니다.

시스비 역을 맡은 플루트 등장

시스비 오, 담벼락이여! 그대는 나의 한숨소리를 너무 자주 들어왔겠지. 나를 피라무스 도련님과 갈라놓았다는 이유로! 앵두 같은 이 입술은 그대의 이 돌들에게 수없이 입을 맞췄다. 회반죽을 한 이 돌들에게.

피라무스 목소리가 보인다. 이제 담벼락 틈새로 들여다봐야겠다. 시스비 아가씨의 얼굴이 들릴지도 모르지. 시스비!

시스비 오, 그리운 내 님이시여, 내 사랑이 맞겠죠?

피라므스 아가씨 마음대로 생각하시오. 나는 당신의 진짜 연인이니까. 리만더처럼 언제까지나 변함없는 충성스런 참사랑이오.

시스비 저도 헬렌처럼, 운명의 여신이 저를 죽일 때까지.

피라므스 프로커스를 사랑하는 세퍼러스도 이처럼 진실하지는 않았을 거요.

시스비 프로커스를 사랑하는 세퍼러스처럼 저도 도련님을 사랑해요.

피라므스 입맞춰 주시오, 이 고약한 담벼락 틈새로.

시스비 담벼락 틈새에다 키스해도 도련님의 입술까지는 닿지 않아요.

피라므스 그럼 나이나스의 무덤에서 만나주겠소?

시스비 살든 죽든, 가리지 않고 당장 달려가겠어요. (피라므스 역을 맡은 보톰과 시스비 역을 맡은 플루트 각각 퇴장)

담벼락 저 담벼락은, 이제 맡은 바 임무를 다 했습니다. 역할이 다 끝났으니, 이렇게 물러가겠습니다. (퇴장)

시시어스 이제 두 사람을 가로막았던 담벼락이 가버렸구먼.

디미트리어스 다른 수가 없었습니다, 전하. 담벼락이 그렇게 열심히 엿듣겠다고 하는 바람에……

히폴리타 제가 지금까지 보고 들은 것 중에서 가장 한심한 연극이네요.

시시어스 연극이란 아무리 훌륭해도 인생의 그림자에 불과한 법이지. 그래서 아무리 한심한 연극도 상상력으로 결점을 보충해 주면 괜찮아지는 법이오.

히폴리타 하오면 그건 전하의 상상력일 뿐, 배우들의 상상력은 아닙니다.

시시어스 저들이 자신에 대해 상상하는 것만큼 우리들도 저들에 대해 상상해 주면, 저들도 명배우로 행세할 수 있는 법이오. 마침 고귀한 짐승, 사자와 달빛이 무대에 나타났군.

사자와 달빛 등장

사자 귀부인 여러분, 마음이 부드러워 마루 위를 기어다니는 보잘것없는 생쥐 한 마리도 두려워하시는 착한 마음씨를 가지신 분들이여, 아마 성난 사자가 격하게 으르렁거리면 공포에 질리신 나머지 몸을 부들부들 떠실지도 모르겠습니다. 그럴 때는 잊지 마시옵소서. 소생은 사실 접합공 스너그이며, 사나운 사자 역을 맡은 것뿐입니다. 이 무시무시한 사자 역시 암사자도, 수사자도 아닌 가짜 사자올습니다. 만약에 소생이 사냥의 대상이 될지도 모르는 이 자리에 진짜 사자로 나왔다면, 그야말로 큰일날 것입니다요.

시시어스 아주 점잖은 짐승이로군. 마음씨도 착한 편이고.

디미트리어스 지금까지 본 중에서는, 전하, 가장 점잖은 짐승입니다.

라이샌더 용기만 보자면, 이 사자는 여우나 다름없군요.

시시어스 사실 그래, 지혜롭기로 말하자면 거위나 다름없지.

디미트리어스 그렇지는 않은 것 같습니다, 전하. 저 남자의 용기는 지혜를 잡을 수 없지만, 여우는 거위를 잡을 수 있지 않습니까?

시시어스 하나 저 남자의 지혜로는 용기를 잡을 수 없을 것이다. 거위가 여우를 잡아가진 않으니까. 자, 이젠 그 문제는 저 남자에게 맡겨두고, 달빛이 무슨 말을 하는지 들어보자.

달빛 이 등불은 뿔 모양의 초승달을 나타내는 것입니다.

디미트리어스 뿔이라면 저 사람 얼굴에 꽂는 게 제격인데.

시시어스 저 자는 초승달이 아니네. 보름달에 가까우니 아마 그 속에 감춰져 있는 모양이로구나.

달빛 이 등불은 뿔 모양의 초승달이온데, 저는 그 달 속에 사는 사람처럼 보이게 돼 있습니다.

시시어스 듣던 중 가장 엉터리 대사야. 그러면 저 사람은 당연히 저 달 속에 들어가 있어야 할 게 아닌가? 그러지 않고 달 속에 사는 사람이라고 우기면 쓰나.

디미트리어스 타고 있는 양초 속으로 감히 들어갈 수는 없겠지요. 보시다시피 심지를 잘라줄 때도 되지 않았습니까?

히폴리타 이 달은 솔직히 지겹습니다. 빨리 모양이 바뀌어 버렸으면 좋겠네.

시시어스 저 지혜의 빛이 희미한 것을 보니, 저 달도 머지않아 기울 것 같소. 하지만 예의를 보나, 이치를 보나 연극이 끝날 때까지는 자리를 지키고 기다립시다.

라이샌더 그럼 계속하게, 달빛이여.

달빛 소생이 드리고자 하는 말씀은 다만 이 등불은 달이고, 저는 달에 사는 사람이고, 이 가시덤불은 계수나무이고, 이 개는 소생의 개라는 것입니다.

디미트리어스 그렇더라도 그것들을 모조리 등불 속에 들여넣는 게 좋을 텐데. 모두 다 달 속에 있는 것들이 아닌가. 어쨌든 조용히 하게, 시스비가 등장하고 있으니.

시스비 등장

시스비 이것이 그 유서 깊은 나이나스의 무덤이군. 그런데 내 님은 어디 계실까?

사자 어훙! (사자가 으르렁거리자 시스비, 망토를 떨어뜨리고 달아난다)

디미트리어스 그 사자, 잘도 으르렁대는군.

시시어스 잘도 도망친다, 시스비!

히폴리타 달빛도 잘 비춰주네요. 정말 아주 그럴 듯하군요. (사자는 시스비의 망토를 물어뜯어놓고 퇴장)

시시어스 잘도 물어뜯는군, 그 사자.

디미트리어스 피라므스가 등장할 때가 됐는데…….

라이샌더 사자는 벌써 퇴장했는데.

피라므스 역을 맡은 보톰 등장

피라므스 정다운 달이여, 그대의 햇빛처럼 밝은 빛이 고마울 따름이구나. 고맙다, 달이여. 그대가 이렇게 대낮같이 세상을 밝게 비춰주니, 그 황금색의 찬란한 빛으로 누구보다 진실한 시스비의 모습을 볼 수 있으리로다. 그러나 잠깐! 어찌 이럴 수가? 오, 보아라, 가련한 기사여! 이 얼마나 비통한 장면인가! 이곳에 깔린 짙은 슬픔을 두 눈이여, 보고 있느냐? 어떻게 이런 일이 생길 수가 있느냐? 아, 나의 귀여운 오리여! 아, 나의 님이시여! 그대의 그 멋진 망토는 누더기로 찢긴 채 피투성이가 되어 있구나. 복수의 신이여, 이 운명의 여신들이여, 오라. 여기 와서 생명의 실오라기를 닥치는 대로 끊어버려라. 때리고, 부수고, 꺾고, 결판내어 죽여버려라.

시시어스 언제 어디서나, 사랑하는 사람의 죽음은 사람을 슬프게 만들어 주는 법이지.

히폴리타 저런 남자를 딱하게 여기지 않는 사람은 없겠지요.

피라므스 아, 무슨 까닭으로, 대자연이여, 그대는 사자 같은 것을 만들어 내셨습니까? 포악한 사자가 꽃같은 내 님을 무엇 때문에 꺾어 버렸습니까? 내 님은 지금, 아니 과거에는 살아서 사랑받고, 찬양받고, 모두가 우러러봤던 가장 아름다운 아가씨였다오. 눈물이여, 쏟아져 내려서 나를 집어삼켜라. 칼이여, 칼집에서 나와 나를, 나의 왼쪽 젖가슴을, 심장이 이토록 뛰고 있는 왼쪽 젖가슴을 찔러버려라. (자신의 가슴을 찌른다) 이렇게 나는 죽는다. 이렇게, 이렇게, 이렇게. 이제 나는 죽는다. 나는 떠난다. 내 영혼은 하늘을 향해 날아간다. 혓바닥이여, 그대의 빛을 거두어 달라. 달이여, 너도 달아나거라! (달빛 퇴장) 이제 나는 죽는다, 죽는다, 죽는다, 죽는다. (죽는다)

디미트리어스 목숨은 하나뿐인데, 꽤 여러 번 죽는군.

라이샌더 하지만 이젠 죽었으니 그만이지, 뭐. 죽고 나면 아무것도 아니잖아.

시시어스 의사에게 보이지 않아도 저 자는 다시 살아날 거야. 바보 당나귀라고 스스로 밝힐지도 모르고.

히폴리타 어머나, 달빛이 퇴장해 버렸네. 시스비가 돌아와서 자기 연인을 발견하기도 전인데?

시시어스 그 아가씨는 별빛으로도 찾을 수 있을걸? 아, 저기 나타났네. 저 여자의 비통한 대사로 연극이 끝나게 돼 있지.

시스비 역을 맡은 플루트 등장

히폴리타 피라므스가 저렇게 비통해 했는데 연인까지 설마 중언부언시간을 끌진 않겠죠? 간단히 끝을 냈으면 좋겠네요.

디미트리어스 피라므스와 시스비 중 어느 편이 더 무거운지 저울 위에 올려놓으면 막상막하일 겁니다. 아마 티끌 만한 차이도 나지 않을 겁니다. 저런 것이 남자라니, 원. 세상에, 저런 것이 여자라니, 기가 다 막히는군.

라이샌더 그 어여쁜 눈으로 벌써 그자의 시체를 찾아냈구먼.

디미트리어스 그녀는 연인의 죽음을 몹시 비통해하며 무슨 말을 했는가, 하면…….

시스비 주무시나요, 내 님이시여? 설마, 돌아가신 건 아니겠죠, 내 님이시여. 나의 피라므스, 어서 일어나소서. 그리고 말씀하소서. 말씀하소서. 왜 말씀을 못하시는 건가요? 돌아가신 건가요? 돌아가신 건가요? 그대의 그 아름다운 두 눈을 무덤 속에 들여보내야 하다니. 백합꽃 같은 두 입술, 앵두 같은 코, 노란 앵초 같은 두 볼이 사라져 버렸도다. 사라져 버렸도다. 오, 연인들이여, 슬퍼해 주시기를……. 이 분의 두 눈은 파처럼 초록색이었는데. 오, 운명의 세 여신들이여! 오소서, 내게로 오소서. 우유처럼 새하얀 그 손을 피로 물들게 하소서. 비단 같은 생명의 실을 그대들이 가위로 끊어놓으니 혓바닥이여, 더 이상 말하지 말라. 오너라, 칼이여, 날카로운 칼날이여. 부탁하노니 내 가슴 속으로 뚫고 들어오너라. (칼로 자신을 찌른다) 잘 있으시오, 친구들이여. 시스비는 이렇게 생의 종말을 고하느니, 안녕히, 안녕히, 안녕히 계시기를! (죽는다)

시시어스 달빛과 사자가 남아서 시체를 묻어야 하겠군.

디미트리어스 그렇군요. 담벼락도 거들어야겠네요.

보톰 (벌떡 일어나며) 아니, 그건 당치도 않습니다. 두 집을 갈라놓았던 담벼락은 벌써 허물어 버렸습니다. (플루트 일어난다) 나리들, 폐막사를 보시겠습니까, 아니면 우리 단원들이 추는 농부 춤 버고마스크를 보시겠습니까?

시시어스 폐막사는 듣고 싶지도 않다. 너희들 연극에는 양해를 구할 필요도 없으니, 양해 같은 건 바라지도 말라. 게다가 배우들이 무대 위에서 모두 죽어 버렸으니, 비난의 말을 감당해야 하는 사람도 없지 않느냐. 차라리 이 연극을 쓴 작가가 피라므스 역을 맡아서 하고, 시스비의 양말 대님으로 스스로 목을 매 죽었다면 훌륭한 비극이 되었을 텐데.

하긴 정말 그럴 것 같군. 하지만 연극은 정말 잘 보았으니 됐다. 폐막사 같은 건 그만두고 춤이나 추도록 하라. (퀸스, 스너그, 스너우트 그리고 스타블링 등장하여 그중 두 사람이 남아 버고마스크를 춘다. 그런 다음 플루트, 보톰을 포함해서 장인들, 모두 퇴장한다) 자, 깊은 밤을 알리는 종의 무쇠 추가 이제 막 열두 점을 쳤소. 연인들이여, 어서 신방으로 가보시오. 이제 요정들의 시간이 되었소. 내일 아침에는 모두들 늦잠이나 자지 않을까 걱정스럽소. 오늘 밤 이렇게 늦도록 잠자리에 들지 않았으니 말이오. 비록 조잡하고 한심한 연극이었지만, 밤의 지루함을 덜어내기에는 손색이 없었소. 자, 친구들이여, 이젠 잠자리에 들도록 합시다. 앞으로 2주일 동안 밤마다 잔치를 벌이고 새로운 여흥을 즐겨봅시다. (모두 퇴장)

제 2 장

숲 속

퍽 등장

퍽 이제 굶주린 사자가 으르렁거리고, 늑대가 달을 보고 짖어대는 시각입니다. 고된 일로 기진맥진했던 농부들은 깊은 잠에 빠진 채 꿈길이 구만리이고, 활활 타다 남은 장작은 벌겋게 남은 빛을 발하고 있습니다. 처량하게 누워 있는 환자라면 부엉이 울음 소리에 수의를 준비해야겠다는 생각을 하겠지요. 지금은 밤이기 때문입니다. 무덤들은 제각기 아가리를 크게 벌려 그 안에 갇혀 있던 망령들을 토해내어 무덤 주변에서 배회하게 만드는 그런 시각이지요. 그리고 세 가지 모습으로 변신하는 마법의 여신 헤커트 일행과 나란히 태양의 얼굴을 피해 꿈과도 같은 어둠 속을 노니는 우리 요정들이 희희낙락할 시각이니, 생쥐 한 마리도 이 신성한 저택 주변에서 얼씬거려서는 안 될 것입니다. 내 빗자루와 함께 먼저 여기에 온 이유는 먼지 수북한 궁전 뒷마당을 쓸기 위함이니…….

오베론, 타이테니아, 시종들을 모두 데리고 등장

오베론 온 세상을 하늘거리는 불빛으로 밝혀주어라. 졸 듯이 꺼져가는 모닥불 주변에서 꼬마 요정, 큰 요정, 가리지 말고 모두들 나와 덤불 속을 뚫고 나온 새처럼 경쾌하게 춤추고 노래하라. 나를 따라서 신나게 노래도 부르고, 발걸음도 가볍게 춤을 추어라.

타이테니아 먼저 당신이 노래를 불러보세요. 한마디를 부르시고 나면 우리도 손에 손을 잡고 요정답게 우아한 태도로 노래를 부르며 이 댁을 축복해 드리죠. (오베론이 선창을 하면, 요정들이 춤추고 노래 부른다)

오베론 요정들아, 동이 틀 때까지, 이 댁 구석구석을 누비면서 돌아다녀라. 타이테니아, 우리는 가장 귀하신 분의 신방으로 가서 그 두 분을 축복해 줍시다. 거기서 태어날 후손에게도 영원한 행복을 누릴 것을 빌어줍시다. 또한 세 쌍의 신랑 신부, 모두 백년해로하기를 바랍시다. 대자연의 장난으로 생겨나는 그 어떤 결함도 후손들에게는 나타나지 않도록 빌어줍시다. 앞으로 태어날 아이들 몸에는 사마귀, 언청이 그리고 그 어떤 흉터도 없기를....... 세상 사람들이 불길하다고 꺼리는 그 어떤 표시도 그들의 아이들에게서는 찾아볼 수 없기를 기원합시다. 요정들아, 깨끗한 들판에서 거둬온 신성한 이슬을 이 궁전의 방이란 방은 모조리 찾아다니며 구석구석 쏟아놓아라. 감미로운 평화가 깃들도록 축복의 이슬을 그들에게 쏟아놓아라. 어서 뛰어가거라. 머뭇거리지 말고, 모두들 동트기 전에 나와 만나자. (오베론 그리고 타이테니아와 요정들, 펵을 제외하고 모두 퇴장한다)

펵 (관객들에게) 저희 그림자나 다름없는 것들이 여러분의 마음을 조금이나마 언짢게 해드렸다면, 잠시 이렇게 생각해 주십시오. 여러분께서는 여기서 잠깐 조셨을 뿐인데, 꿈이나 환영이 눈앞을 스쳐 간 것으로 말입니다. 이 보잘것없고 허황된 연극을 한낱 헛된 꿈이라 생각하시고, 신사숙녀 여러분, 너무 나무라시지는 말아주세요. 만일 용서해 주신다면 앞으로 열심히 고쳐 나가겠습니다. 저는 매우 고지식한 요정 펵이니

만큼, 진심으로 말씀드린 겁니다. 여러분이 칭찬을 해주시면 더욱 분발해서 열심히 하리라는걸……. 이 말이 거짓이라면 이 퍽을 거짓말쟁이라고 부르세요. 그럼 여러분, 모두 안녕히 돌아가시기를……. 저에게 큰 박수를 보내주시고, 친구로 생각해 주신다면, 이 퍽은 앞으로 훌륭한 배우가 될 것입니다.

작품해설

한여름 밤의 꿈
A Midsummer Night's Dream

🌿 지금까지 이야기나 역사를 통해 들은 바로는 진실한 사랑이 순풍에 돛 단 듯 그렇게 순탄하게 진행된 경우를 본 적이 없소.
For aught that I could ever read, could ever hear by tale or history, the course of true love never did run smooth.

🌿 진실한 사랑을 나누는 연인들이 언제나 그렇듯 쉽게 좌절해 왔다면, 아마 운명이 정해놓은 규칙이라고나 해야겠죠.
If then true lovers have been ever cross'd, It stands as an edict in destiny.

🌿 아무리 천박하고 사악하고 무가치한 것이라 해도 사랑은 아름답고 훌륭한 가치가 있는 것으로 바뀌놓게 마련이니까. 사랑은 눈으로 보는 게 아니라 마음으로 보는 법이잖아.
Things base and vile, folding no quantity, Love can transpose to form and dignity. Love looks not with the eyes, but with the mind.

🌿 여성들은 남성들이 그러듯이 사랑을 얻기 위해 싸울 수는 없어요. 여성들은 사랑을 받아야지, 사랑을 구하도록 되어 있지는 않거든요.
Women cannot fight for love, as men may do. Women should be wood and were not made to woo.

🌼 나는 당신을 따라가겠어요. 그토록 사랑하는 이의 손에 죽을 수 있다면, 지옥의 고통도 천국의 기쁨이 되겠죠.
I'll follow thee and make a heaven of hell, To die upon the hand I love so well.

🌼 저는 지금 밤이라는 시각에 있는 것도 아니며, 또한 으슥한 곳에 있는 것도 아니죠. 당신은 저에게 이 세상 전부나 다름없으시고, 이 숲 속도 세상과 동떨어진 곳은 아니거든요. 온 세상이 이렇게 저를 지켜보고 있는데, 어떻게 혼자 있다고 말할 수 있겠어요?
I think I am not in the night. Nor doth this wood lack worlds of company, For you in my respect are all the world. Then how can it be said I am alone, when all the world is here to look on me?

🌼 연인 사이의 대화란 사랑으로 참뜻을 전달하는 법이라오. 내 마음과 당신의 마음이 이렇게 맺어져 있으니 마음이 하나라고 한 것뿐이오. 하나의 맹세를 주고받은 사이라 하나의 쇠사슬로 얽혀 있는 셈이니 가슴은 둘이되 마음은 하나라는 거요.
Love takes the meaning in love's conference. I mean, that my heart unto yours is knit
So that but one heart we can make of it. Two bosoms interchained with an oath. So then two bosoms and a single troth.

🌼 단것을 너무 먹어서 물리게 되면 위에서 받아들여지지 않고, 사람들이 등진 사교는 그 사교로 인해 증오를 받듯이 나의 포식이요, 나의 이단인 그대. 만인에게도 증오의 대상이지만, 무엇보다 내 큰 증오의 대상이 아닐 수 없다.
For as a surfeit of the sweetest things, The deepest loathing to the stomach brings, or as tie heresies that men do leave are hated most of those they did deceive, so thou, my surfeit and my heresy, of all be hated, but the most of me!

🌿 검은 까마귀를 하얀 비둘기와 바꾸려는 것은 누구에게나 당연한 일이 아니오? 본디 남자의 욕망은 이성에 지배를 받는 법인데, 내 이성은 허미아보다는 아가씨가 훌륭한 처녀라고 속삭이고 있소. 자라나는 과정에 있는 것은 제 철을 만나야 무르익는 법. 나 역시 풋내기라 지금까지는 이성적 판단을 충분히 내릴 만큼 무르익지 않았던 거요. 그러나 이제 인간으로서 분별력을 제대로 갖게 되어 이성이 내 욕망의 안내자가 되어 아가씨의 눈을 들여다보니, 비로소 읽을 수 있게 된 거요. 사랑의 책 속에 쓰여 있는 사랑의 이야기들을.
Who will not change a raven for a dove? The will of man is by his reason sway'd, and reason says you are the worthier maid. Things growing are not ripe until their season so I, being young, till now ripe not to reason, and touching now the point of human skill, reason becomes the marshal to my will and leads me to your eyes, where I o'erlook love's stories written in love's richest book.

🌿 요즘 세상에 이성과 사랑은 그리 좋은 관계는 아닌 듯싶습니다만, 더욱 개탄스러운 것은, 이 둘을 화해시키려 드는 성실한 이웃도 없다는 점이죠.
Reason and love keep little company together now-a-days, the more the pity that some honest neighbours will not make them friends.

🌿 그 얘기를 믿을 바에는 차라리 달이 이 단단한 대지를 뚫고 이 지구의 반대편으로 빠져나가 그 달의 형님인 태양을 불쾌하게 만들어 주었다는 얘기를 믿는 게 낫겠지요.
I'll believe as soon this whole earth may be bored and that the moon may through the centre creep and so displease her brother's noontide with Antipodes.

🌺 살인자의 모습이 유령 같다면, 나도 유령이나 다름없소. 당신의 그 잔인한 말이 내 가슴을 꿰뚫어 놓았으니 말이오.
So should the murder'd look, and so should I, pierced through the heart with your stern cruelty.

🌺 한 진실이 다른 진실을 죽여버리니, 정말 사악하고도 성스러운 싸움이 아닐 수 없네요.
When truth kills truth, O devilish-holy fray!

🌺 두 가지 맹세를 저울에 달아보면 어떨까요? 아마 그 무게는 제로가 될 걸요. 허미아한테 한 맹세와 나한테 한 맹세를 저울 양쪽에 올려놓으면, 무게가 평형을 이루겠죠. 다 꾸며낸 이야기니까요.
Weigh oath with oath, and you will nothing weigh. Your vows to her and me, put in two scales, will even weigh, and both as light as tales.

🌺 그대가 잠에서 깨어나는 순간 그대는 맛볼 수 있으리니, 진정한 즐거움을 얻으려면 옛 연인과 눈을 맞추라. 그리하면 불행해질 사람이 하나도 없으리니, 성경에도 있듯이 가이사의 것은 가이사에게로, 그녀는 그에게로, 그래서 온 세상에 기쁨이 넘치기를……. 남자는 자기 암말을 되찾고, 모든 일이 원만히 해결되리라.
When thou wakest, thou takest true delight in the sight of thy former lady's eye. And the country proverb known, that every man should take his own, in your waking shall be shown. Jack shall have Jill, nought shall go ill, the man shall have his mare again, and all shall be well.

🌺 정확하게 말하는 것보다는 참되게 말하는 것이 중요합니다.
It is not enough to speak, but to speak true.

🌸 마치 병에 걸렸을 때는 싫어하던 음식을 건강해져서 입맛을 되찾으면 다시 찾게 되듯이, 저는 그녀를 평생 사랑하고, 죽을 때까지 동경하면서, 언제까지나 성실히 남편으로서 그녀에게 충실할 작정입니다.
like in sickness, did I loathe this food, but, as in health, come to my natural taste, now I do wish it, love it, long for it, and will for evermore be true to it.

🌸 두려움과 조심스러움 가운데 주어진 의무를 다하려는 그 공손한 태도 속에서 나는 나불거리는 세 치 혀가 토해내는 대담하고 오만한 웅변보다 더 많은 것을 읽어낼 수 있었소. 나의 살아온 경륜으로 볼 때, 말이 적을수록 많은 말을 하는 법이오.
In the modesty of fearful duty, I read as much as from the rattling tongue of saucy and audacious eloquence. Love, therefore, and tongue-tied simplicity in least speak most, to my capacity.

🌸 세상엔 수많은 당나귀 바보들이 설치며 입을 놀리는데, 사자 한 마리쯤 말을 한다고 해서 이상할 건 없잖습니까?
No wonder my lord, one lion may, when many asses do.

🌸 장미는 지켜 주는 가시에 둘러싸여 시들어 가면서 저 혼자만이 행복하게 피어 있다가 죽어 버리는 것보다는 꺾여서 향기를 뒤에 남기는 것이 우리가 생각할 때 더 보람 있잖느냐.
But earthlier happy is the rose distilled, than that which, withering on the virgin thorn, grows, lives, and dies in single blessedness.

🌸 말을 한다는 것으로 충분하지 않다. 올바르게 말한다는 것이 중요하다.
It is not enough to speak, but to speak true.

🌸 하느님, 인간이란 얼마나 어리석은 존재입니까?
Lord, what fools these mortals be!

🌸 사랑은 소리처럼 하염없이 사라져버리는 거야. 그림자처럼 빠르게, 꿈결처럼 짧게.
Making a momentary as a sound, swift as a shadow, short as any dream.

🌸 최고의 연극도 단지 그림자에 지나지 않는다.
The best in this kind are but shadows.

🌸 사랑은 눈으로 보는 것이 아니라 마음으로 본다. 그러기 때문에 날개 달린 큐피드는 장님으로 표현된다.
Love looks not with the eyes, but with the mind. And therefore is winged Cupid painted blind.

🌸 연인들과 미친 사람들의 머리는 소용돌이치면서 들끓지. 그래서 엉뚱한 환상을 만들어내지. 냉정한 이성으로는 이해할 수 없는 상상을 해.
Lovers and madmen have such seething brains. Such shaping fantasies, that apprehend more than cool reason ever comprehends.

뜻대로 하세요

As You Like It

등장인물

로잘린드_ 추방당한 노공작의 딸로 씨름대회에서 올란도에게 첫눈에 반한다. 나중에 남장한 채 살아가다가 올란도를 만나 결혼을 한다.

실리아_ 프레드릭의 외동딸로 로잘린드를 자신의 목숨보다 더 사랑해 아버지가 로잘린드를 쫓아내자 따라나선다.

올리버_ 로랜드 드 보이스 경의 아들로 막내인 올란도에게 자격지심이 있다. 결국 유산을 주지 않은 채 올란도를 내쫓는다.

올란도_ 형에게 유산을 달라고 했다가 빈털터리로 쫓겨난다. 충복 애덤의 돈으로 우여곡절 끝에 아덴 숲에 다다르게 되고, 거기서 꿈에도 그리던 로잘린드를 만난다.

제이크스 드 보이스_ 로랜드 드 보이스 경의 둘째아들

프레드릭 공작_ 노공작의 동생으로 형의 영토와 권력을 빼앗는다.

노공작_ 동생한테 쫓겨나 아덴 숲에 머무르면서 사냥과 연회를 하며 살아간다.

애덤_ 올리버의 하인. 올란도를 훨씬 더 좋아해 올란도가 궁지에 빠지자 자신의 전 재산을 올란도에게 주어 같이 올리버의 집에서 도망친다.

터취스턴_ 어릿광대

데니스_ 올리버의 하인들

애미언스/제이퀴즈_ 추방당한 공작을 섬기는 귀족들

코린/실비어스_ 목동들 / 르보&프레드릭의 신하

찰스_ 프레드릭의 씨름꾼 / 피비&양치기 처녀

오드리_ 시골 처녀 / **윌리엄_** 오드리를 사랑하는 시골 청년

올리버 마텍스트_ 목사

시종들

줄거리

　권력과 영토를 놓고 혈육간의 분쟁을 벌이는 이 작품은 T. 로지의 소설 『로잘린드』(1590)에서 취재해 만든 작품이다. 프레드릭 공작은 자신의 형을 내쫓고 권력을 찬탈한다. 이때 공작의 딸 실리아는 사촌언니 로잘린드와 헤어져서 살 수 없다며 공작에게 애원을 해 로잘린드는 궁에 머무르게 되고 숙부인 프레드릭과 함께 살고 있다.
　한편 마을 청년 올란도는 형인 올리버의 미움을 받으며 하루하루 짐승처럼 살아간다. 사람들이 올리버보다 올란도를 더 좋아하기 때문이다. 그러다가 어느 날 공작이 주최한 씨름대회에서 찰스를 이기게 되고, 이 모습을 본 로잘린드는 올란도에게 첫눈에 반해 사랑에 빠진다.
　그러나 씨름대회에서 상대를 이긴 것이 화근이 되어 형에게 쫓겨난 올란도는 아텐의 숲으로 향하게 되고, 동시에 로잘린드도 프레드릭의 엄명으로 궁에서 나와, 사촌동생 실리아와 함께 아버지가 살고 있는 아텐의 숲으로 향한다. 남장으로 변장을 한 로잘린드는 그곳에서 목장을 사서 실리아와 살게 된다. 로잘린드는 날마다 연서를 써서 붙이는 올란도를 보지만, 남장을 한 처지여서 알은체를 하지 못한다.
　올란도를 사랑하는 로잘린드는 상사병에 걸린 올란도를 상대로 한 가지 꾀를 내어 날마다 자신에게 사랑을 고백하도록 한다. 그러는 가운데 올란도가 자신의 형인 올리버를 구하기 위해 암사자와 격투를 벌이다 사고를 당하게 되고, 그 사실을 안 로잘린드는 드디어 자신의 정체를 밝히고 결혼에 이른다. 한편 올란도의 형 올리버는 동생을 살해하려다가 오히려 동생에게 구조되자 마음을 바꾸어 실리아와 결혼을 하게 되고, 프레드릭 공작 역시 자신의 죄를 뉘우치고 형에게 권력을 되돌려준다.

제1막

제1장

올리버의 집 정원

올란도와 애덤 등장

올란도 (칼싸움) 애덤, 내 말 좀 들어보게나. 아버님께서는 비록 적은 돈이지만 1천 크라운을 내 몫으로 놓으시고 세상을 떠나셨지. 자네 말대로 큰형에게 축복을 내리시며 나를 정성껏 돌보라고 당부하시는 것도 잊지 않으셨고. 그런데 내 불행은 거기서부터 시작된 거야. 작은형 제이크스는 대학도 다녔을 뿐만 아니라 들리는 소문에 따르면 유산도 듬뿍 받았다고 해. 내 신세와는 영 딴판이지. 형이라는 자는 나를 시골구석에 처박아두고 뼈대 있는 가문의 자손답게 교육을 시키기는커녕 빈둥거리게 방치하니 말이야. 내가 외양간에 갇힌 소와 다를 게 뭔가. 아니, 오히려 형네 말들보다 못한 팔자야. 말들은 윤기가 번지르르 흐를 만큼 잘 먹이고 비싼 돈을 주고 조련사까지 고용하고 있는 것을 보면 말이야. 동생인 나는 고작 세끼 밥 얻어먹은 것뿐이라고. 그야말로 쓰레기통을 뒤져 먹고 사는 짐승들이나 다를 바가 없지. 게다가 형님은 내 앞으로 남겨진 유산까지 빼앗아 갈 태세야. 머슴들하고 함께 밥을 먹으라고 하질 않나. 나를 무식하게 만들어 내 훌륭한 성품을 없애려는 속셈인 거야. 애덤, 내 말이 무슨 뜻인지 알겠어? 나는 정말 슬퍼. 그래도 나는 내 핏줄 속에 아버지의 도도한 정신을 이어받았다고 자부했는데, 그런 정신이 이런 노예살이에 항거하기 시작한 거야. 난 이제 더 이상 참을 수가 없어. 하지만 그렇다고 뾰족하게 벗어날 방법도 없어.

올리버 등장

애덤 저기 주인 나리가 오시네요. 도련님 형님 말씀이에요.
올란도 저리 비켜 서서 형이 나한테 어떻게 하는지 지켜봐.
올리버 야, 여기서 뭘 하는 거야?
올란도 뭘 하긴요. 도대체 뭘 배운 게 있어야 하죠.
올리버 못된 짓이야 배우지 않아도 할 수 있지.
올란도 그러게요. 형님을 도우려고 하느님이 만드신 이 못난 동생의 신세를 더욱 망치고 있는 중이죠. 이렇게 빈둥거리면서 말이죠.
올리버 게으름뱅이 녀석, 저리 가서 일이나 해.
올란도 형님네 돼지나 치면서 감자나 먹으며 살까요? 제가 무슨 못된 짓을 했다고 이렇게 짐승처럼 살아야 하죠?
올리버 이 녀석아, 여기가 어딘 줄이나 알아?
올란도 물론입죠. 형님네 마당이죠.
올리버 감히 누구 앞에서 함부로 지껄여!
올란도 제 앞에 계신 분이 저를 알고 있는 것 이상으로 잘 알고 있죠. 바로 제 맏형이 아닌가요? 그러니 형님도 뼈대 있는 가문의 아들답게 저를 돌봐주셔야 하지 않나요? 형님이 저보다 먼저 태어났으니까 이 나라 관례상 어른인 건 분명하죠. 또한 이 낡은 관습이 우리의 혈연 관계를 없애지는 못하죠. 이 몸에도 형님처럼 아버지의 피가 흐르니까요. 우리

사이에 형제가 몇십 명이 있어도 말이에요. 형님이 저보다 먼저 태어났으니 아버지의 존경을 이어받는 건 당연합니다만.

올리버 아, 아니 이 자식이. (때린다)

올란도 이러지 마세요. 형님은 힘 가지고는 저를 못 당할걸요! (형의 목을 잡는다)

올리버 이 나쁜 놈! 감히 나한테 손을 대려고 하다니!

올란도 나쁜 놈이라뇨. 저는 로랜드 드 보이스 경의 막내아들이에요. 그분이 나쁜 놈을 낳았다고 말하는 자는 몇 배나 더 나쁜 놈이죠. 내 친형만 아니었다면 이 손으로 목을 누르고, 그따위 악담을 내뱉은 혓바닥을 지금 당장 뽑아버렸을 거예요. 형님, 자기 얼굴에 침 뱉지 마세요.

애덤 (앞으로 나오며) 나리, 제발 참으세요. 돌아가신 아버님을 생각해서라도 의좋게 지내셔야죠.

올리버 (몸부림을 치면서) 이거 놓지 못해!

올란도 못 놔요. 분통이 터져도 제 말부터 들으세요. 아버지는 형님께 저를 교육시키라고 유언하셨어요. 그런데 형님은 저를 농사꾼으로 길렀어요. 신사다운 품격과는 아주 담을 쌓았지요. 하지만 저의 몸에서 아버지의 성품이 자라고 있으니 더 이상 참을 수가 없어요. 그러니 저한테 교육을 시켜 주시거나 아니면 유언장대로 서푼어치밖에 되지 않는 유산을 주세요. 그걸로 팔자를 고칠 테니까요. (형을 놔준다)

올리버 그걸로 뭘 하려고? 다 털어먹고 거지노릇이나 하려고? 하여튼 너하고 싸우고 싶지 않으니 안으로 들어가서 말하자. 유언대로 네 몫을 줄 테니 저리 가자.

올란도 제 몫을 제대로 받기만 하면 더 이상 괴롭히지 않을게요.

올리버 네 놈은 꺼져 버려. 이 늙은 개야!

애덤 늙은 개라고요? 나리 뒷바라지를 하느라 제 이가 몽땅 빠졌는데도 고작 답례가 이건가요? 돌아가신 큰어르신께 은총을 내리소서. 그분이라면 이런 말은 입에도 담지 않았을 겁니다. (올란도와 애덤 퇴장)

올리버 네놈까지 함부로 대들다니. 오냐, 두고 보자. 오만불손한 네 놈한테 1천 크라운을 주나 봐라. 여봐라, 데니스!

데니스 등장

데니스 부르셨습니까, 나리?
올리버 공작님 댁의 씨름꾼 찰스가 나를 만나러 오지 않았더냐?
데니스 말씀대로 문간에 와서 나리를 기다리고 있습니다.
올리버 들라고 해라. (데니스 퇴장) 일이 멋지게 풀리는구나. 내일 씨름대회에서 보자.

찰스를 데리고 데니스 등장

찰스 안녕하십니까, 각하.
올리버 어서 오게, 찰스. 새 공작님을 맞이한 궁궐에 무슨 새 소식이라도 있는가?
찰스 새 소식은 없고요, 묵은 소식뿐이죠. 새 공작님이 형님 공작을 추방했답니다. 결국 형님 공작과 신하들 몇 명이 귀양살이를 떠나게 됐지요. 새 공작님은 그분들의 토지와 수입으로 더욱 부유해졌으므로 그분들의 귀양을 기꺼이 허락했답니다.
올리버 그럼 공작의 따님 로잘린드 아가씨도 부친과 함께 귀양을 갔단 말인가?
찰스 아닙니다. 새 공작님의 따님과 로잘린드 아가씨는 사촌지간이지요.

둘이서 요람에서부터 함께 자란지라 로잘린드 아가씨가 귀양을 가면 함께 따라가든지 죽겠다고 아우성을 쳐서 남아 있게 되었죠. 그래서 로잘린드 아가씨는 궁궐에 남아 친딸 못지 않게 삼촌의 사랑을 받고 있답니다. 아무튼 그렇게 사이가 좋은 자매는 처음 봅니다요.

올리버 형님 공작은 어디로 가셨다고 하더냐?

찰스 소문에 따르면 아덴 숲 속으로 가셨다고 합니다. 그곳에서 많은 부하들을 거느리고 옛날 로빈후드처럼 살고 있답니다. 젊은 신사들이 날마다 떼지어 몰려와 근심걱정 없이 살고 있으니 무릉도원이 따로 없답니다.

올리버 그건 그렇고, 자네 내일 새 공작 앞에서 씨름을 하기로 했다며?

찰스 네. 마침 그 말씀을 드리려고 왔습니다. 은밀히 들은 이야기입니다만, 각하의 동생 올란도 씨도 신분을 감추고 저와 한판 승부를 겨룬다는 소리를 들었습니다. 하지만 내일 저는 제 명예를 걸고 출전할 생각입니다. 대단한 실력이 아니면, 저와 맞설 경우 팔다리가 온전히 남아나지 못할 것입니다. 각하를 생각해서라도 아직 젊고 연약한 각하의 동생분을 패대기치고 싶지 않습니다만, 대회에 참석하신다면 어쩔 수가 없겠지요. 그래서 말씀드리러 온 것입니다. 각하께서 동생분의 출전을 말리시든가, 아니면 그분이 천방지축으로 나서다가 당하는 치욕은 자업자득이지 제 본의는 아니라는 걸 말입니다.

올리버 고맙군, 찰스. 그렇게까지 나를 생각하다니, 훗날 꼭 보답하겠네. 그 녀석의 의도에 대해선 나도 눈치를 채고 만류했는데도 워낙 고집불통이라네. 그러니까 말이지만 그 녀석을 특히 조심하게. 그 녀석은 야심꾼에다 남의 뛰어난 재능을 보면 질투를 해 겨루어보고 싶어할 뿐만 아니라 이 형에게까지 간악한 음모를 꾸미고 있는 녀석이라네. 이런 판국이니 자네 마음대로 하게나. 그 녀석의 손가락이 아니라 목이라도 부러뜨린다면 내 원이 없겠네. 하지만 그 녀석을 섣불리 건드렸다간 큰코다칠 수도 있어. 그 녀석은 힘으로 자네를 이기지 못하면 비열한 술책이라도 써서 함정 속에 빠뜨릴 거야. 어떤 수단을 쓰든 자네의 목숨을 빼앗을 때까지 물고늘어지겠지. 그 녀석의 간악 무도함을 생각하면 내 눈물이 다 날 지경이네. 젊은 녀석치고 그토록 악랄한 녀석은 세상에 둘도 없을 거야. 차마 동생이라 다 입에 담을 수는 없지만 그걸 자네가 들으면 놀라 자빠질 거야.

찰스 각하를 찾아뵙길 참으로 잘한 것 같습니다. 내일 동생분이 씨름판에 나오면 혼쭐을 내야겠군요. 만일 제 발로 걸어나간다면 다시는 씨름판에 나오지 못할 것입니다. 안녕히 계십시오, 각하.

올리버 잘 가게, 착한 찰스. (찰스 퇴장) 이젠 그 애송이 놈을 부추겨야겠군. 그 자식이 씨름에서 지면 정말 춤이라도 추겠군. 왠지 주는 것 없이 미운 놈이 있단 말이야. 그놈은 학교 문턱에도 가지 않았건만 유식할 뿐만 아니라 품위가 있고 신사다워. 게다가 마음씨까지 착해서 세상 사람들로부터 사랑을 독차지하고 있지. 특히 그놈을 잘 아는 내 하인 놈들은 그 녀석에게 홀딱 빠져 있으니, 명색이 주인인 내 평판만 점점 더 나빠질 수밖에 없지. 그러나 이젠 그것도 얼마 남지 않았지. 이 씨름꾼이 해치울 테니. 얼른 그놈을 선동해서 씨름판에나 가게 해야겠군. 자, 어서 이 일을 시작해야지. (안으로 들어간다)

제 2 장

공작 궁궐 앞 잔디밭

로잘린드와 실리아 등장

실리아 오, 로잘린드 언니, 제발 부탁이니 얼굴 좀 펴봐.

로잘린드 실리아, 나는 지금 최고로 명랑한 척하는 거야. 더 이상 어떻게 즐거운 척하니? 추방된 아버지 생각을 잊을 수만 있다면 얼굴은 얼마든지 펼 수 있지.

실리아 그렇구나. 내가 언니를 사랑하는 만큼 언니는 날 사랑하지 않는 거야. 나는 큰아버지가 우리 아버지를 추방했다 해도, 언니가 내 곁에 있으면 아마 큰아버지를 친아버지처럼 사랑했을 거야. 언니도 나처럼 사랑이 깊다면 그렇게 할 수 있을 거야.

로잘린드 좋아, 나도 모든 걸 잊고 너와 함께 즐길게.

실리아 잘 생각했어. 언니도 알다시피 사실 우리 아버지에게는 나 하나뿐이잖아. 그렇다고 앞으로 더 생길 것 같지도 않고. 그러니 아버지가 돌아가시면, 언니가 틀림없이 이 집의 상속자가 될 거야. 나는 아버지가 큰아버지한테서 강제로 빼앗은 것을 언니한테 되돌려줄 생각이니까. 내 이름을 걸고 약속할게. 꼭 그렇게 할 거야. 만일 이 약속을 어긴다면 난 짐승이야. 자, 그러니까 사랑스런 언니, 이제 장미꽃처럼 화사하게 웃어봐.

로잘린드 좋아, 그러자꾸나. 그럼 뭐 즐거운 놀이라도 생각해 내야겠어. 뭐가 없을까? 그래, 연애하는 건 어때?

실리아 그게 좋겠네. 심심풀이로 한다면 괜찮겠어. 하지만 진정으로 남자를 사랑해서는 안 돼. 그리고 심심풀이도 도가 지나치면 안 되니까, 순수함과 결백함을 지키면서 무사히 빠져나올 수만 있으면 좋아.

로잘린드 그럼 우리 어떤 놀이를 하지?

실리아 이건 어떨까? 이렇게 우두커니 앉아서 운명의 여신을 비웃는 것 말이야. 운명의 여신이 수레바퀴에서 손을 떼게 하는 거야. 그럼 인간에게 공평하게 베풀겠지.

로잘린드 그렇게 된다면 얼마나 좋겠니? 행운의 선물은 늘 엉뚱한 곳에 가잖아. 특히 인심 좋고 맹목적인 여신이 여자들에게 베푸는 은총은 어처구니 없는 경우가 많거든.

실리아 정말 그래. 아름다우면 정조가 부족하고, 정조가 곧으면 미모가 따르지 않고.

로잘린드 하지만 그건 운명의 여신이 하는 일이 아니라 자연의 여신이 하는 일이지. 운명의 여신은 이 세상의 행복과 불행을 다스릴 뿐이지 자연이 창조하는 미모와는 관계가 없어.

터춰스턴 등장

실리아 정말 그럴까? 자연이 미인을 만든다 해도 그 미인이 운명 때문에 불에 타버리게 되는 것도 있잖아. 자연이 우리들에게 운명을 조롱할 만큼 지혜를 주었지만 (터취스턴을 보고) 우리들 토론을 방해하기 위해 저 바보를 우리한테 보낸 건 운명이 아닐까?

로잘린드 하긴 운명의 힘이 자연의 힘보다 강한지도 몰라. 운명이란 것이

자연이 준 지혜를 방해하고 있으니 말이야.

실리아 그렇지 않으면 우리들의 지혜가 하도 보잘것없어서 운명의 여신들을 논할 힘이 없으니까 지혜를 좀더 날카롭게 닦으라고 저 바보를 우리에게 보내준 게 아닐까? 바보를 보면 지혜로워져야겠다고 생각하잖아. 이봐요, 지혜로운 양반, 어딜 어슬렁거리며 가지요?

터취스턴 아가씨, 아버지께서 아가씨를 부르십니다.

실리아 이제 심부름도 하나요?

터취스턴 제 명예를 걸고 맹세하지만, 아가씨를 불러오라는 분부를 받았지요.

로잘린드 바보, 그따위를 가지고 맹세하는 걸 어디서 배웠지?

터취스턴 어떤 기사님한테 배운 거죠. 글쎄 그 기사님은 이런 것도 맹세하던걸요. 맹세컨대 이 핫케이크는 최고이며, 이 겨자는 엉터리다. 어이구, 이런 식이었죠. 제 생각엔 핫케이크가 엉터리고 겨자가 진짜였는데 말이죠. 그렇다고 그 기사님의 맹세가 엉터리는 아니었죠.

실리아 그걸 어떻게 증명하지, 똑똑한 양반?

로잘린드 자, 당신이 가진 지혜 보따리를 풀어놔 보세요.

터취스턴 그럼 두 분 한 발자국 앞으로 나와 보세요. 그리고 턱을 쓰다듬으면서 아가씨 턱수염에 걸고 맹세해 보세요. 제가 천하의 악당이라고요.

실리아 그야 턱수염이 있어야 맹세를 하지, 그대야말로 천하의 악당이라고.

터취스턴 이 몸에 악당의 소지가 있다고 하고, 그래서 그 악한 행동을 두고 맹세를 한다면 저는 악당이 되겠지요. 하지만 아가씨들이 있지도 않는 것들에 걸고 맹세한다면 거짓 맹세가 되겠죠. 그러니까 자기 명예를 걸고 맹세한 그 기사님도 마찬가지예요. 있지도 않은 명예를 걸고 맹세를 하더라고요. 핫케이크와 겨자를 두고 맹세하기 전에 너무나 많이 맹세를 남발해서 맹세가 흔적조차 없이 사라졌다는 거죠.

실리아 당신이 말하는 그 기사님은 누군데?

터취스턴 (로잘린드를 보며) 아가씨 아버님이 총애하는 기사님이죠.

로잘린드 아버지의 사랑을 받는 것만으로도 충분히 명예스러운 일이지. 그러니 남의 험담은 그만해. 남을 헐뜯고 다니다가 곤장이나 맞지 말고.

터취스턴 현자가 바보짓을 하는 판국에 바보가 현명한 말을 못한다니, 젠장 모를 일이군요.

실리아 네 말이 맞아. 바보의 하찮은 지혜가 무시되고 현명한 사람들의 사소한 바보짓이 화제가 되는 세상이니 말야. 저기 르 보 씨가 오시네.

르 보 등장

로잘린드 새 소식을 입에 가득 물고 오는군.

실리아 제비가 새끼들에게 먹이를 주듯 우리들에게 소식을 먹이겠지.

로잘린드 우린 소식만으로도 배가 부르겠지.

실리아 잘됐군 뭐. 덕분에 우리도 장터에서 잘 팔릴 테니까. 르 보 씨, 안녕하세요? 무슨 새 소식이라도 있나요?

르보 아름다운 공주님, 흥겨운 놀이가 있었는데 놓치셨군요.

실리아 흥겨운 놀이라뇨?

르보 뭐랄까, 뭐라 말씀드려야 알 수 있을까?

로잘린드 그야 지혜로 안 되면 운명이 시키는 대로 해보시지요.

터취스턴 (조롱 투로) 아니면 운명은 하늘에 맡기시고요.

실리아 신경쓰지 마세요. 그냥 내뱉은 말이니까.

르보 공주님들한텐 못 당한다니까. 아주 흥겨운 씨름을 놓치셨다는 말을 하려던 참이에요.

로잘린드 그럼 그 광경을 설명해 주시면 되잖아요.

르보 그러면 되겠군요. 지금 첫판을 말씀드릴 테니까 혹시 마음에 드시면 끝판을 보시면 되죠. 진짜 씨름은 이제부터 시작하니까요. 그것도 두 분이 계시는 바로 이곳에서 시합을 하실 테니까요.

실리아 그럼 첫판을 말해 보세요.

르보 어떤 노인에게 세 아이가 있었는데…….

실리아 마치 동화 같은 얘기네요.

르보 세 아이들은 모두 이목구비가 수려하고 늠름한 체격을 가진 젊은이들로 자라났습니다.

로잘린드 "물건은 더욱 끝내 줍니다"라는 공고라도 하고 나왔나요?

르보 먼저 장남이 공작님 휘하에 있는 장사인 찰스와 한판 붙었죠. 찰스는 붙자마자 그를 냅다 패대기쳐 갈빗대 세 대가 나갔고, 그는 생명까지 위태로워졌답니다. 둘째와 막내도 똑같은 꼴이 되었어요. 삼형제가 널브러지게 된 거죠. 가엾은 것은 늙은 아버지죠. 어찌나 서럽게 우는지 구경꾼들도 다함께 눈물을 흘렸답니다.

로잘린드 어머, 가엾어라!

터취스턴 여보슈, 도대체 아가씨들이 놓쳤다는 구경거리가 뭔가요?

르보 지금 그걸 얘기하고 있잖소?

터취스턴 그래서 사람들이 하루하루 영리해지나 보군. 갈빗대 부러뜨리는 일이 아가씨들의 구경거리가 된다는 건 금시초문이거든.

실리아 나도 처음이야.

로잘린드 자기 갈빗대가 나가거나 남의 갈빗대가 나가는 걸 듣고 싶어하는 사람이 어디 있겠어요? 하지만 실리아, 우리 씨름 구경하는 건 어때?

르보 보고 싶지 않으셔도 보게 될 것입니다. 바로 여기에서 다음 씨름판이 열리거든요. 이제 곧 시작할 겁니다.

실리아 정말 저기 오고 있네요. 그럼 여기 있다가 구경해야겠네요.

프레드릭 공작, 귀족들, 올란도, 찰스, 시종들 등장

프레드릭 자, 준비되었으면 시작하라. 저 젊은이는 아무리 타일러도 듣지 않으니, 스스로 자초한 일이야. 그야말로 사자 입에 손을 집어넣은 격이지.

로잘린드 저기 있는 저 사람 말인가요?

르보 예, 바로 저 사람이에요.

실리아 어머나, 생각보다 너무 젊어 보이네요. 하지만 잘해 낼 것 같기도 한데.

프레드릭 웬일이냐? 설마 씨름 구경하려고 나온 건 아니겠지?

로잘린드 맞아요. 숙부님께서 허락해 주세요.

프레드릭 너희들이 보기에는 재미없을 거야. 저 젊은이를 상대하려는 자가 천하장사라서 말이다. 그래서 젊은이를 설득했건만 들은 척도 하지 않는구나. 너희들이 설득하면 혹시 들을지도 모르니, 한번 말해 보겠니?

실리아 르 보 씨가 좀 불러 주세요.

프레드릭 내가 자리를 비켜줄 테니 말해 보렴. (자리를 뜬다)

르보 이봐, 도전자 양반, 공주님들께서 부르시네.

올란도 (앞으로 나서며) 의무감과 존경심으로 분부 받들었습니다.

로잘린드 당신이 저 천하장사 찰스에게 도전하셨나요?

올란도 아닙니다, 아름다운 공주님. 저자가 누구에게나 도전하는 것입니다. 저는 다만 다른 사람과 마찬가지로 저자와 맞붙어 제 힘을 가늠해 보고 싶을 뿐입니다.

실리아 젊은 양반, 너무 자신을 과신하는 건 아닌가요? 저 사람이 얼마나 대단한 힘을 가졌는지 직접 눈으로 보지 않았나요? 잠깐만 생각해도 지금 당신이 얼마나 무모한 모험을 하는지 알 거예요. 제발, 부탁하노니 기권하세요. 이건 순전히 당신을 위해서 하는 말이에요. 목숨을 생각해 이런 무모한 짓은 하지 말았으면 해요.

로잘린드 실리아 말이 맞아요. 기권한다고 해서 당신의 명예가 손상되는 건 아니죠. 지금이라도 저희들이 공작님께 간곡히 말씀드려 이 시합을 중지하도록 할게요.

올란도 공주님, 이런 말밖에 못하는 저를 용서하십시오. 이처럼 아름다운 공주님들의 뜻을 거역하면 중죄인이 된다는 걸 모르는 것도 아닙니다. 하지만 두 분의 따뜻한 눈길과 마음을 느끼며 한 번 싸워 보겠습니다. 만일 제가 저자한테 패한다 하더라도 명예라고는 눈곱만큼도 없는 사나이가 수치를 당하는 것뿐이며, 설령 죽는다 해도 죽고 싶어 안달하는 사나이가 죽는 것뿐입니다. 게다가 슬퍼해 줄 친구가 없으니 친구들에게 폐를 끼치는 것도 아니고, 무일푼의 빈털터리라 이 세상에 해를 끼칠 리도 없습니다. 저는 다만 이 세상에 자리 하나를 차지하고 있었던 것뿐입니다. 그 자리가 비게 되면 저보다 더 나은 사람이 채우겠죠.

로잘린드 보잘것없는 힘이나마 내 힘을 보내 드릴게요.

실리아 나도요.

로잘린드 그럼 다시 뵐게요. 당신을 얕잡아본 이 눈이 틀렸기를 바랄게요.

실리아 당신의 소원이 이루어지길.

찰스 (큰 소리로) 어디 있지, 조상의 무덤에 고이 잠들고 싶어하는 청년이?

올란도 여기 있소이다. 내 소원은 더 높은 데 있소.

프레드릭 승부는 단 한 판으로 결정된다.

찰스 좋습니다. 한 번으로도 귀찮은 일일 뿐만 아니라 완강히 말리신 각하의 뜻을 생각해 두 번 싸우는 일은 없도록 하겠습니다.

올란도 김칫국부터 마시는군. 길고 짧은 것은 대봐야 하지 않겠느냐.

로잘린드 헤라클레스여, 저 젊은이가 이기게 도와주소서.

실리아 내가 투명인간이라면 저 힘센 놈의 다리를 붙잡고 놓지 않을 텐데. (씨름이 시작된다. 올란도 유리한 고지를 점령한다)

로잘린드 오, 저 친구 잘 싸우네!

실리아 내 눈이 번갯불이라면 누가 쓰러질지 금방 알 텐데. (고함소리가 우렁차게 들리더니 찰스가 땅바닥에 널브러진다)

프레드릭 그만하라, 이제 그만하라.

올란도 공작님, 저는 이제야 몸을 풀려는 중입니다.

프레드릭 찰스, 자네는 어떤가?

르보 공작님, 완전히 간 것 같습니다.

프레드릭 저리 떼메고 나가 살펴보라. (사람들이 찰스를 떼메고 나간다) 음, 젊은이, 자네 이름은 뭔가?

올란도 저는 올란도라고 합니다. 로랜드 보이스 경의 막내아들이죠.

프레드릭 다른 사람의 아들이면 좋았을걸. 하필 그 사람의 아들이라니. 자네의 부친은 매우 후덕한 사람으로 자자하지만 나와는 평생 원수로 지냈지. 자네가 다른 가문의 후손이었다면 이 일로 난 무척 흐뭇했을 것이네. 그러니 여기서 작별해야 하겠네. 용감한 젊은이, 자네 부친이 다른 사람이었다면 얼마나 좋았을까! (프레드릭 공작, 귀족들, 시종들, 르 보 퇴장)

실리아 언니, 아버진 저렇게 말할 수밖에 없었을까?

올란도 저는 로랜드 경의 막내아들이라는 것을 자랑스럽게 생각합니다. 설령 이름을 바꾸어 프레드릭 공작님의 상속자가 된다 해도 절대로 이 이름을 바꾸지 않을 것입니다.

로잘린드 우리 아버진 로랜드 경을 자신의 영혼처럼 사랑했어. 세상 사람들도 아버지처럼 생각했지. 만일 그분의 아드님이라는 걸 처음부터 알았더라면 이런 모험을 눈물을 뿌려서라도 못하게 했을 거야.

실리아 언니, 우리 저 사람한테 가서 격려해 주면 어떨까? 아버지의 심술에 이제 진절머리가 난다니까. (올란도에게) 이봐요, 정말 멋지게 해내더군요. 약속하신 것보다 훨씬 더 잘 싸우더라고요. 씨름처럼 사랑의 약속도 그렇게 지킨다면, 당신의 연인은 참으로 행복할 거예요.

로잘린드 (목걸이를 풀어준다) 이봐요, 제 성의를 받아주세요. 운명의 여신에게 버림받지만 않았다면 더욱 좋은 선물을 드릴 텐데……. 실리아, 가자꾸나. (돌아서서 간다)

실리아 (언니를 따라가면서) 알았어. 그럼 안녕히 가세요.

올란도 (독백) 왜 나는 감사하다는 말도 못하지? 이제 교양은 송두리째 사라지고 몸만 남은 허수아비란 말인가? 생명이 없는 인형에 불과한 건가?

로잘린드 그 사람이 우릴 부르고 있어. 오, 운명의 여신은 내 자존심마저 가져가 버렸나 봐. 어쨌거나 무슨 일인지 물어봐야겠어. (돌아선다) 혹시 절 부르셨나요? 오늘 정말 대단했어요. 당신이 때려눕힌 사람은 그자만이 아니었어요. (두 사람이 서로 바라본다)

실리아 (소매를 잡아당기며) 언니, 이제 그만 가요.

로잘린드 알았어. 안녕히 계세요. (로잘린드와 실리아 퇴장)

올란도 (독백) 가슴이 타올라 혓바닥이 숯 덩어리가 되었나. 한마디도 말을 못하다니, 그녀는 내 말을 기다렸는데, 이 얼간이.

르 보, 다시 등장

르보 (독백) 오, 가엾은 올란도, 찰스보다 훨씬 약한 자에게 나가떨어졌구나. (큰 소리로) 이봐요, 내 우정어린 충고 하나 하겠는데, 어서 여길 떠나요. 지금 공작님께서 매우 불쾌해하고 계시거든요. 당신이 한 일을 못

마땅하게 여기고 계시답니다. 공작님은 변덕이 심한 분이지요. 공작님이 어떤 분이라는 걸 당신이 곰곰이 생각해 보시지요.

올란도 참으로 감사합니다. 아참, 가기 전에 한 가지 여쭐 말이 있습니다. 아까 씨름을 보신 두 공주님 중 누가 공작님 따님이죠?

르보 음, 성품으로 보면 두 분 다 아니지요. 굳이 사실을 말하자면 몸집이 작은 여인이 따님이고 그 옆은 조카따님이랍니다. 공주님들의 우정은 피를 나눈 자매 이상으로 매우 깊답니다. 그런데도 공작님께서는 그 온순한 조카딸이 심히 못마땅한 모양이에요. 사람들이 아버지의 귀양살이를 동정하고 그녀의 사람됨을 칭찬하기 때문이죠. 그밖에 이유라곤 없어요. 언제 공작님이 심통을 부릴지 모르는 일이지요. 그럼 이만. 앞으로 살기 편한 세상이 되면 당신과 가까이 지내고 싶군요.

올란도 말씀만이라도 감사합니다. 안녕히 계십시오. (르 보 퇴장) 오, 정녕 내가 갈 길은 고난의 가시밭길이란 말인가. 포악한 공작한테서 포악한 형께로 돌아가야 하다니. 그건 그렇고, 오, 천사 같은 로잘린드. (퇴장)

제 3 장
공작 궁궐의 한 방

실리아와 로잘린드 등장

실리아 언니, 제발 말 좀 해봐. 큐피드에게 간청해서라도 벙어리가 된 언니를 고쳐 놔야겠네.

로잘린드 쓸데없는 말이나 할 텐데, 뭘.

실리아 그렇지 않아. 언니의 말이 정말 절실하다고! 제발 입에 곰팡이가 피기 전에 말 좀 해봐. 내 귀가 막힐 정도로 해보란 말야.

로잘린드 그러다가 우리 둘이 자리보전하고 누우면 어떡하니? 한쪽은 귀가 막혀 꼼짝 못하고, 한쪽은 할 말이 없어서 그렇고.

실리아 큰아버지 때문에 그래?

로잘린드 아니. 굳이 말한다면 내 아이 아빠 될 사람 때문이라고 해야겠지. 아, 왜 날마다 가시덤불을 쓰고 있는 기분일까.

실리아 언니, 가시덤불을 쓴 게 아니라 풀숲에 가다 보면 들러붙는 도깨비바늘이 달라붙은 거 아냐?

로잘린드 옷에 붙은 것이라면 털어내면 그만이지만 마음에 박힌 가시는 어쩔 수가 없잖아.

실리아 그런 건 기침 한번 크게 해서 털어버려.

로잘린드 기침 한번 해서 그분이 오기만 한다면 몇 번인들 못하겠니?

실리아 그렇게 해봐. 직접 도전해 봐.

로잘린드 오, 그렇게 못해.

실리아 언니, 무슨 소리야? 열 번 찍어 안 넘어가는 나무는 없어. 이렇게 우스꽝스럽게 애태우지 말고 진지하게 이야기해 봐. 그런데 어떻게 그토록 빨리 로랜드 경의 막내아들을 열렬히 사랑할 수 있어?

로잘린드 우리 아버지도 그분의 아버님을 매우 좋아하셨어.

실리아 그러니까 언니도 그 막내아들을 열렬히 사랑한다는 거야? 그런 식의 논리라면 난 그분을 미워해야겠네. 우리 아빠가 그분의 아버님을 미워했으니까 말이야. 하지만 나는 그분을 미워하지 않는걸.

로잘린드 오, 안 돼. 나를 위해서라도 절대로 미워하지 마.

실리아 내가 왜 미워해선 안 되지? 그 사람이 그만한 가치도 없는 사람인가?

로잘린드 그만한 가치가 있으니까 내가 사랑하는 거잖아. 내가 사랑하니까 너도 그이를 사랑해 줘.

프레드릭 공작, 귀족들과 등장

로잘린드 어머나, 숙부님이 오신다.

실리아 노기가 등등하시네.

프레드릭 로잘린드, 빨리 짐 챙겨 이곳을 떠나거라.

로잘린드 숙부님, 지금 저한테 말씀하셨어요?

프레드릭 그래. 앞으로 열흘 안에 30킬로미터 밖으로 떠나거라. 그렇지 않으면 너는 목숨을 부지하기 어려울 것이다.

로잘린드 부탁이에요, 숙부님. 여길 떠나더라도 제 죄가 무엇인지 알고 싶어요. 저는 제 꿈과 제 자신을 잘 알아요. 만일 이게 꿈이거나 제가 실성했다면 몰라도 여태껏 저는 숙부님을 거역한 적이 한 번도 없어요.
프레드릭 반역자들은 늘 그렇게 말하지. 반역자들의 변명을 들어보면 하나같이 죄지은 적이 없다. 어쨌든 나는 너를 믿지 않아. 더 이상 무엇이 필요해.
로잘린드 숙부님이 저를 의심한다고 제가 반역자일 수는 없어요. 제발 의심스러운 부분만이라도 말씀해 주세요.
프레드릭 네 아버지의 딸이라는 사실만으로도 충분해.
로잘린드 숙부님이 아버지의 영토를 찬탈했을 때나 추방했을 때 늘 저는 제 아버지의 딸이었습니다. 숙부님, 반역 행위는 유전되는 것이 아닙니다. 게다가 저의 아버지는 반역자가 아니었어요. 설사 제가 궁색하다 해서 반역하리라는 오해는 절대로 하지 마세요.
실리아 아버지, 저도 한 말씀만 드릴게요.
프레드릭 실리아, 저 애가 여기 있는 건 다 너 때문이야. 그렇지 않았으면 지금쯤 제 아버지와 함께 귀양살이하고 있겠지.
실리아 그건 꼭 저 때문만은 아니었죠. 아버지가 호의와 동정심을 베풀었기 때문이죠. 예전엔 제가 너무 어려서 언니의 인품을 몰랐었지요. 하지만 지금은 알아요. 언니가 반역자라면 저도 반역자예요. 우리들은 한시도 떨어진 적이 없으니까요. 우리 두 사람은 같이 자고 함께 일어나 공부하고 놀이와 식사를 같이 할 뿐 아니라 어디를 가거나 비너스의 꽃수레를 끄는 두 마리의 백조처럼 항상 같이 있었습니다.
프레드릭 넌 저 애의 속마음을 몰라. 저 애가 얼마나 교활한지. 단정한 외모와 인내심으로 사람들의 호감과 동정심을 한몸에 받고 있어. 이 어리석은 것아, 저 애만 없었더라면 네 재능과 미덕이 훨씬 더 빛났을 거야. 그러니 잠자코 입 다물고 이 아버지 말을 들어. 내 선고가 내려지면 취소가 불가능하다는 것쯤은 알고 있겠지? 저 애를 추방한다.

실리아 아버지, 저한테도 그 선고를 내리세요. 언니 없이는 하루도 못 사니까.

프레드릭 어리석은 것! 로잘린드는 어서 떠날 준비를 하라. 만일 지체하면 명예와 약속을 중히 여기는 공작의 위신을 지키기 위해 너를 죽여야 하니까. (공작들과 귀족들 퇴장)

실리아 오, 가여운 언니! 어디로 가야 하지? 아버지를 바꿔야 할까봐. 우리 아버지를 드릴 테니 제발, 나보다 더 슬퍼하지 마.

로잘린드 너보다 슬퍼해야 할 이유가 많은걸, 뭐.

실리아 안 그래. 언니, 힘을 내. 아버진 지금 친딸인 날 추방한 거야.

로잘린드 그럴 리가 없어.

실리아 그럴 리가 없다고? 언니가 날 덜 사랑하는 게 아니라? 언니는 우리가 헤어져도 좋단 말이야? 안 돼. 우린 무슨 일이 있어도 함께 도망가야 돼. 아버지야 딴 상속자를 물색하시라지, 뭐. 그러니까 우린 지금 어디로 갈 것인지, 무엇을 가지고 갈 것인지 생각해야 돼. 언니 혼자 불행을 짊어질 생각은 하지 마. 나는 언니의 슬픔을 함께 나눌 거야. 우리의 불행에 새파랗게 질린 하늘에 걸고 맹세하건대 난 언니와 함께 갈 거야.

로잘린드 좋아, 어디로 가지?

실리아 큰아버지를 찾아 아덴 숲으로 가면 어떨까?

로잘린드 맙소사, 너무 위험해. 처녀의 몸으로 그곳까지 갈 수는 없어. 미인은 황금보다 더 도둑들의 침을 흘리게 한단 말이야.

실리아 남루한 옷차림을 하고 얼굴에 흙칠을 하면 돼. 언니도 그렇게 해. 그렇게 꾸미면 도둑들한테 당하지 않고 무사히 찾아갈 수 있을 거야.

로잘린드 이렇게 하면 어떨까? 내가 키가 크니까 남장을 하는 것이? 허리춤엔 멋진 단검을 차고, 손에는 산돼지 사냥용 창을 들고 말이야. 그러면 마음속엔 겁을 담고 있어도 겉모습은 늠름한 사나이로 보일 테니까. 세상의 많은 남자들도 실제로는 겁쟁이들이지만 용감한 척 허세를 부려서 세상을 지배한다고.

실리아 언니가 남자로 변장하면 이름은?

로잘린드 제우스의 시동 가니메데가 어떨까? 그럼 너는?

실리아 난 내 신세와 관련이 있는 것이라면 좋겠는데……. 음, 외톨이라는 뜻에서 엘리나가 어떨까?

로잘린드 그것도 좋겠다. 그런데 네 아버지의 어릿광대를 꾀어내 같이 가는 게 어때? 우리 여행에 많은 위안이 될 텐데.

실리아 아마 나와 함께라면 이 세상 끝까지 따라올 거야. 그 바보를 꾀어내는 건 나한테 맡겨. 자, 우리 가서 얼른 보석을 챙기자. 내가 도망간 줄 알면 나를 뒤쫓아올 테니 가장 안전한 방법을 생각해내 도망쳐야 돼. 우리는 추방당하는 것이 아니라 자유를 찾아서 떠나는 거야. (두 사람 퇴장)

제1장

아덴의 숲

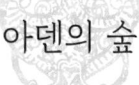

노공작, 애미언스와 세 명의 귀족들이 사냥꾼 복장으로 등장

노공작 여보게들 귀양살이가 어떤가? 이러한 생활도 차차 익숙해지니 저 궁궐에서 지내는 것보다 한결 낫지 않은가? 이 숲이 서로 험담만 일삼는 궁궐보다 위태롭지도 않고, 계절의 변화를 직접 피부로 느낄 수 있으니 좋지 않은가 말이오. 엄동설한의 차가운 바람이 사납게 휘몰아쳐 살을 저미는 듯하고 온몸이 오그라들 정도로 춥다 해도 나는 웃으며 이렇게 말할 수 있지. "이건 신하들의 아부가 아니라 오히려 충정이다." 역경이야말로 우리 인간에게 뭔가를 깨닫게 해준다. 옴두꺼비처럼 흉측하고 독도 뿜어내지만 머리에는 귀한 보석이 있지 않소? 이렇게 속세에서 멀리 떨어져 산 속에서 살다 보니 나무들의 말을 듣고 흘러가는 개울물을 책으로 삼고 발에 채이는 돌멩이에서도 신의 가르침을 듣지 않소? 그러니 나는 이 생활에서 벗어나고 싶지가 않소.

애미언스 공작님이야말로 무엇이 행복인지 깨달은 분이십니다. 냉혹하고 무정한 운명을 이처럼 고요하고 멋진 인생으로 바꾸어 놓으셨으니 말입니다.

노공작 자, 그럼 사슴 사냥이나 나가볼까? 그런데 저 멍청한 얼룩사슴은 하필이면 제 영토에서 그 통통하게 살진 엉덩이에 화살을 맞아야 하다니……. 참으로 애석한 일이야.

귀족 1 실은 그렇습니다, 우울증에 걸린 제이퀴스도 그래서 한탄한답니다. 사슴 사냥을 하시는 공작님이야말로 공작님을 추방한 아우님보다 더 지독하다고요. 오늘도 저와 애미언스 경은 몰래 그 친구 뒤를 밟았죠. 그 친구는 개울가에 해묵은 뿌리를 묻은 상수리나무 아래 벌렁 드러눕더군요. 마침 그때 사냥꾼의 화살에 맞은 수사슴이 다리를 절룩거리며 왔습니다. 얼마나 신음소리를 내는지 사슴의 가죽이 찢어질 것만 같았습니다. 차마 눈뜨고 볼 수 없을 정도로 주먹만한 눈물 방울을 주르륵 흘리면서 말이죠. 그 멍청한 사슴이 울적한 제이퀴스의 눈길을 받으며, 세차게 흐르는 개울가에 서서 얼마나 많은 눈물을 흘려대는지 시냇물이 불어날 지경이었죠.

노공작 제이퀴스는 뭐라고 하더냐? 그 사슴을 보며 현자나 되는 것처럼 지껄이지 않더냐?

귀족 1 그랬습니다요. 청산유수와 같이 비유를 늘어놓더군요. 부질없이 개울물에 눈물을 보태는 사슴을 보며, "불쌍한 것!" 이렇게 말을 꺼내더니, "너도 세상의 속물들처럼 유산을 분배하나 보구나. 지금도 넘쳐나는데 네 몫까지 얹어주다니." 그러고는 다른 사슴들로부터 외톨이가 된 걸 보고는 "당연한 일이야. 불행해지면 친구도 멀어진단다"고 하더군요. 잠시 후에 포식한 사슴들이 떼를 지어 수사슴 곁을 본 척 만 척 하며 무심하게 지나가자 제이퀴스가 버럭 소리를 질렀습니다. "썩 꺼져라, 살지고 기름진 것들아! 세상 인심이 그럴진대 너희들이라고 다르겠느냐. 저 불쌍한 것을 돌아볼 필요가 없겠지." 이렇듯 제이퀴스는 나라며 궁궐이며 도시에 이르기까지 온 세상에 독설을 퍼부어댔지요. 그것만으로 성이 차지 않았는지 우리들의 생활까지도 비방하더군요. 폭군보다 더한 자들이라서 연약한 사슴을 위협하고 죽이면서 그들의 보금자리를 침범했다는 거죠.

노공작 그래, 그가 아직도 거기에 있는가?

귀족 2 예, 그럴 겁니다요. 흐느껴 우는 사슴을 보고 울며 비방하는 걸 보고 우리는 그냥 돌아왔습니다.

노공작 그곳으로 갈 테니 안내하거라. 우울증에 빠진 그 친구와 얘기하는 것이 즐겁다. 그 친구는 매우 뼈 있는 이야기를 하지.

귀족 2 예, 제가 안내하겠습니다. (모두 퇴장)

제 2 장

프레드릭 공작의 방

프레드릭 공작이 귀족들을 거느리고 등장

프레드릭 그래, 아무도 그 애들을 보지 못했다고? 있을 수 없는 일이다. 이건 이 궐 안에 있는 어떤 하인놈과 짜고 도망친 게 분명하구나.

귀족 1 공주님을 봤다고 보고하는 자는 한 명도 없었습니다. 시녀들도 공주님이 잠자리에 드시는 것까지 보았는데 아침 일찍 들어가 보았더니 침대가 텅 비어 있었답니다.

귀족 2 공작님, 공작님께서 늘 웃음거리로 삼으시던 그 어릿광대도 자취를 감추었습니다. 공주님의 시녀 히스페리아한테 들은 말로는, 공주님과 질녀는 씨름대회에서 찰스를 쓰러뜨린 젊은이를 입에 침이 마르도록 칭찬했다 합니다. 그래서 두 분이 가는 곳에 필시 그 젊은이가 동행했을 거라고 귀띔을 하더군요.

프레드릭 당장 그자를 끌어오라. 만일 그자가 없으면 형이라도 내 앞에 대령하렷다. 그들의 도주로를 차단하여 꼭 데리고 오도록 서두르거라. (모두 퇴장)

제 3 장

올리버의 집 근처 정원

올란도와 애덤이 다른 곳에서 등장

올란도 누구냐?

애덤 어이구, 막내도련님이시군요. 어지신 도련님, 로랜드 경을 쏙 빼 닮은 도련님, 아니 무슨 일로 이런 곳까지 오셨어요? 어쩌면 사람들이 도련님을 그렇게 좋아하는지. 친절하신 데다 힘까지 세시고 용감하신지……. 오, 도련님, 어쩌자고 변덕이 죽 끓는 공작의 힘센 씨름꾼을 패대기치셨어요? 도련님, 그것도 모르세요? 사람에 따라선 미덕이 도리어 원수가 된다는 거 말이에요. 도련님의 경우가 그래요. 도련님의 미덕은 오히려 웃으며 뺨을 치는 배신자랍니다. 오, 무슨 놈의 세상이 이렇게 요지경 속이람. 미덕을 지닌 사람이 도리어 화가 되는 세상이니.

올란도 도대체 무슨 말인가?

애덤 오, 불행한 도련님. 이 집 문턱에 들어설 생각은 아예 마세요. 이 지붕 아래에는 도련님의 미덕을 증오하는 적이 살고 있습니다. 도련님의 형님이, 아냐, 형님이 아니라 아드님이, 아냐, 아드님도 아니지. 절대로 아드님이라고 입에 담지 않을 거요. 하마터면 돌아가신 어르신을 욕되게 할 뻔했네. 어쨌거나 그 양반이 도련님에 대한 칭찬이 자자하자 오늘 밤 도련님 방에 불을 지를 계획이랍니다. 만일 이 일도 실패하면 다

뜻대로 하세요 363

른 방법을 써서라도 도련님을 요절낼 작정입죠. 그 양반이 흉계를 꾸미는 걸 이 귀로 똑똑히 들었습니다요. 여기는 사람이 살 곳이 못 돼요. 도살장이란 말이에요. 어서 피하는 게 상책이에요.

올란도 그럼 애덤, 나는 어디로 가지?

애덤 이 집만 아니라면 어디든 상관없지요.

올란도 그럼 떠돌아다니며 거지 노릇을 하란 말이냐? 아니면 대로상에서 칼을 휘둘러 비열한 강도짓이라도 하란 말이냐? 뾰족한 수가 없으니 그럴 수밖에 없겠지. 하지만 어찌 되든 그 짓만은 못해. 그럴 바에야 차라리 형의 흉계에 내 몸을 맡기는 게 낫지.

애덤 그래선 안 되죠. 저한테 500크라운이 있습니다. 아버님 밑에서 밤낮으로 일해 품삯으로 받은 돈이지요. 이 몸이 늙어 수족을 제대로 움직이지 못할 때 쓰려고 푼푼이 모아두었던 돈입니다요. 자, 이 돈을 받으십쇼. 공중에 나는 까마귀와 참새까지 먹여 살리시는 하나님, 이 늙은이를 버리시지 마옵소서. 자, 몽땅 드릴 테니 저를 하인으로 일하게 해 주십쇼. 젊었을 때부터 독주에 빠지지도 않았거니와 색마에 빠져 몸을 망가뜨리지도 않았으니까요. 나이는 먹었지만 정력이 왕성한 겨울이고 머리는 하얗게 샜지만 몸 하나는 장정 못지 않습니다. 제가 도련님을 돌봐드리겠습니다.

올란도 오, 정말 고맙구려! 옛사람들은 종살이를 해도 보수에 연연하지 않고 충성했다지 않소. 일편단심 변함 없었던 옛사람들의 정성이 그대에게는 아직 남아 있구려. 정말 영감님은 흔히 볼 수 있는 분은 아니오. 땀도 출세를 위해서가 아니면 흘리지 않는 세상에 이런 분이 계시다니. 그러나 가여운 영감님, 당신은 이미 썩은 나무를 가꾸려고 하는 셈이오. 아무리 구슬땀을 흘려 키운다 해도 꽃 한 송이 피어날 수 없는 몹쓸 나무라오. 그래도 좋다면 함께 떠납시다. 영감님이 젊었을 때 힘들여 모은 돈을 다 쓰기 전에 어디 정착할 만한 곳을 찾아갑시다.

애덤 좋습니다, 도련님. 제가 이 세상을 하직할 때까지 정성과 충성을 다 바치겠습니다. 저는 열일곱 살 때부터 팔십이 된 지금까지 여기서 살았습니다. 이젠 여길 하직하겠습니다. 사실 팔십 먹은 인생이란 이미 서산에 기울어 버린 해입지요. 그렇지만 이제 얼마 남지 않은 목숨, 도련님의 충실한 하인으로 지내다가 죽고 싶습니다. 그보다 더 좋은 팔자가 세상에 어디 있겠습니까? (두 사람 퇴장)

제 4 장

아덴의 숲

변장한 로잘린드와 실리아, 터취스턴 등장

로잘린드 오, 제우스 신이시여, 저는 더 이상 갈 수가 없습니다!

터취스턴 난 다리만 아프지 않다면 제우스고 뭣이고 상관하지 않을 텐데.

로잘린드 오, 남자의 체면이고 뭐고 가릴 것 없이 여자처럼 펑펑 울었으면 좋겠네. 하지만 조끼와 바지를 입은 몸으로 치마를 입은 허약한 여인 앞에선 용기 있게 행동해야 해. 엘리나, 힘을 내.

실리아 제발, 더 이상 못 가겠어.

터취스턴 하지만 저로서는 공주님을 업고 괴로움을 당하는 것보다는 괴로워하는 공주님을 보는 것이 차라리 낫지요. 업어다 드릴 수도 있습니다만, 뭐 생기는 게 없을 것 아뇨. 보나마나 공주님 지갑은 한겨울일 텐데 말이죠.

로잘린드 오, 여기가 바로 아덴의 숲이구나.

터취스턴 그렇습니다요. 저도 지금 아덴의 숲 속에 있는걸요. 전 전보다 더 바보가 되었나 봐요. 집에 죽치고 있었다면 이런 생고생은 하지 않았을 텐데 말이죠. 하지만 뿌리가 뽑혀 바람에 불려다니는 나그네들은 고생도 참아야 한다고 했지요.

로잘린드 그래, 참아. 오, 가만 저기 누가 오네. 젊은이와 노인이 아주 심각한 얘기를 나누고 있네.

코린과 실비어스 등장

코린 그따위 짓을 하니 여자한테 괄시를 받는 거야.

실비어스 제가 얼마나 그 여자를 사랑하는지 영감님은 모를 거예요!

코린 그걸 왜 몰라. 누구 왕년에 사랑 안 해 본 사람 있나.

실비어스 나이 든 영감님께서 알 턱이 있을 리가요. 물론 젊은 시절엔 사랑에 빠져 베개를 껴안고 한숨을 지으며 밤을 새운 적이 있겠지만요. 정말이지 사랑 때문에 어리석은 짓을 저질렀단 말이죠?

코린 하도 많아서 다 기억할 수도 없어.

실비어스 그것이 바로 영감님이 진실한 사랑을 한 적이 없다는 증거예요! 사랑 때문에 저지른 건 하찮은 바보짓이라도 일일이 기억하지 못한다면 그건 진실로 사랑하지 않았던 거죠. 저처럼 남이 듣기 싫어하든 말든 자나깨나 애인을 자랑한 적이 없다면 영감님은 사랑을 한 게 아니에요. 지금 저처럼 불타는 연정을 참지 못해 친구들을 버리고 뛰쳐나온 적이 없다면 영감님은 사랑을 못해 본 거예요. 오, 피비, 피비, 피비! (얼굴을 손으로 감싸고 퇴장)

로잘린드 오, 가여워라! 네 상처에 귀 기울이다 보니 내 상처를 건드리고 말았구나.

터취스턴 저 역시 그래요. 아직도 잊을 수 없는걸요. 제가 어떤 여자게 반했을 때 칼로 돌을 쳐대며 만일 한밤중에 세인 스마일에게 접근하는 녀석이 있으면 본때를 보여주겠다고 으르렁댔죠. 그리고 아직도 생각납니다만, 그녀의 빨래 방망이에다 키스도 하고, 어떤 때는 그녀의 고운 손으로 짠 젖소의 젖꼭지에도 키스를 했지요. 완두깍지를 그녀라고 가정한 뒤 콩알 두 개를 꺼냈다가 다시 넣으며 슬픈 목소리로 이렇게 말하기도 했죠. "나를 위해 이것을 몸에 지녀요"라고. 정말로 사랑에 빠지면 사람들은 자기도 모르게 미친 짓을 하나 봐요. 세상 만사가 덧없는 것처럼 사랑을 하면 바보가 되나 봐요.

로잘린드 생각보다 말을 재치 있게 하는걸.

터취스턴 물론입죠. 제 머리를 정강이로 박살내기 전까지는 본디 지닌 재치가 어디로 가겠습니까?

로잘린드 아아, 저 양치기의 불타는 정열은 어찌 그리 나와 똑같을까.

터취스턴 저 역시 그래요. 이제 제 정열은 꺼져 재만 남았습니다만.

실리아 누구든 좋으니 저 사람에게 가서 먹을 것을 팔라고 해. 배고파 죽을 지경이야.

터취스턴 여보슈, 시골양반!

로잘린드 이봐, 잠자코 있어. 저 사람이 네 친척인 줄 알아?

코린 누구요? 누가 날 불렀소?

터취스턴 누구긴 누구야, 귀족이지.

코린 하긴 나보다 더 상놈이 있을 리가 없지.

로잘린드 잠자코 있으라니깐. 저, 안녕하십니까, 영감님.

코린 젊은 양반님네들 안녕하슈? 그리고 그쪽 분도?

로잘린드 실은 부탁 좀 드리겠습니다. 혹시 이 한적한 곳에 저희들이 쉬어 갈 수 있는 집이 있습니까? 돈을 내도 좋고 인정을 베풀어도 좋으니, 좀 쉬면서 식사나 할까 싶군요. 여기 있는 아가씨가 너무 지쳐서 한 발짝도 옮길 수도 없답니다.

코린 젊은 양반, 참으로 딱하게 됐구먼요. 제 욕심 때문이 아니라 제가 아가씨한테 도움을 줄 수 있을 만큼 부자라면 얼마나 좋겠소. 하지만 저는 돌보는 양의 터럭 하나도 마음대로 할 수 없는 양치기 머슴이지요. 주인이란 작자는 남에게 친절을 베풀어 천국 갈 생각은 털끝만치도 없는 천하의 수전노이고요. 게다가 주인은 양떼와 양우리, 목장을 모두 팔려고 내놓은 형편이에요. 더구나 지금은 주인이 집에 없다 보니 요기할 만한 것이라곤 아무것도 없습죠. 어쨌거나 가봅시다. 저야 충심으로 환영합니다만,

로잘린드 주인댁 양떼와 목장을 사겠다는 사람이 나왔습니까?

코린 조금 전에 여기 있었던 젊은이죠. 그런데 사고 싶은 의향이 전혀 없는 것 같더군요.

로잘린드 그러면 내 부탁 하나만 합시다. 믿고 살 수 있는 거라면, 양우리와 목장, 양떼들을 영감님이 사주십시오. 돈은 우리가 낼 테니.

실리아 영감님의 임금도 넉넉히 드리죠. 나는 이곳이 좋아. 이런 곳이라면 즐겁게 지낼 수 있을 것 같아.

코린 어쨌든 파는 건 분명합니다. 함께 가서 얘기를 들어보신 후에도 이곳 생활이 마음에 드신다면 저야 기꺼이 여러분의 충직한 양치기가 되겠소. 쇠뿔도 단김에 뺀다고, 돈을 주시면 즉시 사도록 하지요. (모두 퇴장)

제 5 장

숲 속

애미언스, 제이퀴스, 기타 등장

애미언스 (노래한다)

> 푸른 숲 나무 그늘 아래 나랑 함께 누워
> 새들의 달콤한 지저귐에 즐겁게 노래 부른다.
> 오라, 오라, 이리로 오라.
> 이 숲엔 우정만 꽃피니 적도 없다.
> 겨울날의 매서운 바람뿐.

제이퀴스 부탁이야. 한 곡만 더해 줘.
애미언스 노래를 들으면 더욱 우울해질 텐데요.
제이퀴스 바로 그래서 고맙단 말이오. 자 어서 불러요. 제발 한 곡만 더해 줘. 족제비가 계란을 빨아먹듯이 난 노래에서 우울증을 빨아먹지. 그러니 제발 한 곡만 더 불러줘.
애미언스 이렇게 쉰 목소리로는 당신을 기쁘게 해드릴 수가 없어요.
제이퀴스 누가 날 기쁘게 해 달라고 했소? 그저 노래를 불러 달라는 거지. 자, 불러봐. 그 스탠자라든가 뭐든가 말이오.

애미언스 그거야 뭐라고 하든 상관없지만요.

제이퀴스 명칭이야 아무려면 어떻소. 계약서 쓰는 것도 아닌데 뭘. 노래를 불러봐.

애미언스 나야 부를 생각이 없지만 당신이 그렇게 청하니 어쩔 수 없네요.

제이퀴스 난 자고로 남에게 고맙다는 인사를 한 적이 없지만 당신에게만은 고맙다는 인사를 드리겠소. 그런데 말이오, 인사라는 게 두 마리 원숭이가 만나는 격이지요. 허연 이를 드러내 보이면서 허리를 꺾는 모습 말이오. 누군가가 고맙다고 하면 이런 생각이 들더군요. 내가 동전 몇 푼 줬더니 저렇게 굽실거리는구먼. 자, 노래나 불러요. 노래하고 싶지 않은 자는 입을 봉해야지.

애미언스 그럼 마지막 소절까지 부를게요. 여러분, 내가 노래하는 동안 주안상을 차리세요. 공작님께서 이 나무 아래서 한잔 하실 예정이거든요. 공작님께서 하루종일 당신을 찾으시던데…….

제이퀴스 나는 하루종일 공작님을 피해 다니고 있다오. 그분은 입담이 얼마나 좋은지 사람 진을 쏙 빼놓거든요. 나도 공작님 이상으로 사리가 밝지만 그저 내 운명을 하나님께 감사할 뿐이지. 그걸 사람들 앞에 늘어놓지 말아요. 자, 어서 노래나 해봐요.

일동 (다 함께 노래한다)

세상 영화 다 버리고 산과 들에 묻혀
나물 먹고 물 마셔도 만족하는 이들이여,
오라, 오라, 이리로 오라.
이 숲엔 우정만 꽃피니 적도 없다.
겨울날의 매서운 바람뿐.

제이퀴스 어제 이 가락에 맞춰 시 한편 지은 걸 읊어 드리겠소.
애미언스 그걸 제가 노래로 불러볼까요?
제이퀴스 바로 이거요. (쪽지를 건네준다)

> 만일 누구든 부귀영화 다 버리고
> 고집대로 살고 싶은 사람은
> 덕대미, 덕대미, 덕대미라
> 오라, 오라, 이리로 오라.
> 이 숲 속은 그러한 고집쟁이들의 천국, 나를 보면 알리라.

애미언스 '덕대미'가 무슨 뜻이죠?
제이퀴스 그리스어로 주문(呪文)이오. 바보들을 불러내어 원을 만들 때 사용하는 거요. 자, 나는 가서 눈 좀 붙여 볼까. 잠이 안 오면 우리들을 추방한 높은 분들에게 욕이나 실컷 하지.
애미언스 저는 공작님을 모시러 가야겠습니다. 주연 준비가 되었으니.

(퇴장)

제 6 장

숲 속

올란도와 애덤 등장

애덤 도련님, 이젠 한 발짝도 더 걸을 수가 없습니다. 배고파 죽을 지경이에요. (쓰러진다) 전 여기에 누워 제 무덤 자리로 해야겠어요. 그럼 안녕히 계세요, 도련님.

올란도 애덤, 도대체 왜 이래요? 정말 기진했단 말이오? 오, 나를 위해서라도 좀 더 살아야 해요. 조금만 참고 기운을 내봐요. 이처럼 깊숙한 산 속에서 맹수라도 튀어나오면, 내가 그놈의 밥이 되든지 아니면 내가 그놈을 때려잡아 영감을 먹일 테니 제발······. 영감이 죽는다는 건 기진해서가 아니라 심약해져서요. (애덤을 일으켜 나무에 기대어 놓는다) 나를 위해서라도 힘을 내줘요! 눈앞에 저승사자가 와 있더라도 물리쳐 봐요. 내 먹을 것을 가지고 금방 돌아올 테니 제발 정신을 차려요. 만일 그때 먹을 것을 갖고 오지 않으면 죽어도 좋지만, 내가 오기 전에 죽으면 영감이 내 수고를 조롱하는 꼴밖에 안 돼요. (애덤, 미소를 짓는다) 자, 이제 기운이 나나 보군. 내 금방 돌아올게. 오 여긴 바람받이군. (두 팔로 껴안으며) 좀 더 아늑한 곳으로 데려다 주리다. 이 황량한 숲 속에 무슨 생물이든 살고 있는 한 영감을 굶겨 죽이지는 않을 거요. 자, 착한 애덤, 기운을 내요. (두 사람 퇴장)

제 7 장

숲 속

노공작, 애미언스, 귀족들이 산적들의 옷차림으로 등장

노공작 그 친구, 짐승으로 둔갑했나 보군. 이젠 코빼기도 찾아볼 수가 없으니.
귀족 공작님, 방금 여기서 노래를 듣고 갔습니다. 몹시 좋은 기분이던걸요.
노공작 불평 불만으로 가득 찬 그가 조용히 노래를 듣다니, 내일은 해가 서쪽에서 뜨겠구먼. 그 친구를 찾아보게. 찾거든 할 얘기가 있다고 전하게.

제이퀴스 수목 사이로 등장

귀족 호랑이도 제 말하면 온다더니, 양반은 못 됩니다.
노공작 자네, 어찌된 일인가? 자네를 만나려고 친구들이 안절부절못하니 말일세. 그런데 자넨 오늘 기분이 좋아 보이는군!
제이퀴스 (웃음을 터뜨리면서) 바보, 바보를 보았습니다! 숲에서 얼룩옷을 입은 바보를 만났죠. 참 세상은 요지경 속입니다. 그 친구는 땅바닥에 벌러덩 드러누워 햇볕을 쬐면서 운명의 여신을 저주하더군요. 얼룩옷을 입은 바보가 말입니다. 제가 가까이 다가가 "안녕하세요, 바보 양반" 하고 넌지시 말을 걸었더니, "그렇게 부르지 마시오. 운명의 여신이 나를 돌볼 때까지는 나를 바보라고 부르지 마시오"라고 대꾸하더군요. 그러고 나서 호주머니에서 해시계를 꺼내더니 초점없는 눈으로 바라보며 아주 똘똘하게 말하는 거였어요. "열시군. 이것만으로도 세상이 돌아간다는 걸 알 수 있소. 한 시간 전에는 아홉시였으니까 한 시간 후는 열한시가 될 거요. 이처럼 우리는 시시각각으로 썩어가는 거지. 이것이 바로 문제요." 그 얼룩옷을 입은 바보가 시간에 관한 교훈을 늘어놓을 때 갑자기 제 허파에서 수탉이 울 듯 웃음이 터지기 시작했습니다. 그래서 우린 그 친구의 해시계로 쟀을 때 한 시간 내내 웃었습니다. 오, 바보치곤 존경할 만했죠. 단 얼룩옷 한 벌뿐이었지만 귀티가 흘렀죠.

노공작 그 바보는 도대체 어떻게 생겼던가?

제이퀴스 오, 참으로 존경할 만한 바보는 궁궐에도 있었답니다. 그래서 젊고 아름다운 귀부인들을 보면 금세 알아볼 수 있다나요. 그 친구 머리는 항해를 마친 뒤 먹다 남은 비스킷처럼 바싹 말랐지만, 속은 진기한 얘기로 꽉 차 있더군요. 아아, 저도 그런 바보가 되어 봤으면! 얼룩옷을 입어 봤으면.

노공작 소원이라면 내 한 벌 맞춰 주지.

제이퀴스 그 옷이야말로 제가 바라던 옷입니다. 그리고 공작님께서도 여태껏 절 현자로 과대 평가하셨는데 그것만은 공작님 머릿속에서 싹 지워 주세요. 그래야 그 옷을 입고 거침없는 바람처럼 자유롭게 아무에게나 마음 내키는 대로 말을 할 수 있을 테니까요. 내 바보짓에 화를 내는 사람이 오히려 더 많이 웃어야 할 테니까요. 왜냐하면 그 이유야 마을 교회로 가는 길처럼 뻔하지 않겠어요? 바보에게 공박당한 현자는 아파도 안 아픈 체해야 하지 않겠어요? 아픈 척하면 바보가 더욱 공격할 테니까요. 저에게 얼룩옷을 입혀 주십시오. 그런 특권을 주세요. 그렇게만 해 주신다면 전염병으로 썩어가는 이 세상의 병균을 낱낱이 밝혀 보겠습니다.

노공작 허튼 소리 말게. 난 자네 속셈을 알고 있어.

제이퀴스 맹세컨대 착한 일만을 하고 싶습니다.

노공작 남을 정죄하는 것이 죄 중에서도 가장 지독한 죄이네. 본디 자네도 짐승의 본능 못지 않게 음란하게 살아왔지 않느냐. 온갖 음탕하고 방탕한 행동으로 인해 진물나고 곪아터진 상처를 이제 이 세상에 털어놓겠다는 거냐?

제이퀴스 제가 이 세상의 오만을 비난한다고 해서 특정한 개인을 비난하는 일은 아니잖습니까? 오만이란 바닷물과 같아서 밀물일 때는 도도히 흐르다가도 썰물일 때는 쑥 빠져 없어지는 것이 아닙니까? 이를테면 제가 시골 아낙네가 분에 넘치게도 공주처럼 화려한 옷을 걸치고 다닌다고 말했다고 했을 때 어느 특정 여인을 꼬집어 말한 것이 아니잖습니까? 그 여자의 이웃에도 같은 여자가 있을 텐데 누가 자기라고 나서겠습니까? 또한 미천한 신분의 남자가 자기의 경우라고 생각해서 항의를 할 수 있겠습니까? 항의를 하면 오히려 자신의 어리석음이 드러날 텐데요. 바로 그겁니다. 그런데 어떤 점에서 제 독설이 그 누군가를 해쳤단 말씀인가요? 제 독설로 인해 상처를 입은 사람이 있나요? 만일 상처를 입었다면 자신이 나쁘다는 증거입니다. 그렇지 않으면 제 독설은 아무에게도 상처를 주지 않고 갈매기처럼 허공을 날아다닐 겁니다. 누가 오고 있군요?

칼을 뽑아 든 올란도 등장

올란도 꼼짝 마라. 그만 먹어!

제이퀴스 아니, 먹긴 누가 먹고 있냐?

올란도 더 급한 사람이 있다. 먹어선 안 돼!

제이퀴스 이 수탉 같은 녀석, 어디서 떨어져 나왔냐?

노공작 감히 누구 앞이라고 무엄하게 구는 거냐. 궁색해서 그런 건가, 아니면 예의범절에 어두운 비천한 상놈인가?

올란도 궁색해서 그렇다. 굶다 보니 예의범절이고 체면이고 가릴 처지가 아니다. 나도 도회지에서 자라나 예의범절을 알아. 이봐, 거기 꼼짝 마. 그 과일에 손을 댔다간 죽을 줄 알아.

제이퀴스 (건포도를 한 움큼 집어들며) 말로는 안 통할 친구군. 그러니 나야 죽을 수밖에 없군.

노공작 원하는 게 뭐냐? 오는 말이 고와야 가는 말도 고운 법, 공손히 간청하면 우리가 도와줄 게 아닌가.

올란도 굶어죽기 직전이다. 먹을 것을 다오.

노공작 그럼 앉아서 먹게나. 자, 식탁으로 가자.

올란도 그렇게 친절하게 말씀하시니 몸둘 바를 모르겠습니다. 무례함을 용서해 주십시오. 여기엔 모두 야만인들만 사는 줄로 알고 거친 말과 난폭한 행동을 했습니다. 여러분은 누구신지, 왜 이처럼 황량하고 인기척이 드문 곳에서 세월 가는 것도 잊고 유유자적하시고 계신지 모르겠습니다. 보아 하니 한때 행복한 세월을 보내셨고, 교회 종소리에 이끌려 교회를 다니신 적이 있고, 귀족들 집 잔치에 초대받아 가기도 하셨고, 옷깃에 눈물을 적신 적이 있다면, 동정을 주고받는 것도 아시리라 생각합니다. 말랑말랑한 호의야말로 대단한 힘이 되지요. 이러한 뜻에서 부끄러운 마음으로 칼을 집어넣겠습니다.

노공작 사실 네 말대로 우리는 호화로운 생활도 했고, 교회에 나가기도 했고, 훌륭한 사람들의 연회에도 초대를 받았고, 연민의 눈물도 흘리며 살았다. 그러니 마음 푹 놓고 당신이 필요한 만큼 요기를 하라.

올란도 그럼 잠시만 음식을 이대로 놔두십시오. 사실은 새끼사슴처럼 제가 먹이를 구해 가지고 오기를 기다리는 노인이 있습니다. 그 노인은 오로지 나에 대한 충성심으로 무거운 다리를 끌고 여기까지 험난한 길을 왔습니다. 그 노인에게 먼저 먹이기 전에 저는 먹을 수가 없습니다.

노공작 그럼 어서 가서 그자를 데려오게. 올 때까지 손도 대지 않을 테니.

올란도 감사합니다. 어르신네의 친절에 신의 축복이 있기를! (퇴장)

노공작 보다시피 우리만 불행한 것은 아니다. 이 넓디넓은 세계라는 무대에선 우리들이 연기하는 장면보다 훨씬 더 비참한 연극이 벌어지고 있지.

제이퀴스 이 세상은 하나의 무대요, 모든 인간은 제각각 맡은 역할을 위해 등장했다가 퇴장해 버리는 배우에 지나지 않죠. 그리고 살아 생전에 여러 가지 역할을 하는데 연령에 따라 7막으로 나눌 수 있죠. 제1막은 아기역을 맡아 유모 품에 안겨 울어대며 보채고 있죠. 제2막은 개구쟁이 아동기로 아침 햇살을 받으며 가방을 들고 달팽이처럼 마지못해 학교로 가죠. 제3막은 사랑하는 연인들이 서로를 그리워하며 강철도 녹이는 용광로처럼 한숨을 지으며 애인을 향해 세레나데를 부르지요. 제4막은 군대 가는 시기로 이상한 표어나 명예욕에 불타올라 걸핏하면 눈에 핏발을 세우고 대포 아가리 속으로라도 달려들려고 하죠. 제5막은 법관으로 뇌물을 받아먹어 뱃살이 두둑해지고 눈초리는 날카롭고 현명한 격언과 진부한 말들을 능란하게 늘어놓으며 자기 역을 훌륭하게 해내죠. 제6막은 수척한 늙은이가 나오는데 콧등에는 돋보기가 걸쳐져 있고, 허리에는 돈주머니를 차고, 젊었을 때 해질세라 아껴둔 긴 양말은 정강이가 말라빠져 헐렁하고, 사내다웠던 굵은 목소리는 애들 목소리처럼 가늘게 변해 삑삑 소리를 내죠. 마지막으로 제7막은 파란만장한 인생살이를 끝맺는 장면으로, 제2의 유년기랄까, 이도 다 빠지고 오로지 망각의 시간으로 눈은 침침하고 입맛도 없고 세상만사가 모두 허무할 뿐이죠.

올란도가 애덤을 업고 다시 등장

노공작 어서 오시오. 그 노인을 내려놓고 먹을 것을 드리지.
올란도 노인을 대신해서 감사합니다.
애덤 제가 마땅히 인사드려야 하는데 기운이 없어 감사의 말조차 할 수 없군요.
노공작 자, 어서 들구려. 지금은 심히 괴로울 테니 여러 가지 것을 묻지는 않겠소. 자, 이봐라, 풍악을 울리고, 자넨 노래를 불러.

애미언스 (노래한다)

　　불어라 불어라 겨울 바람아
　　네 아무리 몰인정한들 배신한 놈만이야 하겠느냐.
　　네 이빨이 날카롭지 않은 건 네 입김이 거칠어도
　　네 모습이 보이지 않기 때문이로다.
　　헤이호, 노래 부르자 사시사철 푸른 나무 바라보며
　　우정은 거짓이고, 사랑은 미친 짓이라.
　　헤이호, 노래 부르자 깊은 산 속은 우리의 놀이터.

　　얼어라 얼어라 겨울 하늘아
　　너 아무리 살을 에인다 해도 배신한 놈만이야 하겠느냐.
　　개울물 얼리는 겨울 하늘아 너의 가시 날카로워도

가슴에 상처를 주지 않네.
헤이호, 노래 부르자 사시사철 푸른 나무 바라보며
우정은 거짓이고, 사랑은 미친 짓이라.
헤이호, 노래 부르자 깊은 산 속은 우리의 놀이터.

노공작 지금 자네 말을 듣고 보니 그런 것 같고, 자네 얼굴을 뜯어보니 그분의 모습과 판박이인 것 같기도 하네만, 정녕 자네가 로랜드 경의 아들이라면 진심으로 환영하네. 난 그분을 몹시 총애했던 공작일세. 자네가 지나온 얘긴 동굴에 가서 듣겠네. 그리고 노인, 자네도 자네 주인처럼 기꺼이 환영하는 바요. 자, 이 노인의 팔을 부축해 드려라. 자네 손을 잡아보세. 자네 얘기를 하나도 빠뜨리지 말고 들려주게나. (모두 퇴장)

소네트(sonnet)

정형시(定型詩) 중에서 가장 대표적인 시의 형식을 말한다. 소곡(小曲) 또는 14행시라고 번역한다. 13세기 이탈리아의 민요에서 파생된 것이며, 단테나 페트라르카에 의하여 완성되었고, 르네상스 시대에 널리 유럽 전역에 유포되었다. 보통 몇 개의 정해진 법칙에 따른 각운(脚韻)으로 구성되는데, 내용은 대다수가 연애시이며 수십 편의 연작으로 된 것이 많다.

소네트 중에서 가장 아름다운 것은 페트라르카의 《칸초니에레》이며, 독일에서는 슐레겔과 괴테 등의 작품이 유명하다. 영국에서는 셰익스피어 형식이라 하여 4·4·4·2행의 소네트가 있으며, 셰익스피어와 밀턴, 워즈워스, 키츠, 로제티, 브라우닝 부인 등에 의한 우수한 작품이 많이 남아 있다. 또한 보들레르, 말라르메, 발레리, 릴케 등도 소네트 형식으로 유명한 작품들을 남겼다. 이 작품 「뜻대로 하세요」에서도 올란도가 로잘린드에게 연서를 써서 나무에 붙여놓아 사랑을 고백하고 있다.

제1장

궁전

프레드릭 공작, 올리버, 귀족들 등장

프레드릭 아니, 그 이후론 본 적이 없다고? 어리석은 소리 하지 마라. 내가 인정머리가 없었다면 그놈 대신 너에게 한풀이했을 것이다. 그러니 잘 들어라. 당장 네 동생을 찾아 대령하라. 그놈이 어디 있든, 죽었든 살았든 간에 1년 안으로 찾아오라. 그렇지 못하는 날엔 너는 이곳에서 살 생각을 아예 하지 말아라. 내가 네 토지와 재산을 모조리 몰수할 것이다. 네 동생의 입을 통해 너의 혐의가 풀릴 때까지 말이다.

올리버 오, 공작님께서 제 마음을 헤아려 주십시오. 소생은 여태껏 동생 놈을 한 번도 사랑한 적이 없습니다.

공작 보자보자하니 괘씸한 놈이구나. 이놈을 당장 밖으로 끌어내라. 담당관은 가서 이놈의 토지와 가옥을 몰수하라. 그리고 이놈을 당장 추방시켜라. (모두 퇴장)

제 2 장

숲 속

올란도가 종이 쪽지를 들고 등장

올란도 내 노래여, 나뭇가지에 매달려서라도 내 사랑을 증언해 다오. 그대 세 개의 관을 쓴 밤의 여왕 달님이여, 파리한 창공에서 맑은 눈길로 지켜봐 주소서. 내 운명을 지배하는 여신이자 사냥꾼인 아름다운 여인을……. 오, 로잘린드! 이 나무 껍질을 종이로 하여 내 사랑을 새겨 넣으리라. 이 숲에 사는 수많은 사람들이 그대의 미덕을 알아볼 수 있도록. 오, 달려라, 달려! 올란도야, 그녀의 이름을 모든 나뭇잎에 적어라. 이루 말로 다 표현할 수 없는 그녀의 미덕을.

코린과 터취스턴 등장

코린 영감님, 양치기 생활은 마음에 드시나요?
터취스턴 매우 좋아. 즐거운 생활이면서도 보잘것없는 생활이기도 하지. 이런 생활이 외롭다는 건 좋지만 너무 고독해서 재미가 없지. 전원 생활이라는 점에서는 무척 마음에 들지만 궁궐 생활이 아니라서 지루하고, 검소한 생활이라는 점에선 좋지만 풍족하지 못하니 허기가 져서 탈이지. 자넨 이 생활에 무슨 철학이라도 갖고 있나?

코린 소생이 알고 있는 거라곤 사람이란 병이 들수록 아프다는 겁니다. 돈 없고 힘 없고 백 없는 사람은 좋은 친구 셋을 두기도 어렵다는 거죠. 비의 속성은 적시는 데 있고 불의 속성은 태운다는 데 있다는 것쯤 압니다. 목장이 좋으면 양이 살찌고, 밤이 어두운 것은 태양이 없기 때문이죠. 교육을 제대로 받지 못했든 돌대가리든 지혜롭지 못한 자는 가문이 번듯치 않거나 좋은 씨가 아니기 때문이죠.

터취스턴 자네야말로 타고난 이야기꾼이군. 양치기, 자네 궁궐에 가본 적이 있는가?

코린 아뇨, 한 번도요.

터취스턴 그렇다면 곤장을 맞아야겠군.

코린 궁궐에 가본 적이 없어서요? 궁궐에 가본 적이 없는 게 그렇게 죄인가요?

터취스턴 궁궐에 가본 적이 없으니 참된 예의범절을 본 적이 없겠지. 그러니 예의범절이 없을 수밖에. 예의범절이 엉망이면 행실이 나쁠 테고. 나쁜 행실은 죄악이니 곤장을 맞아야 해. 자넨 지금 위태로운 자리에 서 있다고.

코린 영감님, 실없는 소리 마세요. 궁궐의 예의범절은 시골에서는 꼴불견일 뿐이죠. 시골 풍속이 궁궐에서 웃음거리가 되는 것처럼요. 영감님 말씀처럼 궁궐에서는 인사 대신 꼭 손에 입을 맞춘다면서요? 만일 양치기가 궁궐에서 하듯 한다면 그런 예절은 불결한걸요.

터취스턴 그걸 증명할 수 있나? 어서 증거를 대봐.

코린 우린 밤낮으로 양을 다루는데, 아시다시피 양털은 기름기가 흐르잖아요.

터취스턴 궁궐 사람들의 손엔 땀이 안 나나? 양의 기름과 사람의 땀이 다를 게 뭐 있나? 아냐, 틀렸어. 좀 더 그럴 듯한 증거를 대봐.

코린 게다가 우리네 손은 딱딱해요.

터취스턴 그렇다 해도 입술은 촉감을 느끼겠지. 다시 더 멋진 증거를 대봐.

코린 우리네 손은 양의 상처를 치료하다 보면 약이 묻을 때가 많죠. 그런 손에다 입을 맞추라는 겁니까? 궁궐 사람들의 손에선 사향 냄새가 난다는데.

터취스턴 나원 참, 도깨비 방귀라도 엮어낼 사람이군! 상등품 고기에 비교한다면 자넨 썩은 고깃덩이야! 지혜로운 자로부터 배우고 생각 좀 하며 살게나. 사향은 약보다 더 천한 거야. 더러운 고양이 똥으로 만드니 약품보다 더 나쁜 건 당연해. 이봐, 다른 예를 들어보라고.

코린 영감님 재치에 두 손 다 들었습니다.

터취스턴 그럼 곤장을 맞아도 좋단 말인가? 신이시여, 이 못난 자를 도와주소서! 낫 놓고 기역자도 모르는 이 자를 품종 개량하여 주소서.

코린 영감님, 저는 평생 막노동하며 살아왔습니다요. 단지 먹고살기 위해 일하죠. 하지만 누구의 미움도 사지 않았고, 남의 행복을 시샘하지도 않았습니다. 내 고통은 혼자 삼켰지만 남의 기쁨엔 함께 기뻐했죠. 내 유일한 자랑거리는 양이 풀을 뜯는 것과 새끼양이 젖을 빠는 걸 지켜보는 일이지요.

터취스턴 그것도 자네의 우직한 죄악이로다. 암양과 숫양을 한 군데 몰아넣어 흘레나 붙이면서 겨우 밥벌이를 하는 거 아닌가. 목에 방울 단 우두머리 양의 뚜쟁이 노릇이나 하고, 일년생 암양을 암컷에게 버림받은 늙은 수컷에게 속임수로 붙여주다니, 이래도 곤장감이 아닌가. 이래서 지옥에 떨어지지 않는다면 악마도 양치기만은 사양할 걸세. 그래도 달아나려면 달아나 보라구.

코린 저기 가니메데 도련님이 오십니다요. 소인의 새 주인의 오라버니이십니다.

로잘린드, 종이 쪽지를 읽으면서 등장

> 인도의 온 나라를 찾아봐도 로잘린드같이 귀중한 보배는 없나니
> 그녀의 미덕은 바람을 타고 온 세상에 떨치네.
> 오묘하게 그린 그림도 로잘린드에 비하면 추악할 뿐이니…….
> 오로지 로잘린드의 고운 모습만을 가슴에 영원히 간직하리.

터취스턴 이런 식으로 운을 맞춘다면 나도 8년 간은 할 수 있겠네요. 먹고 자는 시간을 빼놓아야겠지만 말이에요. 왠지 이 노란 버터 장사 아낙들의 걸음걸이 같군요.

로잘린드 저리 가, 바보야.

터취스턴 본보기를 보여 드릴게요.

> 수사슴이 암사슴 그리면 어서어서 찾아라 로잘린드
> 고양이도 짝을 찾아 사랑하면 못할 리 없으리 로잘린드
> 겨울옷도 안을 댄다면 따뜻이 입어요 야윈 로잘린드
> 벼를 베어 단으로 묶으면 마차에 실으세 로잘린드
> 알맹이 달고 껍질이 쓰면 그런 알맹이 바로 로잘린드
> 어여쁜 장미꽃 찾은 사람은 사랑의 가시 만나리라 로잘린드.

터취스턴 이건 말 달리듯 마구 뛰는 엉터리 노래죠. 어쩌다 그따위 몹쓸 병에 걸리셨소?

로잘린드 쉬, 팔푼이. 그건 나무 위에 걸려 있었던 거라고.

터취스턴 젠장, 고약한 열매가 여는 나무군.

로잘린드 그 나무를 너와 접붙였다가 다시 모과나무에 접붙여야겠어. 그

럼, 이 고장에서 가장 일찍 열매를 맺을 것이 아닌가. 그렇게 되면 너는 반도 채 익기 전에 썩어 떨어질 게다. 그게 바로 모과나무의 특징이거든.

터취스턴 멋진 말씀하셨습니다. 과연 그 말씀이 옳은지 그른지 이 숲이 판단하게 하십시다요.

실리아가 종이 쪽지를 들고 읽으며 등장

로잘린드 쉿! 내 동생이 무언가 읽으면서 오고 있어. 숨자.
실리아 (읽는다)

이곳이 이토록 쓸쓸한 것은 사람이 살지 않아서인가?
아니다, 나무마다 우리의 혀를 달아 말을 토해 놓도록 할까?
나그네 길을 가는 사람의 목숨 덧없어
기껏 한 뼘 길이의 수명이라고 영혼의 맹세도 깨어지더라고.
예쁜 나뭇가지마다 말끝마다 나는 쓰리라.
나의 말 마디마디마다 로잘린드의 이름 적어놓고
읽는 사람 모두에게 가르쳐 주자.
하늘이 온갖 솜씨를 부려 그녀의 몸을 만들었다고
그러기 때문에 하느님은 자연에게 명령하여
이 세상 모든 아름다움을 한 몸에 채우도록 하셨다.
헬레나의 마음이 아니라 그 어여쁜 두 볼을
클레오파트라의 존엄과 아틀란타의 빠른 걸음을
슬픈 여인 루클리스의 정조를……
신들의 정성으로 로잘린드는
용모와 눈동자, 심성이 빼어나게 태어났도다.

이 모두 하느님의 은총이니,

이 목숨이 있는 한 그녀의 종으로 살리라.

로잘린드 오, 친절도 하셔라! "여러분, 잠깐만 참으세요"라는 말도 하지 않은 채 이 길고도 지루한 사랑의 설교로 사람들을 괴롭히다니.

실리아 (깜짝 놀라며) 어머, 너무해요! 몰래 숨어서 엿듣다니 나빠요. 양치기 양반도 저리 가요. 너, 어릿광대도 저리 가고.

터취스턴 어이, 양치기 친구! 명장은 후퇴할 때를 아는 법, 어서 빨리 줄행랑치는 게 최선책이다. (코린과 터취스턴 퇴장)

실리아 언니, 그 시 들었지?

로잘린드 응, 전부 다 들었어. 그런데 어떤 구절은 너무 장난스럽더라.

실리아 그게 문제가 아냐. 언니 이름이 나무와 줄기마다 새겨져 있는 걸 보고도 놀라지 않았어?

로잘린드 네가 오기 전 이미 놀랄 건 다 놀랐다. 아참, 이것이 종려나무에 걸려 있었어. 피타고라스 시대 이후로 내가 시의 주인공이 된 건 이번이 처음이지. 그 시대에 난 아일랜드의 생쥐였는지도 몰라. 지금은 기억이 없지만.

실리아 누가 이런 장난을 했을까?

로잘린드 남자일까?

실리아 아마 언니가 걸고 있던 목걸이를 건 사람일 거야. 어머나, 언니 얼굴 좀 봐.

로잘린드 얘는, 그 사람이 누군데?

실리아 오, 하느님! 산과 산도 지진이 나면 서로 만나거늘, 친구와 친구가 만나는 게 왜 이토록 어려울까요?

로잘린드 딴소리 말고 그게 누구야?

실리아 설마? 정말 몰라?

로잘린드 정말이야. 제발 누군지 가르쳐줘.

실리아 어쩌면 이런 일이! 도저히 있을 수 없는 일이야. 기가 막혀 말이 안 나오네.

로잘린드 난 아직도 여자야. 너는 내가 남장을 했다고 해서 마음까지 남자가 된 줄 생각하니? 이렇게 남태평양을 항해하는 것처럼 날 지루하게 애태우지 말고 제발 속시원히 말해 봐. 네가 말더듬이였으면 좋겠다. 그러면 머뭇거리다가도 한 순간에 왈칵 쏟아질 거 아냐? 병에서 술이 쏟아져 나오듯이 말이야. 제발 네 입을 틀어막은 병마개를 빼다오. 시원한 소식을 마실 수 있도록.

실리아 뱃속에 그 남자가 들어가 버리게?

로잘린드 그분 역시 하느님이 만드신 사람이겠지. 어떤 남자일까? 모자를 쓰고 수염이 난 분일까?

실리아 아냐, 수염만 약간 났어.

로잘린드 하느님이 더 나도록 해주시겠지. 난 그분의 수염이 텁수룩해질 때까지 기다릴 수 있어. 그분이 누군지 말해 주기만 한다면.

실리아 왜 그분 있잖아, 찰스의 다리와 언니의 마음을 순식간에 고꾸라뜨린 분, 올란도라는 분 말야.

로잘린드 너 정말 날 놀릴래! 농담은 그만하고 진실을 말해 봐.

실리아 정말이야. 그분이야.

로잘린드 올란도?

실리아 그래.

로잘린드 오, 어쩌면 좋아! 이 바지와 조끼를 어쩌지? 네가 그분을 봤을 때 뭘 하고 있었니? 표정은 어땠어? 어떤 복장이었어? 여긴 왜 왔는데? 내 얘기를 물었어? 어디 계시대? 헤어질 때 아무 말도 안 했어? 언제 만난다는 말 같은 것? 말해 줘, 얼른.

실리아 언니 물음에 대답하려면 거인 가르간튜어의 입을 빌려야겠네. 그렇지 않고서는 어떻게 요 조그마한 입으로 한꺼번에 다 말해.

로잘린드 그분은 내가 남장하고 있는 걸 알고 있니? 씨름하던 날처럼 원기 왕성하던?

실리아 사랑하는 사람의 물음에 답하느니 바닷가 모래알을 세는 게 낫겠어. 어쨌거나 내가 어떻게 그분을 만났는지 얘기할게. 그분은 땅에 떨어진 도토리처럼 나무 아래 앉아 있었어.

로잘린드 열매가 떨어지는 나무라면 제우스 신의 거룩하고 성스러운 나무일 거야.

실리아 제발 듣기만 해.

로잘린드 어서 말해 봐.

실리아 그분은 몸을 쭉 뻗고 마치 부상당한 기사처럼 누워 있었어.

로잘린드 보기에 딱한 광경이지만 배경에 딱 어울리는 모습이구나.

실리아 언니, 제발 그 입 좀 다물어 봐. 그분의 옷차림은 사냥꾼······.

로잘린드 어머나, 이제 내 심장을 쏘려고 왔나 보다.

실리아 그렇게 장단을 넣으면 말 안 한다.

로잘린드 나도 여자야. 입이 근질근질한 걸 어떡하니? 자, 얘기해 봐.

실리아 또 그런다. 쉿, 그분이 여기로 오네.

올란도와 제이퀴스 등장

로잘린드 그분이야. 우리 숨어서 지켜보자. (실리아와 로잘린드 나무 뒤로 숨는다)

제이퀴스 만나 봬서 반가웠소. 사실은 혼자 있고 싶었지요.

올란도 동감입니다. 저도 예의상 당신을 뵈어 기쁘다고 감사를 올리는 겁니다.

제이퀴스 안녕히 가시오. 우리 되도록 가끔 만납시다.

올란도 아니, 서로 모른 척하고 지내는 게 좋겠군요.

제이퀴스 제발 부탁이오. 앞으로는 나무 껍질에 연서를 새겨 나무를 괴롭히지 마십시오.

올란도 나 역시 부탁하건대 제 시를 엉터리로 읽어 왜곡시키지 말아주셨으면 합니다.

제이퀴스 로잘린드가 애인 이름이오?

올란도 예.

제이퀴스 그 이름이 마음에 들지 않소.

올란도 당신 마음에 들자고 지은 이름은 아닐 테니까요.

제이퀴스 그 애인 되는 분 키는 얼마나 되오?

올란도 이 뜨거운 가슴에 와 닿을 정도죠.

제이퀴스 대답이 재미있군요. 대장간 아낙네들과 사귄 적이 있나 보오. 반지에 새긴 글귀를 많이 알고 있으니 말이오.

올란도 아뇨, 저는 벽걸이에 새긴 글귀를 외워 대답했죠. 당신 질문도 거기서 나온 듯해서 말이죠.

제이퀴스 대단히 재치 있군요. 당신 대답은 발빠른 아틀란타 신의 뒤축으로 만들었나 보오. 여기 앉아서 우리들의 신세 타령을 하는 게 어떻겠소?

올란도 신세 타령하고 싶은 마음이 없습니다. 내 자신의 결점만 보이는 걸요.

제이퀴스 당신의 최대 결점은 사랑에 빠졌다는 사실이오.

올란도 그 결점을 당신의 최고의 미덕과 바꾸고 싶은 생각이 전혀 없지요. 당신은 참으로 답답한 분입니다.

제이퀴스 실은 바보를 찾고 있었는데, 당신을 만난 거요.

올란도 바보는 개울물에 빠졌군요. 들여다보면 보일 겁니다.

제이퀴스 그럼 내 모습이 보이겠군.

올란도 그게 바보가 아니라면 헛것이겠죠.

제이퀴스 당신과 더 이상 할 얘기가 없소이다. 상사병 선생, 안녕히. (인사를 한다)

올란도 가신다니 반갑군요. (인사를 한다) 안녕히 가세요, 우울증 양반.

제이퀴스 퇴장하고 로잘린드와 실리아가 등장

로잘린드 (실리아에게 방백) 건방진 하인처럼 말을 걸어 저분을 놀려줘야지. 여보세요, 사냥꾼 아저씨!

올란도 왜 그러시죠?

로잘린드 지금 몇 시죠?

올란도 오늘이 며칠이냐고 물으셔야죠. 숲 속에는 시계가 없으니까.

로잘린드 그렇다면 이 숲에는 진정한 연인도 없겠네요. 그런 사람이 있다면 1분마다 한숨짓고 한 시간마다 신음을 터뜨릴 테니 시간의 느린 발걸음을 시계처럼 정확히 측정할 수 있을 텐데요.

올란도 어째서 빠른 걸음걸이라고 하지 않습니까? 그게 더 적절한 표현일 것 같은데요.

로잘린드 그렇지 않습니다. 제 말 좀 들어보시지요. 시간의 걸음걸이는 사람에 따라 다르답니다. 시간은 사람에 따라 느릿느릿 기어가거나 종종걸음이거나 달리거나 아니면 완전히 서 있는 법이랍니다.

올란도 느리게 기어갈 땐 어떤 경우인가요?

로잘린드 네, 약혼식을 올린 처녀의 시간입니다. 비록 결혼식 날까지 일주일이 남았다고 하더라도 그 속도가 얼마나 느린지 7년처럼 길다고 느껴지죠.

올란도 종종걸음으로 갈 땐 어느 경우요?

로잘린드 라틴어를 모르는 신부와 중풍을 앓아보지 못한 부자의 경우가 그렇죠. 신부는 공부할 것이 없으니 쉽게 잠이 들고 부자는 고통을 모르기 때문에 즐거울 수밖에 없지요. 신부는 부질없이 밤을 새면서 학문에 몰두할 필요가 없고, 부자는 가난의 고통을 알 턱이 없으니까요.

올란도 마구 달리는 경우는요?

로잘린드 교수대로 끌려가는 강도의 경우죠. 아무리 천천히 가려 해도 눈 깜짝할 사이거든요.

올란도 그럼 완전히 서 있는 경우는요?

로잘린드 휴정 기간의 변호사가 그렇죠. 다시 개정할 때까지 잠만 잘 테니 시간이 흐른다는 걸 알 턱이 없지요.

올란도 어쨌거나 미남 젊은이께선 어디에서 사시오?

로잘린드 이 양치기 누이동생과 숲 언저리에서 살지요. 치마로 말할 것 같으면 치맛단 같은 곳이죠.

올란도 이곳 태생이오?

로잘린드 저기 있는 토끼처럼 저도 태어난 곳에서 산답니다.

올란도 당신의 말씨는 매우 세련되어 있어서 시골티가 전혀 나지 않는구려.

로잘린드 흔히들 그렇게 말해요. 실은, 늙은 아저씨한테서 말과 교양을 익혔지요. 그분은 젊었을 적에 도시에서 살았지요. 아저씨는 거기서 연애를 한 경험이 있어서 저에게 절대로 연애만은 하지 말라고 하셨어요. 여자와 연애를 하면 여자한테 붙어 다니는 흉측한 죄에 물든다는 거지요. 그래서 난 여자로 태어나지 않은 것을 하느님께 감사한답니다.

올란도 여자한테 붙어 다니는 죄악 가운데서 기억나는 것이 있소?

로잘린드 뚜렷이 기억나는 것은 없습니다. 반푼짜리 동전처럼 모두 비슷비슷했지요. 말하자면 도토리 키 재기 같은 것이었죠.

올란도 그중에서 몇 가지만 얘기해 주시오.

로잘린드 싫어요. 상사병에 걸리지도 않은 사람에게까지 함부로 처방전을 줄 수는 없지요. 요즘 어떤 사나이가 이 숲 속을 쏘다니며 나무 껍질마다 '로잘린드'라는 이름을 새기며 나무를 못살게 굴고 있답니다. 온통 연서와 시로 이 숲을 도배질하고 다니죠. 그 연애박사를 만나기만 하면 처방전을 줄 생각이에요. 분명 상사병에 걸린 듯하니까요.

올란도 그 사람이 바로 나올시다. 제발 당신의 처방전을 알려주시오.

로잘린드 당신한테서는 아저씨로부터 들은 상사병 증세가 전혀 보이지 않는걸요. 저는 상사병 환자를 알아보는 법을 알고 있답니다. 아저씨가 가르쳐 주었거든요. 당신은 사랑의 새장 속에 갇힌 사람 같지 않아요.

올란도 상사병 증세가 어떤 거랍디까?

로잘린드 두 볼이 푹 패이고 눈이 쑥 들어간다는데 당신은 그렇지 않아요. 남과 말하는 것도 싫어하고, 수염도 깎지 않는다는데 당신은 그렇지 않아요. 수염은 너그럽게 봐 드리죠. 수염의 양이 동생의 유산처럼 별로 많지 않으니까요. 그러나 양말대님은 풀어 헤쳐져야 하고, 모자끈은 풀려 있어야 하며, 소매단추와 구두끈이 풀어져 있어야 하는데 당신은 그렇지 않아요. 당신의 옷차림은 빈틈없이 단정하고 말쑥해요. 당신은 남을 사랑하는 것처럼 보이지 않고 자신을 사랑하는 사람처럼 보여요.

올란도 젊은이, 어떻게 하면 내가 사랑에 빠졌다는 것을 믿을 수 있겠소?

로잘린드 나더러 믿으라고요! 당신의 연인한테 믿으라고 하는 편이 더 쉽겠지요. 그 연인은 이미 말로 믿는다고 하기 전에 믿고 있을 거예요. 그래서 여자들은 본의 아니게 양심을 속이지요. 그런데 정말 당신이 나무마다 연서를 걸어놓은 분인가요? 로잘린드를 찬미하는 시를요.

올란도 맹세코 젊은이여, 로잘린드의 백옥처럼 흰 손가락에 걸고 맹세하건대 그 사람이 바로 나요.

로잘린드 정말 당신은 시 구절대로 그녀를 열렬히 사랑하나요?

올란도 시나 노래로 내 사랑을 다 표현할 수 없지요.

로잘린드 사랑은 광기일 뿐이에요. 그러니 미친 사람을 다루듯 캄캄한 광에 가두고 매질을 해야겠죠. 그러나 이 치료법도 통하지 않는 것은 매질하는 사람까지 사랑에 빠져 버리기 때문이죠. 그래서 폭풍 같은 사랑은 충고로 고칠 수 있다고 봐요.

올란도 그런 방식으로 치료한 적이 있습니까?

로잘린드 네, 있습니다. 나를 그의 애인으로 가정한 뒤 날마다 그 사람으로 하여금 구애하도록 했지요. 난 변덕쟁이라서 때에 따라 슬픈 표정이나 따스한 표정을 짓기도 했어요. 그리고 연모의 정을 보이거나 쌀쌀맞게 대하기도 하고 공상에 잠겨 보기도 하고 경박하게 굴기도 하고 눈물을 쏟다가도 박장대소하기도 했고요. 물론 이러한 감정은 절대로 진실이 아니었지요. 그러나 여자들은 철없는 아이들처럼 어떤 사람을 금방 좋아했다가도 싫증을 내고 존중하다가도 무시하고 그 사람 때문에 징징거리다가도 정작 보면 짜증을 내지요. 변덕이 죽 끓듯 하면서 점점 미쳐가고 있었지요. 그분은 결국 속세와 인연을 끊고 시골 구석진 곳에 가서 살게 되었지요. 상사병도 깨끗이 나았고요. 바로 이러한 처방을 통해 당신의 간장을 건강한 양의 심장처럼 깨끗하게 씻어내 상사병을 치료해 드릴 수도 있어요.

올란도 젊은이, 그런 방식으로 날 치료할 수는 없을 거요.

로잘린드 아뇨, 치료할 수 있습니다. 만약에 저를 로잘린드라 부르신다면, 그리고 날마다 오두막으로 사랑을 고백하러 오신다면.

올란도 그렇다면 그렇게 하겠소. 오두막이 어디 있소?

로잘린드 함께 갑시다. 그 집을 보여 드릴게요. 그리고 당신이 어디에서 살고 계신지 알려주세요.

올란도 그럽시다, 젊은이.

로잘린드 아니, 저를 로잘린드라고 부르세요. 자, 지금 가지요. (일동 퇴장)

제 3 장

숲 속

터취스턴과 오드리 등장. 약간 떨어져서 제이퀴스 등장

터취스턴 빨리 와, 오드리. 염소는 내가 끌어다 줄 테니까. 오드리, 나 괜찮지? 순박한 내 용모가 마음에 들지?

오드리 아이고, 용모라뇨?

터취스턴 내가 너와 네 양들과 함께 있는 것은 정직한 시인 오비드가 야만스런 고스족과 함께 있는 꼴이야.

제이퀴스 (방백) 뭘 알긴 알지만 엉뚱하게 아는군. 제우스 신이 초가집에 사는 꼴이야!

터취스턴 자기 시를 남들이 이해하지 못하거나 자신의 재치가 받아들여지지 않으면 싸구려 여인숙에서 비싼 호텔 방값을 치르는 것 이상으로 심한 상처를 받지. 오, 하느님이 너를 시인으로 만들어 주었으면 얼마나 좋았을까.

오드리 시인은 뭔가요? 언행이 정직하다는 뜻인가요?

터취스턴 천만에! 가장 진실한 시란 가장 허황된 거야. 연인들은 그러한 시에 취하고 맹세를 하지. 다 허황된 일이거늘.

오드리 그런데도 제가 시인이기를 바라세요?

터취스턴 두말하면 잔소리지. 네가 시인이라면 네 맹세가 거짓말일 수도 있다는 희망을 가질 수 있잖아.

오드리 정직하면 안 되나요?

터취스턴 안 돼. 네가 못났다면 모르지만 정직과 미모가 합쳐지면 설탕물에 꿀을 탄 격이야.

제이퀴스 (방백) 바보치곤 제법인데!

오드리 못생겼으니 정직한 마음이라도 달라고 하느님께 빌지요.

터취스턴 매춘부에게 정숙함을 주는 것은 더러운 접시에 싱싱한 고기를 담는 꼴이야.

오드리 저는 매춘부가 아니에요. 하느님 덕분에 못생기긴 했어도요.

터취스턴 그렇군. 못생긴 걸 다행으로 여기고 하느님께 감사해야겠군. 매춘부가 되는 건 언제든 가능하니까. 그건 그렇고, 난 어떤 일이 있어도 너와 결혼할 거야. 그래서 이웃에 사는 올리버 마텍스트 목사님께 부탁했더니 목사님께서는 이곳에 오셔서 우리를 부부로 만들어 주시겠대.

제이퀴스 (방백) 그 결혼식 좀 보고 싶네.

오드리 하느님, 우리에게 기쁨을 내려주세요.

터취스턴 아멘. 겁쟁이라면 감히 엄두도 못 낼 거야. 이곳은 교회도 없고 온통 나무뿐이잖아. 하객들이라곤 뿔 돋친 짐승들뿐이고. 하지만 어때? 용기를 내야 해. 뿔이란 보기엔 흉측하지만 필요한 물건이잖아. 아흔아홉 가진 놈이 하나를 가진 놈의 것을 뺏는다는 말도 있잖아. 그런 놈의 이마에 뿔이 난 건 보이지 않지. 여편네가 시집 올 때도 뿔을 가지고 오지. 게다가 아무리 고상한 사슴이라도 초라한 사슴보다 더 커다란 뿔이 돋치고 있고. 그렇다면 홀아비로 사는 게 더 나은 게 아닐까? 아냐, 성벽으로 둘러쳐진 도시가 촌락보다 더 값어치가 있듯이 장가든 사나이의 뿔난 이마가 맨숭맨숭한 총각 이마보다 더 낫지. 부정한 아내라도 없는 것보다 있는 것이 훨씬 낫고 (올리버 마텍스트 목사 등장) 목사님,

잘 오셨습니다. 이 나무 아래서 주례를 서 주시겠습니까, 아니면 교회로 갈까요?

올리버 목사 신부를 넘겨줄 사람은 없나요?

터취스턴 선물을 받듯이 신부를 받고 싶지는 않은데요.

올리버 목사 넘겨줄 부친이 없으면 결혼은 성립될 수 없습니다.

제이퀴스 (앞으로 나서며) 식을 올리시오. 내가 부친 역을 할 테니.

터취스턴 뉘신지는 모르지만 안녕하세요. 참 잘 오셨습니다. 일전에 뵌 건 신의 은총이었고, 지금 뵙는 건 소생의 기쁨이군요. 모자는 그대로 쓰시지요.

제이퀴스 자네, 결혼하고 싶은 모양이지?

터취스턴 소는 멍에를, 말은 재갈을, 고양이는 방울을 달고 있듯이 사람에게는 욕정이 그림자처럼 따라다니죠. 비둘기가 짝지어 입을 맞추듯 사람도 짝을 지어 부부가 되지요.

제이퀴스 양반집 자손 같은데 거렁뱅이처럼 이 숲에서 식을 올릴 작정이오? 교회에 가서 결혼이 무엇인지 잘 아는 목사님에게 부탁해요. 이 양반은 널빤지 붙이듯 너희들을 붙여 놓을 뿐, 나중에는 생나무가 마르며 오그라져서 뒤틀릴 게 분명해 보이니까.

터취스턴 (방백) 나도 마음이 내키지는 않지만 다른 목사보다 이 양반이 주례를 서는 게 나을 것 같아. 이 양반은 정식 결혼을 시켜주지 않을 테니 나중에 아내가 마음에 안 들면 버릴 때 떳떳할 것 같단 말야.

제이퀴스 나와 같이 가서 상담해 봅시다.

터취스턴 가자, 어여쁜 오드리! 우리 결혼식을 올려야 해. 그렇지 않으면 동거라도 하자. 하지만 그건 죄짓고 사는 거지. 올리버 목사님, 예식을 부탁드리겠습니다. (노래하며 춤을 춘다) 오, 친애하는 올리버. 오, 용감한 올리버 날 버리지 말아요. 이 가사를 요렇게 바꾸면 가버려라, 꺼져버려

라, 당신이 주례서는 결혼식은 하지 않으리다. (제이퀴스, 오드리, 터취스턴 퇴장)

올리버 목사 상관없어. 저 따위 엉터리 녀석이 나를 모욕해도 성직자인 내 모가지가 잘리는 건 아니니까. (퇴장)

제 4 장

숲 속의 다른 곳

로잘린드와 실리아 등장

로잘린드 아무 말도 하지 마. 울고 싶단 말야.

실리아 실컷 울어. 하지만 눈물 짜는 것은 남자에게 어울리지 않잖아. 그것쯤이야 생각하겠지.

로잘린드 내게 울 만한 이유가 없다고 생각하는 건 아니지?

실리아 울고 싶은 이유야 많겠지.

로잘린드 그분은 머리칼까지 새빨간 배반자의 색이야.

실리아 유다의 머리칼보다 더 붉을 거야. 그분의 키스도 유다의 입맞춤처럼 배반의 키스였을 거고.

로잘린드 정말 그분의 머리 빛깔은 아름다워.

실리아 멋지고말고. 머리 빛깔 중에선 붉은 갈색이 최고지.

로잘린드 그리고 그분의 키스는 성찬식의 빵처럼 부드러워.

실리아 그 사람이 달의 여신 아르테미스가 내던진 입술을 사셨나 보지? 한겨울처럼 싸늘한 수도원의 수녀님도 그러한 키스를 할 수 없을 거야. 그분의 입술은 얼음장같은 정결함이 배어 있나봐.

로잘린드 오늘 아침에 온다고 약속하고 왜 오지 않을까?

실리아 그분의 마음에 진실이 없기 때문이지.

로잘린드 그렇게 생각하니?

실리아 응. 그 사람이 소매치기나 말도둑은 아니겠지만 사랑의 진실성이란 점에서는 빈 술잔이나 벌레가 갉아먹은 호두 속처럼 빈 것 같아.

로잘린드 사랑의 진실이 없다는 얘기니?

실리아 사랑에 빠지면 진실해지겠지만 아직은 그런 것 같지 않아.

로잘린드 사랑의 맹세를 너도 들었잖아?

실리아 과거에 했다고 해서 현재도 하는 건 아냐. 게다가 사랑하는 남자의 맹세는 술집 웨이터의 말처럼 엉터리지. 틀린 계산서를 가지고 억지를 쓰는 거라고. 그분은 이 숲에서 언니 아버님을 모시고 있대?

로잘린드 아버님을 어제 뵈었지. 많은 얘기를 주고받는 중에 우리 집 배경을 물으시길래, 공작님 못지 않은 가문이라고 말했지. 그랬더니 웃으시며 나를 놓아주시더구나. 아버님 얘기를 왜 이 시점에서 꺼내니? 올란도 얘기를 하다 말고.

실리아 맞아. 그분은 훌륭해! 시도 잘 쓰고, 말도 잘하고, 맹세도 잘 했다가 잘 어겨 애인의 가슴을 애태우게 하지. 마치 풋내기 기사가 비스듬히 말을 달리다가 귀족의 창을 부러뜨리는 격이야. 하지만 젊음이 말을 타고 어리석음이 고삐를 잡는 건 모두 근사하거든. 누가 이리로 오고 있네.

코린 등장

코린 아가씨와 도련님, 사랑 때문에 가슴 태우던 그 목동에 대해 물으셨죠? 언젠가 풀밭에 나와 함께 앉아 콧대가 높고 거만한 양치기 처녀를 찬양하던 양치기 말입니다.

실리아 그 사람이 어쨌다는 거야?

코린 한 사람은 순정 때문에 얼굴빛이 파랗게 질렸고, 한 사람은 멸시와 거만함에 얼굴빛이 붉어졌지요. 그들 사이에 벌어질 광경을 보고 싶으시면 저를 따라오세요. 제가 안내해 드릴게요.

로잘린드 어디 가 보자. 사랑하는 사람들을 보면 언제나 사랑의 양식이 되지. 그 장소로 우리를 안내하게. 나도 그 연극에 끼어 봐야겠다. (모두 퇴장)

제 5 장

숲 속의 다른 곳

실비어스가 피비를 따라 등장

실비어스 (무릎을 꿇고) 아름다운 피비, 제발 나를 무시하지 마. 나를 사랑하지 않아도 좋으니 말만이라도 따뜻하게 해줘. 사람 죽이는 데 이골이 난 망나니라도 도끼를 내려칠 때에는 용서를 구한다고 하잖아. 그런데 넌 그 망나니보다 더 잔인하겠다는 말이야?

로잘린드, 실리아, 코린 등장

피비 난 네 목을 치는 망나니가 되고 싶지 않아. 너한테 고통을 주고 싶지 않아서 이러는 거야. 내 눈에 살기가 보여? 참 재밌는 말이구나. 내 꽃잎처럼 부드러운 눈동자가 살기니 백정이니 폭군처럼 보인다니! 정말 그렇다면 있는 힘을 다해 너를 쏘아볼 거야. 내 눈에 그런 힘이 있다면 너를 죽일 수도 있겠지. 자, 어디 그럼 죽는 척이라도 해봐. 그렇지 않으면 내 눈에 살기가 있다는 따위의 거짓말을 지껄이지 마. 내 눈이 상처를 입혔다면 어디 보여줘. 바늘 끝이 지나가도 상처는 남는 법이야. 내가 널 쏘아본다 해서 상처가 났다면 어디 보여 달란 말이야.

실비어스 피비, 만일 네가 젊은이의 싱싱한 뺨에 매력을 느껴 사랑을 느낀다면 그 싸늘한 눈빛만으로도 상처를 입는다는 걸 깨닫게 될 거야. 그건 결코 눈에 보이지는 않지만.

피비 그럼 그때까진 오지 마. 그때가 되어 날 실컷 비웃어도 좋아. 동정은 싫어. 나도 널 동정하지 않을 거야.

로잘린드 (앞으로 나와 피비를 보며) 무슨 일인가? 도대체 너는 어찌하여 저 사나이를 멸시하느냐? 저 가여운 사나이를 능멸하고도 태연하다니. 네 얼굴은 결코 아름답지가 않다. 솔직히 어두운 침실이 아니라면 네 침대에 갈 마음이 전혀 일지 않는 미모를 가지고 왜 이렇게 거만하게 구느냐. 왜 날 째려보는 거지? 내가 보기에 너는 보통 품종으로 보인단 말이야. 자연이 빨리 만들어 팔기 위해 만든 그저 그런 품종으로 보인다는 거지. 허허, 갈수록 가관이군. 이 여자가 나한테 꼬리칠 모양인데 어림도 없지. 그따위 생각은 아예 하지 않는 게 좋아. 네 새까만 머리칼과 크림빛깔의 뺨으로 날 사로잡으려 한다면 오산이지. 이봐, 양치기 자네! 자네는 왜 저런 여자 꽁무니를 따라다니는가. 탄식과 눈물을 뿌릴 정도로 어여쁜 여자도 아닌데 말이야. 저 여자보다 당신이 몇 백배 멋지게 생겼소. 이 세상에 못생긴 아이들이 수두룩한 건 당신들 때문이오. 저 여자의 콧대를 세워준 건 거울이 아니라 당신이오. 거울을 보면 금방 알 수 있는 미모도 당신 같은 사람 때문에 착각하는 거요. 이봐요, 아가씨, 분수를 알고 살아요. 이 남자의 사랑을 얻은 걸 무릎을 꿇고서라도 하느님께 감사 기도를 드려야 한단 이 말이오. (피비가 로잘린드에게 무릎을 꿇는다) 내 아가씨한테 친구로서 말하는 거요. 좋다고 할 때 아무 말 없이 따라가시오. 아가씨는 어느 시장에 내놔도 좋다고 할 사람이 없으니. 이 사람에게 용서를 구하고 아내가 되어 달라고 해요. 못생긴 주제에 다른 사람을 깔보다니, 천하에 몹쓸 사람이구려. 이봐요, 청년! 이 여자를 데리고 가요. 나는 이만 가겠소.

피비 제발 1년 내내 꾸중을 해도 좋으니 내 곁에만 있어주세요. 이 남자의 사랑보다 당신의 꾸지람이 더욱 좋답니다.

로잘린드 이 남자는 너의 못난 얼굴에 반했고, 저 여자는 내 노여움에 반했나 보군. 사실 그렇다면 이 여자가 당신을 쏘아보듯이 나도 저 여자에게 독설을 퍼부어야겠군. (피비에게) 왜 그렇게 나를 뚫어지게 바라보지?

피비 당신이 좋기 때문이죠.

로잘린드 나를 절대로 좋아해선 안 돼. 난 술자리에서 하는 맹세보다 더 믿지 못할 사람이니까. 더구나 난 아가씨를 좋아하지 않아. 얘야, 이제 그만 가자. 이봐요, 중간에 포기하지 말고 설득해 보게나. 양치기 소녀는 너무 도도하게 굴지 말고. 온 세상 사람들한테 물어봐도 너더러 미인이라고 할 사람은 없어. 자, 이제 양떼를 보러 가자꾸나. (로잘린드와 실리아, 코린 따라간다)

피비 돌아가신 시인께서 하신 말을 이제야 알겠어. "사랑하는 자여, 첫눈에 반하지 않은 자는 누구인가?"

실비어스 아름다운 피비, 날 좀 동정해 줘.

피비 정말 미안해.

실비어스 동정이 있는 곳에 구원이 있거든. 내 사랑을 동정해 준다면, 그래서 나를 사랑한다면 너의 미안함과 나의 아픔이 사라질 거야.

피비 사랑해 줄게, 친구로서.

실비어스 너를 갖고 싶어.

피비 실비어스, 지금까지는 네가 너무 미웠어. 날마다 사랑 이야기를 하는 네가 솔직히 귀찮았어. 하지만 참고 친구가 되어줄게. 앞으론 부탁도 많이 할 거야. 하지만 부탁을 받는 것 이상으로 보답을 바라지는 마.

실비어스 내 사랑은 너무나 순수해. 나는 사랑에 궁핍한 상태지만 추수를 하는 사람 뒤를 따라다니며 이삭을 줍는 것만으로도 만족할래. 그러니 너도 이삭 같은 미소를 가끔 지어줘.

피비 조금 전에 나한테 말을 한 청년을 알아?

실비어스 잘 몰라. 그런데 늙은 농부의 오두막과 목장을 샀대.

피비 그분을 사랑해서 묻는 게 아니니까 오해는 하지 마. 그 사람 참 건방지지? 말은 엄청 잘하더라. 예쁘게 생기기도 했고. 그런데 왜 그렇게 거만한 거야? 그래도 미남인 얼굴에 독설이 나오니 더 잘 어울렸어. 그분 얼굴은 정말 잘생겼어. 독설을 들어도 그분 눈동자를 보면 금세 빠지고 말아. 키는 크지 않은데 나이에 비하면 큰 편이지. 입술은 붉고 볼은 밝고 붉은 빛깔이고. 그래, 실비어스 다른 여자들도 나처럼 봤다면 그분한테 반하고 말았을 거야. 하지만 나는 그분을 사랑하지 않아. 싫어하는 것도 아니지만 사랑할 까닭이 없잖아. 아니 오히려 미워해야겠지. 나를 언제 봤다고 그렇게 꾸지람만 늘어놓는담. 지금 생각해 보니 내 머리칼과 눈동자를 들먹이며 나를 모욕했어. 그런 말을 듣고도 나는 왜 바보처럼 아무 말도 하지 못했을까. 하긴 그렇다고 용서한 것도 아니니 문제 될 것도 아니지. 지금이라도 늦지 않았어. 욕을 잔뜩 쓴 편지를 써서 보낼 테니 실비어스, 당신이 좀 전해 줘.

실비어스 알았어. 전해줄게.

피비 정말 그분한테 쓸 말로 내 머릿속이 꽉 찼어. 내 속이 풀리도록 실컷 나무랄 거야. 실비어스, 같이 가. (두 사람 퇴장)

제4막

제1장

숲 속

로잘린드, 실리아, 제이퀴스 등장

제이퀴스 여보게 젊은이, 우리 좀더 가깝게 지냅시다.

로잘린드 들리는 말에 따르면 당신은 우울증에 걸렸다죠?

제이퀴스 그건 그렇소만 낄낄대는 것보다 우울한 쪽을 더 좋아하지.

로잘린드 어느 쪽이든 지나치면 모자람만 못하며 주정뱅이보다 더 욕을 얻어먹게 되죠.

제이퀴스 슬픔 속에 빠져 침묵하는 것도 나쁠 건 없소.

로잘린드 아예 말뚝이 되는 것도 괜찮은 일이죠.

제이퀴스 내 우울증은 학자의 우울증과는 다르오. 변덕쟁이 음악가나 오만한 신하, 야심찬 군인의 우울증과도 다르오. 또한 권모술수에 능한 법률가나 까다롭기 그지없는 귀부인, 아니면 연인들의 우울증과도 다르오. 그것은 이 모든 것을 다 합친 나 자신만의 우울증이오. 진실로 내 인생의 여정을 돌이켜 보면 그때마다 여지없이 생기는 야릇한 우울증에 빠지고 만다오.

로잘린드 인생의 여정이라! 당신이 우울해하는 것도 무리가 아니군요. 당신은 자신의 땅을 팔고 남의 땅을 구경하러 나온 사람 같군요. 실컷 보기는 했는데 손에 쥔 것이 없으니 눈요기만 했을 뿐 손은 텅 빈 꼴이거든요.

제이퀴스 그 덕분에 경험은 풍성하게 얻었소.

로잘린드 그 경험이 당신을 우울하게 만들고요. 저 같으면 그러한 경험을 얻느니 차라리 어릿광대라도 하나 얻어 웃으며 즐겁게 지내겠어요.

올란도 등장

올란도 안녕하세요, 사랑하는 로잘린드. (로잘린드가 모르는 척한다)

제이퀴스 난 실례하겠소. 당신이 장단에 맞춰서 말하는 걸 듣고 싶지 않으니까. (돌아선다)

로잘린드 안녕히 가세요, 나그네 양반. 해괴망측한 옷차림에 혀 짧은 얘기나 실컷 지껄이세요. 제 나라의 미덕을 얕보고 자기가 태어난 고향에 대해 험담이나 늘어놓으세요. 그리고 못생긴 얼굴을 만드신 하느님을 원망도 해보고요. 그러지 않으면 당신이 베니스에서 곤돌라를 탔다 해도 믿지 않을래요. (제이퀴스 퇴장) 아, 웬일이세요, 올란도! 그동안 어디를 돌아다니다 왔죠? 그러면서 무슨 애인이라고! 이런 식으로 하려면 다시는 내 앞에 얼씬거리지 말아요.

올란도 사랑하는 로잘린드, 약속 시간보다 겨우 한 시간밖에 늦지 않았는데 뭘 그래요?

로잘린드 사랑의 약속을 한 시간이나 어기다뇨! 사랑의 일 분을 천분의 일로 나누어 그 한 토막이라도 어기는 그런 남자라면 큐피드의 화살이 심장에서 벗어난 사람일 거예요.

올란도 용서하시오, 사랑하는 로잘린드.

로잘린드 못해요. 그렇게 시간을 어긴다면 다시는 내 눈앞에 나타나지 마세요. 차라리 달팽이를 애인으로 삼는 게 낫겠어요.

올란도 달팽이를?

로잘린드 그래요, 달팽이요. 걸음은 느리지만 머리에 집을 이고 오잖아요. 당신이 그만한 결혼 선물을 준비할 수 있어요? 그뿐인가요, 그는 자신의 운명까지 들고 와요.

올란도 운명까지라니?

로잘린드 뿔 말이에요. 당신과 같은 사람 때문에 바람이 난 부인에게 생긴 뿔요. 달팽이는 재산을 가지고 올 뿐만 아니라 자기 부인의 부정에 선수를 쳐서 미리 뿔을 달고 오지요.

올란도 정숙한 여인은 남편에게 뿔을 나게 하지 않소. 나의 로잘린드는 정숙한 여인이오.

로잘린드 내가 당신의 로잘린드란 말이에요. (올란도의 목을 감는다)

실리아 이분은 그렇게 부르는 것을 좋아하시나 봐요. 이분의 로잘린드는 당신보다 훨씬 더 아름답겠죠.

로잘린드 자, 어서 구혼을 하세요. 나는 기분이 들떠 있어서 당장 승낙할 것 같으니까. 내가 정말로 당신이 사랑하는 로잘린드라면 어떤 말부터 할 것 같아요?

올란도 말하기 전에 키스부터 하겠소.

로잘린드 아뇨, 말부터 하는 게 좋아요. 키스는 할 말이 없어졌을 때 하세요. 웅변가들은 말문이 막히면 침을 뱉는다고 하잖아요. 사랑하는 사람이야 그런 일이 없겠지만 키스로 대처하는 것이 상책이죠.

올란도 키스를 거부당하면?

로잘린드 아마 키스해 달라고 애원하게 될 테니, 자연히 새로운 화젯거리가 생기게 되죠.

올란도 사랑하는 여자 앞에서 말문이 막히는 남자가 있을까?

로잘린드 만일 내가 당신의 애인이라면 말문이 막히면 좋아할 거예요. 당신이 말을 많이 한다면 나는 슬기로운 여자가 아닐 테니까요.

올란도 아니, 사랑을 간청하는 말까지 못한다면?

로잘린드 글쎄요, 그럴 수도 있겠지요. 자, 난 당신의 로잘린드예요.

올란도 그렇게 부르기만 해도 마음이 조금 풀리오. 어쨌든 로잘린드 얘기를 하고 있으니까.

로잘린드 그녀를 대신해 말하는데 난 당신의 아내가 될 수 없어요.

올란도 그렇다면 당사자로서 말하지만 난 죽을 거요.

로잘린드 그건 아니 됩니다. 죽는 건 제발 다른 사람을 시켜 대신 죽게 하세요. 이 세상이 시작된 지 육천 년이 되지만 사랑 때문에 당사자가 죽은 경우는 한 사람도 없습니다. 트로일로스는 그리스의 장군 아킬레스에게 머리통이 깨져 숨졌습니다. 그러나 사랑 때문에 죽은 것으로 훗날 연인들에게 추앙받게 되죠. 리엔더도 무더운 여름밤만 아니었더라면 히어로가 수녀가 되건 말건 오래오래 살았을 거예요. 리엔더가 죽은 건 헬레스폰트에 헤엄치러 갔다가 쥐가 나서 물에 빠져 죽은 거예요. 그걸 당대의 어리석은 역사가들이 '세스투스의 히어로'를 위해 헤엄쳐 가던 도중 일어난 사건으로 처리했던 거죠. 다시 말하면 모두가 어이없는 거짓말이죠. 남자들은 계속 죽고 또 죽었습니다. 그러나 사랑 때문에 죽은 사람은 한 사람도 없어요.

올란도 나의 로잘린드는 당신처럼 그렇게 생각하지 않았으면 좋겠소. 왜냐하면 나는 그녀가 찌푸리기만 해도 죽을 거요.

로잘린드 이 손에 걸고 맹세하지만 그녀가 찌푸린다 해도 파리 한 마리 안 죽을 거예요. (바짝 다가오면서) 좋아요. 자, 이젠 내가 당신의 상냥한 로잘린드가 되어 드릴 테니 원하는 대로 말해 보세요.

올란도 사랑해 주시오, 로잘린드.

로잘린드 물론 사랑하고 말고요. 금요일마다 토요일마다, 아니 일주일 내내.

올란도 날 당신의 남편으로 맞아주겠소?

로잘린드 당신 같은 분이라면 스무 명도 마다하지 않을 거예요.

올란도 스무 명이라고?

로잘린드 좋은 것은 많을수록 좋지 않나요? (일어나면서) 얘, 실리아. 네가 목사가 되어 우리의 결혼을 집전해 다오. 자, 올란도, 손을 이리 주세요. 실리아, 시작해.

올란도 우리 둘을 결혼시켜 주시오.

실리아 뭐라고 해야 할지……

로잘린드 이렇게 하면 돼. "그대 올란도는……"

실리아 좋아. "그대 올란도는 로잘린드를 아내로 맞이하겠는가?"

올란도 예.

로잘린드 좋아요, 그러나 언제요?

올란도 지금 당장. 동생이 주례만 선다면.

로잘린드 그렇다면 이렇게 말하세요. "나는 그대 로잘린드를 아내로 맞이하겠노라."

올란도 나는 그대 로잘린드를 아내로 맞이하겠노라.

로잘린드 올란도, 내게 그럴 권한이 있는지 따져봐야 하지만 그만두겠어요. 대신 저도 당신을 남편으로 맞이하겠어요. 신부가 주례보다 앞서 말을 했군요. 여자란 생각이 행동보다 앞선다는 말이 맞군요.

올란도 사람의 생각이란 다 그렇죠. 날개가 있으니까.

로잘린드 로잘린드와 결혼한 후 얼마나 사시겠어요?

올란도 언제까지나 영원히.

로잘린드 영원히라는 말 대신 하루만이라고 말하세요. 남자란 사랑을 속삭일 때는 꽃피는 춘삼월이다가도 결혼하는 순간부터 엄동설한이 된답니다. 여자 역시 처녀일 땐 오월이지만 결혼하고 나면 변덕스런 날씨가 되죠. 저는요, 바바리산 숫비둘기보다 질투심이 강하고, 비 오기 전의 앵무새보다 더 바가지를 긁을 거예요. 원숭이보다 더 새것을 밝히고, 아무것도 아닌 일에도 아르테미스 상의 분수처럼 공연히 눈물을 쏟아낼 거예요. 당신이 기분 좋아 날뛸 때를 노려서요. 또한 당신이 졸려서 자고 싶을 때에는 하이에나처럼 미친 듯이 웃어댈 거예요.

올란도 과연 나의 로잘린드가 그럴까?

로잘린드 내 목숨에 두고 맹세하지만 물론이죠, 틀림없어요.

올란도 아, 그러나 그녀는 총명하오.

로잘린드 총명하기 때문에 그럴 수 있어요. 여자는 영특할수록 종잡을 수가 없어요. 여자의 잔머리를 가볍게 보지 마세요. 잔머리의 문을 닫으면 창문으로 튀어나오고, 창문을 닫으면 열쇠 구멍으로 튀어나오죠. 그것을 막으면 연기가 되어 굴뚝으로 나오고요.

올란도 그런 영특한 여자를 가진 남자는 "잔머리야, 오늘은 어디로 갈 거니?" 이렇게 물어야겠네요.

로잘린드 그런 말일랑 아껴두세요. 당신 부인의 잔머리가 이웃집 남자 침대로 가기 전까지는요.

올란도 그럼 그땐 무슨 수로 변명하나요?

로잘린드 아마 당신이 옆집 여자의 침대에 와 있지 않나 확인하러 왔다고 할 거예요. 벙어리가 아닌 여자를 아내로 맞은 이상 늘 그럴 듯한 변명을 하겠지요. 그래요. 자기가 잘못한 것을 남편한테 뒤집어씌우지 못하는 여자는 아이를 낳아선 안 돼요. 자식을 바보천치로 만들 테니까.

올란도 아참, 로잘린드, 두 시간 동안만 당신 곁을 떠나 있겠소.

로잘린드 맙소사, 두 시간 동안이나 떨어지다니.

올란도 실은 공작님이 식사에 초대했소. 두 시까지는 틀림없이 돌아오리다.

로잘린드 좋아요, 가세요. 당신이 어떤 사람인지 알고 있었어요. 모두들 그럴 거라고 하더군요. 나도 짐작은 했지만 감언이설에 그만 넘어간 거예요. 버림받았으니 죽어버리면 그만이죠. 두시라고요?

올란도 그렇소, 사랑하는 로잘린드.

로잘린드 나의 진심과 진정을 하느님 앞에 두고, 아니 모든 훌륭한 것을 걸고 맹세하건대, 만일 당신이 1분이라도 늦게 도착한다면 당신을 거짓말쟁이 연인으로 생각할 거예요. 당신은 로잘린드라는 여자를 사랑할 자격이 없는 사람으로 생각할 거예요. 그러니 나한테 핀잔을 당하지 않으려면 알아서 하세요.

올란도 내 꼭 지키리다. 당신이 나의 진정한 로잘린드인 것처럼 생각하고 약속을 지키리다. 그럼 갔다 오리다.

로잘린드 그래요. 시간이 지나면 죄가 밝혀지는 법이죠. 안녕히 가세요.

(올란도 퇴장)

실리아 시답잖은 사랑 문답으로 언니는 우리 여성들을 모독했어. 언니의 꽉 끼는 저고리와 바지를 머리 위까지 벗겨 올려 폭로할까 보다.

로잘린드 오, 요것아. 내 귀여운 동생아. 내가 올란도를 얼마나 깊이 사랑하는지 이해해 주렴! 사랑의 밑바닥은 측정할 수 없어. 내 사랑은 포르투갈의 바다처럼 밑바닥이 보이지 않는다고.

실리아 밑 빠진 독처럼 사랑을 쏟아 넣어도 마냥 흘러나가는 게 아냐?

로잘린드 아냐, 비너스의 후레아들에게 물어봐. 상사병이 씨가 되고 변덕스런 생각에서 잉태되어 광기 속에서 태어난 그 못된 녀석 말야. 제 눈이 멀어 남의 눈까지 멀게 하는 그 큐피드 녀석 말이야. 내가 얼마나 깊은 사랑에 빠졌는지……. 올란도를 한시라도 보지 못하면 죽을 것 같아. 자, 어디 그늘에 가서 한숨이나 쉬며 기다려야겠다.

실리아 그럼 난 잠이나 잘래. (두 사람 퇴장)

제 2 장

숲 속 공작의 동굴 앞

제이퀴스, 귀족들, 사냥꾼들 등장

제이퀴스 누가 사슴을 죽였소?

귀족 1 내가 그랬소이다.

제이퀴스 이분을 로마의 개선장군처럼 공작님 앞으로 모시고 가자. 이마에는 승리의 월계관 대신 사슴뿔을 씌우는 게 좋겠다. 이봐요, 사냥꾼? 이런 때 어울리는 노래는 없는가?

애미언스 있습니다.

제이퀴스 그럼 부르시오. 곡조는 어찌 되었든 소리만 지르면 돼요. (노래한다)

> 사슴을 잡은 자에게 무엇을 줄까?
> 사슴 가죽옷 입히고 뿔 돋쳐주고 신나게 노래하며 집으로 가자.
> 다같이 노래 부르자.
> 머리에 사슴뿔이 돋았다 해서 창피하다고 하지 마라.
> 계집 뺏긴 남자가 어디 하나뿐이더냐.
> 너의 아버지도 뿔이 돋쳤고, 그분의 아버지도 뿔이 돋쳤더라.
> 뿔뿔 우람한 뿔 비웃을 게 아니구나. (모두 공작의 동굴로 들어간다)

제 3 장

숲 속

로잘린드 어쩜 이럴 수가? 벌써 두 시가 지났는데 올란도는 코빼기도 볼 수가 없구나.

실리아 틀림없이 사랑 때문에 활을 메고 숲에 들어갔다가 잠이 들었을 거야. 저기 누가 오네.

실비어스 등장

실비어스 젊은 양반, 내 사랑스러운 피비가 이걸 전하랍니다. (로잘린드에게 편지를 건네주며) 내용이 뭔지 모르지만 이것을 쓸 때의 성난 표정으로 봐서 심상찮은 내용인 것 같습니다요. 하지만 용서하세요. 저야 심부름한 죄밖에 없으니까요.

로잘린드 세상에, 인내의 여신이 봐도 펄펄 뛸 내용이구나. 이걸 참을 수 있다면 못 참을 일이 없을 거다. 당신 애인이 날 보고 뭐라고 했는 줄 알아요? 못생긴 데다 버릇도 없고 오만하다느니 하면서 남자가 불사조처럼 귀하다 해도 나 같은 사람은 사랑할 수 없다고 하는군. 내참 기가 막혀서. 누가 저를 탐낼 줄 알고. 어쩌자고 이런 편지를 보냈을까? 음, 맞아. 이건 자네가 조작한 거 아닌가?

실비어스 천만에요. 전 편지 내용을 전혀 모릅니다요. 피비가 썼는데요.

로잘린드 바보, 숙맥 같으니. 사랑 때문에 머리가 어떻게 됐나 보군. 그녀의 손은 쇠가죽처럼 꺼칠꺼칠하고 바위 빛이었지. 난 처음엔 장갑을 끼고 있는 줄 알았어. 부엌데기 손. 하긴 그건 상관없어. 이 편지는 그녀가 쓴 것이 아냐. 남자의 생각에 따라 남자가 쓴 거야.

실비어스 분명히 피비가 썼습니요.

로잘린드 그렇다면 왜 이렇게 글씨체가 엉망이야. 꼭 싸움을 걸어오는 사람 같잖아. 기독교도에게 달려드는 터키인처럼 말이야. 여자의 머리에서 어떻게 이런 말이 나온담. 에티오피아인 같은 문구야. 하긴 속은 더 시커멓겠지. 뭐라고 썼는지 읽어줄까?

실비어스 부탁이니 제발 읽어주세요. 피비의 매정함에 대해선 신물이 납니다만.

로잘린드 정말 피비다운 방자한 말이네. (읽는다) "이처럼 여자의 마음을 태우시는 이유는 신이 목동으로 둔갑해서인가요?" 어떻게 이런 악담을 할 수 있을까?

실비어스 그걸 악담이라고 보시나요?

로잘린드 (읽는다) "어찌하여 자비심을 버리시고 여자의 마음에 칼을 들이대시나요? 저는 뭇남자들이 마음을 사려고 했지만 상처 하나 입은 적이 없답니다." 날 아예 짐승으로 여기는군. "당신의 차가운 눈빛까지도 내 가슴에 사랑을 심어주었는데, 당신께서 부드러운 눈길로 봐주신다면 내 가슴은 어찌 되겠습니까? 당신에게 욕을 먹으면서도 사모해 온 이 몸, 다정한 말로 구애해 주신다면 이 마음은 기쁨으로 어쩔 줄 모를 것입니다. 이 사랑의 편지를 전하는 사람은 이 사랑을 알지 못하오니 당신께서도 당신의 마음을 단단히 봉해서 보내 주시옵소서. 젊고 인자하신 당신께 저의 모든 것을 보냅니다. 저의 사랑을 거절하신다면 제 앞에는 죽음밖에 없습니다."

실비어스 어떻게 이게 욕설이라고 하십니까?

실리아 오, 양치기가 불쌍하구나!

로잘린드 이 자를 동정하는 거니? 안 돼. 이 자는 동정받을 자격조차 없어. 이런 싸가지 없는 여자를 사랑하다니. 자신을 가지고 노는 여자를 사랑하다니. 도저히 용서하지 못할 여자야. 자, 가서 전해. 나를 진정 사랑하거든 나 대신 널 사랑하라고 명령한다고. 만일 싫다고 하면 나는 두 번 다시 그 여자를 보지 않을 거야. 네가 그 여자를 진정 사랑한다면 아무 말 하지 말고 빨리 가. 누가 오나 보다. (실비어스 퇴장)

올리버 등장

올리버 안녕하세요. 이 숲 어딘가에 올리브 나무에 둘러싸인 양치기 오두막이 있다는데, 아십니까?

실리아 서쪽으로 가면 다음 골짜기가 있어요. 실개천 버드나무 길을 따라가면 오른쪽에 오두막이 있습니다. 그러나 이 시각에는 오두막만 있지 사람은 없을 겁니다.

올리버 이제 보니 당신네야말로 내가 찾는 사람들이오. "청년은 얼굴이 희어 여자같이 생겼고 거동은 사냥꾼처럼 어른스럽고, 처녀는 키가 작고 피부가 검은 편"이라고 하던데요. 당신들이 바로 내가 찾는 집주인이 아니오?

실리아 자랑은 아니지만 그렇게 물으시니 아니라고 할 수 없네요.

올리버 올란도가 당신네들에게 안부를 전해 달라고 합디다. 그리고 로잘린드라는 젊은이에게 이 손수건을 전해 달라고 덧붙이면서요. 당신이 그 사람입니까?

로잘린드 네, 그렇지만 도대체 어찌된 영문인가요?

올리버 부끄러운 일입니다. 내가 누구인지, 어떻게, 무엇 때문에, 그리고 어디서 이 손수건이 피로 물들었는지 아시면 말입니다.

실리아 어서 말씀해 주세요.

올리버 올란도는 당신들과 헤어진 후 이 숲 속을 헤매면서 쓰고 달콤한 사랑의 환상에 젖어 있었습니다. 그런데 아뿔싸, 이게 웬일입니까! 문득 옆을 보았는데, 오랜 세월에 부대껴 온 도토리나무 아래 누더기 차림의 털북숭이가 된 사나이가 벌렁 드러누워 자고 있었죠. 그 사람 목에는 번들번들한 시퍼런 구렁이가 감겨 있었고요. 마침 그 징그러운 구렁이 놈의 대가리가 자는 사람의 입을 향해 다가서고 있었죠. 그 순간 올란도가 나타나자 구렁이는 칭칭 휘감은 몸을 풀고 덤불 속으로 들어갔습니다. 그런데 숲 속에는 굶주린 암사자가 머리를 땅바닥에 붙이고 살쾡이처럼 눈을 번쩍이며 그 사나이를 노려보고 있었지요. 사자는 죽은 것을 건드리지 않는 습성이 있지 않습니까? 이것을 본 올란도가 그 사나이에게 접근했습니다. 가보았더니 형님이었어요. 자기 맏형이더라 이겁니다.

실리아 올란도한테 맏형이란 자는 피도 눈물도 없는 냉혈한이라고 들었는데요.

올리버 그랬을 거요. 나도 그렇게 알고 있으니까.

로잘린드 아무리 그렇다 해도 올란도는 왜 형님을 굶주린 사자 밥이 되도록 내버려두었습니까?

올리버 두 번이나 등을 돌려 그렇게 하려고 했습니다. 그러나 복수심보다 더 강한 핏줄은 형에게 복수할 수 있는 기회를 빼앗아갔습니다. 올란도는 사자한테 뛰어들어 단번에 쓰러뜨렸지요. 그 소동 때문에 나는 불행한 잠으로부터 깨어났고요.

실리아 그럼 당신이 그분의 형님이세요?

로잘린드 당신이 올란도가 목숨을 건져준 형님이라고요?

실리아 그분을 여러 차례 죽이려고 했던 사람이 당신이었나요?

올리버 그랬습니다만 지금은 아니오. 과거의 내가 어떤 인간이었는지 아무리 질타한다 해도 난 할 말이 없소. 하지만 난 새로 태어났다오.

로잘린드 그러나 그 피투성이 손수건은요?

올리버 우리는 서로 얼싸안고 눈물을 흘리며 자초지종을 얘기했습니다. 내가 이 거친 땅에 오게 된 사연을 말했죠. 동생은 나를 어진 공작님한테 안내했습니다. 공작님께서는 내게 새 옷과 음식을 주시고는 서로 우애 있게 지내라고 당부하셨지요. 우리는 대접을 받은 후 동굴로 갔죠. 그런데 동생이 옷을 벗자 팔 언저리에서 피가 흐르고 있었어요. 사자한테 팔을 물려 살점이 뜯겨 나간 상태였어요. 피가 마구 흐르는 가운데 동생은 기절하며 로잘린드라고 외치더군요. 서둘러 상처를 치료하고 붕대를 감았더니 동생은 금세 기력을 되찾았습니다. 그러자마자 동생은 나를 보고 당신들을 찾아가라고 하더군요. 그래서 이곳까지 온 것입니다. 올란도가 약속을 어긴 이유를 말씀드리고 용서를 빌기 위해 왔습니다. 동생은 이 피로 물든 손수건을 당신에게 넘겨주라고 부탁했어요. (로잘린드가 기절한다)

실리아 왜 그래요. 가니메데, 가니메데 오라버니!

올리버 피를 보면 대부분 기절하죠.

실리아 그게 아니에요. 깊은 까닭이 있어요. 오라버니! 가니메데!

올리버 이제 정신이 드나 보네.

로잘린드 집에 가고 싶다.

실리아 알았어요. 미안하지만 오라버니 팔 좀 잡아주세요.

올리버 기운을 내시오, 젊은이. 사나이답게 기백이 있어야지.

로잘린드 옳으신 말씀이에요. 아, 보세요. 누가 보아도 연극이라고 하겠어요. 부탁이에요. 제발 당신 동생에게 가거든 연극을 잘하더라고 전해 주세요. 하하하!

올리버 연극 같지 않은데요. 당신의 진지한 얼굴빛만 보아도 연극이 아닌 게 분명하오.

로잘린드 정말 연극이라니까요.

올리버 글쎄, 연극이라도 좋으니 제발 기운을 내세요. 이왕 연극을 하려거든 사내 대장부다운 역을 하시구려.

로잘린드 그래요. 그런데 사실 난 여자로 태어났어야 해요.

실리아 안색이 점점 더 창백해지네. 집으로 빨리 가요

올리버 어쨌든 로잘린드, 나는 당신이 내 동생을 용서한다는 회답을 가지고 가야 해요.

로잘린드 답을 생각해 볼게요. 그런데 제가 연극을 잘하더라는 말 잊지 마시고 전해 주세요. 자, 모두 갑시다. (일동 퇴장)

제5막

제1장

숲 속

터취스턴과 오드리, 나무 사이로 등장

터취스턴 기회가 또 오겠지. 참아보라고, 착한 오드리.
오드리 그 목사님은 괜찮았는데 이 늙은이는 못쓴다고 난리람.
터취스턴 저런 발칙한 올리버 마텍스트 목사 말은 입에 담지도 말라고. 그런데 오드리, 이 숲속에 당신을 차지하려는 젊은 녀석이 있던데.
오드리 알아요. 그 사람은 나와 아무런 관계도 없어요. 저기 그 젊은이가 오네요.

윌리엄 등장

터취스턴 나는 시골뜨기 얼간이를 보면 재미나고 신바람이 나더라. 기지가 넘치는 우리 같은 사람들은 농담을 하고 싶어 안달한다니까. 어디 참을 수가 있어야지.
윌리엄 안녕하세요, 오드리.
오드리 안녕, 윌리엄.

윌리엄 나리, 안녕하세요.

터취스턴 안녕하슈. 점잖은 양반, 제발 모자를 쓰게. 몇 살이나 됐소?

윌리엄 스물다섯입니다, 나리.

터취스턴 한창 좋은 나이군. 이름이 윌리엄인가?

윌리엄 예, 윌리엄입니다.

터취스턴 멋진 이름이야. 이곳 숲에서 태어났는가?

윌리엄 네, 하느님 덕분이지요.

터취스턴 하느님 덕분이라, 좋은 대답이군. 돈은 많소?

윌리엄 그저 그렇습니다.

터취스턴 그저 그렇다니, 아주 좋아. 아니 그렇지도 않지. 그저 그렇지. 자네 영리한 편인가?

윌리엄 꽤 영리한 편입니다.

터취스턴 자네 말솜씨가 보통이 아니군. 그러고 보니 이 말이 생각나는군. "어리석은 자는 자신이 현자인 줄 알고 현자는 자신이 어리석은 자인 줄 안다." (이 말에 윌리엄은 어이가 없어 입을 딱 벌린다) 어떤 철학자는 포도가 먹고 싶어 입을 딱 벌리고 포도를 넣었다지 뭔가? 입은 벌리기 위해 생긴 거야. 이 처녀가 좋은가?

윌리엄 죽을 지경이죠.

터취스턴 그럼 나와 악수하세. 자네 글은 아는가?

윌리엄 모릅니다.

터취스턴 그렇다면 한 가지 가르쳐주겠네. 가진 것은 갖는 것이오. 이를테면 술을 컵에서 유리잔에 따르면 유리잔에 가득 차는 반면 컵은 텅 비게 마련이지. 그러니까 그자는 그 사람이라는 거야.

윌리엄 그 사람이 누군데요?

터취스턴 이 여자와 결혼해야 하는 남자 말이야. 쉽게 말하면 이 여자와의 교제를 포기하라는 거야. 이 여자는 나와 결혼하기로 했거든. 그러니 이 촌닭아, 이 여자를 포기하지 않으면 자넨 파멸이야. 알기 쉽게 말해서 넌 뒈질 거란 말씀이야. 다시 말해서 나는 너를 독살하든가 몽둥이 찜질을 하든가 칼침을 놓든가 하겠다는 거야. 백오십 가지 방법으로 네놈을 때려잡을 수도 있다는 말이지. 그러니 **뺑소니나** 치는 게 상책이야.

오드리 그렇게 하세요, 윌리엄.

윌리엄 안녕히 계십쇼, 나리. (퇴장)

코린 등장

코린 우리 도련님과 아가씨께서 찾으십니다요.

터취스턴 가자, 오드리. 가자고. (모두 오두막으로 달려간다)

제 2 장

숲 속의 다른 곳

올란도와 올리버 등장

올란도 어떻게 그런 일이? 거의 알지도 못하는 여자를 좋아한다니. 첫눈에 반해 청혼을 하신다니. 청혼하자마자 그녀가 수락했다고요? 형님은 기어이 그녀를 차지하겠다는 거예요?

올리버 결코 경솔하게 행동한 게 아냐. 그녀가 가난하다는 것도 그녀를 잘 알지 못한다는 것도 내 청혼이 성급했고 그녀의 승낙이 갑작스러웠던 것도 알아. 하지만 난 엘리나를 사랑해. 그녀도 나를 사랑하고. 그러니 우리 둘이 일심동체가 되는 일에 동의해 다오. 우린 서로 결혼해도 좋다는 의견에 동의했단다. 이 일은 너에게도 나쁠 게 없어. 나는 아버지의 재산, 즉 로랜드 경의 모든 재산을 너에게 양도하고 여기서 양치기나 하면서 여생을 보낼 생각이거든.

올란도 좋아요. 내일 결혼식을 올리세요. 공작님과 그분을 추종하는 귀족들을 초대할 테니까요. 형님은 엘리나한테 가서 준비시켜 주세요. 오, 나의 로잘린드가 오네요.

로잘린드 등장

로잘린드 안녕하셨어요, 형님.

올리버 안녕하셨소, 동생?

로잘린드 오, 사랑하는 올란도. 당신의 가슴을 붕대로 동여맨 것을 보니 가슴이 쓰리군요.

올란도 붕대는 팔에 감겼소.

로잘린드 난 당신 심장이 사자 발톱에 부상당한 줄 알았어요.

올란도 가슴에 상처를 입은 것은 사실이죠. 어떤 여인의 눈길에 상처를 입었지요.

로잘린드 형님이 전하던가요? 당신의 손수건을 보고 내가 기절하는 흉내를 내더라고.

올란도 그보다 더 놀라운 이야기도 들었지요.

로잘린드 아, 뭘 말씀하는지 알겠어요. 그건 사실이에요. 그처럼 갑작스런 일이 어디 있겠어요. 두 마리의 숫양 싸움이나 시저의 '왔노라, 보았노라, 이겼노라'라는 말처럼 당신 형님과 내 여동생은 서로 만나자마자 뜨거운 사랑에 빠졌어요. 눈길을 주고받기 무섭게 사랑에 빠졌고 사랑에 빠지기가 무섭게 땅이 꺼져라 한숨을 쉬게 되었지요. 그 한숨의 근원을 알기가 무섭게 해결책이 생각났고요. 두 사람은 열에 들떠 서로 결혼의 제단을 만들어 놓고 당장이라도 뛰어오를 기세예요. 그렇게 안 되면 일단 일부터 저지를 거예요. 지금 그들은 무쇠처럼 달아올랐어요. 한 몸이 되려고요. 몽둥이찜으로는 어떻게 갈라놓을 수가 없어요.

올란도 내일이면 두 사람은 결혼할 거요. 난 공작님을 결혼식에 초청할 생각입니다. 아, 남의 행복을 바라보니 정말 못 견디겠군요. 내일 소원을 성취한 형을 보면 볼수록 가슴이 미어질 거예요.

로잘린드 그럼 난 내일 당신을 위해 로잘린드 역할을 할 수 없다는 말인가요?

올란도 이제 난 상상만으로는 살아갈 수가 없어요.

로잘린드 그렇다면 나도 더 이상 부질없는 얘기로 당신을 괴롭히지 않을 게요. 하지만 이것만은 알고 계세요. 절대로 농담 아니에요. 나는 당신이 분별력 있는 사람이라는 걸 알아요. 그렇다고 당신한테 칭찬받으려고 이런 말 하는 것도 아니고요. 다만 당신이 나를 믿어주셨으면 만족해요. 그것도 당신에게 좋은 일을 하기 위해서예요. 그러니 날 믿어주세요. 나는 세 살 때부터 마술사의 지도를 받아 신통력이 있답니다. 그분의 술법은 심원한 것으로 절대로 악마의 법은 아니에요. 당신이 여태껏 표현한 것처럼 진실로 로잘린드를 사랑한다면 당신 형님이 엘리나와 결혼식을 올릴 때 당신도 로잘린드와 결혼할 수 있도록 해드리죠. 당신이 진정으로 원한다면 당신 눈앞에 데려다놓을 수가 있어요. 헛것이 아니라 진짜 로잘린드 말이에요.

올란도 진담이오?

로잘린드 물론이에요. 내 목숨을 걸고 맹세할게요. 비록 마술사이긴 하지만 나 역시 목숨은 소중하답니다. 내일 결혼하고 싶으시면 단정한 옷을 입고 친구를 초대하세요. 원하신다면 로잘린드하고요. 내게 반한 여자와 그 여자한테 반한 남자가 오는군요.

실비어스와 피비 등장

피비 너무 했어요. 당신에게 쓴 편지를 딴 사람에게 보여주다니, 그런 법이 어디 있나요?

로잘린드 보여준들 어떻겠소. 난 당신을 싫어하고 일부러 혼내 주려고 한 거요. 당신은 성실한 양치기로부터 구애를 받고 있잖소. 그러니 그 사람을 따뜻한 눈길로 받아들여요. 그는 당신을 끔찍이 사랑하니까.

피비 실비어스, 이 젊은 양반에게 사랑이 무엇인지 말해 봐.

실비어스 사랑은 눈물의 씨앗. 피비 때문에 제가 그 지경이죠.

피비 나는 가니메데 당신 때문에.

올란도 나는 로잘린드 때문에.

로잘린드 나는 여자가 아닌 사람 때문에.

실비어스 사랑은 진실과 봉사지요. 저는 피비를 위해 항상 그렇지요.

피비 나는 가니메데를 위해 그래요.

올란도 나는 로잘린드를 위해 그래요.

로잘린드 나는 여자가 아닌 사람을 위해 그래요.

실비어스 사랑은 환상이지요. 정열과 헌신과 충성과 봉사고요. 사랑은 겸손과 인내와 순결과 시련과 복종이고, 나는 피비에게 그런 사랑을 바치지요.

피비 나는 가니메데에게.

올란도 나는 로잘린드에게.

로잘린드 그러나 나는 여자가 아닌 사람에게 그래요.

피비 (로잘린드에게) 사랑이 그런 거라면 왜 당신을 사랑해서는 안 되나요?

실비어스 (피비에게) 사랑이 그런 거라면 왜 당신을 사랑해서는 안 되나요?

올란도 사랑이 그런 거라면 왜 당신을 사랑해서는 안 되나요?

로잘린드 제발 그만들 합시다. 마치 달을 쳐다보고 짖어대는 아일랜드 늑대들 같습니다. (실비어스에게) 가능하면 도와드리죠. (피비에게) 여자와 결혼한다면 당신과 하지요. (올란도에게) 내가 남자의 소원을 성취시킬 수 있다면 당신의 소원을 풀어드릴게요. 내일 당신은 결혼하시게 될 것입니다. (실비어스에게) 만일 당신이 지금 원하시는 걸 가져서 만족하신다면 내가 만족시켜 드리리다. 내일 결혼하게 될 거예요. (올란도에게) 로잘린드를 사랑하신다면 내일 꼭 나오세요. (실비어스에게) 피비를 사랑하신다면 오시지요. 나도 여자가 아닌 사람을 사랑하기 때문에 갈 거랍니다. 그럼 안녕히들 가십시오. 내 말을 잊지 마시기를.

실비어스 가리다, 목숨이 붙어 있는 한.

피비 나도 가겠어요.

올란도 나도 가겠소. (모두 퇴장)

제 3 장

숲 속

터취스턴과 오드리 등장

터취스턴 오드리, 우리는 내일 결혼할 거요. 매우 기쁜 날이 되겠지.
오드리 저도 간절히 바라는 바예요. 여자로 시집가고 싶어한다는 게 음탕한 생각은 아닐 거예요. 저기 추방당하신 공작님의 시동들이 오네요.

시동들 등장

시동 1 잘 만났네요, 신랑 나리.
터취스턴 그래, 여기 와서 앉아 노래를 불러라.
시동 2 분부대로 하지요. 가운데 앉으십시오.
시동 1 그럼 불러 볼까? 우선 헛기침을 한 뒤 침 뱉고 목이 쉬었다는 등 그런 말은 하지 마세요.
시동 2 그래, 합창을 하자. 한 마리 말에 같이 올라탄 두 집시처럼. (노래한다)

> 연인들이 손에 손을 잡고 에헤야 데헤야 얼씨구 좋구나
> 푸른 밀밭을 지나가네

때는 짝짓는 춘삼월, 새들도 지저귀며 노래하네
연인들은 모두들 춘삼월을 좋아해

밀밭에 둘러싸여서 에헤야 데헤야 얼씨구 좋구나
사랑스런 두 연인이 함께 누우면
때는 짝짓는 춘삼월, 새들도 지저귀며 노래하네
연인들은 모두들 춘삼월을 좋아해

목소리 합하여 노래 부르면 에헤야 데헤야 얼씨구 좋구나
인생은 일장춘몽이라
때는 짝짓는 춘삼월, 새들도 지저귀며 노래하네
연인들은 모두들 춘삼월을 좋아해

다시 오지 않는 봄을 놓치지 마라, 에헤야 데헤야 얼씨구 좋구나
사랑의 꽃이 피고
때는 짝짓는 춘삼월, 새들도 지저귀며 노래하네
연인들은 모두들 춘삼월을 좋아해

터취스턴 어이, 젊은 친구들, 가사는 괜찮은데 곡조는 엉망이구나.
시동 1 나리 귀가 이상한가 보네요. 장단을 맞추어 했는걸요.
터취스턴 장단을 맞춘 게 그 모양이야? 괜히 시간만 낭비했군. 목청 좀 좋아지게 하느님께 기도나 해. 가자, 오드리. (모두 퇴장)

제4장

숲 속

노공작, 애미언스, 제이퀴스, 올란도, 올리버, 그리고 실리아 등장

노공작 올란도, 자넨 그 젊은이의 말이 이루어지리라 믿는가?

올란도 반반이죠. 부질없는 희망이라고 생각하면 두렵고, 그러면서도 또 바라는 사람들처럼 말입니다.

로잘린드, 실비어스, 피비 등장

로잘린드 잠깐만 기다려 주십시오. 한 가지 확실히 해둘 게 있습니다. (공작에게) 공작님께서는 만일 제가 로잘린드를 데려오면 올란도에게 즉시 주겠다는 말씀을 하셨죠?

노공작 그렇다마다. 내가 여러 왕국을 갖고 있어 딸에게 모두 주는 한이 있더라도 그렇게 할 거야.

로잘린드 당신도 내가 그녀를 데려오면 아내로 맞는다고 하셨죠?

올란도 그랬소. 비록 내가 모든 왕국의 왕이 된다 하더라도 그녀와 결혼할 것이오.

로잘린드 피비, 내가 결혼하고 싶어한다면 나랑 결혼한다고 했지요?

피비 그랬어요. 한 시간 후에 죽는 한이 있더라도요.

로잘린드 피비, 나와 결혼할 생각이 없어질 때 충실한 양치기와 결혼한다고 했지?

피비 그랬어요.

로잘린드 피비가 원한다면 당신도 그녀를 아내로 맞이한다고.

실비어스 설령 그 길이 죽음의 길이라도 갈 것입니다.

로잘린드 나는 이 모든 일을 원만하게 처리하겠다고 여러분 앞에서 약속했습니다. 공작님께선 올란도에게 따님을 주겠다는 약속을 지키시고, 올란도 당신은 로잘린드를 아내로 맞이하겠다는 약속을 지키십시오. 피비, 당신은 나와 결혼이 여의치 않으면 실비어스와 결혼한다는 약속을 지키고, 실비어스 당신은 피비를 아내로 맞이하겠다는 약속을 지키십시오. 저는 이 모든 문제를 해결하기 위해 잠깐 다녀와야겠습니다.

(로잘린드와 실리아 퇴장)

노공작 저 청년은 내 딸의 모습과 꼭 닮은 것 같아.

올란도 저도 저 청년을 처음 보았을 때 그런 생각을 했습니다. 혹시 따님의 형제가 아닌가 했지요. 하지만 저 청년은 이 숲 속 태생인 것 같습니다. 그의 아저씨로부터 마술을 배워 이 숲에서 은밀히 지내고 있는 듯합니다.

터춰스턴, 오드리 등장

제이퀴스 틀림없이 노아의 대홍수가 다시 올 모양이오. 저렇게 동물들이 쌍쌍으로 오고 있으니 말이오. 여기 오는 한 쌍은 아주 진귀한 짐승으로, 어느 나라 말로든 바보라고 하지요.

터춰스턴 문안 인사 드리옵니다, 여러분.

제이퀴스 공작님, 환영한다고 말하세요. 숲에서 가끔 만난 사람으로 얼룩

옷을 입은 꼴이 머릿속부터 발끝까지 얼간이입니다. 본인은 궁궐에도 드나들었다고 우쭐댑니다만.

터취스턴 믿지 못하겠다면 얼마든지 시험해 보십시오. 소인은 궁궐에서 춤도 추고, 귀부인들의 비위를 맞추고, 친구들을 속이기도 하고, 외상 빚으로 양복점을 세 집이나 파산시키기도 했죠. 네 번이나 싸움질을 해 결투까지 갈 뻔한 적도 한 번 있고요.

제이퀴스 결투 없이 어떻게 처리했지?

터취스턴 실은 결투를 하려고 보니 우리 싸움이 제7조에 문제가 있다는 걸 알았지요.

제이퀴스 제7조에 문제가 있었다? 공작님, 재미있는 녀석인데요.

노공작 재미있어. 썩 마음에 드는구먼.

터취스턴 항상 그래 주셨으면 감사하겠습니다. 실은 제가 이곳에 끼여든 이유는, 촌사람들의 혼례식에 껴서 서약도 하고 파혼도 하고 싶어서죠. 결혼이 두 사람을 맺어주고 정열이 두 사람을 갈라놓는다 해도요. (오드리를 손짓한다) 얼굴은 못생겼지만 그래도 제것입니다. 아무도 거들떠보지 않는 계집과 결혼하려는 건 제 마음이 변덕스럽기 때문이죠. 진주가 더러운 조개 껍질 속에 있는 것처럼 정숙이라는 보물은 구두쇠처럼 못생긴 여자한테 있는 법이죠.

노공작 참으로 말도 빠르고 재치가 있군.

터취스턴 바보가 쏘는 화살은 빠르다는 말도 있지 않습니까?

제이퀴스 그건 그렇고 제7조에 관해 말해 보게나.

터취스턴 일곱 번이나 치고 받은 거짓말 때문이죠. 오드리, 자세를 제대로 가져야지. 저는 어떤 궁인의 수염이 마음에 안 든다고 했습니다. 그랬더니 그는 자기 마음에는 드니까 상관없다고 하더군요. 그래서 저는 다시 한 번 보기 싫다고 말했죠. 그 역시 자기가 좋아서 그렇게 깎았다는 거예요. 이건 온건한 대답이라는 거지요. 만일 제가 그때 또다시 모양이 흉하다고 했으면 그는 눈이 형편없이 낮다고 했을 거예요. 그럼 그 대답은 불온한 대답이 되겠지요. 그리고 또다시 모양이 흉하다고 하면 그는 저더러 진실을 말하지 않는다고 하겠지요. 그렇게 되면 이제 간접적인 도발에서 직접적인 도발이 되겠지요.

제이퀴스 그럼 당신은 몇 번이나 그 사람의 수염 깎은 모양이 흉하다고 했소?

터취스턴 사실 간접적인 도발 이상을 갈 생각은 못했지요. 우리는 결국 서로 칼을 빼들기까지 했지만 사용하지는 않고 헤어졌어요.

제이퀴스 그럼 거짓말의 등급을 말해 보시오.

터취스턴 당신네들이 예법에 따라 말하듯이 우리도 나름의 방식이 있답니다. 첫 번째는 의례적인 대답, 두 번째는 온건한 대답, 세 번째는 불순한 대답, 네 번째는 의협심에 따른 대답, 다섯 번째는 공격적인 대답, 여섯 번째는 간접적인 도발, 일곱 번째는 직접적인 도발이 바로 그것이지요. 이 경우에 '만일에'이라는 말이 붙으면 무사 통과입니다. 전에 이런 일도 있어요. 판사 일곱 명이 붙었어도 해결하지 못한 사건을 결투장에 마주서게 되자 그중 한 명이 "만일에 당신이 이렇게 하면 나는 이렇게 하겠소"라고 했지요. 그 뒤로 그 둘은 의형제를 맺었고요. '만일에'만 있으면 모든 문제가 해결됩니다.

제이퀴스 정말 재미있는 작자가 아닙니까? 말만 잘하는 게 아니라 다른 것도 잘해요. 그렇지만 바보 얼간이임에는 분명해요.

노공작 모르는 소리. 겉으론 바보인 척하면서 마음놓고 사람들의 마음을 꿰뚫는 얘기를 쏟아놓는군.

결혼의 신 하이멘, 로잘린드, 실리아 등장. 음악이 깔린다.

하이멘 (노래한다) 땅 위의 것들이 화합하면 기쁨은 하늘에 닿으리. 공작이여, 따님을 맞으시라. 결혼의 신 하이멘이 하늘에서 공주를 데려오니 공주의 손을 젊은이의 손에 얹게 하라. 이미 서로의 마음은 하나가 되었으니.

로잘린드 (공작에게) 이 몸을 드립니다. 전 아버님의 딸이니까요. (올란도에게) 이 몸을 드립니다. 저는 당신의 아내니까요.

노공작 이 눈에 진실이 보인다면 너는 틀림없이 나의 딸이로다.

올란도 이 눈에 진실이 보인다면 그대는 나의 로잘린드요.

피비 이 눈에 비치는 모습이 환상이 아니라면 내 사랑이여, 안녕.

로잘린드 (공작에게) 제 앞에 서신 분이 아버지가 아니시라면 저에게는 아버지가 안 계십니다. (올란도에게) 당신이 그이가 아니라면 저에게는 남편이 없습니다. (피비에게) 그대가 여자인 이상 그대와 결혼할 수가 없어요.

하이멘 자, 조용히 하시오! 자, 혼란을 막기 위해 이제 이상한 일에 매듭을 지어야겠소. 서로가 진실로 맺어지길 바란다면 여기 여덟 분은 하이멘의 이름으로 손을 잡으시오. (올란도와 로잘린드에게) 그대들은 어떠한 시련이 닥쳐도 영원히 하나일지어다. (올리버와 실리아에게) 그대들은 마음과 마음이 하나로다. (피비에게) 그대는 이 남자의 사랑에 따르라. (터취스턴과 오드리에게) 그대가 남편으로 삼는다면, 그 또한 아내로 삼으리. 그대들 서로 궁금증이 없어질 때까지 묻고 대답하거라. 모두들 축가를 들으며 쌓였던 회포와 기이한 사연을 서로 말해 보거라. (노래한다)

결혼은 위대한 헤라의 영광이로다.
검은머리 파뿌리 될 때까지 맺은 언약이여
행복한 가정의 웃음 소리 거리마다 넘치는 것은
하이멘의 은총이로다.

찬양하라, 그 이름을 드높이 찬양하라.
모든 마을의 수호신 하이멘의 이름을!

노공작 오, 실리아로구나. 어서 오너라. 친딸 못지않게 반갑구나.
피비 (실비어스에게) 저는 당신의 것이라는 걸 약속드릴게요. 당신의 진정한 사랑이 우리를 하나로 만들었어요.

제이크스 드 보이스 등장

제이크스 드 보이스 실례합니다. 한두 마디 말씀드릴 게 있습니다. 저는 돌아가신 로랜드 경의 차남으로, 이 아름다운 모임에 기쁜 소식을 전하러 왔습니다. 프레드릭 공작은 이 숲에 유력한 인사들이 모인다는 소식을 듣고 스스로 강력한 군사를 이끌고 진격중이었습니다. 그 목적이 그의 형님을 사로잡아 처형하자는 것이었지요. 그런데 이곳에 막 들어섰을 무렵 도사를 만났는데, 그 자리에서 마음을 바꾸어 속세를 버리고자 하셨답니다. 따라서 공작의 지위를 추방된 형님께 반환하고, 또한 다른 유배된 자의 영토도 모조리 반환한다는 전갈입니다. 이 일이 사실임을 제 목숨을 걸고 맹세합니다.
노공작 잘 왔소. 그대는 두 형제들의 결혼식에 훌륭한 선물을 가져왔구려. 한 사람에게는 몰수당한 땅을, 또 한 사람에게는 전 영토를, 즉 공작의 광활한 영토를 선물로 말이오. 자, 그럼 우선 이 숲에서 즐겁게 시작되어 행복하게 맺은 사랑의 열매를 거둡시다. 그런 다음에 나와 함께 괴로운 나날을 견뎌 준 동료들에게 하나하나 지위에 합당하게 같이 기쁨을 나눌 작정이오. 그러니 지금은 우리 모두 축제의 즐거움에 흠뻑 빠져 봅시다. 자, 풍악을 울려라! 신랑 신부는 짝을 지어 즐거운 춤을 추어라.

제이퀴스 공작님, 잠깐 제가 한마디만 여쭙겠습니다. (음악이 멈추자 제이크스에게) 그러니까 프레드릭 공작이 수도 생활을 하기 위해 호화로운 궁정 생활을 버렸다는 말씀입니까?

제이크스 드 보이스 그렇소.

제이퀴스 그분한테 가겠소. 개심한 사람한테는 배울 게 많소. (공작에게) 공작님께서는 옛 영화를 찾으셨으니 전 이만 떠날 때가 된 것 같습니다. 이 모든 게 인내와 인덕의 결실이지요. (올란도에게) 당신의 진실한 사랑이 마침내 사랑을 얻었군요. (올리버에게) 당신은 사랑과 영토, 좋은 사람들을 만났군요. (실비어스에게) 결국 순정으로 사랑을 얻었군요. (터취스턴에게) 당신은 부부간의 입씨름으로 재밌게 보내게 되겠죠. 하지만 사랑의 항해는 두 달치 식량이 전부라는 것을 잊지 마시기를 바랍니다. 자, 여러분 이제부터 재밌게 축제를 즐기시죠. 저는 워낙 춤에 치웃자도 모르는 문외한이랍니다.

노공작 가지 마시오, 제이퀴스. 잠깐만.

제이퀴스 이제 축제는 끝났어요. 혹시라도 제게 볼일이 있으시면 공작님께서 버리신 그 동굴로 오시지요. (퇴장)

노공작 좋소. 자, 그럼 우리는 즐거운 마음으로 결혼식을 올립시다. 모든 일이 행복하게 끝날 것이오. (음악에 따라 사람들 춤을 추기 시작한다)

뜻대로 하세요
As You Like It

🌸 진정으로 남자를 사랑해서는 안 돼. 그리고 심심풀이도 도가 지나치면 안 되니까, 순수함과 결백함을 지키면서 무사히 빠져나올 수만 있으면 좋아.
Love no man in good earnest, nor no further in sport neither than with safety of a pure blush thou mayst in honour come off again.

🌸 행운의 선물은 늘 엉뚱한 곳으로 가지. 특히 인심 좋고 맹목적인 여신이 여자들에게 베푸는 은총은 어처구니없는 경우가 많아.
Benefits are mightily misplaced, and the bountiful blind woman doth most mistake in her gifts to women.

🌸 만일 제가 저자한테 패한다 하더라도 명예라고는 눈곱만큼도 없는 사나이가 수치를 당하는 것뿐이며, 설령 죽는다 해도 죽고 싶어 안달하는 사나이가 죽는 것뿐입니다. 게다가 슬퍼해 줄 친구가 없으니 친구들에게 폐를 끼치는 것도 아니고, 무일푼의 빈털터리라 이 세상에 해를 끼칠 리도 없습니다. 저는 다만 이 세상에 자리 하나를 차지하고 있었던 것뿐입니다. 그 자리가 비게 되면 저보다 더 나은 사람이 채우겠죠.
Wherein if I be foiled, there is but one shamed that was never gracious, if killed, but one dead that was willing to be so. I shall do my friends no wrong, for I have none to lament me, the world no injury, for in it I have nothing, only in the world I fill up a place, which may be better supplied when I have made it empty.

🌿 왜 나는 감사하다는 말도 못하지? 이제 교양은 송두리째 사라지고 몸만 남은 허수아비란 말인가? 생명이 없는 인형에 불과한 건가?
Can I not say, I thank you? My better parts are all thrown down, and that which here stands up is but a quintain, a mere lifeless block.

🌿 역경의 교훈은 거룩하다. 역경은 두꺼비처럼 추악하고 독하지만 머리에 귀한 보석이 있다.
Sweet are the uses of adversity, Which, like the tord, ugly and venomous, Wears yet a precious jewel in his head.

🌿 옷에 붙은 것이라면 털어내면 그만이지만, 마음에 박힌 가시는 어쩔 수가 없어.
I could shake them off my coat, these burs are in my heart.

🌿 반역자들의 변명을 들어보면, 늘 그렇게 말하지. 하나같이 자신은 죄지은 적이 없다고!
Thus do all traitors : If their purgation did consist in words, they are as innocent as grace itself.

🌿 우리는 추방당하는 것이 아니라 자유를 찾아서 떠나는 것이다.
Now go we in content to liberty and not to banishment.

🌿 속세에서 멀리 떨어져 산 속에서 살다 보니 나무들의 말을 듣고 흘러가는 개울물을 책으로 삼고 발에 채는 돌멩이에서도 신의 가르침을 듣지 않소? 그러니 나는 이 생활에서 벗어나고 싶지가 않소.
This our life exempt from public haunt finds tongues in trees, books in the running brooks, sermons in stones and good in every thing. I would not change it.

※ 진정한 시일수록 거짓투성이야. 연인들은 시에 취하고 시에 맹세하지.
The truest poetry is the most feigning, and lovers are given to poetry.

※ 소는 멍에를, 말은 재갈을, 고양이는 방울을 달고 있듯이 사람에게는 욕정이 그림자처럼 따라다니죠.
As the ox hath his bow, sir, the horse his curb and the falcon her bells, so man hath his desires.

※ 사람 죽이는 데 이골이 난 망나니라도 도끼를 내려칠 때에는 용서를 구한다고 하잖아.
The common executioner, whose heart the accustom'd sight of death makes hard, falls not the axe upon the humbled neck but first begs pardon.

※ 내 눈이 상처를 입혔다면 어디 보여줘. 바늘 끝이 지나가도 상처는 남는 법이야. 내가 널 쏘아본다 해서 상처가 났다면 어디 보여 달란 말이야.
Now mine eyes, which I have darted at thee, hurt thee not, nor, I am sure, there is no force in eyes that can do hurt.

※ 내 우울증은 학자의 우울증과는 다르오. 변덕쟁이 음악가나 오만한 신하, 야심찬 군인의 우울증과도 다르오. 또한 권모술수에 능한 법률가나 까다롭기 그지없는 귀부인, 아니면 연인들의 우울증과도 다르오. 그것은 이 모든 것을 다 합친 나 자신만의 우울증이오.
I have neither the scholar's melancholy, which is emulation, nor the musician's, which is fantastical, nor the courtier's, which is proud, nor the soldier's, which is ambitious, nor the lawyer's, which is politic, nor the lady's, which is nice, nor the lover's, which is all these: but it is a melancholy of mine own, compounded of many simples, extracted from many objects.

🍃 이 세상은 하나의 무대요, 모든 인간은 제각각 맡은 역할을 위해 등장했다가 퇴장해 버리는 배우에 지나지 않죠. 그리고 살아 생전에 여러 가지 역할을 하는데 연령에 따라 7막으로 나눌 수 있죠. 제1막은 아기역을 맡아 유모 품에 안겨 울어대며 보채고 있죠. 제2막은 개구쟁이 아동기로 아침 햇살을 받으며 가방을 들고 달팽이처럼 마지못해 학교로 가죠. 제3막은 사랑하는 연인들이 서로를 그리워하며 강철도 녹이는 용광로처럼 한숨을 지으며 애인을 향해 세레나데를 부르지요. 제4막은 군대 가는 시기로 이상한 표어나 명예욕에 불타올라 걸핏하면 눈에 핏발을 세우고 대포 아가리 속으로라도 달려들려고 하죠. 제5막은 법관으로 뇌물을 받아먹어 뱃살이 두둑해지고 눈초리는 날카롭고 현명한 격언과 진부한 말들을 능란하게 늘어놓으며 자기 역을 훌륭하게 해내죠. 제6막은 수척한 늙은이가 나오는데 콧등에는 돋보기가 걸쳐져 있고, 허리에는 돈주머니를 차고, 젊었을 때 해질세라 아껴둔 긴 양말은 정강이가 말라빠져 헐렁하고, 사내다웠던 굵은 목소리는 애들 목소리처럼 가늘게 변해 삑삑 소리를 내죠. 마지막으로 제7막은 파란만장한 인생살이를 끝맺는 장면으로, 제2의 유년기랄까, 이도 다 빠지고 오로지 망각의 시간으로 눈은 침침하고 입맛도 없고 세상만사가 모두 허무할 뿐이죠.

All the world's a stage, and all the men and women merely players. They have their exits and their entrances, and one man in his time plays many parts, his acts being seven ages. At first the infant, mewling and puking in the nurse's arms. And then the whining school-boy, with his satchel and shining morning face, creeping like snail unwillingly to school. And then the lover, sighing like furnace, with a woeful ballad made to his mistress' eyebrow. Then a soldier, full of strange oaths and bearded like the pard, jealous in honour, sudden and quick in quarrel, seeking the bubble reputation even in the cannon's mouth. And then the justice, in fair round belly with good capon lined, with eyes severe and beard of formal cut, full of wise saws and modern instances, and so he plays his part. The sixth age shifts into the lean and slipper'd pantaloon, with spectacles on nose and pouch on side, his youthful hose, well saved, a world too wide for his shrunk shank, and his big manly voice, turning again toward childish treble, pipes and whistles in his sound. Last scene of all, that ends this strange eventful history, is second childishness and mere oblivion, sans teeth, sans eyes, sans taste, sans everything.

🌿 전원 생활이라는 점에서는 무척 마음에 들지만 궁궐 생활이 아니라서 지루하고, 검소한 생활이라는 점에선 좋지만 풍족하지 못하니 허기가 져서 탈이지.
In respect it is in the fields, it please me well. But in respect it is not in the court, it is tedious.

🌿 소생이 알고 있는 거라곤 사람이란 병이 들수록 아프다는 겁니다. 돈 없고 힘 없고 백 없는 사람은 좋은 친구 셋을 두기도 어렵다는 거죠. 비의 속성은 적시는 데 있고 불의 속성은 태운다는 데 있다는 것쯤 압니다.
I know the more one sickens the worse at ease he is, and that he that wants money, means and content is without three good friends, that the property of rain is to wet and fire to burn.

🌿 궁궐의 예의범절은 시골에서는 꼴불견일 뿐이죠. 시골 풍속이 궁궐에서 웃음거리가 되는 것처럼요.
Those that are good manners at the court are as ridiculous in the country as the behavior of the country is most mockable at the court.

🌿 산과 산도 지진이 나면 서로 만나거늘, 친구와 친구가 만나는 게 왜 이토록 어려울까요?
It is a hard matter for friends to meet, but mountains may be removed with earthquakes and so encounter.

🐚 시간의 걸음걸이는 사람에 따라 다르답니다. 시간은 사람에 따라 느릿느릿 기어가거나 종종걸음이거나 달리거나 아니면 완전히 서 있는 법이랍니다.
Time travels in divers paces with divers persons. I'll tell you who Time ambles withal, who Time trots withal, who Time gallops withal and who he stands still withal.

🐚 사랑의 일 분을 천 분의 일로 나누어 그 한 토막이라도 어기는 그런 남자라면 큐피드의 화살이 심장에서 벗어난 사람일 거예요.
He that will divide a minute into a thousand parts and break but a part of the thousandth part of a minute in the affairs of love, it may be said of him that Cupid hath clapped him o' the shoulder, but I'll warrant him heart-whole.

🐚 못해요. 그렇게 시간을 어긴다면 다시는 내 눈앞에 나타나지 마세요. 차라리 달팽이를 애인으로 삼는 게 낫겠어요.
Nay, an you be so tardy, come no more in my sight. I had as lief be wooed of a snail.

🐚 남자들은 계속 죽고 또 죽었습니다. 그러나 사랑 때문에 죽은 사람은 한 사람도 없어요.
Men have died from time to time and worms have eaten them, but not for love.

🐚 많은 토지를 보고도 토지를 소유하지 않는 것은 눈은 풍성해지지만 손은 가난해진다는 뜻입니다.
To have seen much and to have nothing is to have rich eyes and poor hands.

🌿 어리석은 자는 자신이 현자인 줄 알고 현자는 자신이 어리석은 자인 줄 안다.
The fool doth think he is wise, but the wise man knows himself to be a fool.

🌿 아름다우면 정조가 부족하고, 정조가 곧으면 미모가 따르지 않는다.
She makes fair she scarce makes honest, and she makes honest she makes very ill-favouredly.

🌿 불행해지면 친구도 멀어진다.
Left and abandon'd of his velvet friends.

🌿 사람에 따라선 미덕이 도리어 원한을 품게 한다는 것을 모르세요?
Know you not, master, to some kind of men their graces serve them but as enemies?

🌿 오만이란 바닷물과 같아서 밀물일 때는 도도히 흐르다가도 썰물일 때는 쑥 빠져 없어지는 것이 아닙니까?
Doth it not flow as hugely as the sea, till that the weary very means do ebb?

🌿 말랑말랑한 호의야말로 대단한 힘이 되지요.
Let gentleness my strong enforcement be.

십이야

Twelfth Night

등장인물

오시노_ 일리리아의 공작으로 올리비아한테 청혼을 했다가 거절을 당하고 바이올라와 결혼을 한다.

올리비아_ 토비 벨치 경의 조카딸로 오빠를 잃은 슬픔에 결혼을 하지 않기로 마음먹었지만 세자리오로 변장한 바이올라를 보고 첫눈에 반해 구애를 한다.

바이올라_ 세바스찬의 쌍둥이 여동생으로 일리리아의 해안에서 조난을 당한 후 세자리오라는 남자로 변장을 한다. 후에 오시노 공작과 결혼한다.

세바스찬_ 바이올라의 쌍둥이 오빠로 조난을 당했다가 안토니오의 구조로 살아난다. 나중에 올리비아와 결혼한다.

안토니오_ 해군 선장으로 오시노 공작과 원한 관계에 있다.

선장_ 바이올라의 친구로 난파선에서 바이올라를 구출한다.

발렌타인/큐리오_ 오시노 공작의 시종

토비 벨치 경_ 올리비아의 삼촌으로 주정뱅이에다 체통머리가 없다.

앤드류 에이규치크 경_ 토비 벨치 경의 친구로 올리비아에게 청혼을 하지만 퇴짜를 당한다.

말볼리오_ 올리비아의 집사로 마리아의 거짓된 연서에 놀아나 우스꽝스런 행동을 서슴지 않는다.

페이비언_ 올리비아의 시종

페스테_ 광대, 올리비아의 하인

마리아_ 올리비아의 시녀

귀족들/목사/시종/선원/관리/악사/하인 등

줄거리

셰익스피어의 대표적인 희극인 십이야는 1601년 1월 6일 이탈리아의 오시노 공작을 환영하기 위하여 엘리자베스 여왕 궁정에서 초연된 것으로 추측되고 있다. 십이야는 크리스마스로부터 12일째에 해당하는 1월 6일을 의미하는데, 이 희극은 이탈리아 계통의 설화에서 취재한 것이다.

메살린에 사는 세바스찬과 바이올라는 일란성 쌍둥이 남매이다. 둘은 옷을 따로 입지 않는 한 구별이 힘들 정도로 닮았다. 어느 날 세바스찬과 바이올라는 항해를 하던 중 폭풍을 만나 배가 난파되면서 일리리아 해안 근처에서 헤어진다. 성난 파도에 휩쓸려 내동댕이쳐지는 오빠를 바라보며 겨우 목숨만 부지한 채 일리리아 바닷가에 상륙한 바이올라는 여자라는 것을 속인 채 세자리오로 변장을 하고 오시노 공작의 시종으로 들어간다.

오시노 공작은 올리비아를 지극히 연모하여 청혼을 하지만 번번이 거절당한다. 오빠의 죽음으로 슬퍼하던 올리비아는 7년간 아무도 만나지 않겠다고 선언했기 때문이다. 그런데도 공작은 사랑하는 올리비아에게 바이올라를 보내 계속 청혼을 한다. 그러나 올리비아는 변장한 바이올라를 보는 순간 불같은 사랑에 빠져들고 만다.

한편 산더미 같은 파도에 휩쓸려 익사한 줄로 알았던 바이올라의 오빠 세바스찬은 선장 안토니오의 도움을 받아 구사일생으로 목숨을 건져 일리리아에 온다. 이를 알 리가 없는 올리비아는 바이올라의 쌍둥이 오빠인 세바스찬이 나타나자 그를 바이올라로 착각하고 결혼식을 성급하게 올린다.

제1막

제1장

공작의 저택

오시노 공작, 큐리오, 귀족들 등장. 악사들이 대령하고 있다.

오시노 음악이 사랑을 살찌우는 양식이라면 계속해 다오. 질리도록 들어 싫증이 나버리면 사랑의 식욕도 또한 사라지고 말 것이 아니냐. 다시 한 번 들려다오. 아스라이 사라지는 선율, 귓가에 감미롭게 들린다. 흡사 제비꽃 피는 언덕 위의 미풍이 몰래 꽃향기를 훔쳐 싣고 오는 것 같다. 됐다! 이제 그만 싫다. 아까처럼 감미롭지 않아. 아, 사랑의 정령이여, 너는 어쩌면 그리도 잽싼 변신의 명수이더냐. 바다처럼 무엇이든 다 받아들이며, 그 품속에만 들어가면 제아무리 가치 있고 훌륭한 것도 눈 깜짝할 사이에 헐값이 돼버리고 마는구나. 사랑이란 얼마나 변덕스러운 것이기에 그다지도 천차만별이란 말인가.

큐리오 사냥하러 가지 않겠습니까?

오시노 공작 사냥? 무엇을 잡으려고?

큐리오 사슴(hart)이죠.

오시노 암, 그거라면 내 마음이 벌써 하고 있다. 내 고귀한 이 가슴이 말이야. 오, 나의 두 눈이 올리비아를 맨 처음 보았을 때 대기는 정화되고 천지의 독기가 사라지는 것 같았지. 바로 그때부터 나는 사슴으로 변신이 되었다. 그러고는 이 욕정이 사납고 포악한 사냥개처럼 나를 사정없이 몰아치고 있구나. (발렌타인 등장) 그래, 뭐라고 하더냐, 그녀는?

발렌타인 죄송합니다, 공작님. 직접 뵙지는 못했고, 시녀를 통해 받은 회답은 이렇습니다. 아가씨께서는 앞으로 일곱 해 동안 하늘에까지도 얼굴을 가릴 결심이랍니다. 나들이 하실 때는 마치 수녀처럼 두건으로 얼굴을 가리고, 하루에 한 번씩은 거처하시는 방에 짜디짠 눈물을 구석구석 빠짐없이 뿌리겠노라고 합니다. 이것도 모두 돌아가신 오라버니를 너무나 사랑한 나머지 슬픈 추억 속에 영원히 간직하기 위해서랍니다.

오시노 아, 오라버니에게 진 사랑의 빚조차 갚으려 하다니 얼마나 갸륵한 마음씨란 말인가. 큐피드의 황금 화살이 그의 가슴을 꿰뚫어 그 안에 있는 모든 감정을 소멸시킨다면, 그녀의 뇌수와 심장, 모든 사랑의 옥좌란 옥좌를 사랑이라는 한 왕이 차지하고 그녀의 전부를 채운다면. 자, 나를 안내해 다오. 아름다운 꽃밭으로. 푸른 나뭇가지로 덮여져야 사랑의 정념도 풍성해지는 것이니. (모두 퇴장)

제 2 장

바닷가

바이올라, 선장, 선원들 등장

바이올라 여기가 어디예요?

선장 일리리아라는 곳입니다, 아가씨.

바이올라 일리리아에 와서 대체 어떡하자는 거죠? 오라버니는 하늘나라에 갔을 거야. 아니 아마도 익사하지 않았을지도 몰라. 여러분들 생각은 어떠세요?

선장 아가씨가 구조된 것만도 운이 좋았어요.

바이올라 아, 가엾은 오빠! 다행히 살아 있을지도 몰라요.

선장 맞아요. 목숨을 건졌으니 희망을 가져요. 우리 배가 난파하여 아가씨와 여기 몇몇 사람이 겨우 살아났습니다만 우리가 표류하는 보트에 매달려 있을 때 오빠께서는 위험 속에서도 용의주도하게, 그러니까 용기와 희망이 그렇게 시킨 것이겠지만, 바다 위를 떠내려가는 튼튼한 돛대에 몸을 잡아 매고, 돌고래 등에 탄 아리온처럼 거친 파도를 타고 멀어져가는 모습을 이 두 눈으로 똑똑히 보았으니까요.

바이올라 정말 반가운 소식이네요. 사례로 이 돈을 받으세요. 제가 죽지 않고 살아난 걸 보면 오빠도 살아 있을 것 같은 희망이 생기는군요. 선장님은 이 나라를 잘 아세요?

선장 예, 잘 알죠. 내가 태어나서 자란 곳이 여기서 세 시간도 안 걸리니까요.

바이올라 이곳 영주님은 누구신가요?

선장 가문이며 인품이 나무랄 데 없이 훌륭한 공작이지요.

바이올라 그분의 성함은요?

선장 오시노.

바이올라 오시노! 아버님으로부터 성함을 들은 일이 있어요. 그땐 독신이라고 들었는데.

선장 지금도 그래요, 최근까지는. 내가 이곳을 떠난 게 한 달 전인데, 그때는 한참 소문이 파다했는데, 알다시피 아랫것들은 높은 분들 일을 입에서 나오는 대로 주워섬기기를 좋아하거든요. 공작께서 올리비아 아가씨에게 청혼했다던가 했어요.

바이올라 어떤 아가씨였죠?

선장 한 1년 전에 세상을 떠난 백작의 따님인데 정숙한 분이었죠. 그 후 오빠가 후견인을 자처했는데, 그 오빠마저 또 얼마 안 있어 돌아가셨지 뭡니까. 소문에 따르면 아가씨는 오빠를 그리워하는 나머지 남자와 교제는 물론이고, 아예 자리를 같이하는 것도 얼굴조차 쳐다보지 않기로 맹세했답니다.

바이올라 아, 그런 분이라면 제가 모시고 싶어요. 그래서 때가 될 때까지 제 신분을 감추고 싶어요.

선장 그건 좀 힘들 것 같은데요. 누구의 부탁도 듣지 않는 분이니까. 공작님의 부탁조차도 듣지 않아요.

바이올라 보아하니 선장님은 좋은 분 같으세요. 하긴 세상에는 외양은 그럴 듯해도 속은 부패한 사람들이 더러 있지만, 선장님은 진실한 모습에 착한 마음을 가진 분이라고 믿고 있어요. 정말 부탁드려요. 보답은 얼마든지 하겠어요. 뜻한 바가 있어 여자라는 것을 숨기고 변장하겠으니 도와주세요. 공작님을 모시고 싶어요. 저를 시종으로 그분께 천거해 주세요. 수고가 헛되지 않도록 할게요. 이래도 저는 노래도 부를 능력도 있고, 여러 가지 음악으로 얘기를 나눌 수도 있으니 공작님 시중을 들어 드릴 만하지 않겠어요. 나머지는 그때그때 눈치껏 해드리겠어요. 그저 다른 사람에게는 아무 말씀 마시고 제 부탁대로 해주세요.

선장 당신은 내시가 되시오. 나는 벙어리 역을 맡겠소. 이 혀를 놀려 비밀을 떠벌리면 이놈의 눈을 멀게 해도 좋소.

바이올라 감사해요. 이제 안내해 주세요. (모두 퇴장)

제3장

올리비아의 저택

토비 벨치 경과 마리아 등장

토비 벨치 경 도대체 조카가 왜 저러지? 오라비가 죽었다고 저토록 상심만 하고 있다니? 근심은 목숨을 갉아먹는단 말이다.

마리아 토비 경, 밤에는 제발 좀 더 일찍 돌아오세요. 밤에 너무 늦는다고 아가씨가 아주 성화를 내신다니까요.

토비 벨치 경 뭐, 무슨 상관이야. 내버려 두라고 해.

마리아 그야 그렇지만 체면은 차릴 줄 아셔야죠.

토비 벨치 경 체면을 차려라! 이 이상 좋은 옷이 어디 있어. 이 옷은 여유가 있으니 술을 마시기에는 안성맞춤이지. 이 장화만 해도 그래. 안 그렇다는 놈 있으면 나와 봐. 제 장화 끈에 목을 매라지.

마리아 그렇게 술을 마구 마시면 몸이 견뎌낼 수 있나요. 어제도 아가씨께서 그렇게 말씀하셨어요. 언젠가 밤에 청혼하겠다고 아가씨에게 데려온 그 얼치기 기사 말씀도 하시고요.

토비 벨치 경 누구라고? 앤드류 에이규치크 경 말이야?

마리아 네, 맞아요.

토비 벨치 경 그 사람은 이 일리리아에서 사나이 중의 사나이야.

마리아 그게 어떻다는 거예요.

토비 벨치 경 그 뭐냐, 연수입이 무려 3,000더컷이란 말이야.

마리아 그럼 뭘해요. 아무리 돈이 많아도 그것 갖고 일 년도 버티지 못할 바보에다 방탕한 사람인걸.

토비 벨치 경 알지도 못하면서 무슨 소리야. 그 사람은 비올라를 연주할 줄도 알고 서너 개 나라 말을 한 자도 틀리지 않고 유창하게 말한단 말이야. 아무튼 출중한 재능을 타고난 사람이야.

마리아 그렇겠지요. 타고난 재능이 출중하겠죠. 바보에다가 싸움하는 데는 못 말리죠. 다행히 타고난 겁쟁이어서 건달패 기질을 눌러야 했으니 망정이지 그렇지 않았으면 벌써 저승길로 갔을 거라고 알 만한 사람들 사이에는 말이 많아요.

토비 벨치 경 천만에, 그런 헛소리를 지껄이는 녀석들이 악당들이지. 도대체 누구야? 그런 말 하고 다니는 놈들이.

마리아 그뿐이면 얼마나 좋게요. 매일 밤 나리와 어울려 다닌다고 하던데요?

토비 벨치 경 나야 조카딸의 건강을 기원하며 마시는 거지. 조카를 위해서라면 목구멍에 술이 넘어가고, 이 일리리아에서 술이 동이 나지 않는 한 술을 마실 거야. 조카딸을 위해 그 정도도 못한다면 비겁한 놈이지. 머리가 팽이처럼 팽팽 돌 때까지 퍼 마시지 못하면 아무것도 아니라구. 이것 봐, 그 벌레 씹은 듯한 얼굴 펴라구! 저기 앤드류 에이규치크경이 오잖아. (앤드류 경 등장)

앤드류 경 토비 벨치 경! 안녕하신가?

토비 벨치 경 반갑네, 앤드류 경!

앤드류 경 안녕하시오, 왈가닥 아가씨?

마리아 나리도 안녕하셔요?

토비 벨치 경 인사해, 앤드류 경, 인사를 말이야.

앤드류 경 뭐라고?

토비 벨치 경 내 조카딸의 시녀야.

앤드류 경 아, 어코스트 양, 앞으로 잘 부탁해요.

마리아 제 이름은 마리아인데요.

앤드류 경 그럼 마리아 어코스트 양. ('인사해' 라는 뜻의 어코스트accost를 앤드류 경은 마리아의 이름으로 착각함)

토비 벨치 경 여보게, 그게 아니야. '어코스트'란 여자에게 사랑해 달라고 달려드는 거라네.

앤드류 경 맹세코 이런 상황에서는 그렇게 못 해. 그런데 '어코스트'가 그런 뜻이었나?

마리아 전 그만 실례하겠어요.

토비 벨치 경 이봐, 앤드류 경, 지금 그냥 놓쳐버리면 사내대장부가 칼을 다시 뽑을 수는 없잖아.

앤드류 경 아가씨, 그렇게 가버리면 칼을 뺀 기사의 체면이 뭐가 된단 말이오? 아가씨는 도대체 바보를 상대하고 있다고 생각하는 거요?

마리아 전 손 한 번도 잡지 않았어요.

앤드류 경 마리아, 이게 내 손이라오. 잡아요.

마리아 정말 제멋대로 생각한다니까. 그 손은 술통으로 가져가세요. 그리고 술이나 마셔요.

앤드류 경 이봐요, 아가씨. 그것은 무슨 비유요?

마리아 손에 물기가 없잖아요.

앤드류 경 그야 그렇겠지. 항상 손이 물에 젖어 있는 멍청이는 아니니까. 그런데 무슨 농담이 그렇소?

마리아 물기 없는 진지한 농담이란 거죠.

앤드류 경 그런 농담을 많이 알고 있소?

마리아 그럼요. 이 손가락 끝에 있지요. 자, 하지만 이렇게 손을 놓으면 시시해지거든요. (퇴장)

토비 벨치 경 이봐 기사 나리! 술이라도 마셔야겠네. 된통 당하고 말았군.

앤드류 경 머리털 나고 이렇게 여자에게 당해 보긴 처음이야. 술에 곯아떨어진 일이야 많이 있었지만 말이야. 가끔 나는 보통 사람의 재주밖에는 없구나 하는 생각이 들어. 소고기를 너무 많이 먹으니까 소처럼 머리가 둔해지나 봐.

토비 벨치 경 그야 물론이지.

앤드류 경 그걸 간파했다면 진작 그만두었을 텐데. 토비 경, 난 내일 고향으로 내려가겠소.

토비 벨치 경 기사 나리, 푸르쿠와! (프랑스어로 '왜?' 라는 뜻)

앤드류 경 푸르쿠와라니, 무슨 말이야? 가라는 거요, 가지 말라는 거요? 펜싱이니, 댄스니, 곰을 데리고 노느라 허비한 시간에 차라리 외국어 공부나 할 것을. 아, 공부라도 해야 하는 거였어.

토비 벨치 경 그랬다면 자네 머리 모양이 멋졌을 거야.

앤드류 경 정말 그랬더라면 내 머리가 좋아졌을까?

토비 벨치 경 여부가 있나, 자네 머리는 원래 곱슬머리가 아니잖아.

앤드류 경 어때, 이만하면 괜찮아 보이나?

토비 벨치 경 훌륭한데! 꼭 실꾸리에 감긴 아마(亞麻) 같네. 여인네가 사타구니에 끼고 풀어내면 딱 맞겠는걸.

앤드류 경 정말 내일은 고향으로 내려갈 거야. 토비 경 조카따님이 날 만나주지도 않을 거고, 만나봤댔자 싫은 소리를 들을 건 뻔한 노릇이니까. 바로 요 근방에 사는 공작이 청혼을 했다면서?

토비 벨치 경 공작은 싫대. 신분이나 연령, 지식 그 어떤 것도 저보다 윗사람하고는 결혼하지 않겠다는 거야. 그렇게 다짐하는 걸 이 두 귀로 똑똑히 들었어. 이봐, 아직도 기회는 있단 말이야.

앤드류 경 그럼 한 달만 더 있어 볼까? 정말 난 요상한 취향을 갖고 있어. 가끔 가면을 쓰고 춤을 추거나 부어라 마셔라 술타령에 빠져 정신이 없거든.

토비 벨치 경 그런 풍류를 즐기고 있는 줄 몰랐군.

앤드류 경 이 일리리아에서는 누구에게도 지지 않을걸. 나보다 지체가 높은 사람을 빼놓으면 말이야. 하기야 꾼들에 견주면 아무래도 딸리겠지만.

토비 벨치 경 춤 중에서 제일 잘 추는 게 뭐지?

앤드류 경 뛰어 돌아다니기.

토비 벨치 경 양이 깡충거리는 것 같겠군.

앤드류 경 그리고 뒤로 뛰는 것도 일리리아에서 따라올 사람이 없을걸.

토비 벨치 경 그런 재주를 왜 감춰뒀어? 왜 장막을 쳐 가려두었느냐고? 그 유명한 몰 양의 초상화도 아닌데 먼지가 앉을까 걱정됐나? 교회에 갈 때는 갈리아드 춤으로 갔다가 코렌토 춤으로 돌아오는 게 어때? 나 면 틀림없이 어릿광대춤을 추며 걷고, 오줌을 눌 때는 싱커페이스가 아니면 안 돼. 그런데 어쩌자는 거야? 세상에 그런 재주를 감추고 있다니? 난 그 잘빠진 다리를 볼 때마다 이건 분명히 갈리아드 춤의 별 아래서 태어난 거라고 생각했단 말일세.

앤드류 경 다리야 튼튼하지. 이런 누런 양말에는 희한하게도 잘 어울리지. 어디 한바탕 신나게 놀아 볼까?

토비 벨치 경 아무렴, 그래야지. 황소자리에서 태어난 우리들이 아닌가?

앤드류 경 황소자리라! 옆구리와 심장의 별이지.

토비 벨치 경 아니야, 다리와 넓적다리의 별이지. 자, 춤을 보여줘. 깡충 뛰어 봐. 핫하하, 더 높게! 하하, 정말 멋져! (모두 퇴장)

제 4 장

오시노 공작의 저택

발렌타인과 남장한 바이올라 등장

발렌타인 세자리오, 공작님의 총애가 지금처럼 계속된다면 아마 자네는 반드시 출세할 것이네. 여기 온 지 고작 사흘밖에 안 됐는데도 벌써 수십년지기 같거든.

바이올라 공작님의 총애를 조건으로 말씀하시는 건 그분이 변덕스럽다거나 제가 게을러질까봐 걱정하시는 것 같아요. 공작님은 변덕이 심한 분이신가요?

발렌타인 아니, 절대 그렇지 않아.

바이올라 아무튼 감사합니다. 공작님이 오시네요.

오시노 공작, 큐리오, 시종들 등장

오시노 누구 세자리오를 못 보았느냐?

바이올라 공작님, 여기 대령하였습니다.

오시노 그대들은 잠시 물러가 있게. 세자리오, 너도 모든 것을 잘 알고 있을 거다. 내 마음속의 비밀들을 송두리째 다 보여주었으니까. 그러니 네가 아가씨한테 갔다오너라. 거절을 하든 말든 문 앞에 의연하게 서서 직접 뵙기 전까지는 발이 땅에 붙어서 움직일 수 없다고 버티는 거다.

바이올라 하지만 공작님, 아가씨께서는 깊은 시름에 빠져 있다고들 하는데, 어지간해선 만나줄 것 같지 않습니다.

오시노 빈손으로 소득 없이 돌아올 거면 시끌벅적하게 소란이라도 피워. 예의고 체면이고 차릴 것 없다.

바이올라 만약 만나 뵐 수 있으면 그땐 뭐라고 말씀드릴까요?

오시노 오! 그때는 내 불같은 사랑의 열정을 털어놓고 이 가슴 속에 맺힌 진심을 아가씨에게 호소해 다오. 내 사랑의 고뇌를 대신 전해 주는 것은 네가 적격이다. 쓸데없이 점잔만 빼는 심부름꾼보다도 너 같은 젊은 이의 얘기를 아가씨는 더 잘 들어줄 것이다.

바이올라 저는 그렇게 생각하지 않는데요.

오시노 아니야, 틀림없어. 도대체 너를 어른이라고 하는 사람은 너의 행복한 시절을 제대로 알아보지 못했기 때문이야. 달의 여신 아르테미스의 입술도 네 입술만큼 부드럽고 붉지 못해. 너의 작은 목청은 마치 처녀의 목소리와도 같이 높고 고운 소리를 내고 있단 말이야. 아무튼 너는 하나에서 열까지 여자를 쏙 빼닮았어. 너야말로 애초에 이 일에는 안성맞춤이야. 네다섯 명과 같이 가거라. 아니 전부 데려가도 좋아. 어차피 아무도 없는 게 나에게는 제일 편하니까. 이 일만 성사되면 네 주인처럼 자유롭게 살게 해 주고, 재산도 모두 네 것이다.

바이올라 혼신의 힘을 다해 청혼해 보겠습니다. (방백) 그렇지만 거북스러운 일이다! 누구에게 청혼을 하든지 그의 아내가 되고 싶은 사람은 나 자신이니까. (모두 퇴장)

제 5 장

올리비아의 집

마리아와 광대 등장

마리아 글쎄, 어딜 쏘다녔는지 말해 봐. 안 그러면 너를 감싸주려고 털 하나 들어갈 만큼도 입을 열지 않을 테니 말이야. 네 멋대로 집을 비웠으니 아가씨께서는 널 교수형에 처하시겠지.

광대 목을 매달아 보라지 뭐. 잘 되면 빛을 두려워하지 않아도 되니까.

마리아 그건 또 무슨 소리야?

광대 나 원! 눈을 감으면 빛이 보이지 않는데 겁날 게 있나?

마리아 별 싱거운 대답도 있군. '빛을 두려워하지 않는다.'는 격언이 어디서 나왔는지 얘기해 주지.

광대 제발 그러세요. 메리 아줌마!

마리아 전쟁에서 나온 말이야. 너 같은 멍청이가 그런 말을 쓰다니 뻔뻔하구나.

광대 오, 신이여! 지혜 있는 자에게는 지혜를 주시고, 바보에게는 재주를 부리게 해주십시오.

마리아 아무튼 너는 오랫동안 집을 비웠으니까 교수형 아니면 여기서 쫓겨날 거야. 쫓겨나나 교수형이나 너에겐 매한가지겠지만.

광대 교수형 덕분에 넌덜머리나는 결혼을 모면한 사람이 얼마나 많은데.

그런데 이왕 쫓겨날 거면 여름이면 좋겠는데.

마리아 그래도 준비는 돼 있나 보네.

광대 그렇지도 않아. 준비야 두 가지지.

마리아 한쪽이 못 쓰게 되면 다른 쪽으로 잡아당기고, 두 쪽 다 못 쓰게 되면 그맨 바지가 흘러내리는 것 말이지?

광대 족집게군. 잘 맞혔어. 자, 가 봐요. 토비 경이 술만 안 마신다면 당신이야말로 일리리아에서 가장 똑 소리 나는 여인네가 될 텐데.

마리아 주둥이 닥쳐, 이 악당아. 쓸데없는 소리 집어치우라고. 아가씨께서 나오신다. 잘못했다고 손이 발이 되도록 싹싹 비는 게 네 신상에 좋을 거다. (퇴장)

광대 기지여, 나에게 부디 근사한 광대 노릇을 시켜 주오. 지혜가 있다고 뽐내는 작자들이 멍청이인 경우가 더 많더군. 난 지혜라곤 없는 멍청이니까 오히려 똑똑한 인간으로 통할는지도 몰라. 퀴나팔루스가 그러지 않았어? "바보 같은 똑똑이가 되느니 똑똑한 바보가 돼라."

올리비아와 말볼리오 등장

광대 아가씨, 안녕하신지요?

올리비아 저 멍청이를 끌어내!

광대 어이, 뭐하는 거야? 아가씨를 끌어내라는데.

올리비아 이봐, 넌 이제 별 볼일 없는 광대일 뿐이야. 이젠 쓸모가 없어. 더군다나 버릇까지 형편없단 말이야.

광대 그 두 가지 허물이야 술과 충고로 고칠 수 있지요. 별 볼일 없는 멍청이에겐 술을 먹여 보세요. 생기가 돌 게 아니겠어요. 그리고 버릇이 형편없는 건 고치라고 하면 되지요. 고치기만 하면 버릇이 좋아질 것이고.

그래도 못 고치면 옷 수선쟁이에게 맡겨 보세요. 이것저것 땜질한 누더기야말로 광대가 걸치고 있는 옷이지요. 미덕도 흠이 간 것은 죄악으로 누더기가 돼 있고, 죄악도 고친 것은 미덕으로 누더기가 돼 있는 것이랍니다. 이 간단한 삼단논법이 보탬이 된다면 좋겠는데, 안 된다면 어떡하지요? 도리가 없지. 다만 불운을 겪지 않는 사내가 없는 것처럼 꽃이 이울 듯 시들지 않는 아름다움도 없는 법이랍니다. 아가씨께서 광대를 끌어내라고 했는데, 뭐하고들 있나? 아가씨를 저리 데려가란 말이다.

올리비아 이봐, 널 데려가라고 한 거야.

광대 어? 이거 보통 실수가 아니네! 아가씨, "중 모자 썼다고 다 중이 아니다"라는 속담도 있지 않습니까? 제가 비록 누더기 광대 옷을 입고 있긴 했지만 머릿속까지 누더기는 아닙니다요. 아가씨, 아가씨가 바보라는 걸 증명해 드릴까요?

올리비아 네가 그렇게 할 수 있어?

광대 멋지게 해드리죠.

올이비아 좋아, 해봐.

광대 자, 그럼 교리문답을 해야 해요. 미덕을 지닌 착한 아가씨, 내 물음에 대답해 주세요.

올리비아 그럼 심심풀이로 네 증명이나 한번 들어보자.

광대 아가씨여, 당신은 왜 그리 슬퍼하지요?

올리비아 이 멍청이, 오라버니가 돌아가셨기 때문이지.

광대 아가씨, 그럼 오라버니의 영혼은 지옥에 있을 거예요.

올리비아 이 멍청아, 오라버니의 영혼은 천국에 가 있어.

광대 그러니까 아주 멍청이죠. 오라버니의 영혼이 천국에 가 있는데 왜 슬퍼하느냐 말야. 이보게들, 이 멍청이를 저리 데리고 가, 어서.

올리비아 말볼리오, 이 멍청이를 어떻게 생각해? 상태가 조금 나아진 건가?

말볼리오 예, 아마도 죽음의 고통을 당할 때까지는 조금씩 나아질 것입니다. 나이를 먹으면 총명한 사람도 노망이 들지만 멍청이는 더욱더 상멍청이가 되는 법이니까요.

광대 신이여, 부디 말볼리오가 신속하게 노망이 들게 해 주소서. 그래서 저 멍청이가 아주 상멍청이가 되게 해주소서. 토비 경도 나를 교활한 현자라고는 하지 않겠지만, 당신이 멍청이가 아니라는 데는 땡전 한 푼도 걸지 않을 거요.

올리비아 말볼리오, 뭐라고 얘기를 해봐요.

말볼리오 아가씨께서 저런 골빈 녀석을 상대하시다니 정말 기가 막히는군요. 최근에도 저 녀석이 돌대가리나 한가지인 대수롭잖은 녀석에게 치도곤당하는 걸 이 눈으로 똑똑히 보았습니다. 보세요. 벌써 경계할 게 없어진 놈이에요. 아가씨께서 웃어주고 기회를 주니까 그렇지, 안 그러면 입에 재갈이 물린 거나 다름없는 놈입니다. 한마디로 저런 멍청이 놈들을 좋아하고 웃어대는 똑똑한 양반들은 광대의 들러리밖에는 안 됩니다.

올리비아 말볼리오, 당신도 잘난 체하는 게 병이야. 그러니 무얼 먹어도 입에 맞는 게 없지. 너그럽고 결백하며 자유로운 기질을 가진 사람은 당신이 대포알이라고 생각하는 것도 새 총알 정도로밖에 여기지 않아. 세상이 이미 다 알고 있는 광대가 험담을 한다 해도 그건 악의가 있다고 할 수 없어. 마치 저명한 인사가 아무리 남을 비난한다 하더라도 악의적인 험담이 안 되는 것처럼 말이야.

광대 자, 헤르메스 신이여, 아가씨에게 거짓말하는 솜씨를 허락하소서. 멍청이를 찬양하고 있으니!

마리아 다시 등장

마리아 아가씨, 문밖에서 웬 젊은 신사분이 꼭 만나 뵙고 드릴 말씀이 있다고 하는데요.

올리비아 오시노 공작이 보낸 사람인가?

마리아 그건 잘 모르겠어요. 꽤 미남 청년인데 수행원도 제법 되네요.

올리비아 누가 응대하고 있지?

마리아 삼촌이신 토비 경이십니다, 아가씨.

올리비아 그 양반이면 그냥 들어오시라고 해. 정신 나간 소리밖에 더 하겠어? (마리아 퇴장) 말볼리오, 가봐요. 공작이 보낸 사람이면 아파서 누워 있다든가, 집에 없다든가, 뭐든 적당히 둘러대고 돌려보내요. (말볼리오 퇴장) 자, 보았지. 네 광대짓도 이젠 낡아빠졌어. 모두 싫어하잖아.

광대 아가씨는 방금 우리들을 변호해 주셨지요. 마치 맏아들이 바보나 된 것처럼. 신이여, 제발 머리를 채워주소서! 왜냐고요? 마침 머리가 빈 친척이 하나 들어오고 있잖아요.

토비 벨치 경 등장

올리비아 아이, 짜증나! 또 고주망태시군. 문밖에 찾아온 사람은 누구예요, 아저씨?

토비 벨치 경 신사다.

올리비아 신사라니요! 어떤 신사인데요?

토비 벨치 경 아, 신사가 말이야. 제기랄, 소금에 절인 청어를 먹은 게 탈이군! 야, 잘 있었나, 주정뱅이?

광대 예, 토비 경 나리.

올리비아 아저씨, 도대체 어떻게 된 거예요? 이른 아침부터 곤드레만드레 잖아요.

토비 벨치 경 뭐 곤드레만드레! 곤드레만드레하는 자는 바로 대문에 있어.

올리비아 그러니까 그게 누구냐고요?

토비 벨치 경 그게 악마면 어때? 상관없다고. 나에게 신앙을 달라 이거야. 젠장, 될 대로 되라지. (퇴장)

올리비아 이봐, 멍청이. 술주정뱅이는 뭘 닮았지?

광대 익사한 놈, 바보 멍청이, 그리고 미치광이를 닮지요. 얼큰할 때 한 잔 하면 바보 멍청이 되고, 두 잔을 하면 미치광이, 석 잔을 넘으면 물귀신이 되지요.

올리비아 그럼 가서 검시관을 불러와. 아저씨를 검사해야겠어. 아저씨는 세 번째 단계로 만취한 물귀신이네. 가서 돌봐줘.

광대 아가씨, 아직은 미치광이 정도예요. 그러니까 바보 멍청이가 미치광이를 돌봐주는 거네요. (퇴장)

말볼리오 다시 등장

말볼리오 아가씨, 문 앞에 와 있는 젊은이가 꼭 아가씨를 만나 뵙고 가겠다는군요. 편찮으시다고 했더니 그건 다 알고 왔으니까 꼭 뵙고 말씀을 드리겠답니다. 지금 주무시고 계신다니까 그것도 다 알고 왔으니 뵙게 해달라고 버티고 있습니다. 아가씨, 뭐라고 할까요? 아무리 안 된다고 거절을 해도 막무가내군요.

올리비아 만날 수 없다고 전해요.

말볼리오 그렇게도 말해 봤어요. 그랬더니 관청의 기둥이 되든지 걸상다리가 되는 한이 있더라도 직접 만나 뵙지 않고는 안 가겠답니다.

올리비아 어떤 사람 같아?

말볼리오 그저 그런 보통 사람이에요.

올리비아 태도는 어때?

말볼리오 아주 고약해 보입니다. 어쨌든 반드시 만나겠다는 겁니다.

올리비아 인품은 어때? 나이는 몇 살이나 돼 보이고?

말볼리오 글쎄, 성인이라고 하기에는 나이가 좀 모자라고, 또 아이라고 할 만큼 어리지도 않아요. 알이 생길까 말까 할 정도인 풋콩 또는 붉은빛이 살짝 도는 풋사과라고 할까, 어른과 아이의 중간 정도예요. 얼굴은 퍽 잘생겼고 입심이 아주 야문데, 한편으로는 어머니 젖을 뗐을까 안 뗐을까 하는 생각이 드는군요.

올리비아 이리로 안내해요. 그리고 시녀를 불러주고.

말볼리오 이봐, 아가씨께서 부르셔. (퇴장)

마리아 다시 등장

올리비아 이리 베일을 줘. 내 얼굴에 베일을 씌워 줘. 오시노 공작의 심부름꾼을 한 번만 더 만나볼게.

바이올라 수행들과 함께 등장

바이올라 어느 분이 이 댁의 고명하신 아가씨인지요?

올리비아 나에게 말해요, 대신 대답을 해줄 테니. 용건은 뭐지요?

바이올라 더 없이 빛나고 비교할 바 없는 아름다움을 간직하신 분, 제발 간청합니다. 당신께서 바로 이 댁의 아가씨인가요? 한 번도 뵌 적이 없어서요. 모처럼의 대사를 헛되게 하고 싶지는 않습니다. 멋지게 만든 말이기도 하지만 암기하느라 꽤나 힘이 들었으니까요. 아름다운 아가씨들, 저를 너무 경멸하지 말아주세요. 저는 조금만 냉정한 대접을 받아도 주눅이 들고 만답니다.

올리비아 어디서 오셨나요?

바이올라 저는 배워 가지고 온 것 이외는 말씀드릴 수가 없습니다. 당신이 이 댁의 아가씨이신지 말씀해 주세요? 저는 뵌 적이 없어서요. 그래야 제가 준비해 온 대사를 계속할 수 있으니까요.

올리비아 당신은 배우인가요?

바이올라 아니오. 아주 깊이 헤아리기는 하셨습니다만, 욕들을 것을 감수하고 말씀드리자면 저는 이 역을 맡아 하고 있는 것은 아닙니다. 당신이 이 댁의 아가씨이십니까?

올리비아 그래요. 내가 나 자신을 빼앗아가는 것이 아니라면요.

바이올라 아니에요. 틀림없이 이 댁 아가씨가 맞다면 당신께선 자신을 빼앗아간 것입니다. 왜냐하면 아가씨께서는 당연히 내어줄 것을 이제까지 연기하고 있기 때문입니다. 지금 말씀드린 것은 제가 받은 지시 밖의 일입니다. 우선 아가씨를 찬미한 다음 진짜 용건을 말씀드리겠습니다.

올리비아 중요한 것만 어서 말해요. 그 칭찬의 말일랑 그만두고.

바이올라 큰일났네요. 그걸 외우느라고 얼마나 고생을 했는데요. 게다가 매우 시적이고.

올리비아 그렇다면 더 꾸며댄 거짓일 테니 그만 집어치워요. 당신 얘기를 듣고 싶어서가 아니라 당신이 문 앞에서 무례하게 버티고 있다기에 도대체 어떤 작자인지 보려고 부른 거예요. 미치지 않았다면 빨리 돌아가요. 제정신이라면 간단히 말해요. 난 지금 그따위 허접한 말 따위나 상대할 심정이 아니니까요.

마리아 자, 닻을 올리실까요? 뱃길은 저쪽입니다.

바이올라 그만 둬요. 갑판 청소부 아가씨. 나는 여기 좀더 머물러야겠소. 아가씨, 저 기골이 장대한 숙녀의 입을 닫게 해주실 순 없나요?

올리비아 어서 용건을 말해 봐요.

바이올라 저는 한낱 심부름꾼에 불과합니다.

올리비아 보나마나 볼썽사나운 얘기를 할 모양이군. 말하려는 태도가 험상궂은 것을 보니까. 어서 받아 온 지시를 다 말해 봐요.

바이올라 아가씨에게만 말씀드려야 할 이야기입니다. 저는 선전포고를 하러 온 것도 아니고 항복을 재촉하러 온 것도 아닙니다. 제 손은 올리브 가지를 쥐고 있고, 드릴 말씀도 내용도 지극히 평화로운 것입니다.

올리비아 그렇지만 처음엔 불손했어요. 당신은 대체 누구예요? 어떻게 하려는 거예요?

바이올라 제가 무례하게 했다면 이 댁에서 당한 문전 박대에서 배운 것이지요. 내가 누구고 무엇을 바라는가 하는 것은 처녀의 순결만큼이나 남에게 내보일 수 없는 것이에요. 아가씨의 귀에 들어가면 신성하지만 다른 사람 귀에 들어가면 모욕이 됩니다.

올리비아 모두들 잠시 자리를 비켜 줘. 그 신성한 말씀 한번 들어보게. (마리아와 수행원들 퇴장) 자, 그 말씀을 들어볼까요?

바이올라 이 세상에서 가장 아름다운 여인이여!

올리비아 아주 기분 좋은 교리네. 얼마나 더 늘여 뺄 셈이지? 대체 본문은 어디 있어요?

바이올라 오시노 공작님의 가슴속에요.

올리비아 그분의 가슴속에라! 가슴속 제 몇 장이죠?

바이올라 그 방식을 따르자면 그분 가슴의 제1장이지요.

올리비아 아! 그거라면 벌써 읽었어요. 그건 이단의 가르침이에요. 또 할 이야기가 있어요?

바이올라 아가씨, 얼굴을 보여주세요.

올리비아 제 얼굴과 담판이라도 지으라는 명령이라도 받고 왔어요? 본문에서 벗어났군요. 하지만 좋아요. 커튼을 걷고 제 화상을 보여드리죠. 자, 보세요. (베일을 벗는다) 지금은 이 정도인데. 어때요, 괜찮은 편인가요?

바이올라 굉장합니다, 하느님이 모든 것을 만드셨다면.

올리비아 바래지 않게 물들여 놓아서 비바람에도 잘 견뎌낼 거예요.

바이올라 참으로 오묘한 기예로 붉고 흰 빛깔을 조합하여 이뤄낸 아름다움이군요. 조화의 극치예요. 아가씨, 당신이야말로 세상에 둘도 없는 잔인한 분입니다. 그런 아름다움을 모조리 무덤까지 끌고 가서 이 세상에 단 한 장의 사본도 남겨놓지 않는다면요.

올리비아 무슨 말씀. 난 그런 잔인한 여자는 아니에요. 내 아름다움을 명세서로 만들어 남겨놓을 거예요. 단 하나도 빼지 않고 명세서를 만들어 유언장에다 붙여 놓을 거예요. 이렇게 말예요. 첫 번째 상당히 붉은 입술 두 개. 두 번째 눈꺼풀이 진 회색 눈 두 개. 세 번째 목 한 개, 턱 한 개 등등. 그런데 나를 찬미하러 여기에 당신을 보낸 건가요?

바이올라 당신이 어떤 사람인지 이제야 알겠어요. 아가씨는 도도하기 짝이 없으시군요. 그러나 아가씨가 악마라 해도 아름다운 것만은 분명합니다. 저의 주인은 당신을 사랑하십니다. 아가씨가 아무리 절세미의 왕관을 썼다 해도 그 사랑에는 응답하지 않을 수 없을 것입니다.

올리비아 나를 어떻게 사랑하는 거죠?

바이올라 끝없는 숭배와 비 오듯 쏟아지는 눈물, 우레와 같은 사랑의 신음, 불타는 탄식과 더불어서죠.

올리비아 공작님께서는 내 마음을 이미 알고 계세요. 나는 그분을 사랑할 수 없어요. 물론 그분은 명망이 높고 훌륭한 분이에요. 영지도 넓고 청렴하며 흠 잡을 데 없는 젊은 분으로 알고 있어요. 세상의 평판도 좋고 활달한 성미에 관대한 성품, 학식과 용기, 체격이나 태도도 출중한 분이시죠. 그렇지만 나는 그분을 사랑할 수 없어요. 이런 대답은 이미 오래 전에 드렸어요.

바이올라 만약 제가 아가씨를 저의 주인같이 사랑의 열정에 불타 고통 속에 빠지고 생명을 바치듯 한다면 어찌 그런 거절의 말씀이 귀에 들어오겠습니까? 아마도 무슨 소리인지 이해하려고도 하지 않을 것입니다.

올리비아 그럼 당신이라면 어떻게 하겠어요?

바이올라 당신의 집 문 앞에 버드나무 가지로 엮은 오두막집을 지어놓고 저택 안의 내 영혼에 하소연할 것입니다. 버림받은 진실한 사랑의 슬픔을 가사로 지어 깊은 한밤중에 소리쳐 노래하고, 언덕을 향해 아가씨의 이름을 불러 메아리를 울리게 하고, 나불나불 수다를 떠는 대기에 '올리비아!'라고 외치는 겁니다. 그러면 아가씨께서는 이 몸을 측은히 여겨 주시지 않는 한 이 세상에서 잠시라도 편히 쉬지 못하게 될 것입니다.

올리비아 당신이라면 그렇게 하고도 남겠네요. 당신의 신분을 밝힐 수는 없나요?

바이올라 지금의 처지보다야 훨씬 높죠. 하지만 현재도 나쁘지는 않습니다. 태생은 신사니까요.

올리비아 돌아가서 주인께 전해 주세요. 나는 그분을 사랑할 수 없으니 다시는 사람도 보내지 말라고요. 단, 당신의 주인이 내 말을 어떻게 받아들이셨는지 알려주러 온다면 그것은 별도의 문제예요. 안녕히 가세요. 수고가 많았어요. 자, 이 돈은 받아 두세요.

바이올라 저는 수고비를 받고 심부름 온 게 아닙니다. 그 돈은 도로 넣어 두세요. 정말 보답을 받을 사람은 저의 주인이지 제가 아닙니다. 원컨대 앞으로 당신이 사랑할 때 사랑의 신이 상대방의 가슴을 정녕 차돌같이 만들어 주시고, 아가씨의 불타는 사랑의 열정은 저의 주인처럼

무참히 냉대받게 해주시기를! 안녕히 계십시오, 아름답고 냉혹한 분이여. (퇴장)

올리비아 "당신의 신분을 밝힐 수 없나요?" "그야 지금의 처지보다야 훨씬 높죠. 하지만 현재도 나쁘지는 않습니다. 태생은 신사니까요"라고 했겠다. 그래 틀림없는 신사야. 그 말씨, 얼굴, 체격, 거동, 마음 씀씀이로 볼 때 지체 높은 집안의 사람이 틀림없어. 안 되지! 조급하게 행동해서는 안 돼. 주인과 저 사람을 바꾸어놓다니, 내가 정상이 아니지. 이렇게 갑자기 상사병에 걸려 버렸어. 아마 그 젊은이의 아름다운 모습이 나도 모르는 사이에 내 마음 속에 스며든 거야. 어쩔 수 없지, 될 대로 되라고 하는 수밖에는. 이봐, 말볼리오?

말볼리오 등장

말볼리오 아가씨, 부르셨습니까?

올리비아 아까 그 시건방진 심부름꾼, 공작의 시종을 뒤쫓아가요. 내게 물어보지도 않고 반지를 두고 갔어. 이런 건 받고 싶지 않다고 말해. 그리고 주인에게 가서 괜히 인심을 써서 쓸데없는 희망을 갖게 하지 말라고 단단히 말해줘. 난 그 사람이 싫으니까. 그리고 만일 그 젊은이가 내일 다시 여기 오면 그 이유를 말해 줄 거라고 해요. 자, 어서 서둘러요, 말볼리오.

말볼리오 예, 시키는 대로 하겠습니다. (퇴장)

올리비아 내가 왜 이러는지 모르겠어. 겁이 나. 내 눈이 뒤집혀 내 마음을 걷잡을 수 없을 것 같아. 운명이여, 힘을 보여주세요. 인간이란 자신을 마음대로 조종할 수 없는 존재인가 봐. 숙명이라면 불가피한 것, 되어 가는 대로 지켜 볼 수밖에. (퇴장)

제2막

제1장

바닷가

안토니오와 세바스찬 등장

안토니오 더 이상 머물지 않겠다는 것입니까? 내가 동행하면 안 되겠어요?

세바스찬 죄송하지만 이해해 주세요. 내 운명엔 불길한 별이 따라다니니 혹여 나의 불운이 당신의 운명에까지도 미칠지 모릅니다. 그러니 여기서 헤어집시다. 내 불행은 나 혼자서 감당하게 해주시오. 내가 조금이라도 당신께 폐를 끼치게 된다면 그건 호의를 베푼 당신에 대한 도리가 아닐 것이오.

안토니오 정 그러면 행선지라도 알려주시오.

세바스찬 아니오. 사실은 이곳저곳 정처 없이 떠돌아다니는 방랑자랍니다. 그런데 당신은 매우 겸손한 사람이라 내가 숨겨두고 싶은 것을 굳이 캐묻지 않으니, 나로서는 도리어 솔직하게 말씀드리는 것이 예의일 것 같습니다. 안토니오 씨, 내 이름을 로데리고라고 말씀드렸지만 원래 이름은 세바스찬입니다. 나의 부친은 들은 적이 있겠지만 메살린의 세바스찬이지요. 아버지는 저와 누이동생을 두고 돌아가셨어요. 우리 둘은 같은 시각에 세상에 나온 쌍둥이랍니다. 바라기는 죽는 것도 한날한시였으면 했지요. 그 소망을 당신이 바꿔버린 셈이 됐어요. 당신이 험난한 파도에서 나를 구해 준 그 몇 시간 전에 누이동생은 바닷물에 빠져 죽었답니다.

안토니오 아, 정말 안됐군요.

세바스찬 누이는 나와 많이 닮았다고 합니다만 미인이라고 말하는 사람들이 많았어요. 칭찬을 곧이곧대로 믿지는 않습니다만 이것만은 자신 있게 말할 수 있어요. 아무리 시기심이 많은 사람도 아름답다고 말할 수밖에 없는 고운 마음씨를 지녔답니다. 그 사랑스런 동생이 바닷물에 빠져 죽었어요. 그런데 그걸 다시 생각할수록 눈물의 바다 속에 누이를 밀어넣는 것 같군요.

안토니오 죄송합니다, 결례가 많았습니다.

세바스찬 천만에, 무슨 그런 말씀을. 안토니오! 나야말로 심려를 끼친 걸 용서해 주시오.

안토니오 저의 우정을 생각해서라도 제가 모시도록 해주십시오.

세바스찬 일껏 도와준 친절을 헛되게 하고, 한번 살려준 인간을 다시 죽이려고 하는 것이 아니라면 그런 생각일랑 거둬주십시오. 자, 이제 떠납니다. 이 가슴은 따스한 인정으로 북받칩니다. 어머니의 마음처럼 여려져서 아주 조그만 일에도 말에 앞서 눈물 먼저 쏟아질 것 같군요. 나는 오시노 공작의 저택으로 갈 예정입니다. 그럼 안녕히. (퇴장)

안토니오 당신에게 신들의 가호가 있기를. 오시노 공작의 저택에는 내 원수가 많아. 그렇지 않다면야 바로 뒤따를 텐데. 아니야, 세상에 어떤 변고가 닥친들 무엇이 두려우랴. 그깟 위험은 기껏해야 장난거리에 불과할 뿐이다. 그래, 같이 가는 거야. (퇴장)

제 2 장

거리

바이올라 등장. 말볼리오 뒤따라 등장

말볼리오 조금 전에 올리비아 아가씨 댁에 오셨던 분이지요?

바이올라 예, 그런데요. 보통 걸음으로 여기까지 걸어왔지요.

말볼리오 아가씨께서 이 반지를 돌려드리랍니다. 아까 갖고 갔더라면 제가 이런 수고를 안 해도 됐을 텐데. 그리고 우리 아가씨가 이후로 공작님의 청을 받을 생각은 전혀 없으니 꼭 그 말을 전하라고 누차 당부하셨어요. 또 당신 주인의 용무로는 두 번 다시 찾아오지 말라고 하셨소. 하지만 공작께서 그 말을 어떻게 들었는지 알리려고 당신이 오겠다면 그것은 관계치 않겠다고 하십디다. 자, 이것은 받아가시오.

바이올라 그 반지는 아가씨가 나한테 받으신 거요. 난 받을 수 없어요.

말볼리오 왜 이러쇼? 당신이 멋대로 아가씨에게 내던진 것 아뇨. 당신이 한 것처럼 똑같이 내던져 주라고 했소. 허리를 굽혀 주울 만한 가치가 있다면 바로 당신 눈앞에 있으니 줍든지, 그게 싫으면 아무나 줍는 사람이 임자지, 뭐. *(퇴장)*

바이올라 반지를 두고 온 적이 없는데 아가씨가 정말 무슨 뜻으로 그럴까? 내 외모에 반해 버렸다면 이거 큰일이잖아! 그래, 내 얼굴만 줄곧 쳐다보고 있었어. 넋을 놓고 바라보다가 혀가 제대로 움직이지 않는 듯 알아듣지도 못할 말을 더듬거렸어. 분명히 날 좋아하는 것 같아. 불타는 열정으로 교활하게도 내 마음을 유인하려고 저 무례한 심부름꾼을 보낸 거야. 공작님의 반지를 안 받겠다니! 공작님은 아무것도 주지 않았는데 말이야. 틀림없이 나를 염두에 두고 한 거야. 그렇다면 정말 가엾은 아가씨, 차라리 꿈을 사랑하는 게 나을 거예요. 변장이란 아주 나쁜 짓이다. 흉계를 꾸미는 적들이 이런 수단으로 사악한 짓을 한다. 겉이 번지르르한 난봉꾼이 밀랍같이 부드러운 여자의 심중에 자기의 모습을 찍어놓는 것은 문제도 아니지. 아, 허약할 손 여자여! 그러나 그게 우리들 여자의 잘못은 아니지. 그렇게 타고 태어난 걸 어떻게 해. 어쩔 수 없는 일이지. 도대체 앞으로 어떻게 될까. 공작께서는 아가씨를 죽을 만큼 사랑하고 있고, 남장한 여자인 나는 주인을 좋아하고 있고, 아가씨는 잘못 알고 나를 좋아하게 됐으니 장차 이 일이 어떻게 될까? 지금 난 남자가 되어 있으니 아무리 안달복달을 해도 부질없는 일이다. 실상 난 여자인데, 아, 난감하네! 가엾은 올리비아 아가씨는 헛되이 한숨만 짓고 있어야 하다니! 오, 시간이여! 이 복잡하게 뒤얽혀 버린 사건을 해결해 다오. 난 도저히 얽힌 매듭을 풀 힘이 없구나. (퇴장)

제 3 장

올리비아의 집

토비 벨치 경과 앤드류 경 등장

토비 벨치 경 이쪽으로 오게, 앤드류 경. 자정이 넘도록 잠자리에 안 들었으니 일찍 기상한 것이나 다름없군. '아침 일찍 일어나는 자가 장수한다.'는 말을 알고 있지?

앤드류 경 아니, 전혀 들어본 적 없어. 밤늦게까지 잠자리에 들지 않으면 그거야 밤늦게까지 자지 않고 있을 뿐 아닌가?

토비 벨치 경 결론이 틀렸네. 그런 식의 말은 빈 술병 같아 정말 싫단 말씀이야. 자정이 지나서까지 깨어 있다가 잠자리에 들면 그게 일찍 자는 거지. 그러니까 자정이 지나서 잠자리에 들면 일찍 잠자리에 드는 거다 이거야. 무릇 인간의 생명이란 흙, 물, 불, 바람의 네 가지 원소로 되어 있나니.

앤드류 경 음, 다들 그렇게들 말하는데, 난 말이야, 먹고 마시는 것으로 돼 있다고 생각해.

토비 벨치 경 학자가 따로 없네 그려. 그러면 먹고 마셔 보자고. 어이, 마리아! 여기 술, 술 가져와!

광대 등장

앤드류 경 저기 멍청이가 온다.

광대 여어, 나의 친애하는 나리들! '우리 세 사람'이라는 그림 본 적 없어요?

토비 벨치 경 잘 왔다, 멍청아. 우리 돌림노래나 해보자.

앤드류 경 정말 이 광대는 목청이 좋아. 40실링쯤 버려도 좋으니 저 쪽 빠진 다리와 근사한 목청을 갖고 싶단 말이야. 지난밤에는 정말 멋지게 익살을 떨더군. 피그로미투스 얘기며, 쿼부스의 적도를 지나가는 베이피아 인의 이야기는 재미가 그만이더라고. 네 애인에게 주라고 6펜스를 보냈는데 받았나?

광대 얼마 안 되는 푼돈이라 내가 중간에서 가로채 버렸지요. 말볼리오의 코는 채찍 손잡이가 아니고, 내 정부의 손은 백옥같이 희고, 머미돈은 선술집이 아니란 말씀이에요.

앤드류 경 음, 기막히군! 아주 멋들어진 최고의 익살이야. 자, 그럼 이제 노래나 한 곡조 뽑아 보라고.

토비 벨치 경 불러 봐. 자, 여기 6펜스다. 한 곡 뽑아봐.

앤드류 경 자, 나도 6펜스 줄게. 기사 체면에 나도 가만히 있을 수는 없지.

광대 사랑가를 할깝쇼, 팔자타령을 할깝쇼?

토비 벨치 경 사랑가, 사랑가로 하지.

앤드류 경 그래, 팔자타령 따윈 싫다구.

광대 (노래한다)

오! 사랑하는 정든 임아, 날 두고 어디를 가오?
아! 가는 걸음 멈추고 이 내 말 들어 주오.
높고 낮은 목소리로 부르는 애절한 연가.
날 두고 떠나지 마오, 아름다운 임이시여!

정처 없는 방황의 길 끝나는 날 널 다시 만나리니,
누구나 모두 알고 있지요.

앤드류 경 끝내 주는군. 진짜야.
토비 벨치 경 그래, 멋져 정말 멋져.
광대 (노래한다)

오! 사랑은 무엇일까? 그건 내일일 수 없는 것.
현재의 만남에 웃고 즐거우면 그만,
미래는 알 수 없는 것, 알아서 무엇 한단 말인가.
미루지 말아요, 아무 얻는 것도 없이.
연인이여, 어서 키스해 주오 수없이,
젊음은 순식간에 사라지는 것이니까.

앤드류 경 목소리 한번 달콤한 게 정말 끝내주네.
토비 벨치 경 전염될 것 같아.
앤드류 경 너무 달콤해서 전염이 되고 말 거야.
토비 벨치 경 코로 들으면 코에 전염돼 감미로울 거다. 어디 우리 하늘이 춤추도록 해볼까? 밤 부엉이를 깨우고 직공으로부터 세 개의 영혼을 꺼내 볼까? 어때, 해보지 않겠어?
앤드류 경 여부가 있나, 하자. 돌림노래가 그만이야.
광대 아무렴요. 돌림노래지요.
앤드류 경 그럼 그럼. 돌림자는 "이 악당"으로 한다.
광대 "입 닥쳐, 이 악당" 이렇게요? 나리, 그러면 아무래도 나리를 악당이라고 부를 수밖에 없는데요.

앤드류 경 날 악당이라고 부르는 건 네가 처음이 아니야. 자, 이 멍청아 "입 닥쳐"부터 시작해.

광대 입 닥치라고 하면 도대체 어떻게 시작하라는 거요?

앤드류 경 말이야 바른 말이네. 자, 시작한다. (돌림노래를 시작한다)

마리아 등장

마리아 아니, 무슨 북새통이람? 어디 두고 보서요! 아가씨께서 말볼리오 집사를 불러 당신들을 밖으로 내쫓을 테니까.

토비 벨치 경 아가씨는 꾀놈, 우리는 지체 높은 관리, 말볼리오는 천하병신이야. 우리들 세 사람은 유쾌한 단짝들, 난 이래 뵈도 아가씨의 친척이란 말씀이야. 피가 통하고 있다고. 아가씨가 뭐 어떻단 말인가! (노래한다) 옛날 바빌론에 한 사나이 있었네, 아가씨 아가씨!

광대 제기랄, 나리의 양반 멍청이 짓이 놀랄 노자군.

앤드류 경 그렇고말고, 신명만 나면 끝내주지. 나도 못지 않지. 솜씨야 저 친구가 좀 낫지만, 그 대신 난 자연스럽단 말이야.

토비 벨치 경 (노래한다) 마침 때는 동지섣달하고도 십이야라……

마리아 제발 좀 조용히 해요!

말볼리오 등장

말볼리오 어째 다 머리가 돌아버린 것이오? 도대체 뭐 이래요? 분별이고 체면이고 염치고 다 어디다 팔아먹었답니까? 오밤중에 땜장이처럼 소란을 피우다니 말이오. 아가씨의 저택을 선술집으로 만들 셈이요? 아무런 가책도 없이 집이 떠나가라고 고래고래 소리를 질러대며 야단법

십이야 481

석이라니. 장소고 신분이고 시간일랑 아예 생각이 없단 말이요?

토비 벨치 경 뭐 시간을? 그러면 어떻게 돌림노래를 부르나. 썩 꺼져!

말볼리오 토비 경, 솔직히 말씀드리죠. 아가씨께서 저보고 전하라고 하셨는데 친척이니까 모시고 있지만 이런 문란한 행태에는 넌덜머리가 난다고 하셨어요. 그러니까 앞으로 그런 주책없는 난잡한 행실을 삼간다면 모르지만 그렇지 않다면 지체 없이 작별을 하시겠다고 합니다.

토비 벨치 경 정든 임아, 부디 안녕! 너를 두고 나는 간다.

마리아 그만둬요, 토비 경.

광대 눈을 보면 알 수 있어, 남은 날도 별로 없네.

말볼리오 정말 너무 하네!

토비 벨치 경 그러나 난 절대 죽지 않아.

광대 토비 경, 거짓말하고 있네.

말볼리오 가관이군, 가관이야.

토비 벨치 경 저 자에게 썩 꺼지라고 할까?

광대 그 뒤는 어떡하고요?

토비 벨치 경 꺼지라고 해놓고 절대 용서하지 않을 거야.

광대 아니, 아니, 아니, 아니, 그래선 안 돼요.

토비 벨치 경 장단이 안 맞아, 거짓말 말라고. 넌 뭐야. 집사 나리인가? 자넨 고결한 체하면서 과자와 술은 절대 안 된다 이거지?

광대 맞아요, 성녀 앤도 알고 있지. 생강도 입 속에서는 맵다는 것을.

토비 벨치 경 네 말이 옳아. 가서 빵가루로 자네의 금줄이나 광을 내지 그래. 마리아, 술 가져와!

말볼리오 마리아 아가씨, 아가씨의 총애를 대수롭지 않게 생각하는 게 아니라면 이런 무례한 짓에 동참하지 말아요. 알겠소? 틀림없이 아가씨 귀에 들어가고 말 테니. (퇴장)

마리아 빨리 가서 당나귀처럼 귀나 흔들고 있으라지.

앤드류 경 저 녀석에게 결투를 신청해 놓고 고의로 바람맞히는 식으로 골려 주는 것도 재미있겠어. 시장기가 돌 때 한잔 척 걸치는 맛 못지 않을걸.

토비 벨치 경 그래, 해보라고. 도전장은 내가 써 줄게. 아니면 몹시 분개하고 있다고 구두로 전달해도 좋아.

마리아 토비 경, 오늘 밤은 좀 참으세요. 오늘 아가씨께서는 공작님 댁의 젊은이가 왔다 간 후로 안절부절못하고 계세요. 말볼리오 집사 일은 제게 맡겨 두세요. 제가 무슨 수를 써서라도 웃음거리로 만들어드릴 테니까요. 그 정도도 못하면 혼자 잠자리에도 들어가지 못하는 못난이라고 골려도 좋아요. 지켜보세요.

토비 벨치 경 어이, 좀 얘기해 봐. 어떻게 한다는 거야?

마리아 그는 이따금씩 청교도처럼 행동해요.

앤드류 경 오, 미리 알았더라면 녀석을 개 패듯이 때려줄걸.

토비 벨치 경 아니, 청교도니까 때린다고? 무슨 그럴 듯한 이유라도 있단 말인가?

앤드류 경 그럴 듯한 이유 같은 것은 없지만 그럴 만한 충분한 이유는 있지.

마리아 사실은 말만 청교도이지 얼토당토않고 이것도 저것도 아니예요. 그때그때 유리한 대로 알랑거리는 기회주의자인 데다가 그럴 듯한 말을 기억해 놓았다가 그럴 듯하게 지껄여대죠. 잘난 체하며 뻐기는 작태는 꼴불견인데 세상의 모든 좋은 것은 제가 다 가진 걸로 알고 있다니까요. 자기를 한 번 보기만 하면 누구나 자기에게 반한다고 철석같이 믿고 있어요. 그런 약점을 이용하면 망신살이 톡톡히 뻗치게 할 수 있어요.

토비 벨치 경 그럼 어떻게 해야 하지?

마리아 잘 다니는 길목에다 이름이 없는 연애편지를 떨어뜨려 둘 거예요. 편지에 수염의 색깔이며, 다리 모양, 걸음걸이, 눈매, 이마, 그리고 안색 같은 것을 써놓아 그것이 자기에게 보낸 것이 틀림없다고 믿게 하는 거예요. 저는 아가씨와 아주 비슷하게 글씨를 쓸 수 있어요. 오래전에 쓴 것을 보면 제 글씨인지 아가씨의 글씨인지 서로 구별을 못할 정도니까요.

토비 벨치 경 근사해! 이제 감 잡았어.

앤드류 경 나도 냄새를 맡았어.

토비 벨치 경 떨어뜨린 연애편지를 보고는 내 조카딸이 보낸 편진 줄 알겠지. 그래서 자기를 사랑하는 줄 알게 된다 이거지?

마리아 바로 그게 제가 노린 거예요.

앤드류 경 그런 계략이면 그자가 바보가 되는 건 떼어 놓은 당상이군.

마리아 틀림없이 바보 멍청이죠.

앤드류 경 아 참, 기막히군!

마리아 최고의 구경거리가 될 거예요. 두고 보세요. 제 약이 잘 들을 테니까. 두 분과 저 광대는 숨어서 구경만 하면 돼요. 그 편지를 주워 어떻게 하는지 똑똑히 보세요. 오늘 밤은 편히 주무시고 꿈에서라도 이 일을 지켜 보시기를. 그럼 안녕히. (퇴장)

토비 벨치 경 편히 쉬게나, 아마존족의 여왕 펜테질레아여.

앤드류 경 정말 대단한 여자야.

토비 벨치 경 그녀는 순종의 사냥개라네. 게다가 나한테 반했지. 그거야 뭐 아무려면 어때?

앤드류 경 한때는 나에게 반한 적도 있었지.

토비 벨치 경 자, 잠자러 가지. 돈을 좀 더 갖고 와야 되겠어.

앤드류 경 자네 조카딸을 손에 넣지 못하면 난 돈만 쓰고 꼴이 말이 아니게 되네.

토비 벨치 경 돈을 더 갖고 오란 말이야. 그 애가 자네 것이 되지 못하는 날엔 나를 사람 취급을 안 해도 좋아.

앤드류 경 그야 여부가 있나. 자네가 싫든 좋든 내가 행세를 못하게 할 걸세.

토비 벨치 경 자, 가서 술이나 한잔 따끈하게 데워서 마시자고. 이제 잠자리에 들기엔 너무 늦었어. 자, 가자. (두 사람 퇴장)

제 4 장

공작의 저택

오시노 공작, 바이올라, 큐리오, 그 외 사람들 등장

오시노 음악을 들려주오. 아, 다들 안녕하오? 자, 세자리오, 그 노래를 불러봐. 지난밤에 들었던 고풍의 노래 말이다. 그 노래 덕분에 사랑의 괴로움을 한결 던 것 같다. 요즘같이 눈이 어지럽게 급변하는 세태에 영합해 이리저리 꿰어 맞춘 가사나 경박한 곡조보다는 훨씬 좋았어. 자, 일절만이라도 좋아.

큐리오 죄송하오나 그 노래를 부른 자가 여기 없습니다.

오시노 누구였더라?

큐리오 어릿광대 페스테입니다. 올리비아 아가씨 선친께서 매우 총애하던 광대입니다. 이 저택 근처 어딘가에 있을 겁니다.

오시노 찾아오너라. 그동안 음악을 연주해다오. (큐리오 퇴장, 음악) 이리 오라. 네가 만일 사랑 때문에 고통받게 되거든 날 기억해 다오. 진실한 사랑을 하는 자는 모두 나와 피장파장이니까. 사랑하는 사람의 모습은 언제나 마음속에 깊이 각인돼 있지만 그 외의 것들은 무엇이건 간에 흐리멍덩해지는 거다. 어때? 이 곡이 듣기 좋으냐?

바이올라 사랑의 신의 옥좌에서 울려 퍼지는 소리 같습니다.

오시노 썩 그럴 듯한 말이군. 넌 아직 어리지만 틀림없이 사랑하는 누구에겐가 눈길을 준 적이 있는 것 같구나. 그렇지 않나?

바이올라 예, 덕분에 좀 있었죠.

오시노 어떤 여자였느냐?

바이올라 공작님 같은 사람입니다.

오시노 그럼 사랑에 빠질 정도는 아니군. 그래 나이는 몇인가?

바이올라 공작님과 같은 연배입니다.

오시노 나이가 너무 많군. 여자는 자기보다 연상인 남편을 만나야 돼. 그래야 부부 사이가 좋고, 항상 남편의 마음을 붙잡아 둘 수 있지. 왜냐하면 남자란 아무리 호의적으로 봐주어도 여자보다는 마음이 둥둥 떠 있고 변하기도 쉽지. 아주 쉽게 정이 드는가 하면 언제 그랬냐는 듯이 식어버리는 것이 남자야.

바이올라 공작님, 정말 옳습니다.

오시노 그러니 너도 연하의 애인을 만들도록 해라. 그렇지 않으면 너의 사랑도 오래 가지 못할 거다. 자고로 여자란 장미꽃과 같아서 한번 확 피고 나면 곧 바로 지고 마는 것이니까.

바이올라 옳습니다. 아! 얼마나 가엾습니까? 활짝 피었다 싶은 순간 바로 시들어버려야 하니까요.

큐리오와 광대 다시 등장

오시노 어서 와, 잘 왔다. 어젯밤에 불렀던 노래를 들려다오. 세자리오, 잘 들어봐라. 순박한 옛 노래다. 햇볕이 내리쬐는 양지 쪽에 둘러앉아 실을 잣거나 뜨개질을 하고 뼈로 만든 바늘로 바느질을 하는 순박한 시골 처녀들이 부르던 노래다. 진정으로 꾸밈없는 사랑의 마음을 옛날의 모습 그대로 노래하고 있어.

광대 불러볼까요?

오시노 그래, 시작해라. (음악)

광대 (노래한다)

> 오라 오너라, 죽음이여.
> 슬픈 삼나무 관 속에 날 뉘어다오.
> 사라져라 사라져 다오, 호흡이여.
> 매정한 처녀의 손길이 이 목숨을 빼앗아갔네.
> 준비해 주오, 주목나무 장식을 한 하얀 수의를.
> 나같이 진정한 사랑을 위한 죽음은 이 세상에 다시는 없으리라.
> 꽃 한 송이, 단 하나의 꽃 한 송이도 뿌리지 말아다오,
> 검은 나의 관 위에.
> 친구 하나, 단 한 명의 친구도 찾지 말아다오,
> 내 뼈가 흙 속에 묻힐 때.
> 천 가지 만 가지 탄식에서 구하고
> 혹시 참사랑의 연인이 내 무덤을 찾아 서럽게 우는 일이 없도록
> 어느 누구도 알지 못하는 곳에 묻어다오.

오시노 이건 수고비다.

광대 수고는요? 별 말씀을요. 노래 부르는 게 제 즐거움인걸요.

오시노 그래? 그러면 그 즐거움의 값이다.

광대 그렇군요. 즐거움도 언젠가는 보상을 받는 법이죠.

오시노 이제 그만 가도록 해.

광대 자, 그럼 우울의 신의 가호가 있으시기를! 그리고 재단사한테 말해서 오색의 실로 직조한 호박단으로 의복을 맞추시기를. 오팔처럼 수시

로 마음이 변하시니까. 그런 분들은 바다로 가는 게 좋지요. 바다가 좋은 건 무슨 일이든 마음 내키는 대로 할 수 있고 여기든 저기든 어느 곳이나 갈 수 있는 거지요. 그럼 물러가겠습니다. (퇴장)

오시노 다들 나가다오. (큐리오와 사신들 퇴장) 세자리오, 한 번만 더 그 냉정한 아가씨에게 가다오. 가거든 이렇게 전해 다오. 내 사랑은 이 세상에서 가장 고귀해서 이 더러운 땅덩일랑은 전혀 관심이 없다고, 운명이 그녀에게 갖다 준 재산은 그 운명처럼 헛되게 본다고, 내 영혼이 끌린 것은 자연이 오묘하게 빚어 놓은 기적 같은 보석 중의 보석, 절세의 아름다움이라고 전해 다오.

바이올라 그래도 사랑할 수 없다고 하면 어떡하죠, 공작님?

오시노 그런 응답을 들을 수는 없어.

바이올라 그러나 어쩔 수 없죠. 어떤 여자가 공작님께서 올리비아 아가씨를 사랑하여 괴로워하듯 공작님을 사랑한다고 생각해 보세요. 그러면 공작님은 물론 사랑할 수 없노라고 말씀하시겠죠? 그러면 그 여자로서도 어쩔 수 없는 일 아니겠어요?

오시노 여자의 마음으로는 내 심장을 격동시키는 강렬한 사랑의 열정을 견디낼 수 없다. 여자의 심장은 이렇게 북받치는 애모를 담을 수 있을 만큼 넉넉지 못해. 아! 여자의 사랑이란 식욕과 같은 것이라고 할 수밖에. 열정에서 비롯된 것이 아니라 혀의 작용이다. 그러니 마음껏 먹고 배가 부르고 나면 싫증이 나고 말지. 그렇지만 내 사랑은 바다처럼 끝이 없고 항상 굶주려 있으며 얼마든지 소화시킬 수 있다. 네가 얘기한 여자가 내게 품은 사랑을 내가 올리비아에게 품은 사랑과 아예 비교하려고 하지 마라.

바이올라 그래도 저는 알고 있습니다.

오시노 무엇을 알고 있단 말이야?

바이올라 여자의 사랑이 어떤 것인지 너무나 잘 알고 있죠. 여자들도 우리 남자들처럼 진실하답니다. 제 아버지에겐 딸이 하나 있었는데 어떤 남자를 사랑했답니다. 마치 제가 여자라면 공작님을 열렬히 사랑했을 것같이 말입니다.

오시노 그래, 그녀의 사랑은 어떻게 됐느냐?

바이올라 공작님, 그녀는 백지였어요. 끓어오르는 사랑을 가슴속에 감춘 채로 꽃봉오리를 벌레가 갉아먹어버리듯이 상사병이 분홍빛의 두 볼을 수척하게, 몸은 야위고 슬픔에 잠겨 흡사 돌을 쪼아 만든 인내의 석상처럼 비탄에 빠진 채 웃음을 띠고 있었지요. 그것이야말로 진실한 사랑이 아니겠어요? 우리 남자들은 입으로는 맹세를 잘하고 항상 겉치레가 앞서고 진실은 나중이지요. 맹세는 자못 거창하게 하면서도 진실이 없는 것이 남자들 아닌가요?

오시노 그래서 네 누이는 그 사랑 때문에 죽었느냐?

바이올라 아버지에게는 이제 저 외에는 아들도 딸도 없습니다. 아직은 저도 모르겠습니다만. 그럼 아가씨에게 갔다올까요?

오시노 그래, 그게 중요한 일이지. 서둘러라. 이 보석을 전하고, 내 사랑은 물러날 곳도 없고 거절도 받아들일 수 없다고 여쭤라. (퇴장)

제 5 장

올리비아의 정원

토비 벨치 경, 앤드류 경, 그리고 페이비언 등장

토비 벨치 경 페이비언, 이리 와. 같이 가자구.
페이비언 가고말고요. 이런 구경거리를 놓친다면 말도 안 되죠. 차라리 우울증에 걸려 끓는 물속에서 죽는 게 나아요.
토비 벨치 경 어때 재미있는 일이 아닌가? 저 비열한 놈팡이가 톡톡히 창피를 당하는 꼬락서니를 보게 되다니 말이야.
페이비언 좋아 죽을 지경이에요. 그놈 때문에 곰 놀리기 일로 아가씨에게 엄청 꾸지람을 먹었잖아요.
토비 벨치 경 놈이 화가 치솟게 곰 놀리기를 또 해볼까? 어때 앤드류 경, 그놈이 피멍이 들도록 병신을 만들어 주면?
앤드류 경 좋아, 그렇게 못하면 죽을 때까지 후회할 거야.

마리아 등장

토비 벨치 경 어! 작은 악당이 납신다. 그래, 어떤가 아가씨?
마리아 자, 모두 회양목 그늘에 숨으세요. 말볼리오가 이리로 오고 있어요. 저 사람이 아까부터 양지에서 반 시간 이상 자기 그림자를 보고 절하는 연습을 반복하고 있어요. 잘 지켜보세요. 이 편지를 보고 나면 생각에 빠져 얼간이 같은 낯짝이 되고 말 거예요. 자, 어서 몸을 숨겨요. 재미 한 번 끝내줄 거예요. (편지를 땅바닥에 던지면서) 너는 꼼짝 말고 있거라. 저기 송어가 나타났네. 이걸 근질여서 낚아야지. (퇴장)

말볼리오 등장

말볼리오 모든 게 팔자소관이야. 마리아가 언젠가 아가씨께서 날 좋아하신다고 말한 적이 있었지. 아가씨도 비슷한 말씀을 한 적이 있어. 만약 당신이 사랑을 한다면 이 말볼리오 같은 사람이어야 한다고 말이야. 게다가 아가씨를 모시고 있는 사람 중에 누구보다도 날 살갑게 대해 주신단 말이야. 대체 이걸 어떻게 받아들여야지?

토비 벨치 경 에이, 저런 건방진 자식!

페이비언 쉿! 조용히 하세요. 헛된 생각에 빠진 꼬락서니가 영 희한한 칠면조군. 깃을 잔뜩 추켜세우고 거드름을 피우고 있는 꼴이라니!

앤드류 경 에이 저놈을 한방 먹여줄까 보다.

토비 벨치 경 쉬잇!

말볼리오 말볼리오 백작이라!

토비 벨치 경 저런, 불한당 같은 놈!

앤드류 경 총으로 확 쏴 버릴까 보다!

토비 벨치 경 조용, 조용!

말볼리오 전례가 없는 것도 아니지. 스트레치 백작의 아가씨는 의상실의 시종과 결혼했잖아.

앤드류 경 저런, 뻔뻔한 놈!

페이비언 조용히 해요. 저 놈 이젠 푹 빠져버렸군. 우쭐해 가지고 기고만

장이군.

말볼리오 결혼하고 석 달만 지나면 백작 자리에 앉게 된다.

토비 벨치 경 에잇, 석궁이 있으면 놈의 눈깔에다 쏴버릴 텐데.

말볼리오 좌우에다 부하들을 불러서 도열시키고, 나는 꽃나무 무늬의 벨벳 가운을 입고, 막 낮잠에서 일어나 나오는 참이지. 나의 올리비아는 아직도 잠에 빠져 있고…….

토비 벨치 경 저런 우라질 놈!

페이비언 아, 쉿 조용히 해요!

말볼리오 그러고 나서 지체 높은 나리처럼 으스댄단 말씀이지. 근엄한 얼굴로 도열한 자들을 둘러보고 나서 이렇게 말해 줄 거야. 나도 내 신분을 잘 알고 있지만 그대들 모두도 자기 분수를 알고 제대로 처신해야 할 것이다. 그럼 내 친척 토비를 불러와…….

토비 벨치 경 이런 쇠고랑을 채워 죽일 놈 같으니!

페이비언 아이, 조용, 조용, 제발 조용!

말볼리오 그러면 부하들 일곱이 그자를 찾으러 뛰어나갈 것이다. 그 동안 나는 엄숙한 표정을 지으면서 회중시계 태엽이라도 감든가 아니면 값비싼 보석이라도 만지작거린다. 그때 토비가 들어온다. 내게 공손하게 문안을 여쭌다…….

토비 벨치 경 이런 놈을 계속 살려둬야 하나?

페이비언 제발 전차에 내동댕이쳐지더라도 조용히 좀 해요.

말볼리오 그러면 나는 손을 이렇게 내밀고 입가에서 웃음기를 지우고 집안의 어른답게 근엄한 표정을 지으면서…….

토비 벨치 경 그러면 이 토비 나리가 네놈 주둥이를 멋지게 한 방 갈겨준다 이거지?

말볼리오 그리고 이렇게 말하지. "토비 아저씨, 천생연분으로 조카딸과 맺어지게 됐으니 이렇게 말하는 특권을 허락하시오."

토비 벨치 경 뭐라고? 무슨 소리야?

말볼리오 그 주정뱅이 버릇을 반드시 고치도록 하시오.

토비 벨치 경 에이, 몹쓸 놈 좀 보게!

페이비언 제발 참으세요, 이러다간 우리 계획이 다 어그러져 버려요.

말볼리오 게다가 바보 천치 같은 기사와 어울리면서 피 같은 시간을 낭비하고 있어요……

앤드류 경 내 얘기야, 틀림없어.

말볼리오 아, 그 앤드류 경인가 하는…….

앤드류 경 내 얘긴지 알고 있었다구. 모두들 나를 바보라고 부르잖아?

말볼리오 아니 이게 뭐지? (편지를 줍는다)

페이비언 자, 누런 도요새가 덫에 걸려들고 있네.

토비 벨치 경 쉿, 조용히 해! 익살의 요정이여, 제발 저 놈이 큰 소리로 읽게 해주기를!

말볼리오 이건 분명히 아가씨의 필적이야. 이 C자, U자, T자는 모두 아가씨가 쓴 글씨야. 대문자 P도 꼭 이렇게 쓰거든. 이건 의심할 필요도 없이 아가씨가 쓴 글씨가 분명해.

앤드류 경 그녀의 C자, U자, T자가 그래서 어떻다고?

말볼리오 (읽는다) "이름 모를 사랑하는 이에게, 제 진정한 마음을 담아서" 아가씨 말투 그대로군! 밀랍이여 떨어져라. 가만 있자! 봉인도 언제나 사용하는 루크레스의 초상이군. 분명해, 아가씨의 것이. 누구에게 보낸 것일까?

페이비언 이젠 됐어. 완전히 걸려들었어.

말볼리오 (읽는다) 신만이 알고 있네 나의 사랑. 그게 과연 누구일까? 입술이여 움직이지 말라. 그 누구도 알아서는 안 되니까. "그 누구도 알아서는 안 된다." 그 다음은? 운율이 달라졌군! "누구도 알아서는 안 된다." 만약 그게 말볼리오, 너라면?

토비 벨치 경 이런 목을 매달아 죽일 더러운 놈 같으니라구!

말볼리오 (읽는다) 내가 사모하는 이는 내가 부리는 자니. 침묵하는 심정이여, 루크레스의 칼처럼 유혈도 없이 이 가슴을 찌르는구나. M. O. A. I. 이것이 내 생명을 좌지우지하네.

페이비언 시시한 수수께끼군!

토비 벨치 경 그 계집 잔꾀가 상당하구먼.

말볼리오 "M.O.A.I. 이것이 내 생명을 좌지우지하네." 아냐, 가만 보자. 글쎄 말이야, 음······.

페이비언 아주 지독한 독약을 묻혀 놓았군!

토비 벨치 경 그 독약을 매가 잽싸게 낚아채는군!

말볼리오 "내가 사모하는 이는 내가 부리는 자니." 그래 맞아, 아가씨가 날 부리고 있잖아. 나는 그분을 모시고 있고, 그분은 내 주인 아가씨다. 이거야 바보가 아닌 이상 다 아는 사실이지. 이건 하등 문제가 없고, 그런데 끝이 문제인데, 이 알파벳들이 무슨 뜻인가 말이야? 뭔가 나와 공통점이 있을지도 모르지. 자, 보자! M.O.A.I.······

토비 벨치 경 오!든 아!든 맞혀 보라구. 이제 냄새조차 맡을 수 없나 보네.

페이비언 여우 냄새라도 맡으면 똥개가 짖어대기는 할 거요.

말볼리오 'M', 말볼리오. M은 그래, 내 이름 첫 자다.

페이비언 봐요, 알아맞힐 거라고 했잖아요? 똥개는 깜박 속아넘어가게 마련이죠.

말볼리오 '그런데 그 뒤가 들어맞지를 않아. 아무래도 입증이 잘 안 돼. 'A'자가 와야 되는데 'O'자가 있으니 말이야.

페이비언 마지막 'O'자가 문제로군.

십이야 495

토비 벨치 경 아, 그래. 내가 몽둥이로 내리칠까? 그러면 'O'하고 비명을 지를 테니까 말이야!

말볼리오 그 다음엔 'I'가 온단 말이야.

페이비언 '아이'고라고 해. 눈깔이 뒤통수에도 달렸다면 목전의 행운보다 뒤통수를 갈기는 창피가 더 먼저 보일 거다.

말볼리오 'M.O.A.I.' 이 수수께끼는 풀기가 쉽지 않네. 그렇지만 좀 무리해서 맞춰본다면 못 풀 것도 없지. 모두 내 이름 속에 들어 있는 글자들이니까 말이야. 가만, 다음에는 긴 줄글이 있군. (읽는다)

"이 글이 당신 손에 들어가거든 사려 깊게 행동해 주시기 바라요. 비록 내 운명의 별이 당신 위에 있지만 잘난 사람이라고 두려워 마세요. 사람이란 처음부터 잘 타고 태어날 수도 있고, 노력하여 높은 신분을 가질 수도 있고, 또는 남이 밀어줘서 높은 신분을 성취하는 경우도 있는 법입니다. 운명이 당신께 두 손을 벌리고 있으니 그대의 열정으로 포옹하세요. 장차 신분을 생각하여 거기에 익숙해지도록 낡은 허물을 벗듯 미천함을 털어버리고 새롭게 보이도록 하세요. 저의 친척에게는 냉정하게 대하고, 하인들에게는 거만하게 대하며, 입을 열어 말할 때는 국가에 대해 논의하며, 보통 사람들과는 다른 풍모를 갖추도록 하세요. 이런 권유는 모두 당신을 사모하기 때문이에요. 당신의 그 노란 양말을 격찬하고 열십자의 대님을 보고 싶어하는 사람이 누구인지 언제라도 기억해 주세요. 당신이 결심하기만 하면 다 돼요. 그러나 만일 원치 않는다면 당신은 항상 집사로 남을 것이고, 하인 부류로 그칠 것이며, 다시는 영원히 행운의 신의 손을 붙잡지 못할 것입니다. 그럼 안녕히.

　　　　　　당신과 신분을 바꾸기를 소원하는, 운 좋은 불행한 여인 올림."

한낮의 들판이라 해도 이보다 더 명백할 수는 없다. 이건 너무나 분명한 사실이야. 자부심을 갖자. 정치에 관한 책을 읽고 토비 경을 괴롭혀주고, 별 볼일 없는 놈들과는 손을 끊고 아가씨가 원하는 사람이 돼야만 한다. 이젠 상상에 빠져서 바보가 되는 일은 없다. 이모 저모 생각을 해봐도 아가씨가 내게 반한 것은 불을 보듯 뻔하다. 하기는 요사이에도 아가씨께서 내 노란 양말을 칭찬하셨고, 십자 대님도 멋있다고 하셨지. 그건 모두 내게 반한 명백한 증거야. 그리고 다소 명령조로 자기가 원하는 모습으로 되라고 한 거야. 내 운명의 별 덕분이니 나는 행복하다. 내가 다르다는 것을 단호하게 보여주리라. 노란 양말을 신고 십자 대님을 매야겠다. 그것도 당장에. 신이여, 내 운명의 별이여! 찬양 받을지라! 여기 또 추신이 있구나. (읽는다)

"제가 누군지는 어림짐작할 수 있을 것입니다. 만약 제 사랑을 받아주신다면 그대 얼굴에 미소를 지어 주세요. 그대의 미소는 당신에게 너무 잘 어울려요. 그러므로 제 앞에서는 언제나 얼굴에 미소를 지어 주세요."

신이여, 감사합니다! 자, 미소를 지어야지. 아가씨가 원한다면 무슨 짓인들 못하리. (퇴장)

페이비언 왕으로부터 수천 파운드의 연금을 받을 수 있다 해도 이 재미와 바꿀 생각은 없어요.

토비 벨치 경 이런 묘안을 짜냈으니 이 계집에게 장가가도 좋아.

앤드류 경 나도 그렇게 생각해.

토비 벨치 경 지참금도 필요 없다고. 이런 재밋거리만 가져오면 되지.

앤드류 경 나도 마찬가지야.

토비 벨치 경 그저 이런 재미를 짜기만 하면 지참금도 필요 없어.

앤드류 경 나도 그래.

페이비언 저기 바보잡기의 명수가 나타나셨군.

마리아 다시 등장

토비 벨치 경 내 모가지를 네 발로 밟아주겠어?

앤드류 경 아니면 내 모가지라도 밟으려나?

토비 벨치 경 내 자유를 걸고 내기를 해서 지면 네 노예가 되어줄까?

앤드류 경 좋아, 나도 그래줄까?

토비 벨치 경 네가 그놈에게 황당한 꿈을 꾸게 했으니 그 꿈이 깨지는 날엔 정신이 홱 돌아버릴 게다.

마리아 아니 정말 솔직히 말씀해 주세요. 그에게 그게 효과가 있었나요?

토비 벨치 경 그럼 산파에게 화주를 마시게 한 꼴이지.

마리아 그럼 이 놀음의 결과를 보시려거든 그가 아가씨 앞에 나타날 때를 꼭 보셔야 해요. 틀림없이 노란 양말을 신고 올 거예요. 노란색은 아가씨가 진저리를 치는 색깔이에요. 그리고 십자 대님을 하고 나타날 거예요. 그것도 아가씨가 무척 싫어하는 거예요. 게다가 아가씨를 보고는 히죽대며 웃겠죠. 요즘같이 상심에 빠져 우울한 아가씨에겐 이것만큼 기분을 상하게 하는 것도 없을 거예요. 그러니 웃음거리가 되는 것은 어김없이 빤한 노릇이 아니겠어요? 구경하시려면 어서 저를 따르세요.

토비 벨치 경 그래, 지옥의 문까지라도 따라갈 거다. 이 세상에서 제일 영악한 앙큼한 악마야!

앤드류 경 어이, 나도 갈 거다. (모두 퇴장)

제3막

제1장

올리비아의 정원

바이올라와 작은북을 든 광대 등장

바이올라 안녕하신가 친구, 그대의 음악도? 당신은 북으로 먹고 사는 건가?

광대 천만에요. 교회에 빌붙어서 살고 있습죠.

바이올라 그럼 성직자인가?

광대 천만의 말씀에요. 나는 내 집에서 살고 있는데, 집이 바로 교회 옆에 있으니 빌붙어 살고 있는 셈이라는 거지요.

바이올라 그럼 거지가 왕 곁에서 살고 있으면 왕이 거지에게 빌붙어서 사는 셈이겠네? 그리고 자네의 북을 교회 옆에 놓으면 교회가 북의 덕을 보는 셈이고 말이야.

광대 말씀 한번 제대로 했네요. 요즘 세상이 그래요. 머리 좀 돌아가는 친구에게 걸리면 같은 말도 장갑처럼 된단 말이에요. 마치 안팎을 간단히 뒤집어 끼는 것처럼 홱 말이 바뀌어버리죠.

바이올라 정말 그렇네. 말을 갖고 농탕을 치기로 하면 변덕스럽기 짝이 없어지지.

광대 그럼 내 누이동생도 이름을 안 지어주는 걸 그랬네요.

바이올라 그건 왜?

광대 아, 그거야 이름도 말이 아니에요? 그러니 이름을 갖고 장난을 치면 누이도 변덕을 부려 화냥질을 할지도 모르잖아요. 참말로 말이란 게 타락해서 아주 파렴치한 것이 돼버렸어요.

바이올라 이유가 뭔데?

광대 이유를 말하려면 말을 쓰지 않고서는 이유를 댈 수 없잖아요. 그런데 그 말이라는 것이 도통 믿을 수가 없으니, 말로 이유를 대고 싶지 않습니다.

바이올라 그래, 자넨 세상에서 걱정 근심 없는 늘 즐거운 사람 아닌가.

광대 천만에요. 저라고 걱정거리가 없겠어요? 단지 톡 까놓고 얘기하자면 당신에겐 내가 조심할 것이 없다는 거요. 조심할 게 없다는 건 당신이 보이지 않아도 좋으니 꺼지라는 거지.

바이올라 자넨 올리비아 아가씨의 광대가 아닌가?

광대 아니죠, 절대로. 올리비아 아가씨가 바보가 아닌데 왜 바보를 데리고 있겠어요. 결혼할 때까지는 말이에요. 정어리가 청어와 비슷하듯 광대와 남편이 닮은 건데, 남편 쪽이 좀 더 클 따름이죠. 난 사실 아가씨의 광대가 아니라 말 장난꾼에 불과하죠.

바이올라 일전에 그대를 오시노 공작님 댁에서 보았지.

광대 광대란 태양처럼 천체를 돌고 돌아 세상 어디에나 빛을 비추죠. 우리 아가씨 집이나 마찬가지로 댁의 주인집을 드나들지 않는다면 매우 결례가 되는 일이지요. 거기서 지혜로운 당신을 보기도 했고 말입니다.

바이올라 아니, 날 무시하려 들면 더 이상 상대하지 않겠어. 자, 돈이나 받아둬.

광대 신이여! 머리털 다음에는 이 사람에게 턱수염도 주시옵소서!

바이올라 정말로 수염이 좀 있었으면 좋겠어. (방백) 내 턱에 수염이 났으면 하는 것은 아니지만 말이야. 아가씨는 계신가?

광대 (돈을 만지작거리며) 이 돈에 짝을 맞춰주면 새끼를 치지 않겠어요?

바이올라 그럼, 그걸 굴려서 이자를 나오게 하면 되겠지.

광대 내가 프리지아의 판다로스처럼 중매쟁이가 되어 이 트로일로스에 크레시다를 데려다주면 좋겠는데.

바이올라 알았다구. 구걸하는 품이 딱 됐네. (동전을 하나 더 준다)

광대 거 별것 아니에요. 실상 거지가 구걸하는 건데요, 뭐. 크레시다도 거지였어요. 아가씨는 안에 계세요. 안에 들어가서 당신이 어디서 왔는지 말씀드리지요. 당신이 누구며, 왜 왔는지 당연히 내가 알 바가 아니오. '수수방관'이라고나 할까. 이 말도 참 닳아빠졌군. (퇴장)

바이올라 저 친구는 영리하니까 바보 노릇을 할 수 있는 거야. 바보짓을 잘 하자면 갖가지 잔꾀가 필요한 법이지. 익살을 떨려면 상대방의 기분이나 사람됨, 그리고 때를 잘 분별할 수 있어야 하거든. 그리고 사나운 매처럼 눈앞에 있는 새를 놓치지 않고 낚아챌 수 있어야 돼. 영리한 인간이 부리는 것은 재간 이상으로 어려운 일이지. 저 친구는 바보 짓을 해 보이지만, 사실 영리한 사람이 바보짓을 하게 되면 지혜의 타락이라고 해야겠지.

토비 벨치 경과 앤드류 경 등장

토비 벨치 경 어이 친구, 잘 있었나?

바이올라 안녕하세요?

앤드류 경 디외 부 갸르드, 무슈. (프랑스어로 "안녕하십니까"라는 뜻)

바이올라 에 부조씨, 보트르 세르비퇴르. (프랑스어로 "당신도 안녕하세요"라

는 뜻)

앤드류 경 아, 예. 고맙소. 잘 부탁합니다.

토비 벨치 경 안으로 들어갑시다. 내 조카딸에게 용건이 있는 것이라면 당신이 들어오기를 몹시 기다리고 있다오.

바이올라 예, 물론 조카따님을 만나 뵈러 왔습니다. 아가씨가 제 항해의 목적지죠.

토비 벨치 경 그럼 다리를 시험해 본 다음 동작을 취하시오.

바이올라 다리를 시험해 보라는 말씀이 무슨 뜻인지는 잘 모르겠지만 제 두 다리는 잘 걸을 수 있을 겁니다.

토비 벨치 경 아, 나는 그저 안으로 들어가시라는 뜻이었소.

바이올라 그럼 걸어 들어가지요. 아, 그런데 먼저 나오시는군요.

올리비아와 마리아 등장

바이올라 세상에서 가장 아름답고 훌륭하신 숙녀여, 하늘이 향기 나는 비를 당신 위에 뿌려주시기를!

앤드류 경 저 젊은 친구, 인사말이 멋들어지네 그려. '향기 나는 비', 끝내주는군.

바이올라 아가씨께서 제 용건을 경청해 주시지 않는다면, 저도 각별히 드릴 말씀이 없습니다.

앤드류 경 '향기 나는 비', '경청', '각별히'라. 이 세 마디는 어디 적어두었다가 우려먹어야겠다.

올리비아 정원 문을 닫고 다들 물러가 있으세요. (토비 경, 앤드류 경, 마리아 퇴장) 자, 그 손을.

바이올라 어떤 명령이라도 따르겠습니다, 아가씨.

올리비아 이름이?

바이올라 아가씨의 종 세자리오라 합니다, 아름다운 공주님.

올리비아 나의 종이라니! 모두 굽실대는 게 인사처럼 된 후로는 세상이 재미가 없어졌어요. 당신은 오시노 공작의 하인이 아닌가요?

바이올라 공작님은 아가씨의 것이죠. 그러니 그분의 것은 당연히 아가씨의 것입니다. 아가씨 하인의 하인인 저는 곧 아가씨의 하인이구요.

올리비아 공작님에 대해서는 아무 생각이 없어요. 공작님도 나와는 그렇게 깊이 생각하지 말고 하얀 백지로 두기를 바라요.

바이올라 아가씨, 제가 여기 온 것은 아가씨가 공작님께 호의를 보여 주시라고 간청 드리기 위해서입니다.

올리비아 제발 부탁이에요. 더는 그분 말씀을 입에 담지 말아요. 하지만 또 다른 분의 부탁이라면 얼마든지 듣겠어요. 하늘에서 들려오는 음악보다도 더 기쁘게 듣겠어요.

바이올라 아가씨……

올리비아 제발, 제발요. 요전에 당신이 제 마음을 쏙 빼놓고 간 다음 당신을 뒤쫓아가서 반지를 보내드렸죠. 나나 우리 집 집사, 당신에까지 그건 잘못된 일이었어요. 당신이 아무리 비난해도 할 수 없지요. 파렴치하게 꼼수를 써서 당신 것도 아닌 반지를 억지로 떠맡겼으니 말예요. 내 명예를 말뚝에 칭칭 묶고 잔혹한 마음이 생각해낼 수 있는 가혹한 욕을 퍼붓고 싶었겠지요? 통찰력이 있는 분이니 다 알고 계시겠지만 얼굴은 가릴 수 있지만 마음속의 비밀은 감출 수 없어요. 뭐라고 말 좀 해주세요.

바이올라 동정합니다.

올리비아 그 동정이 사랑의 첫 단계에요.

바이올라 그렇지 않아요. 흔히 원수를 동정하는 수도 있답니다.

십이야 503

올리비아 그럼 어쩔 수 없군요. 웃고 넘길 수밖에. 아, 세상에 비천한 자가 잘났다고 으스댄단 말이야! 어차피 먹이가 될 바에는 늑대보다는 사자 앞에 넘어지는 것이 훨씬 낫지. (시계 치는 소리) 쓸데없이 시간을 허비한다고 시계가 나를 꾸짖고 있네. 젊은 양반, 걱정할 것 없어요. 내가 그만둘 테니까. 하지만 지혜와 젊음이 수확을 할 때가 오면 당신의 아내가 될 사람은 품위 있는 남자를 거둬들이게 될 테죠. 자, 나가는 길은 저기 서쪽이에요.

바이올라 그럼 뱃머리를 서쪽으로! 아가씨께 신의 은총과 평안이 항상 함께 하시기를! 공작님께 전하실 말씀은 없으신지요?

올리비아 잠깐만, 제발 나를 어떻게 생각하는지 말해 줘요.

바이올라 사실이 그렇지 않은 것을 그렇다고 생각하고 계세요.

올리비아 내가 그렇게 생각한다면 그건 당신도 마찬가지예요.

바이올라 지당한 말씀이십니다. 저는 보시는 대로의 제가 아니니까요.

올리비아 당신이 내가 그랬으면 하는 사람이 됐으면 해요.

바이올라 그게 지금의 저보다 낫겠어요? 그럼 그렇게 됐으면 좋겠어요. 지금의 저는 아가씨의 광대에 불과하니까요.

올리비아 아! 저 사람 입에서 나오는 어떤 경멸이나 분노의 말조차도 아름답게만 들리는구나. 감추고 싶은 사랑의 감정은 살인의 죄보다 신속하게 드러나니 사랑을 하면 한밤중도 대낮과 같단 말인가. 세자리오여, 봄의 장미, 처녀의 순결, 명예와 진실, 그리고 그 밖의 모든 것에 걸고 맹세해요. 당신을 사랑해요. 당신이 아무리 교만해도 이젠 지혜나 분별로도 나의 열정을 더 이상 숨길 수는 없어요. 여자 편에서 먼저 사랑했으니 나는 무관하다고 빠져나갈 구실을 대지 말고 이렇게 생각해 보세요. 찾아서 얻는 사랑도 좋지만 찾지 않았는데 얻은 사랑은 더욱 소중한 것이라고.

바이올라 제 순수와 청춘에 걸고 맹세합니다. 저에게는 하나의 마음, 하나의 가슴, 하나의 진실밖에는 없습니다. 그런데 그것을 여인에게는 바칠 수 없어요. 그것을 가질 수 있는 사람은 저밖에 없습니다. 그럼 안녕히 계십시오, 아가씨. 이제 다시는 주인님의 눈물을 하소연하러 오지는 않을 겁니다.

올리비아 아니, 다시 오세요. 지금은 싫지만 당신 얘길 듣고 그분을 좋아하는 마음이 생길지도 모르니까요. (퇴장)

제 2 장

올리비아의 집

토비 벨치 경, 앤드류 경과 페이비언 등장

앤드류 경 에이 젠장, 이젠 더 이상 여기 있지 않겠어.

토비 벨치 경 어이 독설쟁이, 이유가 뭐야?

페이비언 이유를 말씀해야 할 것 아니에요, 앤드류 경?

앤드류 경 내 꼴이 이게 뭐야. 자네 조카딸은 나는 안중에도 없고 그 공작의 심부름꾼에만 유별나게 호의적으로 대하잖아. 정원에서 이 눈으로 다 보았다니까.

토비 벨치 경 그때 조카딸이 자네가 있는 걸 보았나? 말해 보게.

앤드류 경 아, 그거야 보았고말고.

페이비언 그게 바로 아가씨께서 나리를 사랑하시는 좋은 증거죠.

앤드류 경 아니, 뭐라고! 자넨 나를 바보로 만들 셈인가?

페이비언 아뇨, 그게 사실인 걸 판단력과 이성에 걸고 합리적으로 증명해 드릴게요.

토비 벨치 경 판단력과 이성은 노아가 배를 타기 전부터도 법정에서 증인 노릇을 해왔다고.

페이비언 아가씨께서 나리가 보는 앞에서 그 젊은이에게 교태를 보인 것은 나리를 안절부절못하게 하여 잠자고 있는 용기를 깨우고, 가슴에 불을 지르고 간장에 유황을 쏟아부어 화를 돋우려는 거예요. 그때 아가씨에게 다가가서 인사를 하고는 화폐 공장에서 이제 금방 나온 돈처럼 쌈박한 익살로 그 젊은 녀석의 주둥이를 꽉 막아버려야 했다고요. 아가씨는 그걸 고대하고 있었는데 그만 실망스럽게 돼버렸네요. 이중으로 닥친 끝내주는 기회를 하릴없이 물로 씻은 듯 날려버렸지 뭐예요. 이제 나리는 아가씨의 관심에서 벗어나 차가운 북풍 속에서 유랑하는 신세가 된 거죠. 네덜란드인의 턱수염에 매달린 고드름같이 된 거예요. 이젠 별 뾰족한 수가 없어요. 아가씨의 관심을 되찾으려면 용기든 술책이든 할 수 있는 모든 것을 동원하여 칭찬을 받도록 하는 수밖에요.

앤드류 경 어느 한쪽을 고르라면 난 용기를 택할 거야. 술책은 싫다고. 간사한 술책을 쓰느니 차라리 청교도가 되겠다.

토비 벨치 경 그럼 용기를 바탕으로 삼아 행운을 잡아보는 거야. 공작의 젊은 녀석에게 결투를 신청해서 몸뚱이에 열한 군데 정도 상처를 입히라고. 그럼 내 조카딸도 자네를 인정하게 될 거야. 세상의 평판만큼 사내가 여자의 마음을 사로잡는 데 강력한 중매쟁이가 없다는 걸 잘 알아두라고.

페이비언 그 길밖에는 다른 방법이 없어요, 앤드류 경.

앤드류 경 그럼 누가 그자에게 도전장을 갖다 주겠나?

토비 벨치 경 자, 기사답게 힘찬 필체로 쓰게. 분노를 담아 짧게. 재치야 크게 상관없지만 웅변조로 독창성이 있어야 해. 그리고 잉크가 다할 때까지 욕을 퍼부어대는 거야. 이놈, 저놈 등은 마구 써도 상관없어. 그리고 종이가 영국 웨어의 12인용 침대처럼 크더라도 거짓말을 잔뜩 늘어놓으란 말이야. 자, 쓰라고. 펜은 거위깃털이라도 괜찮으니까, 잉크엔 쓰디쓴 맛을 왕창 타란 말이야 어서.

앤드류 경 어디서 볼까?

토비 벨치 경 자네 방으로 찾아갈게. 가자. (앤드류 경 퇴장)

페이비언 토비 경, 이건 참 비싼 데다가 대단한 놀잇감이군요.

토비 벨치 경 그럼, 값이 상당하지. 아마 2000 이상의 값어치는 되고도 남지.

페이비언 쉽게 볼 수 없는 도전장이 될 겁니다. 그런데 전달은 안 하시겠죠?

토비 벨치 경 날 믿지 못하나? 갖다 줄 거야. 무슨 수를 써서라도 그 젊은 녀석의 대답을 받아내고 말 거라고. 하지만 황소에 밧줄을 매서 끌어와도 두 녀석을 맞붙게 하기는 힘들 것 같아. 앤드류를 해부해 보면 간에 벼룩의 발을 채울 만한 피도 없을걸. 만일 있다면 해부한 나머지는 내가 먹겠다.

페이비언 상대편 젊은 녀석을 보자 하니 잔악한 구석은 별로 없어 보입니다.

마리아 등장

토비 벨치 경 아, 저기 아홉 마리 굴뚝새의 막내가 오는군.

마리아 웃음보가 터져서 창자를 꿰매고 싶거든 저를 따라오세요. 저 얼치기 말볼리오가 이단자도 모자라 아주 배교자가 돼버렸어요. 세상에! 기독교인이 저런 해괴한 짓거리를 하고서도 믿기만 하면 구원받는다고 할 수 있겠어요? 노란 양말도 신고 있어요.

토비 벨치 경 그리고 십자 대님도?

마리아 아유, 그 촌티라니. 마치 교회에서 아이들을 가르치며 잘난 척이나 하는 선생이지 뭐예요. 전 살인자처럼 뒤를 따라다녔죠. 그랬더니 제가 편지에 써 놓은 대로 하고 있는 거예요. 그리고 해죽이 웃는데, 얼굴에는 인도를 상세하게 그려 놓은 새 지도의 선들보다 더 많은 주름이 잡히는 거예요. 평생 가야 한 번 볼까 말까한 진풍경이죠. 그저 뭐라도 던져주고 싶은데 꾹 눌러 참느라고 혼났어요. 아가씨께선 보나마나 그 사람을 후려칠 거예요. 그러면 여전히 웃음을 지으면서 제가 좋아서 그러는 걸로 알 거예요.

토비 벨치 경 자, 우리를 그에게 데려가. 안내하라고. (모두 퇴장)

일란성쌍생아(identical twin)

이 작품 「십이야」에는 바이올라와 세바스찬이 쌍생아로 나온다. 생긴 모습이 똑같아 일란성쌍생아로 착각할 수 있는데 일란성쌍생아는 성별이 같아야 한다. 일란성쌍생아는 한 개의 수정란이 분열하는 과정에서 두 개로 갈라져서 생겨난 쌍생아로서, 성(性)이 같으며 생김새와 성격도 유사하다. 보통 한 개의 난자와 한 개의 정자가 만나면 수정란이 되며, 이 수정란은 분열, 증식하는 발생 과정을 거쳐 태아가 된다. 이 과정에서 한 개였던 수정란이 두 개로 나뉜 뒤 따로 분열하여 발육하게 되면 두 명의 태아가 생기게 되는데, 이렇게 생긴 쌍생아를 일란성쌍생아라고 한다. 이 경우 수정란은 한 개의 난자에서 유래한 것이기 때문에 동일한 유전정보를 가지고 있어서 일란성쌍생아는 반드시 같은 성(性)을 가지고 태어나며, 생김새와 성격도 유사하다.

일란성쌍생아가 생기는 과정에서 한 개의 수정란이 두 개로 완전하게 나뉘면 정상적으로 일란성쌍생아가 태어나지만, 이 과정에서 수정란이 완전히 나뉘지 못하면 쌍생아 신체의 일부가 서로 붙어서 태어나기도 한다. 이러한 쌍생아를 샴쌍둥이라고 부른다.

제 3 장

거리

세바스찬과 안토니오 등장

세바스찬 이렇게까지 폐를 끼치고 싶진 않았지만 수고를 기쁨으로 알겠다 하니 더 이상 할 말이 없습니다.

안토니오 당신이 떠나고 뒤에 남아 있을 수가 없었어요. 함께 하고 싶은 욕구가 줄로 간 강철 박차처럼 날 몰아친 것입니다. 꼭 보고 싶어서만 온 것은 아닙니다. 아무리 긴 여행이라 해도 마땅히 같이했을 것이지만, 낯선 고장이므로 여행 중에 혹여 안 좋은 일이 생기면 어쩌나 걱정이 돼 뒤쫓아온 거예요. 안내자도 친구도 없는 이방인에게는 종종 난폭하고 무례한 변괴가 생기거든요. 당신이 무슨 일을 당할지도 모른다는 걱정 때문에 이렇게 뒤를 쫓아왔답니다.

세바스찬 친절한 안토니오, 감사하다는 말밖에는 더 할말이 없군요. 정말 고맙습니다. 이렇게 극진한 친절을 서푼 가치도 없는 몇 마디 인사말로 때워버리는 일이 세상에는 흔하지요. 그러나 내 재산이 내가 감사하는 것만큼 충분하다면 제대로 된 보답을 할 수 있을 겁니다. 자, 무얼 하죠? 이 고장의 고적이라도 구경하러 다닐까요?

안토니오 구경은 내일 하지요. 숙소를 정하는 게 우선인 것 같습니다.

세바스찬 난 별로 피곤하지도 않고 저녁 때까지는 시간이 많아요. 그러지 말고 이 도시의 자랑인 기념비나 명물을 구경하면서 다니는 게 어떻겠어요?

안토니오 죄송하지만 나는 이곳 거리를 자유롭게 다닐 수 없답니다. 전에 해전 때 이곳 공작의 함대와 붙었답니다. 그때 이름이 알려졌기 때문에 만일 여기서 붙잡히면 절대 무사히 넘어갈 것 같지 않습니다.

세바스찬 공작의 부하들을 많이 죽인 모양이군요.

안토니오 그런 유혈사태가 있었던 것은 아닙니다. 하긴 그때 돌아가는 분위기로 봐서는 끔찍한 피비린내 나는 참사가 벌어질 수도 있었지만 말입니다. 우리가 전리품을 돌려주기만 하면 해결될 일이었어요. 그런데 그것도 우리 도시의 사람들이 교역상 그렇게 하고 싶었던 거죠. 나 혼자만 반대하면서 버텼죠. 그러니까 내가 여기서 붙잡히는 날에는 곤욕을 치를 게 불을 보듯 빤하다는 겁니다.

세바스찬 그렇다면 내놓고 길거리를 활보해서는 절대 안 되겠네요.

안토니오 참 난감합니다. 자, 이 지갑을 받아두세요. 이 도시 남쪽 교외에 코끼리라는 이름의 여관이 있는데 거기가 가장 나을 겁니다. 저녁식사를 시켜 놓을 테니까 그 동안 시내라도 구경하면서 견문이라도 넓히세요. 난 거기서 당신을 기다리고 있겠습니다.

세바스찬 이 지갑은 뭡니까?

안토니오 우연찮게 맘에 드는 물건이 눈에 띄면 사고 싶어질 수도 있잖아요? 당신이 지니고 있는 돈을 그런 하찮은 물건을 사는 데 써서는 안 될 것 같아서요.

세바스찬 내가 그럼 지갑을 맡아두는 걸로 하지요. 한 시간쯤 있다 다시 만납시다.

안토니오 코끼리 여관에서 봐요.

세바스찬 잘 알겠습니다. (모두 퇴장)

제 4 장

올리비아의 정원

올리비아와 마리아 등장

올리비아 (방백) 뒤쫓아가서 데리고 오라고 보냈는데, 오면 어떻게 접대를 하나? 무엇을 주는 게 좋을까? 젊은이의 마음을 얻으려면 애원을 하거나 뭔가를 빌리는 것보다 선물을 주는 것이 효과가 확실하다지 뭐야. 어머, 목소리가 왜 이리 커졌담? 말볼리오는 어디 있지? 사람이 차분하고 정중해서 나에게는 하인으로서 더할 나위가 없어. 말볼리오, 어디 있는 거야?

마리아 지금 오고 있어요, 아가씨. 그런데 하는 품새가 좀 요상하네요. 이건 완전히 귀신에 홀린 사람 같아요.

올리비아 아니, 무슨 일인데? 헛소리라도 하나?

마리아 아니오, 아가씨. 그냥 히죽이 웃기만 해요. 오거든 아가씨 곁에 호위병이라도 두는 게 낫겠어요. 제정신이 아닌 것 같아요.

올리비아 어서 이리 불러와. (마리아 퇴장) 나도 그자처럼 미친 것 아니야? 슬픔에 미치거나 즐거움에 미치거나 미친 건 마찬가지지.

마리아, 말볼리오를 데리고 다시 등장

올리비아 아니 어떻게 된 거예요, 말볼리오?

말볼리오 아이, 아가씨, 호호.

올리비아 뭐가 그렇게 우스워요? 난 심각한 일로 불렀는데.

말볼리오 심각한 얘기라고요? 저도 심각해질 수 있어요. 이렇게 십자 대님을 하면 피가 잘 통하지 않거든요. 하지만 괜찮습니다. 어느 한 분의 눈만 즐겁게 해드릴 수 있다면 만족하니까요. "한 사람이 즐거우면 모두 다 즐겁다."라는 노래도 있지 않습니까?

올리비아 아이, 왜 그래요? 대체 무슨 일이 있었어요?

말볼리오 제 마음은 시커멓지 않습니다. 다리는 노란색이지만요. 그 거 확실하게 제 손에 들어 왔습니다. 명령대로 바로 실행하고 있습니다. 그 멋진 로마식 필체야 피차 다 알고 있으니까요.

올리비아 말볼리오, 그만 잠자리에 드는 게 어때요?

말볼리오 잠자리라! 아, 사랑하는 이여, 내가 그대 곁으로 가리다.

올리비아 안 됐군! 왜 저렇게 느끼하게 웃으면서 손에 자꾸만 입을 맞추지?

마리아 어떻게 된 거예요, 말볼리오?

말볼리오 네 따위가 왜 물어? 하기는 나이팅게일이 갈가마귀에게 대답하는 일도 있으니까.

마리아 아가씨 앞에 이렇게 엉뚱하고 뻔뻔스런 모습으로 나타날 수 있어요?

말볼리오 "신분이 높다고 두려워 마세요." 아주 잘 쓰셨어요.

올리비아 말볼리오, 그건 무슨 말이에요?

말볼리오 "사람이란 처음부터 잘 타고 태어날 수도 있고,"

올리비아 뭐라고요?

말볼리오 "노력하여 높은 신분을 가질 수도 있고,"

올리비아 대체 무슨 소리예요?

말볼리오 "또는 남이 밀어줘서 높은 신분을 성취하는 경우도 있는 법."

올리비아 제발 정신 좀 차려요!

말볼리오 "당신의 그 노란 양말을 격찬하는 걸 잊지 마세요."

올리비아 당신의 노란 양말?

말볼리오 "열십자의 대님을 보고 싶어하는 사람이 누구인지 언제라도 기억해 주세요."

올리비아 십자 대님?

말볼리오 "당신이 결심하기만 하면 행운이 눈앞에 있어요."

올리비아 내가 어떻게 한다고?

말볼리오 "만일 원치 않는다면 당신은 항상 하인 부류로 그칠 거예요."

올리비아 한여름에 더위를 먹어 완전히 돌아버렸군.

하인 등장

하인 아가씨, 오시노 공작님 네 젊은 양반이 돌아왔는데요. 사정사정하여 겨우 모시고 왔습니다. 지금 아가씨의 말씀을 기다리고 있습니다.

올리비아 지금 가겠다. (하인 퇴장) 마리아, 이분을 잘 돌봐다오. 토비 아저씨는 어디 계셔? 집안사람들은 이분을 특별히 잘 보살펴. 내 재산의 반이 없어지는 한이 있더라도 이분이 잘못되는 일이 있어서는 안 돼. (올리비아와 마리아 퇴장)

말볼리오 오호라! 이제야 날 알아보았나? 토비 경에게 나를 돌봐주라고 했겠다? 편지에 쓴 것과 일치하는군 그래. 아가씨께서 일부러 그를 부른 것은 나에게 그 사람을 냉정하게 대하라는 것일 거야. 편지에도 그렇게 씌어 있었잖아. "낡은 허물을 벗듯 미천함을 털어버리고", "친척에게는 냉정하게 대하고, 하인들에게는 오연하게 대하며, 입을 열어 말할 때는 국가에 대해 논의하며, 보통 사람들과는 다른 풍모를 갖추도록 하세요."라고 하셨지. 그러고는 어떤 태도를 취해야 할지도 말씀하셨지. 근엄한 얼굴, 위엄 있는 행동, 점잖은 말투, 보통 사람과는 다른 복장 등등을 말이야. 아가씨는 영락없이 내 것이다. 그게 다 신의 가호이지. 하느님 감사합니다! 아까 들어가실 때 "이분을 잘 돌봐다오."라고 하셨다. 말볼리오라거나 내 신분대로 "이 사람"이라고 부르지 않고 "이분"이라고 했다고. 그래 모든 것이 한결같이 다 일치해. 조금도 망설일 필요가 없어. 어떤 장애나 의심도, 불안한 상황도 없다. 뭐라고 말해야 할까? 이제 내 희망찬 미래를 방해하는 건 아무것도 없어. 이게 다 내 힘이 아니고 하느님이 하신 일이다. 하느님, 감사합니다.

마리아, 토비 벨치 경과 페이비언과 함께 등장

토비 벨치 경 어디 있는 거야, 이 친구가? 지옥의 마귀란 마귀가 모두 모여 한 덩이가 돼 그놈을 홀렸다고 해도 내가 얘기를 할 거다.
페이비언 여기, 여기 있어요. 대체 어떻게 된 거예요? 어떻게 된 거냐고요?
말볼리오 저리 꺼져. 너희들에겐 일 없어, 혼자 있게 꺼지라고.
마리아 거 봐요. 마귀가 몸 안에서 공허한 소리를 주절거리고 있어요! 제가 말씀드린 대로 아니에요? 토비 경, 아가씨께서 저 사람을 잘 돌봐주라고 하셨어요.
말볼리오 하, 하! 아가씨가 그러셨단 말이야?
토비 벨치 경 자, 자, 제발 조용히. 이럴 땐 곱게 다뤄야 돼. 나한테 맡기라고. 어때, 말볼리오! 지금 기분은 괜찮아? 이 친구야! 마귀에게 져서는 안 되네. 마귀는 인류의 적이라고.

말볼리오 무슨 말을 하는지 알고나 하는 소린가?

마리아 그것 보라니까요. 마귀를 욕하니까 욱 하잖아요. 하느님, 그가 제발 마귀의 꾐에 빠지지 않게 해 주세요!

페이비언 그 사람 오줌을 무당할멈에게 가져가 보자구요.

마리아 그게 좋겠네요. 내일 아침에 꼭 그렇게 해요. 아가씨는 무슨 일이 있더라도 그가 잘못되면 안 된다고 말씀하셨어요.

말볼리오 어떡할 건데, 아가씨?

마리아 오, 맙소사!

토비 벨치 경 제발 좀 조용히들 하라고. 이렇게 해서는 안 돼. 흥분시키고 있지 않아? 나한테 맡겨두라고 글쎄.

페이비언 다른 방법이 없어요. 아주 조심해서 살살 달래는 수밖에는. 마귀란 놈은 거칠어서 함부로 다루면 안 된다고요.

토비 벨치 경 아이고, 귀여운 내 새끼! 쭈쭈해 줄까?

말볼리오 뭐야?

토비 벨치 경 자, 이리 와서 나하고 놀자. 이봐! 점잖은 체신에 악마와 장난을 쳐서는 안 되지. 더러운 마귀는 목을 매달아야지!

마리아 기도를 하게 하세요, 토비 경, 기도를 말예요.

말볼리오 기도를 하라고? 말괄량이 같으니라고!

마리아 그것 보세요, 하느님의 말씀은 아예 들리지도 않나 봐요.

말볼리오 에잇, 다들 목이나 매고 뒈져버려라! 이 게으르고 천박한 것들아. 난 너희들 같은 너부렁이들과는 차원이 달라. 두고 보면 알게 될 거다. (퇴장)

토비 벨치 경 아니, 이럴 수가 있나?

페이비언 이걸 무대에서 연극으로 한다면 당장에 황당무계하다고 욕을 할 걸요.

토비 벨치 경 저 녀석은 우리의 계략에 완전히 감염돼 버렸군.

마리아 지금 뒤쫓아가 보세요. 벼르고 별러서 짜낸 계략인데, 속이 드러나 허탕을 치면 안 되잖아요.

페이비언 이러다간 정말 미치광이를 만들겠는데요.

마리아 그럼 집안이 좀 조용해지겠죠.

토비 벨치 경 자, 저 자를 어두운 방에 밀어 넣고 꼼짝 못하게 묶어 둬야겠어. 조카딸도 이미 저 친구가 정신이 나갔다고 믿고 있으니까 말이야. 그래 놓으면 우리는 재미를 즐기는 거고 저 친구는 속죄하는 것이 되는 거지. 재미에도 지치고 저 놈이 안쓰럽다는 생각이 들면, 이 계략을 심판에 붙여 미친놈을 발견한 너에게 왕관을 씌워주겠다. 아, 저기 저것 좀 봐!

앤드류 경 등장

페이비언 오월제를 위한 흥밋거리가 또 있군요.

앤드류 경 이게 도전장이다. 읽어봐. 식초와 후추를 듬뿍 쳐 양념을 했지.

페이비언 그럼 아주 자극적이겠네요?

앤드류 경 아무렴, 그렇고말고. 자 읽어 보라니까.

토비 벨치 경 이리 주게. (읽는다) "애송이 녀석아! 네가 어떤 놈인지 모르지만 하여튼 너는 야비한 녀석이다."

페이비언 좋아요, 씩씩하고요.

토비 벨치 경 (읽는다) "내가 이렇게 말한다고 이상하게 여기거나 놀랄 것 전혀 없다. 어차피 난 그 이유를 너에게 말하지 않을 테니까."

페이비언 잘 썼어요. 이유를 써 두면 법에 걸릴 일은 없지요.

토비 벨치 경 (읽는다) "너는 올리비아 아가씨를 찾아왔다. 그리고 아가씨는 내가 보고 있는 데서 너에게 친절하게 해주었다. 하지만 너는 속속들이 거짓말쟁이다. 그렇지만 그 일로 결투를 요구하는 것은 아니다."

페이비언 매우 간결해요, 그리고 핵심을 찌르고 있고……. (방백) 실은 그렇지 못해.

토비 벨치 경 (읽는다) "내가 집으로 돌아가는 길목을 지킬 거다. 네가 만일 거기서 운이 좋아 날 죽인다면……."

페이비언 멋집니다.

토비 벨치 경 (읽는다) "너는 악한이나 불한당처럼 나를 죽일 것이다."

페이비언 역시 바람을 피하듯 절묘하게 피하셨네요. 좋아요.

토비 벨치 경 (읽는다) "잘 있거라. 하느님! 우리 둘 중 한 영혼에만 은총을 베풀어주소서! 신은 나에게 은총을 내려줄는지도 모르지만, 나는 너를 이길 것이다. 그러므로 조심해야 할 거다. 너의 태도 여하에 따라 친구가 될 수도 있고 불구대천의 원수도 될 수 있는 앤드류 에이규치크." 이 도전장을 보고도 잠자코 있다면 그놈은 제 다리로 걷지도 못하는 놈일세. 이 도전장은 내가 전달할 거다.

마리아 마침 잘 됐어요. 그 사람이 지금 아가씨와 뭔가 얘기를 나누고 있는데, 곧 떠날 거예요.

토비 벨치 경 가보게, 앤드류 경. 척후병처럼 정원 모퉁이에서 그놈을 지켜보고 있으라고. 그러다 그자가 나타나자마자 전광석화처럼 칼을 뽑으면서 우레 같은 큰 소리로 마구 호통을 치란 말이야. 실제로 결투보다도 쇳소리 나는 목소리로 험상궂게 욕을 퍼붓는 것으로 명성을 떨치는 일이 심심찮게 있다는 걸 알아두라구. 자, 가봐!

앤드류 경 알았네, 욕을 퍼붓는 일쯤은 내게 맡겨둬. (퇴장)

토비 벨치 경 그런데 이 도전장은 전해 주지 않을까봐. 그 애송이 놈 행색을 보아하니 재주도 있고 교양도 상당한 것 같거든. 제 주인이 조카딸

앞으로 심부름을 시킨 걸 봐도 쉽게 짐작할 수 있지. 그러니 이렇게 형편없이 무식한 도전장에 겁을 먹진 않을 것 같단 말이네. 이런 도전장을 보낸 자가 팔푼이란 것을 금방 눈치채게 될 거야. 그러니 내가 구두로 전달하는 것이 좋겠어. 에이규치크를 세상이 다 아는 용감한 사나이라고 엄포를 놓으면 그 젊은 녀석은 쉽사리 곧이들을 거야. 에이규치크를 포악하고 칼 쓰는 기술이 범상치 않으며, 성미가 불 같은 싸움꾼이라고 무시무시하게 겁을 준단 말이야. 이렇게 되면 둘 다 겁을 먹게 마련이지. 한 번 노리기만 해도 사람이 죽는다는 독사를 만난 듯, 서로 눈길만 마주쳐도 죽이려고 덤빌 거란 말이다.

올리비아, 바이올라와 함께 다시 등장

페이비언 아, 그자가 조카따님과 같이 오네요. 작별할 때까지 그냥 두었다가 곧 뒤쫓아가세요.

토비 벨치 경 그동안에 오금이 저릴 만한 문구라도 쥐어짜 봐야겠다. (토비 벨치 경, 페이비언, 마리아 퇴장)

올리비아 목석같이 냉정한 분에게 명예도 신중함도 잊어버리고 너무 속을 다 털어놓았나 봐요. 내 잘못을 자책하고 있지만 워낙 억누르고 있을 수가 없다 보니 아무리 질책을 해도 소용이 없군요.

바이올라 아가씨의 그 참을 수 없는 열정의 고통이나 제 주인님의 비탄이나 다 마찬가지입니다.

올리비아 자, 이 보석을 나를 위해 몸에 지녀주세요. 내 초상이 들어 있어요. 거절하지 말아줘요. 이건 입이 없으니까 당신을 귀찮게 굴지도 않을 거예요. 내일도 꼭 다시 와주세요. 명예를 더럽히는 일이 아니라면 당신이 요구하는 것은 그 무엇이든 거절하지 않겠어요.

바이올라 제 바람은 오직 한 가지, 주인님을 진정으로 사랑해 주시라는 것입니다.

올리비아 내 명예는 어떡하고 당신에게 이미 바친 사랑을 그분에게 주어요?

바이올라 제게 주신 것은 없었던 것으로 하죠.

올리비아 자, 내일 다시 오세요. 안녕히 가세요. 당신 같은 악마가 유혹을 한다면 내 영혼은 지옥까지라도 쫓아갈 텐데. (퇴장)

토비 벨치 경과 페이비언 다시 등장

토비 벨치 경 어이 젊은이, 안녕하쇼?

바이올라 안녕하세요?

토비 벨치 경 가능하면 미리 방비를 해두는 것이 좋겠소. 당신이 무슨 잘못을 저질렀는지는 모르지만, 정원 모퉁이에서 호시탐탐 당신을 벼르고 있는 사람이 있소. 상대는 원한에 사무쳐 피에 굶주린 사냥개처럼 험악한 상판을 하고 있소. 게다가 잽싸고 칼 쓰는 기술이 범상치 않으며 성미가 불같이 사나운 자요.

바이올라 사람을 잘못 보신 것 같습니다. 저에게는 싸움을 걸어올 만한 사람이 없습니다. 전 다른 사람에게 추호도 원한을 살 만한 행동거지는 한 적이 없습니다.

토비 벨치 경 아니, 실제로는 그렇지 않아요. 그러니 조금이라도 목숨이 아깝거든 신속하게 방어태세를 취하라고. 상대는 젊고 힘이 장사인 데다 검술이 상당한 친구란 말이오. 더욱이 분기탱천하여 이를 갈고 있다오.

바이올라 대관절 어떤 사람인데요?

토비 벨치 경 기사요. 무공을 세워 받은 것은 아니고 융단 위에서 받은 작위기는 하지만, 일단 싸움이 붙었다 하면 귀신도 요절을 내버릴 놈이오. 이미 세 놈의 혼령을 저승에 보내 버렸다오. 그런데 이번 일에는 더욱 노기가 충천하여 상대를 박살내 무덤으로 보내지 않고는 화가 풀리지 않는다고 날뛰고 있단 말이오. 당신이 해치우느냐 당하느냐, 죽이느냐 죽느냐가 있을 뿐이오.

바이올라 그럼 이 댁에 도로 들어가 아가씨께 도움을 청해야겠군요. 저는 싸움꾼이 아니거든요. 세상에는 고의로 싸움을 걸고 자신의 용기를 시험해 보는 인간들이 있다는 말을 들은 적이 있는데, 그 사람도 그런 기벽을 가진 이상한 사람인가 봅니다.

토비 벨치 경 그게 아니오. 그자가 화를 내는 건 그럴 만한 이유가 있기 때문이오. 그러니 그자가 요구하는 대로 의연하게 응해요. 이 댁 안으로는 못 들어가. 영 자신이 없다면 내가 상대를 해드리지. 그래도 그자와 담판을 짓는 것이 훨씬 안전할 거요. 그러니까 가서 그 사람과 맞붙든가 아니면 여기서 당신 칼을 빼시오. 이젠 내가 간섭할 수밖에 없네. 그게 싫거든 앞으로 철물을 차고 다니지 않겠다고 맹세라도 하시오.

바이올라 정말 괴상하고 야만적인 얘기를 다 듣는군요. 제발 부탁입니다. 그 기사에게 제가 무슨 결례를 했는지 알아봐주실 수 없겠어요? 제가 부주의하여 무슨 결례를 했는지는 몰라도 일부러 한 일은 절대 없습니다.

토비 벨치 경 그럼 내가 알아보지. 시뇨르 페이비언, 내가 갔다 올 때까지 이 신사와 함께 있어주게. (퇴장)

바이올라 혹시 당신은 지금 이 일에 대해 알고 있어요?

페이비언 알고 있는 건, 그 기사가 선생에게 격분해서 목숨을 내놓고라도 결판을 지어야겠다는 정도고 그 이상은 저도 모릅니다.

바이올라 제발 부탁이에요. 도대체 그가 어떤 사람인가요?

십이야 521

페이비언 겉모습이야 별 대수롭지 않아 보이지만 실제로는 용기가 대단하지요. 이 일리리아 어디에서 찾아봐도 그렇게 칼 쓰는 솜씨가 뛰어나고 잔인하고 무서운 사람은 아주 드물지요. 자, 그가 있는 쪽으로 가볼까요? 제가 힘닿는 데까지 화해를 주선해 볼게요.

바이올라 그렇게만 해주신다면 매우 고맙지요. 사실 저는 기사보다 성직자를 상대하는 것이 성미에 맞아요. 내 기질이 그렇다는 것을 다른 사람들이 알아도 신경 쓰지 않아요. (퇴장)

토비 벨치 경과 앤드류 경 등장

토비 벨치 경 이 사람아, 그자 엄청 대단한 놈이야. 그런 놈은 정말 처음 봤다네. 내가 칼집을 낀 채로 한 번 겨뤄 보았는데 찌르는 솜씨가 얼마나 민첩한지 도저히 피하고 말고 할 겨를이 없더구먼. 아무튼 칼솜씨가 비상한 건 이 발이 땅을 딛고 있는 것처럼 확실해. 페르시아 왕의 호위 무사였다지, 아마.

앤드류 경 염병할, 나 그만둘 거야.

토비 벨치 경 그자가 가만히 있지 않을걸. 페이비언이 저쪽에서 붙잡아두고 있지만 진땀깨나 흘리고 있을 거야.

앤드류 경 빌어먹을! 그자가 그렇게 용감하고 칼솜씨가 끝내주는 줄 미리 알았더라면 그놈이 죽을 때까지 도전장을 보내지 않는 건데. 이번 일을 없는 것으로 해달라고 가서 말해 봐. 대신 내 회색 말 캐필렛을 준다고 해.

토비 벨치 경 가서 말은 해봄세. 겉으로라도 그럴 듯하게 보이게 여기 똑바로 서 있게. 피차 목숨이 지옥에 떨어지는 일 없이 결말을 내야지. (방백) 자, 자네를 올라타듯이 자네 말도 한번 타봐야겠다.

페이비언과 바이올라 다시 등장

토비 벨치 경 (페이비언에게) 싸움을 말리는 대가로 말을 손에 넣게 됐네. 그 젊은 친구를 엄청 대단한 놈이라고 믿게 했지.

페이비언 그 사람도 엄청 떨고 있지 뭐예요. 곰한테 쫓기는 사람처럼 숨을 헐떡이고 얼굴은 새파랗게 질려 있어요.

토비 벨치 경 (바이올라에게) 이거 별 수가 없네. 일단 맹세한 이상 안 싸울 수는 없다는 게요. 딴은 그 사람도 싸움의 원인을 찬찬히 생각해 보니까 크게 소란 피울 일은 아니라고 합디다. 그러니 저 사람 체면치레를 위해서 칼을 빼쇼. 상처는 내지 않겠다고 하니까.

바이올라 (방백) 하느님, 저를 지켜주세요! 자칫 잘못하면 남자가 아닌 것이 들통날 것 같아.

페이비언 그가 사납게 몰아치면 뒤로 물러서요.

토비 벨치 경 자, 앤드류 경, 이젠 뾰족한 수가 없네. 저 신사는 명예를 지키기 위해서도 자네와 반드시 결투를 해야겠다는 거야. 결투의 규칙을 회피할 수는 없다는 거야. 그렇지만 자네를 상처내지는 않겠다고 내게 신사로서 용사로서 약속을 했네. 자, 시작하게.

앤드류 경 신이시여, 그자가 맹세를 지키도록 해주소서!

바이올라 이건 정말 내 본심이 아닌데. (칼을 뺀다)

안토니오 등장

안토니오 칼을 치우시오! 이 젊은 분에게 잘못이 있었다면 내가 대신 벌을 받겠소. 만일 댁에서 잘못이 있었다면 그때는 내가 대신 상대하겠소.

토비 벨치 경 여보쇼, 당신은 대체 누구요?

안토니오 난 저분을 위해서라면 물불을 가리지 않는 사람이오. 저 분이 당신들에게 뭐라고 했는지 모르지만 나는 그 이상의 일도 해치우고 말 거요.

토비 벨치 경 좋아, 그렇게 간섭하고 싶다면 내가 상대해 주지. (칼을 뺀다)

관리들 등장

페이비언 토비 경, 제발 참으세요! 저기 관리들이 와요.

토비 벨치 경 (안토니오에게) 조만간 상대를 해주지.

바이올라 (앤드류 경에게) 자, 제발 칼을 거두세요.

앤드류 경 아, 거두고말고요. 그리고 약속한 건 반드시 지키겠소. 그 말이 온순해서 아주 수월하게 타고 다닐 수 있을 거요.

관리 1 이 사람이다, 공무를 집행해.

관리 2 안토니오, 오시노 공작의 고발로 체포한다.

안토니오 사람을 잘못 봤소.

관리 1 틀림없어. 지금은 선원 모자를 쓰고 있지 않지만 난 당신 얼굴을 잘 알고 있어. 연행해. 이 자도 내가 얼굴을 똑똑히 알고 있다는 걸 잘 알고 있다.

안토니오 할 수 없군. (바이올라에게) 당신을 찾다가 이렇게 됐네요. 이젠 도리 없이 죗값을 치러야죠. 내 처지가 난처하게 됐으니 아까 맡긴 지갑을 돌려줄 수 있겠소? 제 신세가 이렇게 된 것보다 당신을 돕지 못하는 것이 안타까울 뿐이오. 몹시 놀랐을 텐데 너무 염려하지 말아요.

관리 2 자, 어서 가자.

안토니오 그 돈에서 얼마쯤이라도 돌려받아야겠어요.

바이올라 아니, 무슨 돈이요? 이렇게 제게 친절을 베풀어 주시고, 더욱이 지금 이런 곤경에 빠진 것을 보니 딱하네요. 가진 게 많지 않지만 조금이나마 나눠 드리죠. 자, 이게 절반입니다.

안토니오 지금 나를 모른다고 잡아떼는 거요? 내가 지금까지 당신에게 베푼 친절이 성에 차지 않는다는 게요? 이런 비참한 처지에 빠진 사람을 시험하지 마시오. 이제까지 내가 베푼 친절을 들먹이면서 당신을 신랄하게 비난하는 사람이 될지도 모르니까.

바이올라 저로서는 모두 금시초문이에요. 난 당신의 목소리도 들은 적이 없고 얼굴도 전혀 몰라요. 나도 배은망덕이라는 것을 거짓말, 허영심, 수다, 음주벽, 그 밖에 인간의 나약한 심성을 타락시키는 어떤 악덕보다도 증오하는 사람이에요.

안토니오 오, 세상에! 이럴 수가 있나!

관리 2 가자. 이제 그만 가자고.

안토니오 몇 마디만 더 하겠소. 여기 이 젊은이는 거의 죽게 된 것을 내가 사력을 다해 구해주었소. 성심을 다해서 보살폈지요. 풍채가 왠지 존경할 만한 인물처럼 보였기 때문에 헌신적으로 돌봤던 거요.

관리 1 그게 우리와 무슨 관계가 있나? 시간 없어. 어서 가잔 말이야.

안토니오 오, 내가 숭배한 우상이 이리도 비열할 줄이야! 세바스찬, 너는 그 풍채 좋은 얼굴을 치욕으로 물들였구나. 사실 마음이 없다면 사람이란 어떤 결점도 없는 것이지. 몰인정한 자야말로 불구자인 것이다. 미덕은 아름다운 것이지만 아름다움의 가면을 쓴 해악도 있다. 그건 악마가 겉만 요란하게 치장해 놓은 속이 텅 빈 가방일 뿐이지.

관리 1 이 사람이 맛이 갔군. 데리고 가! 빨리 가자고.

안토니오 자, 데려가시오. (안토니오, 관리들과 함께 퇴장)

바이올라 저렇게 격노해서 퍼붓는 것을 보니 확신이 있어서 하는 말 같아. 도저히 사실이라고 믿을 수 없어. 아, 내 상상이 그대로 들어맞는다면, 그리운 오빠와 나를 잘못 본 거라면 얼마나 좋아.

토비 벨치 경 어이, 기사 나리! 이리 와. 페이비언도 오고. 우리도 유식한 격언을 한두 개 주고 받아 보자고.

바이올라 그 사람이 세바스찬이라고 했어요. 오빠는 나라는 거울 안에서 여전히 살아 있어요. 오빠는 나와 똑같이 닮았으니까. 항상 이런 복장, 이런 빛깔, 이런 장식을 했어요. 내가 오빠를 흉내냈기 때문이야. 아! 이게 사실이라면 태풍은 친절하고, 짠 파도도 달콤한 사랑으로 충만한 것이 분명해. (퇴장)

토비 벨치 경 아주 비겁하기 짝이 없는 놈이군. 게다가 토끼보다 더한 겁쟁이고. 친구가 곤경에 빠졌는데도 싹 안면몰수라니 비열하기 이를 데 없군. 그자가 겁쟁이라는 건 페이비언에게 물어보면 돼.

페이비언 겁쟁이죠. 겁쟁이 종교가 있다면 아주 독실한 신도예요!

앤드류 경 이놈을 쫓아가서 흠씬 패줘야겠다.

토비 벨치 경 패, 실컷 패버려. 하지만 칼은 빼지 말라고.

앤드류 경 칼을 빼는 짓은 안 해. (퇴장)

페이비언 쫓아가서 결말을 볼까요.

토비 벨치 경 돈을 얼마든지 걸어도 좋아. 아무 일도 일어나지 않을 거다.

(퇴장)

제4막

제1장

올리비아의 집 앞

세바스찬과 광대 등장

광대 내가 선생을 모시러 온 거라는 걸 왜 믿지 않으십니까?

세바스찬 가, 가라니까. 바보 같은 친구야. 귀찮게 굴지 말고.

광대 에이, 정말 시치미 떼는 데는 못 당하겠네. 그래요, 난 선생을 모르고, 또 드릴 말씀이 있으니 모셔오라고 아가씨가 시켜서 심부름 온 사람도 아니죠. 또 선생의 이름은 세자리오도 아니고, 이 코도 내 코가 아니야. 그러니까 전부 사실이 사실이 아니라는 거지요.

세바스찬 제발 부탁이네. 그런 바보 같은 소리는 딴 데 가서 씨부렁거리라고. 자네가 나를 어떻게 알아?

광대 바보 같은 소리를 씨부렁거리라고? 어떤 잘난 사람한테 얻어 주운 말을 이제 이 바보한테 써먹겠다는 얘기군. 바보 같은 소리를 씨부렁거려라! 이러다가는 이 팔불출 같은 세상이 오히려 멋쟁이가 돼버릴까 겁나네. 제발 시치미 떼지 마시고, 아가씨께 뭐라고 씨부렁거릴지 가르쳐 주쇼. 곧 온다더라고 씨부렁거릴깝쇼?

세바스찬 부탁이야, 바보 나리. 제발 꺼지라고. 자, 여기 돈 있어. 계속 영

십이야 527

기면 가만 두지 않을 테야.

광대 이거 참말로 손이 크시군. 바보에게 돈을 주는 똑똑한 양반네들은 뒤에 좋은 평판을 얻게 되지. 몇 배의 이득을 보는 것이거든.

앤드류 벨치 경, 토비 경, 페이비언 등장

앤드류 경 야, 이놈아! 잘 만났다. 어디 맛 좀 봐라.

세바스찬 뭐? 너도 얻어터져 봐라, 이놈아. 여기 있는 놈들은 모두 돌아버렸군.

토비 벨치 경 그만둬. 안 그러면 네 칼을 집 너머로 던져버릴 거야.

광대 당장 달려가 아가씨에게 알려야지. 2펜스 받고 이 난리법석에 낄 수는 없고말고. (퇴장)

토비 벨치 경 자, 이제 그만들 해!

앤드류 경 아냐, 내버려둬. 저 자를 혼내 줄 다른 방법이 있어. 이 일리리아에도 법이 있으니까 폭행죄로 고소할 거야. 먼저 주먹을 내민 것은 나지만, 그게 뭐 상관이야.

세바스찬 이 손 놔.

토비 벨치 경 아니, 못 놔. 이봐 젊은 친구, 칼을 치워. 그만하면 할 만큼 했잖나. 어서 버려.

세바스찬 이 손 치워. 자, 어떡할 건데? 또 한바탕 대거리를 하고 싶으면 칼을 뽑아라.

토비 벨치 경 뭐, 뭐가 어째! 좋아, 네 놈의 파렴치한 피를 한두 됫박 흘리게 해주겠다. (올리비아 등장)

올리비아 그만 둬요, 아저씨! 목숨이 아깝거든 그만두세요.

토비 벨치 경 올리비아!

올리비아 늘 왜 모양이에요? 아무리 염치가 없어도 그렇지. 예의는 어디 있어요? 산 속이나 야만인이 사는 동굴에서 살면 딱이에요. 내 눈앞에서 없어져요. 화내지 말아요, 세자리오님. (토비 경에게) 불한당은 꺼지라니까요. (토비 벨치 경, 앤드류 경, 페이비언 퇴장) 이 무례하고 부당한 짓으로 당신을 욕보인 것을 제발 격정을 누르고 깊은 지혜로 이해해 주세요. 제 집으로 함께 가요. 지금까지 저 불한당이 얼마나 무모하기 짝이 없는 못된 짓을 저질렀는지 들으시면 이번 일도 웃고 넘길 수 있을 거예요. 꼭 같이 가세요. 거절하지 말아요. 정말 그 사람이 저주스러워요. 그 때문에 얼마나 놀랐는지 지금도 심장이 콩닥콩닥 뛰고 있어요.

세바스찬 (방백) 이건 또 무슨 일이람? 강물이 거꾸로 흐르고 있나? 아니면 내가 정신이 돌았나? 그것도 아니면 꿈을 꾸고 있단 말인가? 환상이여, 내 의식을 망각의 강 속에 잠기게 해다오. 이것이 꿈이라면 계속 잠들어 있게 해다오!

올리비아 자, 이리 오세요. 아무쪼록 제가 하자는 대로 따라주세요.

세바스찬 그럽시다, 아가씨.

올리비아 아, 그래요. 그렇게 해요. (모두 퇴장)

제 2 장

올리비아의 집

마리아와 광대 등장

마리아 자, 어서 이 가운을 입고 수염을 달아요. 그 사람이 당신을 토파스 목사로 믿게 하는 거야. 자 빨리 서둘러. 그동안에 나는 토비 경를 모셔 올게. (퇴장)

광대 자, 입어볼까. 변장을 해야지. 이런 가운을 입고 사람을 속이는 게 내가 처음은 아니지. 목사 노릇을 하기에는 키가 너무 작고, 훌륭한 학자라고 하기엔 좀 뚱뚱하단 말이야. 그러나 정직한 인간, 훌륭한 주부라는 말을 듣는 것도 정중한 성직자나 위대한 학자라는 소리를 듣는 것만 못할 게 없지. 어, 한 패거리들이 오시는군.

토비 벨치 경과 마리아 등장

토비 벨치 경 안녕하세요, 목사님?

광대 보노스 디에스(라틴어로 "안녕하세요"의 뜻) 토비 경. 펜과 잉크조차 본 적이 없는 프라하의 어느 은둔자가 고보덕 왕의 조카딸에게 이런 재치 있는 말을 했지요. "있는 것은 곧 있는 것이다."라고. 그러므로 나도 목사니까 목사인 거예요. 왜냐하면 '그것'은 '그것'이 아니고 무엇이며, '있음'은 '있음'이 아니고 무엇이란 말이오?

토비 벨치 경 토파스 목사님, 저 사람한테 가보십시다.

광대 오! 이 감옥에 평화를!

토비 벨치 경 녀석! 흉내 한번 그럴 듯하군.

말볼리오 (안에서) 거기 누구시오?

광대 토파스 목사다. 미치광이 말볼리오를 만나보러 왔다.

말볼리오 목사님, 목사님, 토파스 목사님. 아가씨에게 좀 가주십시오!

광대 닥쳐라. 과대망상중 마귀새끼야! 왜 이 자를 이렇게 괴롭히느냐? 어째 아가씨밖에는 할말이 없느냐?

토비 벨치 경 잘한다, 목사!

말볼리오 토파스 목사님, 세상에 이런 변이 어디 있습니까? 목사님, 제가 미쳤다고 생각지 마세요. 그들이 나를 이런 소름끼치는 암흑 속에 던져 놓았답니다.

광대 저런, 뻔뻔한 마귀야! 그래도 나는 너를 이렇게 부드러운 말투로 부르지 않느냐? 비록 네가 마귀이지만 나는 예절을 중시하는 점잖은 사람이다. 방이 어둡다고 하는 것이냐?

말볼리오 지옥 같습니다요, 토파스 목사님.

광대 장벽처럼 투명한 내받이창이 있고 북남향에는 흑단같이 광채 나는 창이 있는데 빛이 들어오지 않는다니 말이 되는 소리냐?

말볼리오 저는 미치지 않았어요. 토파스 목사님. 이 방은 정말 깜깜해요.

광대 미친 자야! 너는 잘못 알고 있다. 이 세상에 무지 이외에는 암흑이 없느니라. 안개 속에서 길을 잃고 헤매는 이집트 사람들처럼 너는 무지에 싸여 있느니라.

말볼리오 무지는 지옥같이 어둡다고 하지만, 이 방은 무지 못지않게 깜깜합니다. 그리고 저같이 능욕을 당한 자는 없습니다. 저는 목사님처럼 미치지 않았습니다. 이치에 맞는 질문으로 저를 시험해 보세요.

광대 그럼 야생 조류에 관한 피타고라스 설은 뭐지?

말볼리오 우리 할머니의 영혼이 새에 살고 있을지도 모른다고 했지요.

광대 그 설에 대해 어떻게 생각하나?

말볼리오 영혼을 고귀한 것이라고 생각하기 때문에 그의 설에는 절대 찬성하지 않습니다.

광대 그럼 잘 있게. 언제까지나 어둠 속에 남아 있도록. 네가 피타고라스의 설에 찬성하지 않는다면 나는 너의 정신이 온전하다고 인정할 수 없다. 그리고 누른도요를 죽이지 않도록 조심해라. 할머니의 영혼을 앗아갈지도 모르니까. 그럼 잘 있게.

말볼리오 토파스 목사님! 토파스 목사님!

토비 벨치 경 끝내 주는 군. 우리 토파스 목사!

광대 그럼요. 무슨 일이든 척척, 그 정도야 식은죽 먹기지요.

마리아 그 수염과 가운은 없어도 될 뻔했어요. 저쪽에서는 아무 것도 보이지 않으니까.

토비 벨치 경 이번에는 원래 네 목소리로 해봐. 그자가 어떻게 하는지 알려다오. 이 장난도 이쯤에서 끝내는 게 좋겠다. 뒤끝 없이 풀어주려면 이쯤에서 끝내야겠지. 왜냐하면 이 일로 조카딸이 내게 화가 단단히 난 것 같아. 그러니 이 장난을 끝까지 보려다간 낭패를 당할지도 모르잖아. 좀 있다 내 방으로 오라고. (토비 경과 마리아 퇴장)

광대 (노래한다) "어이, 로빈, 즐거운 로빈! 네 아가씬 안녕하시냐?"

말볼리오 바보!

광대 "아가씨는 정말 몰인정하시지."

말볼리오 바보!

광대 "아이, 왜 그렇게 됐을까?"

말볼리오 아이고, 바보야!

광대 "정든 임이 생기셨나. 허! 누가 날 부르나?"

말볼리오 이 바보 새끼야, 나에게 잘 보이려면 날 좀 도와다오. 양초와 펜과 잉크, 종이를 좀 갖다 줘라. 나도 신사인데 신세는 꼭 갚으마.

광대 말볼리오 나리?

말볼리오 그래, 맞다.

광대 아이고, 어쩌다 멀쩡한 양반이 그렇게 돌아버렸습니까?

말볼리오 이 바보야, 세상에 이런 모욕을 당한 사람은 없다. 나도 너같이 정신이 멀쩡하다.

광대 나랑 똑같다고요? 그럼 정말로 미친 거군. 이 바보와 머리가 똑같다니 말이야.

말볼리오 그놈들이 나를 물건 취급을 하여 깜깜한 여기에다 몰아넣고는 목사 떨거지나 보내고 말이야. 바보들. 그러고는 온갖 짓을 다해 나를 정신 나간 사람으로 만들려고 해.

광대 쉿, 말을 가려서 해야죠. 목사님이 아직 여기 계셔요. (음성을 바꾸어) 말볼리오, 말볼리오, 하느님의 은총으로 제정신이 돌아오기를! 잠을 되도록 많이 자시오. 그 허튼 소리들은 나불대지 말고.

말볼리오 토파스 목사님!

광대 (목사 음성으로) 저 친구와 얘기를 나누면 안 되네. (제 음성으로) 저 말씀이에요? 예, 잘 알았습니다. 살펴 가세요, 토파스 목사님. (목사 음성으로) 잘 있게, 아멘! (제 음성으로) 예, 예 그렇게 하겠습니다요.

말볼리오 바보, 바보, 야! 이 바보 자식아!

광대 아이구, 참으시라니깐. 뭐라고 했어요? 당신과 말한다고 야단을 맞았다니까요.

말볼리오 바보야 제발 부탁이다. 등불과 종이 좀 갖다다오. 이것 봐, 난 이 일리리아에서 어느 누구보다 정신이 온전하단 말이야.

광대 아이구, 그렇기만 하다면야 얼마나 좋겠수!

말볼리오 이 손에 대고 맹세하마. 이 사람아, 제발 잉크와 종이와 등불을 갖다 주게. 그리고 내가 쓴 것을 아가씨에게 전해 줘. 그렇게만 해주면 이제까지 편지를 전달해 준 것보다 훨씬 더 많은 사례를 받게 될 것이네.

광대 도와드립죠. 하지만 사실대로 말해 봐요. 정말 미쳤는지 아니면 미친 척하고 있는 건지?

말볼리오 날 믿어, 미치지 않았어. 절대로 미치지 않았다고.

광대 아유, 미친 사람 말을 어떻게 믿어요? 머리통 속을 벌리고 들여다보지 않고서야. 아무튼 등불과 종이와 잉크를 가져오겠어요.

말볼리오 바보야, 사례는 후하게 해주겠다. 제발 갔다와 다오.

광대 (노래한다) 갔다오죠. 단숨에 달려가서 순식간에 돌아오죠. 옛 연극의 광대 바이스처럼 당신의 도움이 되겠어요. 바이스는 목검을 들고 분기탱천하여 마귀에게 네 이놈! 하고 외쳐대죠. 미친 녀석처럼 발톱을 깎아라. 자, 안녕! 착한 악마여! (모두 퇴장)

제3장

올리비아의 정원

세바스찬 등장

세바스찬 이건 공기이고, 저건 빛나는 태양이다. 그녀가 준 이 진주는 감촉을 느낄 수도 있고 눈으로 볼 수도 있다. 비록 나를 둘러싸고 있는 것들이 이상할 뿐이지 정신이 나간 것은 아니다. 그렇다면 안토니오는 어디 있지? 코끼리 여관에 가보았지만 거기에는 없었어. 그러나 그곳에 있기는 했다. 나를 찾으러 거리에 나간다고 전갈을 남겨 놓았으니까. 그 사람과 지금 상의를 할 수 있다면 더 할 수 없이 도움이 될 텐데. 내 마음이 오감과 논의해 보았지만 어떤 착오는 있을지 몰라도 결코 내가 미친 것은 아니다. 하지만 이러한 우연한 사태와 홍수처럼 밀어닥친 행운은 전례가 있는 것도 아니거니와 설명할 수도 없다. 그러니 어떻게 내 눈을 의심하지 않을 수 있단 말인가. 내 이성과 논쟁을 하면 이성은 내가 미쳤거나 아니면 이 집 아가씨가 미쳤거나 둘 중 하나라고 믿게 한단 말이야. 만일 아가씨가 미쳤다면 어떻게 이 저택을 관리하고 하인들을 부리며 저리도 매끄럽고 신중하고 견실하게 집안일 일체를 처리해 나갈 수 있단 말인가. 여기에는 그녀가 나를 현혹시키려는 어떤 흑막이 숨어 있어. 아, 아가씨가 이리로 오고 있군.

올리비아와 목사 등장

올리비아 제가 이렇게 서두른다고 나무라지 마세요. 당신 말씀이 진심이라면 목사님과 함께 교회로 가요. 그리고 목사님 앞에서 그리고 그 성스러운 지붕 아래서 영원토록 변치 않을 사랑을 제게 맹세해 주세요. 저의 질투심 많고 불안한 영혼이 안심할 수 있게 말예요. 이 맹세는 당신이 세상에 밝혀도 좋다고 하실 때까지 목사님께서도 비밀로 해주실 거예요. 그때가 되면 제 신분에 어울리는 결혼식을 올려요. 어떠세요?
세바스찬 목사님을 따라 당신과 같이 가겠습니다. 진실을 맹세하고 죽을 때까지 지키겠어요.
올리비아 목사님, 우리를 인도해 주세요. 하늘도 빛을 비추어 저의 이 일을 굽어 살피소서! (모두 퇴장)

제 5 막

제 1 장

올리비아의 집 앞

광대와 페이비언 등장

페이비언 자네와 내가 아주 친한 사인데, 그 편지 좀 보여 다오.
광대 그럼 페이비언 나리, 내 부탁 하나 하나 들어주겠소?
페이비언 그러지. 들어주고말고.
광대 그럼 부탁인데 이 편지를 보자고 하지 마시오.
페이비언 뭐 이래? 이 개를 드립니다 하고선 보답으로 내 개를 다시 돌려주시오 하는 것과 똑같잖아.

오시노 공작, 바이올라, 큐리오, 시종들 등장

오시노 자네들은 올리비아 아가씨 댁 사람들이지?
광대 그렇습니다. 저희야 아가씨의 장식에 불과한 존재들이지요.
오시노 자네를 잘 알고 있지. 친구, 요즘 어떻게 지내나?
광대 솔직히 말씀드리면 원수 덕분에 잘 나가고, 친구 때문에 손해를 보고 있습니다.

십이야 537

오시노 그 반대겠지. 친구 덕에 잘 되는 것 아닌가?

광대 아니에요, 나빠진다니까요.

오시노 어떻게 그럴 수가 있지?

광대 그게 말입니다, 친구들은 저를 추켜세우고 나서 바보로 만드는데, 적은 처음부터 저를 대놓고 바보라고 한단 말입니다. 그래서 적 때문에 저 자신을 알게 되니 덕을 보는 것이고, 친구 놈들 덕으로는 속는 것밖에 없는 것이죠. 결론은 마치 입맞춤 같은 거지요. 네 번의 부정은 두 번의 긍정이 되지 않습니까? 그러니 친구들 덕에 손해를 보고, 적들 때문에 잘 된다는 말씀입니다.

오시노 그것 참 재미있는 얘기군.

광대 맹세코 별것도 아닌데, 공작님께서 제 친구가 되겠노라는 말씀 같군요.

오시노 그렇다고 나 때문에 자네가 손해를 봐서야 되겠나. 자, 이 돈을 받게.

광대 그런데 또 한 번 그렇게 하시면 표리부동한 언행이 되나요?

오시노 이 친구가 못된 짓만 권하는군.

광대 이번만은 양심일랑 호주머니에 속에 넣어두시고 인정에 따르심이 어떨지요?

오시노 그래 죄를 짓자. 표리부동한 언행을 하지. 여기 있다, 한 개 더.

광대 하나, 둘, 셋, 아주 재미있는 놀이죠. 옛말에도 세 번째 것이 다 물어 넣는다는 속담이 있습죠. 그리고 춤출 때도 삼박자가 그만이고 성 베넷의 종소리도 짐작하시겠지만 하나, 둘, 셋이죠.

오시노 그런 꿍꿍이로는 내 호주머니를 더 이상 털지 못해. 네 아가씨에게 내가 보러 왔다고 전하고, 이리로 모시고 나온다면 하사금을 줄지도 모르겠다.

광대 그럼 제가 돌아올 때까지 그 하사금은 재워 놓으세요. 자, 다녀오겠습니다. 하지만 제가 바라는 것이 모두 탐욕의 죄 때문이라고는 생각지 말아 주세요. 자, 그럼 저한테 베풀 하사금은 제가 곧 돌아와서 깨울 때까지 잠시 눈을 붙이게 해 두세요. (퇴장)

바이올라 저 분이에요, 저를 구해 준 분이세요.

안토니오와 관리들 등장

오시노 저 자의 얼굴을 똑똑히 기억하고 있다. 딴은 전번에 만났을 때는 화약 연기를 뒤집어쓰고 불과 대장간의 신 헤파이스토스처럼 시커먼 얼굴이었어. 변변찮은 작은 배의 선장이었고, 초라하고 형편없는 배를 조종하며 우리 함대에서 가장 크고 훌륭한 배를 산산이 부숴버렸어. 우리는 그 훌륭한 전술에 미움이고 손실이고를 다 잊고 입에 침이 마르도록 칭찬을 했었다. 그런데 무슨 일인가?

관리 1 공작님, 이놈이 바로 안토니오입니다. 크레타 섬에서 짐을 싣고 돌아오는 피닉스 호를 약탈했고, 타이거 호를 습격하여 공작님의 젊은 조카 타이터스 님의 한쪽 다리를 잃게 한 장본인이 바로 이 자입니다. 그런데 이 거리에 뻔뻔하게 나타나서 후안무치하게 싸움질을 하는 것을 보고 체포해 왔습니다.

바이올라 이 분이 친절하게도 저를 위해 칼을 빼셨어요. 그런데 마지막에는 제게 이상한 말을 하는 거예요. 아무래도 정신이 나간 사람이라고밖에는 생각이 안 돼요.

오시노 야, 악명 높은 해적아! 바다의 강도 놈아! 얼마나 어리석고 대담하기에 네가 벌인 피비린내나는 전투로 철천지원수가 된 적의 수중에 잡히게 됐느냐?

십이야 539

안토니오 오시노 공작, 내게 씌운 죄명은 사실이 아니니 수긍할 수 없소이다. 이 안토니오가 오시노 공작의 적인 것은 전적으로 인정하지만, 나는 결코 해적도 아니고 강도도 아니올시다. 단지 내가 여기까지 오게 된 것은 마귀에게 홀린 탓이오. 지금 당신 옆에 있는 후안무치한 저 젊은이가 바로 거친 바다 거품이 끓어오르는 파도 속에 삼키우는 순간에 내가 건져준 사람이외다. 도저히 살 수 있을 것 같지 않았으나 갖은 노력으로 소생할 수 있었고, 내 진정한 마음을 다 쏟아 도움을 주었어요. 저 사람에게 도움이 되고 오로지 그를 아꼈기 때문에 위험을 무릅쓰고 사지에 뛰어든 것이오. 그리고 그가 곤경에 처한 것을 보고는 그를 지키려고 칼을 뺐던 것이오. 그런데 내가 붙잡히니까 저 자는 자기도 위험 속에 휘말릴까봐 뻔뻔하게 낯을 바꾸면서 애당초 날 알지 못한다고 시치미를 뗐소. 그러니 눈 깜짝할 동안에 우리 둘 사이가 20년은 멀어져 버렸소이다. 더욱이 내가 반시간 전에 쓰라고 맡긴 돈지갑조차도 모른다고 부인을 합디다.

바이올라 이게 어떻게 된 일이람?

오시노 그는 언제 이곳에 왔느냐?

안토니오 오늘 왔습니다, 공작님. 그 둘은 지난 석 달 동안 낮이나 밤이나 한시도 떨어져 있지 않고 같이 지내왔습니다.

올리비아와 시종들 등장

오시노 저기 백작 댁 아가씨가 오는군. 선녀가 땅 위를 걷는 것 같구나! 이, 이 사람, 넌 정신 나간 소리를 지껄이고 있어. 이 젊은이는 석 달 동안이나 내 시중을 들어왔다. 허나 이 얘긴 조만간 다시 하기로 하자. 이 자를 저리 데려가라.

올리비아 무슨 일이라도? 공작님, 제가 사랑을 바칠 수 없다고 한 일 말고 해드릴 수 있는 일이 있겠습니까? 세자리오, 당신은 나와 약속을 해놓고 어겼어요.

바이올라 아가씨!

오시노 올리비아 아가씨…….

올리비아 뭐라고 대답을 해봐요, 세자리오? (공작에게) 공작님, 잠깐만요.

바이올라 제 주인님께서 말씀하고 계십니다. 저는 조용히 있겠습니다.

올리비아 늘 하시는 그 말씀이시라면 제 귀로 듣기에는 따분하고 역겨워요. 음악이 끝난 뒤의 울부짖는 소리 같아요.

오시노 언제까지 그렇게 매정하게 대할 거요?

올리비아 계속 그럴 거예요, 공작님.

오시노 정말 외고집, 당신은 무정한 여인이오. 나는 은혜도 모르고 냉혹할 뿐인 제단에 충직한 내 영혼을 던져 헌신적인 기도를 바쳐 왔소. 이제 나는 어떡하라는 거요?

올리비아 공작님이 할 수 있는 일이라면 무엇이든 하세요.

오시노 무엇이든 할 마음이 있다면 죽음이 목전인 이집트의 도둑처럼 사랑하는 사람을 죽일지도 모르지. 잔혹한 질투에도 때로는 고귀한 향기가 따르는 법이오. 그러나 내 말을 들어보오. 그대는 나의 진심을 헌신짝 버리듯 하고 거들떠보지도 않았소. 또 당신의 사랑 속에 당연히 내가 차지해야 할 자리에서 나를 몰아낸 도구가 무엇인지도 대충은 알고 있소. 그러니 당신은 언제까지나 대리석처럼 차가운 폭군으로 남으시오. 하지만 당신이 총애하는 이 젊은이를 당신 뿐 아니라 나도 하늘에 맹세코 사랑하고 아끼고 있소. 그러나 그의 주인의 원한 속에 왕관을 쓰고 앉아 있는 그를 당신의 그 잔인한 눈 안에서 빼내고 말 것이오. 자, 나와 같이 가자. 지금 난 해야 할 일이 있다. 내가 아끼는 새끼 양을 제물로 삼아 흰 비둘기 속에 깃들인 까마귀 심장의 원한을 풀어야겠다.

바이올라 마음을 편안하게 해드릴 수만 있다면 무엇인들 못하겠어요. 천번만번이라도 기쁘게 제물이 되겠습니다.

올리비아 어딜 가세요, 세자리오?

바이올라 사랑하는 분을 따라가요. 제 이 두 눈, 제 생명, 미래의 아내를 사랑하는 것, 그 모든 것 이상으로 사랑하는 분이랍니다. 하느님, 만약 이 마음이 거짓이라면 사랑을 더럽힌 죄로 저를 벌주소서!

올리비아 아, 야속하다! 내가 이렇게 속다니!

바이올라 누가 아가씨를 속였단 말입니까? 누가 해를 끼쳤단 말인가요?

올리비아 자기 자신조차 잊었어요? 바로 조금 전 일이잖아요? 목사님을 모셔 와.

오시노 (바이올라에게) 자, 가자!

올리비아 가긴 어디로 가요? 세자리오, 기다려요, 나의 남편.

오시노 남편이라!

올리비아 예, 남편이죠. 아니라고 부인은 못할 거예요.

오시노 이봐, 저 여자의 남편이라고?

바이올라 아뇨, 절대 아닙니다, 주인님.

올리비아 오! 비겁한 사람. 자기의 정당함을 질식시켜 버리는군요. 세자리오, 겁낼 것 없어요. 행운을 붙잡아요. 당신이 알고 있는 그대로의 당신이 되세요. 그러면 당신이 두려워하는 사람과 대등한 신분이 되는 거예요. (목사 등장) 목사님, 잘 오셨어요. 목사님께서 사실대로 말씀해 주세요. 좀 전까지 때가 이를 때까지 비밀로 해달라고 부탁드렸습니다만 지금 사정이 여의치 않게 됐으니 목사님께서 이 젊은이와 저 사이에 있었던 일을 말씀해 주셔야겠습니다.

목사 예, 두 분은 영원히 변치 않는 백년가약을 맺었습니다. 서로 손을 맞잡고 신성한 입맞춤으로 사랑을 증명했고 반지를 교환함으로써 맹세했습니다. 그리고 이 의식은 성직자의 직분으로 제가 입회하여 집행하고 확인했습니다. 제 시계를 보자 하니 그때부터 지금까지 불과 두 시간밖에 지나지 않았습니다.

오시노 에이, 나쁜 녀석! 날 속이다니! 머리가 반백이 될 쯤에는 무엇이 될꼬? 벌써부터 그렇게 교활하게 하다간 네 놈이 던진 그물에 네 스스로 걸려들 것이다. 가거라. 나하고는 이제 끝이다. 이 여자를 데리고 가. 그렇지만 네 발길을 조심해. 이후로 절대로 나와 마주치지 않도록 해라.

바이올라 주인님, 그런 일은 절대⋯⋯.

올리비아 아! 그만, 맹세하지 말아요. 뭐가 그렇게 두려우세요? 최소한의 신념이라도 지켜야죠.

앤드류 경 등장

앤드류 경 큰일 났어요. 어서 의사를 불러! 빨리 토비 벨치 경에게 의사를 보내요.

올리비아 대체 무슨 일이에요?

앤드류 경 그놈이 내 머리빡을 박살냈어요. 토비 벨치 경의 골통도 피투성이고. 제발 좀 도와줘요! 이럴 줄 알았으면 40파운드를 버리더라도 차라리 집에 있는 건데.

올리비아 누가 이렇게 했어요, 앤드류 경?

앤드류 경 공작의 시종 세자리오란 놈이요. 겁쟁이라고 해서 덤볐더니 악마처럼 드세고 강한 놈이었소.

오시노 내 시종 세자리오라고?

앤드류 경 아이쿠, 여기 와 있군! 너 이 녀석, 왜 아무런 이유도 없이 내 머

십이야 543

리를 깨부수냐? 내가 그런 짓을 한 것은 토비 벨치 경이 시켜서 한 거라고.

바이올라 그 얘기를 어째서 나한테 하는 거요? 난 결코 당신을 해치지 않았어요. 당신이 막무가내로 칼을 빼들고 나에게 달려들지 않았습니까? 그럼에도 나는 좋게 말하고 털끝만큼도 해치지 않았잖소.

앤드류 경 이렇게 대가리가 피투성이가 되었는데 해친 것이 아니라니 그게 말이나 되는 소린가? 피투성이가 된 골통쯤은 아무것도 아니란 말이야?

토비 벨치 경과 광대 등장

앤드류 경 저 봐, 토비 경이 다리를 절뚝거리며 오고 있잖아. 저 친구가 더 자세히 말해 줄 거다. 술만 취하지 않았더라면 넌 정말 혼쭐이 났을 것이다.

오시노 대관절 어떻게 된 일이오?

토비 벨치 경 이러고저러고 할 것도 없어요. 저치한테 당했어요. 그것뿐이죠. (광대에게) 주정뱅이 딕 의사 선생을 만나봤냐?

광대 토비 경, 그 의사 선생은 한 시간 전부터 곤드레만드레예요. 아침 여덟 시에 이미 눈이 감겨 있었으니까요.

토비 벨치 경 에이 불한당 같으니. 팔박자로 질척대고 있단 말이야. 그런 고주망태 불한당은 정말 혐오스러워.

올리비아 저리 모시고 가! 누가 이렇게 큰 상처를 입혔어요?

앤드류 경 내가 도와줄게, 토비 경. 같이 붕대를 감자고.

토비 벨치 경 날 도와준다고? 이 바보, 멍텅구리, 불한당, 푸석이, 숙맥아!

올리비아 침대로 옮겨서 상처를 돌봐드리도록 해. (광대, 페이비언, 토비 벨치

경, 그리고 앤드류 경 퇴장)

세바스찬 등장

세바스찬 죄송합니다, 아가씨. 제가 친척 분에게 상처를 입혔습니다. 그렇지만 피를 나눈 형제간이라 해도 신체의 안전을 도모하려니 어쩔 도리가 없었습니다. 낯선 눈길로 저를 보시네요. 제가 한 짓 때문에 기분이 상하셨군요. 사랑하는 이여! 방금 전에 당신과 나 사이에 맺은 맹세를 봐서라도 용서해 주오.

오시노 한 얼굴, 한 목소리, 한 복장, 그런데 사람은 둘이라! 이 무슨 일인가? 있으면서도 있지 않은 자연의 조화란 말인가!

세바스찬 안토니오! 오, 친애하는 안토니오가 아니오! 당신을 잃어버리고 난 후 이 몇 시간 동안 나는 마치 고문을 당하는 것처럼 고통스러웠소.

안토니오 당신이 세바스찬이오?

세바스찬 뭐, 이상하오, 안토니오?

안토니오 어떻게 당신이 둘로 나눠졌단 말이오? 사과 하나를 두 쪽으로 갈라놓아도 이렇게 똑같을 수는 없을 게요. 어느 쪽이 세바스찬이오?

올리비아 정말 신기하네!

세바스찬 거기 서 있는 사람도 나인가? 나는 남자 형제라곤 전혀 없소. 여기저기에 동시에 출몰하는 신통력을 타고난 것도 아니오. 다만 누이가 하나 있었는데 눈먼 파도가 삼켜버리고 말았소. (바이올라에게) 아무쪼록 당신이 나와 무슨 혈연관계가 있는지 말해 주시오. 태어난 곳은 어디요? 이름은 뭐며, 양친은 어떻게 됩니까?

바이올라 저는 메살린에서 태어났고, 아버지의 성함은 세바스찬, 형제도 같은 세바스찬이었어요. 지금 그런 복장으로 바다의 무덤으로 가버렸어요. 만일 혼령이 똑같은 모습과 복장을 할 수 있다면 당신은 우리를 놀라게 하려고 여기 온 거라고 할 수밖에요.

세바스찬 내가 바로 그 혼령이오. 그러나 난 어머니 뱃속에서부터 물려받은 애초의 몸뚱이 그대로요. 당신이 여자라면 나머지는 모두 같으니까, 당신 뺨에 눈물을 흘리면서 말할 거요. "바이올라야! 꿈이냐 생시냐? 물에 빠져 죽은 줄 알았던 네가 살아오다니!"라고.

바이올라 아버지는 이마에 사마귀가 있어요.

세바스찬 우리 아버지도 그래.

바이올라 그리고 바이올라가 태어난 지 13년 만에 돌아가셨어요.

세바스찬 오! 그 일은 아직도 기억 속에 생생하다. 맞아, 아버지는 누이가 꼭 열세 살이 되는 날 운명하셨어.

바이올라 우리 둘의 행복을 훼방하는 것이 사내를 가장한 남장 때문이라면 저를 포옹하는 건 조금만 기다려 주세요. 장소와 때와 운명이 하나에서 열까지 일치하여 제가 바이올라라는 게 밝혀질 때까지. 그것을 확실히 하기 위해 이 도시에 있는 한 선장에게 안내해 드리죠. 거기에 제가 입었던 여자 옷이 있어요. 그 댁의 친절한 도움으로 목숨을 건지고 공작님의 시중을 들게 되었답니다. 그 이후 제 운명에 일어난 모든 일은 공작님과 아가씨 사이에서 일어났지요.

세바스찬 (올리비아에게) 그래서 당신은 나를 여자로 잘못 보셨군요. 하지만 그것은 자연이 시켜서 그렇게 엇갈리게 한 겁니다. 어쩌다가 당신은 처녀와 혼인할 뻔했네요. 그렇다고 절대 속은 것은 아니에요. 처녀이자 남자인 사람과 약혼했으니까요.

오시노 놀랄 것 없어요. 이 분은 훌륭한 가문의 남자요. 이게 사실이면 거울이 진실을 비쳐 준 것이오. 나도 이 행복한 난파선에 끼어들어야겠소. (바이올라에게) 이봐, 자네가 몇 번이나 되풀이해서 나에게 말하지 않았나? 나를 좋아하는 만큼 어떤 여자도 사랑하지 않는다고 말이야.

바이올라 그 되풀이한 모든 말씀에 걸고 다시 맹세하겠습니다. 모든 맹세를 마음의 진실로서 간직할 것입니다. 흡사 낮과 밤을 가르는 저 태양이 영원히 타오르는 불꽃을 간직하듯이.

오시노 내게 손을 주오. 당신이 여자로 돌아온 모습을 보고 싶소.

바이올라 저를 처음 이 바닷가로 데리고 온 선장이 제 옷을 보관하고 있습니다. 하지만 지금 어떤 소송에 연루되어 감금되어 있습니다. 아가씨의 시종인 말볼리오의 고발 때문입니다.

올리비아 속히 풀어주도록 하겠어요. 말볼리오를 이리 데려와요. 아! 이제 생각이 나네, 딱하게도 아주 실성했다고 하는데.

편지를 지닌 광대, 페이비언 등장

올리비아 내가 경황 중에 정신이 빠져 그 사람이 실성한 걸 까맣게 잊고 있었다니. (광대에게) 이봐, 말볼리오는 어떤 상태야?

광대 아가씨, 사실은요 대악마인 벨제붑을 쫓으려고 안간 힘을 쓰고 있답니다. 그런 지경에 있으면서도 아가씨께 드릴 이 편지를 썼어요. 오늘 아침에 드렸어야 했는데, 미친 인간의 편지 따위가 뭐 복음서도 아닌 바에야 언제 전해 드려도 상관없잖아요?

올리비아 편지를 꺼내 어서 읽어 봐.

광대 그럼 똑바로 들으시고 교훈을 얻으세요. 바보가 읽는 미치광이의 글입니다. (읽는다) 존경하는 아가씨…….

올리비아 아니! 너도 미쳤어?

광대 아니에요, 아가씨. 미친 인간의 편지를 읽을 뿐이죠. 아가씨께서 미친 사람의 편지답게 읽으라시면 이런 목소리는 허락하셔야 하죠.

올리비아 제발 제정신으로 읽어다오.

광대 아가씨, 그렇게 하고 있어요. 그 인간의 편지를 제정신으로 읽으면 이렇게 할 수밖에 할 수 없어요. 그러므로 아가씨, 숙고하시어 들어주십시오.

올리비아 (페이비언에게) 이봐, 네가 읽어다오.

페이비언 (읽는다) "존경하는 아가씨, 아가씨께서 저에게 저지른 과오는 세상이 다 알게 될 것입니다. 아가씨께서 저를 칠흑 같은 어둠 속에 가두시고 주정뱅이 삼촌에게 저를 감시토록 하셨습니다. 그러나 소인의 정신은 아가씨와 조금도 다름없이 멀쩡합니다. 저에게 그런 외관의 복장을 야기한 아가씨의 친필 편지는 제가 보관하고 있습니다. 그 편지로 제가 옳다는 것이 의심할 여지없이 밝혀질 것이로되 아가씨에게는 큰 수치가 될 것입니다. 소인에 대해서는 아가씨 편한 대로 어떻게 생각하셔도 상관없습니다. 소인이 제 본분에서 적잖이 벗어난 줄은 알고 있지만 제가 당한 모욕은 견딜 수가 없습니다." 미친 인간 취급을 받는 말볼리오 올림.

올리비아 이 편지 그가 쓴 것이냐?

광대 그렇습니다, 아가씨.

오시노 별로 실성한 것 같지 않은데.

올리비아 페이비언, 그 사람을 풀어주고 이리로 데려와요. (페이비언 퇴장) 공작님, 이번 일을 너그럽게 이해하시고 저를 아내가 아닌 누이동생으로 생각해 주신다면 같은 날 결혼식을 올리고 싶습니다. 좋으시다면 모든 것을 저의 집에서 하고, 비용도 제가 대겠습니다.

오시노 아가씨, 그 말씀 흔쾌히 받아들이겠습니다. (바이올라에게) 그대는 이제부터 내 시종이 아니오. 그동안 본래의 성을 거스르면서 차분하고 곱게 자란 터에 힘든 일을 견디며 오랫동안 나를 주인으로 불러주었소. 자, 이 손을 잡아주오. 지금부터 그대는 당신 주인의 여주인이오.

올리비아 시누이! 제 시누이예요.

페이비언, 말볼리오와 함께 등장

오시노 이 사람이 그 미친 사람인가?

올리비아 맞아요, 공작님. 말볼리오, 대체 어떻게 된 거예요?

말볼리오 아가씨, 제게 잘못하셨어요. 정말 너무하십니다.

올리비아 말볼리오, 내가 그런 게 아니야.

말볼리오 아니에요. 아가씨가 하셨어요. 제발 이 편지를 읽어보세요. 이게 아가씨 손으로 쓴 것이 아니라고는 못하실 겁니다. 어디 필체건 글귀건 이것과 다르게 써 보세요. 이것이 아가씨의 봉인이 아니고 아가씨가 지은 글귀가 아니라고 하시겠어요? 절대 그렇게 말씀할 수 없을 걸요. 그러니 점잖은 체면에 다 대답해 주세요. 왜 아가씨께서 그렇게 명확한 호의를 보여주시면서, 저에게 웃음을 지어라, 십자 대님을 매라, 노란 양말을 신어라, 토비 경과 아랫것들에게 근엄한 표정을 지으라고 시키셨습니까? 그래서 저는 기대에 차 순종했을 뿐인데 왜 저를 캄캄한 방에 가두고 목사를 찾아오게 하시고, 세상에서 가장 멍청한 얼간이로 만들어 조롱한 까닭은 무엇인지 말씀해 주세요.

올리비아 아이, 말볼리오, 이 편지는 내가 쓴 게 아니야. 필체가 아주 많이 닮은 건 인정하지만 이건 분명히 마리아가 쓴 거야. 맞아, 이제야 생각이 나는데, 당신이 실성했다고 맨 먼저 말해 준 게 마리아였어. 그때 당신이 히죽히죽 웃으며 편지에 쓰인 그대로 이상야릇한 옷차림을 하고 오지 않았어요? 부디 참아요. 장난이 너무 심해서 모두 속아넘어간 거야. 하지만 이 일이 생긴 동기와 꾸며낸 장본인을 알게 되면 당신 자신

십이야 549

의 소송의 원고와 재판관을 겸하게 해줄게.

페이비언 아가씨, 제가 한 말씀 드리겠습니다. 저도 아까부터 경탄하고 있습니다만 이 경사스러운 순간을 싸움이나 말다툼으로 얼룩지게 할 수는 없습니다. 그런 불상사가 없도록 이 일의 전말을 솔직히 털어놓겠습니다. 여기 말볼리오 집사에게 이런 간계를 꾸민 것은 저와 토비 경입니다. 그럼 우리가 왜 그런 모의를 했는가 하면, 그가 너무 완고하고 무례한 부분이 있었기 때문입니다. 그 편지는 토비 경의 간청으로 마리아가 썼습니다. 그 보상이라고 할까요. 토비 경은 마리아와 결혼했지요. 그 뒤 점입가경으로 얼마나 장난이 심했나 말씀드리면 앙갚음이니 뭐니 하기보다는 포복절도할 일입니다. 또한 상처야 양측에 다 있는 것이니 어차피 피차일반 아니겠습니까?

올리비아 아이, 정말 안됐어. 얼마나 골탕을 먹었을까?

광대 허이! "사람이란 처음부터 잘 타고 태어날 수도 있고, 노력하여 높은 신분을 가질 수도 있고, 또는 남이 밀어줘서 높은 신분을 성취하는 경우도 있는 법"이라고 했는데, 나도 이 연극에 끼어들어 토파스 목사 역할을 했지. 그러나 그건 아무래도 좋아. "야, 바보놈아 난 미치지 않았다." (말볼리오에게) 생각나요? (말볼리오의 음성으로) "아가씨, 왜 이 빌어먹을 얼간이를 보고 웃으시죠? 웃지만 않으시면 이놈은 입에 재갈이 물린 것이나 다름없습니다." 그러니까 세상은 돌고 도는 회전목마, 이 모두 인과응보라는 거지요.

말볼리오 두고 보자. 너희 패거리들 전부에게 톡톡히 보복을 해줄 테다!

(퇴장)

올리비아 정말로 지독한 곤욕을 치렀군요.

오시노 뒤따라가서 진정시키고 사이좋게 지내도록 해야 해. 선장에 관한 건 그나마 듣지도 못했군. 그 얘기도 알게 되고, 길일을 택하거든 우리들 사랑하는 영혼의 엄숙한 결혼식을 올리기로 합시다. 그때까지 아름다운 누이동생을 이곳에 있게 해줘요. 세자리오, 이리 와요. 당신이 남장을 하고 있는 동안은 그렇게 부르겠소. 그러나 옷을 바꿔 입고 나타날 때에는 오시노의 아내요, 사랑의 여왕이 되는 거라오. (광대만 남고 모두 퇴장)

광대 (노래한다)

> 내가 코흘리개 어린아이였을 때,
> 헤이 호 바람이 불고 비가 내린다.
> 어리석은 짓을 해도 그냥 괜찮았어.
> 비가 내리네 날마다 쉬지 않고 내리네.
>
> 하지만 내가 어른이 되니,
> 헤이 호 바람이 불고 비가 내린다.
> 악한과 도적에게는 대문을 닫네.
> 비가 내리네 날마다 쉬지 않고 내리네.
>
> 하지만 내가 장가를 들었더니,
> 헤이 호 바람이 불고 비가 내린다.
> 허풍 쳐서 살아가긴 다 틀렸네.
> 비가 내리네 날마다 쉬지 않고 내리네.
>
> 하지만 잠자리에 들었을 때도,
> 헤이 호 바람이 불고 비가 내린다.
> 곤드레만드레 골통만 흔들흔들.

비가 내리네 날마다 쉬지 않고 내리네.

어느 옛날 천지가 개벽하던 때,
헤이 호 바람이 불고 비가 내린다.
이제는 모두 됐다, 연극은 끝났네.
날마다 여러분을 즐겁게 하려고 최선을 다하네. (퇴장)

작품해설

십이야
Twelfth Night

🌿 음악이 사랑을 살찌우는 양식이라면 계속해다오. 질리도록 들어 싫증이 나 버리면 사랑의 식욕 또한 사라지고 말 것이 아니냐.
If music be the food of love, play on, give me excess of it, that, surfeiting, the appetite may sicken, and so die.

🌿 푸른 나뭇가지로 덮여져야 사랑의 정념도 풍성해지는 법이다.
Love-thoughts lie rich when canopied with bowers.

🌿 사랑은 환상으로 가득 차 있기 때문에 그것만으로도 최고의 상상력이 되지.
So full of shapes is fancy that it alone is high fantastical.

🌿 오, 신이여! 지혜 있는 자에게는 지혜를 주시고, 바보에게는 재주를 부리게 해 주십시오.
Well, God give them wisdom that have it, and those that are fools, let them use their talents.

🌿 지혜가 있다고 뽐내는 작자들이 멍청이인 경우가 더 많더군. 난 지혜라곤 없는 멍청이니까 되레 똑똑한 인간으로 통할는지도 몰라.
Those wits, that think they have thee, do very oft prove fools, and I, that am sure I lack thee, may pass for a wise man.

🌸 미덕도 흠이 간 것은 죄로 누더기가 돼 있고, 죄악도 고친 것은 미덕으로 누더기가 돼 있는 것이랍니다.
Virtue that transgresses is but patched with sin, and sin that amends is but patched with virtue.

🌸 수많은 교수형 덕택에 나쁜 결혼을 면할 수 있었다.
Many a good hanging prevents a bad marriage.

🌸 불운을 겪지 않는 사내가 없는 것처럼 꽃이 이울 듯 시들지 않는 아름다움도 없는 법이랍니다.
As there is no true cuckold but calamity, so beauty's a flower.

🌸 중(僧) 모자 썼다고 다 중이 아니다.
Cucullus non facit monachum.

🌸 나이를 먹으면 총명한 사람도 노망이 들지만 멍청이는 더욱더 상멍청이가 되는 법이다.
Infirmity, that decays the wise, doth ever make the better fool.

🌸 너그럽고 결백하며 자유로운 기질을 가진 사람은 당신이 대포알이라고 생각하는 것도 새 총알 정도로밖에 여기지 않아.
To be generous, guiltless and of free disposition, is to take those things for bird-bolts that you deem cannon-bullets.

🌸 세상이 이미 다 알고 있는 광대가 험담을 한다 해도 그건 악의가 있다고 할 수 없어. 마치 저명한 인사가 아무리 남을 비난한다 하더라도 악의적인 험담이 안 되는 것처럼 말이야.
There is no slander in an allowed fool, though he do nothing but rail, nor no railing in a known discreet man, though he do nothing but reprove.

🌸 얼큰할 때 한 잔 하면 바보 멍청이 되고, 두 잔을 하면 미치광이, 석 잔을 넘으면 물귀신이 되지요.
One draught above heat makes him a fool, the second mads him, and a third drowns him.

🌸 변장이란 아주 나쁜 짓이다. 흉계를 꾸미는 적들이 이런 수단으로 사악한 짓을 한다. 겉이 번지르르한 난봉꾼이 밀초 같이 부드러운 여자의 심중에 자기의 모습을 찍어놓는 것은 문제도 아니지.
Disguise, I see, thou art a wickedness, wherein the pregnant enemy does much. How easy is it for the proper-false in women's waxen hearts to set their forms!

🌸 오! 사랑은 무엇일까? 그건 내일일 수 없는 것. 현재의 만남에 웃고 즐거우면 그만, 미래는 알 수 없는 것, 알아서 무엇한단 말인가.
What is love? 'tis not hereafter, present mirth hath present laughter, what's to come is still unsure.

🌸 사람이란 처음부터 잘 타고 태어날 수도 있고, 노력하여 높은 신분을 가질 수도 있고, 또는 남이 밀어줘서 높은 신분을 성취하는 경우도 있는 법입니다.
Some are born great, some achieve greatness, and some have greatness thrust upon 'em.

🌸 머리 좀 돌아가는 친구에게 걸리면 같은 말도 장갑처럼 된단 말이에요. 마치 안팎을 간단히 뒤집어 끼는 것처럼 홱 말이 바뀌어버리죠.
A sentence is but a cheveril glove to a good wit. How quickly the wrong side may be turned outward!

🌸 정어리가 청어와 비슷하듯 광대와 남편이 닮은 건데, 남편 쪽이 좀더 클 따름이죠.
Fools are as like husbands as pilchards are to herrings, the husband's the bigger.

🌺 영리한 사람이 하는 바보짓은 지혜의 타락이다.
Wise men, folly-fall'n, quite taint their wit.

🌺 어차피 먹이가 될 바에는 늑대보다는 사자 앞에 넘어지는 것이 훨씬 낫지.
If one should be a prey, how much the better to fall before the lion than the wolf!

🌺 감추고 싶은 사랑의 감정은 살인죄보다 신속하게 드러나니 사랑을 하면 한밤중도 대낮과 같단 말인가.
A murderous guilt shows not itself more soon than love that would seem hid. Love's night is noon.

🌺 그는 연기를 보다 아름답게 한다. 그러나 나는 더 자연스럽게 한다.
He does it with s better grace, but I do it more natural.

🌺 여인은 장미와 같다. 그 아름다운 꽃은 한 번 피면 그 시간에 진다.
Women are as roses, whose fair flower, being once displayed, doth fall that very hour.

🌺 젊은이의 마음을 얻으려면 애원을 하거나 빌리는 것보다 선물을 주는 것이 효과가 확실하다.
For youth is bought more oft than begg'd or borrow'd.

🌺 구해서 얻는 사랑도 좋지만 구하지 않고도 얻은 사랑은 더욱 좋지요.
Love sought is good, but given unsought is better.

🌺 바보에게 돈을 주는 똑똑한 양반네들은 뒤에 좋은 평판을 얻게 되지. 몇 배의 이득을 보는 것이거든.
These wise men that give fools money get themselves a good repor after fourteen years' purchase.

셰익스피어 연보

1564년	4월 26일 출생. 영국 스트랫퍼드어폰에이번에서 아버지 존 셰익스피어와 어머니 메리 아든의 장남으로 출생.
1568년	아버지가 에이번의 시장으로 선출됨.
1577년	가세가 기울어져 학업을 포기함.
1582년	8세 연상인 앤 해서웨이와 결혼.
1583년	장녀 수잔나 출생.
1585년	쌍둥이인 아들 햄릿과 딸 주디스 출생.
1590~1592년	〈헨리 6세〉
1592~1593년	〈리처드 3세〉〈실수의 희극〉
1592년	페스트로 인해 런던의 극장이 폐쇄됨. 본격적인 활동 시작.
1593~1594년	〈타이터스·앤드로니커스〉〈말괄량이 길들이기〉
1594~1595년	〈베로나의 두 신사〉〈사랑의 헛수고〉〈로미오와 줄리엣〉
1595~1596년	〈리처드 2세〉〈한여름 밤의 꿈〉
1596~1597년	〈존왕〉〈베니스의 상인〉
1597~1598년	〈헨리 4세 1부·2부〉
1597년	스트랫퍼드어폰에이번에서 호화저택인 뉴플레이스를 사들임.
1598~1599년	〈헛소동〉〈헨리 5세〉
1599~1600년	〈줄리어스 시저〉〈뜻대로 하세요〉〈십이야(十二夜)〉
1599년	글로브 극장 신축.
1600~1601년	〈햄릿〉〈윈저의 유쾌한 아낙네〉

1601~1602년	〈트로일러스와 크레시다〉
1601년	아버지 존 사망.
1602~1603년	〈끝이 좋으면 다 좋다〉
1602년	부동산에 관심을 갖고 스트랫퍼드어폰에이번의 땅을 사들임.
1603년	3월 24일, 엘리자베스 여왕 서거. 전염병으로 글로브 극장 폐관.
1604~1605년	〈자에는 자로〉〈오셀로〉
1604년	글로브 극장 개관.
1605~1606년	〈리어왕〉〈맥베스〉
1606~1607년	〈안토니우스와 클레오파트라〉
1607~1608년	〈코리올라누스〉〈아테네의 타이몬〉
1607년	장녀 수잔나 결혼.
1608~1610년	〈페리클레스〉〈심벨린〉
1608년	어머니 메리 사망.
1610~1611년	〈겨울 이야기〉
1611~1612년	〈폭풍우〉
1612~1613년	〈헨리 8세〉
1612년	동생 길버트 사망.
1613년	동생 리처드 사망. 화재로 글로브 극장이 소실됨.
1614년	6월 글로브 극장 재개장.
1616년	4월 23일 사망. 스트랫퍼드어폰에이번의 트리니티 교회에 묻힘.